D1748747

HANS MOHLER

GEORG JENATSCH

HANS MOHLER

GEORG JENATSCH

ROMAN

CALVEN VERLAG
TERRA GRISCHUNA VERLAG

Die Herausgabe dieses Werkes
wurde dank der finanziellen Unterstützung nachstehender Institutionen ermöglicht:

Kulturfonds des Kantons Graubünden
Literaturkommission Basel-Landschaft
Regierung des Kantons Solothurn
Stiftung Pro Helvetia
Stiftung Jacques Bischofberger, Chur

© Calven Verlag Chur + Terra Grischuna Verlag Bottmingen
Alle Rechte vorbehalten
Entwurf des Einbandes: Verena Zinsli-Bossart, Chur
Satz: Fotosatz R. Graf, Chur
Druck: Casanova Druck AG, Regierungsplatz 30, 7002 Chur
(Printed in Switzerland)
Einband: Buchbinderei Burkhardt AG, Mönchaltorf ZH
ISBN 3 7298 1051 0

DER GANG NACH SURLEJ

Der Mann am Tische zog einen kräftigen, in Schnörkeln auslaufenden Schlußschwung unter den Text des vor ihm liegenden Schriftstückes. Dann wischte er den Gänsekiel am grau überflogenen Haupthaar ab und steckte ihn ins zinnerne Tintengefäß, das aus zwei miteinander verbundenen Näpfen und einem Behältnis für die Federn bestand. Während er sich den Bart strich, fiel sein Blick auf die Stuhllehne, die über den Tisch emporragte. Ins dunkle, vom Gebrauch geglättete Holz war das Wappen der Familie geschnitzt: zwei aneinandergelehnte, von einem Pfeil durchstoßene Halbmonde; darüber und darunter schwebte ein kleines Kreuz. Das Querholz des einen saß etwas zu hoch und war überdies zu kurz geraten.

Nun räusperte sich der Knabe im kleinen Erker. Eine Seite des Buches auf seinen Knien umblätternd, wandte er den Kopf zum Vater. Als er bemerkte, daß dieser ihn beobachtete, beugte er sich wieder über das Buch.

«Ausdauer hast du, Georg», sagte der Mann. Der Knabe sah auf. «Aber ob du den wahren Eifer hast, den unser Amt verlangt, wird sich noch zeigen. An Vorbildern fehlt es dir nicht. Auch an schlechten Beispielen herrscht leider kein Mangel. Es gibt Kollegen, die sich gelegentlich rühmen, von einer Predigt nur die Hauptpunkte zu notieren und sie im übrigen frei vorzutragen. Das ist ein Greuel. Denn es geht um Gottes Wort, und die Kanzel ist keine Rednerbühne, sondern der Ort der Verkündigung.»

Er ordnete die Blätter und legte sie vor sich hin, um sie nochmals durchzulesen. Es war die am übernächsten Tag zu haltende Predigt, und er hatte einige Morgenstunden an die Ausarbeitung gewendet. Nachdem er zu Ende gelesen, tunkte er den zweiten Federkiel in den Napf mit der roten Tinte und setzte Ort und Datum in die rechte untere Ecke der letzten Seite: Silvaplana, 24. September 1611. Während die Tinte trocknete, betrachtete er nicht ohne Wohlgefallen die regelmäßigen, doch rasch und gewandt hingeworfenen Schriftzüge. Dann faltete er die großen Blätter sorgfältig, legte sie an der Stelle des zu lesenden Textes in die Bibel, schloß diese und stellte sie auf das Bücherbrett an der

Wand. Der Knabe hatte während dieser Verrichtungen mit starrem, abwesendem Blick herübergeschaut.

«Genug für heute, Georg», sagte der Pfarrer. «Richte der Mutter aus, wir hätten noch einen Krankenbesuch in Surlej zu machen und seien in spätestens einer Stunde zurück.»

Der Knabe erhob sich rasch, warf das Buch ohne viel Sorgfalt auf die den Erker umlaufende Bank und ging hinaus.

An der mit Arvenholz getäfelten Wand hingen der schwarze Pfarrock und die Kappe. Nun, da ein Amtsgang bevorstand, schlüpfte Israel Jenatsch in seine lange, kaum die Füße freilassende Tracht, zog die Schuhe an – im Hause ging man auf Strümpfen – und setzte sich das schwarze Barett auf.

Bei der Tür stieß er beinah mit Georg zusammen. Einen Augenblick lang hatte er dessen Gesicht nah vor sich: die braunen Augen, über denen die dunkeln Brauen sich zusammengezogen und gleich wieder entspannt hatten, die breite Stirn, die kräftige Nase mit der bräunlichen Warze auf der Höhe der Augen, den nicht sehr schmalen, aber unkindlich verkniffenen Mund und den dunkeln Flaum an Kinn und Wangen.

Georg folgte dem Vater durch den weiten, finstern Flur auf die mit Kopfsteinen gepflasterte Gasse hinaus. Nach wenigen Schritten begegneten sie einem Säumerstab. Der Fuhrmann auf dem ersten Pferd neigte den Kopf und lüftete die Kappe. Hinter ihm folgten, eins ans andere gebunden, die Lastpferde mit ihrer schwankenden Ladung von Weinfässern. Die Halsglocken schlugen bei jedem Schritt herrisch an und erfüllten die Enge mit hallendem Getön. Der Schlußmann ging mit saurer Miene an einem Stecken und sah weder nach links noch nach rechts.

Der Pfarrer hatte den Gruß des Führers mit einer würdevoll gemessenen Handbewegung erwidert und war dann in das Sträßchen nach Surlej eingebogen. Als er die letzten Häuser hinter sich hatte, bemerkte er, daß der Knabe ihm nicht folgte. Verärgert kehrte er um und erblickte ihn im Gespräch mit den Säumern, die ihre Pferde tränkten. Unter dem heftigen Anruf des Vaters schreckte er zusammen und näherte sich.

«Was hast du mit diesen Leuten zu reden?» herrschte ihn der Pfarrer an. Der Knabe antwortete leichthin:

«Nichts von Bedeutung; ich habe nach den Geschäften gefragt, wie das üblich ist.»

«Diese gehen dich nichts an», sagte der Vater, sich wieder zum Gehen wendend. Nach ein paar Schritten fragte er, schon beinahe besänftigt: «Was haben sie übrigens geantwortet?»

«Der eine ist mir ausgewichen. Er sagte, es werde alle Tage Abend. Der andere hat geflucht und über die Prädikanten gewettert, weil sie vor ein paar Jahren das Bündnis mit Spanien verhinderten. Seit die Spanier uns die Festung Fuentes vor die Nase gepflanzt haben, stehe es schlecht mit dem Saumverkehr. Wenn es so weitergehe, müßten alle Säumer verhungern oder in fremde Kriegsdienste treten.»

Der Pfarrer lachte etwas gezwungen. «Das ist natürlich übertrieben, man darf es nicht so genau nehmen mit dem, was die Bregagliotti sagen – es sind doch Bergeller gewesen? Der Johann Baptista Prevosti oder der Zambra, wie sie ihn nennen, hetzt sie gegen uns auf; in seiner Osteria zu Vicosoprano kann jeder auf einen Schoppen rechnen, der über die Prädikanten loszieht. Dabei ist der Mann Protestant. Er zahlt es allerdings nicht aus der eigenen Tasche. Übrigens ist das Politik. Wir haben uns darum nicht zu kümmern. Das Kreuz, nicht das Schwert, ist unsere Waffe im Kampf mit dem Bösen. Ob übrigens die Prädikanten das spanische Bündnis verhindert haben, wäre noch zu untersuchen. Ich glaube fast, die venezianischen Zechinen, die der Gesandte Giovanni Battista Padavino damals so freigebig verteilt hat, haben eine bessere Wirkung getan als unsere väterlichen Ermahnungen, die Feinde der reinen Lehre nicht anzuhören, zu denen übrigens Venedig so gut wie Spanien und Frankreich so gut wie Österreich gehört. Frankreich allerdings war unser bester, aufrichtigster Freund, solange der vierte Heinrich noch lebte. Er ist, auch wenn er äußerlich abgefallen ist, in seinem Herzen ein Hugenott geblieben. Es ist ein Jammer und für uns Bündner ein wahres Unglück, daß dieser Mann so früh ins Grab sinken mußte. Hätte ich seinen Mörder hier, den Ravaillac, ich erwürgte ihn, wie ich hier stehe!»

Er streckte die Arme aus und schüttelte die Fäuste. Nach einigen Augenblicken beruhigte er sich. In seinen gewohnten Schritt einfallend, fuhr er fort: «Übrigens haben wir in diesem Ende ein lehrreiches Beispiel vor uns, daß auch der scheinbare Abfall vom reinen Glauben nicht unbestraft bleibt.»

Eine Weile gingen sie schweigend nebeneinander. Georg bemühte sich, seine eigenen Schritte in die Intervalle der väterlichen zu setzen. So erreichten sie die Holzbrücke über der Seeenge.

Auf den Landzungen gilbten die Lärchen, aber der Tag war noch warm. Heuschrecken schnarrten auf dem staubigen Weg und schwirrten blau- und rotgeflügelt vor ihnen her. Aus den Wäldern am Piz Surlej tönten verworren die Glocken der unlängst aus den Alpen heimgekehrten Viehherden. Der See lag unbewegt, kaum daß eine Welle mit schmatzendem Laut ans Ufer schlug. Weit draußen, gegen Sils hin, schwamm ein Boot. Zuweilen blitzte wie ein geheimnisvolles Signal sein nasses Ruder auf. Ein Zugvogelschwarm flatterte vorüber und verschwand, sich zu einem grauen Gespinst verdichtend, im Taleinschnitt von Maloja. Die Wiesen rochen scharf nach Dünger.

«Übrigens», sagte der Prädikant, «auch hierzulande gibt es Gezeichnete. Nimm den Pompejus Planta. Auch ihn wird einmal der Strahl der Vergeltung treffen für seinen Abfall und seine spanische Politik, die uns den Kapuzinern und Jesuiten ans Messer liefern will. Ich gebe ihm keine zehn Jahre mehr.»

Sie hatten den Weiler Surlej erreicht und betraten eines der ersten Häuser. Im geräumigen Sulér standen Wagen und Feldgeräte. Es roch nach Heu und Stall und uraltem Holzwerk und ein bißchen nach Staub und Spinnweben. Durch den geöffneten obern Türflügel drang ein wenig Tageshelle bis zur Hinterwand und fiel auf die geschnitzte Stirnseite einer Stollentruhe und auf alte Waffen, die im Winkel lehnten.

Auf den Ruf des Pfarrers öffnete sich eine Tür. Küchendampf quoll heraus, und einen Augenblick später erschien eine junge Magd, die Hände an der Schürze abtrocknend. Sie führte den Pfarrer wortlos in die Stube und ging wieder an ihre Arbeit.

Georg hatte eine verstaubte Halbarte in der Faust, als die Magd durch den Sulér schritt. Er sah ihr nach. Sie war jung, blond und großgewachsen; das Hemd im Ausschnitt ihres Kleides spannte sich über der Brust, und die Fältchen am Halsbund verschoben sich bei jeder Bewegung. An der Küchentüre wandte sie den Kopf über die Schulter zurück. Der Tagesschein beleuchtete die gerötete Wange, die halbe Unterlippe und das krause Gelock über der Stirn. Der Augapfel schimmerte dunkel und feucht.

Georg starrte sie an. Seine Glieder strafften und dehnten sich, der Arm sprengte beinah den zu kurzen und zu engen Ärmel, und die Faust, die den Schaft der Waffe preßte, fing zu zittern an. Das dunkle, glänzende Auge war immer noch auf ihn gerichtet.

Da ging die Stubentüre auf, und der graue Kopf des Vaters erschien im Spalt.

«Wo bist du, Georg?» hallte es durch den Gang. Georg ließ die Halbarte in den Winkel zurücksinken und näherte sich zögernd. Seine Ohren glühten, und sein Blick war gesenkt. Aber als er endlich vor dem Vater stand, sah er ihm ruhig und gleichgültig ins Auge und fragte mit seiner gewöhnlichen Stimme, was man von ihm wünsche.

«Komm herein!» sagte der Vater, noch etwas ungehalten. «Es schadet nichts, wenn du dich beizeiten an den Anblick menschlicher Hinfälligkeit gewöhnst.»

Vor der dumpfen Luft, die ihm beim Eintreten entgegenschlug, zog er nur die Augenbrauen zusammen und verkniff ein wenig den Mund. Die Vorhänge des Bettes waren zurückgebunden. Vom hohen Kissen hob sich der abgezehrte Kopf einer alten Frau ab. Die Nase glich dem Schnabel eines Raubvogels, und auch die wimperlosen Augen hatten etwas Vogelhaftes. Das gelblich verfärbte Haar hing in dünnen Strähnen über die Ohren und in die braune Stirn. In regelmäßigen Abständen krallten sich die Hände in die Leinwand des Deckbettes.

Während der Vater betete, stand Georg mit gesenktem Kopf daneben und sah auf seine Hände nieder. Er hörte nicht auf den Wohlklang der feierlichen Wendungen seiner romanischen Muttersprache, sondern horchte halb abgewendet nach der Küche hin, bis der Vater das «Amen» sprach.

Beim Hinausgehen versuchte er die Magd nochmals zu sehen. Doch der Vater trat hinter ihn und deutete mit dem Bart zur Türe. Georg mußte sie öffnen und den Vater hinauslassen. Einen Augenblick lauschte er nach der Küche. Es regte sich nichts. Schweigend schritten sie nebeneinander zum See hinab. «Morgen fangen wir mit Griechisch an», sagte der Pfarrer nach einer Weile. Er strich sich zufrieden den Bart.

Jenseits der See-Enge trafen sie einen Bauern, der ein Fuder Mist ablud. Es war Andrea Büsin, der Gemeindeammann, und der Pfarrer blieb stehen, um sich nach den Herbstgeschäften zu erkundigen. Büsin streifte den Mist von den Schuhen, wischte die Gabel am Grase ab und stützte sich auf den Stiel. «Man kann nicht klagen», sagte er endlich, «solange die Venezianer so splendid sind wie gestern auf dem Markt von Las Agnas. Sie haben alles zusammengekauft, was vier Beine hatte. Ein solcher Markt ist noch nie gewesen, so weit ein Mensch sich erinnern mag. Die Lombarden, als sie noch kommen durften, haben die Preise selbst gemacht. Die wußten immer, wie der Sommer gewesen war, ob viel oder wenig Heu in den Ställen lag, ob es Seuchen gegeben hatte. Da mußte sich keiner Mühe geben, ein mageres Kühlein zurechtzustriegeln. Die hatten den Blick und den Griff, und es hat viel gebraucht, bis sie die Geldkatze abschnallten. Das war kein Spaß, mit denen zu handeln. Und doch – ich wollte, sie kämen wieder und Fuentes wäre ein Schutthaufen. Die Venezianer werfen uns ihr Geld noch diesen Herbst nach, vielleicht auch noch den nächsten. Dann ist das abgelaufene Bündnis wieder für zehn Jahre unter Dach, oder bachab geschickt, und das Vieh nimmt uns niemand mehr ab, und den Käse fressen die Würmer, und mit der Butter können wir den Mistwagen schmieren.» Er wichte sich mit der braunen, behaarten Hand den Schnurrbart.

Der Pfarrer kreuzte die Arme und sagte mit leisem Spott: «Ein altes Lied, Andrea, und eine armselige Politik, die nicht weiter sieht als über die kürzeste Engadinernase hinaus. Vieh verkaufen, Käse verkaufen, billiges Korn und billiges Tuch kaufen und damit das Gewissen verkaufen!»

Büsin klatschte mit der flachen Hand auf die Hinterbacke seines Ochsen, so daß er anzog und durch einen Zuruf zum Stehen gebracht werden mußte.

«Ich weiß, was du sagen willst, Andrea. Ich weiß es genau: Der Pfarrer hat kein Vieh zu verkaufen, ihm wird der Käse nicht hart, daß man ihn als Mühlstein brauchen könnte. Er bekommt seinen Lohn und seine Abgaben und läßt sich für die notariellen Schreibereien mit gutem Geld bezahlen. Wo wir das alles hernehmen, fragt er nicht. Dagegen ist nichts einzuwenden. Auch mag es stimmen, daß die Lombardei ‹das natürliche und unentbehrliche Absatzgebiet des Engadins› ist, wie gewisse Herren seit einiger Zeit eifrig behaupten. Doch es geht ja nicht bloß um Vieh und Käse und Korn, es geht um ganz andere Dinge. Das weißt du so gut wie die Herren, die Unzufriedenheit säen im Engadin, ich brauche keine Namen zu nennen.»

«Nennt sie ruhig», erwiderte Büsin gleichmütig. «Ich habe nicht im Sinn, mich für den Rudolf Planta zu wehren und noch weniger für den Pompejus. Aber solange wir mit Venedig Bündnisse abschließen, sperrt uns Spanien den Markt. Meine Meinung ist darum: Keine Bündnisse. Wir sollten mit allen Staaten gute Beziehungen unterhalten, mit allen Handel treiben und im übrigen still und ruhig leben wie in den alten Zeiten.»

«Das wäre Neutralität», versetzte der Pfarrer. «Warum nicht? Ich hätte nichts dagegen. Aber zuerst müßte das Bündnervolk einig sein, denn die Neutralität muß man verteidigen können. Übrigens wären wir dazu selbst dann nicht imstande, wenn wir einig wären. Sehen wir uns aber beizeiten nach fremder Hilfe um, sind wir nicht neutral.»

«Ihr seid ein Mann des Friedens und rechnet mit dem Krieg!» sagte Büsin lächelnd. «Ich meine, wenn man nichts anderes will, als in Frieden leben und ein bißchen Handel treiben, hat niemand Ursache, einen anzugreifen.»

«Nicht unsere Wünsche sind maßgebend», sprach der Prädikant, «sondern die Verhältnisse, wie sie sich in Wirklichkeit darstellen. Ich nenne gleich den Hauptpunkt: Spanien und Österreich, die beiden verwandten Fürstenhäuser, sind nur durch unser Veltlin voneinander geschieden, oder durch unser Engadin, die zweitwichtigste Verbindung.»

«Das ist bekannt und hat mit der Sache nichts zu tun.»

«Im Gegenteil, das ist der Hauptpunkt, der Grund, warum wir nicht neutral sein können! Unsere Neutralität würde Spanien-Österreich in den genau gleichen Nachteil setzen, wie er heute durch unser Bündnis mit Venedig besteht: Das Veltlin ist gesperrt. In Friedenszeiten mögen sie das verschmerzen, aber in Kriegszeiten *müssen* sie die Veltliner Verbindung zur Verfügung haben, wenn sie einander beistehen wollen, Neutralität hin oder her. Vorläufig hoffen sie noch, Fuentes tue mit der Zeit doch seine Wirkung und rechtfertige endlich seinen Zunamen ‹das Joch der Bündner›. Es sieht übrigens fast so aus, als ob die Rechnung zum Stimmen käme. Aber da sei Gott davor! Sie werden sich nicht mit dem Veltlin begnügen, sie werden das Engadin dazunehmen, und dann lebwohl, evangelische Freiheit! Sie werden euch in die Kirchen treiben wie die Schafe in den Stall, aber auf der Kanzel wird dann ein feister Kapuziner stehen oder ein vom Haß ausgemergelter Jesuit, und euch lehren, daß es dem Herrgott wohlgefällig sei, Ketzer zu verbrennen oder im Schlafe zu überfallen, wie es an jener Hochzeit zu Paris geschehen ist. Nein, es gibt für uns bloß *eine* Rettung: Freundschaft mit den natürlichen Feinden der Habsburger, damit sie uns helfen, wenn es zum Krieg kommen sollte, oder noch besser: damit Österreich-Spanien es sich zweimal überlegt, ob es mit uns und Venedig und Frankreich zugleich anbinden will. So denke ich, als friedlicher protestantischer Bündner, und es ist eine Schande, daß nicht alle Reformierten so denken.»

Büsin blickte scharf und schnell auf. Es sah aus, als habe er ein gesalzenes Wort auf der Zunge. Achselzuckend sagte er jedoch: «Ich weiß nicht, weshalb man sich aufregt. Ich habe persönlich nie ein Bündnis mit Spanien gewünscht. Ein solches geht mir ganz gegen den Strich. Soviel ich weiß, spricht auch die spanische Faktion nicht mehr davon. Die beiden Planta wollen einfach die Erneuerung des venezianischen Bündnisses verhindern, weil sie fürchten, dies könnte üble Folgen haben. Letztesmal haben uns die Spanier die Festung Fuentes vor die Nase gesetzt, und sie werden auch diesmal, falls wir den Pakt mit Venedig erneuern, für eine Überraschung sorgen, so gewiß ich Andrea heiße.»

Der Pfarrer sperrte die Augen auf und packte den Bauern am Ärmel. «Heraus mit der Sprache! Bist du geschmiert? Hast du mit der einen Hand Zechinen genommen und mit der andern Dublonen? Paß auf! Es hat schon mancher kalt und warm geblasen und mußte nachher froh sein, wenn er überhaupt noch schnaufen durfte.»

Büsin blieb ruhig. Er schüttelte sich mit einer lässigen Bewegung frei und warf dann die Mistgabel auf den leeren Wagen. Während er das Ochsengeschirr in Ordnung brachte, sagte er: «Ich will weder mit den katholischen Spaniern und Österreichern noch mit den katholischen Franzosen und Venezianern etwas zu tun haben. Ich will meine Ruhe und einen anständigen Preis für mein Vieh und meinen Käse. Wer ihn bezahlt, interessiert mich nicht.»

«So also steht es», seufzte der Prädikant auf. «Das Gift Fuentes beginnt zu wirken.»

«Gift?» lachte Büsin mit seinen gelben Pferdezähnen. «Ja, für die spanische Besatzung, die jeden Monat gewechselt werden muß, weil es niemand länger aushält in der schlechten Sumpfluft. Aber für uns? Unser Gift ist die Politik. Ohne sie stünde es anders.»

«Wir dreschen leeres Stroh, Büsin», sagte der Pfarrer ungehalten. «Ich habe dir zu erklären versucht, daß unser Land vor allem wegen der Pässe und der Verbindungstäler ein vielbegehrtes Objekt darstellt. Da das Schicksal uns zum Besitzer dieses Landes gemacht hat, raufen sich die Großen dieser Erde um unsere Gunst. Das ist nun einmal so. Verweigern wir sie ihnen und ziehen wir uns auf uns selbst zurück, dann laufen wir Gefahr, zwischen beiden Parteien zerquetscht zu werden. Was aber heißt das? Nichts anderes, als daß diese friedliche Szenerie hier zum Kriegsschauplatz wird.» Er fuhr mit der flachen Hand langsam über die Landschaft, als wolle er sie glattstreichen wie eine Bettdecke. «Übrigens hast du recht, wenn du die Politik als Übel ansiehst. Wir gewöhnlichen Leute müssen sie uns, soweit es geht, vom Leibe halten. Man kann darüber sprechen, aber man muß sich davor hüten, sie zu betreiben. Das hast vor allem du dir zu merken, Georg.»

Der Knabe hob den Blick. Seinem gleichmütigen Gesicht war nicht anzusehen, ob er sich gelangweilt hatte oder dem Gespräch mit Interesse gefolgt war.

«Hast du's gehört? Die Politik ist nicht unseres Amtes. Unsere Hände müssen davon rein bleiben.»

Georg schwieg.

Büsin löste den Strick, der um die Hörner des Ochsen gewunden war. «Nichts für ungut», sagte er. «Es steht jedem frei, seine Meinung zu haben.»

«Und zu kommen und zu gehen», lachte der Prädikant. «Ich habe dich aufgehalten, Andrea. Laß dich also nicht weiter versäumen. Übrigens haben wir den gleichen Weg.»

Das Gefährt setzte sich in Bewegung. Der Pfarrer versuchte ein gleichgültiges Gespräch in Gang zu bringen, doch Büsin gab einsilbige Antworten, und der leere Mistwagen knarrte und rumpelte auf ärgerliche Weise.

Vom Dorf herunter rannte ein Knabe. «Vater, Vater!» rief er schon von weitem. «Der Ritter Herkules ist in der Stube und will mit dir reden.»

Jenatsch verabschiedete sich rasch von Büsin und eilte dem Knaben entgegen. Dieser wollte umkehren, doch der Vater befahl ihn zu sich. «Was ist, Nuttin?» fragte er aufgeregt. «Herkules von Salis? Was will er? Wann ist er gekommen?»

Nuttin berichtete, noch atemlos vom Laufen, daß der hohe Herr vor wenigen Augenblicken im Pfarrhaus erschienen sei und mit dem Vater zu sprechen wünsche. Jetzt warte er in der Stube.

«Hat ihm die Mutter etwas aufgetischt?» fragte der Pfarrer. Er hatte seinen langen Rock mit beiden Händen gerafft und machte große Schritte, was gar nicht würdig und pfarrherrlich aussah.

«Er will nichts», antwortete Nuttin. «Er muß gleich weiter, hat er gesagt. Die Pferde sind vor dem Haus.»

«Spring voraus und sag, ich sei gleich da. Halt, Jörg, du bleibst bei mir!»

Nuttin eilte davon. Die beiden andern folgten. Der Pfarrer wischte sich mit dem Ärmel von Zeit zu Zeit den Schweiß vom roten Gesicht. Georg kniff den Mund zusammen und blieb immer weiter zurück. Als der Vater ins Haus getreten war, schwenkte er in das Seitengäßchen ein, wo die prächtig gezäumten Pferde standen.

Salis kam dem Eintretenden mit ausgestreckten Händen entgegen.

«Da kommt der Jenatsch!» sagte er mit tiefer, zu seiner schmächtigen Gestalt nicht recht passender Stimme. Der Pfarrer hieß ihn willkommen und bot ihm den besten Stuhl an. Er selbst nahm nicht Platz, ehe der Besuch ihn mit einer Handbewegung dazu aufgefordert hatte.

«Lassen Sie mich kurz fassen, Jenatsch», sagte Salis, während er sein dünnes, rötliches Haar zurückstrich. «Ich habe für heute noch ein großes Programm und darf mich nirgends lange aufhalten. Ich werde, so Gott will, ein andermal mit Ihnen zu Tische sitzen, richten Sie das Ihrer Frau aus und geben Sie ihr Kenntnis von meinem Bedauern, daß es heute nicht sein kann. Im übrigen bitte ich Sie, diese Unterredung vertraulich zu behandeln, im Interesse der Sache, die weniger die meine als die Ihre und die des ganzen Landes ist.» Er stützte die Ellbogen auf die Tischplatte und rieb sich die Hände.

«Kurz und gut», fuhr er fort, «ich brauche Ihre Unterstützung, Jenatsch, wie ich die Unterstützung aller Prädikanten brauche und größtenteils auch schon habe. Die eigentliche Stimmung im Engadin wird Ihrem aufmerksamen Auge und Ohr nicht entgangen sein; deshalb kein Wort davon. Wer diesen verkappten spanischen Kurs steuert, dürfte nicht Anlaß zu Zweifeln geben.» Er sprang auf und schritt mit verschränkten Armen und finsterem Gesicht in der Stube auf und ab. Die Sporen an seinen Stulpenstiefeln klingelten leise bei jedem Schritt.

«Wer ist schuld an dieser ärgerlichen und widernatürlichen Lage?»

«Die Planta, natürlich», beeilte sich Jenatsch zu antworten. Salis schüttelte in übertriebener Abwehr den Kopf. «Diese Herren», sagte er verächtlich, «sind von untergeordneter Bedeutung, wenn sie sich auch aufspielen, als hätten sie die halbe Welt zu verschenken. Nein, der wahre Bösewicht ist der Königsmörder,

der Ravaillac! Er und kein anderer ist schuld daran, daß die florentinische Metze, die jetzt den französischen Thron mit ihrem Sitzfleisch entwürdigt, den Spaniern um den Bart gehen kann. Der blattersteppige Idiot konnte ja keine Ahnung davon haben, unter wie viele reife Pläne sein Dolch einen Strich gezogen hat! Oder wußte er's am Ende nur zu gut? Habsburg auf Spanien beschränkt, aus Mitteleuropa hinausgedrängt, das übrige Europa ein einziger verbündeter Staat, nach innen fünfzehn selbständige, freie Länder, nach außen ein mächtiger Block, an dem die schwarze Flut der Gegenreformation hätte zerschellen müssen. Wir Bündner die Protektoren der Lombardei, Herren über Korn und Wein und Lieferanten von Vieh, Holz und Käse! Der ganze Verkehr über unsere Pässe geleitet, Herrgott, man möchte aus der Haut fahren über das Bubenstück dieses Hurensohnes!»

Der Pfarrer räusperte sich vorsichtig und sah nach der Türe. Salis kümmerte sich nicht darum. Zuweilen in seiner Wanderung innehaltend, fuhr er fort: «Sie spinnen diesmal ein feines Garn, die spanischen Brüder. Von einem Bündnis ist nicht mehr die Rede, vorläufig. Man widerrät bloß der Erneuerung des Bündnisses mit Venedig. Gestern waren sie in Las Agnas, die ganze Brut der Planta und der Travers, und auch der französische Gesandte, der geschliffene, doppelzüngige Paschal, war da, und alle sprachen wie Biedermänner, und die Mahlzeit, die sie spendierten, war gut gesalzen und der Wein vom besseren. Ihre Argumente hatten für naive Gemüter Gewicht, ich gebe es zu, vor allem verglichen mit der blödsinnigen venezianischen Taktik, bloß Geld unter die Leute zu schmeißen und stillschweigend das Vieh zusammenzutreiben. Die Esel wollen Italiener sein und wissen nicht, daß dem geistverwandten Engadiner eine wohlgesetzte Rede mehr einleuchtet als bares Geld, das man ihm in den Sack steckt. Aber ich habe es längst gesagt und werde es zuständigen Ortes anbringen: der Vicenti ist nicht der Mann, der etwas ausrichtet. Sie sollen den Barbarigo schicken oder den Padavino, die verstehen's, den Hühnern zu streuen. Doch inzwischen ist keine Zeit zu verlieren. Das venezianische Bündnis *muß* unter Dach. Frankreich ist auf die Seite Spaniens getreten; stoßen wir jetzt Venedig vor den Kopf, dann stehen wir allein da und sind verloren, denn mit den Spaniern werden wir ohne Hilfe nie fertig. Die aber – ich weiß, was ich sage – die warten bloß auf einen Vorwand, ins Veltlin einzumarschieren. Deshalb ist jetzt der Augenblick gekommen, alle Zurückhaltung abzulegen und bei jeder Gelegenheit, ja, wenn es sein muß, von der Kanzel herab, für die Bündniserneuerung zu wirken. Die Argumente werden Ihnen geläufig sein. Sie sind ja kein Anfänger mehr und werden den richtigen Ton schon treffen. Vielleicht noch ein paar Direktiven für besondere Fälle: Die Leute werden über schlechten Geschäftsgang klagen. Dann stellt ihnen dar, daß eben ein neues Bündnis mit Venedig in dieser Richtung bedeutende Erleichterungen bringen würde. Und noch eins: die alten Anhänger Frankreichs dürfen auf keinen Fall ins spanische Lager gezogen werden! Stellt das Abweichen von der Politik des großen Heinrich als schwarzen Verrat dar, das ist es wahrhaftig! Unsere venezianische Partei wird vorderhand die alten französischen Interessen wahren, bis... denn es wird über kurz oder lang wieder ein Umschwung eintreten, man braucht kein Prophet zu sein, um das vorauszusehen. Ich kann mir nicht vorstellen, daß der habsburgische Adler und der gallische Hahn lange aus dem selben Napfe fressen.»

Er war an den Tisch getreten. Seine Finger berührten dabei die Schnitzerei einer Stuhllehne. «Was ist das? Ein Wappen?» fragte er neugierig. Er drehte den Stuhl herum und betrachtete die unbeholfene Arbeit. «Nicht schlecht», sagte er lächelnd. «Die Heraldik ist ja ungeahnt in Mode gekommen in den letzten Jahren. Warum nicht? Ich gönne jedem seine ehrliche Herkunft. Ein bißchen sauer sehen sie aus, die Herren Halbmonde. Der eine blickt zurück in die Vergangenheit und entdeckt dort anscheinend nicht viel Erfreuliches. Und dem andern geht es ungefähr gleich mit der Zukunft. Aber was soll der Pfeil bedeuten? Vermutlich die eilende Zeit. Sie eilt, bei Gott! Und da – Kreuz und Schwert, scheint mir.»

Der Prädikant trat herzu und blickte mit zusammengezogenen Brauen auf das Schnitzwerk. «Zwei Kreuze», sagte er. «Sie sollen die Häufigkeit des geistlichen Berufes in unserm Geschlecht andeuten.»

«Sie haben Söhne», sagte Salis. «Haben Sie den einen zum Prädikanten bestimmt? Ist das Studium gesichert? Falls nicht, biete ich meine Hilfe an.»

Jenatsch dankte etwas befangen. Doch er lehnte ab. So Gott wolle, werde es ihm möglich sein, für die Kosten des Studiums selber aufzukommen.

Salis meinte hierauf, man könne nie wissen, die Zukunft sei für alle Leute ein Buch mit sieben Siegeln. «Übrigens schade», fuhr er fort, «das verpfuschte Kreuz da im Wappen hätte sich als Schwert nicht übel ausgenommen. Ein wehrhafter Glaube, also eine sehr zeitgemäße, vorbildliche Haltung, so ungefähr hätte ich die beiden Zeichen gedeutet.»

Von der Straße herauf war das Wiehern eines Pferdes zu vernehmen. Salis ergriff rasch Hut und Handschuhe, die auf dem Tische lagen, und reichte Jenatsch die Hand. «Ich habe Sie lange aufgehalten. Entnehmen Sie daraus, daß ich mich in Ihrem Hause wohlbefunden habe. Übrigens komme ich nächstens wieder durch Silvaplana. Wir bereiten die Hochzeit meines Sohnes Rudolf vor, und ich werde dazu alles einladen, was Rang und Namen hat. Auch die Firma Planta und Kompanie.» Er zwinkerte belustigt, während er sich den schwarzen, breitkrempigen Hut aufsetzte.

Jenatsch sprach ein paar Abschiedsworte, aber Salis drängte zum Gehen. Bei der Türe griff er in die Tasche und warf ein paar Goldstücke auf den Tisch. «Für Ihre Opferbüchse», erklärte er lachend, «oder zu beliebiger Verwendung.»

Ehe der Pfarrer widersprechen konnte, war der Gast schon draußen, verneigte sich artig vor der Pfarrerin, die aus der Küche getreten war, hob den beiden Töchterchen das Kinn und blickte ihnen freundlich in die Augen. Gleich darauf klirrte sein Schritt auf der Straße.

DISPUTATION IN DAVOS [I]

Im Stall war es finster, und das Mädchen hielt auf der Schwelle einen Augenblick an, um die Augen an die Dunkelheit zu gewöhnen. Irgendwo in der Nähe zischten dumpfe Milchstrahlen in einen Holzeimer. Dort mußte Bartli, der Viehknecht, auf dem einbeinigen Melkstuhl sitzen. Nun erkannte das Mädchen beidseits des Ganges die falben Hinterseiten der Kühe, die schlagenden Schwänze und hellen Sprunggelenke, und zuhinterst, bei der Heuraufe, schimmerten die weißen Hemdärmel des Vaters. Es trippelte den glitschigen Gang entlang.

«Was ist?» fragte der Vater freundlich. «Was willst?» Das Mädchen streckte die Arme aus und stellte sich auf die Zehenspitzen; der Vater neigte den Oberkörper. Sein Bart berührte Wange und Ohr des Töchterchens. Es kicherte und wehrte mit der einen Hand ab. Endlich lag das große Ohr des Vaters dicht vor seinem Munde. «Was du nicht sagst?» stellte der Mann sich erstaunt. «Ein vornehmer Herr? Und will mit mir sprechen? Wie heißt er denn?»

Das habe er nicht gesagt, aber ein Vornehmer sei es gewiß, das sehe man an den Kleidern.

«So geh und führe ihn in die Stube», sagte der Vater und richtete sich auf. «Ich muß noch die Hände waschen und andere Kleider anziehen, damit der vornehme Herr merkt, daß wir auch keine Landstreicher sind. Aber das sag ihm nicht, Anna! Sag, ich werde gleich kommen, und der Mutter sag, sie soll ihm etwas aufstellen.»

Das Mädchen nickte und stolperte durch den Stallgang hinaus, zuweilen die Hände in Abwehr erhebend, wenn ihr ein Kuhschwanz zu nahe kam. Draußen huschte es um den Misthaufen, am Brunnentrog vorbei und die wenigen Schritte zum Haus hinüber. Der Fremde stand noch da, die Hände in die Seiten gestemmt. Sein Blick ging gelassen über den Talgrund weg zu den Berghängen, wo die Nebel durch die herbstlichen Lärchen zogen. Als das Mädchen vor ihm stand, zuckten die Enden des Schnurrbartes ein wenig. Über der breiten, feuchten Unterlippe zeigten sich etwas zu spitze Zähne, und um die Augen zog sich ein Kranz von Fältchen.

«Der Vater kommt gleich», sagte das Mädchen. «Sie sollen so gut sein und in der Stube auf ihn warten, hat er gesagt.»

Der fremde, prächtig gekleidete Herr nickte, so daß die Federn auf dem Hute wippten. Die rechte Hand verließ die Hüfte und fuhr dem Mädchen sanft ans Kinn. «Wie heißest?» fragte er in einem weichen, fremdartigen Dialekt.

«Anna Buol», antwortete es leise, und die Frage nach dem Alter beantwortete es kurz und trocken: «Elf Jahr!», entwand sich der Hand und bückte sich nach den Wassereimern, die es beim Erscheinen des Fremden abgestellt hatte. In diesem Augenblick ging die Haustüre auf, und eine noch jung scheinende, bäurisch gekleidete Frau trat über die Schwelle. Sogleich eilte der Fremde auf sie zu, streifte noch im Gehen einen Handschuh ab und verneigte sich gewandt.

«Die kleine Dame war so freundlich, mich in die Stube zu bitten», sagte er lächelnd. «Ich warte auf den Hauptmann Paul Buol – Ihren Gatten, wenn ich richtig vermute. Ich möchte ihn gern sprechen. Planta ist mein Name.»

Die Frau sprach die üblichen Willkommensworte und führte den Gast in die Stube. Während er sich des Hutes, des Degens und des andern Handschuhs entledigte, stellte sie einen Becher, einen Zinnteller und ein Messer auf den Tisch und eilte dann in die Küche, um das Brot, in den Keller, um den Wein, und in die Fleischkammer auf dem Dachboden, um Speck und getrocknetes Fleisch zu holen.

Indessen war der Fremde ans Fenster getreten, wo eine Wappenscheibe hing. Es war ein weiß und blau gevierteter Schild, vor dem ein Weib in verwechselten Farben stand, die rechte Hand mit drei Rosen erhoben, die linke in die Seite gestemmt. Obwohl es bekleidet war, traten die Brüste stark hervor, ja sogar die Warzen zeichneten sich deutlich ab. Der Beschauer lächelte behaglich. Nun näherten sich Schritte vom Eingang her. Planta wandte sich vom Fenster ab und vertiefte sich angelegentlich in das Schnitzwerk der Wandverkleidung und des Geschirrschrankes. Die Schritte entfernten sich jedoch und verloren sich im obern Stockwerk, wo sie plötzlich laut aufknarrten. Ein Wölklein Staub fiel von der Decke herab und blieb auf der Schieferplatte des Tisches liegen. Der Fremde wischte es mit dem Handschuh weg und untersuchte dann Becher und Messer. Sie waren tadellos sauber.

Nun kam die Frau mit einem Kruge Wein, und das Mädchen

Anna folgte mit Brot und Fleisch. Während die Frau ein Tüchlein entfaltete und auf dem Tisch ausbreitete, entschuldigte sie sich, daß das Brot nicht weiß und nicht frisch sei, sie hätten nicht Zeit, alle Tage zu backen, hätte man aber gewußt, daß so hoher Besuch komme, würde man sich danach gerichtet haben. Der Gast wehrte ab. Er sei es gewöhnt, zu nehmen, was da sei. Darauf goß er sich Wein in den Becher, schnitt Brot und Fleisch ab und hielt eine lautlose Mahlzeit, während die Frau in einer Ecke lehnte nicht zu wissen schien, ob sie ein Gespräch beginnen sollte. Doch nun trat der Gatte ein. Er hatte sich umgezogen und trug zwar nicht gerade sein bestes Kleid, aber doch ein solches, in dem er auch vor vornehmen Leuten bestehen konnte. Die Frau warf ihm einen schnellen Blick zu und verließ die Stube, das Töchterchen, das von einer Wandbank aus den Fremden unverwandt betrachtet hatte, mit sich ziehend.

Der Gast hatte sich erhoben und streckte dem Hausherrn lächelnd die überreich mit Ringen geschmückte Hand entgegen. «Es ist lange her, seit wir uns das letztemal getroffen haben. Ich denke, das war noch in Frankreich unter den Fahnen des Königs Heinrich.» Seine Stimme hatte etwas Warmes, beinahe Gurrendes.

Hauptmann Buol näherte sich zögernd und ergriff die angebotene Hand nicht gleich. Schließlich lehnte er sich über den Tisch und vollzog wortlos die Begrüßung. Der Gast setzte sich, und auch Buol nahm Platz. Eine kleine, unbehagliche Pause entstand, die der Fremde durch einen Zutrunk auszufüllen versuchte. «Auf Ihr Wohl, Kamerad!»

«Auf das Ihre, Herr Pompejus!» antwortete Buol ohne besondere Herzlichkeit. Planta strich sich den Schnurrbart und lächelte überlegen.

«Sie sind erstaunt, nicht wahr? Daß ich in Davos bin und ausgerechnet zu Ihnen komme.»

«Ich kann es nicht leugnen.»

Pompejus machte eine leichte Bewegung mit der Hand. «Ein Zufall. Ich bin auf dem Weg ins Engadin. Ich komme von Grüsch, von einer Hochzeit, zu der Sie eigentlich hätten eingeladen sein müssen. Herkules von Salis hat Sie, hoffe ich, nicht absichtlich übergangen.» Er machte eine Pause. Buol schwieg mit unbewegtem Gesicht.

«Ich bin hier zufällig über Nacht», fuhr Planta fort. «Und da habe ich die Gelegenheit wahrgenommen, einem alten Dienstkameraden guten Tag zu sagen – auf die Gefahr hin, ungelegen zu kommen.»

«Durchaus nicht. Wie war übrigens die Hochzeit?» Er holte einen Becher aus dem Schrank und goß sich Wein ein.

«Prächtig – versteht sich. Was sage ich? Prächtig ist gar kein Ausdruck – pompös, großartig, überwältigend. Die Gelegenheit war ja auch einmalig. Der alte Herkules schwamm in Glückseligkeit, und der Bräutigam, der Rudolf, tat kaum den Mund auf vor Vornehmheit. Sie haben ihn ja auch gefeiert, den zwanzigjährigen Bengel – nun ja, bleiben wir bei der Wahrheit: zweiundzwanzig ist er. Wenn ihm soviel Gewogenheit nur nicht schadet. Er ist stolz und ehrgeizig von Natur – er müßte kein Salis sein – und könnte leicht den Sinn für das Mögliche verlieren. Denn ehrlich gesagt: Was hat der junge Mann bisher geleistet? Nun, ich sage ja nichts – es war eine Hochzeit, da gehen die Wellen hoch. Immerhin, ein paar Umstände waren widerlich. Was sagen Sie dazu, daß ein siebzehnjähriger Schnuderbub, der eben von Sedan heimkommt, wo er ein paar Jahre lang als Page um die Weiber des Herzogs von Bouillon herumgestrichen ist, den Luzi Gugelberg um eine französische Kompanie angeht? Ich übertreibe nicht.»

Buol lachte: «Er wird sie nicht bekommen, und so ist es weiter kein Unglück.»

Pompejus lehnte sich im Stuhl zurück und legte die Hände vor sich auf den Tisch. Nachdem er einige Male kurz durch die Nase geschnaubt hatte, sagte er: «Sie haben recht, man muß solche Dinge von der lächerlichen Seite nehmen. Aber abgesehen davon: Man muß schon Ulysses von Salis heißen, um sich solche Scherze erlauben zu dürfen.»

Es war dämmerig geworden. Buol erhob sich und ging hinaus. Nach einiger Zeit kam er mit einem brennenden Talglicht zurück. Als der Hausherr wieder bei ihm am Tische saß, sagte Planta: «Der Veranstalter der Hochzeit, der alte Herkules, hat natürlich die Gelegenheit nicht ungenutzt lassen können, ein wenig Öl ins Feuer zu gießen. Zwar ist er klug genug gewesen, nicht selbst das venezianische Bündnis zu empfehlen. Aber man spürte die Regie recht deutlich aus dem Dialog heraus, den die Obersten Guler und Baptista Salis aufgesagt haben.»

Buol sagte trocken: «Haben *Sie* ein *spanisches* Bündnis empfohlen?»

«Bewahre!» entrüstete sich Pompejus. «Stellt man mich so dar? Da haben Sie's! Wenn man für seine Überzeugung einsteht, daß die Erneuerung des Bündnisses mit Venedig unserem Lande lauter Nachteile bringe und also unterbleiben müsse, ist man plötzlich ein Anhänger Spaniens! Aber nur Geduld! Es ist dafür gesorgt, daß die Bäume nicht in den Himmel wachsen, auch der Weidenbaum der Salis nicht!»

Er trank etwas unbeherrscht den halbvollen Becher aus, hatte sich aber, während der Hausherr ihm einschenkte, wieder vollständig in der Hand.

«Wie steht's Kamerad?» fragte er freundschaftlich angeregt, «sind Sie aufgelegt zu einem vernünftigen, abklärenden politischen Gespräch?»

Buol machte ein bedenkliches Gesicht. «Ich weiß nicht. Es gibt wichtigere Leute hier in Davos.»

«Das ist es ja gerade!» Planta stützte den rechten Ellbogen auf den Tisch und begleitete seine Rede mit Handbewegungen. «Das ist es ja gerade! Was Sie sagen – gut. Das weiß ich, das mag stimmen. Aber genau *deswegen* komme ich zu Ihnen. Sehen Sie, ich hatte gehofft, mit Ihnen ein bißchen ins Gespräch zu kommen. Die Herren, die Sie im Auge haben, die Sprecher, Oberst Guler – ihre Verdienste in Ehren, aber *disputieren* kann man längst nicht mehr mit ihnen, sie haben für jede Frage eine Antwort im voraus, das geht wie im Katechismus. Aber bei Ihnen», er beugte sich vor und faßte sein Gegenüber scharf ins Auge, «bei Ihnen darf ich ein selbständiges Urteil voraussetzen. Ihnen schwirren nicht die Propagandaphrasen im Kopf herum, die der Vicenti in Chur herausgibt oder der Herkules in Cläfen.» Buol hielt dem Blick des Freiherrn stand, äußerte sich aber nicht.

«Ich habe ein ernstes Anliegen», fuhr Planta fort. «Sie kennen den gegenwärtigen Zustand unseres Landes, Sie wissen, daß es im Belieben der Spanier steht, uns völlig zu ruinieren. Kein Wort darüber. So sind die unleugbaren Tatsachen. Wo liegt die Schuld? Ohne Zweifel beim unseligen Bündnis von 1603 mit Venedig und bei der Ablehnung des damaligen spanischen Angebotes. Damit haben wir unsere Neutralität aufgegeben und uns aufs trügerische Eis der hohen Politik gewagt. Ich gehe nun aber noch weiter und frage: Wer ist verantwortlich für das Zustandekommen des verderblichen Bündnisses? Die Gerichtsgemeinden, werden Sie sagen, denn diese haben dem Angebot der Republik Venedig zugestimmt. Wer aber ist das: die Gerichtsgemeinden? *Das Volk!* Der Pöbel, der noch überall dort, wo er die Macht hatte, sein Schicksal selbst zu bestimmen, sich selbst das Grab schaufelte. Sie sind erstaunt, daß ich es wage, so zu sprechen, in einem Lande, wo die Volksrechte eifersüchtiger gehütet werden als anderswo das private Eigentum? Wohlan! Sie sollen noch ganz andere Dinge hören: Die *Demokratie* ist es, die uns an den Rand des Verderbens geführt hat. Hier die Gründe: Das Volk hat in seiner überwiegenden Mehrheit keine Ahnung vom Regieren. Der Überblick über eine politische Situation geht ihm vollständig ab, und ebensowenig vermag es sich über die Konsequenzen seiner politischen Akte Rechenschaft zu geben, vide Fuentes. In den meisten lebt denn auch die gesunde Einsicht, daß sie politische Säuglinge sind. Aber gerade *das* ist das Gefährliche. Weiß man nämlich selbst keinen Rat, so holt man ihn anderswo, und an Ratgebern ist allerdings kein Mangel! Damit aber liefert man das Land den Hitzköpfen und Tribunen aus, die ihr persönliches Interesse unter dem Mäntelchen der politischen Notwendigkeit verbergen. Und das heißt man dann Freiheit und Demokratie.»

Buol griff nach dem Weinkrug. Während des Einschenkens sagte er: «War es einmal anders? *Kann* es überhaupt anders sein? Wird eine Demokratie jemals so vollkommen sein, daß die Parteiführer überflüssig sind, und wird einst der stimmfähige Mann das Für und Wider für sich allein abwägen können?»

«Beantworten Sie Ihre Fragen selber, Kamerad, aber lassen Sie den demokratischen Idealzustand aus dem Spiel, er existiert nicht, hat nie existiert und wird nie existieren.»

«Das ist auch meine Meinung. Darum müssen wir uns eben mit dem Unvollkommenen abfinden.»

«Heißt das, man müsse sich mit dem Untergang des Landes abfinden? Alle Wetter, das ist eine billige Antwort, Hauptmann! Ein bißchen Logik, bitte! Wir haben die gefährliche Lage selbst geschaffen und müssen sie selber ändern. Der politische Scharfsinn des Volkes läßt sich nicht entwickeln – in vier-, fünfhundert Jahren vielleicht, aber darauf können wir nicht warten. Unser Regierungssystem ist falsch. Ändern wir also einmal vor allem dieses System!»

Buol sah auf und strich sich den Bart. «Ich bin neugierig auf Ihr Rezept», sagte er ruhig und ohne eine Spur von Spott.

«Ein Rezept – richtig, wenn Sie den Ausdruck apothekermäßig verstehen wollen, als Anweisung zur Herstellung eines Heilmittels. Gut denn: ein Rezept. Hier ist es: Eine Anzahl von verantwortungsbewußten Edelleuten und Offizieren nimmt das Heft in die Hand. Der Kreis darf nicht zu groß gezogen sein, und vor allem: keiner der derzeitigen Großhanse darf darin Aufnahme finden. Dieser Ausschuß, oder wie man es nennen will, übernimmt die Regierung nach innen und die Vertretung der Drei Bünde nach außen, macht Gesetze, überwacht deren Ausführung, schließt oder kündigt Bündnisse und Kapitulationen, kurz und gut: übt die Staatsgewalt aus nach bestem Wissen und Gewissen. Die schwerfällige, unzuverlässige und unberechenbare Maschinerie der Befragung der 48 Gerichtsgemeinden wird dadurch ausgeschaltet und das Regieren erst eigentlich ermöglicht.»

«Und das Volk?»

Planta machte eine wegwerfende Handbewegung. «Das Volk soll gehorchen! Dazu ist es geboren und bestimmt nach dem Willen des himmlischen Vaters, dessen Stellvertreter wir, die Regierenden, sind. Ein väterlich-strenges, wohlwollendes Regiment ist die beste Grundlage für Volkswohlfahrt und allseitiges Gedeihen. In Zürich, Bern und Basel, woher man ja sonst auch seine Vorbilder bezieht, wird es nicht anders gehalten.»

Buol sah den Gast von der Seite an und lächelte bitter. «Das ist Diktatur.»

Planta antwortete etwas gereizt: «Nennen Sie es, wie Sie wollen. Es ist die Notwendigkeit.»

«Ihr Projekt, Herr von Planta, hat auf den ersten Blick manches Einleuchtende. Unser Staatsapparat ist schwerfällig, zugegeben. Der Rat kommt oft erst nach der Tat, und eine stärkere Zentralgewalt wäre daher wohl wünschenswert. Aber wer gibt den Anstoß zur Erneuerung? Wer bestimmt die Mitglieder des regierenden Ausschusses? Wem ist dieser für seine Tätigkeit verantwortlich? Wie lange...»

«Sie mißverstehen mich, Hauptmann. Kein Parlamentarismus mehr! Keine Wahlen mehr! Ein paar einsichtige Edelleute... wie ich sagte.»

«Also ein willkürliches Regiment einer kleinen Gruppe oder eines Einzelnen, der diese Gruppe beherrscht. Die erste außenpolitische Handlung wird ein Bündnis mit Spanien sein.»

«Halt!» fuhr Pompejus dazwischen. «Sie verlassen den Boden der Objektivität!» Er kreuzte die Arme und schob die breite, feuchte Unterlippe vor. «Gestatten Sie, daß ich richtigstelle und die künftige Außenpolitik kurz umreiße: Kein Bündnis mit Spanien, wenn es sich irgendwie vermeiden läßt. *Aber...*», er hob den Zeigefinger, «denken wir immer daran, daß Spanien unser gefährlichster Nachbar ist, der uns mehr Schaden zufügen kann als alle übrigen Nachbarn zusammen. Spanien darf auf keinen Fall brüskiert werden. Darum: vor allem kein Bündnis mit Venedig. Soweit ich unterrichtet bin, wird Spanien sich damit begnügen. Ein kleines Zugeständnis mag dann und wann notwendig werden, aber das müssen wir in Kauf nehmen; denn von den Beziehungen zur spanischen Lombardei hängt das Wohl und Weh unseres Volkes ab. Spanien ist unser gefährlichster Nachbar, ich wiederhole es. Es muß mit Samthandschuhen behandelt werden. Und die gegenwärtigen Großhanse schwenken in ihrer Verblendung das rote Tuch!» Er griff nach dem Becher.

Buol fuhr sich mit seiner breiten Bauernhand über das dichte, schwarze Haar. Das Talglicht flackerte. Der vom zu lang gewordenen Docht in breiter Fahne aufsteigende Rauch roch unangenehm. Buol stand auf, um die Lichtschere zu holen. Während er den Docht schneuzte, sagte er:

«Sie haben in manchem nicht unrecht. Aber Ihre Ausführungen enthalten einen großen Fehler: Sie setzen sich über die praktischen Gegebenheiten hinweg.»

«Zum Beispiel?»

«Zum Beispiel über die Rechte des Volkes. Diese Rechte bestehen. Das Volk hat sie einst erworben in Kämpfen und Verhandlungen, und es wird sie niemals freiwillig aufgeben. Wer es aber versuchen wollte, sie gewaltsam abzuschaffen, der trüge stündlich seine Haut zu Markte. Haben Sie Lust dazu? Ich nicht.»

Planta sah scharf herüber. Die Unterlippe wurde schmal und blaß. «Sie opfern also die Selbständigkeit unseres Landes?»

«Ich opfere nur die Diktatur.»

Pompejus schüttelte mißmutig den Kopf: «So ist dem Lande nicht zu helfen.»

«Erlauben Sie ein offenes Wort oder eine Frage: Kennen Sie unser Volk? Ich bezweifle es fast. Es ist wahr: Es läßt sich betrügen und irreleiten, aber nie für lange Zeit. Es fehlt ihm an politischer Bildung, an Einsicht, an der Fähigkeit, auf persönliche Vorteile zu verzichten. Aber in einem hat es einen sichern Instinkt: Es erkennt rasch, was seine Freiheit bedroht.»

«Sie sprechen vom Volk. Das ist unzulässig. Das Bündnervolk ist schon seit Jahrzehnten nicht mehr einig. Wenn Sie ehrlich sein wollen, müssen Sie die Ursache dieser Uneinigkeit in der Glaubensspaltung erkennen, müssen Sie zugeben, daß *damit* unser nationales Unheil beginnt. Ich habe meinerseits die Konsequenzen aus dieser Erkenntnis gezogen. Glauben Sie mir, ich habe mit meiner Konversion keinen bequemen Weg gewählt. Ich hätte es leichter haben können.»

«Das Unheil sehe ich anderswo», sagte Buol, «nämlich in dem Umstande, daß die alte Kirche sich über den freien Willen der Abtrünnigen hinweggesetzt und versucht hat – und noch versucht –, ihren alten Einfluß, auch politisch, mit allen Mitteln zurückzugewinnen.»

«Sie sprechen als Protestant», sagte Planta wegwerfend.

«Und Sie als Katholik, als Konvertit, was nicht ganz dasselbe ist. Wir wollen ehrlich sein und zugeben, daß keiner von uns beiden berechtigt ist, vom höhern Landesinteresse zu sprechen. Es gibt nicht viele Männer in Bünden, die das dürften. Und diese sind gegenwärtig klug genug, zu schweigen.»

«Es ist zwecklos», sagte Planta und stand auf. Er war verärgert und gereizt, doch während er sich den Degen umgürtete, den Hut aufsetzte und die Handschuhe anzog, erheiterte sich seine Miene zusehends. Die Unterlippe trat vor und verzog sich in die Breite, und für einen Augenblick wurden die spitzen Zähne sichtbar.

«Einem Politiker ist es immer von Nutzen», sagte er spöttisch, «die Stimmung im Volke ein bißchen zu erkunden. Der heutige Abend war sehr aufschlußreich und hat mich in jeder Beziehung nicht enttäuscht. Ich danke Ihnen recht herzlich.»

Er verbeugte sich in sichtbar übertriebener Weise. «Bitte, bemühen Sie sich nicht mit dem Licht. Guten Abend!»

LIMMATATHEN

Ich bin außerordentlich unzufrieden mit dem Burschen», sagte der Schulherr und Prediger am Großmünster, Caspar Murer, zu seinem Gast, dem Bündner Parteimann Johann Baptista von Salis. Die Herren saßen in der von drückender Hitze erfüllten Stube der Pfarrwohnung an der Kirchgasse.

«Ihre eigenen Söhne, Herr von Salis», fuhr Murer fort, «sind gesittet und lernbegierig. Ich habe mich oftmals gefragt – verzeihen Sie, daß ich es offen sage –, was Sie bewogen haben könnte, ausgerechnet den liederlichen Jenatius als Praeceptor anzustellen. Sie können sich keine Vorstellung machen, was ich mit dem Kerl für Ärger gehabt habe, und nicht nur ich...»

Salis hatte das Taschentuch hervorgezogen und sich damit die schweißglänzende Stirn gewischt. Nun unterbrach er den Prediger mit einer wedelnden, abwinkenden Bewegung. «Der Bursche ist intelligent. Und er ist mir von verwandtschaftlicher Seite empfohlen. Er hat ein wildes Blut. Aber was wollen Sie? Das ist

Bündnerart, oder besser gesagt: Wer das nicht hat, wird es zu nichts bringen in der Republik der Drei Bünde. Ihr Zürcher seid zu streng, zu puritanisch, zu prinzipiell. Ich kenne euch ein bißchen, von meiner Frau her, die ja, wie Sie wissen...»

«Ich wollte ja nichts sagen, wenn der junge Mann sich nicht ausgerechnet das Studium der Theologie vorgesetzt hätte. So aber...» Murer verfiel wieder in seine Ärgerlichkeit und zuckte mehrmals die Achseln. Salis lehnte sich behaglich im Stuhl zurück. Sein Gesicht ging in die Breite, die roten Wangen wurden rund und glänzend wie Äpfel.

«Sagen Sie, lieber Freund», begann er in seinem italienisch gefärbten Deutsch, «sind Sie ein Kenner unserer Verhältnisse? – Nicht? – Dann lassen Sie sich von mir sagen, daß wir gegenwärtig – ich sage: gegenwärtig – solche Burschen wie den jungen Jenatsch aufs äußerste nötig haben. Darum rate ich Ihnen in aller Freundschaft: Helfen Sie mit, daß diese ärgerliche Geschichte zu einem guten Ende...»

«Ich muß zugeben, daß es mir schwerfällt, nach allem, was geschehen ist», sagte der Schulherr mit wichtiger, strenger Miene.

«Es fällt Ihnen durchaus nicht schwer, Herr Pfarrer, wenn Sie bedenken, was auf dem Spiele steht. Wir haben also seit drei Jahren eine spanisch gesinnte Mehrheit, was gegen alle Tradition ist und uns die Freundschaft Venedigs gekostet hat. Die Ursachen sind recht kompliziert: hemmungslose Propaganda der beiden Planta, Unfähigkeit des venezianischen Gesandten, schlechter Geschäftsgang, Drohungen und Einschüchterungen von seiten Spaniens und ähnliche Kontrarietäten. Nun wissen Sie ohne Zweifel auch, daß die Volksgunst ein launisches Ding ist, gelegentlich mögen sogar leere Kirchenbänke... verzeihen Sie die Anspielung, die selbstverständlich nicht persönlich gemeint ist. Wir waren also alle überzeugt davon, daß der Wind bald wieder umschlagen würde. Venedig hat nicht gespart. Barbarigo, der vor zwei Jahren als Gesandter kam, hat, ich weiß es aus erster Quelle, bis zu seiner Abreise vor einem Monat dreißigtausend Zechinen... ohne Erfolg. Das Bündnis ist zum drittenmal abgelehnt worden. Wir müssen es diesmal also anders angreifen, ganz anders... Die Mehrheit unseres Volkes ist evangelisch. Bringen wir die Evangelischen auf unsere Seite, dann haben wir gewonnenes Spiel. Und dazu – nun verstehen Sie, weshalb ich meine Hand über den wilden Jenatius halte –, dazu brauchen wir die Prädikanten.»

«Stinkt es in Zürich immer nach faulen Fischen?» fragte auf romanisch ein junger Mann seinen Begleiter, den auffallend großgewachsenen Studenten Jenatsch.

«Nur im Sommer, aber man gewöhnt sich daran. Es stinkt ja auch noch nach anderem. Ist es in Basel besser?»

«Entschieden.»

Die beiden Bündner waren dem heißen Limmatufer entlanggeschlendert und hielten nun unweit der Wasserkirche an, wo ein alter Fischer Boote ausmietete. Sie sahen ihn auf einem Schiffsrand in der Sonne sitzen, die Hände auf den nackten Knien, und abwesend auf das Geflimmer der Seefläche hinausstarren. Eben wollten sie zu ihm auf das vertäute Floß hinabsteigen, doch auf der Leiter saß ein üppiges, rotblondes Mädchen, das irgendwelche Fetzen auswand. Jenatsch rief es an:

«He, Jakobee, mach Platz!»

Sie drehte den Kopf mit dem unordentlichen Haar nach oben und blickte die Störenfriede aus entzündeten Augen an. Als sie den Rufer erkannt hatte, erhob sie sich schwerfällig, stemmte die nackten Füße in die Winkel der untersten Sprosse und legte die Hände dicht vor den Schuhen Jenatschs und seines Begleiters auf die Ufermauer.

«Du kommst mir gerade recht, Jenatsch», sagte sie mit heiserer Stimme. «Du bist mir's noch schuldig vom letztenmal, und ich weiche nicht, bis ich es bekommen habe.»

«Keinen Streit deswegen. Komm mit, wir fahren auf den See hinaus. Dort können wir abrechnen.»

Das Mädchen machte einen plumpen Satz aufs Floß und begann sein Haar aufzustecken und die Kleider zu ordnen.

«Aber hör», fuhr Jenatsch fort, als er neben ihm stand, «sei anständig und schwatz nicht, ohne daß man dich fragt. Mein Kamerad hier, der Bonaventura Toutsch, ist ein so gut wie ausstudierter Pfarrherr; er wird schon nächste Woche vor der Bündner Synode seine letzte Prüfung ablegen. Weißt du, was das ist, die Synode?» Das Mädchen verzog den Mund zu einem erstaunt-verlegenen Lächeln und wickelte sich die Locken über dem Ohr um den Finger. Die Männer lachten.

Der Fischer wandte sein braunes Faltengesicht nach den mutmaßlichen Fahrgästen um. Als die jungen Leute sich näherten, löste er mit seinen zittrigen, gekrümmten Fingern erstaunlich schnell den Knoten des Seiles, mit dem der Kahn festgebunden war. Dann legte er die Ruder zurecht und trat zur Seite. Jenatsch stieg ein, die andern folgten wortlos.

«Soll ich mitkommen?» fragte der Alte mit seinem zahnlosen Mund, so daß man ihn kaum verstand. Jenatsch hatte schon die Ruder in der Hand. «Schlaf weiter», rief er ihm zu.

Der Alte stieß das Boot mit einer Stange ab, der Ruderer gewann Raum, und bald trieben seine kräftigen Züge das Fahrzeug in rascher Fahrt dem Grendeltore zu. Eine Bahn von platzenden Schaumblasen blieb hinter ihm zurück.

Die Herren begaben sich in den schattigen Erker, da heute zu Ehren des hohen Gastes in der Wohnstube gegessen werden sollte. Ein bleiches, mageres Mädchen breitete das Tischtuch aus und ordnete die Eßgeräte, richtete die Stühle hinter jedem Platz und schnitt das Brot auf einem großen Brett, das sie in die Mitte des Tisches stellte. Salis hatte ihr interessiert zugesehen. «Vergessen Sie das Salzfaß nicht, Fräulein!» rief er ihr nach, als sie sich zum Gehen anschickte. «Ich bin ein Gegner der leisen Küche.»

Caspar Murer warf ihm einen ärgerlichen Blick zu, lächelte dann aber säuerlich, als ihm der Gast sein fettes Gesicht mit der gebogenen, allzu fleischigen und großporigen Salisnase zuwandte.

«Sind Sie verwandt mit dem Ritter Herkules?» fragte er mit gespieltem Interesse.

«Weitläufig. – Es gibt viele Salis in Bünden. Ritter Herkules wohnt jetzt meist in Cläfen, und ich habe meinen Sitz auf Soglio. Andere Verwandte haben sich im Veltlin niedergelassen, ein Sohn des Herkules, Ulysses, hat dorthin geheiratet, auch eine

Salis. Aber nun zurück zu unserm Jenatsch. Er hat, nach Ihrer Meinung, nicht gehalten, das man sich von ihm...?»

«Er hat uns enttäuscht. Im ersten Jahr ging alles vortrefflich. Er besaß gründliche Vorkenntnisse in Latein und hatte auch eine Ahnung vom Griechischen und Hebräischen. Der Vater muß ein tüchtiger Mann sein.»

«Perfekt», sagte Salis mit einem schmatzenden Laut, denn die Suppe wurde aufgetragen.

«Wir haben es auch anerkannt. Der Bursche hat für eine seiner Arbeiten eine Prämie aus einer wohltätigen Stiftung erhalten und durfte sich überdies auf Kosten der Stadt jeden Mittag im alten Spital satt essen.»

«Der sogenannte Mueshafen», lachte Salis, «ich weiß. Habersuppe und Brot und lebenslängliches Hörenmüssen!»

«Sie verkennen unsere Mildtätigkeit, Herr Oberst!» sagte Murer streng und vorwurfsvoll.

«Verzeihen Sie, verehrter Freund, es war ein Scherz, ein schlechter Witz. Es liegt mir ferne, über eure Gastfreundschaft... Gebe Gott, daß nicht auch wir sie eines Tages...» Er seufzte, und sein Gesicht nahm für einen Augenblick einen sorgenvollen Ausdruck an.

«Nach einem Jahr mußte man ihm die Vergünstigung entziehen», fuhr Murer fort. «Er fing an, die Lektionen zu versäumen, sich ungehörig aufzuführen, und ich habe ihn im Verdacht, daß er nicht immer bei seinen Freunden Aufgaben machte, wenn er abends aus dem Hause ging. Wir mußten ihm sogar mit der Relegation drohen. Und dann kam jene Rauferei, von der Sie ja unterrichtet sind.»

«Ich darf jedenfalls feststellen, daß er sich für meine Söhne eingesetzt und mein Vertrauen gerechtfertigt hat.»

«Das will ich zugeben. Aber es wäre nicht nötig gewesen, dem Angreifer, der übrigens schon von der Schulleitung seine Strafe empfangen hatte, aufzulauern und ihn so zuzurichten, daß sein Geschrei das ganze Niederdorf zusammenlaufen ließ. Seinem Treiben die Krone aufgesetzt hat Jenatsch dann durch die vierma-li-ge Weigerung, vor dem Lehrerkonvent und den Schulherren zu erscheinen! Aber alle Geduld nimmt einmal ein Ende.

Wir haben den Herrn Bürgermeister gebeten, einen Haftbefehl gegen ihn zu erlassen.»

Er erhob sich und forderte Salis mit einer Handbewegung auf, am Eßtische Platz zu nehmen. Vom Flur herein drangen die Stimmen er übrigen Haus- und Tischgenossen.

«Sie kennen meinen Neffen, den Seckelmeister Escher?» fragte Salis, hinter seinem Stuhle stehend. «Ich werde ihn am Nachmittag aufsuchen und ihn bitten, beim Bürgermeister... Bereiten Sie Ihre Schulherren darauf vor, daß Jenatsch sich morgen oder wann es ihnen sonst passend erscheint, zu ihrer Verfügung halten wird. Ich habe ihn in der Hand. Entlasse ich ihn als Praeceptor meiner Söhne, dann kann er in eurem gastfreundlichen Zürich verhungern.»

Das bleiche Mädchen öffnete die Tür, um die Kostgänger hereinzulassen. Zuerst erschienen die drei Söhne des Obersten. Jenatsch fehlte.

«Fräulein», rief Salis über die geneigten Köpfe der in einer Reihe vor ihm stehenden Sprößlinge hinweg, «das Salzfaß!»

Die Giebel und Firste der Stadt schrumpften zusehends zusammen, ihr Braun wurde grau und duftig und löste sich in die Farben der Landschaft auf, vermischte sich mit Weinbergerde, Gartenmauern und Buchenstämmen. Bloß die Türme reckten sich noch ins rauchige Hellgrau des Junihimmels, der erst zwei Spannen über den Waldhorizonten anfing, richtig blau zu werden. Das Wasser rauschte an den Planken bei jedem der schnellen, beinah heftigen Ruderschläge, und auf dem Schiffsboden schaukelte gluckernd eine Wasserlache und machte aus dem Spiegelbild der Sonne zackige Streifen und Kringel, die zusammenflossen und wieder auseinanderschossen. Es wehte kaum ein Lüftchen, bloß gegen Küsnacht hin lag ein rauher Fleck, ein Schorf aus tausend weißen, hüpfenden Flämmchen, auf der glatten Wasserhaut. In der Ferne schwammen gelblich matt die Schneefelder der Glarner Berge.

Die rasche Folge von Ruderzügen trieb das Boot am Horn vorbei der Seemitte zu. Dann knarrten plötzlich die Dollen, die triefenden Ruderblätter hoben sich über den Rand und sanken auf den Schiffsboden. Jenatsch, der den andern den Rücken zugewandt hatte, kehrte sich um und brachte dadurch den Kahn für einen Augenblick ins Schwanken. Das Mädchen kreischte auf. Es tönte wie ein Möwenschrei.

Jenatsch tauchte die Hände ins Wasser und benetzte sich die vom Schweiß glitzernde Stirn. «Ich wollte, ich wäre auch schon auf der Heimreise», sagte er auf romanisch. «Die Stadt da hinten geht mir auf die Nerven.»

Bonaventura meinte, er sei doch wohl mit Zürich nicht verheiratet und könne sein Bündel schnüren, wenn es ihm nicht mehr passe.

«Das ist leider nicht so einfach», sagte Jenatsch mit einem kurzen, schnaubenden Auflachen. «Aus dem verfluchten Limmatathen kommt man nicht so leicht weg.»

«Ist es am Ende...» Bonaventura deutete mit dem Kopf nach der hinter ihm sitzenden Jakobee.

«Was denkst du denn? Diese Sorte findet man überall, auf die nimmt man doch keine Rücksicht. Nein, es sind ein paar unangenehme Dinge geschehen. Ich riskiere den Wellenberg. Auf jeden Fall wird man mich nicht fortlassen, ehe das alles eingerenkt ist. Weißt du, eine launische Gesellschaft sind diese Zürcher schon! Zuerst, da wußten die Herren vom Lektorium in ihrer blinden Bewunderung für uns Bündner nicht, wie voll sie den Mund nehmen sollten. ‚Gloria, Jenati, juvenum sophiaeque medulla, volvis et evolvis sedulus ergo libros.'»

«Ist das Lateinisch?» krächzte das Mädchen.

«Hab' ich dir nicht verboten, ungefragt zu schwatzen?» herrschte Jenatsch sie an.

Bonaventura sagte über die Schulter zurück: «Auf deutsch heißt es: ‚Jenatsch, du Ruhmesstern der Jugend, du Kern der Weisheit. Darum wälzest und wälzest du immer wieder eifrig Bücher.'»

«Kümmere dich doch nicht um die Gans», sagte Jenatsch unwillig, diesmal auf deutsch. «Sie versteht weder das eine noch das andere. Sie versteht nur eines, und dafür läßt sie sich auch gehörig bezahlen. – Den steifen, gelehrten Herren ist das Loben dann allerdings vergangen», fuhr er auf romanisch fort.

«Warum, weiß ich nicht. Ich habe getrieben, was andere auch. Aber man hatte mich einmal aufs Korn genommen, und nun konnte ich es plötzlich niemandem mehr recht machen. Den lächerlich geringfügigen Vorfall im Niederdorf...»

«Ich habe davon gehört –»

«...haben sie aufgebauscht und aufgeblasen, bis sie etwas gegen mich unternehmen mußten, wenn sie sich nicht blamieren wollten. Aber ich tue ihnen den Gefallen nicht, sie können mich noch zehnmal vorladen!» Er griff nach den Rudern, brachte sie in die richtige Lage und begann das Boot zu wenden. Plötzlich stand er auf und wandte sich wieder um. «Ich mache es anders», sagte er freudig entschlossen und mit funkelnden Augen, «nämlich ich tue ihnen den Gefallen so bald als möglich, wende alles an, um die Philister gnädig zu stimmen, und ziehe nach Basel. Dort schließe ich ab und suche mir eine Pfründe.» Er setzte sich.

«Vielleicht werden wir Nachbarn», sagte Bonaventura. «Ich habe mich im Domleschg gemeldet, in Sils.»

«Auf jeden Fall werden die nächsten Jahre interessant bei uns in den Bünden. Die gelehrten Disputationen werden uns dort wenig nützen, sowenig wie der ganze Hokuspokus hier. Wir werden auf andere Weise zeigen müssen, daß wir etwas Besonderes sind.»

«Weißt du, daß es gar nicht so unmöglich ist? Daß wir Nachbarn werden, nämlich. Thusis wird allerdings nicht frei in der nächsten Zeit, da sitzt der Conrad Jecklin, aber in Scharans amtiert ein gewisser Janett. Soviel ich gehört habe, ist man nicht zufrieden mit ihm. Wein und Weibergeschichten oder was weiß ich, und wenn das wahr ist...»

«Ich will ins Engadin, möglichst nahe zu den Planta. Es zuckt mir in allen Fingern, die Herren ein bißchen zu kitzeln. Es nimmt mich wunder, ob sie's ewig so treiben können wie gerade jetzt. Übrigens wundert es mich, daß du nicht ins Engadin willst.»

«Dort ist gegenwärtig alles in festen Händen. Der Ritter Rudolf Planta in Zernez hat mir zwar zu merken gegeben, daß er mich gern auf seiner Kanzel hätte, aber es ist besser, ich lasse das bleiben, er hätte nur Verdruß mit mir.»

«Hat er dir das Studium bezahlt?»

«Teilweise. Aber ich lasse mich nicht kaufen. Übrigens habe ich nicht im Sinn, mich politisch zu betätigen. Das müßte ich in Zernez, und zwar auf eine Art, die mir gegen den Strich ginge, oder ich müßte dem Ritter Rudolf auf die Zehen treten, und das will ich auch nicht.»

«Um die Politik wirst du auch in Sils nicht herumkommen, das prophezeie ich dir heute schon. Entschließe dich beizeiten. Mit lauen Halbheiten ist dem Lande nicht gedient. Ich hoffe, du hast begriffen, worum es geht.»

«Wäre ich sonst Prädikant geworden?»

«Wir werden ja sehen, ob du's begriffen hast. Auf jeden Fall wird es nicht damit getan sein, daß du am Sonntag schön predigst und die Woche durch deinen Bienen zuschaust.»

«Ich glaube, ich kenne unsere Amtspflichten ziemlich genau, Georg», sagte Toutsch beinahe scharf.

Jenatsch warf ihm einen schnellen, stechenden Blick zu. Dann stand er auf, setzte sich an die Ruder und mühte sich keuchend und verbissen damit ab, ohne sich auch nur ein einziges Mal die Stirn zu trocknen. Erst als die Möwen sich von der ins Wasser vorspringenden Basteimauer erhoben, blickte er sich um, da es galt, den Kahn zum Grendeltor hineinzulenken.

Jakobee stieg als erste aus und stellte sich breit vor die Leiter. Als Toutsch den Fuß aufs Floß setzen wollte, hielt ihn Jenatsch am Ärmel zurück. «Du übernimmst die Kosten des Vergnügens, nicht wahr?» sagte er mit gedämpfter Stimme. «Ich bin im Augenblick ziemlich abgebrannt, und schließlich habe ich meinen Teil mit Rudern abverdient. Bring es also ins reine mit dem Alten, ich verhandle indessen mit unserer holden Fee.»

Toutsch zog wortlos seine Börse, und Jenatsch sprang an ihm vorbei aufs Floß.

«*Da haben wir ja den Kostverächter!*» dröhnte es auf italienisch von der Ufermauer herab. Jenatsch erkannte den Obersten Salis.

«Mach Platz!» rief er Jakobee zu, und als sie nicht weichen wollte, flüsterte er ihr hastig ins Ohr: «Heute abend um zehn bei den Papiermühlen, ich zahle alles, doppelt, wenn du willst, da oben steht der Salis, der reichste Bündner.»

Jakobee machte große Augen und gab den Weg frei.

«Hör einmal, Georg», sagte Salis, als Jenatsch vor ihm stand und sich verneigte, «komm näher, ich habe ein Wörtchen mit dir zu reden.» Er faßte ihn am Wams und zog ihn ein paar Schritte in den Schatten eines Hausgewölbes. Dort legte er ihm die Hand auf die Schulter und blickte ihn mit seinen grünlichen, in Fettpolster gebetteten Augen kopfschüttelnd an. «Daß du nicht an der Mittagstafel erscheinst, mag noch hingehen, obwohl es nicht christlich ist, den Gaben Gottes die ihnen gebührende Ehre... Aber daß du dem Vergnügen nachläufst, keine fünf Wochen nach dem Tod deiner Mutter, das ist unmoralisch, pietätlos, eines wohlgeratenen Sohnes unwürdig. Es enttäuscht mich, offen gesagt.»

Jenatsch senkte den Kopf. «Ich hätte es nicht tun sollen, Herr Oberst», sagte er zerknirscht. «Aber ich wollte einem durchreisenden Landsmann die Stadt zeigen, und dazu gehört auch der See.»

«Es ist in Ordnung, Georg. Ich werde nicht mehr darauf zurückkommen. Aber nun etwas anderes.» Er sah sich um. «Gibt es ein anständiges Gasthaus in der Nähe?»

«Die ‚Drei Sterne‘, die ‚Laterne‘, der ‚Gelbe Leu‘, der ‚Große Otter‘, der ‚Biber‘...»

«Genug», unterbrach ihn Salis, «ich sehe, du kennst dich aus. Das gefällt mir. Man muß wissen, wo die Männer zusammenkommen. Das ist wichtig, auch für einen Prädikanten. Ich habe – unter uns gesagt – nämlich den Eindruck, die geistlichen Herren haben sich allzusehr in ihre Gottesgelehrtheit... – kein Wort gegen diese Art von Gelehrsamkeit, versteh mich richtig. Aber alles mit Maß – und da kann ich mich also des Eindrucks nicht erwehren, die vorgemeldeten Herren kümmern sich ein bißchen zu wenig um die praktischen Fragen des Lebens, beispielsweise um die Landesangelegenheiten. Sie fürchten und verabscheuen die ‚Welt‘, also alles, was nicht unmittelbar auf die ewige Seligkeit... und vergessen, daß auch die ‚Welt‘ Gottes Schöpfung ist, und daß es uns aufgetragen ist, von dieser Welt richtigen Gebrauch zu machen. Merke wohl: *richtigen* Gebrauch. Zum Beispiel eine Seefahrt in Gesellschaft eines Freundes und einer hübschen jungen Dame – nun ja, ich übertreibe, denn ich spreche jetzt vornehmlich allgemein, also hübsch war sie nicht und eine Dame noch weniger, eure Begleiterin. Wie heißt sie?»

«Sie heißt Jakobee, mehr weiß ich nicht. Mein Kollege hat sich nicht näher über sie ausgesprochen. Auf jeden Fall ist es nichts Ernstes, vermutlich bloß eine Reisebekanntschaft oder dergleichen, offensichtlich ganz harmlos.»

«Nun ja», sagte Salis, wieder ins Sonnenlicht hinaustretend, «es wird schon so sein. Übrigens geht es mich ja auch nichts an. Also, der ‚Große Otter' ist dir empfohlen? Verfügen wir uns demnach dorthin, um in aller Ruhe etwas zu besprechen.»

Er ging voraus, blieb aber nach ein paar Schritten wieder stehen und wartete, bis Jenatsch an seiner Seite stand. «Ich habe nichts gegen eine Seefahrt zu gelegener Zeit. Sie kann eine Quelle reicher Freuden sein, für Leute, die sich aufs Wasser getrauen. Aber daß man ihretwegen eine Mahlzeit ausläßt, und besonders eine so vortreffliche, wie sie uns heute... das ist von der Welt und den Gaben Gottes schlechter Gebrauch gemacht.»

Nach der Sonnenhelle draußen wirkte die Gaststube wie eine lichtlose Höhle, denn ihre Fenster gingen nach der Schattenseite. Im übrigen war sie behaglich eingerichtet. Neben dem großen Schiefertisch gab es ein paar kleine, nette Winkel, und die Wände waren mit Holz verkleidet. An einer Wand hing ein riesiges Steinbocksgehörn.

Salis trat vollends ein, verneigte sich stumm vor ein paar Handwerkern, die um einen Schoppen würfelten, und schritt dann mit der erstaunlichen Beweglichkeit mancher Wohlbeleibten auf eine Ecke zu, nahm Hut und Degen ab und hängte beides an einen Holznagel. Vom Schanktisch kam der Wirt herüber, ein kleiner, magerer, dünnbärtiger Mann mit einer gewaltigen Hakennase. Er nickte Jenatsch beiläufig zu, verbeugte sich vor Salis und trat dann mit forschendem, selbstsicherem Wirteblick vollständig an den Tisch.

Salis hob die großporige Nase und schnupperte. «Fische, natürlich, denn es ist Freitag, und überdies hat ein großer Fischvertilger dem Lokal seinen Namen geliehen. Die Fische sind also in Ordnung. Allein, man soll von den Gaben Gottes richtigen Gebrauch machen – das heißt: sich vor Übertreibungen hüten. –

Ich habe vor zwei Stunden Fische gegessen – also denn: Geflügel. Was haben Sie uns zu bieten, Meister des Bratspießes? Auerhahn, Ente, Fasan?»

«Ein Fasan ist da. Das andere kann ich in wenigen Augenblicken beschaffen.»

«Den Fasan also, falls nicht du, Georg, etwas anderes...»

Er sei Gast und habe infolgedessen keine Vorschläge zu machen, sagte Jenatsch lächelnd.

Salis schlug ihm mit seiner fetten, weißen Hand auf die Schulter und lachte. «Perfekt. Du weißt zu leben, bravo! Das ist nämlich ein wichtiger Punkt. Unsere Prädikanten verachten die Welt, es gibt Flegel und Klötze unter ihnen. Aber sie verkennen ihren Stand, verkennen die Wichtigkeit des Praktischen. – Den Fasan also, und inzwischen einen Krug Veltliner.»

Der Wirt murmelte etwas und verschwand.

«Ich spreche im Ernst, Georg», fuhr Salis auf italienisch fort. «Es muß manches anders werden bei uns. Warum – ich greife ein einfaches Beispiel heraus – warum muß sich der Pfarrer in diese unpraktische und unbequeme Amtstracht kleiden? Da ist die Reform auf halbem Wege... Am Sonntag, in der Predigt, meinetwegen, aber in der übrigen Zeit sollte er herumgehen wie jedermann. Ich meine nämlich: Das äußere Abzeichen seiner Würde hindert ihn an der wahren Erfüllung seines Amtes. Er müßte zu den Leuten herabsteigen, er dürfte nichts Besonderes sein wollen; denn das ist katholisch. Die einfachen Leute haben eine Scheu vor der schwarzen Kutte und dem Mosesbart. Die meisten überwinden sie nie.»

Der Wirt brachte den Wein, schenkte ein, wünschte Gesundheit und wollte sich entfernen.

«Halt, Mann», rief ihm Salis über die Schulter zurück nach. Der Wirt blieb stehen und wandte sich um.

«Eine Frage auf Ehre und Gewissen! Hat der Fasan lange genug in den Federn gelegen? Ist er am Bauch verfärbt, schwitzt er Öl aus am Steiß? Gut denn, an den Spieß mit ihm! Salzen Sie ihn tüchtig, ich bin ein entschiedener Gegner der leisen Küche.» Die Handwerker am großen Tische sahen herüber und lachten.

Der Wirt verneigte sich, offensichtlich etwas gekränkt darüber, daß man seine Kenntnisse in Zweifel zog, und ging.

Salis wandte sich wieder zu Jenatsch.

«Nun zu deinen Angelegenheiten, junger Mann. Ich habe mir erlaubt, ein bißchen einzugreifen. Es war übrigens nötig. Ohne mich säßest du nämlich kaum noch hier, in Erwartung eines – hoffentlich kunstgerecht zubereiteten..., sondern bei Wasser und Brot im Wellenberg.»

«Ich weiß es, Herr Oberst», sagte Jenatsch mit gesenktem Blick. «Aber», er hob den Kopf und faßte den Obersten scharf ins Auge, «morgen werde ich vor die Schulherren treten und mich entschuldigen.»

«Ausgezeichnet, Georg! Ich meine: die Absicht ist zu loben. Ob das aber genügt, ist eine andere Frage. Die Herren sind einigermaßen erzürnt, und mit einem gewissen Recht. Obgleich ich der letzte bin, der dir mit Vorwürfen... Du hast dich für meine Söhne eingesetzt, das war brav. Den Schulherren zu trotzen, war freilich kühn, aber nach Berücksichtigung der Umstände – ich meine, wenn man bedenkt, was für dich von diesen Herren abhängt – offen herausgesagt Kühnheit am falschen Platz.»

Jenatsch hatte mit verkniffenem Mund und zusammengezogenen Brauen in seinen Becher gestarrt. Nun schlug er mit der Faust auf den Tisch, nicht sehr heftig, aber doch so laut, daß man die mit Mühe zurückgehaltene Aufwallung spürte. «Ich krieche zu Kreuze, aber nicht, um mich zu demütigen, sondern um von Zürich loszukommen. Ich habe genug bis dahin!» Er griff sich an den Hals und mußte eine Weile Speichel schlucken.

«Ei der tausend!» sagte Salis mit hochgezogenen Augenbrauen, beinahe belustigt. «Das ist tapfer! Davonlaufen, wenn es einem nicht mehr paßt! Da muß ich denn schon bitten: und meine Söhne? Ich gebe sie nicht gern in andere Hände. Und wo willst du denn hin? Die Synode wird dich kaum schon jetzt zur Prüfung zulassen. Wovon willst du leben? Das ist eine dumme Geschichte, die du auf keinen Fall leicht nehmen darfst.»

«Ich nehme sie nicht leicht.» Es klang ziemlich zerknirscht.

«Reden wir einmal in aller Ruhe über den Fall», schlug Salis vor. Er stützte sich auf die Ellbogen und verschränkte die Hände vor seinem wohlgenährten Gesicht. Eine Türe klappte im Hintergrund, Bratendampf wehte herein.

«Ah!» sagte Salis mit erhobener Nase. «Der Fasan! Hoffentlich ist er genügend gesalzen.» Er trank seinen Becher aus und schenkte sich wieder ein. «Gut denn. Ich tue mein möglichstes. Ich bin nicht ohne Einfluß, auch hier in Zürich nicht. Ich darf dir übrigens verraten, daß ich heute nachmittag eine kurze Unterredung mit einem Mitglied der Stadtregierung... Bindende Zusicherungen konnte ich natürlich nicht erhalten. Begreiflicherweise. Der Herr war sogar recht skeptisch, offen gesagt.»

Jenatsch kaute nervös an seinen Lippen.

«Ich habe noch nicht alle Hoffnung aufgegeben», fuhr Salis fort. «Die würdigen Herren haben auch ihre Achillesferse. Gleich nachdem wir uns gestärkt haben – ich bitte noch um etwas Geduld, alles Wohlgeratene will seine Zeit, auch ein Fasan macht hier keine Ausnahme. Ich bin übrigens ein bißchen in Sorge, der Wirt oder seine Köchin könnten vergessen haben, Leber und Herz drin zu lassen, eine wichtige Einzelheit, an die man sehr oft nicht denkt. – Wo sind wir stehengeblieben? – Ja. Ich werde heute noch da und dort vorsprechen, Bedenken zerstreuen, den Vorfall ins richtige Licht... kurz und gut, das beinahe Unmögliche versuchen, die Herren umzustimmen. Und wenn alles im reinen ist, ziehst du nach Basel, und meine Söhne ziehen mit.»

Jenatsch atmete auf. «Ich bin Ihnen außerordentlich dankbar, Herr Oberst», sagte er.

Salis wehrte ab. «Ich tue es gern, denn ich weiß, daß ich meine Protektion keinem Unwürdigen... Übrigens könnten wir gleich einmal abrechnen. Ich schulde dir die Löhnung für das letzte halbe Jahr, macht fünfundzwanzig Gulden. Die zwanzig, die du im Winter von mir geliehen hast, wollen wir vergessen. Und da hast du noch fünfundzwanzig an die Kosten des Umzugs nach Basel und weil ich mit dir zufrieden bin.» Er hatte die Börse gezogen und die Silberstücke auf der Schieferplatte des Tisches zu Türmchen geschichtet. Das harte Geklimper erweckte die Aufmerksamkeit der Handwerker. Sie unterbrachen ihr Spiel und machten lange Hälse.

DIE GESANDTSCHAFT
GIAMBATTISTA PADAVINOS

Chiavenna, 17. Februar 1616

Meine erste Station auf Bündnerboden. Die Reise war angenehm und hat mich kaum ermüdet. Ich bin recht zuversichtlich gestimmt, obwohl ich auf den Spuren der Herren Vicenti und Barbarigo wandle, die sich in diesem barbarischen und undankbaren Land durch Mißerfolge ihre Laufbahn verdorben haben. Ich genieße wenigstens den Vorteil, mit Land und Leuten vertraut zu sein. Immerhin verhehle ich mir keineswegs, von welchen Gefahren ein Unternehmen wie das meinige bedroht ist. Daher habe ich mich entschlossen, eine kurze Relation abzufassen und dem Generalprovveditor in Brescia zur Aufbewahrung zu übersenden, mit der Bitte, mir dieselbe auf der Rückreise wieder auszuhändigen oder aber sie an die Signoria weiterzuleiten, im Falle mir etwas zustoßen sollte. Diese Maßnahme erachte ich als notwendig, primo: um gewisse mir ungünstig gesinnte Personen daran zu hindern, mein ehrenvolles Andenken, auf das ich Anspruch erheben darf, durch Verschweigung oder Veränderung von Tatsachen zu trüben, und secundo: um meinen erlauchten Oberen nach meinem Ableben den Überblick über die Dienste, die ich der Serenissima Repubblica unter Hintansetzung eigenen Vorteils geleistet habe, zu erleichtern.

Ich benutze die Gelegenheit, die oben vermeldete Relation in meinem Diarium zu kopieren.

Relation, betreffend Giambattista Padavino, derzeitigen Residenten der Serenissima Repubblica in den Drei Bünden.

Meine Familie stammt aus Pordenone im Friaulischen. Sie zählt heute zu den städtischen Familien der zweiten bürgerlichen Aristokratie, die mit gewissen Privilegien ausgestattet sind und aus welchen die Sekretäre der Republik ausgewählt werden. Schon meine Vorfahren hatten Gelegenheit, sich im Dienste der Republik zu bewähren. Es darf in diesem Zusammenhang ein Lorenzo Padavino genannt werden, welcher sich im Moreakrieg bei der Einnahme von Leuktra ausgezeichnet hat. Mein Vater war Notar in Kriminalsachen bei der Avogaria. Sein Bildnis, von Tintorettos Hand gemalt, befindet sich in der dortigen Porträtsammlung hervorragender Beamter.

Ich selbst zähle heute 56 Jahre. Meine Gesundheit sowie meine körperliche Verfassung sind ausgezeichnet. Ich beherrche außer meiner Muttersprache das Lateinische, Spanische und Französische und besitze gute Kenntnisse der protugiesischen und türkischen, und etwas weniger gute, aber zur Verständigung hinreichende Kenntnisse der deutschen Sprache. Ich kann auf eine mehr als vierzigjährige Tätigkeit im Dienste der Republik von San Marco zurückblicken und habe begründete Ursache, meine Laufbahn noch nicht als abgeschlossen zu betrachten. Ich gestatte mir im folgenden, die Hauptpunkte dieser Laufbahn festzuhalten.

Anno 1576, im Alter von 16 Jahren, wurde ich in den Dienst der Republik berufen. Ich bekleidete den Rang eines außerordentlichen Sekretärs der Kanzlei.

Anno 1577 wurde ich zum ordentlichen Sekretär ernannt.

Anno 1584 wählte mich der Senat zu seinem Sekretär. Nachdem ich durch den weitberühmten Jacopo Foscarini, Ritter und Prokurator von San Marco, in die politischen Wissenschaften eingeweiht worden war, verwendete mich die Republik als Gesandtschaftssekretär, vorerst in Florenz und Rom, hernach in Konstantinopel, darauf in Spanien und Portugal.

Anno 1587 führte ich Verhandlungen mit dem Erzherzog Ferdinand von Österreich.

Anno 1588 betraute man mich mit den Amtsgeschäften eines Unterkanzlers.

Anno 1593 wurde ich zum Geschäftsträger in Mailand bestimmt.

Anno 1594 sandten mich meine erlauchten Oberen in gleicher Eigenschaft zum Grafen Olivares, damals Vizekönig von Sizilien.

Anno 1599	leitete ich die Arbeiten am Po, welche bezweckten, diesem Strome in der Nähe seiner Mündung ein künstliches Bett zu schaffen.
Anno 1601	warb ich in Lothringen Truppen, die zum Dienste im Heer der Republik bestimmt waren.
Anno 1603	brachte ich den Bündnisvertrag zwischen der Serenissima Repubblica und der Republik Gemeiner Drei Bünde zum glücklichen Abschluß. Nach meiner Rückkehr machte mich der Rat der Zehn zu seinem Sekretär.
Anno 1607	führte ich in Lothringen eine zweite Truppenaushebung durch. Das folgende Jahr verbrachte ich als Beauftragter der Republik in Zürich.
Anno 1608	habe ich dort zuhanden meiner erlauchten Oberen die Relation betreffend die Regierungsweise und den Staat der Herren Schweizer verfaßt. Diese Arbeit hat mir das Lob und das Vertrauen meiner Vorgesetzten eingetragen.
Anno 1610	bewarb ich mich um das Amt des Großkanzlers, i. e. um den höchsten meiner Familie erreichbaren Rang. Ich unterlag ehrenvoll gegen Leonardo Ottobono. Meine Vorgesetzten haben mich ermuntert, bei nächster Gelegenheit abermals zu kandidieren.
Anno 1616	Die Signoria beauftragt mich mit einer verwickelten Mission in den Drei Bünden. Die Republik befindet sich in einer bedrohlichen Lage und ist auf äußere Hilfe dringend angewiesen. Vom Resultat meiner Verhandlungen wird unter Umständen der weitere Fortbestand der Serenissima Repubblica in ihrem jetzigen Umfange abhängen.

Chiavenna, 17. Februar 1616   Giovanni Battista Padavino

Ich werde dieses Schriftstück morgen früh mit den für Venedig bestimmten ordentlichen Depeschen nach Brescia absenden.

18. Februar 1616 (Chiavenna)

Ich genieße seit meiner Ankunft die Gastfreundschaft des Herrn Herkules von Salis, Ritter von San Marco, welcher wohl der eifrigste Befürworter der Bündniserneuerung genannt werden muß. Sein Rat und seine Hilfe waren mir schon vor dreizehn Jahren wertvoll.

Ich darf mir nicht verhehlen, daß der Beginn meiner Expedition unter ungünstigen Auspizien steht. Ich werde die höchste diplomatische Kunst aufbieten müssen, um mein Ziel zu erreichen.

Ich werde in meiner heutigen Depesche an die Signoria alles aufzählen, was unserer Unternehmung entgegensteht – es ist nicht wenig, bei Gott!

Ich bleibe meiner Gewohnheit treu, häufig Aufzeichnungen zu machen, da ich voraussichtlich einmal dazukommen werde, meine Erinnerungen aufzuschreiben und herauszugeben. Ich möchte dann nicht meine eigenen Depeschen in den Archiven zusammensuchen müssen, und überdies ist mancher persönlichen Beobachtung, manchem scharfsinnigen Urteil, manchem bezeichnenden Detail die Aufnahme in die Depesche verwehrt.

Meine Mission verfolgt ein doppeltes Ziel. Primo: die Republik der Drei Bünde muß der Republik von San Marco die Pässe öffnen. Secundo: Diese Pässe müssen für die andern Mächte, vor allem für Spanien und Österreich, gesperrt bleiben. Die Dringlichkeit einer für Venedig günstigen Lösung ergibt sich aus der folgenden Situation: Venedig befindet sich im Kriege mit dem Erzherzog Ferdinand von Österreich, der es verstanden hat, alle oberitalienischen Fürsten und unsere schärfste Rivalin, Genua, auf seine Seite zu ziehen, so daß wir eingekreist sind bis auf die kleine Grenzstrecke gegen die Drei Bünde. Wohl steht Venedig nicht allein. Doch unsere Verbündeten England und Holland sind durch Länder und Meere von uns getrennt, und die in Bern und Zürich geworbenen Hilfstruppen können nur über die rätischen Pässe auf den Kriegsschauplatz gelangen. Vom Ergebnis meiner Verhandlungen hängt also, wie ich mir bereits in der gestrigen Relation zu bemerken erlaubte, unter Umständen der Fortbestand der Republik von San Marco in ihrem gegenwärtigen Umfange ab. Ich verhehle mir denn auch nicht, daß mir ein günstiges Resultat große Ehrungen eintragen wird.

Die Aufgabe ist nicht leicht. Seit vier Jahren lehnen die Drei Bünde jeden Vertrag mit Venedig beharrlich ab. Mein Vorgänger, Gregorio Barbarigo, hat in wenigen Monaten 30000 Zechinen verteilt. Die Planta und ihr Anhang (und nebenbei bemerkt: die spanische Staatskasse) waren stärker. Barbarigo verließ das Land, wie mir mein Gastfreund Herkules v. Salis mitteilte, ‚heulend wie ein kleines Mädchen'. Dabei waren seine Bemühungen durch Bern und Zürich kräftig unterstützt worden, ja sogar der König von England (als unser Verbündeter) hatte die Drei Bünde gebeten, den geworbenen Truppen den Durchpaß zu gewähren. Diese hochmütigen Bauernlümmel (ich kenne sie und weiß, was ich sage) haben sich einen Spaß daraus gemacht, die Bitte eines Königs zurückzuweisen.

Mein Gastfreund Herk. v. S. war so liebenswürdig, mit mir das Vorgehen zu besprechen und mir eine Liste zuverlässiger Männer zur Verfügung zu stellen. Ich werde in den nächsten Tagen über den Splügenpaß nach Chur weiterreisen und dem Großen Kongreß oder Beitage (i. e. der Versammlung der drei Bundeshäupter unter Beizug von drei bis fünf Boten aus jedem Bunde), der dort nächsthin zusammentritt, zugleich mit meinem Akkreditiv das Gesuch um Werbung und Durchpaß vorlegen. Bis zur Abstimmung durch die Gemeinden sollte es möglich sein, in den Drei Bünden einige Compagnien anzuwerben. Das hätte den Vorteil, meinem Lande dringend benötigte Hilfe zuzuführen, ohne daß dafür die Genehmigung für den Durchmarsch eingeholt werden muß. Möglicherweise sind Bern und Zürich dazu zu bewegen, ihre Mannschaften in kleine Gruppen aufzulösen, die dann als harmlose Reisende die Pässe passierten. Von der Bündniserneuerung soll vorläufig nicht die Rede sein.

19. Februar 1616 (Chiavenna)

Ein entfernter Verwandter meines Gastfreundes, Johann Baptista von Salis-Soglio, ebenfalls Ritter von San Marco und zuverlässiger Parteigänger, war heute nachmittag hier und hat mir seine Theorien entwickelt. (Ich habe übrigens schon anläßlich meiner ersten Mission seine Bekanntschaft gemacht, und wenn ich mich rühmen wollte, könnte ich anführen, daß er die schöne Ordenskette, die er mit soviel Anstand, Stolz und Wohlgefallen trägt, der häufigen Erwähnung verdankt, die ich seiner in den Depeschen getan habe.) Diese Theorien haben manches für sich, und ich zögere nicht, sie in die Tat umsetzen zu helfen. Der Ritter meinte, man müsse das rätische Volk bei seinem Glauben packen. Die Mehrheit huldigt der ketzerischen Lehre Zwinglis. Gelingt es, dieser Mehrheit eine tödliche Furcht vor dem ketzerverbrennenden Spanien beizubringen, so wird sie einem Bündnis mit Venedig zustimmen. Herr von Salis-Soglio glaubt – und auch mein Gastfreund bekennt sich zur gleichen Ansicht –, daß wir uns binnen kurzem der kräftigen Unterstützung einiger junger Geistlicher erfreuen werden. Die beiden Herren haben seit einigen Jahren begonnen, begabte junge Leute zum theologischen Studium zu bewegen, wobei sie in einzelnen Fällen mit ansehnlichen Geldern für diese einsprangen, mit Summen, die ihnen angesichts der mehr als bescheidenen Besoldung der Prädikanten wohl kaum je zurückerstattet werden können. Ich habe den Herren einige Hoffnungen auf Entschädigung aus meiner Kasse gemacht.

Meine Mission wird sich noch schwieriger gestalten, als es bisher den Anschein hatte. Der französische Gesandte Gueffier, ein rücksichtsloser, aufgeblasener Possenreißer und Phrasendrescher, der seit dem vergangenen November in den Bünden akkreditiert ist, entfaltet trotz des Winters und schlechter Wegsame eine ebenso fieberhafte wie hemmungslose Tätigkeit. Er spielt sich als Freund aller guten Bündner auf und prophezeit dem Land eine Kette von Verwicklungen und Katastrophen, falls es sich mit Venedig verbünde. Ich werde mit dem selbstbewußten Herrn bei der ersten Gelegenheit die Klinge kreuzen.

Die Erneuerung der Bekanntschaft mit Ritter J. B. v. Salis war mir im übrigen sehr angenehm. Wir haben uns gut verstanden, obwohl es mir nicht schwerfiel, herauszufinden, daß der brave Mann mehr irdische Güter als geistige Gaben besitzt. Nichtsdestoweniger haben wir uns in allen Punkten geeinigt. (In religiösen Dingen fand ich es für gut, mich als indifferent zu bezeichnen.)

Wir haben mit Heiterkeit festgestellt, daß wir beide entschiedene Gegner der leisen Küche sind!

22. Februar 1616 (Thusis)
Es ist Eile geboten. Der Beitag tritt in den nächsten Tagen in Chur zusammen.

Ich genieße die ausgezeichnete Gastfreundschaft des Freiherrn Christoph von Rosenroll. Er hat mir angeboten, meinen Sitz in Thusis aufzuschlagen, einem stattlichen Orte, der nahezu in der Mitte des Landes an einer der Hauptstraßen liegt und mir nötigenfalls allen wünschbaren Schutz bieten könnte, da die Einwohner gut venezianisch gesinnt sind. Ich habe das Anerbieten dankend angenommen, werde aber kaum wörtlichen Gebrauch davon machen, da meine Anwesenheit an den verschiedensten Punkten des Landes nötig sein wird.

Ich hatte heute vormittag eine Unterredung mit dem Prädikanten der Gemeinde, dem einer alten, angesehenen Familie entstammenden Konrad von Jecklin von Hohenrialt. Der alte Herr war anfänglich etwas zurückhaltend, entpuppte sich aber im Verlaufe des Gespräches als guter Venezianer. Ich habe mich in üblicher (klingender) Weise erkenntlich gezeigt.

Die Reise über den winterlichen Splügenpaß werde ich nicht so leicht vergessen. Der schmale, zwischen beinahe haushohen Schneemauern verlaufende Pfad war an mehreren Stellen durch Rutschungen unterbrochen. Eines meiner Maultiere wurde von einer Lawine erfaßt und begraben. Glücklicherweise war es bloß mit einem (leeren) Weinfaß beladen. Ich habe nämlich meine alte Gewohnheit beibehalten, als Kaufmann zu reisen. Meine wahre Identität werde ich öffentlich erst in Chur vor dem Beitag enthüllen.

28. Februar 1616 (Chur)
Die erste Schlacht ist geschlagen. Der Beitag hat mich als Residenten der Erlauchten Republik von San Marco akzeptiert und wird über das Durchmarschgesuch in den Gemeinden abstimmen lassen. Eine rasche Entscheidung ist nicht zu erwarten, da die Landsgemeinden üblicherweise erst im Frühling stattfinden. Somit ist Zeit gewonnen, das Volk aufzuklären.

Meine Stellung vor dem Beitag war erschwert durch die Anwesenheit des spanischen Gesandten, des Grafen Casati, und durch den vom Kaiser eigens delegierten Grafen von Hohenems. Es gelang mir hingegen, mir Gehör zu verschaffen, freilich unter Aufbietung aller rhetorischen Mittel. (Ich blieb der Lehre meines ehrwürdigen Meisters Jacopo Foscarini eingedenk, daß zu diesen Mitteln unter Umständen die dem weiblichen Geschlecht als Waffe vorbehaltenen Tränen gehören.)

Ich habe gleichzeitig das Gesuch gestellt, einige Compagnien anwerben zu dürfen; auch darüber haben endgültig die Gemeinden zu befinden.

7. März 1616 (Chur)

Gestern ereignete sich ein Zusammenstoß mit Gueffier. Er suchte mich in meinem Quartier (im Gasthaus ‚Zur Glocke') auf, um sich meine Anwesenheit in Chur zu verbitten. Ich hörte seine zischend und unbeherrscht vorgebrachten Ausführungen stillschweigend an und ließ ihm dann durch einen meiner Bedienten die Türe weisen.

Ich habe mit einigen bündnerischen Offizieren, die mir zuliebe nach Chur gekommen sind, Werbverträge abgeschlossen. Die Werbung wird bald in allen Landesteilen einsetzen. Ich habe hingegen die Bedingung gestellt, daß dieselbe so unauffällig als möglich vonstatten zu gehen habe.

Ich fühle mich in Chur, das bei den Bündnern mit einem gewissen Recht als ‚spanisches Nest' verschrien ist, nicht recht wohl und überlege mir, ob ich nicht nach Thusis zurückkehren soll.

Es ist indessen bald meine persönliche Anwesenheit in Zürich notwendig, damit die Angelegenheiten im Zusammenhang mit der Überführung der dort angeworbenen Truppen nach Venedig zu einem guten Ende gebracht werden können.

12. März 1616 (Chur)

Die Werbegeschäfte nehmen einen günstigen Verlauf. Heute hat sich bei mir ein Sohn meines Gastfreundes zu Chiavenna, Ulysses von Salis, um eine Compagnie beworben. Ich habe ihm das Patent ausgestellt. Aus Davos hat sich Hauptmann Paul Buol eingefunden. Er hat sich verpflichtet, eine Compagnie anzuwerben. Ich habe ihn als Lieutenant des Obersten vorgesehen.

Die Angelegenheit betreffend die zürcherischen Truppen ließ sich auf schriftlichem Wege regeln. Sobald alle Pässe gangbar sind, werden die Mannschaften sich in der von mir vorgeschlagenen Weise in Marsch setzen. Die Brüder Schmid v. Grüneck in Ilanz, Christoph Rosenroll in Thusis, Herk. v. Salis in Chiavenna haben sich bereit erklärt, die Soldaten auf dem Wege zu unterstützen. Sammelplatz ist Bergamo.

Ich habe die Verbindungen mit Venedig überprüft und als zuverlässig befunden. Eine Depesche erreicht die Signoria vier Tage nach ihrer Absendung in Chur. Somit kann ich die Vorbereitungen für die erste Aktion als abgeschlossen betrachten.

6. April 1616 (Thusis)
Ich bin häufig unterwegs. Meine Gesundheit hat zwar unter dem Einfluss der feuchtkalten Witterung sehr gelitten (dieser Landstrich ist in jeder Beziehung barbarisch!), aber ich tröste mich mit den Fortschritten meiner Geschäfte. Die Prädikanten der Umgebung sind insgesamt auf unserer Seite. Sie machen aus ihrer politischen Überzeugung kein Hehl. (Ihrer Religion kann ich allerdings keinen Geschmack abgewinnen. Ich hielt es für klug, kürzlich den hiesigen Gottesdienst zu besuchen. Dieser wendet sich ausschließlich an das Gehörorgan. Die übrigen Sinne bleiben unbefriedigt, und von einem Gefühl der Erhebung kann daher keine Rede sein. Vom politischen Gesichtspunkt aus aber erweisen sich diese seltsamen Priester – sie sind fast alle verheiratet – als sehr brauchbar.) Ich darf der in wenigen Wochen stattfindenden Abstimmung in den Gemeinden mit Zuversicht entgegensehen. Gueffier wird mir nicht viel schaden. Er hat sich bisher merkwürdig still verhalten.

19. April 1616 (Thusis)
Die Stimmung ist ausgezeichnet. Ich darf es wagen, den Bundeshäuptern ein Bündnisangebot zu unterbreiten. Möglicherweise gelangt es gleichzeitig mit den bisherigen Gesuchen zur Abstimmung. Es wäre mir persönlich sehr daran gelegen, meine Mission so bald als möglich zu beenden.

12. Mai 1616 (Thusis)
Ein schwarzer Tag! Entgegen meinen Erwartungen ergab die Auszählung der Gemeindestimmen eine deutliche Mehrheit gegen Venedig. Es ist nicht ausgeschlossen, daß die Resultate gefälscht sind. Namentlich in den kompakt katholischen Gebieten des Obern Bundes sollen schon Unregelmäßigkeiten vorgefallen sein.

Ich versuche mir die Ursachen des Mißerfolges klarzumachen. Ich muß gestehen, daß mein Bündnisangebot zu früh erfolgte. Gueffier und Casati, die sich bisher erstaunlicherweise wenig geregt hatten, leiteten wütende Gegenaktionen ein, nachdem mein Schritt bekannt geworden war.

Ich bin müde und niedergeschlagen.

28. Mai 1616 (Thusis)
Ein neuer Beitag hat die Werbung verboten. Ich kümmere mich nicht darum, dies um so weniger, als der größte Teil der Mannschaften sich bereits jenseits der Berge befindet.

Die Stimmung im Volke ist insofern nicht ungünstig, als sich recht häufig der Wunsch nach Neutralität und ruhiger, unpolitischer Lebensweise kundgibt. Diese weltfremde Haltung kommt wenigstens nicht meinen Konkurrenten zugute, wenn sie auch mir nicht hilft.

Ich habe mich entschlossen, den Sommer in Zürich zu verbringen und das Volk hier ruhig seinen Beschäftigungen zu überlassen. Meine Vertrauensleute werden unterdessen dafür sorgen, daß das Feuer nicht ausgeht. Ihre Zuversicht ist ungebrochen, und auch ich schöpfe neue Hoffnung. Je größer die Schwierigkeiten, desto größer dereinst die Ehren!

1. November 1616 (Chiavenna)
Der Gebrauch der heißen Quellen von Baden hat meine erschütterte Gesundheit wiederhergestellt. (Ich habe auch einige nette Damenbekanntschaften gemacht, an die ich mit Vergnügen zurückdenke. Mit venezianischen Maßstäben darf man hier allerdings nicht messen!) Die Verbindungen, die anzuknüpfen und auszubauen ich in Zürich Gelegenheit hatte, werden meine

Unternehmung begünstigen. Obwohl die Lage in den Drei Bünden wenig ermutigend aussieht, bin ich zuversichtlich gestimmt, eingedenk des Ausspruchs meines großen Lehrmeisters Foscarini, daß in der Politik der plötzliche Umschwung das Feststehende und die ruhige Entwicklung das Exceptionelle sei.

Ich genieße wieder die Gastfreundschaft des Ritters Herkules v. Salis, der die Gewogenheit hatte, mich über die Ereignisse dieses Sommers laufend zu unterrichten. Seinem Rate folgend, habe ich mich in Chur nicht aufgehalten und auch in Thusis bloß kurze Station gemacht. Die spanische Faktion bereitet ein Strafgericht vor. Wir werden das Gewitter vorüberziehen lassen und unterdessen die Aktionen des kommenden Winters erwägen. Die Signoria hat mich wissen lassen, daß sie gewillt ist, 60000 Dukaten dafür bereitzustellen.

20. November 1616 (Chiavenna)
Das spanische Strafgericht in Chur ist in vollem Gange. Unter den Richtern tut sich besonders Pompejus Planta hervor. Gueffier hält sich im Hintergrund, doch macht sich sein Einfluß in einzelnen theatermäßigen Intermezzi geltend. So ließ mir der angesehene Caspar v. Schauenstein kürzlich 500 Gulden zurückgeben, die er im Frühjahr von mir bezogen hatte. Ich habe ihm meinen verbindlichsten Dank ausgesprochen!

Die Angeklagten sind ausnahmslos Leute aus unserm Lager. Mein Gastfreund Christoph v. Rosenroll (Thusis) befindet sich darunter. Die bisherigen Urteile lauten auf teilweise Konfiskation des Vermögens, doch besteht wenig Aussicht, daß sie vollstreckt werden. Dies könnte bloß auf gewaltsame Weise geschehen, und die Angeklagten, die natürlich vor dem Gericht nicht erschienen sind, dürfen sich vollständig sicher fühlen, denn die Bevölkerung ihrer Wohnsitze hält treu zu ihnen. Für die hohen Unkosten dieses Parteigerichtes wird Spanien selbst aufkommen müssen.

30. November 1616 (Chiavenna)
Ich bin mit meinem Gastfreund Herk. v. S. übereingekommen, das in Chur tagende Gericht zu ignorieren und unverzüglich die Gegenaktionen einzuleiten. In einigen Tagen wird der Bundes-

tag zusammentreten. Ich werde persönlich vor ihm erscheinen und das Gesuch stellen, mich an die Gerichtsgemeinden wenden zu dürfen. Ich habe mich entschlossen, meine Anstrengungen zunächst auf das Gebiet des Obern Bundes zu konzentrieren. Ich habe den Bürgermeister von Zürich gebeten, mir zwei mit den bündnerischen Verhältnissen vertraute Ratsmitglieder zur Verfügung zu stellen. Es gilt, die evangelische Bevölkerung vollständig auf unsere Seite zu ziehen, und Zürich ist nun einmal das Rom der bündnerischen Ketzer. Später werde ich die paritätischen und evangelischen Gebiete des Gotteshausbundes bereisen. Der Bund der Zehn Gerichte darf, wie mir mein Gastfreund versichert, als zuverlässig venezianisch gelten.

10. Dezember 1616 (Ilanz)
Wie vorauszusehen war, hat sich der Bundestag als nicht bevollmächtigt erklärt, meinem Gesuche stattzugeben, da es zuvor nicht an die Gemeinden ausgeschrieben war. Ich habe aber doch einen Vorteil aus der Aktion gezogen, indem ich einer großen Zahl von Gemeindeabgeordneten Audienz geben konnte. Sie werden, wenn sie nun in ihre Hochgerichte zurückkehren, die Interessen der Serenissima vertreten und den Boden für mein persönliches Erscheinen vorbereiten.

Ich bleibe bis auf weiteres in Ilanz. Meine Gastfreunde sind die Brüder Schmid v. Grüneck. Ich verkehre oft mit Parteileuten, so Joder Casutt, der mir Hoffnungen gemacht hat, das katholische Lugnez für Venedig zu gewinnen. Die Zechinen, die ich gesät habe, beginnen aufzugehen! Im übrigen besuche ich so oft als möglich den evangelischen Gottesdienst. Der hiesige Prädikant, Stephan Gabriel, ist unserer Sache treu ergeben und scheut sich nicht, seine politischen Ansichten auf der Kanzel zu vertreten.

22. Dezember 1616 (Ilanz)
Vor einigen Tagen habe ich auf meine Kosten die Gerichtsgemeinde der Gruob in Ilanz versammeln lassen. Die Wirte der ganzen Umgebung waren angewiesen, die stimmfähigen Männer auf Rechnung der Serenissima zu bewirten. Ich habe außerdem versprochen, jedem Gericht, das mein Bündnis annimmt,

2000 Gulden zu verabfolgen. Die Versammlung hat mit großem Mehr dem Paktentwurf zugestimmt. Dieses erfreuliche Resultat bleibt zunächst allerdings ohne praktische Wirkung, da mein Angebot offiziell erst im Frühling zur Abstimmung gelangt. Es gestattet immerhin, gewisse Schlüsse auf den Verlauf der endgültigen Behandlung zu ziehen.

Die drei Bundeshäupter, die kürzlich in Chur zusammentraten, haben mich in einem höflich gehaltenen Schreiben aufgefordert, meine ungesetzliche Tätigkeit einzustellen. Ich werde ihnen ebenso höflich antworten, mich im übrigen aber um nichts kümmern.

1. Januar 1617 (Ilanz)

Das vergangene Jahr war reich an Enttäuschungen und Rückschlägen, die einen an Erfolge gewöhnten Diplomaten, wie ich es bin, entmutigen könnten. Ich habe einen zusammenfassenden Bericht an die Signoria abgesandt und mich bemüht, die Lage etwas schwärzer darzustellen, als sie in Wirklichkeit ist.

(Persönlich hege ich die lebhafte Hoffnung, meine Sendung spätestens im nächsten Frühjahr glücklich zu beendigen. Ich male mir zuweilen die triumphale Rückkehr nach Venedig aus, die um so glänzender ausfallen wird, je größer die Widerstände sind, die überwunden werden müssen. Eine aussichtslose Angelegenheit zum Erfolg führen: das ist höchste Diplomatie.)

Aus Zürich sind der ehemalige Bürgermeister Holzhalb und der Ratsherr Brehm eingetroffen. Ich verspreche mir von ihrer Unterstützung vor allem in den deutschsprachigen Gebieten ziemlich viel. Ich bin überhaupt recht zuversichtlich gestimmt. Der außergewöhnlich milde Winter kommt meinen Wünschen sehr entgegen. (Ich habe einen etwas schmerzenden und gar nicht zum Schreiben aufgelegten Kopf, was nach einer durchwachten Nacht in fröhlichem Freundeskreise begreiflich erscheinen muß. Ich breche daher diese Neujahrsbetrachtung zugunsten eines ausgiebigen Schlafes kurz ab.)

25. Januar 1617 (Ilanz)

Nach den großen Erfolgen der letzten Zeit kann ich nicht umhin, in den Depeschen nach Venedig einen etwas optimistischeren

Ton anzuschlagen. Ich habe mit meinen Begleitern das ganze protestantische Gebiet des Oberlandes und dazu ein paar katholische Talschaften bereist und wurde überall mit Jubel empfangen. Welchem Diplomaten würde nicht das Herz schwellen, wenn er auf Schritt und Tritt angesprochen und bewillkommt wird, wenn ihm aus Türen und Fenstern Weinkrüge entgegengestreckt werden, wenn man ihm Ehrenpforten errichtet und feierliche Reden auf ihn hält! Ich darf wohl behaupten, daß in diesen Bergtälern noch kaum je ein ausländischer Vertreter eine solche Popularität genoß, wie sie mir gegenwärtig zuteil wird. In gehobenen Augenblicken stellt sich mir meine Mission so gut wie erfüllt dar, da die schwerste Arbeit getan ist. In weniger glücklichen Augenblicken bin ich allerdings geneigt, dieser Volksgunst zu mißtrauen und sie als Verstellung aufzufassen. In Tat und Wahrheit besagen die Abstimmungsergebnisse der von mir einberufenen Versammlungen der Gerichtsgemeinden wenig. Sie lassen wohl gewisse Rückschlüsse auf die Volksstimmung zu, aber diese ändert sich nirgends auf der Welt so schnell wie hier. Es braucht bloß ein spanischer Agent seinen Dublonensack zu leeren, und schon schlägt der Wind um. Zuweilen, und gar nicht so selten, erkenne ich deutlich die Vergeblichkeit meiner Bemühungen, und ich verspüre dann große Lust, dieser barbarischen Gebirgsgegend den Rücken zu kehren. Doch das sind Anwandlungen menschlicher Art, die ein Diplomat unterdrücken muß. Ich bin entschlossen, das Äußerste zu unternehmen.

Wenn nur meine Gesundheit besser wäre. Ich bin genötigt, im Interesse der Sache mehr Wein zu mir zu nehmen, als es mit Verstand und freiem Willen geschehen würde. Da diese Tranksame von sehr unterschiedlicher Qualität ist, fühle ich mich oft recht elend. Das frohe, zuversichtliche Lächeln, das ich zur Schau tragen muß, kostet mich jeden Tag größere Anstrengung. (Chiffriert: Eine gewisse Entschädigung für alles Unangenehme bedeutet mir der stets neu sich bewährende Erfolg bei den Damen. Letzthin beglückte ich eine junge Wirtsgattin aufs ergötzlichste.)

3. Februar 1617 (Thusis)
Ich habe meine Tätigkeit in die Nachbarschaft dieser mir zusagenden Ortschaft verlegt. Im Hause meines Gastfreundes Christoph von Rosenroll bin ich, wie schon bei früheren Gelegenheiten, vorzüglich aufgehoben. Im Interesse meiner Gesundheit bin ich nun dazu übergegangen, den Dorfvorstehern und Prädikanten Audienz zu gewähren, unter Verabreichung von einigen Dukaten. Jakob Ruinelli, der Schwager meines Gastgebers, besorgt für mich gewisse andere Geschäfte, was weniger auffällt, als wenn ich mich ihnen selber widmen würde. Die drei Bundeshäupter haben mir nämlich eine erneute Warnung zukommen lassen. Ich erachtete es deshalb für klug, für eine Zeitlang etwas in den Hintergrund zu treten, auch um Gueffier und die Spanier nicht vorzeitig in Harnisch zu bringen. Einige Wochen vor der kritischen Zeit der Landsgemeinden (im Mai) werde ich persönlich einen letzten Anlauf nehmen.

10. März 1617 (Thusis)
Eine Reise nach dem Oberengadin und Bergell zeitigte günstige Ergebnisse. Ich besuchte den Ritter Baptista v. Salis in Soglio und fand ihn sehr zuversichtlich. Allerdings ist mir im spanischen Gesandten Casati eine ernsthafte Konkurrenz erstanden. Er hat dem Beitage zu Chur ein Bündnis angeboten, und zwar zu äußerst günstigen Bedingungen. Seine stärkste Karte ist das Versprechen, die Festung Fuentes schleifen zu lassen. Ich schrieb sogleich an die Signoria und bat um Abänderung unserer Vorschläge. Gueffier hat mir in einem ausgesucht höflichen Schreiben seine Unterstützung angetragen! Natürlich traue ich dieser Geste nicht. Frankreich und Spanien haben sich nämlich seit Heinrichs IV. Tod zum erstenmal wieder verfeindet, und so sucht der schlaue Gesandte die Feinde Spaniens nun dort, wo er sie findet. Ich bezweifle, ob es ihm gelingt, die Abneigung der venezianisch Gesinnten gegen Spanien für *seine* Zwecke auszunützen. Er wird im übrigen nicht zögern, sich mit Casati zusammenzutun, wenn er dabei einen Vorteil wittert.

Der Beitag hat meine neuen Vorschläge entgegengenommen und wird sie den Gemeinden zur Abstimmung vorlegen. Ich bin berechtigt, die Lage zuversichtlich zu beurteilen. Im Obern

Bund mit seinen bedeutenden katholischen Gebieten haben im Verlauf meiner winterlichen Tournee 20 von 27 Gerichten meinem Entwurf zugestimmt. Die evangelischen Gemeinden des Gotteshausbundes, mit Ausnahme des von den Planta beherrschten Unterengadins und des von Prevosti bevormundeten obern Bergells, sind auf meiner Seite, und für den Bund der X Gerichte hat mein Gastfreund Herk. v. Salis Garantie geleistet. Ich bin bereit, mich ein letztes Mal in den Gemeinden zu zeigen. Bloß befürchte ich, daß die ausgesetzten 60000 Dukaten nicht ausreichen werden, denn ich bin mir bewußt, daß gerade mit Geld jetzt auf keinen Fall gespart werden darf. Ich habe an die Signoria geschrieben, die Serenissima Repubblica möge mir nochmals gnädigst 30000 Zechinen bewilligen.

15. April 1617 (Soglio)
Die spanische Reaktion beginnt sich fühlbar zu machen. Im Engadin ist es besonders der eben aus französischen Diensten heimgekehrte Rudolf Planta, der eine äußerst scharfe Sprache gegen Venedig führt. Zwar gibt er sich immer noch betont französisch, wie denn auch die ganze Campagne jeden offensichtlich spanischen Anstrich vermeidet. Casati – immer noch in Chur residierend – weiß nur zu gut, daß Spanien bei der überwiegenden Mehrheit der Bevölkerung der Drei Bünde wenig Sympathie genießt. Er hat in kluger Erkenntnis dieser Tatsache das Bündnisangebot zurückgezogen und beschränkt sich vorläufig darauf, meinem Einfluß entgegenzuwirken. Bisher hatte er wenig Erfolg damit. Mein Gastfreund, Ritter Baptista v. Salis-Soglio, vermag meinen Optimismus jedoch nicht zu teilen. Er befürchtet, daß die spanische Faktion zu Gewalttakten übergehen könnte, wenn alle andern Mittel – von denen sicherlich keines unversucht bleiben wird – nicht verfangen.

(Ich traue meinem Gastfreund nicht allzu viel politischen Weitblick zu. Seine gesellschaftlichen Gaben weiß ich zu schätzen, wie auch seine vorzüglich geführte Küche, die mich für manche Barbarismen entschädigt, die ich in diesem Lande auch auf diesem Gebiet über mich ergehen lassen mußte; aber im übrigen verhehle ich mir nicht, daß Herr v. Salis, stünden ihm nicht bedeutende Reichtümer zur Verfügung, eine völlig untergeordnete Rolle in der Politik seines Landes spielen müßte und in einem Staat wie dem unsern zu gänzlicher Bedeutungslosigkeit verurteilt wäre. Seine militärischen Fähigkeiten, auf die er sich mit kindlichem Stolz sehr viel zugute tut, vermag ich nicht zu beurteilen, vermute aber, daß sie das Mittelmaß eher unter- als überschreiten.)

27. Mai 1617 (Chur)

Die Gemeinden haben mit großem Mehr meinem Bündnisvorschlag zugestimmt! Meine Mission ist damit erfüllt. Die Serenissima Repubblica darf sowohl mit dem Ergebnis als mit der Person, die es herbeiführte, zufrieden sein. Ich selber bin es auch in hohem Maße. Ich darf mir schmeicheln, das beinah Unmögliche erreicht zu haben. Hätte ich freilich geahnt, wie viele Unannehmlichkeiten meiner warteten, ich hätte mir lieber die Ungnade meiner Oberen zugezogen als diese äußerst delikate und strapazenreiche Gesandtschaft übernommen. Nun freilich, da sie zu einem so glänzenden und für mich höchst ehrenvollen Abschluß gelangt ist, erscheint es müßig, darüber Spekulationen anzustellen. Ich warte hier noch die formelle Inkraftsetzung des Bündnisses ab und begebe mich dann nach Venedig. (Ich habe, da meine Garderobe stark gelitten hat, beim ersten Schneider der Stadt eine Tracht in Auftrag gegeben, in der ich bei der Ankunft in Venedig keine allzu schlechte Figur machen dürfte. Der Mann ist ein Stümper, aber unter meinem wachsamen Auge wird etwas halbwegs Brauchbares zustande kommen.)

1. Juni 1617 (Chur)

Die Ratifikation des vom Volke beschlossenen Bündnisses verzögert sich unbegreiflicherweise. In den nächsten Tagen soll hier eine Versammlung der Boten des Gotteshausbundes zusammentreten; zu welchem Zweck, ist nicht ersichtlich. Venezianische Parteileute, die mich besuchten, rieten mir, nach Thusis zu ziehen, da sie es nicht für ausgeschlossen halten, daß die schwer geschlagene spanische Partei etwas im Schilde führt, um im Volk den verlorenen Respekt wiederherzustellen. Ich entgegnete, daß ein so eindeutiges Abstimmungsergebnis in einem demokratischen Lande doch wohl unangefochten bleiben dürfte. Trotzdem bin ich ein wenig beunruhigt, umso mehr, als die Häupter auf meine Bitte um beschleunigte Beurkundung des vom Volke gewünschten Bündnisvertrages nicht eingingen. Sie schützten vor, es hätten sich bei der Abstimmung Ungenauigkeiten zugetragen, die zuerst untersucht werden müßten.

6. Juni 1617 (Thusis)

Die Ereignisse der letzten Tage sind ganz dazu angetan, meinen Erinnerungen an den Aufenthalt unter diesem ungesitteten Volke die Krone aufzusetzen. Vorgestern versammelten sich in Chur, das mit Recht als ‹spanisches Nest› gilt, die Boten des Gotteshausbundes. Sie waren in ihrer Mehrheit von den beiden Planta mit spanischem Geld bestochen. Das edle Brüderpaar (ich wünsche ihm von ganzem Herzen einen vorzüglichen Platz in der untersten Hölle!) hatte, um seiner Sache ganz sicher zu sein, auch gleich 300 Bewaffnete nach Chur bestellt. Ein feiler Schreiber forderte mich im Namen der Boten auf, das Gebiet des Gotteshausbundes zu verlassen, wenn mir mein Leben lieb wäre. Ich erteilte ihm die geziemende Antwort, mußte mich aber einige Zeit später, nachdem eine starke Wache vor meinem Quartier aufgezogen war, doch dazu verstehen, das Haus und die Stadt unauffällig zu verlassen. Es gelang mir dank der Hilfe verläßlicher Leute. Die bewaffnete Bande muß aber offenbar recht bald gemerkt haben, daß sie einen leeren Käfig bewachte, denn sie setzte mir nach, und sie hätte mich zweifellos eingeholt, wenn nicht die Bauern von Sils, durch ihren Prädikanten Bonaventura Toutsch alarmiert, die Zollbrücke über die Albula bei St. Agatha besetzt und unpassierbar gemacht hätten. So wurde ich fürs erste gerettet, aber es ist offensichtlich, daß meines Bleibens in diesem Lande nicht mehr lange sein kann. Ich setze einige Hoffnung in die venezianische Partei, die die neuesten Praktiken Casatis und der beiden Planta kaum unerwidert lassen wird. Auf einen raschen Umschwung und die schließliche Ratifizierung des mit so viel Mühe erstrebten Bündnisses wage ich nicht zu hoffen, denn die drei Bundes-Häupter sind mir feindlich gesinnt und werden die spanische Aktion als Ausdruck des Volksunwillens über mein Bündnisangebot darstellen. Sollte es zu einer neuen Abstimmung kommen, so sind die Aussichten meiner Republik weit geringer als das erstemal, denn der Wankelmut ist die hervorstechendste Eigenschaft der Bewohner dieses Landes.

Alle diese Rückschläge – mit denen übrigens jeder Diplomat rechnen muß – vermögen jedoch nicht, mein gutes Gewissen zu belasten und mich irrezumachen im Bewußtsein, das Menschenmögliche getan zu haben, um der Serenissima Repubblica zu dienen. Gott allein weiß, wie sehr es mich schmerzt, ihr nicht besser dienen zu können.

9. Juni 1617 (Thusis)

Ich bin zur Abreise ins Veltlin entschlossen. Rudolf Planta hat die ihm hörige Mannschaft des Engadins aufgeboten, um mit ihr nach Chur zu ziehen. Gueffier hat im Bund der X Gerichte eine Abstimmung durchführen lassen, die mit großer Mehrheit gegen Venedig ausfiel. Wohl beschwören mich die mir treu gebliebenen Parteileute des Grauen Bundes, hierzubleiben, um durch das Gewicht meiner Persönlichkeit die Lage wiederherzustellen. Man hat mir heute zugesichert, die von den Planta geleitete spanische Aktion mit Waffengewalt bekämpfen zu wollen. So, wie die Dinge liegen, wäre dies aber höchst wahrscheinlich der Beginn eines Bürgerkrieges, an dem die Serenissima Repubblica nicht interessiert sein kann und dessen Ausgang überdies äußerst ungewiß wäre, da Spanien sich die Gelegenheit kaum entgehen lassen würde, mit Bewilligung seiner rätischen Parteigänger seine Hand aufs Veltlin zu legen, um der venezianischen Hilfe den Weg zu versperren.

Auf diese Erwägungen gründet sich mein Entschluß. Mitbestimmend war auch die schwere Kränkung, die mir und mittelbar der Serenissima zugefügt wurde.

20. Juni 1617 (Piazza in Valle Brembana)

Meine Hand zittert noch vor Schwäche, und das Schreiben in liegender Stellung bereitet mir große Pein. Doch lohnt sich die Mühe insofern, als dadurch meine trübsinnig schweifenden Gedanken in feste Bahnen gelenkt werden. Wie viele Male habe ich in diesen Krankheitstagen die Stationen meiner Gesandtschaftsreise im Geiste wiederholt, um den Fehlgriff zu entdecken, dessen ich mich bezichtigen könnte! Ich finde mich frei von jeder Schuld am Mißerfolg. Ich habe alles getan, was ein Mensch unter den obwaltenden Umständen tun konnte. Ich habe mehr geleistet und mehr Entbehrungen auf mich genommen als alle meine Vorgänger. Ich habe keine Reise gescheut, keine Möglichkeit zu persönlicher Aussprache ausgelassen, keine Gelegenheit zu einer öffentlichen Rede verpaßt, ja ich habe meine religiösen Überzeugungen durch den Besuch entsetzlich nüchterner und langweiliger Gottesdienste nach außen hin verleugnet. Ich habe mich einem barbarischen Speisezettel willig unterworfen, ich habe lächelnden Mundes mit abscheulichem Wein auf das Wohl der Serenissima getrunken. Ich habe mir durch all dies meine Gesundheit so gründlich verdorben, daß ich nicht zu hoffen wage, je wieder ganz zu genesen. Ich darf also behaupten, daß ich jedes Opfer gebracht habe, das man von einem Diplomaten billigerweise verlangen kann. Ich ernte dafür den Dank der Republik. Man überhäuft mich mit Vorwürfen, bezichtigt mich der Verschwendung von Staatsgeldern, der Ungeschicklichkeit im Umgang mit einfachen Landleuten. Es tröstet mich wenig, zu denken, daß die Signoria gar nicht zu ermessen vermag, welches Unrecht sie mir damit antut. Ich biete nun und für alle Zeit den bejammernswerten Anblick eines erfolglosen Diplomaten, der die in ihn gesetzten Erwartungen nicht zu erfüllen vermochte. Mögen jene, die mich in diese Lage gebracht haben, einst ihren Lohn empfangen!

Ich erachte es für meine Pflicht, meine Aufzeichnungen fortzuführen bis zum bittern Ende meiner Mission.

Nachdem ich Thusis verlassen hatte, hielt ich mich ein paar Tage in Andeer und Splügen auf, immer noch auf das Eintreten günstigerer Umstände hoffend. Die Nachrichten, die mich erreichten, waren aber nicht ermutigend. Rudolf Planta, der Tyrann des untern Engadins, hatte in Chur ein Strafgericht in Gang gesetzt, das alle wichtigen venezianischen Parteileute sowie die Gemeinden des Gotteshausbundes, die zuvor meinem Bündnis zugestimmt hatten, mit hohen Bußen belegte. Ich zog daher über den Splügenpaß nach Chiavenna, um mit meinem Gastfreund Herkules v. Salis die neue Lage zu besprechen. Ich traf ihn aber nicht zu Hause und begab mich nach Morbegno. Der bündnerische Landvogt dortselbst, der spanische Mitläufer Giovanni Gioieri, wies mich aus dem Lande. Er zeigte mir einen schriftlichen Erlaß der Häupter. Meine Anwesenheit in den Drei Bünden sei unerwünscht und laufe den Interessen der rätischen Republik zuwider. Es blieb mir nichts anderes übrig, als der Aufforderung unter Protest nachzukommen, da Gioieri im Weigerungsfalle unbedenklich zu gewaltsamen Mitteln gegriffen hätte. Tief gekränkt und gedemütigt, verzweifelt und aufs heftigste bekümmert, verließ ich das undankbare Land, das ich mit so großer Zuversicht betreten hatte. Meine lebhaften Hoffnungen gehen dahin, das Schicksal erspare mir, es je wiedersehen zu müssen.

In Piazza, der ersten größern Ortschaft auf venezianischem Boden, wurde ich von einem heftigen Fieber ergriffen. Ich erhole mich sehr langsam davon und wünsche in der Tiefe meines Herzens, ich hätte es nicht überlebt. Die letzten Konsequenzen meiner Niederlage wären mir erspart geblieben, und man hätte mir trotz allem ein ehrenvolles Andenken bewahren müssen. Da nun aber die schicksalsbestimmenden Mächte es anders verhängt haben, will ich mit Ernst und Würde vor meine Oberen treten und mich so weit als möglich zu rechtfertigen suchen. Ich wünsche innig, es sei mir vergönnt, den Untergang meiner Widersacher noch zu erleben.

DAS GROSSE STRAFGERICHT

Ruinelli, der Schloßherr von Baldenstein, hielt das Pferd am Kopf, bis Jenatsch aufgestiegen war. «Die Amtstracht ist nicht gerade ein ideales Reitkostüm», lächelte er. «Sie hätten wenigstens hohe Stiefel anziehen sollen.»

Jenatsch setzte sich zurecht und klopfte mit der freien Hand den Hals des schwarzen Hengstes. «Ich werde das Problem an der nächsten Synode zur Sprache bringen. Es ist nicht so unwichtig, wie Sie glauben. Wir Prädikanten werden in der nächsten Zeit wohl oft zu Pferde sitzen», sagte er.

Ruinelli trat zur Seite. «Reisen Sie gut und grüßen Sie mir den alten Herkules. Noch etwas: das Pferd ist nicht geschoren und schwitzt leicht. Lassen Sie es nicht unbedeckt im Freien stehen und reiten Sie nicht zu scharf, oder wenn Sie es einmal tun, reiben Sie den Gaul mit Stroh ab, sobald er in den Stall kommt. Und passen Sie auf in der Viamala. Um diese Zeit lösen sich oft Eiszapfen an den Felsen. Auch die Südseite des Splügen ist nicht ungefährlich. Am besten ist es, Sie schließen sich einer Kolonne an. Es geht jeden Tag ein Stab von Splügen nach Chiavenna.»

Jenatsch nickte nur auf dem unruhig gewordenen Pferd und führte die Hand grüßend zum Barett.

Jenseits der Nollabrücke bei Thusis stieg der Weg steil an. Jenatsch mußte das Pferd in Schritt fallen lassen. Neben der Straße zersägten zwei Männer einen Stamm zu Brettern. Der eine stand oben, gebückt und schief; der untere streckte sich jedesmal, wenn er zum Zug ausholte. Die Sägespäne stäubten stoßweise über ihn herab. Drüben auf dem erhöhten Nollaufer lag der Flecken Thusis im Bergschatten, eine lange Reihe aneinandergebauter Häuser mit schon schneefreien Dächern. Kamine qualmten, der Dreitakt eines Schmiedehammers erklang.

Über den schwarzen Wäldern des Heinzenbergs erhob sich blendendweiß die Ringelspitze.

Nun rauschte ein Mühlrad, eine Stampfe dröhnte, und in einem Schuppen standen Färbergesellen an einem dampfenden Bottich, die Arme bis zu den Ellbogen blau überzogen, als trügen sie lange, eng anliegende Handschuhe.

In der engen, finstern Schlucht scheute das Pferd. Als er es nach ein paar Sätzen wieder in die Gewalt bekam, klirrte und krachte es über ihm. Er sah noch, wie eine Last von Eiszapfen vom Breitenberg über die Felsen herunter prasselte. Dann hatte er genug zu tun, sich auf dem durchgehenden Hengste festzuhalten. Erst am Ausgang der Viamala gelang es ihm, dem schäumenden Tier einen mäßigen Trab aufzuzwingen.

Gegen Mittag sprach er im Zilliser Pfarrhause vor, doch Janett, sein Vorgänger in Scharans, war nach Reischen hinaufgegangen. So ritt er weiter durchs Schamsertal hinein, das starke, blendende Märzlicht vor sich. In Andeer stieg er nicht im Pfarrhause ab, sondern zog es vor, sich im Wirtshaus ‚Zur Sonne' etwas aufstellen zu lassen. Das Pferd hatte er im Stall untergebracht und eigenhändig mit Stroh abgerieben.

Am Nachmittag war er wieder unterwegs. Säumer begegneten ihm in den Wäldern der Rofflaschlucht und dann und wann ein paar holzbeladene Bauernschlitten. Endlich, um eine Waldecke biegend, sah er im Abendscheine Splügen vor sich: den schlanken Kirchturm am steilen Hang, die hohen, festungsartigen Häuser. Er sprach bei seinem Amtsgenossen Vulpius vor und erhielt von ihm Abendessen und Nachtlager.

Am nächsten Morgen brach er zeitig auf. Die Säumer beluden vor der Sust ihre Lastschlitten, schienen es aber nicht sehr eilig zu haben. So mißachtete er den Rat Ruinellis und begann allein den Anstieg zum Splügenpaß. Der gefrorene Schnee knirschte unter den Hufen, und die Markierungsstangen, die alle paar Schritte den Wegrand säumten, waren mit dicken Eiskristallen besetzt. Der Hengst dampfte in der scharfen Luft.

Im Berghaus nahm Jenatsch eine Stärkung zu sich. Bald senkte sich der Pfad ins wilde St. Jakobstal hinab. Der blaue Himmel Italiens, von Föhnwolken gestreift, spannte sich über den verschneiten Bergen, deren Flanken im Sonnenlicht wie matte Seide glänzten.

Der Hausherr wies die Plätze an: Zu seiner Rechten setzte er den angesehensten seiner Gäste: den blassen Caspar Alexius, früher Professor in Genf, gegenwärtig Rektor der neugegründeten evangelischen Schule von Sondrio. Die Linke lud Jenatsch und Blasius Alexander, einen kleinen, lebhaften Mann von kupferbrauner Gesichtsfarbe, dessen Augen bald spöttisch lachten, bald sich drohend verschatteten, auf der gegenüberliegenden Seite zum Platznehmen ein. Die Schmalseiten blieben frei.

Nach kurzer Zeit trat eine Frauensperson ein. Sie war hochgewachsen, fast knabenhaft schmal, aber ihrer Tracht nach keine Dienstmagd.

«Meine älteste Tochter Anna», sagte Salis. Die Herren erhoben sich. Während das Mädchen allen die Hand reichte, sprach es kein Wort, sondern bewegte nur seine hübschen Lippen.

Salis machte ihr ein Zeichen mit der Hand, und als sie gegangen war, fügte er hinzu: «Sie ist taubstumm, leider. Ich habe keine Hoffnung mehr, sie zu verheiraten, obgleich es kaum ein besseres Weib auf Erden gibt. Sie ist die Sanftmut selbst, wie meine selige Mutter, die Gräfin Hortensia Martinengo, der sie übrigens aufs Tüpfelchen gleicht.» Er deutete auf ein Bild am dunkeln Getäfer. Die Herren blickten hin und nickten.

Anna brachte den Wein und schenkte ein. «Auf das Wohl aller Gutherzigen in der Republik Gemeiner Drei Bünde!» sprach Salis feierlich und ein bißchen theatralisch.

«Auf das Verderben des Hispanismus!» antwortete mit seiner hellen Stimme Blasius Alexander, und Alexius hob das Glas über seinen Kopf hinaus und sagte:

«Auf das Gedeihen des wahren Glaubens und auf die Herrschaft der Kirche Jesu Christi, der da bleibt in Ewigkeit, Amen!»

Während des Einschenkens hatte Jenatsch in die Tasche gegriffen und einen Brief hervorgezogen. Dieser Brief, nach Scharans adressiert, lag während der ganzen Verhandlung auseinandergefaltet auf dem Tisch, und die Blicke Jenatschs kehrten immer wieder zu den wenigen Zeilen zurück:

«Ich erwarte Sie in Cläfen zu einer wichtigen Besprechung in Landessachen. Bitten Sie in meinem Namen Herrn Jakob Ruinelli auf Baldenstein um ein Pferd. Ihre Anwesenheit ist von Wichtigkeit.   Herkules von Salis»

Nachdem Alexius seinen Trinkspruch ausgebracht hatte, entstand eine kleine Stille. Jenatsch sah auf und bemerkte, daß die andern ihn mit erhobenen Gläsern anblickten. Er faßte sich rasch und sagte: «Auf Ihr Wohl, Herr von Salis, und auf das eure, ihr Herren Kollegen», und setzte dann sein Glas an die Lippen.

«Ein magerer Salut für einen zukünftigen Volkstribun», sagte Blasius lächelnd, nachdem alle getrunken hatten. «Ist dir der Geist unterwegs eingefroren, Georg?»

«Lassen Sie den Jenatsch in Ruhe», sagte Salis mit aufgehobenem Zeigefinger. «Danken Sie ihm lieber, daß er den weiten Weg zu uns ins Veltlin nicht gescheut hat.»

«Er weiß schon, wie ich's meine», sagte Blasius mit lächelnden Augen. «Wir verstehen einander schon.»

«Nun, auf Trinksprüche kommt es nicht an. Sie sind eine hübsche Sitte, nicht mehr. Was zählt, sind Taten», sagte Salis. «Laßt uns von Taten sprechen. Von zukünftigen, notwendigen, nützlichen Taten. Meine Herren, ich hoffe, Sie teilen meine Entrüstung darüber, daß unser Land gegenwärtig von einer den Spaniern hörigen Minderheit regiert wird.»

«Regiert!» schnaubte Blasius. «Dem sage ich nicht regieren. Das ist Terror und Landesverrat!»

Salis lächelte und fuhr mit der Hand durch sein schütteres rötliches Haar. «Sie wissen, meine Herren, daß ich mich in meiner Ausdrucksweise gern zurückhalte. Man soll nicht behaupten können, ich hetze gegen die Planta, etwa, weil ich Angst habe, sie könnten uns den Rang ablaufen, oder weil ich dem Rudolf vor bald zwanzig Jahren bei der Wahl des Landeshauptmannes unterlegen bin. Über derartige Roßhändlermethoden bin ich erhaben. Aber mit Ihren Definitionen bin ich ganz einverstanden, Herr Alexander. Es *ist* Terror und Landesverrat.»

«Sagen Sie uns, was wir tun sollen», rief Blasius Alexander mit zornrotem Gesicht. «Die Zustände schreien zum Himmel!»

«Ihre Anwesenheit ist von Wichtigkeit», las Jenatsch in seinem Brief.

Salis schneuzte sich die Nase. «Herr Alexander», sagte er darauf, «ich habe hier keine Befehle zu erteilen. Selbstverständlich nicht. Wie käme ich dazu? Wir alle sind freie Männer, denen das Wohl des Landes am Herzen liegt. Wir wollen beraten, und zwar gemeinsam. Und dann allerdings auch gemeinsam handeln. Stellen wir zunächst einmal die Übeltäter fest, die für die unhaltbaren Zustände verantwortlich sind.»

«Darüber kann kein Zweifel herrschen», sagte Blasius.

Salis fuhr fort: «Wir müssen uns auf wenige Namen konzentrieren. Die ganze spanische Partei können wir leider nicht zur Verantwortung ziehen. Beginnen wir also mit ihren Häuptern.

Sie wissen alle, wer das sogenannte Strafgericht nach Chur einberufen hat. Sie wissen, daß die Tätigkeit dieses Gerichts unsere außenpolitische Lage in katastrophalem Ausmaß verschlechtert hat. Die erzwungene Ablehnung des ordnungsgemäß beschlossenen Bündnisses mit Venedig hat uns den letzten Freund gekostet. Was Sie aber nicht wissen: Die beiden Planta haben den spanischen Statthalter in Mailand genötigt, neuerdings die Handelssperre über uns zu verhängen. Damit aber noch nicht genug. Diese saubern Patrioten müssen in Mailand auch mit dem Erzbischof verhandelt haben. Wie käme sonst der Veltliner Erzpriester Nicolò Rusca, der sich unlängst den Titel ‚Malleus hereticorum' zugelegt hat, dazu, öffentlich die Aufhebung der evangelischen Schule von Sondrio zu verlangen?»

«Ein Erzhalunke!» rief Blasius aus. «Dieser ‚Ketzerhammer' muß auf die Liste, ganz zuoberst soll er stehen!»

«Sie zerstören mir mein Konzept, Herr Alexander. Was für eine Liste?» fragte Salis.

«Das ist doch alles sonnenklar. Wir stellen eine Liste von Verrätern zusammen und ziehen sie vor Gericht. Und zwar halten wir es in Chur, im spanischen Nest!»

«Sie haben mir ein bißchen vorgegriffen, aber sei es denn. Der Vorschlag steht zur Diskussion», sagte Salis.

«Ich bin einverstanden», sagte Jenatsch.

«Herr Rektor Alexius?» fragte Salis.

Alexius nickte.

«Es geht um Ihre Schule», sagte Salis fast vorwurfsvoll, «und um die Freiheit des evangelischen Glaubens im Veltlin.»

«Ich weiß es», sagte Alexius mürrisch.

«Gut denn, die Liste wird eröffnet. Erzpriester Rusca, der Ketzerhammer. Pompejus Planta. Rudolf Planta.»

Salis schrieb die Namen auf ein vor ihm liegendes Blatt.

«Der Ritter Robustelli von Grosotto», sagte Blasius. «Ich habe letzthin vernommen, er sei das Haupt einer Verschwörung gegen uns Bündner.»

«Dies wird auch von Rusca behauptet», sagte Salis. «Wahrscheinlich halten sich beide für die Hauptperson. Rusca handelt im Auftrag des Bischofs von Como, der seinerseits eine Marionette des Erzbischofs von Mailand, also Spaniens, ist. Robustelli ist ein naher Verwandter der Planta. So schließt sich der spanische Zirkel. Robustelli wäre also Nummer vier.»

Er setzte den Namen auf die Liste. Jenatsch hatte ein Stück Rötel hervorgeholt und notierte sich die Opfer auf der Rückseite des Briefes.

Alexius, den die Verhandlungen bisher scheinbar nicht interessiert hatten, blickte plötzlich auf und verlangte das Wort. Er sprach stoßweise, in heftigem, vorwurfsvollem Tonfall, als habe er sich gegen einen Angriff zu verteidigen: «Das Veltlin muß *ganz* evangelisch werden. Was wir brauchen, sind junge Prädikanten, die weder Hölle noch Teufel scheuen – und die, wenn es sein muß, auch ein Martyrium auf sich nehmen. – Jenatsch, ich muß Ihnen vorwerfen – Sie sind der Bequemlichkeit und Lauheit erlegen. – Sie waren ein vielversprechender Student. Sie enttäuschen uns jetzt. Welche Worte haben wir heute von Ihnen gehört? ‚Ich bin einverstanden‘, das ist alles. Wir erwarten von Ihnen ganz andere Dinge. Besinnen Sie sich auf Ihr wahres Wesen, bevor es zu spät ist. Sie gehören ins Veltlin. An die Front, nicht ins faule Hinterland. Hier ist Ihr Platz, nicht in Scharans, wo jeder Trottel wirken kann.»

Jenatsch hatte die Strafpredigt mit verkniffenem Mund und zusammengezogenen Brauen angehört.

«Sind Sie fertig?» fragte er, als Alexius die Fäuste, mit denen er während des Sprechens gestikuliert hatte, öffnete. Doch Salis fiel ihm ins Wort:

«Lassen Sie mich an Ihrer Stelle antworten, Herr Jenatsch. – Sie wissen, verehrter Herr Professor, daß ich nichts brennender wünsche als die Missionierung des Veltlins. Ich bin nicht nur ein guter Protestant, sondern darf auch behaupten, daß ich ein guter Bündner bin. Auch als solcher kann man ein protestantisches Veltlin nur begrüßen, denn wir hätten dann mit dem Bistum Como nichts mehr zu schaffen, und der unheilvolle spanische Einfluß wäre wenigstens von der geistlichen Seite her abgestellt. Ich fürchte aber, daß sich diese erfreuliche Lage nicht im Handumdrehen herbeiführen läßt. Ein solches Missionswerk braucht Zeit, und blinder Eifer wird nur schaden. Persönlich teile ich Ihre

Ansicht, verehrter Herr Professor, ein Mann wie Jenatsch gehöre ins Veltlin, aber entscheiden muß er sich selber. Vermutlich hat er die Stelle in Scharans angenommen, weil nichts anderes frei war.»

«So ist es», sagte Jenatsch. «Zeigen Sie mir eine freie Stelle im Veltlin, und ich werde mit Freuden...»

«Übereilen Sie nichts», sagte Salis, «vorläufig können Sie uns dort, wo Sie sind, ganz nützlich sein. – Aber wir sind vom Thema abgekommen. Betrachte ich unsere Liste hier, so muß ich gestehen, sie sieht ein bißchen einseitig aus. Lauter Katholiken, wenn man von Rudolf Planta absieht, der nur dem Namen nach protestantisch ist. Das macht sich nach außen hin nicht gut und wird uns den Vorwurf eintragen, wir seien Katholikenfresser. Die Aktion, die wir hier vorbereiten, soll jedoch über alle konfessionelle Engstirnigkeit hinausgehen. Ich schlage darum vor, wir notieren uns als Nummer fünf den alten Prevosti in Vicosoprano, den Zambra. Er ist Protestant und ein fanatischer Hispanier. Daß er mit den Planta nahe verwandt ist, betrachte ich als Zufall.»

Blasius Alexander lachte unverhohlen, und Salis blickte ihn ziemlich unwillig an. «Ich hoffe», sagte er dann, «Sie gehen mit mir einig, Herr Alexander, daß der Zambra das obere Bergell nicht weniger tyrannisiert als der Rudolf das untere Engadin und der Pompejus den katholischen Teil des Domleschgs. Ich sehe nicht ein, weshalb man ihn schonen sollte.»

«Das meine ich auch gar nicht», sagte Blasius, immer noch lachend. «Ich bewundere nur Ihren Witz, Herr von Salis. Ich habe Rhetorik studiert, aber bei Ihnen kann man noch einiges lernen. Übrigens machen wir zu viel Federlesens. Auf die Liste mit jedem, der auch nur ein bißchen verdächtig ist! Das Gericht wird die eventuelle Unschuld dann schon feststellen, es macht sich immer gut, wenn ein Gericht auch freispricht, nicht nur verurteilt.»

«Damit haben Sie recht», sagte Salis. «Aber nun weiter. Wir kommen zu Nummer sechs. Wenn Sie mir einen Vorschlag gestatten, möchte ich zu bedenken geben, daß wir auch den Veltlinern eine Honigschnitte schulden. Ihre Gemüter werden sich ohnehin wacker erhitzen, wenn wir den ‚Ketzerhammer' einziehen. Aus diesem Grunde sollten wir den gewesenen Landeshauptmann Capol von Flims der ungetreuen Amtsführung anklagen. Kein großes Kunststück, übrigens. Kein zweiter Bündner ist bei den Veltlinern so verhaßt wie Capol, und wir brechen durch seine Verurteilung obendrein allen Verdächtigungen, wir seien ein bloßes Parteigericht, die Spitze ab, denn Capol ist kein Hispanier. Wir *sind* ja auch kein Parteigericht. Wir wollen die Republik der Drei Bünde von allen Übelständen säubern und ihr verdorbenes Staatsleben erneuern. Unser Gericht muß aus einer Volksbewegung hervorgehen, und an Ihnen, meine Herren, ist es nun, diese Bewegung in Schwung zu bringen. Daß ich selbst mich im Hintergrund halten muß, werden Sie begreifen. Ich bin das Haupt einer Partei, und wir wollen ja gerade *nicht* Parteigegensätze ausspielen. Deswegen möchte ich in Chur persönlich nicht auftreten, aber selbstverständlich genießen Sie meine volle Unterstützung. Soweit sie sich mit der mir gebotenen Zurückhaltung vereinen läßt.»

Die Türe ging auf, ohne daß zuvor ein Pochen vernehmlich gewesen wäre. Alle wandten sich um. Rudolf von Salis, der älteste Sohn des Gastgebers, trat ein. Er mochte einige Jahre älter sein als Jenatsch und also beiläufig Blasius Alexanders Alter haben: um die Dreißig herum, eher darunter als darüber. Er machte ein paar Schritte auf den Tisch zu, gleichzeitig die Handschuhe ausziehend, stellte dann mit einer raschen Bewegung die Füße zusammen, so daß die Absätze der hohen Stiefel ein bißchen knallten, und verbeugte sich, zu seinem Vater gewendet.

«Mein ältester Sohn Rudolf», sagte der alte Herkules. Rudolf trat an seine Seite, umarmte ihn und setzte sich dann an den Tisch. Mit seinen weißen, feinen, prächtig beringten Händen strich er das lange Haar glatt und blickte dabei mit spöttischüberlegenem Lächeln von einem zum andern.

«Wie steht's in Grüsch?» fragte Herkules. Sein Gesicht drückte Stolz und Wohlgefallen aus.

«Danke, es geht gut. Der kleine Herkules läßt grüßen. Frau von Salis natürlich auch. Ich habe kürzlich ein neues Pferd gekauft. Es steht im Stall, du kannst es nachher ansehen. Ein

Prachtshengst, sag' ich dir. Und dann habe ich einen neuen Degen.» Er zog ihn aus der Scheide und bog ihn mit einiger Anstrengung zum Kreis. Als er die Spitze losließ, streckte sich die schmale Klinge sogleich wieder. Er hob sie wie ein Fernrohr ans Auge und visierte darüber hin. «Schnurgerade», sagte er. «Man kann sie hundertmal biegen. Etwas Besseres ist nicht zu haben. Ulysses hat ihn mir besorgt. Aus Belluno, von dem berühmten Ferrari, der seine Klingen in einer Verpackung verschickt, als wären es Faßreifen. Eigentlich wollte ich einen Toledaner, aber die sind nichts gegen den hier.» Er stand auf und legte den Degen vor seinem Vater auf den Tisch. «Da, lies.» Herkules hielt die Waffe mit beiden Händen von sich. ‚Ne me tirez pas sans raison, ne me remettez pas sans honneur', las er lächelnd. Dann erhob er sich, faßte den Sohn an den Schultern, schüttelte ihn und sagte: «Rudolf, du bist ein Teufelskerl!»

Rudolf von Planta, der Schloßherr auf Wildenberg in Zernez, streckte seinen Kopf zu einem Fenster im ersten Stockwerk hinaus. Der Schloßhof lag im grellen Mittagslicht des Julitages. Die Hunde hatten sich in den schmalen Schatten der Gebäude verzogen und streckten alle viere von sich. Sperlinge zankten sich um ein Häufchen Roßmist, und der Bravo, der am Tore Wache halten sollte, lehnte mit hängendem Kopf an der Mauer. Sein schwarzer Hut lag vor ihm im Staube. Die Pike war ans Torgitter gestützt.

«Geronimo!»
Der Wächter fuhr auf und bückte sich nach dem Hut.
«Geronimo, wenn ich dich noch einmal wecken muß, gibt es Abzug am Sold und Wasser statt Wein. Verfluchter Tagedieb!»
Auf der Straße vor der Mauer fuhr ein Heuwagen vorüber. Kurz darauf hielt ein Reiter vor dem Tor. Der Bravo löste die Riegel und zog die Flügel auseinander. Der Reiter trabte herein, sprang schwerfällig ab und trieb das Pferd mit einem Klaps auf die Backe den Stallungen zu.
«Ich bin hier, Giacomo, komm gleich herauf!» Der Reiter hob sein gerötetes, schweißüberströmtes Gesicht und erkannte den

Schloßherrn zwischen den Stäben des Fenstergitters. Dann nickte er und verschwand hinter der Hauswand.

Einige Augenblicke später trat er ins kühle Arbeitszimmer, ließ sich gleich ins Kissen eines Faltstuhles fallen und wischte sich das Gesicht ab. Planta näherte sich ihm mit raschen, trippelnden Schritten. «Wie steht's?» fragte er. «Was hast du gesehen? Gib Auskunft, avanti!» Er drehte aufgeregt am angegrauten Schnurrbart und zupfte an der schweren Goldkette, die er wie ein Bandelier über der Schulter trug.

«Gib mir zuerst Wein», sagte Robustelli mit schwacher Stimme. Sein blonder Schnurrbart war dunkel von Schweiß, und sein dünnes Haar klebte in Kringeln am runden Schädel. Er fuhr sich mit beiden Händen an den Hals, um die enge Krause zu lokkern. «Ist das eine Hitze!» Er streckte die Zunge heraus und atmete in raschen Stößen wie ein gehetzter Hund.

«Da, trink.» Planta hielt ihm einen Becher hin, und Robustelli goß sich den Wein die Kehle hinab, ohne zu schlucken.

«Vorwärts», drängte Planta, «hast du Nachrichten? Wie verhalten sich die Leute im Dorf? Wo stehen die Prädikanten? Haben die Abgesandten der Bundeshäupter etwas ausgerichtet? Herrgott, so sprich doch!»

«Nichts haben sie ausgerichtet. Der Jenatsch hat gesagt: ‚Il pövel cummanda.' Die Oberengadiner sammeln sich in Zuoz, die Unterengadiner in Süs, und von überallher kommt Zuzug, aus dem Münstertal, Puschlav, sogar aus dem Domleschg. Der Blasius Alexander und der Bonaventura steigen jeden Augenblick auf einen Misthaufen und halten Brandreden...»

Planta ballte die Fäuste, das Gesicht erhoben, so daß sein Bart fast waagrecht herausstand. «O der schändliche Verräter! Das Aas! der Halunke! der Judas!» rief er aus. «Hätt' ich ihm doch den Rest gegeben statt bloß eine Ohrfeige, als er im Frühjahr die venezianische Schandpredigt hielt, auf der Kanzel seines Vaters, auf *meiner* Kanzel! Und ich Esel habe ihm das Studium bezahlt! Ich könnte aus der Haut fahren!» Er wußte sich kaum mehr zu fassen, zerriß Schriftstücke, die auf dem Tisch lagen, warf mit Fußtritten Stühle um und raufte sich das kurze, graue Haar.

«Der Vulpius von Remüs behauptet, du habest als Kriminalrichter Leute, die dir nicht paßten, zu Mördern und Räubern erklärt und hinrichten lassen», sagte Robustelli gleichmütig, während er sich mit dem Taschentuch das Gesicht fächelte.

«Räuber und Mörder sind sie allesamt! Zum Galgen bestimmt schon im Mutterleib! Die Zunge herausreißen sollte man ihnen allen! Rädern und pfählen sollte man sie!» Robustelli erhob sich schwerfällig und ging zum Tisch, um sich Wein einzuschenken. «Wie die Heuschrecken aus dem Abgrund fallen sie über das Land her. Die alte, heilige Ordnung haben sie in Fetzen zerrissen! Alles Hohe wird in den Dreck gezogen, Ehre, Treue und Gehorsam sind ihnen alte Lumpen!»

Robustelli leckte sich die Lippen und sog am blonden Schnurrbart. «Der Baptista Salis von Soglio ist auch bei ihnen», sagte er.

Planta fuhr jäh herum. «Was sagst du?»

«Der dicke Baptista hat das Kommando über die Fähnlein übernommen.»

«Ist das wahr? Hast du es selbst gesehen? Dann gnade uns Gott!»

«Sie sind auf dem Weg nach Zernez.»

«Und das sagst du erst jetzt, cretino!»

«Ich würde mich zu etwas entschließen, Oheim», sagte Robustelli.

Planta schüttelte die Fäuste. «Sie sollen nur kommen! Sie sollen nur kommen! Wir werden sie zusammenknallen wie tolle Hunde! Ich will sie lehren, was es heißt, einen Planta anzugreifen! Sie sollen die Bärentatze spüren!»

«Es ist zwecklos, sie sind mehr als tausend Mann!»

«Und wären es zehntausend...»

«Es ist zwecklos, sage ich. Wir verlieren nur unsere Zeit. Wir sitzen in einer Mausefalle.»

«Vorwärts, zu den Musketen! Ich habe dich nicht aus dem Veltlin kommen lassen, damit du mir schändliche Ratschläge gibst. Laß den Wein stehen! Schick ins Veltlin um Mannschaft, der Gioieri in Morbegno wird uns nicht im Stich lassen. So lange halten wir es hier aus!»

«Er wird uns keinen einzigen Mann schicken, sage ich dir.»

«Willst du einem Planta vorschreiben, wie er sich verhalten muß, Schnuderbub!»

«Ich habe dir rapportiert. Mach, was du willst. Was mich betrifft, so denke ich von jetzt ab an meine eigene Sicherheit.»

Er ging zur Türe, blieb dort aber stehen. Planta blickte zum Fenster hinaus. Seine Hände zuckten. Die Glieder der schweren Ritterkette klirrten leise. «Wo willst du hin?» fragte er, ohne sich umzuwenden.

«Über den Ofenberg. Der Weg ist noch sicher, aber wer weiß, für wie lange.» Planta stürzte sich zum Tisch. Er zog eine Schublade heraus, warf Schlüssel und Briefschaften und mehrere Beutel mit Geld auf die Tischplatte. Dann gab er der Schublade einen Stoß und ging ans Fenster zurück.

«Ich bleibe», sagte er, «ich werde mit den Leuten reden. Ich habe Macht über sie. Wenn sie mich sehen, werden sie nicht mehr auf die Hetzbrüder hören.»

«Viel Vergnügen», sagte Robustelli, «ich gehe jetzt.»

«Wart doch», jammerte Planta. Er begann, sich die Gegenstände, die auf dem Tisch lagen, in die Taschen zu stopfen. «Schick den Geronimo voraus, er soll uns bei La Drossa erwarten. Aber das sage ich dir, Giacomo: Wenn dem Schloß Wildenberg etwas geschieht, wenn nur eine Fensterscheibe in die Brüche geht, dann gnade Gott dem Bonaventura und dem Battista! Dann will ich den Weidenbaum zausen! Wenn nur eine Scheibe kaputt ist oder eine Wetterfahne verbogen!»

Robustelli hatte die Türe geöffnet und war schon halb auf den Gang hinausgetreten. «Vergiß nicht, genügend Wein mitzunehmen, sonst kommen wir keine Stunde weit», sagte er seufzend.

Die Sonne dieses glutheißen Juli 1618 verschwendete unbarmherzig ihr Licht, goß es wie siedendes Öl über das Täler- und Berggewirr des rätischen Landes aus, trieb es die Bergflanken hinab, preßte es in die Talkessel und Schluchten, schüttete es in ungemessenen Mengen über Schneefelder, Felsbrocken, Alpweiden, schwarze Wälder, bräunlich verbrannte Stoppelwiesen und gilbende Kornfelder, über Obstgärten mit schwarzen Kirschen und gelben Heubirnen, über Kastanienhaine und Weinberge, schwemmte es durch die Gassen und durch die Torgewölbe der Häuser, träufelte es durch die Ritzen der zugezogenen Fensterläden in Stuben und Kammern, durch die Lücken der Balkenwände auf gärende Heustöcke. Die Leute arbeiteten wie im Fieber, mähten, zetteten, rechten, spreiteten Heutücher, standen auf hohen Leitern in den Kronen der Kirschbäume, bückten sich in den Weinbergen nach Rebenranken, wischten sich den Schweiß ab, stürzten zu Brunnenröhren und Mostkrügen und wieder zurück an die Arbeit. Fliegengebrumm, das Gezirp der Grillen, das Schnarren der Heuschrecken vermischte sich mit dem Sensenwetzen, dem Rauschen der Rechen, dem Knarren der Räder und dem Klatschen von Schwänzen auf schweißfeuchtes Fell. Die Kranken stöhnten auf ihren Lagern und verwünschten die Hitze und die Fliegen, und die Alten trugen die Bank, auf der sie saßen, dem Schatten nach und erzählten einander die dunkeln Ahnungen kommenden Unheils, die das ununterbrochen schöne Wetter in ihnen erzeugte.

In diesen Julitagen bewegte sich in einer Staubwolke ein gewaltiger Zug auf den Straßen der Republik der Drei Bünde. Die Spitze hielten einige Reiter, dann kamen Trommler und Pfeifer, ein Fähnrich mit schlaff hängender Fahne, dann die bunt bewaffnete Schar in lockerer Ordnung, und wieder Spielleute und Bannerträger, und am Schluß ein paar Lastpferde mit vollen Weinfässern aus den Kellern des Schlosses Wildenberg. So zogen sie das Engadin herauf, Staub und Schweiß im Gesicht, aber lachend und grölend, den Leuten auf den Feldern Frechheiten zurufend und in den Dörfern harmlosen Unfug anstellend, zur Ruhe und Mannszucht ermahnt von den wenigen Offizieren oder gar einem Prädikanten, ohne daß dies viel genützt hätte. Im obern Engadin begegnete ihnen ein anderer Zug. Sie empfingen ihn mit gewaltigem Triumphgeschrei, umringten den alten Zambra, den seine gichtbrüchigen Glieder kaum noch trugen, und lachten unbändig, als er ihnen unverständliche Schimpfworte zurief mit seiner geschwollenen Zunge. Andere umstanden den Mann aus dem Veltlin, der unter seinen weißen Brauen glühende Blicke hervorschoß und die Fäuste kreuzte über der

Brust. Ein Frechling trat von hinten an ihn heran und hob ihm sachte das Käpplein vom grauen Haar. Bald schwankte es hoch auf einem Spieß, und die Kumpane brüllten vor Vergnügen. Einer lüftete, als der Freche mit seiner Trophäe abgetanzt war, die lange Soutane des Erzpriesters, um zu sehen, wie es mit seinen Beinkleidern bestellt sei. Da wollten die Burschen fast bersten vor Gelächter.

Abends zerstreuten sie sich in den Wirtshäusern. Die keinen Platz fanden, saßen auf Zäunen und Holzbeigen, Weinkrüge in der Hand, oder zogen durch die Gassen und suchten ein paar hübsche Mädchen zu erspähen. Nachts legten sie sich auf die Erde, den Habersack unterm Kopf, denn es fiel kein Tau, und die Kühle vor dem Sonnenaufgang war die einzige erquickende Stunde des Tages. Am Morgen brachen sie auf, halbwegs geordnet, meistens vermehrt um ein paar Burschen, die der Plackerei auf den Heuwiesen überdrüssig geworden waren. Die Gefangenen, beide alt und gebrechlich, zwangen dem Zug ihren Schritt auf, so daß die Berittenen an der Spitze bald weit voraus waren. Der dicke Oberst Baptista von Salis ließ sie daher auf Maultiere setzen, aber die Soldaten verlangten, daß sie als Entgelt für diese unangebrachte Erleichterung gebunden würden. Man stritt eine Weile hin und her. Schließlich siegte das Volk.

So kroch der lange Zug die Windungen der Albulastraße hinan, in Staub gehüllt und schweigsam geworden. Die wenigen, die Harnische hatten, zogen sie aus und banden sie an die Stangen der Piken und Hellebarden, die Fähnriche rollten ihre Fahnen und trugen sie auf der Schulter. Die Prädikanten waren abgestiegen und marschierten mit aufgebundenen Röcken neben ihren Pferden her. Schattenlos lag der Bergsattel vor ihnen aufgeschlagen. Das Gestein hauchte sie glühend an, als sie sich über die Paßebene schleppten in der lodernden Mittagsluft, von ferne anzusehen wie eine bunte, borstige Raupe.

Nach zwei Tagen langten sie in Chur an. Doch der Bürgermeister hatte ihnen das Tor sperren lassen, und der Bischof war geflohen. Die Gasthäuser im ‚welschen Dörfli‘, der Churer Vorstadt diesseits der Plessur, hatten zwar geräuschvolle, aber einträgliche Tage, denn es trafen weitere Mannschaften aus Davos und dem Prättigau ein. Als am fünften Tage die Stadtregierung sich immer noch weigerte, die Tore zu öffnen, setzten sich die Scharen wieder in Bewegung. So kamen sie in den letzten Julitagen nach Thusis.

Von einem Fenster des Wirtshauses ‚Zum Stern' ließ sich der ganze Platz vor dem Rathaus überblicken. Wer sich dort in der Morgenfrühe niederließ, sah, wie die Ziegen aus allen Gassen herbeiströmten und sich um den Brunnen drängten, ehe sie mit wirrem Gebimmel den Kirchenstutz hinunterzogen. Später liefen die Schweine auf dem Platz zusammen, die hellhäutigen, braunen, schwarzen und gescheckten, die großen, würdigen Eber, die Mutterschweine und die quietschenden Ferkel, zappelig vor Aufregung und kopflos umherrennend, so daß die Frauen sie immer wieder in die Herde hineinscheuchen mußten. Hatte dann der Schweinehirt seine grunzende Schar die Hauptgasse hinaufgetrieben, so erscholl das kurze, blecherne Alphorn des Kuhhirten, und endlich blies der Roßhirt seine zerbeulte Trompete und kam nach einiger Zeit mit Peitschengeknall die Straße herabgeritten. Eine Weile war es still auf dem Platze. Nur ein paar Frauen standen an der Ecke und lauerten auf Neuigkeiten. Dann zogen die Säumer aus, und Reisende ließen sich in den Sattel helfen. Und dann war es schon früher Vormittag, und die Sonne schien auf den Platz und dörrte die Misthäufchen, die auf dem abgeschliffenen Steinpflaster lagen. Manchmal setzte das Plätschern des Brunnens aus, der Henkel eines Eimers klirrte, und dann hörte man wieder nichts als die Geräusche des Werktags: den Schusterhammer, den Schmiedehammer, den Hobel und die Säge.

An einem Augusttage saßen zwei Männer an diesem Platz. Sie hatten den ganzen Morgen gearbeitet und fühlten sich nun, da es gegen Mittag ging, einer Stärkung bedürftig. Josef Hosang hatte seinen Kramladen und seine Frau unter dem Vorwand verlassen, er müsse nach einer Warensendung sehen, und Daniel Pappa hatte ein Paar Stiefel abgeliefert und fand, es lohne sich nicht, vor dem Mittagläuten nochmals auf den dreibeinigen Schemel zu sitzen.

«Trink aus, Daniel», sagte Josef Hosang. «Die Gerichtsherren können jeden Augenblick da sein. Es verwundert mich überhaupt, daß sie nicht schon früher Hunger haben. Ich wenigstens hielte es nicht aus von morgens sechs bis mittags um elf Uhr. Vielleicht lassen sie sich zwischendurch etwas hinübertragen.»

«Mag sein», sagte Pappa. «Ich kümmere mich wenig um die Herren. Unsereiner hat nicht viel von ihnen, du allerdings magst es merken, daß wir seit Wochen ein paar hundert fremde Leute im Dorf haben, und die Wirte merken es auch. Bei mir ist das anders. Bis jetzt habe ich nur für einen einzigen gearbeitet, für den Jenatsch von Scharans. Er hat es aber auch zu schätzen gewußt, daß ich für die Stiefel das feinste Leder genommen habe. Immer wieder ist er in meiner Butik auf und ab gegangen und hat die Kutte aufgehoben und bald den einen, bald den andern Fuß vorgestreckt. Und dann wollte er noch einen Gürtel von mir haben. Ich habe gesagt, das mach' ich nicht, das ist Sattlerarbeit, aber er hat gesagt, wie der Sattler arbeitet, weiß ich nicht, aber wie du arbeitest, weiß ich, und dann hat er gesagt, du gefällst mir, Daniel, du solltest einen langen Bart haben, dann würdest du aussehen wie der Moses mit deinen Hörnern.» Er berührte mit der Hand zwei hühnereigroße Gewächse, deren Kuppen sich von den schwarzen Strähnen nicht ganz verdecken ließen und wirklich wie aus dem Schädel stoßende Hörner anzusehen waren.

Hosang beugte sich vor, aber nicht, um Pappas Moseshörner in Augenschein zu nehmen; diese kannte er längst. Er hatte am Wirtstisch schon öfters über die Frage diskutiert, was die Hörner enthalten könnten, ob Fleisch, Knochen oder Flüssigkeit, und übrigens war er es gewesen, der den Anstoß zur Abklärung der Frage gegeben hatte. Pappa hatte auf seinen Vorschlag hin mit der Schusterahle in das größere Horn hineingestochen und die herausquellende gelbliche Flüssigkeit in einem Fläschchen aufgefangen.

Aus dem schattigen Torbogen des Hauses ‚Zur Krone', gleich gegenüber, traten Richter und Begleitpersonen. Die beiden Soldaten, die miteinander geplaudert hatten, setzten sich rasch die Schützenhaube auf und nahmen ihren Platz neben dem Ausgang ein.

«Dort kommt dein Jenatsch», sagte Hosang. «Wahrhaftig, er trägt die neuen Stiefel. Der Dicke neben ihm ist der Oberst Baptista von Salis aus Soglio, und hinter ihm kommt der Bonaventura Toutsch. Der daneben mit dem langen Haar ist der Stefan Gabriel aus Ilanz. Das lange Haar ist übrigens Mode bei den Holländern und Franzosen, hat mir ein Reisender letzthin erklärt, und in ein paar Jahren werden wir alle herumlaufen wie die Waldbrüder.»

«Wer ist der Rothaarige?» fragte Pappa.

«Der Janett von Zillis. Den solltest du kennen.»

«Ist das der, den die Scharanser davonjagen mußten, weil ihre Weiber vor ihm nicht sicher waren?»

«Genau der. Jetzt verhandelt er mit dem Präsidenten des Gerichts.»

«Joder Casutt, den kenne ich, er ist verwandt mit meiner Frau.»

«Der schöne alte Herr mit dem breiten Bart ist der Ritter Johannes Guler von Davos. Er hat ein dickes Buch über unser Land geschrieben, geschichtlich und geographisch, habe ich gehört. Er hat es dem König von Frankreich gewidmet, und du wirst sehen, er wird bei nächster Gelegenheit als Gesandter nach Frankreich gehen, um die Lorbeeren einzuheimsen. Ich traue ihm übrigens nicht ganz, er soll sich als Verteidiger des Erzpriesters Rusca angetragen haben.»

«Das ist nicht wahr», sagte Pappa. «Sie haben ihn angefragt, ob er die Verteidigung übernehmen wolle, Jenatsch hat es mir erzählt.»

«Dem Rusca kann das einerlei sein. Dem ist der Galgen sicher, mit oder ohne Verteidigung.»

«Mag sein. Wenn alles stimmt, was man von ihm berichtet, verdient er's auch nicht besser. — Kennst du die jungen Herren neben dem Guler?»

«Der links ist sein Sohn, der Johann Peter, der andere mit dem langen Haar ist Rudolf von Salis, der Sohn des Herkules; die beiden sind übrigens Vettern und Schwäger, beide haben eine Tochter des alten Hartmann von Hartmannis geheiratet. — Und jetzt kommen zwei wichtige Herren: der bleiche, magere ist der berühmte Professor Alexius, der andere der Blasius Alexander

Blech. Aber sag ihm nie: Herr Blech, das hört er nicht gerne. Ich meine nur, falls auch er bei dir ein Paar Stiefel bestellt. Die nächsten zwei sind Davoser. Der schwarze ist der Konrad Buol, der andere der Johann zum Thor, genannt à Porta, das klingt gelehrter. Und jetzt stellt sich der Vulpius zu ihnen, der Mann, der den Rudolf Planta fangen wollte. Aber der Fuchs war zu langsam, das kommt vor.»

Oberst Salis und Jenatsch traten zur Tür herein. Josef Hosang wollte Platz machen, aber Salis winkte mit seiner fetten Hand ab und spitzte die Lippen. Jenatschs Stiefel knarrten bei jedem Schritt. Als er schon an einem Tisch im Hintergrund der Gaststube saß, bewegte er die Füße noch immer.

«Nochmals, Giorgio», begann Salis, «schlag dir die Studienpläne aus dem Kopf. Zum Gelehrten bis du nun einmal nicht gemacht, und wenn auch dein Herzensfreund Blasius Alexander sich ‚Magister der freien Künste' nennt, so braucht das keineswegs zu heißen, daß auch du ... obwohl ich begreifen kann, daß es dich lockt, deinem Namen den schönen Titel Magister artium liberalium beizufügen.»

«Soll ich in Scharans versauern oder vor Langeweile umkommen?»

«Das sollst du nicht, selbstverständlich, und du tust es in Tat und Wahrheit auch nicht. Gegenwärtig wird dir ja eine ganz unterhaltende Abwechslung...»

«Aber wie lange dauert das noch? Ein paar Wochen, höchstens ein paar Monate.»

Salis hob den Kopf, so daß sein Nacken sich als dicker Wulst über den Spitzenkragen wölbte. «Jungfer!» rief er schallend, «zum Donnerwetter, was fällt Ihnen ein, uns hier verhungern und verdursten zu lassen? Rasch einen Krug Grumello, und dann soll der Wirt kommen, jetzt gleich.»

Das Mädchen, das die Gäste in der Nähe des Schenktisches bedient hatte, verschwand mit rotem Kopf.

«Du willst also fort, Giorgio? Ich verstehe das, ja noch mehr: ich pflichte dir bei. Aber wohin? Doch nicht auf die hohe Schule von Paris, doch nicht hinter Bücher und Pergamente, sondern auf eine andere Kanzel. Und zwar an einem Ort, wo man nicht versauert oder vor Langeweile umkommt. Und dann... einer der wichtigsten Punkte gerade für dich als Pfarrer: du solltest heiraten. Lach nicht, ich meine es im Ernst. Ein Mann ohne Familie — ich meine ohne eigene Familie, ohne Weib und Kinder und Dienstboten — kurz: die Familie macht den Mann, stempelt seinen Charakter, drängt ihn zum Prinzipiellen, zwingt ihn, den schwankenden Boden des Sowohl-Alsauch zu verlassen und allen Dingen gegenüber eine klare Stellung... Was nicht etwa heißt, ich wüßte die konkreteren, handgreiflichen Freuden des Familienlebens nicht auch zu schätzen und nähme davon Abstand, sie dir zu rekommandieren.»

Der Wirt brachte den Wein persönlich und bat, die Herren möchten die Unaufmerksamkeit der Jungfer verzeihen. Sie sei eben noch Anfängerin im Dienst und an so vornehme Kundschaft nicht gewöhnt.

Salis sagte: «Schwamm darüber! Wir haben unsern Wein, und in Zukunft werden wir uns hier nicht mehr über unaufmerksame Bedienung zu beklagen haben. Doch nun hören Sie, Gregor! Ich habe gestern abend eine Rehkeule zum Mittagessen bestellt. Wie steht's damit? Sie muß zwei Stunden schmoren, ich hoffe also... Ausgezeichnet, Gregor, famos, abtreten! — Halt! Noch etwas zu meiner Beruhigung. Haben Sie sauren Rahm für die Sauce? Vortrefflich! Schneiden Sie eine Zwiebel in kleine Stücke, eine sehr kleine Zwiebel in sehr kleine Stücke, aber lassen Sie um Gottes willen die Hände vom Knoblauch. Ich verabscheue Knoblauch; denn..... nicht wahr?... ein Herr von Salis, dem man im Gespräch fünf Schritte vom Leibe bleiben muß, weil es einem sonst den Atem verschlägt... nicht wahr? Ich rate Ihnen daher freundschaftlichst: seien Sie zurückhaltend im Gebrauche des Knoblauchs, vor allem, wenn Sie vornehmere Kundschaft... Sie befestigen damit die Reputation Ihrer Gaststätte. — Verfügen Sie sich demgemäß in die Küche, damit die Sauce rechtzeitig... wie gesagt, Knoblauch ist mir ein Greuel, aber Zwiebeln, fein gehackt... und sparen Sie mir nicht mit dem Salz! Ich bin ein entschiedener Gegner... aber das habe ich Ihnen schon mehrmals gesagt — also: Avanti! Verschwinden Sie!»

Der Wirt verbeugte sich zweimal und ging.

«Sie haben ja einen köstlichen Umgang mit diesen Leuten», sagte Jenatsch. «Ich habe mich prächtig unterhalten.» Salis strich sich den Schnurrbart. «Nicht wahr? Man muß die Menschen zu nehmen wissen, und man muß es verstehen, mit seinen Wünschen durchzudringen. Wirte dieses Schlages neigen leicht zu Eigenmächtigkeiten, sie vergessen zuweilen, daß der Gast der Herr ist, der befiehlt. Aber du trinkst ja gar nicht, Georg! Der Grumello sollte dir schmecken, dächte ich.» Jenatsch trank seinen Becher aus, sagte: «Ausgezeichnet!», und Salis goß wieder ein. «Es gefällt dir also nicht mehr in Scharans», sagte er. «Ich begreife das. Die Leute alle gut protestantisch und venezianisch, weit und breit kein ernsthafter Gegner, seit der Pompejus das Hasenpanier... Dazu die vermutlich nicht sehr angenehme Nachbarschaft des galligen Fortunat von Juvalta, der überall Fehler und Flecken entdeckt, mit denen er seine Chronik austapeziert, kurz, du mußt fort. Der Grumello, dem wir soeben zusprechen, weist ins Veltlin. Was meinst du? Ein Mann deines Schlages braucht Widerstände, Gefahren. In Berbenno wird nächstens eine Pfarrstelle frei, Balthasar Clauschrist, der jetzige Prädikant, ist schwer krank und muß sich...»

Der Rehschlegel wurde aufgetragen, von Salis gekostet, in Ordnung befunden und gleich in Angriff genommen. Auch Jenatsch erhielt seinen Teil davon. Während sie schweigend aßen, ging die Tür auf, Stefan Gabriel eilte zum Tisch, bleich und verstört, das lange Haar in Unordnung. Ein junger Mann in verstaubten Reisekleidern folgte ihm. «Ich muß heim, Georg», sagte Gabriel so leise, daß man ihn kaum verstand. «Mein Sohn Stefan... ich muß nach Hause, um ihn zu begraben.»

Jenatsch stand rasch auf: «Um Gottes willen, was ist geschehen?» Auch Salis hatte sich erhoben. «Mein herzliches Beileid», sagte er, etwas lauter, als es den Umständen angepaßt war, «glauben Sie mir, ich begreife Ihren Schmerz vollkommen. Ich bin Vater von neun Kindern, jeden Augenblick kann mich eine Botschaft ereilen, wie sie Ihnen soeben...»

«Was ist geschehen?» fragte Jenatsch, seinem Amtsbruder die Hand reichend. Gabriel führte die Linke an seine Augen, die voller Tränen standen, und schüttelte den Kopf. Der junge Mann, der sich bisher im Hintergrund gehalten hatte, trat vor: «Mein Bruder ist im Rhein ertrunken», sagte er, während Gabriel sich zur Tür wandte. Nach zwei Schritten kehrte er um. «Entschuldige mich bei den Herren, Georg. Ich werde, so Gott will, in einer Woche zurück sein.» Er seufzte tief, faßte dann den Sohn bei der Hand und ging schnell hinaus.

Salis hatte sich wieder an den Tisch gesetzt. Jenatsch stand noch neben seinem Stuhl mit zusammengezogenen Augenbrauen und verkniffenem Mund. «Junger Mann», sagte Salis, «komm zu dir und erweise den Gottesgaben die Ehre, die ihnen gebührt.» Jenatsch sah ihn verwundert an. «Ich spreche im Ernst, Georg. Der traurige Kasus hat dich nachdenklich gestimmt, was in Ordnung ist. Allein, bedenke: auch Kinder sind Gaben Gottes. Er schenkt sie uns, und Er nimmt sie uns wieder hinweg. Damit muß man rechnen und sich darein schicken. Deswegen ein gutes Essen zu verschmähen, hilft niemandem, aber es ist eine Beleidigung Gottes, des Spenders aller Gaben. Setz dich und laß diesem Rehschlegel... Er ist perfekt.»

Die Mahlzeit ging schweigend zu Ende. Eben hatte Salis die Jungfer nach dem Wirt geschickt, als der junge Guler zum Fenster hereinschaute. «Jenatsch», rief er, «du wirst in der Folterkammer verlangt.» Hinter ihm stand mit spöttisch-überlegenem Lächeln sein Schwager Rudolf von Salis.

Der Wachtmeister öffnete die Tür. Zwei Soldaten führten den alten Zambra herein. Er mußte sich tief bücken unter dem niedrigen Türbalken. Das flackernde Licht der Fackeln, die an den Wänden brannten, ließ den alten, riesigen Mann noch gebrechlicher erscheinen, als er in Wirklichkeit war. Er schwankte in die Mitte des Kellers und blieb dort stehen, die Hände auf dem Rükken, obwohl sie nicht gebunden waren. Seine fast zahnlosen Kiefer bewegten sich ständig und zerlegten das laute Geräusch seines Atems in kurze Silben, so daß es anzuhören war, als murmle er unaufhörlich «No-no-no-no-no».

Rudolf von Salis erhob seine knabenhaft helle Stimme: «Johann Baptista Prevost! Nachdem du die freundliche Ermahnung der Herren Untersuchungsrichter, deine Schuld zu bekennen, nicht befolgt hast, schreiten wir nach kaiserlichem Rechtsgebrauch zur peinlichen Befragung.»

Auf einen Wink trat der Henkerknecht vor und begann den Alten auszuziehen. Der Henker selbst löste das geflochtene Lederseil vom Haken an der Mauer. Eine Schlinge schaukelte von der Decke herab. Der Henker band damit die Hände Zambras zusammen. Inzwischen hatte der Knecht den Alten vollständig entkleidet und schleppte nun die Gewichte herbei.

Jenatsch saß mit Vulpius, Blasius Alexander und Bonaventura Toutsch an einem Tisch. Er war beauftragt, das Protokoll aufzunehmen.

«Nonononono!» stöhnte Zambra. Der Henker und sein Knecht zogen mit aller Kraft am Seil, die Rolle an der Decke ächzte, der riesige Körper streckte sich, schwebte in der Luft, schwankte einen Augenblick. Dann hoben sich die Gewichte an den Füßen, der Körper straffte sich und verzog sich zu unwahrscheinlicher Länge. «No! – No!» schrie der Gepeinigte heiser und gepreßt. Der Henker schlang das Seil um den Haken an der Wand und trat zurück.

«Bekennst du dich schuldig?» fragte der junge Salis. Zambra senkte den Kopf und bewegte ihn hin und her, so daß sein gelblicher Bart wie ein Besen über die weiß hervortretenden Rippen fegte.

«Fragt ihn der Reihe nach», sagte Jenatsch, während er zur Feder griff. Sie steckte in einem zinnernen Tintenfaß, das aufs Haar demjenigen glich, das der Vater Israel in Silvaplana in Gebrauch hatte.

Salis trat vor. «Hast du die Bergeller vor fünfzehn Jahren vom Zuge gegen Fuentes abgemahnt?» Der Bart bewegte sich wie zuvor.

«Hast du den Spaniern geraten, die Festung Fuentes zu bauen?»

Der Bart wischte über die Brust hin und her.

«Du hast eine französische Pension bezogen. Wir wissen es aus Briefen Rudolf Plantas.» Der Bart fuhr fort, sich hin und her zu bewegen.

«Du hast die Prädikanten verlästert. Du hast gedroht, du werdest ihnen die Schnauze zubinden. Wir wissen es durch beglaubigte Zeugenaussagen.»

Der Bart hob sich zitternd, aber diese Bewegung war kein Nicken, denn im nächsten Augenblick sank er auf die Brust zurück.

«Laßt ihn herunter», sagte Bonaventura. «Er kann nicht antworten. Vielleicht hat er überhaupt nichts gehört.»

Salis machte eine zuckende Kopfbewegung. Der Henker löste das Seil. Die Gewichte sanken auf den Boden, der Körper des Gefangenen knickte nach vorn, wollte zur Seite fallen, aber der Henkerknecht fing ihn auf, und sein Meister löste ihm die Fußriemen. An den Knecht gelehnt, stand Zambra auf zitternden Füßen, hustend und nach Atem ringend. Seine Mundwinkel schäumten.

Die Tür ging auf, Joder Casutt kam herein, krummbeinig und schwerfällig, die gewaltige, schmalrückige Nase erhoben. «Wie steht's?» fragte er. «Geht's vorwärts? Die Richter werden ungeduldig.»

Salis, als Vorsitzender der Verhörkommission, schüttelte den Kopf. «Dann zieht ihn nochmals auf», fuhr Casutt fort, «wenn das nicht hilft, versucht es mit dem Feuer. Wir müssen zu einem Schluss kommen.»

Jenatschs Feder kratzte auf dem Papier. Zambra bewegte wieder die Kiefer und murmelte unaufhörlich sein «Nonononono».

Der August verging mit heißen Tagen und kühler werdenden Nächten, mit Gewittern und Regentagen, welche die gepflasterte Dorfgasse in einen kleinen Bach verwandelten und den Nolla so hoch anschwellen ließen, daß seine schwarzen Fluten die Mauern der untersten Baumgärten unterspülten.

Das Dorf hatte gute Zeiten, vor allem die Wirte, Bäcker und Krämer, aber auch die Tuchherren und Hufschmiede. Sogar Daniel Pappa, der Schuster, zog endlich seinen Vorteil aus dem Strafgericht, indem auf Jenatschs Empfehlung hin nacheinander Blasius Alexander, Bonaventura Toutsch, Johann Peter Janett, Stefan Gabriel und die beiden Schwäger Guler und Salis neue

Stiefel bei ihm bestellten. An Flickarbeit fehlte es ihm ebenfalls nicht, denn es wurde an Sonntagen bisweilen getanzt, zum großen Ärger des alten Prädikanten Konrad von Jecklin, der sich dabei das Blut erhitzte und an einem Schlagfluß starb.

Von der Arbeit des Gerichts drang wenig nach außen, denn Verhöre und Sitzungen fanden hinter geschlossenen Türen statt. Aber man beachtete mit Aufmerksamkeit die großen Herren, die sich in den Gasthäusern zeigten, und die kleineren Herren nahmen sie sich zum Vorbild, ahmten Haar- und Barttracht nach, schafften sich Sporen und farbige Hutfedern an, begannen sich Schärpen um den Leib zu wickeln und Degen zu tragen, wenn sie aus dem Haus gingen, verwendeten Ausdrücke, die sie nicht ganz verstanden, leisteten sich ab und zu einen Rehschlegel oder ein Rebhuhn und versäumten zuweilen ihre Arbeit, um dabei zu sein, wenn das Gericht eine öffentliche Handlung vornahm. Es war ein großer Moment, als Joder Casutt auf der Richtstätte das rote Stäblein mit beiden Händen in die Luft hielt und zerbrach, bevor der Henker dem alten Zambra das Haupt herunterschlug. Rusca, der Hauptangeklagte, machte dem Henker allerdings keine Mühe; denn im Gegensatz zu Zambra überlebte er den peinlichen Teil des Verhörs nicht. Soviel die Examinatoren verlauten ließen, hatte der ‚Ketzerhammer' vor der Folter gezittert und um Verbannung oder Verschickung auf die Galeeren gefleht. Nach der vierten Folterung gab er den Geist auf.

Der Prozeß gegen diesen Veltliner führte zu gewaltigen Diskussionen in allen zwölf Gasthäusern. Die wenigen Katholiken unter den Richtern wollten das Verfahren nicht verantworten, und der alte Oberst Guler, in seiner Eigenschaft als Verteidiger des Erzpriesters, wiederholte am Wirtstisch, was er schon beim Beginn der Untersuchung gesagt hatte: daß es nämlich Sache des Gerichtes von Sondrio gewesen wäre, diesen Fall in die Hand zu nehmen, denn Aufsäßigkeit gegen die Landsherren sei noch immer an Ort und Stelle abgeurteilt worden.

Der Himmel selbst äußerte sich – nach der Auslegung des Wirtes Gregor wenigstens – zu diesen Vorkommnissen, denn als nach tagelangen Regenfällen das Gewölk sich endlich verzog, stand ein Komet von solcher Helligkeit am Firmament, daß er selbst dem Tageslicht nicht wich. Wenig später gesellte sich zu diesem ersten himmlischen Drohfinger ein zweiter: die Kunde vom Untergang der reichen Ortschaft Plurs bei Chiavenna. Sie war vom Berge Conto turmhoch begraben worden, und in den Flugschriften, die diese Katastrophe aller Welt bekannt machten, mischte sich das ehrliche Entsetzen mit abergläubischer Furcht vor weiteren Heimsuchungen, die nur durch Bußfertigkeit und ruhigen Wandel abgewendet werden konnten.

Das Gericht fuhr indessen fort, seine Sentenzen zu fällen. Die Brüder Planta, Gioieri und den Bischof von Chur verwies es auf ewige Zeiten des Landes und erklärte sie ihres gesamten Vermögens verlustig; sollten sie zurückkehren, so waren sie ‚dem Vogel in der Luft erlaubt'; jedermann durfte sie umbringen und erhielt dafür noch eine Belohnung. Robustelli kam mit zweijähriger Verbannung und einer gepfefferten Buße noch recht glimpflich davon, während Josef Capol einen Teil des im Veltlin unrechtmäßig erworbenen Gutes an die Gerichtskasse abzuliefern hatte. Der Zorn gegen die Stadtväter von Chur, die dem Gericht die Tore verschlossen hatten, entlud sich in einer gewaltigen, gegen die Stadt verhängten Buße.

Um diese Zeit tauchten die ersten Spottgedichte oder Pasquille auf. Sie waren säuberlich gedruckt, allerdings bekannten sich weder Verfasser noch Drucker dazu, und so suchte man denn die erstern nicht in allzu großer Ferne. Blasius Alexander sagte einmal, als die Rede auf die Pasquille kam: «Wenn man dem Hund auf den Schwanz tritt, dann heult er.» Bonaventura korrigierte: «Wenn man dem Bären auf die Tatze tritt, dann brummt er.» In der Tat mußten die Pasquillanten eng vertraut sein mit den Lebensumständen der Gerichtsherren von Thusis; sonst wäre es ihnen nicht möglich gewesen, Jenatsch ein gottloses Maul zu nennen, das erst frisch aus der Haberpfanne komme, sich über Gabriels Waldbruderhaar lustig zu machen und auf den Tod seines Sohnes anzuspielen, den er sich nicht habe zur Warnung dienen lassen, oder dem rothaarigen Janett seine Weibergeschichten vorzuhalten. Johann à Porta wurde als Hans von Porc in ein Schwein verwandelt, Bonaventura Toutsch, zu Hause in Zernez abkürzenderweise ‚Bonur' genannt, erschien nun als ‚Malur', als die böse Stunde. Konrad ‚Unbuol' wurde zum Fähnrich des Teufels gradiert und Vulpius, der Fuchs von Fetan, zum direkten Nachfahren von Dieben und Mördern erklärt. Auch Joder Casutts lange Nase blieb nicht unbesprochen, und für Herkules von Salis, obgleich er sich in Thusis kaum gezeigt hatte, wurde aus Buchstaben ein Galgen errichtet, ebenso für ‚Ihr Gnaden Rudolf', seinen Sohn. Zum Schluß erging eine Warnung an das Gericht, verbunden mit der Prophezeiung, die venedischen Jäger und Jagdhunde würden bald an die Stelle ihrer jetzigen armen Opfer gesetzt werden und dann am eigenen Leibe erfahren, wie es einem gehetzten Wild zumute sei.

Diese Flugblätter, die am Morgen im Stiefel knisterten, am Mittagstisch unter dem Teller lagen, zwischen Aktenblättern steckten oder einem schläfrigen Wachtsoldaten unters Bandelier geschoben waren, erregten Heiterkeit und Ärger zugleich. Aber nicht die Gezeichneten erbosten sich über den Anonymus, der ihr Bild verzerrt hatte, sondern die Übergangenen, die der Feind nicht so hoch einzuschätzen schien, daß er sie ins Auge faßte. So lauerten Ruinelli und Rosenroll auf jedes neue Pasquill, ohne daß ihnen jedoch die Ehre einer Erwähnung angetan wurde, ja eine Andeutung konnte beinahe dahin ausgelegt werden, daß die Schreiber die beiden Herren absichtlich übergingen.

Inzwischen liefen beunruhigende Nachrichten ein. Die Verbannten, an der Spitze die Brüder Planta, hatten das Gericht an der Eidgenössischen Tagsatzung verklagt. Eine Abordnung unter der Führung ‚Ihrer Gnaden' Rudolfs von Salis mußte nach Baden reisen, um die Vorgänge von Thusis vor den Tagherren und Verbannten zu rechtfertigen. Nach den zuverlässigen Informationen, die der venezianische Gesandte den Parteihäuptern zugehen ließ, waren die Planta kurz zuvor in Mailand gesehen worden, als sie nächtlicherweile den Palazzo des spanischen Statthalters verließen, und aus einem abgefangenen Brief ging hervor, daß sie die Reise nach Baden in Luzern unterbrochen hatten, um mit dem spanischen Gesandten Casati zusammenzukommen. Mit den Planta trat auch der französische Gesandte Gueffier vor die Tagsatzung. Er äußerte sich abfällig über die Richter von Thusis und beklagte sich, daß man ihm den schuldigen Respekt immer deutlicher verweigere: Wenn von ihm die Rede sei, sage man nur ‚der Franzos‘, und in gleichem Maße achte man auch den König nicht mehr wie früher. Um seine Beschuldigungen am Hofe zu entkräften, sandte man den Ritter Johannes Guler nach St-Germain. Er kehrte mit beruhigenden Zusicherungen und einer prächtigen Ritterkette zurück.

An einer schmalen Stelle des Viamalaweges hatten zwei Pferde nebeneinander nicht Platz. Jenatsch, der bessere Reiter, übernahm die Führung. Als der Kopf von Alexanders Braunem sich an seiner Seite wieder vorschob, sagte Jenatsch: «Es ist gut, daß wir nicht zu dritt sind, sonst könnten nur zwei miteinander reden, und einer müßte sich immer langweilen.» Alexander, der sein Pferd vollends neben den Rappen seines Freundes gelenkt hatte, sagte darauf: «Auf jeden Fall ärgert es mich, daß der Bonaventura die Stelle in Morbegno nicht angenommen hat. Ich verstehe das nicht.»

«Vielleicht haben die Pasquille ihn unsicher gemacht. Es war ihm nicht mehr so ganz wohl bei der Sache, ich habe es deutlich gemerkt.»

«Ich begreife das nicht, er war doch zuweilen recht scharf.»

«Mit dem Maul, ja!»

«Auf jeden Fall hat der Bergsturz von Plurs ihm gewaltigen Eindruck gemacht. Er ist ganz blaß geworden, als der Gregor ihm vorrechnete, daß der Bergsturz im gleichen Moment losbrach, als Rusca auf der Folter...»

«Ach, der Gregor, diese Wetterfahne! Dabei war doch der Bergsturz in der Nacht, und Rusca ist am Nachmittag...»

«Das hab'ich dem Bonaventura auch gesagt.»

«Ich glaube, das alles ist ganz einfach. Der gute Bonur hat sich in eine hübsche Silserin verliebt und möchte ihr nun schöne Predigten halten.»

«Mag sein, doch das ist kein Grund.»

Der Braune blieb wieder zurück, die Bohlen einer Galerie dröhnten. Ein paar Regentropfen klatschten ins dürre Farnkraut. Jenatsch drückte die Kappe tief in die Stirn und zog den Mantel straff über die Schenkel. Als Alexander wieder an seiner

Seite ritt, sagte er: «Baptista Salis hat mir das Heiraten rekommandiert. Was hältst du davon?»

«Er hat recht. Ein Prädikant muß ein Weib haben, besonders im Missionsgebiet ist das von Wichtigkeit.»

«Du bist aber auch noch ledig, Plasch.»

«Nicht mehr lange. Ich verlobe mich an Weihnachten mit Maddalena Catanea aus Teglio. Im Frühling heiraten wir. Auch du solltest bald unter Dach kommen, Georg.»

«Ich bestreite es nicht, prinzipiell. Aber wen soll ich nehmen? Im Veltlin kenne ich niemanden.»

«Nimm dir eine hübsche Haushälterin, dann macht sich das übrige ganz von selbst.» Alexander lachte.

«Das ist bei mir nicht so einfach.»

«Warum denn? – Ach so, du bist ja nicht allein im Haus und wirst dich womöglich noch bei deinem Vorgänger verköstigen müssen. Du, das würde ich nicht. Der alte Clauschrist soll sich eine andere Wohnung suchen. Die Pfarrwohnung steht dir allein zu.»

Der Föhn wühlte sich durch die Tannenwipfel mit gewaltigem Brausen. Die Stämme knarrten, Äste schlugen gegeneinander mit hellem Knall.

«Du, Jörg», sagte Alexander. «Beim Landeshauptmann in Sondrio habe ich ein blitzsauberes Mädchen gesehen, ich weiß nicht, ist es die Nichte oder die Tochter, auf jeden Fall wird es sich lohnen, dem Signor Gubernatore möglichst bald einen Antrittsbesuch zu machen.»

«Wie heißt sie?»

«Ich weiß es nicht, ich habe mich ja nicht weiter um sie gekümmert. Ich habe sie bloß ein paarmal gesehen, wenn ich in Sondrio zu tun hatte. Wahrscheinlich kommt sie von Davos und gehört zur Familie Buol; denn der Landeshauptmann heißt Fluri Buol.»

Der Föhn wehte nun fast ununterbrochen. Das Gebraus des Waldes vermischte sich mit dem Rauschen des Rheins tief unten in seiner schmalen Kluft. Zuweilen glitt ein Fetzen Sonnenlicht über ein fernes Schneefeld und riß es leuchtend heraus aus dem Grau und Schwarz des verschatteten Gebirges. Ein Wasserlauf glitzerte für Augenblicke, das Steinplattendach eines Maiensäßstalles glänzte auf und erlosch gleich wieder. Da und dort ging ein blauer Spalt auf in der Wolkendecke, quoll wieder zu, teilte sich von neuem und verzog sich in die Länge und Breite, wurde zu einem Tümpel, dessen Gestalt sich beständig veränderte.

«Der Komet!» schrie Alexander.

Jenatsch hob den Kopf. Wirklich, in der blauen Lache schwamm er wie eine winzige goldene Kaulquappe.

«Er fürchtet sich vor der Sonne, er wendet sich immer von ihr weg.»

«Unsinn!» sagte Jenatsch. «Das ist heidnischer Aberglaube.»

«Es gibt Krieg, du wirst sehen, Georg.»

«Natürlich gibt es Krieg, aber nicht wegen des Kometen. Es ist immer irgendwo Krieg auf der Welt, jahraus, jahrein, und die Kometen ändern daran nichts.»

«Aber es gibt doch Zeichen am Himmel. Denk an den Stern von Bethlehem und an die Sonne auf Golgatha.»

«Christus ist Gottes Sohn.» Darauf schwieg Alexander.

Ein Säumerstab, dem sie begegneten, zwang sie, ihre Pferde dicht an die Felsen zu drängen. Die Glocken tönten scharf und unangenehm. Als sie wieder allein auf der Straße waren, sagte Alexander: «Du magst recht haben, Georg. Uns allen steckt der alte Heide noch im Leib. Vielleicht ist mir deswegen so unbehaglich zumute, solange der Komet am Himmel steht.»

«Sei unbesorgt, alter Heide und gelehrter Magister», lachte Jenatsch. «Warum soll er uns Unglück bringen? Warum nicht Glück? Unsere Pläne gedeihen. Die Spaniolen sind zusammengehauen, das Erzhaus Österreich kracht in allen Fugen. Wir gehen glänzenden Zeiten entgegen, glaub mir's.»

«Wir wollen es hoffen», sagte Alexander mit einem schweren Seufzer.

ANNA

Der Vater hatte eine venezianische Kompanie übernommen und kam nur im Winter für ein paar Wochen nach Hause. Die ganze Last der Feld- und Stallarbeit lag auf der Mutter und den größern Kindern. Die Heuernte zog sich durch den ganzen Sommer hin. Zu den ständig beschäftigten Knechten und Mägden mußten während dieser Zeit noch weitere Dienstleute eingestellt werden, und die Hausfrau kam oft kaum nach mit dem Einkaufen von Korn und Salz, mit Backen und Speckabschneiden. Alle zwei Wochen mußte ein Knecht auf die Alp, um Butter und Ziger zu holen, und Jöri Michel, der älteste Knecht, der zu schwach und zu krumm war, um die großen Heubürden in die Ställe zu tragen, sägte und spaltete den ganzen Tag Holz. Die Leute waren auf den Heimwiesen und besonders auf den Berggütern ohne genügende Aufsicht, denn die Frau Hauptmann, wie sie im Hause respektvoll tituliert wurde, konnte nicht zugleich am Herd stehen und die Feldarbeit überwachen. Sie mußte sich damit begnügen, dem Gesinde ab und zu den Imbiß hinauszutragen und nachzusehen, ob die Flurgrenzen eingehalten wurden, ob das Gras gut gezettet, das Heu nicht bloß halbdürr eingebracht wurde. Anlaß zu Ärger gab es fast jeden Tag. Der einheimische Knecht Bartli Tarnutzer, dem man Vertrauen schenken konnte, hatte oft Mühe, seinen Willen bei den Fremden durchzusetzen, und drohte immer wieder mit der Kündigung.

Die Mutter achtete streng darauf, daß Anna sich für keine Arbeit zu gut hielt, weder Stallgeruch noch Waschlauge scheute und mit Heurechen und Mistgabel so gut umgehen konnte wie mit der Nähnadel oder dem Kochlöffel. Schon als kleines Mädchen hatte sie im Frühling und Herbst die Kühe hüten müssen, obgleich die Gegend zuweilen von Wölfen heimgesucht wurde und mitunter sogar Bären sich zeigten. Dafür durfte sie vom späten Herbst an, wenn die Nachtfröste das Weideland versengt hatten, täglich an den ‚Platz' zur Schule.

Der glatte Lauf der Wochen, Monate und Jahre wurde unterbrochen durch einzelne Ereignisse, die teils jährlich wiederkehrten, teils einmalig waren. Zu den ersten zählten die Jahrmärkte, die im Frühjahr und Herbst am ‚Platz' abgehalten wurden, aber auch der Weihnachtsabend mit dem herrlichen Essen in der großen Stube, das Neujahrssingen der Kinder, die Metzgeten, denen die kurzweiligen Abende des Wurstens und Einpökelns folgten, oder der große Backtag vor Ostern. Im Frühling wurde die Bsatzig oder Landsgemeinde abgehalten, bei welcher Gelegenheit die zahlreiche und weitverzweigte Sippe der Buol sich zusammenfand. Bei solchen Anlässen setzte man sich um die Alten und lauschte ihren Reden, in denen die Vergangenheit lebendig wurde. Sie mochten dann vom alten Landammann Paul Buol erzählen, dem Urgroßvater von Annas Generation, der mit mehreren Frauen fünfundzwanzig Kinder gezeugt hatte und dessen Nachkommenschaft nun, fünfzig Jahre nach seinem Tode, nach Hunderten zählte. Sie gedachten auch der tapferen Frau des Ritters Guler, der sich nach Zürich hatte flüchten müssen, weil das Churer Strafgericht der spanischen Partei von Anno sieben ihn zum Tod verurteilt hatte. Als eine beträchtliche Mannschaft erschienen sei, um das Inventar des Verurteilten aufzunehmen und das Weibergut auszusondern, habe Frau Elsbeth, die Schwester des hochberühmten Herkules von Salis, die kriegerischen Herren mit großer Freundlichkeit empfangen und sie aufs sorgfältigste bewirtet, ihnen auch die Schlüssel von Schränken und Truhen ausgehändigt, jedoch mit der Bemerkung, ihr Heiratsgut stecke zusammen mit dem Vermögen ihres Mannes in Haus und Hof, und sie selbst wäre nicht imstande, die beiden Teile säuberlich zu trennen. Darauf seien die vollgefressenen und angeheiterten ‚Hispanier' abgezogen, angeblich, um in Chur neue Instruktionen einzuholen, seien aber nicht wieder erschienen, und der Ritter Guler habe kurz darauf fröhliche Heimkehr gehalten und sei nun einer der geachtetsten und einsichtigsten Männer in allen drei Bünden. Er schreibe immer auf, was sich im Land ereigne, und habe eine Chronik von Rätien verfaßt, die in den ältesten Tagen beginne und zugleich auch das Bundesgebiet und die Untertanenlande bis ins kleinste beschreibe und erkläre. – Ein andermal sprachen sie wohl vom großen Rathausbrand Anno 59 oder vom Pestjahr 85 schrecklichen Angedenkens, welches in allen drei Bünden gegen fünftausend Männer, Frauen und Kinder unter den Boden gebracht, in der Landschaft Davos allein fast zweihundert, die meisten davon in Sertig. Sie vergaßen hierbei nicht zu erwähnen, daß 42 pestkranke Personen wieder gesund geworden seien, was als ein deutlicher Beweis für die gesunde Lebensweise und die gute Luft der Landschaft angesehen werden müsse. Oder sie erklärten den Jungen, wie der Erberberg zu seinem merkwürdigen Namen gekommen sei. Vor dem Pestjahr habe man ihn nämlich Sonnenberg geheißen. Während des großen Sterbets sei er aber in einer einzigen Nacht durch Erbgang siebenmal in andere Hände gekommen, und diesem unerhörten Ereignis habe man durch den neuen Namen für ewige Zeiten ein Andenken stiften wollen.

Früher oder später nahm dann ein solches Sippengespräch gewöhnlich doch die Wendung ins Politische, für Anna das Zeichen, aufzustehen und mit den andern Mädchen ein Reigenspiel zu machen oder Blumen zu suchen, etwa die blauen Enzianen, die man zwischen die geöffneten Schuppen eines Tannenzapfens stecken konnte. Die gleichaltrigen Knaben freilich spitzten die Ohren, denn nach der Erfüllung ihres vierzehnten Jahres wurden sie stimmfähig, und Politik hieß für sie Ämter und Ehren, Waffen und goldene Ketten und farbige Federn auf dem Hut.

Einmal versammelte sich in diesen Jahren der Bundestag im Davoser Rathaus. Die Herren Abgeordneten aus dem ganzen Gebiet Gemeiner Drei Bünde brachten einen Hauch von großer Welt ins abgelegene Hochtal. Alle bündnerischen Dialekte schwirrten durcheinander, das kehlige Walserdeutsch und das weiche Churerdeutsch, das beinahe gestotterte Romanisch der Domleschger, das harte der Oberländer mit seinen ‚eu'- und ‚iu'-Lauten, das volltönende Rumantsch der Engadiner und die lombardischen Dialekte der Puschlaver und Misoxer. Die Herren Deputierten kleideten sich meist nach einer Mode, die in Frankreich und Spanien in etwas üppigerer Form vor einem guten Jahrzehnt im Schwange gewesen war; nur wenige hielten sich an das einheimische graue Tuch oder an das Nußschalenbraun der ansäßigen Färber. Eine wahre Augenweide boten die fremden Gesandten. Sie trugen samtene Wämser mit geschlitzten Ärmeln und kurze, seidengefütterte Mäntel, die sie sich lässig über die Schultern warfen und mit denen sie sich bei Gelegenheit wirkungsvoll drapierten, besonders, wenn sie auf ihren schönen Pferden saßen.

Als die Tagung vorüber war, fand man sich nicht leicht wieder in den alten Gang der Zeit. Die Sonne schien verschleiert, die Luft fade, die große Stille drückend. Vor allem die Mädchen waren unruhig. Sie merkten vor lauter Getuschel nicht, wie die Wassereimer unter den Brunnenröhren überliefen, oder wenn sie allein waren, fingerten sie an ihrem aufgesteckten Haar und zupften zwischen den Schnüren des Mieders am Brustlatz herum. Die größern Knaben übten sich heimlich im Reiten und waren glücklich, wenn sie, über ein Brunnenbecken geneigt, den ersten Flaum auf der Oberlippe entdeckten.

Auch Anna zählte nun schon zu den größeren Mädchen. In die Schule geschickt wurde sie nicht mehr, denn sie konnte notdürftig schreiben, ganz ordentlich lesen, und zwar sowohl Gedrucktes wie Geschriebenes, und war imstande, die meisten umlaufenden Geldsorten in Rheinische Gulden umzurechnen. Einmal in der Woche mußte sie an den ‚Platz' zur Unterweisung. Der Prädikant, Konrad Buol, übrigens ein Vetter des Vaters, unterrichtete die Konfirmanden in den Grundfragen des evangelischen Glaubens, aber Anna behielt in ihrem Gedächtnis weder den Heidelberger Katechismus noch das Apostolische Glaubensbekenntnis, sondern bloß das Unservater und einige unklare Worte und Redewendungen, die der Herr Prädikant sowohl im Unterricht als auch in der Predigt häufig gebrauchte, wie: ‚sintemal', ‚insonderheit', ‚alldieweil', ‚sich unter das Wort stellen', ‚wir sind aufgerufen', ‚wir dürfen' das Wort der Heiligen Schrift vernehmen, einen Choral singen, einen Batzen in die Opferbüchse werfen. Der Herr Vetter konnte, wenn er auf Besuch kam, ganz verständig plaudern, aber auf der Kanzel und am Unterweisungspult verwandelte er sich in einen unbegreiflichen Redner, der die Stimme hob und senkte, sie wie einen Gesang an- und abschwellen ließ, einzelne Worte fast heiser flüsterte und andere wie glühende Erzstücke aus dem Munde stieß. Dazu breitete er die Arme aus, ballte die Faust, stützte sich auf die Ellbogen, lehnte sich vor und zurück, schüttelte den langen Bart, streckte den Zeigefinger aus: kurz, war ein fremder Mensch, dem man nur gehorchen konnte, da er offensichtlich hoch über den gewöhnlichen Leuten stand.

Nach der Konfirmation, die am Karfreitag stattfand und die große Familie wieder einmal vereinte, gab es sehr laute Samstagnächte im Hause Buol. Die Nachtbuben pochten an alle Türen, besonders aber an Annas Fenster, und suchten das Mädchen durch Bitten und Drohen zum Aufmachen zu bewegen. Sie zeigte sich nie an den Butzenscheiben, machte auch nie Licht und antwortete in keiner Weise auf das ungestüme Treiben der ledigen Burschen. Wenn der Vater zu Hause war, sorgte er rasch für Ruhe. Dafür trieben sie es um so wilder, wenn sie wußten, daß sich der Hauptmann bei seiner venezianischen Truppe aufhielt. Einmal schichteten sie in aller Stille eine gewaltige Beige Holzscheiter vor der Haustüre auf. Ein andermal nahmen sie den Mistkarren auseinander, trugen die Teile auf das Hausdach und setzten sie dort wieder zusammen, so daß das Haus am Sonntagmorgen den ersten Kirchgängern einen erstaunlichen Anblick bot.

Anna schätzte solche Aufmerksamkeiten gar nicht, aber sie konnte nichts dagegen tun. Die einzige Haltung, die etwas fruchtete, war die hartnäckige Weigerung, den Unholden das Haus aufzuschließen. Sie verzogen sich gewöhnlich recht bald, um ein anderes Mädchenherz zu bestürmen. Bloß zwischen Weihnachten und Neujahr wäre es ein grober Verstoß gegen die herrschende Sitte gewesen, den Burschen kein Gehör zu schenken. Sie wurden eingelassen und mit einem Würzwein bewirtet. Die Eltern sorgten dafür, daß die Ausgelassenheit ein bestimmtes Maß nicht überstieg und daß Fleischkammer und Weinfaß unangetastet blieben.

Wenn nicht die Feldarbeit alle Kräfte anspannte, saßen die Frauen oft am Spinnrad oder am Webstuhl, denn es galt als sträfliche Hoffart, das Kleidertuch von auswärts zu beziehen, ausgenommen das Zeug für die Feierkleider. Auch die Leinenstoffe wurden selbst hergestellt, obgleich in der Landschaft Davos weder Flachs noch Hanf gediehen. Anna tat diese Arbeit gern. Zwar war sie nicht sehr unterhaltend, denn die Mutter redete nicht viel und gab auch ungern Antwort auf Fragen. Aber man konnte seinen Gedanken nachhängen, während die Füße die Schäfte traten und die Hände das Schiffchen durch das offene

Fach trieben oder mit der Lade den Eintrag ans Gewebe anschlugen. An Sonntagnachmittagen verließ sie oft das elterliche Gehöft, um sich mit Gleichaltrigen zu treffen. Zuweilen aber folgte sie, sobald man sie zu Hause nicht mehr sehen konnte, einem einsamen Weg oder stieg eine Berghalde hinan und setzte sich in den Schatten einer Lärche.

Einmal schlich ihr ein Bursche nach. Als sie ihn entdeckte, stellte er sich so, als hätte er zufällig den gleichen Weg, aber als Anna vom Pfad abbog und sich durch den Jungwuchs zwängte, sah sie gleich darauf seine Hemdärmel aus dem Grün hervorschimmern. Sie rannte quer über eine ansteigende Lichtung und tauchte wieder im Jungwald unter. Dann versteckte sie sich in einem Tannendickicht. Sie hörte den Burschen in großen Sätzen die Schneise überqueren. Das Herz pochte ihr hoch im Halse. Der Jungwuchs rauschte ganz nah bei ihrem Versteck. Sie hörte, wie der Bursche einen Augenblick heftig atmend ausruhte und sich dann weiter durch das Tannengestrüpp wühlte. Als die Geräusche sich entfernt hatten, schlüpfte sie auf die Lichtung hinaus. Sorgfältig dem dürren Astwerk ausweichend, stieg sie die Schneise hinan und setzte sich am Fuß eines Felskopfes auf eine Rasenbank. Die jungen Tannen in der Tiefe bewegten sich noch immer, und dann und wann war ein Stück des weißen Hemdes zu erblicken. Anna lachte leise und pfiff, wie man einem Hund pfeift. Der Bursche mußte es gehört haben, denn nach einer Weile trat er auf die Lichtung heraus und blickte in Annas Richtung. Dann machte er sich ohne Hast an den Aufstieg. Als sein Schatten auf Anna fiel, spürte sie wieder den wilden Wirbel des Herzschlages hoch oben in der Kehle. Der Bursche setzte sich in einigem Abstand. Er riß einen Grashalm aus und kaute daran, und dann begann er von gleichgültigen Dingen zu sprechen und rückte nach einiger Zeit näher. Mitunter stellte er eine belanglose Frage, die Anna zögernd beantwortete. Schließlich wurde der Bursche kühn. Er legte seinen Arm um ihre Schulter. Sie zitterte am ganzen Leib. Um einen Halt zu gewinnen, faltete sie die Hände vor ihren Knien und lehnte sich vornüber. Der Bursche verengte den Griff und schob die freie Hand unter ihrer Achsel durch. Im nächsten Augenblick schloß sich diese Hand um

Annas rechte Brust. Sie sprang auf und spie dem Burschen ins Gesicht. Dann raffte sie ihr Kleid und eilte die Lichtung hinab. Zu Hause stand sie lange vor der gemalten Wappenscheibe und betrachtete das blau und weiß geviertete Weib. Als sie später der Mutter in der Küche half, fragte sie: «Was heißt eigentlich Buol?»

Die Mutter sagte: «Ich weiß es nicht genau, du mußt einmal den Vater fragen.»

Anna schwieg eine Weile. Dann fragte sie: «Könnte es nicht... Buhle heißen, eine die man gern hat?»

Die Mutter sah rasch auf: «Was sagst du da, Mädchen? Was sind das für Fragen?»

Anna zuckte die Achseln. «Ich meine nur», sagte sie dann, «weil wir eine Frau im Wappen haben.»

Die Mutter schwieg darauf, aber ihrem Gesicht war deutlich anzusehen, daß sie sich Sorgen machte.

An diesem Abend ging Anna früher zu Bett als gewöhnlich. Sie zog die Vorhänge ihres kleinen Fensters zu, stellte das Talglicht auf den Waschtisch und goß Wasser in die kupferne Waschschüssel. Dann entkleidete sie sich. Als sie völlig ausgezogen war, näherte sie ihr Gesicht der Wasserfläche. Das Talglicht hebend, starrte sie auf ihr Spiegelbild, auf die braune Stirn und die geröteten Wangen, auf die nicht sehr schmale, aber gerade Nase. Der Mund war etwas blass, doch die Oberlippe hatte einen schönen Schwung. Die Pupille war von einem hellen, braunen Rand umgeben, das Weiss der Augen spielte ins Bläuliche, aber dort, wo es vom Licht gestreift wurde, lag ein feuchter, glänzender Schimmer. Sie senkte die Lider und hob sie wieder und verfolgte den Schatten, den die Wimpern warfen, und dann fuhr sie mit ihrer braunen Hand den dunklen, dichten Brauen nach und strich eine krause Strähne an der Schläfe zurück. Sie lächelte sich zu und streckte sich. Während des Waschens betrachtete sie ihren Körper, die Rundungen der Schultern, die blaue Äderung über der Brust, den weißen, atmenden Bauch, das dunkle Dreieck der Mitte, die Schwellungen der Schenkel, die schöne Linie von der Kniekehle zur Ferse und über den äussern Rand der Fußsohle zu den Zehen. Mit einem groben Tuch rieb sie sich ab. Als sie auf dem Schaffell vor dem Bette stand, hob sie langsam die Arme und schloß die hohlen Hände um die kleinen, festen Brüste. Darauf zuckte sie erschreckt zusammen, streifte sich rasch das Nachthemd über, blies das Talglicht aus und stieg ins Bett. Die Arme unter dem Nacken verschränkt, lag sie lange wach.

Im Spätherbst kam der Vater aus dem Venezianischen nach Hause. Er hatte Geschenke mitgebracht, Schmucksachen, Gläser und feines Tuch, Spitzen und seidene Bänder. Anna erhielt eine Halskette und einen zierlichen Ring mit einem Kranz von kleinen Perlen. Sie konnte ihn nur mit Mühe an den Ringfinger stecken. Der Vater sagte, sie solle ihn am kleinen Finger tragen, und im übrigen sei es an der Zeit, daß sie die grobe Arbeit, von der die Finger dick werden, für eine Weile aufgebe, um statt dessen die Führung eines feineren Haushaltes zu lernen. Nach einigen Beratungen mit der Mutter und den nächsten Verwandten wurde beschlossen, Anna im nächsten Frühjahr ins Veltlin zu schicken, wo ihr kinderloser Onkel, Florian Buol, als Landeshauptmann residierte. Als der Vater sich im Frühling wieder zu seiner venezianischen Truppe begab, nahm er das Mädchen nach Sondrio mit. Bei seiner Rückkehr im Herbst wollte er es wieder nach Hause bringen.

Die Führung des feineren Haushaltes bestand für Anna darin, der italienischen Köchin und ihren Mägden bei der Zubereitung und Anrichtung der Speisen zuzusehen, Kochrezepte zu notieren, mit dem Onkel in den Keller zu steigen, um nach den Weinen zu sehen und im übrigen die Hausfrau, die das veltlinische Klima in der wärmeren Jahreszeit nicht aushielt, zu vertreten. So hatte sie den Gästen aufzuwarten und die umfangreiche Garderobe des Landeshauptmanns in Ordnung zu halten – soweit diese Tätigkeit nicht mit gröberer Arbeit verbunden war. Daß sie ihre Hände beschmutzte oder die Fingerbeeren zerstach, hätte der Onkel nicht zugelassen, was nicht hinderte, daß sie beides oftmals tat, um nicht bei dieser feineren Lebensführung vor Langeweile umzukommen.

Gäste kamen fast täglich, vor allem die Podestaten, die in Bormio, Tirano, Teglio, Morbegno und Trahona als Richter und Verwalter saßen. Zuweilen erschien auch der Talkanzler, der oberste Vertreter der Veltliner, oder ein Gemeindevorsteher sprach vor, oder ein Prädikant wünschte sich Gehör zu verschaffen. Der Onkel hielt darauf, daß seine Nichte mit ihm und den Gästen zusammen speiste, sofern nicht geheime Sachen verhandelt wurden, und dabei hörte sie manches, was sie aus freien Stücken nicht gekümmert hätte. So bewirtete sie eines Tages ihren engeren Landsmann Fortunat von Sprecher, von dem sie wußte, daß er zu Cläfen Commissari war. Sie hatte sich die sonderbarsten Vorstellungen von diesem Amt gemacht, erfuhr nun aber, daß der Commissari einfach der Podestà von Cläfen war und nur deshalb nicht auch Podestà genannt wurde, weil das Gebiet von Chiavenna eine ehemalige Grafschaft war, deren Bewohner sich, im Vergleich zur Bevölkerung des Veltlins, größerer Rechte und Freiheiten erfreuten. Ein beinah täglicher Gast war sodann der ebenfalls in Sondrio ansäßige Vicari, der oberste Richter, dem die hohe Gerichtsbarkeit unterstand. Auch diesen Titel hatte sie zu Hause oft nennen hören, ohne daß sie sich darunter etwas Wirkliches hätte vorstellen können.

Der Streit um die Schule von Sondrio würzte auch die Tischgespräche im großen Speisesaal. Ihr Rektor, Caspar Alexius, verteidigte sie mit glühender Eloquenz vor den vornehmen Veltlinern, die zur Vorsicht mahnten und zu bedenken gaben, daß das Tal nun einmal zum Bistum Como gehöre und letztlich dem Erzbischof von Mailand unterstehe. Hier lägen spanische und kirchliche Interessen, die ohne Gefahr keine Verletzung duldeten. Alexius berief sich auf die Glaubensfreiheit in den Drei Bünden, und was für die Herren gelte, müsse auch den Untertanen gewährt werden. Das Gespräch wurde auf diesem Punkte immer hitzig, und der Landeshauptmann mußte nach beiden Seiten Mäßigung gebieten. Wenn man unter Protestanten war, und vor allem, wenn einer der Herren von Salis am Tische saß, bestand allerdings keine Meinungsverschiedenheit mehr darüber, daß die kirchliche Abhängigkeit von Como und Mailand und damit von Spanien ein Unding darstelle, das schleunigst aus der Welt geschafft werden sollte. Der Landeshauptmann schritt denn auch gegen die missionierenden Prädikanten nie ein, solange sie nicht offensichtlich zu weit gingen.

Im Juli wurde das sonst recht stille Städtchen in gewaltigen Aufruhr versetzt, als die bewaffneten Bündner erschienen und den von der Bevölkerung abgöttisch verehrten Erzpriester Rusca gefangennahmen. Noch lange wollte sich die Aufregung nicht legen. Einzelheiten des Thusner Prozesses, die bekannt geworden waren, wurden ins Groteske verzerrt, der diensteifrige Priester wurde zu einem Heiligen, zu einem zweiten Carlo Borromeo erhoben, und am Tage, da die Kunde von seinem Tode eingetroffen war, sah Anna vom Fenster ihrer Schlafkammer aus das Volk in Haufen nach den Kirchen ziehen, Fahnen und Kruzifixe schwankten durch die Gassen, und Fäuste erhoben sich gegen den Palazzo des Landeshauptmanns.

Anna deutete in Gesprächen mit dem Onkel mehrmals an, sie habe nun gelernt, was zu lernen gewesen sei, und würde nicht ungern nach Hause zurückkehren, doch der Onkel fand immer wieder eine Ausflucht. Zuerst ergab sich keine günstige Reisegelegenheit, später stand die Weinernte bevor, die Anna doch nicht verpassen dürfe, wenn sie schon hier sei, und als die Ernte vorüber war, meinte er, es lohne sich nicht mehr, abzureisen, da ja der Vater in wenigen Wochen erwartet werde. So blieb sie im Palast des Landeshauptmanns und übte sich weiterhin in der Führung eines feineren Haushaltes.

An einem Tag im November kam der Prädikant von Trahona, Blasius Alexander, auf Besuch. Er wurde von einem Amtsbruder begleitet, der erst kürzlich die Pfarrei Berbenno übernommen hatte. Der Onkel war eben weggegangen, sollte aber bald wieder zurück sein, und so führte Anna die beiden Herren in ein hübsch eingerichtetes Vorzimmer und bewirtete sie in üblicher Weise. Sie wünschten offenbar nicht, daß Anna sie allein ließ, nachdem sie für ihr leibliches Wohl gesorgt hatte, denn sie stellten ihr eine Frage nach der andern. Sie mußte Auskunft geben über ihren Heimatort, über Eltern, Geschwister und Verwandte, ja über Viehstand und Gesinde. Besonders der jüngere, auffallend großgewachsene Prädikant, der sich als Jenatius vorgestellt hatte, fand immer wieder Gelegenheit, sie zum Antworten zu bringen. Er saß ihr gegenüber, und sie betrachtete sein braunes Gesicht, das von einem schwarzen, breiten Bart umrahmt war, seine hohe, leuchtende Stirn und die dunkeln, bald schalkhaft, bald feurig blickenden Augen. Das Deutsch hatte in seinem Munde einen fremdartigen, weichen Klang. Die Worte tropften wie Honig von seinen Lippen, flossen dahin wie süßer Wein, so daß Anna über dem Zuhören fast das Antworten vergaß. Sie blickte auf seine Hände, die geschickt mit Gabel und Messer umgingen, nach dem Glase griffen, sich zur Faust schlossen, sich öffneten und flach auf der Schieferplatte lagen. Der Handrücken war breit, Sehnen und Adern traten hervor. Die langen und knochigen Finger, deren Nägel gewölbt und weder abgebissen noch zu lang waren, trugen keinerlei Schmuck, auch der Ringfinger der Linken nicht.

Nun kam der Onkel, Alexander stellte seinen Amtsbruder vor, und dann begann, noch im Stehen, eine politische Unterhaltung. Anna mußte Wein in das Amtszimmer hinüber bringen, wohin die Herren sich nun verzogen. Die Prädikanten waren aber in keiner besonderen Angelegenheit gekommen, und so brauchte Anna den Raum nicht zu verlassen. Sie setzte sich auf eine Fensterbank und verfolgte weniger die politische Debatte als das Mienenspiel des jungen Jenatsch. Sie sah, daß er mit Leib und Seele dabei war. Seine Augen öffneten sich weit, beschatteten sich unter zusammengezogenen Brauen, verzogen sich in die Breite, wenn er lächelte, und ab und zu glaubte Anna, daß sie für einen winzigen Augenblick zu ihr herüberblitzten. Aber schon nach kurzer Zeit sah eine Magd zur Tür herein und winkte das Mädchen auf den Gang hinaus, um ihr zu sagen, die Illustrissima Signora habe nach der Pregiatissima Signorina geschickt.

Zum Abschied kam sie zu spät. Sie hörte die Stimmen auf dem Gange unten und suchte nach einem Vorwand, die Tante zu verlassen. Als sie endlich die Treppen viel zu schnell für die Stellvertreterin der Frau Landeshauptmann hinuntergeeilt war, traf sie niemanden mehr. Von einem Fenster aus sah sie noch, wie die beiden Prädikanten sich von des Onkels Knechten in den Sattel helfen ließen.

Einige Tage später machte sie Einkäufe mit einer Dienerin. Auf dem Heimweg hörte sie Hufgeklapper hinter sich. Sie wandte sich um und erkannte Jenatius. Er lenkte das Pferd an ihre Seite und hielt, die Kappe lüftend, an. Sie errötete und wagte nicht, dem Herrn ins Gesicht zu sehen. Er sprach ein paar freundliche Worte und fragte, ob sie ihn nicht einmal in Berbenno besuchen wolle. Sie zuckte lächelnd die Achseln und sagte: «Man kann nie wissen». Der Prädikant hob die Hand: «Bravo, jetzt haben Sie mir ein halbes Versprechen gegeben. Ich werde Sie beim Wort nehmen.»

Als sie am nächsten Morgen den Palazzo verließ, trat ein Bauer auf sie zu, zog den Hut und nahm aus dessen Höhlung einen mehrfach gefalteten Zettel. Sie blickte den Boten verwundert an. «Für Sie, Pregiatissima Signorina», sagte der Bauer mit großer Würde. Sie sah sich um, überzeugte sich, daß niemand sie beobachtete, und ließ sich den Zettel in die hohle Hand schieben. Sogleich versteckte sie ihn in ihrem Täschchen. Der Bauer verneigte sich und verschwand.

Sobald es anging, suchte sie ihr Zimmer auf. Der Zettel war von Jenatius, und sie hatte ziemlich Mühe, ihn zu entziffern. «Verehrtes Fräulein», las sie. «Die Unmöglichkeit, auf andere Weise mit Ihnen in Berührung zu kommen, läßt mich zu diesem Mittel greifen. Bitte, verurteilen Sie es nicht, denn ich kann doch unmöglich schon wieder den verehrten Herrn Landeshauptmann aufsuchen, und mit Ihnen auf der Straße ein paar Worte zu wechseln wie gestern, wäre zu viel für die Sie begleitenden Dienstboten, die ja bekanntlich keine Gelegenheit versäumen, ihre Lästerzunge zu üben, aber zu wenig für mich, der ich vor Begierde brenne, endlich einmal unter vier Augen mit Ihnen zu sprechen. Ich hoffe, Sie werden damit einverstanden sein und eine Möglichkeit finden, mich heute abend zur Zeit des Ave bei den Mühlen am Mallero zu treffen. Für den Fall, daß Sie am Erscheinen verhindert wären, würde ich mir gestatten, nach einiger Wartezeit am Palazzo des Herrn Landeshauptmanns vorüberzureiten und nach einem geringen Zeichen Ihrer Gunst auszuspähen. Seien Sie, verehrtes Fräulein, ausdrücklich versichert der aufrichtigsten Zuneigung Ihres Georgius Jenatius.
Gegeben zu Berbenno, 16. November 1618.»

Anna las den Brief zum zweiten- und drittenmal, lächelte, schüttelte den Kopf, faltete das zerknitterte Papier schließlich und verbarg es hinter dem kleinen Spiegel über dem Waschtisch.

Beim Abendessen bemerkte der Onkel, Anna werde nun nicht mehr manches Mal mit ihnen zu Tische sitzen. Der Vater habe geschrieben, er würde in ungefähr zwei Wochen in Sondrio eintreffen und Anna mit nach Davos nehmen. Er habe übrigens seinen Abschied eingereicht, und vermutlich würden die Venezianer seinem Gesuch entsprechen, da sie ohnehin beabsichtigten, einen großen Teil der bündnerischen Kompanien aufzulösen. Als Anna auf diese Mitteilung schwieg, sah sich die Tante zu der Frage veranlaßt: «Ja, freust du dich denn gar nicht mehr, nach Hause zu gehen, Anna? Vor wenigen Wochen noch hast du doch die Abreise kaum erwarten mögen.»

Anna antwortete, doch, sie freute sich sehr, aber sie fühle jetzt, da die Tage bis zur Heimkehr gezählt seien, doch viel stärker als früher, wie gern sie hier sei. Es würde ihr gar nichts ausmachen, noch länger dazubleiben; besonders jetzt auf den Winter hin verspüre sie keine große Lust, nach Davos zurückzukehren. Der Onkel nahm diesen Faden sogleich auf: «Wir wollen mit dem Vater reden, wenn er kommt. Vielleicht ist er einverstanden, wenn wir dich noch bis zum Frühling behalten. Dann läuft ohnehin meine Amtszeit ab, und wir machen die Reise zu dritt.»

Auch die Tante war sogleich bereit, auf ihren Schwager einzuwirken. Anna bezweifelte allerdings, daß der Vater so leichthin in diese Pläne einwilligen würde. Das beste scheine ihr, man richte sich auf den baldigen Abschied ein. Und weil sie nun schon ein bißchen wehmütig gestimmt sei, möchte sie gleich nach dem Essen einen kurzen Gang durch die Stadt machen.

«Aber du gehst doch nicht allein?» sagte die Tante entsetzt. «Warum nicht?» sagte der Onkel. «Wir Buolen wissen uns zu wehren, nicht wahr, Anna? Und übrigens, was könnte auch geschehen? Alle Straßen sind voll von Weibsbildern, die zum Rosenkranz in die Kirche gehen. Aber bleib nicht zu lange, das immerhin.»

Anna hatte schnell fertig gegessen und erhob sich. Sie holte ein warmes Schultertuch aus ihrer Kammer und legte es sich nach

Art der Veltlinerinnen über den Scheitel. Dann huschte sie aus dem Haus. Als sie sich den Mühlen am Mallero näherte, raschelte das Kastanienlaub. Jenatsch trat aus dem Baumdunkel auf das gepflasterte Sträßchen. Seine warme, feste Hand schloß sich um die ihre, und dann tropften die Worte wieder wie Honig von seinem Munde, floß wie süßer Wein das weiche, volltönende Deutsch des Romanischgeborenen. Zuerst waren es Fragen. Sie antwortete leise und unbestimmt, wich längeren Sätzen aus, suchte die schweren, plumpen Vokale ihrer heimischen Mundart zu umgehen, ja sprach zuweilen gar italienisch. Jenatsch, der nicht den Pfarrock trug, sondern hohe Stiefel zu Kniehosen und einem kurzen, spitz zugeschnittenen Wams, fragte Anna, ob sie nicht friere, es sei ein recht kühler Abend. Und ehe sie sich's versah, schlossen sich seine Arme um ihren Leib, und ihre Wange lag auf dem groben Tuch seines Wamses, und sie hörte das mächtige Schlagen seines Herzens und das schnelle Aus und Ein des Atems. Sie konnte kein Glied rühren, und als Jenatsch ihre Arme faßte und sie sich um den Hals legte, ließ sie es geschehen.

«Willst du meine Frau werden, Anna?»

Sie erschrak vor der heisern Stimme und riß sich los. Jenatsch faßte sie an der Schulter. «Ich meine es im Ernst, Anna. Ich will endlich einen eigenen Hausstand. Ich brauche eine gute Frau. Schon in Scharans habe ich ab und zu ans Heiraten gedacht, aber die Domleschger Mädchen haben mich kalt gelassen. Sie sind nett und hübsch, ich sage auch sonst nichts gegen sie. Dich aber, Anna...»

Sie wandte sich von ihm ab, doch er stand mit einem Sprung wieder vor ihr und ergriff ihre Handgelenke. «Was ist mit dir, Anna? Ich habe dich doch um Gotteswillen nicht...»

«Es ist nicht recht, Herr Prädikant, mit einem Mädchen zu spielen. Sie sollten sich schämen.»

«Ich spiele nicht, bei Gott! Ich schwöre es dir bei allem, was heilig ist. Ich meine alles so, wie ich es sage.»

Sie sah auf. Jenatsch fuhr ihr mit der Hand übers Haar. Sie wich mit dem Kopf ein wenig aus, aber diese kleine Bewegung war weder unwillig noch trotzig.

«Willst du meine Frau werden, Anna?» fragte Jenatsch, diesmal nicht heiser und drängend, sondern mit dem vollen Wohllaut seiner Stimme.

«Ich kenne Sie kaum, und Sie kennen mich kaum. Wie kann ich Ihnen Antwort geben?»

«Aber Anna! Machen wir denn einen Handel miteinander? Ist es nicht vielmehr Gottes Hand, die uns hier zusammengeführt hat? Wir sind füreinander bestimmt. Ich wußte es im ersten Augenblick, da ich dich sah, und ich weiß es jetzt mit einer Gewißheit, die niemand mir rauben kann. Was nützt es, umeinander herumzugehen wie zwei Hunde, die einander beschnüffeln? Wir verlieren nur unsere Zeit. Entweder man weiß, daß man zusammengehört, oder man weiß es nicht und gehört dann auch nicht zusammen.»

«Ich weiß nicht, ob das so einfach ist. Es gibt Menschen, an denen man Gefallen findet und die man doch nicht heiraten möchte. Und im übigen...»

«Das ist etwas anderes, verzeih, daß ich dich unterbreche. Gefallen finden und durchdrungen sein vom Richtigen, das ist zweierlei. Im ersten Fall ist es wie eine leichte Berührung. Im zweiten Falle aber fühlt man die Faust des Schicksals im Nacken. Sie ist unausweichlich und unerbittlich. Wenn man sich ihr entziehen will, packt sie nur schärfer zu. Begreifst du das nicht, Anna?»

«Ich verstehe mich nicht auf solche Dinge, aber vielleicht haben Sie recht. Ich wäre ja sonst heute gar nicht gekommen.»

«Siehst du!» triumphierte Jenatsch und riß sie wieder in seine Arme.

Beim Abschied fragte er: «Wann treffen wir uns wieder, Anna?» Sie zuckte die Achseln. «Kommst du einmal nach Berbenn? Du mußt doch das Pfarrhaus sehen.»

Sie sagte leise: «Ich bin nur noch kurze Zeit hier. Der Onkel und die Tante möchten mich über Winter bei sich behalten, aber der Vater wird damit nicht einverstanden sein, ich weiß es zum voraus. Er kehrt in spätestens zwei Wochen aus dem Venezianischen zurück und nimmt mich nach Davos mit.»

*

Der Vater kam an und wurde sogleich mit der Bitte bestürmt, Anna über Winter in Sondrio zu lassen. Er lächelte ein wenig, blickte von einem zum andern, sagte aber weder ja noch nein. Als er später mit Anna allein war, fragte er:

«Was ist das, Anna? Wer hat dir diesen Floh hinters Ohr gesetzt?» Anna schwieg.

«Ich verstehe natürlich ganz gut, daß der Onkel Florian und die Tante Dorothee dich gerne behalten möchten. Aber daran hängt es ja nicht.»

«Nein, natürlich nicht», sagte Anna leise.

«Es hängt also an dir», sagte der Vater. «Warum möchtest du bleiben?»

«Es gefällt mir hier. Und jetzt im Winter haben wir ja nicht so viel Arbeit zu Hause, daß die Mutter mich nötig hätte. Und dann könnte ich auch noch besser Italienisch lernen. Und im Haushalt gibt es auch immer wieder etwas zu lernen.»

Der Vater lächelte. «Und das soll ich dir glauben, nachdem du mir vor gar nicht so langer Zeit geschrieben hast, Sondrio sei dir verleidet und du habest gelernt, was zu lernen sei? Da steckt etwas anderes dahinter, und ich glaube, ich weiß, was es ist. – Warum wirst du auf einmal rot?»

Anna senkte den Blick.

«Wer ist es? Wer hat es dir so angetan, daß Vater und Mutter nicht mehr wichtig sind? Doch hoffentlich nicht ein Veltliner.»

«Nein», sagte Anna, ohne den Vater anzublicken.

«Gottseidank, da hätte ich dann auch noch ein Wörtchen mitzureden gehabt. Also, heraus mit der Sprache, wer ist es?»

«Der Prädikant von Berbenn.»

«Ein protestantischer Bündner also, das läßt sich immerhin hören.»

Der Onkel kam mit einem Licht zur Tür herein.

«Florian», sagte der Vater. «Wer ist der Prädikant von Berbenn?»

Anna preßte die Hände zusammen und ließ den heißen Kopf hängen.

«In Berbenn?» sagte der Landeshauptmann. «Dort sitzt der Georg Jenatsch, ein Engadiner. Warum fragt du?»

Der Vater wies lächelnd auf die in ihrem Sessel zusammengesunkene Tochter. Der Onkel blickte sie einen Augenblick verwundert an. Dann stellte er den Leuchter auf den Tisch und trat vor sie hin. Während er ihr mit der einen Hand das Kinn hochhob, drohte er ihr schalkhaft mit dem Finger.

An einem der nächsten Tage ritten sie nach Berbenn. Jenatsch war vorher verständigt worden, und so hatte er Zeit gehabt, seine zwei Zimmer in einen präsentablen Zustand zu bringen. Das Haus war nach Landesbrauch aus Stein gebaut, und wenn es auch in der kurzen Zeit nicht möglich gewesen war, die zahlreichen Stellen, wo der Verputz herabgebröckelt war, frisch zu überpflastern, so hingen doch keine Spinnweben mehr in den Winkeln, die kupfernen Becken und Geschirre glänzten, die Fenster ließen so viel Licht herein, als eben hindurchging, und der Fußboden war aufgewaschen. Antonia Clauschrist, die Gattin des Vorgängers im Amte, hatte mit Hand angelegt und sich anerboten, für das Essen zu sorgen.

Der Besuch kam an und ließ sich auf den zusammengeliehenen Sitzmöbeln nieder. Donna Clauschrist trug auf, und Jenatsch zeigte sich von seiner besten Seite. Er plauderte bald ernsthaft, bald scherzweise, bald berbennisch, bald welthistorisch, zeigte Verstand, Phantasie, Scharfsinn, Humor und ließ so die verschiedensten Fazetten seines Wesens aufs vorteilhafteste aufblitzen. Es erwies sich, daß er vom Leben der Veltliner, aber auch von den großen Zusammenhängen der Politik, von den wirtschaftlichen Gegebenheiten und Wünschbarkeiten und natürlich auch von den Glaubensdingen eine für sein Alter verblüffende Sachkenntnis besaß.

Am nächsten Tag eröffnete Hauptmann Buol seiner Tochter, daß er nichts dagegen habe, wenn sie den Winter noch im Veltlin zubringe. Sollte sie im Frühling immer noch glauben, Jenatsch sei der richtige Mann für sie, könne man an das Weitere denken. Zwei Tage später verritt Paul Buol allein. Auf dem Heimweg wollte er im Pfarrhaus von Silvaplana einkehren, um den Vater seines mutmaßlichen Schwiegersohnes kennenzulernen.

*

Während des Winters trafen Anna und Georg häufig zusammen. Gewöhnlich plauderten sie zuerst eine Weile mit dem Onkel oder der Tante und machten dann zu zweit einen Spaziergang durch die Weinberge von Pendolasco, ins Malencotal oder an den sonnigen Sonderserberg hinauf. Sie sprachen von der Einrichtung der Wohnung in Berbenn, von der Hochzeit, die noch im Herbst des gleichen Jahres stattfinden sollte, und beschäftigten sich nach Art der heimlich Verlobten mit allerhand recht hochfliegenden Plänen.

Jenatsch wollte bloß einige Jahre im Veltlin bleiben und sich unterdessen nach einer einträglicheren Pfründe umschauen. Er sprach von der Gunst, die die venezianischen Herren und die Herren Salis ihm zuwendeten, und deutete sogar an, daß er seinen Beruf aufgeben würde, wenn er einen guten Tausch machen könnte. Als Anna ihn jedoch entsetzt anblickte und ihn fragte, ob es denn nicht ein Frevel sei, vom Kirchendienst zurückzutreten, beschwichtigte er sie. Es bedürfe schon ganz besonderer Umstände, damit er sich dazu entschlösse.

Anna fand auf solchen Spaziergängen nichts gegen den Austausch von Zärtlichkeiten einzuwenden. Es machte ihr aber immer größere Mühe, den ungestümen und heißblütigen Liebhaber in Schach zu halten. Zuweilen war sie nahe daran, den Widerstand aufzugeben, vor allem, wenn Georg sich aufs Bitten verlegte. Vorwürfe und verkappte Drohungen, die gelegentlich fielen, wies sie jedoch mit bestimmten Worten ab.

Anlaß zu kleinen Zänkereien gab auch der Umstand, daß Georg zuweilen eine Verabredung nicht einhielt. Ab und zu hatte er wohl vorher einen Boten geschickt, wenn er nicht kommen konnte, aber zumeist entschuldigte er sich erst nachträglich, etwa mit einer dringenden Zusammenkunft in Cläfen oder einem Besuch von Blasius Alexander aus Trahona. Anna fand, es gehöre sich nicht, einem Stelldichein einfach fernzubleiben, doch Georg verteidigte sein Benehmen mit dem Hinweis auf die großen Dinge, denen er sich in ähnlicher Weise verpflichtet fühle wie ihr und die darum auch zu ihrem Recht kommen müßten. Er erklärte Anna, daß im Veltlin letztlich die Bestrebungen des kämpferischen Protestantismus mit den Forderungen der

Gegenreformation aufeinanderprallten. Die Gegenreformation habe sich nämlich die Ausrottung der Ketzerei südlich des Alpenkammes als nächstes Ziel gesetzt, was nichts anderes bedeute, als daß es einen Kampf um das Veltlin absetzen werde. Dieser Kampf sei übrigens längst im Gange, und bisher hätte der Papismus lauter Niederlagen einstecken müssen. Die empfindlichsten seien wohl die Ausschaltung des Landesverräters Rusca und die Eröffnung der Schule von Sondrio gewesen. Aber das sei nicht genug. Das Veltlin müsse ganz protestantisch werden. Bis dahin müsse man in jedem Priester einen Landesverräter erblicken, der nur auf die Gelegenheit warte, die rechtmäßige Obrigkeit zu verjagen. Die Spanier seien schlau genug, ihre politischen Absichten unter dem schwarzen Mäntelchen der Religion zu verbergen. Das vorsätzlich in Unbildung und geistiger Beschränkung gehaltene Volk durchschaue solche Machenschaften natürlich nicht und lasse seinen religiösen Eifer unbedenklich zu seinem eigenen Verderben mißbrauchen. Es sei daher die Pflicht jedes verantwortungsbewußten Protestanten, das Volk über das wahre Gesicht des spanischen Papismus aufzuklären und auf diese Weise den unheilvollen Einfluß Mailands einzudämmen und schließlich aufzuheben.

Solchen Belehrungen hatte Anna nicht viel entgegenzusetzen. Sie seufzte nur und blickte ihren eifrig gestikulierenden Geliebten von der Seite an. Wenn seine Erklärungen ins Endlose abzugleiten drohten, legte sie ihm die Arme um den Hals und verschloß ihm mit einem Kuß den redseligen Mund.

Johann Baptista à Malléry, niederländischer Hugenott und seit zehn Jahren Prädikant in Sondrio, erklärte sich bereit, für Georg den Osterdienst in Berbenn zu übernehmen. So fand denn die Verlobung an Ostern in Davos statt. Auf der Reise von Sondrio nach Annas Heimat hatten die jungen Leute in Silvaplana den Vater Israel besucht und ihn zur Teilnahme an der Feier eingeladen. Er hatte sich mit Unabkömmlichkeit entschuldigt, denn er mußte seit zwei Jahren auch noch die Gemeinde St. Moritz versehen. Als sie einmal einen Augenblick allein gewesen waren, hatte Anna ihren Verlobten gefragt, ob es wirklich nur der

Diensteifer sei, der den Vater von der Reise nach Davos abhalte. Er sei zwar zu ihr selbst sehr höflich und beinahe freundlich, Georg gegenüber aber sehr kurz angebunden, das sei ihr gleich am Anfang aufgefallen. Georg hatte die Achseln gezuckt und den Mund verkniffen. Am nächsten Morgen waren sie aufgebrochen, begleitet vom jüngeren Bruder Nuttin und der jüngern Schwester Katharina. Susanna, die Älteste, seit kurzem mit dem Prädikanten Jodocus von Pontresina verlobt, war zu Hause geblieben, um dem Vater den Haushalt zu besorgen.

Nach Ostern begann für Anna ein unruhig-tätiges Leben. Sie saß am Webstuhl, verhandelte mit dem Schreiner über die Möbel, die angefertigt werden mußten, besprach sich mit dem Färber oder dem Schuhmacher und kaufte das Koch- und Eßgeschirr bei einem fahrenden Händler auf dem Jahrmarkt. Aus Chur ließ sie das Zinngeschirr kommen. Dem Onkel in Sondrio schrieb sie, er solle für die Kochtöpfe aus gedrechseltem Speckstein besorgt sein.

Georg war ins Veltlin zurückgekehrt. Gelegentlich kamen Briefe von ihm, aber in diesen sprach er bloß von den nächstliegenden Dingen, etwa, daß der Vorgänger Clauschrist endlich eine Wohnung gefunden habe und das Pfarrhaus bald räumen werde, oder daß er Blasius Alexander mit seiner Braut Maddalena Catanea zusammengegeben habe und daß dieser sich ausbitte, den gleichen Dienst an ihnen beiden zu verrichten. Durch den eben heimgekehrten Onkel, der vor dem Bundestag Rechnung abgelegt und sein Amt dem Nachfolger Andreas Travers abgetreten hatte, erfuhr sie jedoch, daß die Gärung im Veltlin um ein Haar zu ernstlichem Blutvergießen geführt habe. Der Prädikant von Brusio sei, als er den ersten Gottesdienst halten wollte, von den Katholischen mißhandelt worden. Dafür hätten Blasius und Jenatsch ein paar Tage nachher den katholischen Sigrist auf dem Felde überfallen und verprügelt. Letzteres hörte der Vater nicht gern.

Eines Abends kam Jenatsch, von Blasius begleitet. Sie waren bleich vor Wut und brachten kaum ein vernünftiges Wort über die Lippen. Schon am nächsten Morgen zogen sie mit ihrem

Kriegsvolk, das sie im Engadin gesammelt hatten, weiter ins Domleschg zu Ruinelli, der die militärische Führung übernehmen sollte. Zwei Wochen später brachte der junge Guler die Nachricht von einem Kampf vor den Toren der Stadt Chur, der zum Nachteil der venezianischen Partei ausgegangen war. Eine weitere Woche später wußte man, daß die Brüder Planta, die wieder heimgekehrt waren, in Chur einen Prozeß gegen Blasius und Jenatsch vorbereiteten. Der von der Zuozer Synode zurückgekehrte Prädikant Konrad Buol berichtete mit Empörung, die laue oder feige Mehrheit seiner Amtsbrüder habe auf Betreiben des spanisch gesinnten Stadtpfarrers Georg Saluz von Chur die beiden tapfern Freunde für ein halbes Jahr ihrer Ämter enthoben, weil sie sich unwürdig aufgeführt hätten. Um die gleiche Zeit traf von Jenatsch ein Brief aus dem Veltlin ein. Er wies alle Beschuldigungen, die Anna etwa zu Ohren gekommen sein mochten, zurück und brandmarkte sie als spanische Intrigen, die ihn nicht abhalten würden, seinem evangelischen und gutbündnerischen Gewissen zu folgen. Dieser Kampf müsse nun einmal durchgefochten werden, und wenn man schon kämpfe, möge ein jeder zusehen, wie er in Ehren bestehe.

Der nächste Brief kam aus Zürich, wo Jenatsch mit dem venezianischen Residenten Vico verhandelte, um den Sold für die Engadiner sicherzustellen. Georg war offenbar bei guter Laune gewesen, denn der Bericht war mit unzähligen Scherzworten verbrämt. Ein paar Tage darauf zogen die Engadiner Truppen durch Davos. Sie wollten nach Malans, um dort ein Strafgericht abzuhalten und den französischen Gesandten Gueffier, dessen Unverschämtheit in den letzten Wochen alles Maß überstiegen hatte, aus dem Lande zu jagen.

Inzwischen war es Herbst geworden. Die Viehherden grasten auf den Heimgütern zu beiden Seiten des Landwassers, die Lärchen gilbten, das Kraut der Heidel- und Preiselbeeren rötete sich, und eines Morgens lag der erste Schnee. Zwar zerging er im Talgrund wieder, aber die Berghäupter blieben verschneit. Wohl konnte man am Nachmittag noch in Hemdärmeln herumgehen, doch am Abend wehte es kühl von den Höhen herab und durchs Tal herauf, und der alte Jöri Michel stand mit seinem ewig gebeugten Rücken vor den Ofenlöchern und versah sein winterliches Amt. Am Morgen waren die Wiesen bereift, so daß man den Weidgang einstellen mußte. Die Stapfen um den Brunnentrog bedeckte ein blanker Eisspiegel.

Jenatsch hatte geschrieben, ein Gericht werde im November in Davos zusammentreten, um die Urteile von Chur aufzuheben und diejenigen von Thusis zu bestätigen. Es wäre ihm lieb, wenn man bis dahin die Hochzeit vorbereiten könnte, denn gegen Weihnachten hin laufe sein Urlaub ab, und er möchte nicht ledigen Standes nach Berbenno zurückkehren. So hatte Jöri Michel nicht nur die Stuben, sondern auch den Backofen täglich zu heizen. Das Gehöft hüllte sich für Tage und Wochen in die appetitlichsten Düfte von frischem Brot, Kuchen und Kleingebäck. Der Vater schlachtete mit den Knechten zwei Schweine, ein Kalb und einen älteren Ochsen, und die Nachbarn kamen, um beim Wursten und Räuchern zu helfen. Anna beschäftigte sich mit ihrer Wäsche und nähte am Hochzeitskleid. An einem Samstagabend versammelte sie nach altem Brauch die ledigen Töchter, um mit einem Festmahl von ihrer Mädchenzeit Abschied zu nehmen. Es wurde viel gelacht, denn auch die Nachtbuben gaben ihre Abschiedsvorstellung. Hereingelassen wurden sie freilich nicht, aber manche Wurst und manches Kuchenstück fand den Weg zu den Fenstern hinaus.

Einige Tage vor der Hochzeit traf der Bräutigam ein. Er hatte eine ganze Saumlast Geschenke und Kleider mitgebracht und zeigte seine strahlendste Laune. Dies hinderte jedoch nicht, daß der Brautvater ihn zu einem Gang nach einem Feldstall einlud. Jenatsch zog die Augenbrauen zusammen und verkniff den Mund, doch Paul Buol schob ihn am Arm mit sich fort.

«Ich habe ernstlich mit dir zu reden, Georg», sagte er, kaum daß sie den Hof im Rücken gelassen hatten. «Ich möchte diese Dinge noch vor der Hochzeit erledigt sehen.»

Jenatsch hielt an, die Hände in den Taschen seines Überrockes vergraben.

«Es ist mir in letzter Zeit manches zu Ohren gekommen, das mir nicht gefallen hat.»

«Spanische Verleumdungen!» sagte Jenatsch wegwerfend.

«Stimmt es vielleicht nicht, daß ihr, ich meine du und Blasius Alexander, ehrliche Veltliner beschimpft und ihnen mit Prügeln gedroht habt? Oder ist es nicht wahr, daß ihr einem unschuldigen Knaben einen Wasserkübel um den Kopf geschlagen und daß ihr Landleute, die auf den Feldern arbeiteten, mißhandelt habt?»

«Deine ehrlichen Veltliner sind teils Unruhestifter, teils gemeine Halunken und spanische Spione, und der Schnuderbub hat uns die Zunge herausgestreckt und Schimpfwörter nachgerufen. Die Landleute haben getan, als sähen sie uns nicht, und als wir sie aufforderten, ihre Hüte zu ziehen, wie es jeder anständige Mensch ungeheißen tut, wenn ein Prädikant oder Priester vorbeigeht, wurden sie frech und sagten, sie hätten am Hintern keine Augen.»

«Das alles mag stimmen, aber ist es nötig gewesen, sie deswegen mit Gewehrkolben zu traktieren? Ihr seid entschieden zu weit gegangen. Das Volk ist gereizt...»

«Das ist es ja! Es ist in gefährlicher Gärung, und wenn wir nur die geringste Schwäche zeigen, verweigert es uns gänzlich den Gehorsam. Das ganze Veltlin wird gegen uns Bündner und Protestanten aufgehetzt, fast jede Woche verlesen die Priester Hirtenbriefe und verlangen die Aufhebung der Schule von Sondrio. Da ist es kein Wunder, daß die mindern Elemente der Haber sticht. Aber wir lassen uns unser Recht nicht abhandeln. Wenn man uns die Gleichberechtigung nicht freiwillig zugestehen will, müssen wir sie uns eben erkämpfen. Deswegen sind wir ja im Veltlin.»

«Die Vermischung von Religion und Politik, wie ihr sie betreibt, ist gefährlich und schädlich.»

«Sollen wir uns mit den Händen im Sack hinausdrängen lassen? Jeder katholische Priester ist ein Agent der Gegenreformation, die bekanntlich sehr klare politische Ziele verfolgt.»

«Das weiß ich auch, aber daran läßt sich vorläufig nichts ändern, oder glaubt ihr etwa, die Spanier würden ruhig zusehen, wie man ihnen im Veltlin das Wasser abgräbt? Wir stehen allein. Weder Frankreich noch Venedig wird einen Finger rühren, um uns gegen Spanien und Österreich beizustehen, das weißt du so gut wie ich. Was ihr betreibt, ist nicht mehr demokratische Politik. Das ist Terror. Ihr werdet dem Lande unermeßlichen Schaden zufügen, wenn ihr nicht einhaltet.»

Jenatsch lachte auf und blieb stehen.

«Du wirst begreifen, Georg», fuhr Buol fort, «daß ich meine Tochter nicht einem Manne zur Frau geben kann, der sie und ihre Familie und das ganze Land in Gefahr bringt.»

Jenatschs Gesicht verfinsterte sich, doch er schwieg. Sie stapften nebeneinander durch den Schnee und gelangten nach einer Weile zu einem Stall. Buol öffnete die Türe.

«Was verlangst du von mir?» fragte Jenatsch.

«Nicht zuviel. Bloß ein bißchen Vernunft und Mäßigung. Überlege es dir.»

Er ging hinein. Jenatsch hörte ihn drinnen mit den Tieren sprechen. Die Ringe der Aufschwänzschnüre klapperten, und ab und zu rasselte eine Kette.

Als Buol wieder herauskam, fand er Jenatsch noch an der selben Stelle. Er hatte mit seinen Stiefeln den Schnee fortgeschoben und eine kleine Fläche um sich herum festgetreten. Als er den Schwiegervater bemerkte, sah er auf.

«Ich habe es mir überlegt», sagte er langsam. «Das alles ist nicht so einfach, wie du denkst. Wir mögen Fehler begangen haben, ich gebe es zu. Aber ich bin der Republik Venedig sehr verpflichtet. Was glaubst du, wovon ich in dem letzten halben Jahr gelebt habe? Venedig hat mich nicht vergessen, ich habe sogar recht bedeutende Vorschüsse erhalten. Darum kann ich mich jetzt nicht einfach zurückziehen. Das muß allmählich geschehen und braucht daher seine Zeit.»

«Ich begreife das. Was ich wissen möchte, ist nur, ob du den Willen zur Mäßigung hast.»

Buol streckte ihm die Hand hin. Jenatsch ergriff sie und drückte sie kräftig.

Die Trauung fand in der Kirche St. Johann am ‚Platz' statt. Blasius Alexander löste sein Versprechen ein, die Traupredigt zu halten und das Paar zusammenzugeben. Er sprach über einen Text im 8. Kapitel des Hohen Liedes, der von der Liebe redet, die gewaltsam ist wie der Tod und deren Glut feurig ist wie die Flamme des Herrn, durch Wasser nicht zu löschen und durch Ströme nicht zu ertränken. Anna sah blaß aus unter ihrem Schleier, und das enge Mieder ließ sie schmal und fast zerbrechlich erscheinen. Während der Predigt blickte sie geradeaus, bloß einmal schielte sie verstohlen nach Georg, der zu ihrer Linken saß. Sein Gesicht war unbewegt, nur ab und zu befeuchtete er die Lippen mit der Zungenspitze.

Die Zeremonie war nach herrschendem Brauche schlicht und kurz. Die Glocke läutete, und Anna schritt am Arm ihres Gatten zum Kirchentor hinaus in den dämmrigen, leise schneienden Nachmittag und machte mit ihm die paar Schritte hinüber zum Rathaus, in dessen Gaststube das Hochzeitsmahl bereitstand.

Georg blieb noch einige Wochen in Davos. Bei den Verhandlungen des Strafgerichts trat er nicht hervor, ja oft nahm er nicht einmal an ihnen teil. Erst als ein Bündnis mit Venedig erwogen wurde, stand er auf, um eine seiner berühmten Reden zu halten und die Erneuerung als dringend notwenige Maßnahme zu empfehlen. Mit dem Schwiegervater kam es zu keinem politischen Gespräch mehr. Als das junge Paar jedoch kurz vor Weihnachten Abschied nahm, sagte Paul Buol, gleichsam zwischen Tür und Angel, zu Jenatsch: «Der Blasius Alexander ist ein gefährlicher Mann. Paß auf, daß er dich nicht wieder in sein Fahrwasser zieht.»

Das Leben in Berbenn war einfach. Mit den in Sondrio erworbenen Kenntnissen konnte Anna hier nicht viel anfangen. Milch, Brot und Käse und bis weit in den Winter hinein Kastanien, das war die Nahrung der Dorfleute und auch des Prädikanten. Zuweilen kam ein Jäger, der Hasen und Wasservögel anbot, oder ein Fischer schenkte dem jungen Paar ein Gericht Forellen.

Georg war ruhiger geworden. Er saß oft zu Hause hinter seinen Büchern, verwendete viel Zeit für die Ausarbeitung der Predigten oder lernte nach einem Wörterbuch Französisch. Häufig besuchte er die Kranken, vor allem den Pfarrer Clauschrist, mit dem es rasch zu Ende ging und der in den ersten Tagen des neuen

Jahres – 1620 – starb. Sehr gern hantierte er mit der Axt. Er spaltete das Holz, das die Dorfleute ihm vors Haus geführt hatten, und später richtete er für Anna einen Stall für Hühner und Schweine ein. An den langen Abenden schnitzte er das Allianzwappen der Buol und Jenatsch in die Rückenlehne einer Stabelle, während Anna bei einer Näharbeit saß und die Kunstfertigkeit ihres Gatten um so lauter bewunderte, je deutlicher die Figuren hervortraten. Morgens oder am späten Nachmittag ritt er gewöhnlich eine Stunde aus, um seinem schwarzen Hengst Bewegung zu verschaffen. An warmen Tagen machten sie oft gemeinsam einen Spaziergang, nach Polaggia hinüber oder nach Pedemonte hinauf, die beide zum Berbenner Sprengel gehörten. Auf solchen Gängen kamen sie mit den Leuten ins Gespräch. Anfänglich hatten sich diese recht scheu gezeigt, denn sie wußten, daß die Pregiatissima Signora die Nichte des vorigen Gubernatore war. Aber bald wurden sie zutraulich und sprachen von Dingen ihres Alltags mit der ihnen angeborenen natürlichen Würde. Auch der katholische Teil der Bevölkerung verhielt sich nicht anders. Nur der Erzpriester Severini ging an ihnen mit einem bloß angedeuteten Nicken vorüber, wobei er auf eine seltsame Weise lächelte.

Gegen den Frühling hin wurde Georg immer häufiger von Berbenn weggerufen. Bald war es Blasius in Trahona, der einen Boten schickte, bald Alexius in Sondrio. Im März mußte er für ein paar Tage nach Cläfen, wo Herkules von Salis sich von ihm verabschieden wollte, da er sich aus dem öffentlichen Leben zurückzuziehen gedachte. Von dieser Reise kehrte Georg in bedrückter Stimmung nach Hause zurück. Salis hatte aufgefangene Briefe des Pompejus Planta vorgewiesen, aus denen eindeutig hervorging, daß sich eine gewaltsame Aktion gegen das Veltlin, ja vielleicht sogar gegen Bünden, vorbereitete. Der venezianische Resident Pietro Vico, der nächstens die bündnerischen Gemeinden besuchen wollte, bestätigte die Gefährlichkeit der Lage. Er wußte von Truppenansammlungen in Fuentes zu berichten und hatte überdies von Verhandlungen Kenntnis, die die Emigranten mit dem Statthalter Feria in Mailand und dem Erzherzog Leopold in Innsbruck geführt hatten. Georg verschwieg seine Sorgen Anna gegenüber nicht. Er zog sogar in Erwägung, sie nach Davos zu schicken, aber davon wollte sie nichts wissen.

Es wurde ein unruhiges Frühjahr. Zu Anfang des April herrschte eine ungewöhnliche Hitze. Die Rebstöcke trieben aus und begannen zu blühen. Zwei Wochen später schlug das Wetter um. Es fiel hoher Schnee, und der nachfolgende Frost vernichtete die Weinernte des ganzen Tales. Die Bevölkerung begann zu murren und sich zusammenzurotten. Es kam vor, daß in der Nacht plötzlich die Kirchenglocken anschlugen. Jemand hatte überdies das Gerücht ausgestreut, die Bündner hätten die Absicht, am Tage Mariä Himmelfahrt sämtliche Papisten des Tales zu ermorden.

Georg war wieder oft unterwegs und brachte schlechte Nachrichten heim. Robustelli war nach Grosotto zurückgekehrt, obgleich seine Strafzeit noch nicht abgelaufen war. Er befestigte sein Haus und umgab sich mit verdächtigem Volk. In einem Grasfuder hatte man Waffen gefunden. Eine Veltlinerin, die wegen liederlichen Lebenswandels des Landes verwiesen war und in einem adeligen Mailänder Haus als Amme gedient hatte, wollte dort von einem Blutbad gehört haben, das man den protestantischen Veltlinern binnen kurzem zu bereiten beabsichtige.

Anna fühlte sich am Morgen zuweilen schwindlig. Sie begann auch einen unerklärlichen Ekel vor gewissen Speisen zu empfinden, der sich bis zum Erbrechen steigern konnte, während andere, ausgefallene Nahrungsmittel eine unmäßige Eßlust in ihr entfachten, etwa gedörrte, ungekochte Bohnen oder Brotteig. Eines Tages besprach sie sich, da sich gerade eine Gelegenheit dazu bot, mit der noch ziemlich jungen Witwe des Pfarrers Clauschrist. Diese schlug die Hände zusammen und lachte, und als Anna sie bloß verwundert anschaute, erklärte sie ihr, wie es um sie stand. Am Abend teilte sie es Georg mit. Er sprang vom Stuhl auf. Sein Gesicht strahlte vor Freude. Er sah ihr fest in die Augen, und dann hob er sie mit einem Schwung vom Boden und trug sie im Zimmer umher, ihr Gesicht immer wieder mit Küssen bedeckend.

An einem Nachmittag anfangs Juli, als eben ein fürchterliches Unwetter mit Blitz und Hagelschlag sich verzogen hatte, erschien Blasius Alexander mit seinem Weib Maddalena und dem zwei Monate alten Töchterchen Sara. Sie waren völlig durchnäßt, und Anna machte sich Sorgen wegen des Säuglings. Blasius mußte für ein paar Tage ins Engadin, um eine Erbschaftsangelegenheit zu ordnen. Trahona sei wohl ein so sicherer Ort wie Berbenno, sagte er, aber er habe dort niemanden, dem er sein Liebstes anvertrauen könne. Im übrigen werde er ja bis zu den kritischen Tagen längst wieder zurück sein, er denke, die veltlinischen Gemüter dürften ihre höchste Hitze erst gegen den August hin erreicht haben, da das Volk in seiner Einfalt immer noch mit einem protestantischen Massaker am Tag Mariä Himmelfahrt rechne. Vermutlich sei es der Banditenführer Robustelli, der dafür sorge, daß diese lächerliche Behauptung ständig aufgefrischt werde. Man solle sich vorstellen: zehn Protestanten auf tausend Papisten, ein solches Mißverhältnis habe nicht einmal zwischen David und Goliath geherrscht.

Anna freute sich sehr über den Besuch. Maddalena mußte das Kindchen ein- und auswickeln, es an die Brust legen und waschen und pflegen. Es mußte in Annas Zimmer schlafen, und wenn es in der Nacht nur einen winzigen Laut von sich gab, fuhr sie aus dem Schlaf und wiegte es auf den Armen.

Blasius verritt am nächsten Morgen. Der Abschied war herzlich und fröhlich, aber der lateinische Satz, den Blasius noch vom Pferd herab ausgesprochen und den sie nicht verstanden hatte, beschäftigte Anna den ganzen Tag. Am Abend fragte sie Georg danach. Er lachte und sagte mit einem Seitenblick auf Maddalena, der Plasch sei eben ein gelehrter Mann, ein Magister artium liberalium, und liebe es, seine Gelehrsamkeit bei Gelegenheit zu zeigen. Sie gab sich nicht zufrieden mit dieser Erklärung und verlangte die deutsche Übersetzung. «Nun gut», sagte Georg, «der Spruch heißt: Haereticis non est servanda fides, zu deutsch: Den Ketzern soll man nicht Treu und Glauben halten. Er wollte damit sagen, daß wir uns auf keinerlei Versprechungen oder Nachrichten von Papisten verlassen dürfen, weil sie es nicht ehrlich mit uns meinen. Das ist so eine Art Losungswort unter uns

Prädikanten im Veltlin, und er hat also nichts Bestimmtes damit gemeint.»

Es verging aber keine Woche, da erschien an einem Sonntagabend ein zerlumpt aussehender Mann, der den Signor Pastore allein zu sprechen wünschte. Jenatsch führte ihn in seine Stube. Der Mann zog den Hut und ordnete das Haar. Es war ein junger Protestant aus Sondrio, hergesandt im Auftrage des Caspar Alexius. Er berichtete mit bebender Flüsterstimme von einem barbarischen Blutbad, das die Mordbuben Robustellis in der Morgenfrühe dieses selben Sonntags in Tirano angerichtet und in Teglio fortgesetzt hatten. Soviel man wisse, seien dabei über hundert Personen umgekommen, darunter die Podestaten von Tirano und Teglio und der Vicari Albert von Salis. Diese drei hätten am Samstagabend einen verdächtigen Veltliner verhört, und dieser hätte auf der Folter gestanden, daß der Aufstand am übernächsten Sonntag losbrechen werde. Robustelli müsse wohl befürchtet haben, der Verhaftete könnte den Plan verraten, und habe daher sogleich den Befehl zum Losschlagen erteilt. Nur so sei es zu verstehen, daß nicht das ganze katholische Veltlin wie ein Mann aufgestanden sei, wie es abgemacht gewesen. Alexius bitte dringend, die Berbenner Protestanten ohne Aufsehen zu warnen und zu veranlassen, daß sie sich in Sondrio im Palazzo des Landeshauptmannes versammelten. Er selbst wolle weiter nach Ardenn, Trahona und Morbegno, und so es Gott gefalle, werde er nach Chiavenna entkommen.

Die Frauen erbleichten, als Jenatsch ihnen befahl, sich ohne jedes Gepäck auf die Straße nach Sondrio zu machen, aber um des Himmels willen nicht zu rennen. Ihre ängstlichen Fragen ließ er unbeantwortet. Er steckte Geld und Briefschaften zu sich und drängte die Frauen mit großer Bestimmtheit zum Haus hinaus. In wenigen Augenblicken werde er ihnen nachreiten, dann sei immer noch Zeit genug zum Reden, sie sollten jetzt um alles machen, daß sie fortkämen. Als sie endlich gegangen waren, setzte er sich an den Tisch und warf hastig ein paar Sätze auf einen Briefbogen. Den gleichen Text schrieb er mehrmals ab, und dann ging er ohne besondere Eile zu den Glaubensgenossen: zum dicken Doktor Paravicini, zur Witwe Clauschrist, zu den Capelli, zu Andrea Perola, Adriano Cani und den übrigen. Er machte nicht viele Worte, legte nur den Zettel hin, sie sollten ihn lesen und danach handeln, und dann kehrte er in den Pfarrhof zurück, um den Rappen zu satteln. Auf halbem Weg nach Polaggia holte er die Frauen ein. Er stieg ab, um ihnen zu sagen, was geschehen war. Maddalena drückte mit einem Aufschrei ihr Kind an die Brust, und die Augen Annas füllten sich mit Tränen, aber Georg hatte keine Zeit, sie zu trösten. Er müsse vorausreiten, um sich zu vergewissern, daß in Sondrio die Lage unverändert sei. Damit sprang er aufs Pferd. Anna sah im Dämmerlicht seine dunkle Gestalt zwischen den Weinbergmauern auf- und niedertanzen. Bei einer Biegung wandte er sich um und winkte mit der Hand.

Anna fühlte sich so elend, als hätte jemand sie windelweich geschlagen. Sie sollte sich beeilen, gleichzeitig aber keinen Argwohn erregen. Sie sollte mit Maddalena plaudern, als wären sie auf einem Abendspaziergang. Besonders schlimm war es in Polaggia. Sie mußte die Leute grüßen, die auf den Treppen ihrer Häuser saßen, und niemand durfte ihr ansehen, wie ihr zumute war. Der Geruch der Ziegenställe preßte ihr den Magen zusammen, denn gegen Ziegenmilch hatte sie eine starke Abneigung, seit sie schwanger war. Aber sie durfte sich nicht erbrechen, sonst gab es einen Auflauf und eine Verzögerung. So nahm sie krampfhaft lächelnd die kleine Sara von Maddalenas Arm und beugte sich über das schlafende Köpfchen, damit die Leute ihr Gesicht nicht sehen konnten.

Von Berbenno nach Sondrio marschiert man in zwei Stunden. Den beiden Frauen schienen sie diesmal eine Ewigkeit. Biegung auf Biegung lag vor ihnen, und keine war die letzte. Endlich, am Fuße des Sonderserberges, hörten sie Hufschlag vor sich. Es war Georg, und er brachte gute Nachrichten. Die Kunde von der Schlächterei in Tirano und Teglio sei natürlich bis nach Sondrio gedrungen, aber die Papisten des Hauptortes hätten sich vernünftiger gezeigt als erwartet. Sie hätten sich auf die Seite des Landeshauptmannes gestellt und seien gegenwärtig daran, die Straßen zu versperren. Bis jetzt seien noch keine Anzeichen vorhanden, daß sie mit den Banditen gemeinsame Sache machten.

Anna atmete auf und weinte dann haltlos, auf eine Weinbergmauer niedersinkend. Doch Maddalena blickte ängstlich auf Jenatsch. «Was hat mein Biagio gesagt, als er fortreiste? Eretici non...»

«Du magst recht haben, Maddalena, es könnte eine Falle sein. Aber kommt, es wird dunkel. Wir können nirgends mehr hin heute abend. Der Palazzo in Sondrio ist augenblicklich der sicherste Ort. Was morgen aus uns wird, steht nicht in unserer Hand.»

An jedem Arme eine müde, verzweifelte Frau, den Rappen hinter sich, erreichte er Sondrio und wurde von den Wachen ohne weiteres in den Palazzo eingelassen.

Die Nacht verlief ruhig, aber an Schlaf war nicht zu denken. Jeden Augenblick trafen Leute ein, die rechtzeitig gewarnt worden waren. Auch die Berbenner erschienen, zuletzt keuchend und schwitzend der dicke Paravicini. Der Landeshauptmann ließ Nahrungsmittel und Wein verteilen und versorgte die Männer mit Waffen. Ein Bote nach den Drei Bünden war unterwegs. Der Palazzo war gut gebaut und konnte nötigenfalls eine mehrtägige Belagerung aushalten.

Beim Morgengrauen läuteten alle Glocken Sturm. In der Ferne krachten Schüsse, und in den Gassen dröhnten die Alarmtrommeln. Bewaffnete Einwohner rannten über den Platz. Der Landeshauptmann gab Befehl, die Fenster mit Brettern zu vernageln. Nur schmale Schlitze wurden freigelassen. Jenatsch legte überall Hand an. Weil der Pfarrock ihn behinderte, zog er ihn aus und deckte Anna, die in einem Winkel kauerte, damit zu. Er trug über dem Wams einen Brust- und Rückenharnisch, und an der Seite hing ein Degen. Plötzlich drang Geschrei und Hufgetrappel von der Straße herauf. Alles stürzte zu den Fensterluken. Auch Anna spähte durch eine Fuge in den Brettern. Ein Trupp Reiter in roten Kasacken sprengte auf den Platz. «Der Robustelli!» zischte Jenatsch. Er wandte sich um und riß einem Mann die Muskete aus der Hand, aber er kam zu spät. Robustelli war vorübergaloppiert und in eine Gasse eingeschwenkt. Die Banditen sprangen von den Pferden und drangen in die Häuser ein. Der Platz belebte sich zusehends. Bauern mit Sensen und Gabeln tauchten aus allen Gassen auf. Dazwischen leuchteten überall die roten Kasacken. Jenatsch zielte mit seiner Muskete. Der Landeshauptmann bemerkte es. «Aufpassen!» rief er durch den Saal. «Niemand darf schießen, bevor ich es befehle. Ich werde versuchen, mit den Leuten zu unterhandeln.»

Ein Bandit zerrte eine Frau zu einer Haustüre heraus. Sie sank auf die Knie, ein kleines Kind fest an ihre Brust pressend. Der Rote setzte den Lauf seiner Pistole an ihre Schläfe. Ein zweiter entriß ihr das Kind, faßte es an einem Bein und schwang es durch die Luft. Anna fuhr mit einem entsetzten Schrei zurück und verkroch sich in einen Winkel, die Hände vor dem Gesicht. Ein Schuß fiel, gefolgt von einem dumpfen Aufschlag. «Muß man so etwas geschehen lassen?» brüllte Jenatsch. Der Landeshauptmann wandte sich um: «Wer sich meinen Anordnungen nicht fügt, wird augenblicklich erschossen!»

Nun erhob sich unten ein gewaltiges Hallo, von Gelächter begleitet. Immer wieder ertönte der Ruf: «Alexi! Alexi!» Ein Esel wurde über den Platz getrieben, umtanzt von einer tobenden Kinderschar. Rücklings auf dem Esel festgebunden, saß ein Mann. In der einen Hand hielt er den Eselsschwanz, in der andern ein Buch. Die Kinder schlugen mit Stöcken auf ihn ein, rauften ihm Bart und Haar und spien ihm ins Gesicht.

«Der Domenico Berta!» sagte Alexius erbleichend. «Sie haben ihn mit mir verwechselt, er gleicht mir aufs Haar.» Der Kinderlärm ging unter in knatternden Salven, in Schmerzensschreien und rohem Gebrüll und Gelächter. Männer und Frauen eilten mit Möbelstücken und Holzklötzen über den Platz. Vor dem schweren, mit Eisen beschlagenen Portal des Palazzo türmte sich in wenigen Augenblicken ein Holzstoß auf. Nun erschien ein riesiger Mann an der Spitze einer schreienden, johlenden Volksmenge. Auf der Spitze seiner Halbarte steckte ein graubärtiges, blutverschmiertes Haupt. Der Mann näherte sich dem Palazzo und streckte die Waffe so hoch hinauf, als er konnte.

«Unser Prädikant!» heulte eine alte Frau auf. Der Riese verzog sich grinsend.

Der Landeshauptmann rief in einer Ecke die Männer zusammen. «Die papistischen Heuchler haben uns in eine Falle gelockt», sagte er. «Der Mann, der den Prädikanten Baptista à Malléry umgebracht hat, ist der Metzger Tasella, einer von denen, die gestern geschworen haben, mich bis zum letzten Blutstropfen zu verteidigen. Jetzt wissen wir, was uns erwartet. Zwar zweifle ich nicht daran, daß die Bünde ein großes Aufgebot erlassen werden, sobald die Rebellion bekannt wird. Doch es kann lange dauern, bis Entsatz kommt. Darum rate ich euch, nach Bünden zu fliehen, solange es noch Zeit ist. Ich kann euch keinen Schutz gewähren. Die Vorräte an Lebensmitteln und Pulver sind zu gering. Ich kann höchstens versuchen, euch einen Vorsprung zu verschaffen. Ich werde mich auf dem Balkon zeigen und mit den Leuten reden. Während dieser Zeit mag es euch, so Gott will, gelingen, den Palast und Sondrio zu verlassen. Was mich betrifft, so bleibe ich auf meinem Posten, wie es meine Pflicht ist.»

Die Männer senkten die Köpfe. Einige Frauen hatten sich erhoben, um den Worten des Landeshauptmanns zu folgen, andere saßen teilnahmslos an den Wänden oder kümmerten sich um die Kinder. Eine Alte lag auf den Knien in inbrünstigem Gebet.

«Georg Jenatsch!» sagte der Landeshauptmann. «Ich ernenne Sie zum Anführer derjenigen Personen, welche willens sind, die Flucht zu wagen. Treffen Sie Ihre Anordnungen.»

Jenatsch trat vor. «Wir haben keine Zeit zu verlieren. Meine Bedingungen sind diese: Jedes größere Gepäck muß zurückgelassen werden. Personen, die dem Marschtempo der Mehrheit nicht zu folgen vermögen, werden unbarmherzig im Stich gelassen. Den Fluchtweg bestimme ich allein. Wer mit diesen Bedingungen einverstanden ist, soll auf den Gang hinaustreten.»

Ein Gedränge entstand. Einige waren unschlüssig, hauptsächlich Alte und Gebrechliche. Sie warfen sich ihren Angehörigen in die Arme, blickten ihnen unter Tränen nach und folgten ihnen schließlich doch. Der über achtzigjährige Adriano Cani von Berbenn rief ihnen zu: «Was wollt ihr noch fliehen? Laßt uns lieber für die andern beten!» Er fiel auf die Knie, einige andere folgten seinem Beispiel.

Es waren etwa achtzig Personen, die sich die Strapazen der

Flucht zutrauten, Männer, Frauen und Kinder. Sie hatten sich auf dem Gang gesammelt, und der Landeshauptmann kam heraus, um von ihnen mit einigen zuversichtlichen Worten Abschied zu nehmen. Anna führte die Schar in den obern Keller, aus welchem man durch ein Pförtchen auf eine Seitengasse hinausgelangen konnte. Schweigend warteten sie, bis der Diener des Landeshauptmanns mit der Meldung kam, sein Herr habe zu reden angefangen. Jenatsch riegelte die Türe auf und trat als erster auf die Gasse, in der linken Faust eine Pistole, in der rechten den blanken Degen. Kein Mensch war zu sehen. Mit flüsternder Stimme ordnete er den Zug. Die Frauen und Kinder wurden in die Mitte genommen, die Männer marschierten auf den Seiten und an beiden Enden. Es roch süßlich nach Blut und nach dem schalen Dunst von Eingeweiden. Sara wollte schreien, aber Maddalena wickelte ein Tuch um ihr Köpfchen. Durch enge, glitschige Gäßchen gelangte die Schar in die Nähe der Brücke über den Mallero. Zwei Männer bewachten sie. Jenatsch wählte zwei Burschen aus und besprach sich leise mit ihnen. Mit dem einen verschwand er durch ein anderes Gäßchen, der andere rannte gegen die Brücke hinüber, stutzte, kehrte um, sank mit erhobenen Händen auf die Knie. Die Wachen eilten auf ihn zu, aber ehe sie ihn erreicht hatten, fielen ihnen Jenatsch und sein Begleiter in den Rücken und stachen sie nieder. Der Weg über die Brücke war frei.

Auf einem Fußweg stiegen sie den Sonderserberg hinan. Aus der Stadt erscholl Geschrei und Wehklagen, aber noch zeigten sich keine Verfolger. Jenatsch marschierte an der Spitze, den blutigen Degen in der Faust, mit der andern Hand Anna nach sich ziehend. Schon blieben einige Alte zurück. Der dicke Doktor Paravicini schleppte sich hinkend dem Zuge nach.

Vor dem Dörfchen Ronco, das fast völlig protestantisch war, kam ihnen der junge Pfarrer Bartolomeo Marlianico entgegen. Jenatsch setzte ihn ins Bild, ohne seine Schritte zu verkürzen. Auf die Einladung, sich dem Zug anzuschließen, schüttelte Marlianico den Kopf. Er bleibe bei seiner Kirche. Die Einwohner standen auf der Gasse und starrten die Flüchtlinge verwundert an. Sobald sie jedoch die Lage begriffen hatten, verschwanden sie in den Häusern. Kurz darauf kamen sie wieder hervor, die Arme mit Lebensmitteln beladen. Jenatsch gestattete seinen Leuten einen kurzen Halt, um die Gaben anzunehmen.

Nach zehn Minuten befahl er den Aufbruch. Ein Bursche, der sich im Val Malenco auskannte, bot sich als Wegweiser an. Jenatsch hieß ihn vorausgehen.

Der Pfad stieg in Kehren gegen einen Wald hinan. Die Abstände einzelner Gruppen vergrößerten sich. Jenatsch verlangsamte seine Schritte, um den Zusammenschluß zu ermöglichen. Ein paar Alte blieben trotzdem zurück. Sie setzten sich an den Wegrand und starrten regungslos ins Tal hinab. Der dicke Paravicini humpelte an ihnen vorbei. Von Zeit zu Zeit hob er die Arme und schrie den Davonziehenden etwas Unverständliches nach. Sie hörten sein verzweifeltes Rufen noch lange Zeit, aus immer größerer Entfernung. Ein Berbenner bat, man möge auf den Dicken warten, aber Jenatsch schüttelte den Kopf.

Gegen Mittag begann es zu regnen. Die Wolken senkten sich über die Abhänge des Rolla und des Monte Canale. Von Sondrio war nichts mehr zu sehen. Aber Schüsse und Schreie drangen immer noch aus der nebelbrodelnden Tiefe herauf. Der Pfad zog sich über Alpweiden hin, schmiegte sich in Töbel, hob sich hoch auf Felsköpfe hinauf und senkte sich wieder in Mulden hinab. Am Nachmittag überschritten die Flüchtenden den Bach Torreggio. Der Regen hatte aufgehört. Aus den Nebelschwaden erhob der Pizzo Cassandra sein schneebedecktes Haupt. Der Weiler Ciappanigo wurde umgangen.

Gegen Abend hatte die kleine Schar die Berghänge oberhalb Chiesa erreicht. Jenatsch hielt eine kurze Beratung ab. Er hätte gerne so bald als möglich den bequemeren Paßweg des Muretto benützt, denn die meisten Frauen und Kinder waren erschöpft. Manche konnten sich kaum mehr auf den Beinen halten. Auch Anna war bei jeder Rast wortlos umgesunken. Stellenweise hatte Georg sie getragen, weil sie mit schwacher Stimme über Schmerzen im Leib und im Rücken geklagt hatte. Antonia Clauschrist und ihr Töchterchen hatten wundgelaufene Füße. Maddalena mußte sich die kleine Sara auf den Rücken binden lassen. Der jüngste Sohn des Herkules, der fünfzehnjährige Carl von Salis, und die Kinder seines Lehrers Alexius hatten einmal vor Schwäche die Besinnung verloren. Die Männer hatten sie auf Tannenäste gebunden und mitgeschleift. Jenatsch beschloß, seinen Schützlingen eine längere Rast zu erlauben und mit zwei Männern das Tal zu erkunden. Nach einer Stunde war er zurück. Azzo Besta, einer der Führer der Rebellion, war mit seinen Banditen am Mittag in Chiesa erschienen und hatte die Henkersarbeit an jenen verrichtet, die ihren Glauben nicht sogleich abschwören wollten. Dann waren sie in Richtung des Passes weitergezogen, um die Bündner abzuwehren. Rodolfo Chiesa, einer der Abgefallenen, hatte Reue verspürt und Jenatsch mit Lebensmitteln versorgt.

Es blieb Jenatsch keine andere Wahl, als im Freien zu nächtigen. Die Männer richteten ein Versteck ein und bereiteten ein Lager aus Tannenästen. Die Frauen und Kinder legten sich zur Ruhe, die Männer lösten einander auf der Wache ab. Jenatsch und der Bursche von Ronco begaben sich auf einen Erkundungsgang. Beim Morgengrauen waren sie zurück, müde und zerkratzt. Azzo Besta und seine Banditen hatten bei Chiareggio oben gelagert. Von den Bündnern war keine Spur zu entdecken gewesen. Die letzten Lebensmittel wurden verzehrt. Alexius hielt eine kurze Andacht, und dann brach die Schar wieder auf.

Am späten Vormittag sahen sie die kleine Ebene von Forbicina zu ihren Füßen. Die wenigen Hütten des Weilers waren niedergebrannt. Unter den Lärchen standen Pferde. Während man noch beriet, ob man sich hier versteckt halten und die Ankunft der Bündner abwarten wolle, die doch ohne Zweifel inzwischen von dem Blutbad Kenntnis erhalten haben mußten, fielen weit oben am Bergsattel Schüsse. Eine Weile danach konnte man eine größere Gruppe erkennen, die sich auf dem fast schnurgeraden Paßweg gegen die Ebene herab bewegte. Einzelne rote Kasacken waren deutlich zu unterscheiden. Im Paßeinschnitt zeigte sich kurz darauf ein dunkler Strich, beinahe wie das Korn einer Muskete in der Kimme des Visiers. Er krümmte sich langsam herab, wurde länger und länger, löste sich in aufrechte, rasch sich bewegende Striche auf. Etwas Helles flatterte an der Spitze.

«Die Bündner!» schrie Jenatsch.

Die Flüchtlinge sprangen auf. Hunger und Müdigkeit waren vergessen. Die Frauen zogen die Kinder an ihre Brust, das zuckende Gesicht von Tränen überschwemmt. Anna klammerte sich an Georg, als fürchte sie, ihn noch zu verlieren.

AUSZUG DES VERLORENEN SOHNES

Den ganzen Vormittag war Jenatsch im Regen in Maloja umhergegangen und hatte erfolglos versucht, ein Pferd aufzutreiben. Als er schon entschlossen war, in das alte Haus zurückzukehren, wo er bei Bekannten Unterkunft gefunden hatte, traf er den Obersten Baptista von Salis. Dieser war eben aus dem Bergell heraufgekommen, um das Kommando über die aus Davos und dem Prättigau erwarteten Truppen zu übernehmen. Jenatsch legte ihm seine Bitte vor.

«Ein Pferd? Gewiß!» sagte Salis, «natürlich mußt du ein Pferd haben, Georg. Aber ich begreife nicht... du hast doch eben noch eins gehabt, den schwarzen Satan, der nicht mit allen vier Beinen zugleich stillstehen konnte... Ach, ich Esel!» er schlug sich mit der flachen Hand auf die Stirn – «der ist natürlich in Sondrio geblieben. Aber höre, Georg, den solltest du nicht mir nichts, dir nichts... Der ist es wert, daß du mit uns nach Sondrio ziehst. Sobald die Leute da sind, geht's los, morgen oder übermorgen, und diesmal leisten wir ganze Arbeit. Der erste Zug war ja auch nicht ganz nutzlos, beispielsweise würde ich nicht Gift drauf nehmen, daß du, Georg, mit deinen Flüchtlingen heil über den Muretto gekommen wärst, wenn wir nicht die Wachen des Azzo Besta... Aber mit zwei-, dreihundert Leuten erobert man natürlich das Veltlin nicht zurück. Das hatten wir ja auch gar nicht im Sinn. Die Halunken sollten nur merken, daß wir auf dem Posten sind, und das haben sie schließlich. Ich habe noch nie in meinem Leben Männer so laufen sehen wie die roten Banditen vom Pass hinab nach Forbicina, und selbst bin ich auch noch nie... Aber diesmal schießen wir nicht ins Blaue, diesmal machen wir einen richtigen Feldzug, mit Strategie und Standgerichten und was du willst. Das Regenwetter kommt mir wie bestellt, ich könnte mir nichts Besseres wünschen. Die Veltliner werden in ihren Hütten hocken und sich vollsaufen, und wir sind in Sondrio, ehe sie... Da mußt du mit, Georg! Ein Pferd, ganz recht, ich sehe nicht ein, weshalb du zu Fuß nach Sondrio sollst. Ich werde das... verlaß dich drauf.»

«Ich brauche das Pferd vorläufig heute nachmittag, um nach Silvaplana zu reiten.»

«Du willst zu deinem Vater? Ein Gang nach Canossa, vermutlich. Er hat letzthin nicht sehr schön von dir geredet.»

«Zu einem Gang nach Canossa ist kein Anlaß. Aber damit es auch nicht danach aussieht, brauche ich ein Pferd.»

«Ich verstehe. Großartig, Georg! An dir ist ein Diplomat... wirklich! Wo hast du übrigens deinen Talar? Ist er nicht wasserdicht?»

«In Sondrio gelassen.»

«Ein Grund mehr, mit uns nach Sondrio... Übrigens, wie du diese Flucht organisiert hast, das war perfekt, würdig der Schilderung durch einen neuen Xenophon. Du hättest Offizier werden sollen, oder Diplomat, wie gesagt.»

«Auf jeden Fall betrachte ich meine Prädikantenzeit als abgeschlossen.»

«Was sagst du da? Giorgio, du fängst an, mich in Erstaunen zu setzen! Da muß ich wirklich um nähern Aufschluß... Aber nicht hier im Regen, per Bacco! Verfügen wir und demgemäß aufs Trockene, zu Maurizio in die Gaststube. Ich habe in Stampa den Diener vorausgeschickt und einen Auerhahn... Er muß diesen Augenblick fertig sein.»

Jenatsch lehnte ab. «Meine Frau ist schwer krank, und ich bin den ganzen Vormittag nicht bei ihr gewesen. Ich kann sie nicht länger allein lassen.»

«Aber selbstverständlich nicht, Georg! Familiensachen – Hauptsachen, das ist immer mein Grundsatz gewesen. Deine Frau ist also krank, und du sorgst dich um sie. Daran erkennne ich, daß du gesetzter geworden bist, grundsätzlicher, pietätvoller, kurz, ein ganzer Mann. A propos: Habe nicht *ich* dir das Heiraten empfohlen? Damals in Thusis, als wir die Rehkeule...? Mein Gedächtnis, nicht wahr! Aber ich halte dich auf, mein Lieber, deine Frau... Was fehlt ihr übrigens, und weshalb hast du sie nicht nach Silvaplana ins Elternhaus gebracht?»

«Ich muß froh sein, daß sie die Schmerzen ausgehalten hat bis nach Maloja. Sie hat sich auf der Flucht überanstrengt, und weil sie schwanger war...»

«Um Gotteswillen, doch hoffentlich keine Verschüttung! Doch? Da habt ihr aber Pech, das muß ich schon... Jetzt heisst es aufpassen, sonst bleibt ihr euer Leben lang ohne Kinder. Für den Moment braucht sie nichts als Ruhe, Ruhe, Ruhe. Keine Aufregungen, keinen Klimawechsel, beständige Wärme, gute kräftige Kost, du darfst mir alles aufs Wort glauben, ich bin in diesen Dingen erfahren wie kaum ein Arzt, denn genau genommen, nicht wahr, liegt deine Frau im Wochenbett, und da bin ich also in der Lage... Denn meine Frau hat mir neun Kinder geboren und...» Er stockte. Sein Gesichtsausdruck trübte sich plötzlich, und die Mundwinkel begannen zu zucken. Halb abgewendet sagte er mit verschleierter Stimme: «Weißt du, daß ich im letzten Jahr zwei Söhne verloren habe? Baptista, der älteste, starb als Student in Heidelberg, und Andrea, der dritte, in Basel.»

Jenatsch erschrak. Die Todesnachricht kam ihm unerwartet, und er brauchte ein wenig Zeit, bis er dem alten Salis die Hand reichen und ein paar teilnehmende Worte sprechen konnte.

«Sie sind dahin», sagte Salis, dem Weinen nahe, «nach dem unerforschlichen Ratschluß des Allmächtigen... Für einen Vater keine Kleinigkeit. Aber was willst du...» Er fuhr sich mit der Hand über die Augen und seufzte tief. «Kinder sind Gaben Gottes. Er schenkt sie uns, und Er nimmt sie uns wieder hinweg, und wir dürfen Ihm nicht einmal... Denn was sind wir für Wesen? Ein Häufchen beseelter Staub, ein Wurm, den Sein Fuß zertritt.» Er schwieg. Seine Stirn war von Falten zerrissen; von den Flügeln der fleischigen, großporigen Nase zogen sich zwei scharfe Linien gegen den Mund hinab und verliefen sich im grau durchmischten Schnurrbart. Nach einer Weile sah er auf. «Ja», sagte er, «das muß man nun eben tragen. Jeder Vater muß mit solchen Ereignissen rechnen, ich habe bereits in Thusis darauf hingewiesen, weißt du noch? Stefan Gabriel hatte gerade die Nachricht... das ist der Lauf der Welt.» Er zuckte die Achseln und seufte. «Aber wir können wirklich nicht länger im Regen stehen bleiben. Geh zu deinem Weibe, Georg, und freu dich ihrer Gegenwart. Wer weiß, wie lange du sie behalten darfst und sie dich.» Er nickte grüßend mit seinem schweren Kopf und machte ein paar Schritte. Dann wandte er sich um. «Ich lasse ihr vom Auerhahn hinübertragen, Maurizio wird wissen, wo ihr zu finden seid.»

Darauf ging er langsam die Strasse entlang, über Pfützen steigend und den Häufchen von Kuhmist und Pferdekot ausweichend.

Am frühen Nachmittag meldete sich der Diener des Obersten bei Jenatsch. Das Pferd stehe drunten, und der Signor Pastore möge sich seiner einstweilen bedienen. Jenatsch drückte dem Diener ein Trinkgeld in die Hand und schickte ihn mit Grüßen und Danksagungen zu seinem Herrn zurück. Nachdem er sich mit Hut und Mantel versehen hatte, trat er in die Kammer, die mit ihrem winzigen Fenster und ihren rohen Steinwänden eher eine Höhle zu nennen war. Anna lag im Bett, bis ans Kinn mit Decken und Tüchern zugedeckt. Antonia Clauschrist saß an ihrer Seite, die Hände im Schoß. Zuweilen wischte sie mit einer kraftlosen Bewegung eine Spinne oder anderes Ungeziefer, das von der Decke heruntergefallen war, vom Bett. Die fünfzehnjährige Tochter räumte das Geschirr und die Reste des Auerhahns zusammen. Sie hinkte an beiden Beinen und trat sehr vorsichtig auf.

«Wohin gehst du?» fragte Anna kaum vernehmlich. Sie hatte den Kopf nicht bewegt, bloß die Augäpfel zu Jenatsch gedreht.

Er trat ans Bett, strich Anna über das ungeordnet zu Zöpfen geflochtene Haar und küßte sie auf die gelblich-blasse Stirn.

«Nach Silvaplana», sagte er. «Ich bin am Abend zurück. Der Vater muß uns bei sich aufnehmen. Wir werden dich auf einer Bahre hinübertragen, das hier ist kein Ort zum Gesundwerden.»

Anna nickte und biß sich auf die Lippen. Ihr Kinn zuckte.

«Und wo sollen *wir* hin?» sagte Antonia Clauschrist. «Wir haben keine Verwandtschaft im Engadin, und wo sollen wir sonst hin?» Auch sie biß sich auf die Lippen und hatte ein zuckendes Kinn.

«Ihr kommt natürlich mit», sagte Jenatsch. «Sofern es geht. Ich werde versuchen, euch unterzubringen, wenigstens für die nächste Zeit.»

Er ging zur Tür, wandte sich aber nochmals um. «Versuch zu schlafen, Anna. Ich werde nicht lange wegbleiben. Und vergiß nicht, was ich gesagt habe: Wärme und Ruhe und ja keine Aufregung.»

Das Pferd stand mit eingezogener, regennasser Kruppe vor dem Hause, ein alter, knochiger Fuchs mit hängender Unterlippe. Sattel und Riemenzeug waren mehrfach geflickt, aber der Oberst Baptista hatte immerhin sein Wort gehalten. Jenatsch löste den Strick und stieg auf. Mit einiger Mühe gelang es ihm, den Fuchs in schwerfälligen Trab zu setzen.

Den Seen entlang wechselte er die Gangart oft, da der Regen ihm ins Gesicht klatschte, wenn er trabte. Die graue Wasserfläche war in kleine Wellen zerschlagen, die schmatzend an die Uferfelsen schlugen. Durch die Lärchenwälder an den Berghängen trieben Nebelschwaden. Irgendwo in der Höhe schrien die Dohlen.

Vor dem Pfarrhaus in Silvaplana stieg er ab. Während er sich das Regenwasser von Hut und Mantel schüttelte, blickte er zu einem Fenster hinauf. Hinter dem offenen Schieber erblickte er das graue Gesicht seines Vaters. Er grüßte hinauf, erhielt aber keine Antwort. Mit verkniffenem Mund und zusammengezogenen Brauen stellte er das Pferd in den Stall und betrat dann das Haus. Seine Schritte widerhallten im weiten Ganggewölbe. Die Küchentüre ging auf, Katharina sah heraus. Als sie den Bruder erkannte, eilte sie hinzu und half beim Ablegen des durchnässten Mantels.

«Ist es wahr, Georg – siebenhundert? O Gott, es ist nicht auszudenken! Und du bist heil davongekommen und Anna auch – und...»

«Sechshundert sind es gewesen, vielleicht noch weniger – immerhin genug. Was hat er gesagt, als er es erfahren hat?» Er deutete mit dem Kopf auf die Stubentüre.

«Er ist so erschrocken, daß er kein Wort sagen konnte. Er hat überhaupt kaum gesprochen in den letzten Tagen.»

«Auch nicht von mir?»

«Jedenfalls nicht mit mir.»

«Wo ist Nuttin?»

«Er ist vor ein paar Tagen zu Susanna nach Pontresina gegangen. Wir erwarten ihn heute zurück, wenn er nicht über den Berg ins Veltlin hinab ist.»

«Das möchte ich ihm nicht raten.»

Georg wandte sich zur Tür und ging in die Stube, ohne anzuklopfen. Der Vater stand noch am Fenster, blickte rasch auf den Eintretenden, doch sogleich wieder in den Regen hinaus. Georg durchschritt die Stube und setzte sich in den Erker. Ein Lateinbuch lag auf der Bank. Er nahm es auf und blätterte darin.

«Wie geht es Anna?» fragte der Vater, ohne seine Haltung zu verändern.

«Besser, danke. Allerdings ist sie noch tief im Bett.»

«Hat sie Pflege?»

«Nicht die beste, aber es war keine andere zu finden. Auf die Dauer kann sie jedenfalls nicht in Maloja bleiben. Ich denke, hier im Haus...»

Der Vater hatte sich rasch umgewendet. «Wo ist der Blasius Alexander?»

«Irgendwo im Engadin, nehme ich an. Er ist kurz vor dem Blutbad in Geschäften nach Sent gegangen.»

«Und wo ist der Kaspar Alexius?» Die Stimme des alten Mannes zitterte vor Erregung.

Georg warf ihm einen stummen Blick zu. Der Vater näherte sich langsam. «Saubere Herren seid ihr, treffliche Hirten, die ihre Herde von den Wölfen zerreißen lassen. Eine Schande ist es vor Gott und den Menschen!»

«Das trifft mich nicht! Ich habe das Meine getan. Es war vielleicht nicht so einfach, wie du es dir an diesem Tisch hier vorgestellt hast.»

«Malléry ist tot, Alba, Marlianico, Andreoscha, Basso, Danz und Hunderte von andern Unschuldigen. Und ihr Elenden habt sie zu Märtyrern gemacht.»

Jenatsch erhob sich.

«Aber auf die Synode habt ihr nicht hören wollen in eurer Verblendung. Das hat euch gepaßt, die großen Herren zu spielen, im Veltlin herumzureiten und die Leute zu kujonieren, zu fressen und zu saufen und den Gäulen Wein und Braten vorzusetzen und die vollen Gläser an die Wand zu schmettern und wie Besoffene zu grölen: ‚San Marc paga tüt', wie ihr es in Tirano getan habt.»

«Es ist schändlich!» rief Jenatsch aus und ging mit großen Schritten zur Tür. Der Vater eilte ihm nach und packte ihn am Ärmel. «Jawohl, schändlich ist es! Schändlich, wie ihr euch aufgeführt habt. *Ihr* habt den Tod verdient, nicht sie. *Euch* hätte man in die Adda werfen, in Stücke hauen oder in den Kirchen verbrennen sollen, *euch* hätte man die Eingeweide herausreißen und die Nasen abschneiden sollen, *euch* – *euch!* – o Gott, es ist entsetzlich!» Er schlug die Hände vors Gesicht und wandte Georg den Rücken zu. Georg seufzte und griff in die Tasche.

«Da, lies einmal dies Papier.» Er zog ein zerdrücktes Blatt hervor und glättete es auf der Tischfläche. Dann setzte er sich auf den nächsten Stuhl. Israel Jenatsch wandte sich um und starrte Georg mit rotgeränderten Augen an.

«Das ist die getreue Kopie eines Briefes, den wir in Maloja abgefangen haben. Robustelli berichtet dem Bischof, das seit *siebzehn Jahren* erstrebte heilige Werk...»

«Versuch dich nicht zu rechtfertigen, Elender! Nicht hier, nicht in diesem Hause!»

«Seit siebzehn Jahren, da steht's, wenn du's lesen willst. Es ist also ein bißchen billig, *uns* für den Abfall des Veltlins verantwortlich zu machen.»

«Wir haben euch gewarnt, wir haben euch beschworen, wir haben euch aus der Synode ausgeschlossen: alles umsonst.»

«Seit siebzehn Jahren, kannst du hier lesen, also seit 1603, also seit dem ersten venezianischen Bündnis, das du wahrscheinlich kräftig gefördert hast. Ich glaube mich zu erinnern, daß der Herkules von Salis auf diesem Stuhle saß, und als er gegangen war, lag ein Goldstück auf dem Tisch. Anno 1603.»

«Das ist nicht wahr! Salis war erst Anno 11 oder 12 bei mir im Haus.»

«Nein, mein Lieber, das war er nicht. 1611 oder 12 – übrigens war es 11, denn Anno 12 war ich bereits in Zürich – habe ich ihn hier nicht sitzen sehen, denn ich durfte gar nicht zu euch herein. Ich habe mir die Pferde angeschaut und dem Herkules den Steigbügel gehalten, als er aufsaß. Ob damals ein Goldstück auf dem Tisch lag, weiß ich nicht. Ich vermute es allerdings. Aber Anno 3, da war ich siebenjährig. Da habe ich euch noch nicht gestört in eurer hochwichtigen Unterredung und durfte bleiben. Ich saß im Erker dort, ich weiß es noch ganz genau, und ihr beide hattet euch hier am Tisch niedergelassen, und dann stand der Herkules auf und ging hin und her und verwarf die Arme, und zuletzt setzte er sich wieder an den Tisch, um alles aufzuschreiben, was du den Leuten sagen solltest. Und dann seid ihr hinausgegangen, und ich sah das Goldstück auf dem Tisch liegen. Als ich es dir voller Freude brachte, hast du mir den Mund zugehalten, und ich mußte dir versprechen, niemandem etwas davon zu sagen. So war es, ich weiß es wieder ganz deutlich. Das war Anno 3, vor siebzehn Jahren.»

«Winde dich, wie du willst, es nützt dir nichts. Dein böses Maul in Thusis, deine Schandtaten im Veltlin, deine Wühlereien im Unterengadin wird niemand so schnell vergessen. Aber dafür hast du ein kurzes Gedächtnis!»

«Habe ich sie denn bestritten, zum Teufel!? Was ich bestreite, ist, daß ich allein schuld sein soll am ‚Sacro Macello'. Das und nichts anderes bestreite ich.»

Er war aufgestanden und hatte die Lehne der Stabelle gepackt. Seine Finger glitten nervös über die Vertiefungen der Schnitzerei, griffen die Konturen der beiden Halbmonde ab, den Pfeil, die beiden Kreuze, von denen eines mißraten war und mehr einem Schwert glich als einem Kreuz. «Jeder von euch weiß so gut wie ich, daß das ‚Heilige Gemetzel' im Veltlin die verspätete Antwort auf unser Bündnis mit Venedig ist. – Dieses Bündnis ist euer Werk gewesen, auch das wißt ihr ganz gut. Aber ihr braucht einen Sündenbock, das ist's! Und dazu ist einem lieben Vater sein lieber Sohn gerade gut genug!»

«*Hinaus!* Unverschämter!»

«Mit Vergnügen! Da, mein Abschiedsgeschenk!» Georg

bückte sich, packte das Sitzbrett der Stabelle mit beiden Händen und drückte mit dem ganzen Gewicht seines Körpers auf die Lehne. Das Holz krachte, die Lehne klappte nach vorn, und im nächsten Augenblick flogen die beiden Teile dem alten Mann vor die Füße. Dann bebte die Wand vom Anprall der zugeworfenen Tür.

Als Georg die Haustür aufstieß, stand Nuttin draußen im Regen, das Wasser vom Mantel abschüttelnd.

«Du bist hier, Georg?»

«Zum letztenmal, wenn's nach mir geht.»

«Um Gotteswillen, was hat's gegeben?»

«Frag den Alten.» Er war schon auf dem Wege zum Stall hinab. Das Pferd legte die Ohren an und zeigte das Weiße seiner Augen, als er es auf die Gasse herauszerrte.

«Habt ihr gestritten?» fragte Nuttin. «Er ist alt geworden, er verträgt nicht mehr viel.»

«Mich braucht er nicht mehr zu vertragen, soviel ist sicher.» Er stieg auf und legte die Zügel zurecht. «Falls du etwas von mir willst, komm nach Davos, in der nächsten Zeit wenigstens. Später wird man sehen. – Weißt du etwas von Blasius?»

«Nichts Genaueres. Ich habe nur gehört, daß die Österreicher ihn umzingelt hatten, als er ihnen im Münstertal mit einer Handvoll Soldaten den Weg verlegen wollte, und daß er sich mit knapper Not heraushauen konnte. Wo er jetzt ist, weiß ich nicht.»

«Soso, die Österreicher sind im Münstertal? Das war zu erwarten. Sind die beiden Planta bei ihnen?»

«Man behauptet es.»

«Ich bin noch ein paar Tage in Maloja. Gib mir Nachricht, falls du von Blasius etwas Gewisses erfährst. Leb wohl, wir hören voneinander. Grüße Katharina und Susanna.» Er drückte dem Pferd die Sporen in die Weichen. Es machte einen plumpen Satz und schwenkte dann im Galopp in die Straße ein. Dabei hätte es beinahe ein paar Soldaten überrannt, die in einer unregelmäßigen Kolonne talaufwärts zogen. Sie fluchten so ausgiebig, wie nur Prättigauer fluchen können. Jenatsch kümmerte sich nicht darum, sondern trabte der Kolonne entlang. Erst als er die Spitze erreicht hatte, ließ er das Pferd in Schritt fallen.

RIETBERG

In der Abenddämmerung eines Februartages näherte sich ein hochgewachsener Mann in bäuerlicher Tracht der Zollbrücke zwischen St. Agatha und Sils. Bevor er ans Zollhäuschen trat, um das Brückengeld zu erlegen, zog er sich den Hut tiefer ins Gesicht und senkte das glattrasierte Kinn in den Kragen seines dunklen Mantels. Der Zöllner trat heraus, um den Schlagbaum aufzuziehen. Der Mann ging wortlos an ihm vorüber, wandte sich dann aber um und fragte auf italienisch, ob es noch weit sei bis Thusis.

«Halbe Stunde», brummte der Zöllner.

Ob man wohl über die Rheinbrücke komme, wollte der Fremde wissen.

«Mit Passierschein, sonst nicht.»

Wer solche in der Nähe ausstelle.

«Der Kommandant der katholischen Truppen in Ems. Oder der Pompejus Planta in Rietberg.»

Rietberg, das sei wohl das Schloß, da oben gleich links über der Albula.

«Nein, das ist Baldenstein.»

Wie es mit den Aussichten stehe, in Thusis ein Nachtlager zu bekommen.

«Schlecht. Das Dorf ist besetzt von den katholischen Soldaten.»

Ob man vielleicht auf Baldenstein unterkommen könne.

«Kaum. Der Hauptmann Ruinelli ist abwesend, und auch von seinen Leuten habe ich seit einiger Zeit keinen mehr gesehen.»

Der Fremde behauptete, in einem Nebengebäude Licht bemerkt zu haben, als er zur Brücke heruntergekommen sei.

«Kann mir nicht denken, daß Ruinelli zurück ist. Über diese Brücke ist er jedenfalls nicht gegangen, und einen andern Weg nach Baldenstein gibt es nicht, außer von Thusis her, und ein solcher Narr ist der Ruinelli nicht. Im Grauen Bund drüben herrschen jetzt die Katholischen.»

Da sei es wohl besser, im Gotteshausbund zu bleiben.

«Wer einen Passierschein hat, riskiert nichts.»

Ob es sehr weit sei nach Rietberg.

«Etwas mehr als eine halbe Stunde. Aber der Herr Pompejus läßt nicht jeden ein. Da muß man schon höhere Empfehlungen haben.»

Dann wolle er doch lieber hier in der Nähe eine Unterkunft suchen, im nächsten Dorf da vorn vielleicht.

«In Sils sind die Leute mißtrauisch geworden.»

Er wolle es trotzdem versuchen, meinte der Fremde. Er überquerte die Brücke ohne große Hast, aber als er die große Kehre am andern Ufer hinter sich hatte, begann er auszuschreiten. Bald schwenkte er von der Straße ab und stapfte durch den Schnee den Hang zur Linken hinauf, am Kirchlein St. Cassian vorbei, und stand wenige Augenblicke später vor dem verschlossenen Gittertor des Schloßhofes von Baldenstein. Nachdem er eine Weile gelauscht hatte und keine anderen Laute an sein Ohr gedrungen waren als das Rauschen der Albula und das Plätschern des Schloßbrunnens, folgte er der Umfriedung eine Strecke weit. Eine im Hof wachsende Tanne ließ einen Ast über die Mauer hängen. Er sprang nach ihm hoch, bekam ihn zu fassen und zog sich daran hinauf. Auf der Mauerkrone stehend, horchte er. Seine Nase hob sich schnuppernd. Dann schwang er den Ast über die Mauer und ließ sich daran hinab in den Schloßhof. Als er sich den Gebäuden vorsichtig zu nähern versuchte, knarrte der Schnee unter seinen Füßen.

«Halt, oder ich schieße!» tönte es plötzlich von den Stallungen her.

Er blieb stehen. Zwei Männer kamen schrittweise auf ihn zu; der eine streckte ihm eine Pike entgegen, der andere ein Pistol.

«Es riecht nach Habermus», sagte der Fremde auf deutsch, «ich habe doch gedacht, man sei auf Gäste gefaßt.»

«Was wollt Ihr?» fragte der Pikenier.

«Ein Wort mit dem Herrn Hauptmann Ruinelli sprechen, sofern er da ist.»

«Wer seid Ihr?»

«Das werde ich dem Herrn persönlich sagen, wenn Sie ihm das ausrichten wollen.»

Der Pikenträger übergab nach kurzem Zögern seine Waffe

dem Kameraden und verschwand. Nach einer Weile kam er zurück.

«Der Herr erwartet Euch, aber Ihr müßt Euch zuvor auf Waffen durchsuchen lassen.»

«Bitte. – Hier, meine Pistole – Achtung! sie ist geladen. Und hier mein Dolch. Das ist alles.» Sie tasteten ihn von vorn und hinten ab und nahmen ihn dann in die Mitte. So ging es zur Eingangstür hinein und die Treppe hinauf.

Ruinelli kam mit einer Laterne aus der Küche und hob sie dem Fremden vor das Gesicht.

«Zum Teufel», sagte er, «den sollte ich doch kennen.» Der Fremde grinste und entblößte dabei die Zähne. «Jenatsch!» rief Ruinelli, «bist du toll?»

«Keineswegs, bloß hungrig und, offen gestanden, ziemlich müde. Aber als ich dein Habermus roch, wie ich da drüben auf der Schloßmauer stand, wußte ich, daß ich für heute versorgt sei. Übrigens solltest du die Fenster etwas besser verhängen, ich habe Licht gesehen, als ich von St. Agatha zur Brücke hinunterging.»

«Woher weißt du, daß ich hier bin?»

«Meine Nase, nicht wahr? – Nein, ich wußte es natürlich nicht, ich habe es bloß vermutet, als ich das Licht sah. Eigentlich bin ich auf dem Weg nach Grüsch und habe einen kleinen Umweg gemacht, um ein bißchen zu spionieren, daher mein glattes Kinn und die Verkleidung. Aber höre, Jakobus, könntest du es nicht einrichten, daß deine Kerle mir die Waffen zurückgeben, ich komme mir halb nackt vor.»

Ruinelli winkte mit dem Kopf, und einer der Knechte übergab Jenatsch den Dolch und die Pistole. «Und nun auf eure Posten, ihr könnt später essen. Und daß ihr mir ja kein Licht mehr macht! – Du mußt mit der Küche vorliebnehmen, Georg, ich bin nur für zwei Tage hier, um ein paar dringende Sachen zu ordnen.»

Während sie in die Küche gingen, sagte Jenatsch: «Kennst du den Zöllner unten an der Brücke? Ich habe nicht recht herausgebracht, ob er zu unserer Partei gehört oder zur plantischen. Auf jeden Fall hat er nicht wissen wollen, daß du hier bist.»

«Der Zöllner ist zuverlässig, aber wahrscheinlich hat er *dir* nicht getraut. Hättest du deinen Bart nicht abgenommen, so hätte er dich gleich erkannt. Du bist ja den Leuten hier noch in guter Erinnerung von deiner Scharanser Zeit her.»

«Damit habe ich gerechnet.»

Ruinelli hatte inzwischen am Herd hantiert und einen Pfannenknecht auf den Tisch gestellt, und nun hob er die Pfanne mit dem Habermus vom Feuer und setzte sie auf den Tisch.

«Bestehst du darauf, von Tellern zu essen? Ich schlage sonst vor, wir schöpfen gleich aus der Pfanne, dann haben wir weniger abzuwaschen.»

«Hast du keine Dienstboten hier?»

«Wo denkst du hin? Ich komme in aller Heimlichkeit. Das Schloß steht leer seit dem Umschwung, die Mägde habe ich heimgeschickt und die Knechte teilweise auch. Die Spaniolen haben einmal einzubrechen versucht; die offene Plünderung haben sie indessen nicht gewagt. Aber wenn der Pompejus wüßte, daß wir jetzt miteinander ein Habermus auslöffeln!»

«Wo bist du gewesen seit der Katastrophe im Veltlin?»

«Die erste Zeit hier, aber wie der Pompejus nach Rietberg zurückgekehrt ist und die innerschweizerischen Truppen nach Reichenau und Ems und schließlich auch nach Thusis vorgerückt sind, wurde mir die Luft hier doch etwas zu spanisch, und so bin ich nach Grüsch zum Salis gegangen. Und du?»

«Ich bin ein paar Wochen in Davos geblieben, aber dann hielt ich es nicht mehr aus. So ohne Amt und ohne greifbares Ziel ist man nicht tot und nicht lebendig, und überdies hat ein Schwiegervater keine große Freude an einem untätigen Schwiegersohn. Nun, wir leben vorläufig noch aus der eigenen Tasche, wenn auch nicht unter eigenem Dach. Du als Junggeselle kennst natürlich solche Schwierigkeiten nicht.»

«Dafür hat man andere. Ich denke, für die Freuden des Familienlebens gibt es keinen Ersatz, man mag es anstellen, wie man will.» Er fuhr sich mit der Hand über das schütter gewordene Haar. «Und dann?»

«Dann war ich mit dem Blasius in Zürich, um mit dem venezianischen Residenten zu verhandeln. Wir haben ihm übrigens ziemlich deutlich unsere Enttäuschung darüber zu erkennen gegeben, daß Venedig uns im Veltlin im Stich gelassen hat. Er sagte, wir seien selbst schuld, weil wir Anno 16 das Bündnis abgelehnt hätten. Aber das war eine billige Ausrede. Ich habe es dem Venezianer auch gesagt, aber er konnte es natürlich nicht gelten lassen. Dem Herkules von Salis, wenn er nicht gleich nach der Ankunft in Venedig gestorben wäre, hätten sie die gleichen Vorwürfe gemacht. Aber abgesehen davon hat der Resident ganz recht: die Tröpfe sind wir selbst. Ich habe meine Erfahrungen gemacht. Vor zwei Monaten habe ich mit Blasius versucht, die Unterengadiner ein bißchen in Harnisch zu bringen, wahrscheinlich hast du davon gehört. Wir dachten dabei nicht einmal an das Veltlin. Da ist im Augenblick nichts zu erreichen, die Spanier wissen zu gut, was sie in den Händen haben. Wenn man das Veltlin zurückerobern will, braucht man eine Armee, und die bringen wir nicht auf die Beine. – Wir wollten also bloß gegen die innerschweizerischen Truppen da drüben...»

«Denen Spanien den Sold bezahlt!»

«Du, das habe ich längst gedacht! Wer sonst hätte ein Interesse daran? Jedenfalls nicht der Obere Bund!»

«Wie ging's im Engadin? Ich weiß nur, daß ihr nicht viel ausgerichtet habt.»

«Wie ging's? Genau gleich wie im Sommer, als das Veltlin so gut wie zurückerobert war. Der eine mußte plötzlich eine Kuh verkaufen, der andere ein Schwein schlachten, der dritte hatte kein Brennholz mehr im Schopf – im Sommer im Veltlin mußten sie heuen und Korn schneiden – und handkehrum standen wir allein da. Wir sind nochmals nach Zürich gegangen, und ich habe versucht, den Bürgermeister für unsere Lage zu interessieren. Was hat er geantwortet? Vorläufig sei seine Stadt vollauf damit beschäftigt, für unsere Flüchtlinge zu sorgen. Im übrigen seien die Erfahrungen im Veltlin nicht dazu angetan, die Zürcher zu weiteren Blutopfern zu begeistern.»

«Da hat er recht.»

«Natürlich hat er recht! Ich habe mich geschämt wie ein Hund. Zürich und Bern schicken Regimenter, und wir bringen kaum tausend Mann auf die Beine, um unsern rechtmäßigen

Besitz aus den Klauen der Spanier zu reißen. Kein Wunder, daß es schiefging. Wir müssen den Zürchern dankbar sein, daß sie uns nach dem Debakel bei Tirano im September wenigstens das Regiment des Obersten Steiner in Maienfeld zurückgelassen haben. Wie ich letzthin nach Zürich ritt, hat mich der Spaniole Enderlin in Maienfeld in die Finger bekommen. Ich war ein bißchen leichtsinnig, ich muß es zugeben. Aber der Arrest war von kurzer Dauer. Oberst Steiner hat dem frechen Kerl die Faust unter die Nase gehalten. Das wirkte augenblicklich.»

«Du willst nach Grüsch, hast du gesagt?»

«Der Rudolf Salis hat mir angetragen, eine Zeitlang bei ihm unterzuschlüpfen, aber natürlich steckt da etwas anderes dahinter. Ich lebe schließlich in Davos sicher genug und brauche kein anderes Refugium. Ich gehe darum auch nur probeweise hin, ich habe nicht im Sinne, ‚Ihr Gnaden Rudolf' die Stiefel zu lecken.»

«So ganz mein Mann ist er auch nicht, unter uns gesagt.»

«Ein hochmütiger, eingebildeter Junker ist er! Ich begreife nicht, daß der Herkules so den Narren an ihm gefressen hatte.»

«Einem Salis geht eben der Erstgeborene über alles. Und jemand mußte schließlich sein Nachfolger werden. Wenigstens ist der Rudolf ein tüchtiger Offizier.»

«Nicht tüchtiger als mancher andere. Wenn einer Salis heißt...»

«Nun, darüber will ich nicht streiten, darüber mögen dereinst andere urteilen.»

Die Pfanne war inzwischen leer geworden. Ruinelli hob sie vom Tisch und stellte sie aufs Feuer. Dann schüttete er Wasser und Haferkerne hinein. Den Pfannenknecht hängte er über dem Kochherd an die Wand.

«Was meinst du zu einem Glas Wein und gedörrtem Fleisch? Ich habe einen kleinen Vorrat zurückgelassen. Unterdessen kocht das Habermus für meine beiden Kerle. Sie müssen die Nacht durch wachen und brauchen darum etwas Warmes in den Leib.»

Jenatsch brummte beifällig. Während Ruinelli in der Speisekammer das Fleisch und den Wein suchte, zog Georg das Schreiben des Rudolf von Salis aus der Tasche, überlas es nochmals, zerknüllte es und schob es ins Feuer. Beim Einschenken sagte

Ruinelli: «Leider kann ich dir nur für diese Nacht Quartier anbieten, ich muß unter allen Umständen morgen früh nach Grüsch zurück.»

«Ich habe auch gar nicht im Sinn gehabt, länger zu bleiben. Welchen Weg nimmst du?»

«Der Vogelsang ist von den beroldingischen Truppen bewacht. So bleibt nur die Route durch den Schyn auf die Lenzerheide und hinab nach Chur, das sich ja leicht umgehen läßt.Leider kann ich dir auch nicht vorschlagen, die Reise gemeinsam zu machen. Ich habe schon die beiden Knechte, und zu viert würden wir noch stärker auffallen.»

«Ich habe meine eigenen Pläne. Ich möchte herausfinden, was die Innerschweizer des Obersten Beroldingen mit den spanischen Dublonen anfangen, die sie als Sold kriegen – ob sie liederlich sind oder wachsam, diensteifrig oder demoralisiert. Ich habe – rein privat und vorläufig noch ganz unbegründet – das Gefühl, mit denen würde man ziemlich rasch fertig. Aber zuvor müßte das Volk durch irgendeine mutige Tat, durch einen Handstreich oder eine verwegene Balgerei aus seinem Winterschlaf wachgerüttelt werden. Es müsste etwas sein wie ein Trompetenstoß, wie ein Signalfeuer, und zugleich müßte es eine lange Nase gegen Spanien sein.»

«Damit kommst du in Grüsch vor die richtige Schmiede. Der Rudolf bereitet ein Unternehmen vor. Er hat letzthin eine Bemerkung fallen lassen.»

«Es ist auch höchste Zeit, daß etwas geschieht. In Mailand wird verhandelt, der Graue Bund hat den Fuchs Gioieri zum Herzog Feria geschickt, und was für ein Vertrag dabei zustande kommt, oder schon gekommen ist, kannst du dir ausrechnen. – So so, ‚Ihr Gnaden Rudolf' will agieren? Was sagen denn seine Brüder dazu? Der Ulysses, der Abundius, der Johann Casimir?»

«Die machen mit, selbstverständlich.»

«Nun, wir werden sehen. Ich komme auf jeden Fall in den nächsten Tagen nach Grüsch.»

Einer der Knechte streckte den Kopf zur Türe herein.

«Ist etwas los?» fragte Ruinelli gespannt.

«Nein, nur Hunger haben wir, und kalt ist's.»

*

Der Mann, der das Mauertor von Rietberg öffnete, um den Boten einzulassen, war eher ein Reitknecht als ein Wachtsoldat. «Die Herren lassen bitten», sagte er. «Einen Moment – seid Ihr bewaffnet? Ich darf niemanden hereinlassen, der eine Waffe trägt.» Er solle selbst nachsehen, sagte der Bote. Dies tat der Knecht denn auch gründlich, und nachdem er aus der Rocktasche des Ankömmlings ein großes Messer hervorgezogen hatte, faßte er nach seinem Hut, drehte ihn um, guckte in die Höhlung, fuhr mit zwei Fingern dem Schweißband entlang und sagte: «In Ordnung. Das Messer bekommt Ihr nachher wieder. Nehmt Euern Hut in die Hand, es lohnt sich nicht, ihn wieder aufzusetzen.»

Der Bote gehorchte. Während der Knecht die Torflügel zustieß und verriegelte, schaute der andere am mächtigen, halb von Efeu überwucherten Schloßturm hinauf.

«Dort links um die kleine Mauer herum und dann die Treppe hinauf zum Eingang. Die Herren sind im zweiten Stock.»

Der Bote folgte der Mauer. Von den Ställen her wehte ein warmer Dunst von Heu und Pferdekot. Irgendwo in der Nähe schlugen Hunde an. Ein Bach rauschte in der Tiefe hinter dem Wohnflügel.

Im Ganggewölbe des zweiten Stockwerks begegnete dem Boten ein dunkelhaariges Mädchen mit einem Tablett. Es blieb stehen und schaute den Fremden verwundert an.

«Wie kommt Ihr hierher? Was wollt Ihr?»

Er habe eine Botschaft zu bestellen, dem Herrn Pompejus von Planta höchstpersönlich in die Hände zu liefern und auf Antwort zu warten.

«Wer hat Euch hereingelassen? Tönz?»

Der Knecht im Hofe unten, wie er heiße, wisse er nicht.

«Dann ist es gut, ich werde Euch dem Vater sogleich melden.» Sie stellte das Tablett auf eine alte, mit Schnitzereien verzierte Truhe.

Er werde erwartet, sagte der Bote.

«Dann kommt!»

Sie öffnete eine Türe und ließ den Mann eintreten. An einem Fenster des geräumigen Zimmers saßen die Brüder Planta an einem kleinen Tisch, der mit Papieren überlegt war. Im marmorverkleideten Kamin loderte ein offenes Feuer.

«Ihr kommt vom Ritter Gioieri, vermute ich. Was bringt Ihr uns?» fragte Pompejus.

«Eine Botschaft», sagte der Ankömmling. «Und es wäre meinem Herrn sehr daran gelegen, wenn ich ihm Ihre Antwort überbringen könnte.»

Er nestelte an einem Beutel, der am Gürtel seines Wamses hing, und förderte daraus etwas Eingewickeltes zutage. Es war ein kleines Brötchen, und er steckte es die Tasche zurück. Darauf glättete er die zerknitterte Umhüllung und reichte das Blatt Pompejus.

«Gioieri befleißigt sich vorbildlicher Vorsicht», sagte Pompejus, mit seinen spitzen Zähnen lächelnd.

«Im Gegensatz zu andern Leuten, die in diesem Punkte recht liederlich sind», brummte Rudolf.

«Darüber streite ich nicht mit dir», erwiderte Pompejus und stand auf. Mit einem Span holte er Feuer aus dem Kamin und zündete damit eine Kerze auf dem Sims an.

«Attends!» zischte Rudolf, und nach einem Räuspern sagte er: «Sollte der Mann nicht vielleicht eine Stärkung zu sich nehmen?»

«Gewiß. Ihr könnt in die Küche gehen und Euch einen Imbiß vorsetzen lassen. Die Küchentüre findet Ihr am Ende des Ganges.» Der Bote entfernte sich.

«Sapperlot!» sagte Rudolf, als die Herren allein waren. «Es hat nicht viel gefehlt, daß du dem Mann die Botschaft vorgelesen hättest.»

«Verdient er nicht Vertrauen, wenn der Gioieri ihn schickt!»

«Vertrauen!» sagte Rudolf verächtlich. «Hast du noch nicht genug Lehrgeld bezahlt?»

«Lassen wir das», erwiderte Pompejus, während er das noch leicht zerdrückte Blatt mit beiden Händen über der Kerzenflamme spannte und damit kleine, kreisende Bewegungen ausführte.

«Sieht man noch nichts von der Schrift?» fragte Rudolf.

«Sie kommt zum Vorschein. Gioieris Hand.»

Er trat damit ans Fenster und las halblaut, während Rudolf ihm über die Schulter blickte.

«‚Vertragsentwurf zwischen Seiner Herrlichkeit, dem Herzog von Feria, Statthalter der Allerkatholischsten Majestät im Herzogtum Mailand, und den hochlöblichen Vertretern des Grauen oder Obern Bundes.

Primo: Das Veltlin und die Grafschaft Bormio kehren unter die Hoheit der Bünde zurück' – Gottseidank», seufzte Pompejus auf und strich sich über das glatte, zurückgekämmte Haar. «In Mailand wird man endlich vernünftig.»

«Der Robustelli wird über diesen Punkt weniger erfreut sein», sagte Rudolf.

«Seine Schuld!» entgegnete Pompejus. «Hätte er sich nicht aufs hohe Roß gesetzt, so brauchte er jetzt nicht herabzusteigen.»

«Mach weiter», drängte Rudolf, und Pompejus las: «‚Die Festungen bleiben für die Dauer von fünf bis acht Jahren durch spanische Truppen besetzt, um die Durchführung des Vertrages zu gewährleisten.' – Ein kleiner Schönheitsfehler, aber den muß man in Kauf nehmen. – ‚Secundo: In den genannten Gebieten wird nur die katholische Religion geduldet. Den Evangelischen wird gestattet, ihre Güter zu verkaufen, oder sie jährlich während zwei Monaten zu bewirtschaften.' – Ausgezeichnet! Die Salis werden platzen vor Wut! – ‚Terzio: Der Graue oder Obere Bund hat innerhalb eines Monats diesen Vertrag zu genehmigen oder zu verwerfen.' – Er soll sich hüten, ihn zu verwerfen! – ‚Quarto: Dem Gotteshausbund ist der Beitritt zu diesem Abkommen freigestellt.' – Glänzend! Der Zehngerichtenbund wird gar nicht genannt. Das heißt auf deutsch: Der Bund der Zehn Gerichte gilt als österreichisches Untertanenland, trotz Erbeinigung von Anno 1500, trotz Privilegien und Anerkennung der Verbindung mit den andern zwei Bünden. Merkst du, worauf das hinausläuft?»

«Sehr wohl. Das Erzhaus will wieder einmal zeigen, wer im Lande regiert, die Bauern oder die Herren.»

«Das ist nicht so wichtig und versteht sich von selbst. Nein: durch den Ausschluß dieser überwiegend protestantischen Täler erhalten wir Katholischen in den übrigen zwei Bünden die Mehrheit. Dies sichert den spanischen Einfluß auf ewige Zeiten. Vernunft und Gehorsam kehren wieder ein, der Handel belebt sich, das Land blüht auf...»

«Und der Pompejus Planta wird ein großer Mann!»

«Du mußt einen auch immer mit kaltem Wasser begießen! Wann hast du mir einmal eine Freude gönnen mögen?»

«Ich möchte sie dir schon gönnen, bloß vergiß nicht, daß der Vertrag vorläufig nur auf dem Papier steht und noch viel Wasser den Rhein hinabfließen wird, bis er in Kraft tritt.»

«Das steht nun bei uns. Wenn wir zur Eile treiben und seine Annahme empfehlen...»

«Ich bin dessen nicht so sicher. Noch leben ein paar venezianische Halunken, die zu allem fähig sind. Der Rudolf in Grüsch ist nicht untätig, und sein Hofstaat ebensowenig. Daß der Enderlin sich den Jenatsch aus den Händen reißen ließ, werde ich dem Tölpel ewig nachtragen.»

«Der Jenatsch geht uns todsicher einmal ins Garn, dafür laß nur mich sorgen!»

«Ich wünsche dir viel Glück dazu,» lächelte Rudolf spöttisch. «Das braucht es nämlich. Zeig einmal, steht sonst nichts auf dem Fetzen?» Er hob das Blatt, das Pompejus auf den Tisch gelegt hatte, auf, und überlas es, während der Bruder freudig erregt im Zimmer auf und nieder schritt.

«Weißt du was?» sagte Pompejus, sich umwendend. «Die Truppen des Obersten Beroldingen müssen im Land bleiben, bis der Vertrag unter Dach ist. Und der Herzog Feria soll die Österreicher veranlassen, den Zehngerichtenbund und das Unterengadin militärisch zu besetzen. Dann sind wir vor den Grüscher Spitzbuben sicher.»

«Das braucht zu viel Zeit. Man muß den Kerlen so bald als möglich das Handwerk legen.»

«Was schlägst du vor?»

«Wir machen einen Streifzug nach Grüsch und heben das venezianische Nest aus. So fassen wir sie mit einem Schlage, tutti quanti. Aber das sage ich dir: den Jörg Jenatsch und den Blasi Blech überlässest du mir! Diese beiden Früchtchen werde ich mir ganz persönlich vornehmen. Die sollen im Keller von Wildenberg in dem Wein ersaufen, den sie mir vor zwei Jahren aus den Fässern gelassen haben!»

Pompejus lächelte. «Du vergissest das Zürcher Regiment, das den Eingang zum Prättigau bewacht.»

«Das wäre das kleinste Hindernis. Haben wir uns in den letzten Monaten nicht an Dutzenden von Wachtposten vorbeigedrückt? Es braucht eine Handvoll couragierter Leute. Der Beroldingen wird sie dir leihen, wenn du keine andern findest.»

«Mir? Wieso mir? Ich denke, *du* willst den Jenatsch ersäufen.»

«Ich muß ins Engadin, und dann nach Mailand. Der Feria soll die Österreicher gegen die Prättigauer hetzen, damit die beiden andern Bünde dem Vertrag ohne Zeitverlust zustimmen. Ich habe gestern in Chur etwas läuten hören, der Salis wolle die Beroldinger aus dem Lande jagen. Wir müssen ihm zuvorkommen, du von hier aus und ich von Mailand aus.»

«Du hast die Rollen rasch verteilt, mein Lieber!»

«Es muß etwas geschehen, und zwar bald!»

«Einverstanden. Aber mit Vernunft, wenn ich bitten darf. Die Grüscher Aktion mag notwendig werden, vielleicht ist sie sogar das dringendste Geschäft. Aber das größte und wichtigste Ziel ist das Kapitulat mit Mailand. Aus diesem Entwurf hier muß ein Pakt werden. Alles weitere ergibt sich von selbst. Mit Strafgerichten und ähnlichen Veranstaltungen erreichen wir nichts, das haben wir zur Genüge erfahren. Ich herrsche gern, aber wenn möglich legitim. Die Einigung mit Spanien wird durch diesen Vertrag erreicht. Sie verschafft uns die legitime Macht.»

«Der Entwurf ist doch wohl von Gioieri!»

«Der Entwurf ist vom Feria, und Gioieri hat Auftrag gehabt, ihn uns zur Begutachtung vorzulegen. Hast du Angst, der Gioieri könnte uns den Rang ablaufen? Ich denke doch, unsere fünfzehnhundertjährige Bärentatze gilt einem spanischen Herzog mehr als die Ritterkette eines Gioieri, die noch vom Hammer des Goldschmieds glänzt. Da habe ich wahrhaftig andere Sorgen.»

«Vor lauter anderen Sorgen vergissest du, an deine Sicherheit zu denken. Wie viele Knechte hast du im Haus? Ich habe nicht mehr als zwei gesehen.»

«Soll ich mir ein halbes Zuchthaus voll Banditen halten, die das Land ringsherum kahlfressen? Ich verlasse mich auf die Bauern in den Dörfern. Es ist abgemacht, daß sie mir zu Hilfe kommen, sobald ich die Burgglocke läute. Ich bin nicht ganz so leichtsinnig, wie du glaubst.»

«Nun, das ist deine Sache. Was mich betrifft, so verreise ich morgen ins Engadin. Übrigens finde ich, es ist nicht nötig, daß Gioieris Sendling deine Vorratskammer leerfrißt. Wo hast du die Geheimtinte? Die Antwort an Gioieri wird kurz ausfallen, nehme ich an, und dann spedieren wir den Burschen, sonst mußt du ihn noch über Nacht behalten.»

Das ‚Hohe Haus' zu Grüsch war bis auf das letzte Zimmer besetzt. Die taubstumme, sanftmütige Anna (die jüngern Schwestern Hortensia und Claudia waren verheiratet) stand dem Haushalt vor, unterstützt von ihren drei Schwägerinnen, den Gemahlinnen der Brüder Rudolf, Abundius und Ulysses. Johann Casimir, eben zwanzig geworden, und der noch nicht sechzehnjährige Carl hatten ihre Studien unterbrochen, um ihren Geschwistern nahe zu sein. Zur engern Familie gehörte als Cousin und Schwager noch der junge Johann Peter Guler. Sein Vater, der alte Ritter Johannes, hatte ihn zwar dringend gebeten, zu ihm nach Zürich zu kommen, wo er der Sache der Drei Bünde besser nützen könne, als wenn er sich zu Hause an waghalsigen und unüberlegten Aktionen beteilige. Der Sohn hatte aber geantwortet, daß man sich sehr wohl überlege, was man tun wolle, und in diesen Zeiten, da jedermann seine politische Farbe wechsle, sobald es der Vorteil rätlich erscheinen lasse, sei das Vaterland auf aufrichtige Patrioten doppelt angewiesen.

Soweit es den Flüchtlingen möglich war, leisteten sie einen Beitrag an die gemeinsame Haushaltung. Selbst die Brüder Hohenbalken aus dem Münstertal, die durch den Einmarsch der Österreicher alles verloren hatten, trieben ein bescheidenes Kostgeld auf. Der Fähnrich Gallus Rieder von Splügen, ein rothaariger, ungeschlachter Kerl von gewaltigem Wuchs, belieferte die Tafel mit Wildbret und wurde dafür von baren Abgaben befreit.

Die Herren führten eine ausgedehnte Korrespondenz, gingen

auch gelegentlich in die nächsten Dörfer, um mit den einflußreichen Leuten zu sprechen, oder spazierten durch die Klus hinaus in die Herrschaft Maienfeld, um den Kontakt mit den Offizieren des Zürcher Regimentes Steiner aufrechtzuerhalten. Nach der Abendmahlzeit versammelten sie sich gewöhnlich im großen Saal des ‚Hohen Hauses‘, um Nachrichten auszutauschen und sich ein vollständiges Bild der Lage zu verschaffen. An die Vorschläge, wie diese Lage wieder zum Bessern gewendet werden könnte, knüpften sich jeweils gewaltige Diskussionen, die meistens in die Einsicht ausmündeten, daß man das Ende des Winters abwarten müsse, bevor man eine Aktion ins Werk setze.

Am gleichen Tage wie Jenatsch traf auch Blasius in Grüsch ein. Am Abend wurden die Tische im Saal zusammengerückt, denn es sollte eine Beratung abgehalten werden. Rudolf Salis eröffnete sie mit einer auf die Neuankömmlinge zugeschnittenen Rede. Er begann mit einer Art Nekrolog auf seinen Vater, der, statt den wohlverdienten Frieden seines Lebensabends zu genießen, nach dem Veltliner Mord die Strapazen einer Reise nach Venedig auf sich genommen habe, um seinem Vaterland die dringend nötige Hilfe zu verschaffen. Unterwegs sei er erkrankt, habe sich jedoch keine Erholung gegönnt, sondern verlangt, daß man ihn in einer Sänfte so schnell als möglich nach Venedig befördere. Dort habe sich sein Befinden rasch verschlechtert, besonders nachdem der frühere Gesandte Giambattista Padavino ihn in nicht sehr schonender Weise von der katastrophalen Niederlage der Bündner, Zürcher und Berner bei Tirano in Kenntnis gesetzt habe, und wenige Tage später sei er gestorben und auf Kosten der Serenissima in der Servitenkirche beigesetzt worden. Abundius, sein zweitältester Sohn, habe ihn auf dieser letzten Reise begleitet und sei, falls dies gewünscht werde, später bereit, nähere Auskunft über die letzten Lebenstage des Verewigten zu geben. Er, Rudolf, habe als ältester Sohn die schwere Pflicht übernommen, die Nachfolge anzutreten, und wenn er sich auch klar bewußt sei, daß die Verdienste, die sein Vater sich um die Republik Gemeiner Drei Bünde erworben habe, einmalig und unwiederholbar seien, so bitte er doch, ihn in seinen Bestrebungen zu unterstützen und ihm das gleiche Vertrauen entgegenzubringen, wie es der Vater genossen habe. Erst beim Tode des großen Mannes habe er so richtig die Verantwortung erkannt, die auf einer Stellung wie der seinigen laste. Um jedoch sicher zu sein, daß die Entschlüsse, die gefaßt werden müßten, im Einklang mit den Wünschen des ganzen ehrlich gebliebenen Bündnervolkes stünden, habe er das patriotische Kollegium, das sich schon seit einiger Zeit um ihn versammelt habe, noch um einige angesehene und erprobte Männer ergänzt und dürfe nun die Erörterung der schwebenden Fragen ruhig dieser Tafelrunde überlassen.

Nach dieser Einleitung, während welcher sein spöttisch-überlegenes Lächeln kein einziges Mal aufgeblitzt war, sprach er von der Lage des von Spanien besetzten Veltlins, vom Terror der spanischen Faktion in den evangelischen Gebieten des Obern Bundes und von den Bestrebungen dieser Faktion, ihre gegenwärtige Vormachtsstellung durch die Aufhebung des Bundesverhältnisses zum Zehngerichtenbund für unabsehbare Zeit zu sichern. Der Inhalt des Vertragsentwurfes mit dem spanischen Mailand war allerdings kein Trumpf mehr, denn Jenatsch, der diesem Vertrag in Chur auf die Spur gekommen war, hatte schon beim Nachtessen davon gesprochen. Es sei also zu gewärtigen, sagte Rudolf, daß Spanien seine Stellung ständig verstärke, daß die Planta und ihre Kreaturen ihr Haupt ständig höher trügen, und wo das schließlich enden müsse, könne sich jeder selbst ausrechnen. Schon jetzt seien überzeugte Patrioten ihres Lebens nicht mehr sicher. Viele Prädikanten hätten exilieren müssen, so Stefan Gabriel aus Ilanz und die beiden Vulpius aus dem Engadin. Alexius und Johann à Porta hätten die Österreicher gefangen nach Innsbruck geführt, und dem Herrn Jenatsch wäre ein gleiches Schicksal bereitet worden, wenn er nicht durch die geharnischte Einsprache des Herrn Obersten Steiner auf freien Fuß gesetzt worden wäre. Er schloß mit den Worten:

«Meine Herren, Sie alle sind mit mir dazu berufen, diesen unwürdigen und unmöglichen Zuständen ein Ende zu bereiten. Die Zeit drängt. Das Schandkapitulat von Mailand ist aufgesetzt. Daß das Volk des Obern Bundes es verwerfe, ist angesichts der beroldingischen Truppen eine eitle Hoffnung. Wir müssen seine

Inkraftsetzung verhindern. Wir müssen die Einheit unserer Republik wiederherstellen und ihre alte Freiheit wieder aufrichten. Dafür einzig und allein gilt es nun zu leben und, wenn nötig, zu sterben. Ich habe gesprochen.»

Er setzte sich, während die andern Beifall klatschten. Sein bleiches, von langem, schwarzem Haar umrahmtes Gesicht glänzte feucht. Auf den Wangen glühten rote Flecken.

Der junge Guler erhob sich. «Das Grundsätzliche hat Ihnen mein Herr Vetter und Schwager in einer Art auseinandergelegt, die des Nachfolgers eines Herkules von Salis würdig ist. Nun aber das Praktische. Ich gestatte mir, einen Vorschlag zu machen. Primo: Die Vertreibung der von Spanien bezahlten Truppen des Obersten Beroldingen. Damit werden wir dem spanischen Geier nicht übel die Krallen stutzen. Der Vertrag kommt nicht mehr zustande oder wird zerrissen, falls er bereits in Kraft getreten wäre. Secundo: Die Rückeroberung des Veltlins.»

«Verzeih, daß ich dich unterbreche, mein werter Vetter», sagte Rudolf von Salis. «Die Rückeroberung des Veltlins würde ich heute lieber nicht diskutieren. Bedenken Sie, meine Herren, daß es sich nicht darum handelt, das Veltlin zu befreien, sondern vor allem darum, es gegen spätere Rückeroberungsversuche der Spanier zu halten. Mit solchen ist ohne jeden Zweifel zu rechnen. Die spanischen Habsburger wissen nur zu gut, was sie mit der Veltliner Verbindung in der Hand haben, und sie werden es noch besser wissen, wenn der Krieg in Deutschland weiter um sich greift, wie es den Anschein hat. Wir kennen ja jetzt die Bedingungen, unter denen Spanien das Veltlin zurückerstatten will. Wenn wir damit einverstanden wären, könnten wir uns gleich aufs Pferd setzen und nach Rietberg reiten, um den Pompejus zu umarmen!» Die Herren lachten dröhnend. Gallus Rieder, der rothaarige Riese, riß den neben ihm sitzenden Nikolaus Carl von Hohenbalken am Schopf und legte ihm den dicken Arm um den Hals.

«Ich wollte, du wärst der Pompejus», sagte Hohenbalken, als er wieder zu Atem kam, «dann würde ich dich ein wenig fester umhalsen und ein wenig länger.»

«Mißverstehen Sie mich nicht, meine Herren», sagte Rudolf.

«Ich bin durchaus für die Rückeroberung des Veltlins, selbstverständlich. Aber ich fürchte, dabei wird uns jemand helfen müssen.»

«Venedig nicht», warf Jenatsch ein.

«Ganz Ihrer Meinung, Herr Jenatsch, Venedig nicht. Das hieße Krieg mit Habsburg, und den kann sich die Serenissima augenblicklich nicht leisten. Aber vielleicht wird man in Frankreich einmal einsehen, wieviel der Hanswurst Gueffier hier verdorben hat.»

Guler wischte sich den Schnurrbart: «Mein Herr Vetter hat natürlich recht. Aber ich habe ja auch nicht gemeint, daß wir gleich jetzt nach dem Veltlin aufbrechen sollten. Es ging mir darum, die strategischen Grundzüge zu entwickeln. Also primo: Die Vertreibung der Beroldinger.»

Ulysses hob seine niedrige Faltenstirne. «Ich denke, es sollte möglich sein, eine kleine Armee auf die Beine zu bringen. Der Beroldingen hat keine zweitausend Mann», sagte er.

«Unmöglich!» rief Blasius Alexander, «unmöglich! Der Jenatsch und ich haben es versucht. Die Angst vor dem Spanier ist den tapfern Leuten so mächtig in die Glieder gefahren, daß sie auf dem Ofen hocken und ihre Hosen trocknen. *Das* ist gegenwärtig bündnerische Strategie!»

Als das Gelächter sich gelegt hatte, sagte Rudolf:

«Was meinen *Sie,* Jenatsch?»

«Blasius hat recht. Man muß zuerst den Bann brechen. Ich habe es letzthin schon meinem Freund Ruinelli gesagt: Wenn unsere Aktion Erfolg haben soll, muß man zuerst das Volk aus seinem Winterschlaf wachrütteln. Es müßte etwas sein wie ein Trompetenstoß oder Peitschenknall, und zugleich müßte es eine lange Nase gegen Spanien sein.»

Rudolf nickte beifällig.

«Und das wäre?» fragte Ulysses.

«Wir fangen den Obersten Beroldingen vor den Augen seiner Leute», sagte Christoph Rosenroll.

Hohenbalken schlug auf den Tisch: «Warum soviel Federlesens? Wir reiten nach Rietberg und rechnen mit dem Pompejus ab, und dann gehen wir ins Engadin und besorgen es dem

Rudolf. Sind die beiden Halunken nicht vogelfrei? Haben nicht diese saubern Patrioten die Österreicher ins Münstertal geführt und mit eigener Hand mein Haus angezündet? Und stecken sie nicht auch hinter dem Vertrag von Mailand? Salis, wenn du ein Mann bist, gibst du uns Gäule und führst uns nach Rietberg.»

«Die Urteile von Thusis wären noch zu vollstrecken», sagte Joder Casutt mit düsterer Miene.

Ulysses stand auf: «Meine Herren, ich bin einverstanden, ich mache mit. Stimmen wir ab!»

Rudolf, der neben Ulysses saß, zupfte ihn sacht am Ärmel. Ulysses blickte ihn an und setzte sich wieder.

«Ist es nötig, daß wir abstimmen?» fragte Rudolf. «Die Würfel sind ja bereits gefallen. Ich unterstütze den Handstreich nach Kräften. Nur bitte ich in *einem* Punkte um Verständnis: Ich möchte nicht, daß man im Volk und auch im Ausland glaubt, die Beseitigung der Planta sei ein privater Racheakt unserer Familie. Sie wissen alle, wie wir Salis zu den Planta stehen. Persönlich kann ich mir nichts Besseres wünschen als die Vernichtung dieser größenwahnsinnigen Verräter. Trotzdem würde ich diesen Plan nicht unterstützen, wenn nicht das Landeswohl seine Verwirklichung forderte. Um aber auch nach außen hin mit aller Deutlichkeit zu demonstrieren, daß höhere Interessen im Spiele sind, kann ich keinem Mitglied unserer Familie gestatten, persönlich an dem Handstreich teilzunehmen.»

Jenatsch wandte langsam den Kopf gegen Blasius zu seiner Rechten.

«Willst du nicht Licht machen, Katharina?» fragte Pompejus Planta seine Tochter, die ihm gegenüber an dem kleinen Tische saß. «Ich esse nicht gern im Finstern.»

Sie ging zum Kamin, um mit einem Span die Kerzen des dreiarmigen Leuchters anzuzünden. Als alle brannten, stellte sie den Leuchter auf den Tisch zwischen die Schüsseln und setzte sich dann wieder an ihren Platz. Das gelbe Licht fiel auf ihr blasses, rundliches Gesicht und glänzte auf dem schwarzen, in der Mitte gescheitelten Haar.

«Ich freue mich so, daß die Tage schon so lang sind», sagte

sie mit einem kleinen Seufzer. «Der Winter mit seinen langen Nächten ist schrecklich. Nun kommt sicher bald der Frühling.»

«Eilt es dir so sehr damit? Wir haben erst den 24. Februar. Bis Ostern kann noch allerhand geschehen.»

«Gott bewahre uns! Ich habe genug ausgestanden seit dem November.»

«Willst du die Natur tyrannisieren? Du hast heute deinen schlechten Tag, scheint mir. Oder fehlt dir etwas? Du bist recht bleich in letzter Zeit.»

Katharina zuckte die Achseln und stocherte mit der Gabel in ihrem Teller herum.

«Du solltest ein bißchen mehr ins Freie. Genoveva kann dich begleiten, oder wenn du reiten willst, nimm den Tönz mit. Wie wär's mit einem kleinen Ausflug nach Ortenstein?»

Zwei Falten entstanden über der geraden, etwas kurzen Nase Katharinas, und die Wangen röteten sich kaum merklich.

«Willst du mich unbedingt jetzt schon aus dem Hause haben? Kann ich nicht noch zwei Jahre warten? Bis ich zwanzig bin?»

«Natürlich kannst du warten, Kind. Aber der Rudolf Travers wartet vielleicht nicht so lange. Ich möchte dich zu nichts zwingen, versteh mich richtig. Anderseits muß ich sagen, daß mir der Travers als Schwiegersohn nicht übel passen würde. Nun, überleg es dir, ob du vielleicht nicht doch einmal nach Ortenstein hinausreitest.»

«Wenn ich ihn wollte, würde ich ihm auf jeden Fall nicht nachlaufen.»

«Das war auch nicht gerade meine Meinung. Ich könnte ihn wieder einmal einladen.»

«Dagegen habe ich nichts.»

«Ah, ausgezeichnet. Ich lade ihn für einen der nächsten Abende ein.» Er lächelte, so daß seine spitzen Zähne sichtbar wurden. Dann griff er zum Glas und hob es einen Augenblick gegen Katharina, ehe er es austrank. Den Mund wischend, sagte er: «Ich muß dem Rudolf und dem Anton nach Konstanz schreiben. Sie haben sich im Kollegium wieder einmal lümmelhaft aufgeführt, Stunden geschwänzt, sich mit andern gestritten,

Fensterscheiben zerschlagen und was weiß ich noch alles. Könntest du ihnen nicht auch ein paar Worte schreiben, ihnen ein bißchen ins Gewissen reden? Du hast – es ist eine Schande, daß ich es sagen muß – mehr Macht über die wilden Burschen als ich. Tu mir den Gefallen.»

Er nahm den Leuchter vom Tisch und stellte ihn auf das Schreibpult, während Katharina eine kleine Glocke ergriff und damit läutete. Die Magd Genoveva kam gleich darauf, um das Geschirr fortzuräumen.

«Haben die Knechte gegessen?»

«Jawohl, Herr Pompejus.»

Katharina öffnete das Fenster. Geruch von schmelzendem Schnee, mit einer Spur von Stallhauch vermischt, strömte herein. Sie schüttelte das Tischtuch aus und versorgte es in einer Schublade.

«Du schreibst also, nicht wahr?» sagte Pompejus, einen Gänsekiel zurechtschneidend. «Ich komme nachher hinauf.»

Katharina stieg durch das finstere Treppengewölbe ins obere Stockwerk hinauf. Mitten im Gang blieb sie stehen. Die beiden Knechte gingen durchs untere Gewölbe. Ihre Schritte entfernten sich hallend und verloren sich in der Tiefe. Aus der Küche drang das beruhigende Geklapper des Geschirrwaschens.

Das Zimmer war überheizt. Katharina mußte ein Fenster öffnen. Sie schnupperte nach dem faden Schneegeruch, nach dem Abendrauch und Stalldunst. Über die Dächer der niedrigen Wirtschaftsgebäude hinweg blickte sie ins Dunkel des Tales hinab, aus dem kaum ein Licht heraufglomm. Dann hob sie den Blick zum Heinzenberg, folgte seinem weichen Kontur, der sich vom blassen Abendhimmel dunkel abhob, bis zur Pyramide des Beverin, auf deren Schneekanten noch ein letzter Tagesschimmer lag. Katzen miauten irgendwo unten im Dunkel. Es klang wie Kindergeschrei. Sie fuhr erschreckt zusammen und schloß das Fenster rasch und hatte es sehr eilig, Licht zu machen. Als die Kerze brannte, setzte sie sich an ihr hübsches Schreibtischchen und suchte einen Briefbogen hervor. Die Hunde im Hof schlugen an. Sie wollte den Brief beginnen, zögerte, lauschte mit gerunzelten Brauen auf das Gebell in der Tiefe. Es verstummte und begann gleich wieder. Sie stand auf, um die Läden zu schließen. Der Zugwind löschte das Licht aus. Sie tastete sich mit klopfendem Herzen zum Tisch und von da zum Ofen. Als die Kerzen endlich wieder brannten, setzte sie sich aufseufzend in ihren Faltstuhl. Ihre Augen waren gerötet, und ihr Herz pochte immer noch heftig. Da hallten Schritte auf dem Gange draußen, es klopfte zweimal kurz und hart an die Tür. Sie fuhr herum und sah den Vater eintreten, ein Briefblatt in der Hand. «Ich habe es kurz gemacht», sagte er, «den pädagogischen Teil überlasse ich dir. Es wäre vielleicht gut, wenn du mit aller Deutlichkeit hervorheben würdest, wie sehr mich das unwürdige Verhalten deiner Brüder gekränkt und betrübt hat. Das wird besser auf sie wirken, als wenn ich selbst es sage. Und dann könntest du... nun, du wirst schon das Richtige treffen.»

Die Läden klapperten, irgendwo im untern Stockwerk schlug klirrend ein Fenster zu. Katharina verhielt sich die Ohren.

«Was ist mit dir? Laß dich einmal ansehen.» Er hob ihr Kinn und strich ihr mit der andern Hand über Stirn und Haar. «Du zitterst ja! Ist etwas geschehen?»

«Nein – ich weiß nicht», sagte sie leise.

«Aber was hast du denn?»

«Ich habe Angst», flüsterte sie.

«Angst? Wovor?»

«Vor etwas Schrecklichem... ich weiß nicht, was es ist.»

«Um mich?»

«Vielleicht... ja. Und um mich, um alles.»

«Aber hör einmal, ich verstehe das nicht. Was soll uns denn geschehen!» Er zog einen Stuhl an den kleinen Schreibtisch und setzte sich.

«Ich weiß es nicht», sagte Katharina, und nach kurzem Zögern: «Ich habe in den letzten Nächten auch so schrecklich geträumt.»

«O, das kenne ich. So war deine Mutter auch. Sie hat sich auch manchmal grundlos gefürchtet. Ein Traum, ein Unwohlsein genügte, um sie in Aufregung zu bringen. Darüber muß man erhaben sein, solche Anwandlungen muß man bekämpfen.»

«Ich versuche es, aber seit wir wieder auf Rietberg sind, habe ich kaum eine ruhige Stunde gehabt. Hast du denn wirklich keine Angst?»

«Warum sollte ich Angst haben?»

«Du hast Feinde, es gibt viele Leute, die dich hassen.»

«Bah, das nehme ich nicht schwer. Damit muß jeder Politiker rechnen. Übrigens: hast du mit Onkel Rudolf darüber gesprochen?»

«Nein, wie kommst du darauf?»

«Er ist auch so ein Angsthase. Er hat gemeint, ich müsse mir eine Leibwache anschaffen.»

«Wenn du's tun würdest, dann wäre mir wohler.»

Pompejus schüttelte den Kopf und schob die Unterlippe vor

«Die Politik», sagte Katharina.

«Was meinst du damit?»

«Warum willst du sie nicht anderen Leuten überlassen? Wir können doch von unsern Gütern bequem leben.»

«Was stellst du dir eigentlich vor, Kind? Jetzt, da wir so gut wie am Ziel sind! Glaubst du, wir haben all die Jahre so erbittert gekämpft, um nun die Zügel aus der Hand zu geben?»

«Ihr werdet uns alle ins Verderben stürzen mit eurer Politik, das werdet ihr, und darum habe ich Angst.»

«Im Gegenteil, Katharina! Wir werden dem Lande endlich den Frieden bringen. Wir haben soeben mit Spanien ein vorteilhaftes Bündnis abgeschlossen. Der Vertrag regelt unser Verhältnis zu diesem mächtigen Nachbar in bester Weise. Von den guten Beziehungen zu Spanien hängt das Wohl und Weh unseres Landes ab. Das werden schließlich alle einsehen, sobald sie davon profitieren.»

«Aber warum hassen dich die Leute denn?»

«Die Leute, die mich hassen, haben keine eigene Meinung. Sie sind aufgehetzt worden von den Salis, die selber die erste Geige spielen möchten, und von den Prädikanten, die mir meinen Glaubenswechsel nicht verzeihen. Schau, unser Land krankt an einem großen Übel. Jedermann glaubt von den Staatsdingen etwas zu verstehen, jedermanns Meinung soll angehört werden, jeder Geißhirt und jeder Gastwirt glaubt die kompliziertesten und weittragendsten Fragen entscheiden zu können. Aber die Verantwortung will niemand übernehmen. ‚Das Volk wünscht es so', heißt es immer, aber dieses Volk sieht nicht über seine kurze Nase hinaus und weiß nicht, welche Folgen seine Entschlüsse nach sich ziehen. So kommt es zu Verwirrungen, wie wir sie in den letzten Jahren erlebt haben. Wir vom alten Adel müssen jetzt die Verantwortung übernehmen, denn wir sind darauf vorbereitet. Wir haben Einblick in die Bedürfnisse des Landes, wir kennen die Gefahren, die ihm drohen. Ich weiß, es ist nicht immer angenehm, Verantwortung zu tragen. Wir haben vielleicht auch Fehler begangen, im Münstertal, im Veltlin...»

«O Gott!»

«Das Blutbad – daran denkst du, nicht wahr? – Es wäre vielleicht nicht nötig gewesen, aber die Veltliner und Spanier wollten es so haben, ich konnte es nicht verhindern. Aber ich betrachte es jetzt als das Opfer, das jeder Fortschritt fordert, als den Preis, den jede gute Sache kostet. Ich bin bereit, die Verantwortung dafür zu übernehmen. – Aber wir haben uns verplaudert, ich habe noch zu schreiben. Und du schreibst also den Brüdern. Bring mir dann den Brief hinunter zum Siegeln!» Er stand auf und ging zur Tür.

«Vater», sagte Katharina, «willst du mir einen Gefallen tun?» Pompejus wandte sich um. «Nimm ein paar Leute ins Schloß, von den fremden Soldaten oder von irgendwoher. Ich bitte dich darum.»

«Gut», sagte Pompejus nach kurzem Nachdenken, «wenn du es unbedingt so haben willst.»

«Aber warte nicht lange, bitte; laß sie schon morgen kommen.» Sie war aufgestanden und hatte sich dem Vater ein paar Schritte genähert.

«Meinetwegen. Ich muß ohnehin in den nächsten Tagen nach Ilanz zum Beroldingen, da kann ich ja auch schon morgen reiten.»

Kurz vor Mitternacht erreichte die Kavalkade das abgelegene Wirtshaus ‚Zum Vogelsang' bei Ems. Jenatsch, der in bäuerlicher Verkleidung vorausmarschiert war, wies die Kumpane in ein Hinterzimmer, wo eine Stärkung bereitstand. Johann Peter Guler bestimmte drei Männer als Wachtposten. Sie hatten strikten Befehl, unter keinen Umständen zur Schußwaffe zu greifen. Nach Jenatschs Ermittlungen pflegten beroldingische Partrouillen gelegentlich im ‹Vogelsang› einzukehren.

«Wie war's?» fragte Jenatsch, «wie seid ihr über die Plessur gekommen?»

«Naß», sagte Gallus Rieder, «da schau!» Er zog einen Stiefel aus und ließ das Wasser herausrinnen.

«Sind wir hier sicher?» fragte Ruinelli.

«Ein bißchen sicherer als ein gewisser großer Herr in seinem Bett, nehme ich an», antwortete Blasius grinsend, «aber nicht ganz so sicher wie in Abrahams Schoß.»

«Keine Namen!» flüsterte Guler scharf, denn der Wirt trat ein. Er füllte die Gläser und verteilte Brot und gedörrtes Fleisch.

«Eßt und trinkt», rief Jenatsch, «wir haben einen weiten Weg vor uns. Theus – so heißest du doch», wandte er sich an den Wirt, «du könntest unsere Pferde tränken und ihnen Heu vorstecken, oder hast du Haber?»

«Beides, wenn Ihr wollt.»

«Haber also, und dann bring noch mehr Wein.»

Der Wirt ging hinaus.

«Wann müssen wir hier fort, Jenatsch?» fragte Rosenroll.

«Spätestens in zwei Stunden, aber wir sollten nicht zu lange machen hier, damit wir droben sind, wenn der Knecht in den Stall geht. Ihr habt doch meinen Gaul mitgebracht?»

«Ich hätte den Wirt nicht an die Pferde gelassen», sagte Hohenbalken, «er könnte die Waffen entdecken. Und dann könnte er die Beroldinger alarmieren, und dann fangen sie uns auf dem Rückweg ab.»

«Keine Angst», sagte Jenatsch, «Wirt ist Wirt. Wir machen ihn mittrinken, wenn er wiederkommt, und daß er in einer Stunde nicht mehr imstand ist, nach Ems hinüberzulaufen, dafür laß nur mich sorgen.»

Der Föhn blies in Stößen durchs Tal heraus, und wenn der beinahe volle Mond aus dem jagenden Gewölk auftauchte, konnte man auf der Strasse die Lachen des geschmolzenen Schnees blinken sehen. Der aufgeweichte Boden verschluckte das Getrappel der Hufe. Im Dorf Rothenbrunnen regte sich weder Mensch noch Tier, als die Reiter es durchstoben. Auf der Höhe von Ortenstein bogen sie von der Straße ab und gelangten auf Feldwegen am Canovasee vorbei, überquerten das Bett des Almenserbaches an einer flachen Stelle und näherten sich, über die Wiesen hinab, dem Schloß Rietberg. Die Pferde wurden in einem Gehölz am Rande des Tobels angebunden. Vier Mann blieben bei ihnen zurück. Die übrigen schlichen nach Rietberg hinunter. Jenatsch kroch der Mauer entlang zum Tor. Nach einer Weile tastete er sich zu den Wartenden zurück.

«Der Knecht hat gerade die Pferde gefüttert», flüsterte er. «Das Tor ist offen.»

«Rieder, Hohenbalken, Jenatsch und Blasius. Ihr übernehmt es», befahl Guler. «Wir andern bewachen den Zugang. Vorwärts, und keine Schonung.»

Der Knecht, der eben einen Sattel zur erhellten Stalltüre trug, bemerkte ein paar Schatten, die quer über den Hof auf ihn zuhuschten. Er ließ den Sattel fallen und rannte zum Schloßeingang. Doch der riesige Rieder holte ihn ein und schmetterte ihn wie einen Sack zu Boden. Die Haustüre war nicht verschlossen. Die Männer stolperten die finstere Treppe hinan. Im Gang oben brannte ein Talglicht. Die Eindringlinge entzündeten daran zwei Hornlaternen.

«Schaut überall nach», zischte Jenatsch, «öffnet jede Türe.»

Nur ein einziger Raum war verriegelt. Während die andern ins obere Geschoß hinaufeilten, zertrümmerte Rieder die Tür mit einem Beil und leuchtete mit dem Talglicht hinein. Niemand. Er rannte die Treppe hinauf, den Genossen nach. Irgendwo in der Höhe wimmerte eine Glocke.

Der Gang war durchzuckt vom Schein der Laternen, die Tritte der schweren, genagelten Stiefel auf dem Steinboden hallten durchs Gewölbe, Türen wurden aufgerissen und zugeschlagen, und plötzlich kreischte eine hohe, angstverzerrte Stimme: «Nicht, nicht», und eine helle Gestalt war mitten unter den

Männern, die innehielten und die Laternen hoben. Einen Augenblick starrte sie das Beil an, das in Rieders Hand blinkte, dann stürzte sie sich mit einem unartikulierten Schrei auf die rötlich behaarte Faust, die den Schaft umschloß, und biß hinein wie ein wildes Tier. Das Beil polterte zu Boden, aber das Mädchen schoß auf und sprang den verblüfften Blasius an, riß darauf Jenatsch an seinem Haar fast zur Erde und wurde durch Rieder und Hohenbalken endlich überwältigt. Keuchend und zitternd wand sie sich unter den harten Griffen. Ihr halb zerfetztes Nachtkleid drohte ihr vom Oberkörper zu gleiten. Auf den weißen Schulterblättern und zwischen den Brüsten glitzerte der Schweiß der Todesangst.

Jenatsch hob die Laterne vors Gesicht des Mädchens.

«Wo ist der Pompejus?» flüsterte er messerscharf.

Das Mädchen schüttelte sein wirres Haar und begann zu wimmern. Blasius hob den Dolch. «Wo hält er sich versteckt! Sag's rasch.» Das Mädchen versuchte sich loszureißen. Dann hielt es still und warf schaudernd den Kopf zurück.

«Besinn dich nicht lange, es geht ums Leben.»

«Gib Antwort», brüllte Rieder, «oder ich schüttle dir die Seele aus dem Leib.»

«Hände weg von meiner Tochter!» dröhnte plötzlich eine fremde Stimme durch den Gang.

Pompejus stand unter einer Türe, halbwegs angezogen, ein Schwert in der Hand. Rieder schleuderte Katharina zur Seite. Sie blieb regungslos liegen.

«Das wird euch teuer zu stehen kommen», würgte Pompejus mit bleichen Lippen hervor. Die Waffe in seiner Faust zitterte.

In diesem Augenblick begannen in Rodels und Almens die Sturmglocken zu läuten. Sogleich veränderte Planta seine Haltung. Er senkte den Degen, zog die Türe hinter sich zu und trat ein paar Schritte näher.

«Aber, aber, meine Herren, nennt man das Höflichkeit?» sagte er in beinahe scherzhaftem Ton. Er war immer noch totenbleich, aber die krampfhafte Spannung in seinem Gesicht hatte sich gelockert.

«Du wirst sie auch noch kennenlernen», rief Blasius, neben

Rieder tretend, der sich das Blut von der Faust ableckte. Die Eindringlinge rückten im Halbkreis einen Schritt vor, und Pompejus wich zurück und tastete mit der freien Hand nach dem Türschloß hinter seinem Rücken.

«Darf ich vielleicht fragen, was die Herren zu mir führt? Wünschen die Herren eine Stärkung? Brauchen die Herren Geld? In diesem Falle würde ich vorschlagen, daß die Herren ihre Waffen niederlegen. Es sähe sonst allzusehr nach Erpressung aus. Auf jeden Fall: Willkommen auf Rietberg, auch wenn die Herren für ihren Besuch eine etwas ungewöhnliche Stunde gewählt haben.»

«Die Stunde bestimmen wir», sagte Jenatsch, und Hohenbalken machte zwei Schritte auf Planta zu.

«Einen schönen Gruß aus dem *Münstertal»*, krächzte er, zum Stoß ausholend. Jenatsch riß ihn an der Schulter zurück.

«Wart noch, der Fötzel soll uns zuerst Red und Antwort stehen.»

«Mit Vergnügen», lächelte Planta. «Wo wollen wir anfangen?»

«Du stehst vor deinen Richtern, Pompejus Planta!» rief Blasius mit ausgestrecktem Arm.

«Warum nicht gar! Und ihr steht vor dem eurigen. Ihr habt mich in Thusis verurteilt, ich euch in Chur. Das hebt sich auf, und wir können uns die Hände schütteln und ein vernünftiges Wort miteinander reden.»

Blasius drohte mit dem Zeigefinger. «In wenigen Augenblicken wirst du vor dem ewigen Richter stehen. Der wird dir sagen, ob du mehr wiegst als die sechshundert im Veltlin.»

«Habt ihr die auf mein Konto gesetzt? O heilige Einfalt.» Planta lächelte wieder, doch sein Blick glitt unruhig von einem zum andern, und auf seiner Stirne stand der Schweiss in dicken Tropfen.

«Halt mir die Laterne», sagte Jenatsch zu Hohenbalken.

Pompejus verfolgte lauernd das schwankende Licht, griff plötzlich hinter sich und drückte die Türklinke nieder. Mit einem Sprung war er im Zimmer, die Tür knallte zu, ein Riegel knarrte. Die Angreifer stürzten sich alle zugleich auf die Türe. Sie hielt dem Anprall stand.

«Platz!» brüllte Rieder. Er holte aus, und unter seinen wütenden Axthieben splitterte die Tür auseinander. Einer nach dem andern zwängte sich durch die Öffnung. Der letzte zog den Riegel zurück und riß die Türe auf.

In der Dunkelheit versuchte Katharina, sich aufzurichten. Wieder krachten Schläge gegen eine Türe, kurz darauf nochmals, weiter entfernt. Das fauchende Gebell eines kleinen Kläffers und gleich darauf ein spitzer, hoher Schrei. Das Mädchen preßte die Fäuste an die Ohren. Da schwankte ein Lichtschein die Treppe herauf. Ein Mann brüllte aus Leibeskräften:

«Fort! Die Bauern kommen!»

AUS DEN
AUFZEICHNUNGEN EINES PATRIOTEN

31. Dezember 1620

So endet denn das unruhige Jahr, das meinem geplagten Vaterland nichts als Unglück gebracht hat. Möge das neue die Hoffnungen auf eine gerechte und dauerhafte Erledigung der schwebenden Fragen nicht enttäuschen. Mögen vor allem die Gemeinen Drei Bünde wieder in ihre Rechte im Veltlin und in Bormio eingesetzt und das bedauernswerte Münstertal vom Drucke der österreichischen Besetzung befreit werden. Und möge der Gemeinnutz endlich über den Eigennutz triumphieren!

Überlege ich mir das Vorstehende genauer, muß ich mir freilich eingestehen, daß ich lauter allzu fromme Wünsche getan habe. Soweit ich sehe, können die spanischen Truppen nur durch eine bedeutende Streitmacht aus dem Veltlin vertrieben werden. Eine solche würde mein Vaterland zwar nach der Zahl aufbringen können; ich schätze das gesamte Aufgebot in allen drei Bünden auf zwölf- bis fünfzehntausend Mann. Was uns aber fehlt, sind Bewaffnung und Ausbildung. Unsere Leute rücken mit veralteten, schlecht unterhaltenen Waffen ein – wenn sie überhaupt einrücken! –, und sie sind keine Soldaten. Ihre Körperkraft ist beträchtlich, und sie können sehr tapfer sein, wenn es drauf ankommt, aber was ihnen hauptsächlich fehlt, ist Disziplin. Eine bündnerische Truppe ist sehr wohl imstande, einen kurzen, heftigen Schlag zu führen, ein paar Tage lang gewaltige Entbehrungen auf sich zu nehmen und mit Bravour zu kämpfen. Sowie sich aber ein Unternehmen in die Länge zieht, verlieren die Herren Grisonen die Geduld und laufen nach Hause. Ein Gesetz, das diese Form des Ungehorsams ahnden könnte, gibt es nicht. Ich habe als Oberkommandierender während dieses Sommers das Menschenmögliche versucht, sie bei der Fahne zu halten. Es war vergeblich. Wir mußten das größtenteils zurückeroberte Veltlin schimpflicherweise wieder aufgeben und es den Spaniern überlassen. Der zweite Versuch im September war zum vornherein zum Scheitern verurteilt. Die Berner und Zürcher waren verärgert über den äußerst geringen Beitrag, den die uneinigen Bündner leisteten; es kam zu Unstimmigkeiten in der Befehlsgewalt, und daraus folgte die Niederlage vor Tirano, die mir die Zürcher Herren heute noch vorwerfen.

Das Veltlin kann zurückerobert werden, aber nur mit fremder Hilfe, und gegenwärtig haben weder Frankreich noch Venedig Lust dazu, und ich kann es ihnen nicht übelnehmen. Beide Mächte warten ab, wie die Lage in Deutschland sich entwickelt.

Ich muß mich zwingen, einigen Optimismus zu bewahren. Im gegenwärtigen Augenblick scheint alles verloren zu sein. Die französisch-venezianische Partei hat keinen Führer, seit mein Schwager Herkules von Salis in Venedig gestorben ist. Der Oberst Johann Baptista wird mehr verderben als retten, und der junge Rudolf von Salis wird noch deutlicher als sein Vater Herkules die Familieninteressen mit der Parteipolitik bemänteln. Meinem eigenen Sohne, dem Johann Peter, traue ich nicht allzuviel Gutes zu. Er ist zu ehrgeizig, um dem Wohl des Landes wirklich zu dienen. Was er im Auge behält, ist bloß seine eigene Karriere. Die jungen Prädikanten Jenatsch, Blasius und andere sind Feuerköpfe und Abenteurer, von großer persönlicher Tapferkeit zwar, aber ohne Überblick und tiefere Einsicht. Auf subalternem Posten können sie großen Nutzen stiften, aber wehe unserer Republik, wenn je diese unbesonnenen Leute an ihre Spitze gelangen sollten!

Meine Hoffnung gründet sich auf die Niederlage Habsburgs in Deutschland, wohin der böhmische Krieg sich verzogen hat. Ich erwarte allerdings keine überraschenden Wendungen, sondern bin auf lange Jahre der Unsicherheit gefaßt. Vielleicht sind diese Jahre meinem Vaterland heilsam, indem sie die unruhigen Geister endlich zur Vernunft bringen. Es fehlt dem Lande ja nicht ganz an besonnenen Männern. Ich denke an den gelehrten Fortunatus von Sprecher und an den Chronisten Fortunat von Juvalta, an den Prädikanten Georg Saluz in Chur, an meinen Schwiegersohn, den Churer Bürgermeister Gregor Meyer und andere. Es fragt sich bloß, wie weit sich ihr Einfluß Geltung zu schaffen vermag. Was mich betrifft, so sehe ich keine Möglichkeiten, meinem Vaterland an Ort und Stelle nützlich zu sein. Ich betrachte es als meine nächste Aufgabe, hier in Zürich für die Flüchtlinge aus dem Veltlin zu sorgen – ich habe die Witwe eines Veltliner Prädikanten, Antonia Clauschrist, mit ihrer Tochter in meinem Hause aufgenommen und amte als Kassier einer Unterstützungsgesellschaft – und nebenbei die Beziehungen mit dem Residenten der Republik Venedig und den Räten der Stadt Zürich zu pflegen. Auch persönlich ist mir an dem Zürcher Aufenthalt recht viel gelegen. Ich habe seit diesem Sommer ein hartnäckiges Augenleiden, von dem die hiesigen Ärzte mich zu befreien versprechen, und überdies kann ich die Studien meines jüngsten Sohnes Andreas überwachen.

Meine vaterländischen Pflichten werde ich gern und getreulich erfüllen, sobald die Umstände es erheischen.

Ich schließe diese Altjahrsbetrachtung mit der heißen, wenn auch demütig vorgebrachten Bitte, der gnädige Gott und Herr möge im kommenden Jahr die Geschicke meines Landes zum Besten aller seiner Bewohner lenken.

13. Januar 1621

Wie erst jetzt bekannt wird, sind im vergangenen Herbst die beiden Prädikanten Caspar Alexius und Johannes à Porta in Breisach von den Österreichern gefangen und nach Innsbruck geführt worden. Die beiden Herren wollten sich zu den Fürsten der Deutschen Union begeben, um sie für die üble Lage unseres Heimatlandes zu interessieren und um Hilfe zu bitten. Im Falle des Mißlingens dieser Mission sollten sie nach Holland oder gar nach England weiterreisen. Ich überlege mir, ob ich etwas für sie tun kann. Soviel ich vernommen habe, bemühen sich die Genfer Verwandten der Frau des Alexius um die Freilassung des letzteren. À Porta hingegen dürfte in einer üblen Lage sein. Ich werde versuchen, mit den Österreichern zu verhandeln.

Wir haben scheußliches Winterwetter, nasse Kälte, fast keinen Schnee, aber wenigstens sind wir vor Wölfen und Lawinen sicher. Mein Augenleiden bereitet mir einige Sorge. Wohl hat es sich nicht verschlimmert, aber die versprochene Heilung ist bis heute ausgeblieben.

21. Januar 1621

Stefan Gabriel, einer der hervorragendsten Bündner Emigranten, war mit seinem Sohne Luzius kürzlich bei mir zum Essen. Wir haben natürlich ausgiebig über die Bündner Verhältnisse gesprochen. Herr Gabriel beurteilt die Lage ähnlich wie ich selbst. Er ist der Meinung, die Zeit des politischen Dilettantismus und der Familienpolitik müsse ein Ende nehmen, wenn dem Lande wirklich geholfen werden solle, aber die gegenwärtigen tonangebenden Leute neigten allzusehr zu Husarenstücken. Auf diese Weise aber reize man höchstens die bösen Nachbarn. – Der gute Gabriel hat also verschiedenes gelernt seit den Tagen des Thusner Strafgerichtes. Er war dort allerdings nicht der lauteste Schreier, hat es aber auch nicht für nötig gefunden, der Vernunft das Wort zu reden.

Zwei andere Tischgäste hatte ich heute: Jörg Jenatsch und Blasius Alexander. Letzterer hatte seine Frau und seine halbjährige Tochter nach Zürich gebracht, da ihm das Engadin nicht sicher genug scheint. Der eigentliche Zweck der Reise war aber die Audienz beim venezianischen Residenten. Wie weit er ihren Forderungen Gehör schenkte, weiß ich nicht. Große Versprechungen wird er nicht gemacht haben, ich kenne ja seine Ansichten. Die beiden Herren waren ziemlich verbittert. Eine besonders scharfe Sprache führten sie gegen die Amtsbrüder im Engadin. Jenatsch ging so weit, seinen eigenen Vater der Schwäche und des Verrates der protestantischen Interessen zu bezichtigen. Der gelehrte Blasius nannte sämtliche Mitglieder des Oberengadiner

Kolloquiums ‚Hispani, desertores causae Christi'. Ich habe versucht, den beiden Heißspornen den Kopf zurechtzusetzen. Es war umsonst. Sie hätten schon während des Thusner Gerichtes, bei meiner Verteidigung des Erzpriesters Rusca, gemerkt, daß ich ein Hispanier sei. Solche Beschuldigungen habe ich mir natürlich verbeten. Auf meine Frage, was sie zu tun gedächten, antworteten sie: die Verhältnisse wiederherstellen, wie sie vor dem Veltliner Mord bestanden, und gleichzeitig mit den hispanischen Halunken abrechnen. Ich versuchte ihnen klarzumachen, daß es ohne fremde Hilfe nicht gelinge, die Spanier aus dem Veltlin zu vertreiben. Die Verbindung durch das Tal und über das Stilfser Joch, die sie endlich in ihre Hand bekommen hätten, sei gerade im gegenwärtigen Augenblick, da ein großer Krieg in Deutschland bevorstehe, für Habsburg von solcher Wichtigkeit, daß jedes Mittel versucht werde, diese Verbindung zu halten. Sie entgegneten mir, was den Bündnern fehle, seien entschlossene Männer, die der unentschlossenen Masse ein Beispiel gäben. Auf jeden Fall werde der Kampf um unsere Heimat und unser Untertanenland nicht hier in Zürich entschieden, sondern auf Bündner Boden. Die Anspielung war deutlich! Was hätten die beiden Schreihälse gesagt, wenn sie gewußt hätten, daß ich mich um das zürcherische Bürgerrecht beworben habe!

1. Februar 1621

Stefan Gabriel hat sich entschlossen, in Zürich zu bleiben. Er wird nach Ostern die Pfarrei in Altstetten übernehmen, während sein Sohn Luzius schon jetzt der italienischen Gemeinde in der Stadt als Prediger dient. Die Zahl der Emigranten nimmt ständig zu. Bis jetzt haben die Zürcher mehr als 70 Kinder aus Bünden und dem Veltlin an Kindes Statt angenommen. Immer wieder finden Kollekten zugunsten unserer unglücklichen Landsleute statt. Ich bespreche mich oft mit Breitinger, der nach Kräften bestrebt ist, die Not zu lindern. Die Bündner sind mit den böhmischen Glaubensbrüdern zusammen ins allgemeine Kirchengebet eingeschlossen worden. Möge der gnädige Gott unsre Bitten erhören.

Die Lage in Bünden ist unverändert. Wie mir mein Schwiegersohn, der Bürgermeister Gregor Meyer, aus Chur schreibt, sind die Brüder Planta heimgekehrt, Rudolf auf sein Schloß Wildenberg, Pompejus auf das Schloß Rietberg. Die Herren scheinen ihrer Sache sicher zu sein. Kein gutes Zeichen.

Ab und zu sieht man die Sonne ein wenig. Meinen Augen geht es etwas besser. Mein jüngster Sohn widmet sich mit Eifer seinen Studien. Könnte ich nur an Johann Peter mehr Freude erleben! Er treibt in einem gefährlichen Fahrwasser. Von der Tochter in Chur und von meinem ältesten Sohn Johannes, der unsere Stammburg Wyneck bewohnt und sich politisch nicht betätigt, habe ich gute Nachrichten. Meine Frau und meine jüngste Tochter ertragen das Zürcher Klima nicht eben gut. Sie haben sich diesen Winter oft erkältet.

12. Februar 1621

Johann Peter hat uns kurz besucht. Die Bedenkenlosigkeit und Enge seiner politischen Ansichten, sein hochfahrendes Wesen und verschiedene kleinere Mängel, die ich an ihm bemerken mußte, haben mich richtig bekümmert. Die in Grüsch versammelten Anhänger der venezianischen Partei beabsichtigen tatsächlich, die Initiative an sich zu reißen. Die Ziele sind sehr weit gesteckt, sie decken sich übrigens ziemlich genau mit den Absichten Jenatschs und Blasius Alexanders. Beide Herren gehören fatalerweise seit kurzem auch zum Grüscher Kreis. Auch meinem Sohn habe ich die Aussichtslosigkeit, ja Schädlichkeit eines solchen Vorgehens darzustellen versucht. Er hat mich bloß spöttisch-überlegen angelächelt. (Diese unliebenswürdige Art des Lächelns habe ich schon an meinem Neffen Rudolf Salis bemerkt. Johann Peter, der ja sein Schwager geworden ist, hat sie wohl von ihm übernommen. Kein gutes Zeichen. Doch dies nur nebenbei.) Diese Jugend ist vollkommen verblendet! Und ich sitze hier und vermag nichts über sie! Wie oft habe ich in diesen Tagen erwogen, nach Bünden zu reisen, um mich mit den vernünftig Gebliebenen zu beraten. Aber jedesmal bin ich zum Schluß gekommen, daß ich nichts erreichen würde, ja noch mehr, ich würde das Verderben nur beschleunigen, denn die jungen Eisenfresser sind immer noch überzeugt davon, daß ich – als Oberbefehlshaber – allein die Schuld trage am Mißlingen der beiden Veltlinerzüge, und deshalb würden sie aus purer Rechthaberei das Gegenteil von dem tun, was ich ihnen rate.

2. März 1621

Soeben erhielt ich durch den Ordinari Briefbott einen Bericht meines Schwiegersohnes Gregor Meyer aus Chur. Pompejus Planta ist auf seinem Schloß Rietberg ermordet worden, und zwar am frühen Morgen des 25. Februar. Die eigentlichen Mörder sind Jörg Jenatsch, Blasius Alexander, der Fähnrich Gallus Rieder (mir unbekannt) und Nikolaus Carl von Hohenbalken (aus dem Münstertal). Unter den Beihelfern befinden sich Christoph Rosenroll von Thusis, Jakob Ruinelli und mein Sohn Johann Peter, *nicht* aber einer der Salissöhne. Bürgermeister Meyer gibt mir eine genaue Schilderung des Herganges. Es muß eine bestialische, blutrünstige Schlächterei gewesen sein. Nein, nein, nein, ihr wahnwitzigen Abenteurer! So kommt man nicht zum Ziel, so nicht! Pompejus Planta mag gewesen sein, was er will, ein Aufwiegler und Diktator und Landesverräter (das alles hätte sich untersuchen lassen, und zwar durch ein ordentliches Gericht), und ich bin der letzte, der ihn und seine Ideen verteidigen möchte, aber ein Mord ist keine Art, sich eines politischen Gegners zu entledigen. Wie muß es mit einem Lande bestellt sein, und wie muß es mit seinen Politikern bestellt sein, wenn sie sich nicht anders zu helfen wissen als mit Dolch und Mordaxt! Ich schäme mich, ein Bündner zu sein! Und ich schäme mich für meinen Sohn!

Die Mörder werden natürlich darauf pochen, daß Pompejus Planta nicht ermordet, sondern hingerichtet wurde. Sie werden sich auf das Urteil von Thusis berufen. Aber was war das für ein Gericht? Und selbst dann, wenn man das Thusner Urteil als zu Recht bestehend gelten lassen wollte: seit wann sind Richter und Henker dieselbe Person?

4. März 1621

Die Ermordung des Planta bildet das Tagesgespräch unserer Stadt. Die meisten Leute verhehlen ihre Genugtuung über diese Tat nicht. Planta wird allgemein als einer der Urheber des Veltliner Mordes angesehen. Mag sein, mag sein, aber das ändert nichts an der Ungesetzlichkeit eines solchen Vorgehens. Für mich hege ich, ganz privat und im stillen, einen ganz anderen Verdacht. Sieht es nicht so aus, als hätten die jungen Salis auf bequeme Art einen mächtigen Gegner aus dem Wege geräumt? Ich kann mich irren, aber wenn es wahr ist, was mir mein Schwiegersohn heute schreibt, nämlich der Rudolf habe die nach Grüsch zurückgekehrten Mörder abgekanzelt, *weil sie drei oder vier Pferde aus dem Rietberger Stall gestohlen hätten,* wenn dies sein einziger Einwand gegen diese Freveltat ist, dann weiß ich, was ich zu denken habe. Kein ganz gutes Zeichen für die junge Salis-Generation.

20. März 1621

Jenatsch und seine Gesellen muß ein wahrer Blutrausch befallen haben. Nach dem Rietberger Mord sind sie ins untere Engadin gezogen und haben dort ein halbes Dutzend ihnen mißliebige Männer umgebracht. Wo soll das alles noch enden?

Ich mache mir in letzter Zeit schwere Sorgen um die Zukunft unseres Vaterlandes. Ich möchte dem wahnsinnigen Treiben Halt gebieten, aber meiner Stimme wird kein Gehör geschenkt. Die Verblendeten ziehen das ganze Volk in ihren Strudel hinab. Wenn nicht von außen her etwas geschieht, sehe ich keine Rettung. Aber es wird nichts geschehen von aussen, es wird nichts geschehen, weder von Frankreich noch von Venedig her. Das Schicksal Bündens ist besiegelt. Weder Österreich noch Spanien kann sich auf die Dauer ein solches Wüten gefallen lassen. Die Tollköpfe werden in ihrem Wahn noch bestärkt durch das unglückselige Bündnis, das der Obere Bund mit Mailand abgeschlossen hat und das, wie ich befürchte, die Auflösung der Republik Gemeiner Drei Bünde bedeutet. Wo wird das alles noch enden? Diese Frage stelle ich mir oft, aber ich empfinde keine Neugierde dabei, nur Besorgnis und Kummer. Ich fühle mich, obgleich noch nicht ganz sechzigjährig, müde und alt und verbraucht. Ich möchte den Untergang meines Vaterlandes nicht überleben.

5. April 1621

Bünden ist in Aufruhr! Die Berichte widersprechen sich teilweise, aber allem nach haben sich Jenatsch und der Grüscher Kreis die Vertreibung der beroldingischen Truppen vorgenommen. Bis jetzt war die Aktion erfolgreich. Den Anfang machten die Engadiner, von Jenatsch und Blasius aufgewiegelt. Ihnen schlossen sich die Bergüner an. In Obervaz wurde Kriegsrat gehalten, denn die Herren wußten, daß die Beroldinger vor einiger Zeit auch Thusis und das Schams besetzt hatten, unterstützt durch eine Truppe aus dem Oberland unter dem Kommando von Johann Simeon Florin. Ein paar Leute wurden auf die Höhe von Mutten geschickt, wo sie ein Feuer anzündeten. Die katholischen Soldaten im Schamsertal schlossen daraus, daß der Hauptangriff ihnen gelte, und zogen sich nach Thusis zurück. Das gesamte Verteidigungsdispositiv wurde durch Beroldingen und Florin auf die Annahme umgestellt, der Feind greife durch die Viamala an. (Diese Kriegslist ist mit Sicherheit dem verschlagenen Geiste Jenatschs entsprungen. Es zeigt sich darin sein großes taktisches Geschick, das ich schon bei früheren Gelegenheiten kennenlernte. Ob er ein guter Stratege ist, möchte ich bezweifeln. Vermutlich wird er selbst das Schamser Manœuvre als Strategie bezeichnen.) Die Feueranzünder auf der Muttner Höhe eilten darauf ins Schamsertal hinab, um die Männer zum Kampfe aufzubieten, während Jenatsch mit seiner Truppe durch den Schyn ins Domleschg hinabstieg. Der Angriff auf das Hauptquartier Thusis erfolgte von zwei Seiten her: Blasius forcierte die Fürstenauer Rheinbrücke mit großem Feldgeschrei, und Jenatsch rückte in aller Stille über die Silser Rheinbrücke vor und fiel den Beroldingern in den Rücken. Um die Verwirrung unter den Katholischen vollständig zu machen, erschienen noch die Schamser auf dem Plan. Beroldingen und Florin mußten sich zurückziehen. Ihre Truppen stehen nun bei Rhäzüns und Bonaduz. Das protestantische Heer, das übrigens keine Verluste erlitt, hat sich um eine bedeutende Zahl von Überläufern aus dem Gericht Thusis, die mit Gewalt in die katholischen Compagnien gepreßt worden waren, verstärkt.

Die Fortsetzung dieser Ereignisse bleibt nun abzuwarten. Militärisch gesehen ist dieser Feldzug hübsch und recht, aber politisch bedeutet er – vorausgesetzt, daß es den Burschen gelingt, die Beroldinger vollständig zu vertreiben – eine solche Schwächung der spanischen Position, daß irgendeine Antwort darauf zu erwarten ist. Ich fürchte, der Preis dieses militärischen Erfolges wird sehr hoch sein.

15. April 1621

Die Kämpfe in Bünden sind abgeschlossen. Die Stellung der katholischen Truppen bei Rhäzüns und Bonaduz wurde vom Domleschg her (durch Jenatsch) und von Chur her (durch das Zürcher Regiment Steiner, das im Herbst in der Herrschaft Maienfeld zurückgelassen wurde) angegriffen. Gleichzeitig näherten sich die Fähnlein aus den X Gerichten und aus Chur dem Kampfplatz. In zwei Kolonnen, die eine über Flims, die andere über Versam und Valendas vorstossend, wurden die Katholischen verfolgt. Diese raubten auf ihrem Rückzug den protestantischen Bauern von Versam und Valendas das Vieh und zündeten etliche Ställe an. Die beiden Kolonnen stießen in Ilanz zusammen (die Glennerbrücke war durch die Lugnezer abgebrochen worden, aber Jenatsch forcierte den Übergang), während die Katholischen die Flucht gegen Disentis hinauf fortsetzten. Die Verfolger blieben einen Tag in Ilanz, brachen dann aber wieder auf. Einige Gefechte im Tavetschertal vervollständigten den Sieg. Das geraubte Vieh wurde von den Flüchtenden im Stich gelassen (am Oberalppass lag noch hoher Schnee), und auch die Pferde und das Gepäck fielen den Unsern in die Hände. Am folgenden Tag zogen die Sieger nach Disentis hinab. Vom Klosterwein (der Abt war über den Lukmanier geflohen) wird nicht viel zurückgeblieben sein. Nun wurde die Landsgemeinde einberufen. Die Männer des Oberlandes mußten schwören, vom schädlichen Vertrag von Mailand zurückzutreten und in Zukunft die alten Bundesbriefe getreu zu befolgen. Ähnlich verfuhr man einige Tage später im Lugnez.

Der Feldzug ist – militärisch gesehen – eine ganz respektable Leistung, die hier in Zürich, und vielleicht auch in Bern und anderswo, einigen Eindruck machen wird. Ob er imstande war, die bündnerische Einigkeit wiederherzustellen, möchte ich hingegen bezweifeln. Die katholischen Oberländer haben dem Druck des Siegers nachgegeben, aber sie werden sich bei der ersten Gelegenheit wieder auf die spanische Seite schlagen.

Ich freue mich natürlich über den Erfolg unserer Waffen.

Aber anderseits befürchte ich, daß nun der Übermut der jungen Kriegshelden keine Grenzen mehr kennt. Man braucht kein Prophet zu sein, um vorauszusehen, daß die nächste Aktion ein neuer Versuch sein wird, das Veltlin zurückzuerobern. Angenommen, diese Aktion habe diesmal Erfolg, so kann doch nur ein Blinder glauben, die früheren Verhältnisse seien damit wieder hergestellt. Denn: Wer wird das Veltlin vor einem neuen spanischen Angriff sichern? Gewiß nicht die Bündner (ich habe über ihren militärischen Charakter bereits einiges angemerkt), und die Veltliner noch weniger, von Venedig und Frankreich ganz zu schweigen. Wir stehen erst am Anfang der Verwicklungen.

Ich bin kein Anhänger der spanischen Politik. Meine Sympathie gehört nach wie vor Frankreich, dessen König mich zum Ritter gemacht hat. Aber Frankreich ist weit, und Venedig hilft uns allenfalls mit Geld, aber niemals mit Soldaten. Daher bleibt uns nichts anderes übrig, so unsympathisch es einem auch vorkommen mag, als mit Spanien und Österreich zu einer annehmbaren Regelung zu kommen. Vor allem mit Spanien, denn mit Österreich bestehen ja bereits Verträge.

6. Mai 1621

Heute wurde mir ein widerlicher Anblick zuteil. Auf einem Gang durch die Stadt begegnete ich einer gewaltigen Volksmenge, die vier Reitern zujubelte. Ich faßte diese näher ins Auge und erkannte Jenatsch und Blasius. Die beiden andern waren Nikolaus Carl von Hohenbalken und Gallus Rieder. Ersterer ist ein schmächtiger, krank aussehender Mann, dem man es gar nicht zutraut, daß er dem am Boden liegenden Pompejus eine Axt so kräftig durch das Haupt geschlagen hat, daß sie in den Brettern des Fußbodens stecken blieb. Gallus Rieder, ein riesiger, ungeschlachter, rothaariger Bursche, erscheint eher einer solchen Tat fähig. – Die Leute benahmen sich wie närrisch, drückten den ‚vier Tellen' (diesen Ehrentitel haben sich die Plantamörder vermutlich selber zugelegt!) die Hand, streckten ihnen Weinkrüge entgegen und brachen immer wieder in Hochrufe aus. Die vier Gesellen waren bereits nicht mehr nüchtern. Sie schwankten bedenklich im Sattel, und ihre Kleider waren mit vergossenem Wein besudelt. – Ich wollte ein Zusammentreffen vermeiden und in eine Seitengasse einbiegen. Aber Jenatsch erkannte mich. Ich sah noch, wie er mir teuflisch grinsend eine lange Nase machte.

Wie ich noch erfahren konnte, sind die vier Spitzbuben beim venezianischen Residenten gewesen, um eine Belohnung einzukassieren. Später haben sie die Räte von Zürich um ein Darlehen gebeten, um die Kosten des Aufstandes gegen die Beroldinger zu decken. Sie werden morgen in gleicher Absicht nach Basel weiterreiten.

Das sind nun also die modernen Helden: Totschläger und Trunkenbolde!

20. Mai 1621

Jenatsch ist neuerdings als Dichter aufgetreten. Er hat zu einem Flugblatt ein Gedicht beigesteuert, das die Flucht der beroldingischen Truppen behandelt und seinen sarkastischen Witz recht gut in Erscheinung treten läßt. Ich habe mir eine Abschrift besorgt und diese zu den übrigen Notizen und Schriftstücken gelegt. Ich denke manchmal daran, die ‚Rhätische Chronik' weiterzuführen, und sammle das Material dafür. Ob ich freilich noch eine so weitschichtige Arbeit auf mich nehmen kann, bezweifle ich zuweilen stark. Mein Augenleiden hat sich nicht wesentlich gebessert. Der feuchte Zürcher Winter hat meine alte Neigung zum Podagra wieder aufgefrischt. Die gegenwärtige warme Witterung bekommt mir dagegen sehr gut. Dennoch sehne ich mich manchmal nach der Davoser Stille. Ich bin übrigens unlängst ins Zürcher Bürgerrecht aufgenommen worden und habe infolgedessen mit den Österreichern nichts mehr zu schaffen.

Johann Peter ist Landammann des X-Gerichtenbundes geworden. Ich gönne ihm die Ehre, verhehle mir aber nicht, daß sich für diese hohe Stellung geeignetere Männer hätten finden lassen.

Johannes, mein ältester Sohn, hat mir die Abrechnung über die Pachten und Mietzinse meiner Güter und Häuser in Davos, Chur und Maienfeld geschickt. Es steht alles wohl. Ich habe in der Herrschaft noch etwas Rebland zugekauft. Mein neuer Rebknecht heißt Christian Mutzner.

Die Angelegenheit à Porta ist auf guten Wegen. Die Kanzlei in

Innsbruck hat mich wissen lassen, daß sie zu Verhandlungen bereit sei. Ich hoffe, es werde mir gelingen, diesen Patrioten und engeren Landsmann aus seiner Haft zu befreien.

25. Mai 1621

Eine rasche und glückliche Lösung der Veltlinerfrage scheint nicht unmöglich zu sein. Scaramelli, der neue venezianische Gesandte, berichtet mir über Verhandlungen, die vor einem Monat in Madrid stattgefunden haben. Frankreich, durch die spanische Besetzung des Veltlins und den Mailänder Vertrag mit dem Obern Bund in seinen Interessen schwer geschädigt, hat sich in Madrid über diese einseitige Regelung beschwert und scheint Gehör gefunden zu haben. Wie Scaramelli zuverlässig wissen will, sieht der Vertrag die Rückerstattung des Veltlins und Bormios an die Drei Bünde vor, wobei die Verhältnisse wiederhergestellt werden sollen, wie sie vor dem ‚Sacro Macello' bestanden haben. Das besagt nichts weniger, als daß wir unser Eigentum ohne Einschränkung zurückerhalten würden. Ich muß schon sagen, daß diese Abmachung weit über das hinausgeht, was ich zu hoffen wagte. Der Vertrag soll bereits unterschrieben sein, und zwar auf spanischer Seite vom allmächtigen Minister des neuen Königs (Philipp IV.), dem Herzog von Olivarez, und auf der französischen Seite vom Marschall Bassompierre.

Ich kann es kaum glauben, daß wir so leichten Kaufes davonkommen sollen. (Immerhin: die sechshundert Opfer des Sacro Macello und alle die in den nachfolgenden Feldzügen getöteten Leute wiegen schwer genug.)

Auch Österreich hat sich zu Verhandlungen herbeigelassen. Im Widerspruch zu dieser Nachgiebigkeit stehen allerdings die kürzlich eingegangenen Nachrichten von Truppenverstärkungen an der Luzisteig und an der Unterengadiner Grenze. Ich befürchte zuweilen, Spanien und Österreich bezwecken mit diesen Negoziationen nichts anderes, als uns in Sicherheit zu wiegen, um uns desto leichter vernichten zu können.

10. Juni 1621

Der Vertrag von Madrid ist dem bündnerischen Beitag zur Kenntnis gebracht worden. Um in Kraft zu treten, bedarf er aber noch der Zustimmung durch die eidgenössischen Orte, da diese seine Einhaltung gewährleisten müssen. Darin liegt eine gewisse Gefahr, denn der Vertrag würde die Ausübung des evangelischen Glaubens im Veltlin wieder uneingeschränkt gestatten. Dies wird weder dem spanischen Statthalter in Mailand, dem Herzog von Feria, noch dem Erzherzog Leopold in Innsbruck besonders wohlgefällig sein. Und diese beiden haben es in der Hand, die eidgenössische Tagsatzung zur Ablehnung des Vertrages zu bestimmen, denn von den dreizehn stimmberechtigten Orten sind siebeneinhalb katholisch. Mein Pessimismus ist vielleicht unbegründet, aber ich bringe es nicht über mich, Spanien und Österreich so viel Großmut zuzutrauen.

Meine Gattin Elisabeth war während des Winters oft krank und erfreut sich auch jetzt noch nicht der besten Gesundheit. Ich habe mich entschlossen, sie nach Baden zu schicken. Vielleicht gehe ich mit, obwohl ich nicht eigentlich einer Kur bedürftig bin.

27. Juni 1621

Meine Befürchtungen haben sich als begründet erwiesen. Die katholischen Orte haben dem Vertrag von Madrid die Gewährleistung versagt. Ich habe in Erfahrung gebracht, daß sowohl der Herzog von Feria als auch der Erzherzog Leopold, ganz abgesehen von der untergeordneten Figur eines Alfonso Casati, auf sie eingewirkt haben. Vielleicht meinte es Olivarez wirklich ehrlich. Seine Untergebenen Feria und Casati haben ihm in diesem Falle in den Rücken geschossen. Die Begründung dürfte in einer gewissen Rivalität zwischen Feria und Olivarez zu suchen sein, letzterer ist ja der große Günstling des jungen Königs, aber mitbestimmend mag auch die Verärgerung über die Niederlage der Beroldinger gewesen sein, die ja von Spanien besoldet worden waren. Diese Niederlage mußte den Casati in Luzern und den Feria in Mailand naturgemäß empfindlicher schmerzen als den großen Mann in Madrid, dessen Machtbereich sich über den halben Erdball erstreckt. Für diesen war das Debakel ein Mückenstich, für die andern beiden eine Ohrfeige.

Heisses Sommerwetter. Ich sehne mich nach der kühlen Höhe von Davos. Meine Frau ist in Baden. Ich blieb nur ein paar Tage dort, da mich hier dringende Geschäfte erwarteten.

25. Juli 1621

Die Unvernunft triumphiert in Bünden! Trotzdem alle verständigen Leute davon abgemahnt haben (auch ich habe ein Schreiben an die Häupter gerichtet), hat der Beitag ein Aufgebot von 12 000 Mann beschlossen. Mein Sohn Johann Peter soll die Soldaten der X Gerichte kommandieren, Joder Casutt die Oberbündner! Beide haben kaum Pulver gerochen, keine regelrechte Campagne mitgemacht. Um aus den Erfahrungen der beiden mißglückten Veltlinerzüge etwas zu lernen, sind sie zu oberflächlich und zu eingebildet, wenigstens mein Sohn.

Ich habe die Räte von Zürich beschworen, den verblendeten Bündnern die Aussichtslosigkeit und Gefährlichkeit ihres Vorhabens darzustellen. Auf mich hört man in Chur ja nicht!

6. August 1621

Glücklicherweise vollzieht sich eine Mobilisation in Bünden recht langsam. Ich vermute, daß man nicht vor Ende September aktionsfähig sein wird, denn in den Sommermonaten hat doch kein Bauer Zeit zum Kriegführen, wenn es nicht unbedingt sein muß. Die Bundeshäupter in Chur haben es nun doch für nötig befunden, ein Hilfsgesuch an Zürich und Bern abzusenden. Diese Mühe hätten sie sich sparen können. Es zeugt von wenig staatsmännischem Geschick, eine Sache durchsetzen zu wollen, die alle wohlmeinenden Freunde und Nachbarn als unvernünftig und schädlich bezeichnen. Ich habe dem venezianischen Residenten Scaramelli nahegelegt, der Zürcher Regierung die Heimberufung des von Venedig besoldeten Regimentes Steiner zu befehlen, was eine empfindliche Schwächung der bündnerischen Position bedeuten würde.

30. August 1621

Fortunat von Juvalta berichtet mir von den Vorbereitungen zur Eroberung des Veltlins. Sie spotten jeder Beschreibung. Es fehlt an Feuerwaffen, Pulver und Blei. Mit Belagerungen scheint man nicht zu rechnen, denn man hat weder Sturmleitern noch größere Geschütze bereitgestellt. Dagegen hat man es für nötig befunden, die Bundesfahnen auffrischen zu lassen! Übrigens habe mein Neffe Rudolf Salis auf seine Hauptmannsstelle verzichtet, angeblich aus Protest gegen die ihm unbesonnen erscheinende Aktion. Vielleicht ist es ihm aber einfach zuwider, sich unter das Kommando meines Sohnes zu stellen, der einige Jahre jünger ist als er. Salis mag im stillen gehofft haben, selber die Truppen des X-Gerichtenbundes zu führen, und verbirgt nun seine Indignation hinter militärischen Bedenken. Immerhin ist es möglich, daß er etwas heller sieht als seine Kumpane.

19. September 1621

Nichts Neues aus Bünden. Man hält immer noch an den unsinnigen Plänen fest.

Ich hätte nicht übel Lust, in die Herrschaft zu reisen, um die Weinernte zu überwachen, aber unter den gegebenen Umständen mag ich mich nicht auf Bündnerboden zeigen.

Die Kanzlei in Innsbruck hat mir geschrieben, Seine Durchlauchtigsten Gnaden der Erzherzog Leopold wäre bereit, den bündnerischen Prädikanten à Porta gegen ein Lösegeld freizulassen. Eine Summe wurde nicht genannt. Es eilt den Herren offenbar nicht.

6. Oktober 1621

Die bündnerische Armee befindet sich im Aufbruch. Aber schon sind die ersten Schwierigkeiten aufgetreten. Die katholischen Oberländer, die sich im Engadin bereitstellen sollten, sind zu Hause geblieben. Jenatsch mußte sie mit einer Engadiner Compagnie aus dem Busch klopfen. Dabei hat er die Gelegenheit benutzt, den Flimser Josef Capol (einstmals Landeshauptmann im Veltlin, in Thusis der ungetreuen Amtsführung angeklagt und des Landes verwiesen) zu ermorden, weil er erfahren hatte, daß dieser ein Gegner des Veltlinerzuges sei. Wie lange darf ein solcher Unmensch wüten, bis ihm endlich das Handwerk gelegt wird? Sind wir in die Zeit des Faustrechts zurückgefallen?

14. Oktober 1621

Statt 12000 Mann haben sich im Engadin ganze 6000 versammelt. Verläßliche Nachrichten besagen, daß die Stimmung der Truppe schlecht sei, was mich nicht verwundert. Nur ein verbrecherischer Leichtsinn kann es wagen, diese mißmutigen, widerwilligen Männer in Bewegung zu setzen. Ich habe den Residenten Scaramelli gebeten, einen Eilboten ins Engadin abzuschikken. Vielleicht lassen sich die Bündner in letzter Minute noch zur Umkehr bewegen.

23. Oktober 1621

Spärliche Nachrichten aus Bünden. Die Truppen sind nicht heimgekehrt, also müssen sie nach Bormio marschiert sein. Mir ahnt nichts Gutes.

Das in der Herrschaft Maienfeld stationierte Regiment des Obersten Steiner ist heute nach Zürich befohlen worden.

30. Oktober 1621

Der dritte Versuch, das Veltlin zurückzuerobern, ist kläglich zusammengebrochen. Die Bündner gelangten durch das Valle di Livigno bis nach Bormio, wurden aber schon vor den ersten Festungswerken aufgehalten. Nach dreitägiger Belagerung waren die Vorräte aufgezehrt, und es bedurfte eines einmaligen Angriffs der spanischen Reiterei, um die Belagerer in die Flucht zu schlagen. Statt sich nun dem Feind zu stellen und mit Bravour zu kämpfen, trat man den Rückzug an. Ich kann mir das Gesicht meines Johann Peter und des Jörg Jenatsch ziemlich deutlich vorstellen. Aber ich freue mich gar nicht darüber, recht behalten zu haben.

5. November 1621

Ein furchtbares Unglück hat mein Vaterland betroffen. Wenige Tage nach der Niederlage bei Bormio sind die Spanier in die Grafschaft Chiavenna, das letzte Gebiet der Untertanenlande, das noch in unserer Hand geblieben war, eingedrungen. Der Oberst Baptista von Salis hatte nur wenige hundert Mann, größtenteils unausgebildete und teilweise unzuverlässige Leute, die gegen die 7000 gedienten Soldaten, die Feria persönlich kommandierte, nicht viel ausrichten konnten. Oberst von Salis ist gestern hier eingetroffen, aber er hat wenig gesprochen. Hingegen habe ich heute nachmittag von Jenatsch erfahren, daß die Österreicher sowohl das Unterengadin wie das Prättigau besetzt haben, allerdings erst nach hartnäckigen Kämpfen. Jenatsch ist durch eine strapazenreiche Flucht über den Panixerpass den

Verfolgern entronnen. Einzelheiten über die verschiedenen Kämpfe wußte er nicht zu berichten, außer über jenen bei Klosters, an dem er selber teilgenommen hat. Er muß sich tapfer gewehrt haben, denn er war am Ende seiner Kräfte, und sein Kleid starrte von geronnenem Blut (nicht von seinem eigenen, denn er selbst ist völlig unverletzt). Der österreichische Oberst Brion drang am 27. Oktober über das Schlappinerjoch ins Prättigau ein. Jenatsch, Blasius Alexander und Hohenbalken eilten den Prättigauern zu Hilfe und schlugen die Österreicher in die Flucht, aber kurz darauf meldeten Boten den Verlust von Chiavenna und den Vorstoß des Obersten Baldiron ins Unterengadin. So zog sich Jenatsch nach Davos zurück und floh mit seinen Genossen über den Panixerpass nach Glarus und hieher. Ich habe ihm und allen waffenfähigen Emigranten den Rat erteilt, sich an den venezianischen Residenten zu wenden. Aus einem vertraulichen Gespräch, das ich vor kurzem mit diesem führte, entnahm ich, daß Venedig sich am Kampfe gegen Habsburg auf dem deutschen Schauplatz beteiligen möchte. Wie ich von anderer, wohlunterrichteter Seite erfahren habe, ist die Serenissima mit dem Grafen Ernst von Mansfeld in Verbindung getreten und hat sich anerboten, ihm eine Armee zu besolden. Ich werde mich dafür verwenden, daß den hervorragendsten Bündnern einige Offiziersstellen offengehalten werden. Sie werden ja auch in Deutschland für ihre Heimat kämpfen, denn der Feind, gegen den sie ziehen werden, ist der gleiche, der jetzt unsere Täler bedrückt.

8. November 1621

Zürich wird überschwemmt von Flüchtlingen aus Bünden. Vor allem sind es Prättigauer, Bergeller und Engadiner, die hier ein Unterkommen suchen. Aber die Stadt zeigt diesmal nicht eine so offene Hand wie vor einem Jahre. Man gibt deutlich zu verstehen, daß die Bündner an ihrem jetzigen Elend selber schuld seien. Das ist zwar richtig, aber nicht besonders christlich gedacht, und ich habe denn auch versucht, die verärgerten Stadtväter etwas gnädiger zu stimmen, vorderhand ohne großen Erfolg.

Das Gebiet des X-Gerichtenbundes sowie das Unterengadin

und Bergell sind vollständig besetzt. Viele Häuser sind verbrannt oder ausgeplündert worden (meine eigenen zu Davos wahrscheinlich auch). Die Soldaten haben viel Vieh geraubt, und das ist noch nicht einmal das Schlimmste. Vor allem aus dem Bergell, das spanische Truppen besetzt halten, werden Grausamkeiten berichtet. Der Palazzo des Obersten Baptista von Salis in Soglio soll ein rauchender Trümmerhaufen sein.

Einzelheiten über den Hergang der Kämpfe sickern nach und nach durch. In Schuls haben sich Männer und Frauen mit ihren Kindern auf dem hoch über dem Inn gelegenen Friedhof verschanzt und lange Widerstand geleistet. Die meisten haben dabei den Tod gefunden. Über die Tapferkeit des Jörg Jenatsch und des Blasius Alexander während der Schlacht bei Klosters werden unglaubliche Dinge erzählt (nicht von ihnen selber). Die beiden sollen, zu Pferde kämpfend, allein *über hundert* Österreicher getötet haben, ohne selbst auch nur geritzt zu werden. Ich kann diese Behauptung fast nicht glauben, aber sie wird mir von verschiedenen Seiten bestätigt. Jenatsch, dieser merkwürdige Mann, der so großen Anteil hat am Unglück unseres Vaterlandes, fordert immer wieder meinen Haß, aber auch meine Bewunderung heraus. Wie viele Schandtaten er auch auf sein Gewissen geladen haben mag, ich kann ihm nicht böse sein, wenn er vor mir steht, finster und in sich gekehrt, mit dem rabenschwarzen Haar, das ihm wirr ums Gesicht hängt. Man kann ihm so wenig böse sein wie einem wilden Kind, das im Spiel ein kostbares Glas zerbrochen hat.

DIE FLÜCHTLINGE

Als Jenatsch sich der Friedhofmauer von St. Cassian näherte, stand der Mann, der dort gesessen hatte, ächzend auf. Er trug den langen, schwarzen Talar und die schwarzsamtene Kappe der Prädikanten, aber neben der zerdrückten Stelle im Gras lag ein geschwärzter Brustharnisch, und an der Mauer lehnte ein Degen.

«Warten wir auf den Blasius», sagte Jenatsch, sich neben den

Harnisch setzend. Er kaute an einem dürren Halm und betrachtete seine Fingernägel.

«Wo ist Ruinelli?» fragte der Prädikant.

«Wenn ich's wüßte, könnte ich's dir sagen. Weg auf jeden Fall. Baldenstein steht wieder einmal leer.»

Der Prädikant ließ sich auf ein Knie nieder und setzte sich schwerfällig. Jenatsch zog seinen Dolch und begann sich die Fingernägel zu schneiden.

«Er macht lange», sagte der Prädikant. «Mit seinem famosen Pferd sollte er längst zurück sein. Überhaupt wär's mir lieber gewesen, er wäre zu Fuß gegangen. Aber er hat ja den Narren gefressen an dem Gaul. Wer weiß, ob er ihn jetzt nicht auf dem Silser Dorfplatz den Bauern vorführt und ganz vergessen hat, zum Bonaventura zu gehen.»

«Der Plasch weiß schon, was er tut», sagte Jenatsch.

«Daran zweifle ich manchmal. Ich kann es begreifen, daß man Freude hat an einem guten Pferd, aber der Plasch führt sich auf wie ein kleines Kind.»

«Gönn ihm doch das Vergnügen.»

Der Prädikant seufzte und hob den Blick zum Abendhimmel auf, der von dünnen Wolkenschleiern durchzogen war. Eine Weile saßen sie schweigend nebeneinander, an die kalte Mauer gelehnt. Endlich stieß Jenatsch den Dolch in die Scheide und streckte die Beine.

«Warum sagst du nichts, Vulpius?»

«Der Plasch hätte zu Fuß gehen sollen, er macht sich auffällig mit seinem österreichischen Teufelshengst.»

«Nicht auffälliger als du mit deinem Talar. Der wird in Sils gelassen, morgen. Und auch der Bonaventura, wenn er noch dort ist und nicht bleiben will, kommt mir nur in Zivil mit, sonst garantiere ich für nichts.»

«Ich wollte, wir wären schon in Zürich», sagte Vulpius mit einem tiefen Seufzer.

Jenatsch hob den Kopf und lauschte.

«Er kommt», sagte er, rasch aufstehend. «Mach dich bereit.»

Von Sils her polterten schnelle Hufschläge, und bald tauchte ein Reiter auf in wildem Galopp. Vulpius schnallte sich den Harnisch um und bückte sich nach dem Degen, als Blasius das Pferd direkt vor ihm parierte, auf den Hinterbeinen herumwarf und zum Stehen brachte.

«Unerhört!» rief er aus, «Vulpius, hast du das wieder gesehen? Der galoppiert sich zutode, wenn ich will. Das ist etwas anderes als eure heubäuchigen Klepper.»

«Sag mir lieber, wo wir diese Nacht schlafen werden», sagte Vulpius ärgerlich.

Jenatsch war auf ein Haselgebüsch zugegangen und kehrte nun mit zwei gesattelten Pferden zurück.

«Der Bonaventura erwartet uns», sagte Blasius, das unruhig gewordene Pferd zügelnd. «Ich habe sogar Hafer aufgetrieben. Sollst es gut haben bei mir, Brauner, besser als bei den österreichischen Offizieren. Herrgott, das ist ein Pferd! Für dich laß ich mich fröhlich in Stücke hauen.»

Ein heftiger Föhn wehte, als die kleine Gesellschaft am nächsten Tag aufbrach. Das Dorf Sils lag noch im Schatten, aber der Heinzenberg auf der andern Talseite glich einem riesigen Leichnam im bleichen Sonnenlicht. Die falben Alpweiden stachen scharf von den dunklen Waldgründen ab; nur die golden flammenden Lärchen schienen noch zu leben. Die Stimmung war gedrückt und gereizt. Bonaventura Toutsch war immer wieder ins Pfarrhaus zurückgelaufen, um noch etwas Notwendiges zu holen oder um seine Frau, die mit den Kindern zurückbleiben mußte, noch an wichtige Angelegenheiten zu erinnern. Als es schon früher Vormittag geworden war, hatte Jenatsch die Geduld verloren und den ehemaligen Amtsbruder scharf angefahren. Entweder setze er sich augenblicklich aufs Pferd, oder man werde ohne ihn aufbrechen.

Sie überquerten den Rhein auf der Brücke bei Fürstenau, schwenkten aber vor der katholischen Ortschaft Cazis ab und hielten sich erst vor der Talenge bei Rothenbrunnen an die Landstraße.

Als sie nach einem Umweg um das österreichische Dorf Rhäzüns bei der St.-Georgs-Kapelle vorbeikamen, stellte Jenatsch, der die Spitze hielt, sein Pferd quer in den Weg und sagte, auf das

Kirchlein weisend: «Wenn ich jetzt katholisch wäre, würde ich da hineingehen und zu meinem Namenspatron beten.»

Alexander entsetzte sich über diese Worte: «Was fällt dir ein, Jörg! Willst du uns als Strafe für solche gottlosen Reden unbedingt das Unglück auf den Hals ziehen?» Und Bonaventura, der das Reiten nicht mehr gewöhnt war, sagte: «Bete du lieber zu unserm himmlischen Vater, daß er uns die Flucht und das Elend abkürze.»

Jenatschs Augen blitzten. Er drängte sein Pferd dicht an Alexanders Braunen und schlug seinem Freund mit der Rechten auf die Schulter. «Was meinst du, Plasch», sagte er lachend, «was das für ein Gerede gäbe in unserer ehrenwerten Republik, wenn es eines Tages plötzlich hieße, der Jenatsch besuche die Messe! Weiß der Teufel, wenn wir einmal diese Minestra ausgelöffelt haben und weit und breit kein Schlachtfeld mehr zu finden ist, werde ich vor lauter Langeweile noch Papist!»

Die drei Genossen entrüsteten sich, aber Jenatsch fuhr fort: «Wie wär's, wenn wir dannzumal einen Orden gründeten, wir vier, und uns in einen Veltliner Weinberg zurückzögen und dem Robustelli die Generalbeichte abnähmen? Malt euch die Einzelheiten aus, ich empfehle mich indessen für eine Weile. Wenn die Luft rein ist um Reichenau herum, erwarte ich euch jenseits der Brücke im ‚Adler', wenn nicht, reite ich euch entgegen. Valete, confratres vom Neuen Leben!» Damit gab er seinem Pferd die Sporen und trabte davon. Einmal wandte er sich noch um und winkte mit dem Hute. Seine breite Stirn leuchtete im Mittagslicht.

«Mir gefällt das nicht», sagte Bonaventura im langsamen Weiterreiten. «Man kann einen Spaß machen, aber nicht so, und nicht in unserer Lage.»

«Du hast recht», stimmte ihm Vulpius bei. «Ich bin kein Leimsieder, aber daß man die verzweifelte Situation unseres Vaterlandes ‚Minestra' nennt, finde ich abgeschmackt. Übrigens bin ich nicht sicher, ob das Wort nicht als eine Spitze gegen uns Prädikanten gemeint war, da wir uns ja gelegentlich auch Minister nennen, und überdies kann man wohl bloß etwas auslöffeln, was man sich eingebrockt hat. Ich hoffe nicht, daß Jenatsch damit sagen wollte, wir Minister seien an der mißlichen Lage schuld. Das ließe ich nicht auf mir sitzen.»

Alexander versuchte zu vermitteln: «Ihr dürft nicht jedes Wort auf die Goldwaage legen. Der Jörg ist nun einmal ein geistreicher Mann...»

«Geistreich nenne ich das nicht gerade!» protestierte Bonaventura.

«Nun ja», sagte Blasius, «wie man's nimmt. Wenn er bei Laune ist, sagt er manches, was er sonst bei sich behielte. Ihr kennt ihn doch. Das Ganze war ein Scherz, eine Eingebung des Augenblicks...»

«Das eben ist das Traurige», sprach Vulpius, mit der freien Hand gestikulierend, «daß man in unserer Lage überhaupt noch zu Späßen aufgelegt sein kann. Wir haben weiß Gott nichts zu lachen, und dieser oberflächliche Kumpan sollte sich bei der eigenen Nase nehmen, was die Schuld an den gegenwärtigen Zuständen betrifft. Auf jeden Fall lasse ich mir die Anspielung mit der Minestra nicht bieten. Jenatsch war schließlich lange genug selbst Prädikant. Daß er es nicht mehr ist, gereicht ihm nicht ohne weiteres zur Ehre.»

Blasius, der seinen Pfarrock auch schon lange nicht mehr trug, biß sich auf die Lippen.

«Oberflächlich war er schon als Student», sagte Bonaventura. «Ich erinnere mich an einen Tag in Zürich. Da wollte er unbedingt solch ein leichtfertiges Frauenzimmer mit auf den See hinausnehmen. Als ich von der Würde und Verantwortung unseres Amtes sprach, hat er nur höhnisch gelacht.»

«Denkt von ihm, was ihr wollt», sagte Blasius. «Ich kenne ihn. Er mag seine Fehler haben – wer hätte sie nicht? Aber es gibt da doch ein paar Dinge, die ihn rechtfertigen. Die Art, wie er die Flüchtlinge aus dem Veltlin geführt hat, oder die Art, wie er sich bei Klosters gegen die Österreicher gewehrt hat. Dort hättet ihr ihn sehen sollen! Über und über mit Blut verschmiert war er, seine Kleider haben noch jetzt eine schwarze Kruste, und er hat so rasend gefochten, daß ich ihn zur Besinnung bringen mußte, als der letzte Österreicher in Stücke gehauen war. Ich sage euch nur: achtet nicht auf seine Worte, aber auf seine Taten!»

Als die drei Reiter sich der Reichenauer Brücke näherten, galoppierte Jenatsch auf sie zu. Seine Brauen waren zusammengezogen, und die Stirn lag verschattet unter dem breitkrempigen Hut.

«Kehrt um», sagte er mißmutig, «wir müssen nach Bonaduz hinauf. Das Zürcher Regiment ist aus der Herrschaft Maienfeld abgezogen, dafür sind die Österreicher eingerückt. Wir würden schwerlich durchkommen.»

«Aber der Kunkelspaß?» fragte Alexander.

«Zu gefährlich. Wie ich die Österreicher kenne, werden sie sich nicht damit begnügen, die Herrschaft zu kontrollieren. Sie werden sich auch hinter den katholischen Landvogt von Sargans stecken. Gewöhnliche Leute hat man zwar bisher nicht belästigt. Aber das sind wir ja schließlich nicht! Du würdest auf deinem österreichischen Gaul nicht von Ragaz nach Sargans kommen, Plasch.»

«Was nun?» fragte Bonaventura.

«Kennt einer von euch den Panixerpaß?»

Die drei Genossen schwiegen.

«Ein anderer Fluchtweg steht uns nicht mehr offen, und auch dieser ist unsicher. Morgen ist der erste November, und sobald der Föhn aufhört, gibt's Schnee in den Höhen. Wir dürfen auch weder in Ruis noch in Panix jemanden nach dem Wege fragen, die Leute dort sind alle fanatische Papisten, und wenn sie uns erwischen, werden sie nicht lange Federlesens machen, soviel ist sicher. Ein Gutes hat der Panixerpass immerhin: In Ragaz oder Maienfeld werden wir erwartet, in Ruis und Panix vermutlich nicht.»

«Wie stellst du dir unsere Flucht vor?» fragte Bonaventura.

«Ich stelle mir gar nichts vor. Alles, was ich weiß, ist, daß wir über den Panixer müssen.»

Er ritt an den andern, die ihre Pferde noch nicht gewendet hatten, vorüber und sah sich erst um, als er schon eine beträchtliche Strecke den Stutz hinangestiegen war. Sie folgten ihm endlich über die Wiesen zwischen Bonaduz und Rhäzüns. Eine Zeitlang verlangsamte er nun den Schritt seines Pferdes, aber jedesmal, wenn die Gefährten ihn beinahe eingeholt hatten, verschaffte er sich mit ein paar Galoppgängen wieder einen Vorsprung. Erst in den Kehren unterhalb Versam stieg er aus dem Sattel. Während das Pferd aus einem hölzernen Trog soff, erwartete er den erhitzten Alexander.

«Was ist auch in dich gefahren, Jörg? Du tust ja, als ob wir alle dich einen Dreck angingen.»

«Falls ihr es noch nicht begriffen habt: Wir befinden uns auf der Flucht, nicht auf einem Spazierritt. Wenn wir nicht diese Nacht noch über den Paß kommen, ist es zu spät.»

«Du überstürzest alles. Bonaventura kommt schon jetzt kaum mehr nach. Alles, was du mit deiner unsinnigen Eile erreichst, ist, daß wir uns vorzeitig erschöpfen.»

«Und was ihr erreicht, ist, daß wir den messischen Bauern in die Hände fallen, weil wir im Schnee stecken bleiben. Schau da oben. Bis wir in Ilanz sind, regnet es. Morgen ist Allerheiligen. Du kannst dir vorstellen, wie es dann auf dem Panixer aussieht.»

«Du meinst, es wird Schnee geben?»

«Ich meine nichts, ich bin dessen sicher. Der Föhn hört auf. Keiner von uns kennt den Weg.»

«Wir müssen in Ilanz danach fragen.»

«Nicht in Ilanz, das ist zu auffällig, aber vielleicht in Kästris beim Luzi Gabriel, wenn er noch dort ist.»

Der junge Gabriel war entschlossen, bei seiner Gemeinde zu bleiben, aber er hatte einen Mann nach Ilanz zu Joder Casutt geschickt. Jenatsch und seine Gefährten begegneten dem Boten zwischen Kästris und Ilanz. Er meldete, Casutt erwarte sie am Ausgang des Städtchens.

In Abständen ritten sie weiter, Jenatsch wie immer an der Spitze. Die Berge waren von Wolken verhüllt, und eine schwüle, drückende Luft lag über dem Talkessel der Gruob. Einige Tropfen fielen, von schwachen Föhnstößen zerstäubt, und bald regnete es in dünnen, schrägen Strähnen. Auf der gedeckten Holzbrücke zwischen dem eigentlichen Ilanz und dem Stadtteil St. Niklaus war es schon finster.

Bei den Häusern von Strada entdeckte Jenatsch drei gesattelte Pferde, die etwas abseits der Straße an einem Baum angebunden waren und Heu fraßen, das vor ihnen auf dem Boden lag. Er stieg ab und führte sein Pferd hinter einen Stall. Ein gedämpftes Gemurmel empfing ihn, und ein riesiger, rothaariger Mann sprang auf und streckte ihm die Hand entgegen.

«Rieder, du?»

«In Lebensgröße», grinste dieser. «Wo ist Alexander?»

«Er kommt in wenigen Augenblicken, wir haben uns ein bißchen verteilt, als alte Krieger neigt man zur Vorsicht.»

Joder Casutt hatte sich ebenfalls erhoben. Er war gealtert; unter dem Hut quollen graue Locken hervor.

«Willkommen bei uns, Jenatsch», sagte er. Sein Händedruck war schlaff und sehr kurz. «Das da ist mein Sohn Peter. Er wird uns begleiten.» Der Junge hatte die gebogene Nase und die grauen Augen des Vaters.

«Ich hätte dich lieber in meinem Haus willkommen geheißen», sagte der alte Casutt.

«Einen Augenblick, ihr Herren», unterbrach ihn Jenatsch. «Ich will meinen Gaul bei den eurigen anbinden, damit der Blasius und die andern merken, wo wir zu finden sind.»

Rieder begleitete ihn. «Wo bist du die ganze Zeit herumgestrichen, Gallus? Ich habe seit Bormio nichts mehr von dir gehört.»

«Daheim in Splügen bin ich gewesen und habe von dort aus versucht, dem Johann Baptista Salis in Cläfen zu helfen. Aber ich bin zu spät gekommen und hatte dann das Gefühl, es sei besser für mich, wenn ich beizeiten den Staub von den Füßen schüttle. Daheim hocken und warten, bis es anders wird, das ist nichts für mich. Und überdies ist ja wohl keiner der vier Tellen seines Lebens sicher, vorläufig.»

«Da kommt der dritte», sagte Jenatsch, sein Pferd am Baum anbindend. Hinter einem mit zwei Ochsen bespannten Bauernwagen tauchte in der Dämmerung ein Reiter auf.

«Willkommen, Blasius!» rief Gallus Rieder.

«Halt's Maul!» zischte Jenatsch.

«Warum?»

«Ein Esel bist du. Das kann uns den Kopf kosten. Der Bauer dort auf dem Wagen...»

«Zum Teufel mit allen Bauern! Jetzt wird der Blasius begrüßt, wie es der Brauch ist.» Er schlüpfte durch den Zaun und eilte dem Freund mit ausgebreiteten Armen entgegen. Doch Blasius trabte an ihm vorbei durch die Einfahrt. Er warf Jenatsch die Zügel zu und saß ab.

«Was ist mit euch? Ist euch das Herz in die Hosen gefallen?» sagte Rieder, über den Zaun steigend. «Das sind nun die Helden von Klosters!»

«Muß ich dir das Maul stopfen, Roter!»

«Probier's, dann wirst du sehen, wer stopft.»

Alexander hatte seinen Braunen neben dem Pferd seines Freundes angebunden und legte sich jetzt ins Mittel.

«Gebt Ruhe, ihr Streithähne, hier ist nicht der Ort für Auseinandersetzungen. Macht das in Zürich aus, oder frühestens in Elm.»

«Da ist nichts auszumachen», sagte Jenatsch, «der Rieder ist und bleibt ein Esel. Deinen Namen hinauszubrüllen und dir entgegenzulaufen!»

«Nimm das zurück!»

«Nimm deine Dummheit zurück, wenn du kannst.»

Joder Casutt kam, von seinem Sohn gefolgt, hinter dem Stall hervor, und gleichzeitig langten auf der Straße Bonaventura und Vulpius an.

«Seid ihr des Teufels?» sagte Casutt mit seiner Baßstimme. «Wollt ihr, daß das ganze Oberland zusammenläuft? Kommt mit mir hinter den Stall. Wir haben nicht viel Zeit zu verlieren.»

Rieder stellte sich starrköpfig auf die Seite, half dann aber Vulpius und Bonaventura beim Absitzen.

Hinter dem Stalle beriet Casutt mit Blasius und Jenatsch das weitere Vorgehen. Er kenne den Weg über den Panixer ungefähr, fürchte aber die Passage durch die Dörfer Ruis und Panix. Daher halte er es für nötig, die Pferde zurückzulassen, denn die Dörfer könne man nur zu Fuß umgehen. Blasius widersetzte sich diesem Plan aufs heftigste. Der Paßweg sei durchaus gangbar für Pferde, nach allem, was er gehört habe. Und gerade in der Nacht sei ein gutes Pferd, das den Weg viel besser unter den Füßen behalte als ein Mensch, von großem Nutzen. Auch lege er großen Wert darauf, sein ganzes Gepäck bei sich zu haben. Casutt äußerte schwere Bedenken, vor allem, daß Reiter weit mehr auffielen als

Fußgänger, besonders in so abgelegenen Dörfern. Schließlich drang Jenatsch mit dem Vorschlag durch, die Pferde mitzunehmen, solange man es verantworten könne. Die Dörfer müsse man in dichtem Haufen durchreiten, und sollte es zum Kampfe kommen, würde das Freilassen der Pferde bei den Angreifern wohl Verwirrung stiften und den Flüchtlingen einen Vorsprung verschaffen.

Der Regen drang durch die Kleider und rann in die Stiefel, tropfte von der Hutkrempe und durchnäßte das Lederzeug. Die Pferde stapften die steile Bergstrasse zwischen Ruis und Panix hinan, und jeder Hufschlag wurde zu einem schmatzenden Geräusch. Die Luft roch nach nassen Zäunen und gedüngten Wiesen, später nach dampfenden Pferdeleibern, Waldboden und faulendem Himbeerlaub. In der Finsternis der Herbstnacht war der Weg kaum zu erkennen. Man mußte sich an den Vordermann halten, der sich eben noch abzeichnete auf der Nacht- und Regenfolie; zuweilen drang ein gedämpfter Ruf nach hinten: «Bückt euch! Äste!» Dann war es wieder still, und der Regen rauschte, ein Bach gurgelte irgendwo in der Tiefe, und der schmatzende Hufschlag der sieben Pferde vermischte sich zu einem wirren Getrommel.

Ruis lag in der feuchten Finsternis unter ihnen. Kein Mensch hatte sich gezeigt, bloß in Stallfenstern hatte ein schwacher Lichtschimmer geglommen, und da und dort hatte hinter Butzenscheiben der Schein eines Herdfeuers geflackert. Die Leute waren in den Ställen gewesen oder hatten die Abendsuppe gelöffelt, und niemand hatte wohl auf die sieben vermummten Gestalten geachtet, die auf keuchenden Pferden die Gassen hinaufgeprescht und in der triefenden Dunkelheit verschwunden waren.

Von vorn kam das Kommando: «Absitzen, Marschhalt!» Aber noch hatte keiner der sieben einen Fuß auf den Erdboden gesetzt, als in Ruis die Kirchenglocken anschlugen. Es war kein eigentliches Läuten, die Töne reihten sich nicht aneinander, sondern hallten in einzelnen Schlägen herauf.

«Was ist das?» fragte Bonaventura, «die läuten ums Himmels willen doch nicht Sturm?»

«Sofort aufsitzen!» brüllte Jenatsch. Er schwang sich aufs Pferd, wartete eine Weile, hörte unterdrückte Flüche und ungeduldige Zurufe an die Pferde. Der Regen strömte ohne Unterbruch.

«Was willst du tun?» fragte Casutt neben ihm.

«Jetzt gibt's nur eines: so rasch als möglich durch Panix. Die Ruiser Halunken haben uns erkannt, und die Panixer werden auch bald wissen, was los ist. Bleib du hier an der Spitze, ich mache den Schluß und treibe. Wenn wir auf dem Paßweg sind, lassen wir die Gäule zurück und schauen, daß wir weiterkommen. Kümmere dich um nichts, ich sorge schon dafür, daß keiner zurückbleibt.»

Er drängte sein Pferd an den Strassenrand und ließ die andern vorbeiziehen. Die Pferde spürten die Erregung, ihr Atem keuchte. «Vorwärts, Bonaventura!» zischte Jenatsch seinen Vordermann an, «nimm dich zusammen.» Feuchter Nebel kroch das Tobel herab. Er roch nach Küchenrauch und Misthaufen und nach Schweiß und Angst. Plötzlich schlugen wieder Kirchenglocken an, diesmal ganz nah. «Nicht zurückbleiben, Bonaventura!» Georg klatschte dem vor ihm mühsam stampfenden Pferd mit der flachen Hand auf die Kruppe. Es machte einen erschreckten Satz und trabte dann keuchend und schnaubend in den Nebel hinein. Jenatsch folgte ihm dicht aufgeschlossen. Ställe tauchten auf, Hausmauern mit erhellten Türen, aus denen dunkle, geduckte Gestalten hervorhuschten. Vorn, wo Joder Casutt ritt, klirrten Waffen. Jenatsch stach im Hinaufjagen durch die Gassen mit seinem Degen blindlings um sich. Meistens wichen die Schatten vor seinen wütenden Hieben zur Seite, aber einmal fühlte er weichen Widerstand, und Geschrei und Gewimmer blieb hinter ihm zurück. Plötzlich prasselte ihm Hufschlag entgegen. Er hielt den Degen stoßbereit, erkannte aber Casutt, der einen andern Weg suchte. Dicht hinter ihm ritt sein Sohn Peter, dann folgten Gallus Rieder, Vulpius und Blasius in einigem Abstand. «Kehr um, Bonur!» rief Jenatsch, «wir sind auf dem falschen Weg.» Sie wendeten und jagten den andern nach. Doch es war, als hätte die Nacht sie verschlungen, der Regen sie hinweggeschwemmt. Jenatsch horchte nach vorn, aber die Hufe seines Pferdes machten einen solchen Lärm auf dem schlechten Weg, daß er nichts anderes vernehmen konnte. Überdies läuteten die Glocken der Panixer Kirche immer noch, und aus allen Gassen erschollen Stimmen. Endlich lag das Dorf hinter ihnen, die Straße begann stärker zu steigen. Ein schwaches, entferntes Geräusch unterschied sich vom Grollen des Baches und Klatschen der Hufe.

«Vorwärts, Bonur! Hau den Gaul zusammen. Wir brauchen einen Vorsprung, sonst sind wir geliefert.» Bonaventura keuchte und stöhnte, und ab und zu hörte Jenatsch ein Bruchstück eines Gebetes. Es begann zu schneien, und die Straße stieg nun so stark, daß die Pferde nur mühsam vorwärtskamen. Jenatsch saß ab und half auch dem Kameraden aus dem Sattel. Bonaventura jammerte und klagte über Schmerzen in den Beinen. Er komme nicht mehr mit.

«Marsch!» schrie Jenatsch ihn an, «willst du dich in Stücke hauen lassen? Halt dich am Bügel, ich führe beide Gäule.»

Sie kamen nun rascher voran und holten nach einer Weile zwei Reiter ein. Es waren Blasius und Rieder.

«Wo sind die andern?» fragte Jenatsch.

«Irgendwo da oben. Der Casutt denkt wieder einmal nur an sich selber.»

«Sitzt ab, dann holen wir sie vielleicht noch ein.»

Eine Weile schritten sie schweigend aus; aber dann kamen sie in einen Wald, und die Straße war nicht mehr zu erkennen in der Dunkelheit. «Haltet euch an den Schwänzen, die Pferde finden den Weg allein. Nur treiben müßt ihr sie», sagte Jenatsch. Nachdem sie ein paar Windungen zurückgelegt hatten, gelangten sie auf eine Lichtung. Ein dunkler Fleck hob sich ab, ein Maiensäßstall. Jenatsch hielt auf ihn zu. «Wir müssen ein wenig verschnaufen. Nehmt alles Eßbare aus den Satteltaschen. Es hat keinen Sinn mehr, die Pferde mitzuschleppen.»

«Der Braune kommt mit», sagte Blasius Alexander.

«Sei kein Narr, Plasch.»

«Einen solchen bekomme ich nicht so bald wieder. Er muß mit.»

«Mach, was du willst.»

Die Männer verzehrten einen Teil ihrer Vorräte und waren dabei, den Rest in die Taschen ihrer Kleider zu packen, als es im Walde knackte und gedämpfte Stimmen sich vernehmen ließen.

«Aufgepaßt!» zischte Jenatsch.

Es war einen Augenlick still, doch dann polterten dumpfe Schritte über die Wiese.

«Jagt die Gäule weg, und dann mir nach, weg vom Stall!» Er gab dem ihm zunächststehenden Pferd einen Tritt in den Bauch. Es schrie auf und machte ein paar Sätze. Die andern Tiere wurden unruhig und liefen erschreckt durcheinander. Jenatsch rannte dem Abhang zu, um den Waldrand zu gewinnen. Rieder folgte dicht hinter ihm. Bonaventura, der sich an der Stallwand niedergesetzt hatte, war nirgends zu sehen. Blasius zerrte seinen Braunen hinter sich her. Beim Stall unten entstand ein Tumult. «Da ist einer, packt ihn, haut ihn zusammen!» tönte es in rauhem Romanisch.

«Georg! *Georg!*» gellte Bonaventuras Stimme, aber dann hagelte es Hiebe, und Jenatsch steckte den Degen, den er gezogen hatte, ein und schritt mächtig aus, ins Dunkel hinein.

Als der Morgen graute, lag der Schnee fußhoch. An Stellen, wo die Felsen über den Pfad hingen, fanden sich Hufspuren, aber sie mochten schon ein paar Tage alt sein. Es schneite noch immer, man sah kaum ein paar Schritte weit. Blasius zog immer noch sein Pferd hinter sich her. Unzählige Male hatten Rieder und Jenatsch ihn zum Zurücklassen des Tieres aufgefordert. «Der Gaul kommt mit», war die stets gleichbleibende Antwort Alexanders gewesen. Rieder hatte gedroht, auf und davon zu gehen, er halte das Schneckentempo nicht mehr aus.

«Geh du nur», hatte Blasius geantwortet, und Rieder war wirklich wütend ins Graue hineingestapft, aber später hatten Jenatsch und Blasius ihn halb zugeschneit am Wegrand angetroffen. Einmal machten sie eine kurze Rast unter einem gewaltigen Steinblock. Das Pferd raufte gierig das dürre Gras, und die Männer verzehrten einen Teil ihres geringen Mundvorrates.

«Was ist mit Bonaventura geschehen?» fragte Blasius. Jenatsch zuckte die Achseln, und Rieder sagte:

«Zusammengehauen haben sie ihn. Er hat keinen Mucks mehr gemacht.»

«Schöne Amtsbrüder sind wir», sagte Blasius.

«Mich trifft das nicht», lachte Rieder gezwungen.

«Halt's Maul», fuhr Jenatsch ihn an. «Ohne dein blödsinniges Schwadronieren gestern abend wären wir noch alle beisammen.»

«Beweis das, wenn du kannst.»

«Was braucht's da viel Beweise? Der Bauer mit den Ochsen hat gesehen, wie du den Plasch begrüßt hast. Sobald er konnte, ist er nach Ruis gegangen und hat Alarm geschlagen, und die Ruiser haben die Panixer aufgehetzt, und jetzt sind sie uns auf den Fersen. Ich habe gewußt, daß es so kommen wird. Übrigens bin ich nicht überzeugt davon, Plasch, daß wir den Bonaventura hätten retten können. Ein Gefecht bei Nacht und Nebel, gegen eine unbekannte Zahl von Gegnern, auf einem unbekannten Schauplatz, das ist riskant. Hätte er schneller reagiert, als ich befahl, die Gäule loszulassen...»

«Das nützt nun alles nichts mehr. Wir machen ihn nicht mehr lebendig», sagte Blasius und stand seufzend auf. Das Pferd wollte nicht weiter. Es gab einen Streit deswegen. Jenatsch nannte seinen Freund einen Unterengadiner Dickschädel, Rieder gab dem Pferd – dem verfluchten Bock! – einen Tritt.

«Geht zum Teufel, ihr zwei!» sagte Blasius mit flammendem Gesicht. «Ich finde den Weg auch allein.»

Daraufhin entfernten sich Jenatsch und Rieder, aber nicht gemeinsam, sondern in einigem Abstand. Eine Zeitlang sah keiner mehr etwas von den andern beiden, denn es schneite ohne Unterlaß. Bald jedoch ließ Jenatsch sich von Rieder einholen, und nachdem sie sich eine Weile wortlos hintereinander durch den kniehohen Schneee geschleppt hatten, setzten sie sich an einer geschützten Stelle nieder und warteten auf Blasius, der sich von seinem Pferd immer noch nicht trennen wollte.

Gegen Mittag begann es zu winden. Die Spuren von Casutt und Vulpius, die eine Zeitlang deutlich zu sehen gewesen waren, ließen sich nicht mehr erkennen. Als der Pfad sich endlich zu senken begann, sagte Jenatsch: «Nun sind wir auf Glarner

Boden, aber das hat nicht viel zu bedeuten. Wenn ihr den ersten Stall von Elm seht, könnt ihr euch für gerettet halten, vorher nicht.»

Der Wind hatte sich verstärkt. Der Schnee trieb beinahe waagrecht über den Bergsattel, und die Flüchtlinge stießen immer häufiger auf Verwehungen, in denen sie bis unter die Arme versanken. Sie wanden sich durch, keuchend und fluchend, den Hut mit beiden Händen festhaltend. Doch ihr Kampf wurde immer matter, und als es zu dämmern anfing und der Schneefall noch immer nicht aufhören und der Südsturm nicht nachlassen wollte, sagte Jenatsch: «Geben wir's auf für heute. Irgendwie werden wir die Nacht überstehen, und so Gott will, kommen wir morgen nach Elm.»

Er anerbot sich, einen Ort ausfindig zu machen, wo das Übernachten nicht den sicheren Tod bedeutete. Nach einer Weile hörten ihn die beiden andern rufen. Sie fanden ihn hinter einem mächtigen Stein. Das Schneetreiben fegte darüber hinweg, und als sie sich im Windschutz dicht nebeneinander niedergelegt hatten, übermannte sie die Müdigkeit.

Jenatsch erwachte, weil jemand laut gesprochen hatte. Es dämmerte. Seine Hand fuhr an den Degen, aber der Sprecher war kein Panixer Bauer, sondern Blasius, der phantasierte. Jenatsch befühlte die Stirn seines Freundes. Sie war heiß und feucht. Ein großer, unförmiger Schatten zeichnete sich von der grauen Wand des Schneefalles ab, das Pferd. Es hatte sich nicht niedergelegt, sondern stand zitternd an der gleichen Stelle wie am Abend, mit einer Schabracke von frischem Schnee bedeckt. Jenatsch erhob sich mit großer Mühe. Er machte schwankend ein paar Schritte, schlug mit den Armen um sich und rieb sich das Gesicht mit Schnee ab. Dann suchte er in den Taschen nach etwas Eßbarem, kaute an einer Brotrinde, während er nachdenklich in das Wirbeln der Flocken starrte. Das letzte Restchen hielt er dem Pferd vor das Maul. Er schnob ein wenig und packte das Brotstückchen mit den Lippen.

«Gott hat uns verworfen», sagte Alexander mit schwacher Stimme. Er hatte sich halbwegs aufgerichtet.

«Unsinn, Plasch», versuchte Jenatsch ihn zu trösten. Er kniete neben seinem Freunde nieder und faßte nach seinen Händen. Sie waren eiskalt.

«Mach mir nichts weis, Georg. Einmal hat ja die Rechnung aufgehen müssen, ich habe es immer geahnt. Der Komet, weißt du noch?»

«Komm mir nicht mit dem Kometen. Alle Welt hat ihn gesehen, und Unzählige leben immer noch. Such etwas zu essen und dann machen wir uns auf den Weg. Einmal müssen wir ja nach Elm kommen.»

«Mich bringt niemand mehr von dieser Stelle, es sei denn, man trage mich fort.»

«Das werden wir, der Rieder und ich, wart nur!»

Blasius schüttelte den Kopf und schloß die Augen. Rieder war auch erwacht. Er stand ächzend auf und trat auf die Seite, um seine Notdurft zu verrichten.

«Ein Hurenwetter, ein verfluchtes», sagte er, als er zurückkehrte. Er setzte sich wieder an seinen Schlafplatz, zog die Stiefel aus und rieb sich die Füße mit Schnee ein. Nachdem er sich fluchend abgemüht hatte, wieder in die hohen, steif gewordenen Schäfte zu schlüpfen, stand er auf und hüllte sich in den Mantel.

«Kommt ihr mit oder nicht?» fragte er.

«Du siehst, wie der Blasius dran ist», sagte Jenatsch, «Wir müssen warten, bis das Wetter besser wird.»

«Macht, was ihr wollt. Ich habe nicht im Sinn, hier Wurzeln zu schlagen.»

«Ich bleibe beim Plasch.»

«Geh mit ihm», sagte Blasius, sich mühsam aufrichtend. «Geh mit ihm. Mir ist nicht mehr zu helfen.»

«Ich bleibe da.»

Rieder war schon gegangen. Er versank bis fast an die Hüften im lockeren Schnee und kam nur langsam vorwärts. Ruckweise entfernte sich seine Gestalt und war nach einer Weile nur noch ein Schattenfleck im grauen Gestrudel, und dann war er weg, als hätte es ihn nie gegeben.

«Vielleicht schickt er uns Hilfe, wenn er nach Elm kommt», sagte Jenatsch. Blasius schüttelte den Kopf. «Er wird nicht durchkommen», sagte er langsam. «So ist es gut, denn es ist gerecht.»

Jenatsch versuchte dem Freund diese Gedanken auszureden. Ob er denn meine, sie hätten lauter Fehler gemacht? Ob er denn wirklich nicht mehr glauben könne, sie alle hätten das Wohl des Vaterlandes gefördert? Er wolle ja zugeben, daß nicht alles richtig gewesen sei, nicht ganz alles, aber hinterher habe man gut reden. Jedenfalls sehe er nicht ein, weshalb sie den besonderen Zorn Gottes auf sich gezogen haben sollten.

«Wir haben unsern Teil geleistet, Georg, im Guten wie im Bösen. Gottes Waage ist nicht unsere Waage. Er wird wissen, warum Er uns nun verwirft. Mach deinen Frieden mit Ihm, Georg, das ist alles, was du noch tun kannst. Und laß mich in Frieden sterben.»

Der Zustand Blasius Alexanders verschlimmerte sich während des Tages. Er zitterte unaufhörlich und lag mit bleichem Gesicht und geschlossenen Augen wie ein Toter. Jenatsch hatte dem Pferd den Sattel abgenommen und dem Freund die Decke um den Leib gewickelt. Aber sie war bald zugeschneit.

Unaufhörlich rieselte der Schnee, bald in ruhigem, sanftem Falle, bald in wirbelnden Streifen und Strähnen. Rieders Spur war beinahe ausgefüllt. Jenatsch stand von Zeit zu Zeit auf, um sich Bewegung zu machen. Nach einer Weile setzte er sich wieder auf den Sattel, döste, betrachtete das bärtige, blasse Gesicht des Freundes, erzählte ihm etwas, schöpfte eine Hand voll Schnee und leckte daran.

«Gib dem Pferd zu fressen», sagte Blasius einmal mit klappernden Zähnen. «Es muß noch Haber in der Satteltasche haben.»

Jenatsch schaute nach und fütterte die Körner mit der Hand. Das Pferd stand mit zitternden Beinen am gleichen Fleck und bewegte beim Fressen nur die Lippen.

Gegen Mittag tauchte im Schneegeriesel ein dunkler Fleck auf. Jenatsch schüttelte den Freund an der Schulter.

«Plasch, es kommt jemand, wir sind noch nicht verloren.»

Er sprang auf und ging der Gestalt entgegen, bis an die Hüften einsinkend. Bald erkannte er den Mann: es war Rieder.

«Wie siehst du aus, Rieder!» sagte er. «Das Gesicht *ein* Blut.»

«Ausgerutscht bin ich. Man sieht nicht die Hand vor den Augen in diesem verfluchten Schnee. So ein Hurenwetter, ein verdammtes! Eine ganze Halde hat's mich hinabgenommen; wie ich wieder heraufgekommen bin, weiß ich nicht.»

«Und jetzt, was willst du?»

«Mit euch verrecken, wenn's nicht anders geht.»

Er warf sich in den Schnee und sprach kein Wort mehr.

Am Nachmittag hörte der Schneefall auf. Die Sicht wurde weiter. Schneeflächen dehnten und Buckel rundeten sich, eine schwarze Felswand reckte sich in den Nebel hinein, der langsam nach oben schwebte und eine goldgraue Farbe anzunehmen begann. Jenatsch verfolgte alle Veränderungen aufmerksam, watete um den Stein herum, hinter dem sie Schutz gesucht hatten, und errichtete einen hohen Schneewall um die Lagerstätte. Als es dämmerte, trat er zu den andern. Blasius fieberte immer noch, und Rieder saß teilnahmslos auf dem Sattel.

«Noch diese Nacht», sagte Jenatsch. «Morgen scheint die Sonne wieder.» Es machte keinen Eindruck auf die beiden.

«Ihr Tröpfe!» schrie Jenatsch sie an. «Habt ihr denn kein Mark mehr in den Knochen?» Rieder blickte ihn an. Sein roter Bart starrte von geronnenem Blut.

«Hör jetzt, Gallus, und nimm Vernunft an. Es wird eine kalte Nacht geben. Wir werden alle drei erfrieren, wenn wir so herumhocken wie du es jetzt tust. Schlafen wäre der sichere Tod.»

«Das ist mir scheißegal.»

«Aber mir nicht, Simpel, der du bist. Und dem Land kann's auch nicht gleich sein, ob wir drei hier krepieren.»

«Scheiß drauf», sagte Rieder, sich mit dem Ärmel die Nase wischend.

«Also hör jetzt», fuhr Jenatsch fort. «Den Blasius lassen wir in Ruhe. Aber wir müssen wachen, eine Weile du, eine Weile ich. Und jeder muß den Blasius wecken und ihm das Gesicht und die Hände abreiben. Aus der Decke machen wir ein Zelt, und den Sattel legen wir dem Blasius unter den Kopf. Komm, hilf mir.»

Rieder erhob sich nach einigem Murren und half Jenatsch, die Decke über den Schneewall zu breiten. Sie schloß rundherum ab. Die Einschlupföffnung sollte vom Wachestehenden jedesmal mit Schnee verstopft werden.

Es war rasch Nacht geworden. Jenatsch übernahm die erste Wache. Er schlug den Kragen hoch, vergrub die Hände in den feuchten Taschen, in denen aber doch noch die Wärme des Körpers glomm, und stapfte um den Stein herum, auf dem schmalen Pfad, den er am Nachmittag festgetreten hatte. Eine Weile zählte er die Runden, dann aber wurde sein Schritt langsamer, und er hockte sich einen Augenblick zwischen die Schneewände. «Noch zehn Runden», murmelte er und schwankte weiter. Schon nach der vierten begann er von neuem zu zählen, aber auch diesmal verwirrte er sich. Er gab es auf, scharrte den Schnee von der Öffnung weg und kroch hinein. Im Zelt war es unerwartet warm. Rieder atmete langsam und stetig, Blasius in hastigen Stößen, die einander jagten, dann wieder beinahe aussetzten. Manchmal lallte er ein paar Worte. Einmal unterschied Jenatsch die Namen Maddalena und Sara.

Statt Rieder und Blasius zu wecken, schob Jenatsch den Schneehaufen vor der Öffnung ins Zelt und verstopfte den Eingang von innen bis auf eine handbreite Spalte. Dann streckte er sich aus, nahm den Hut unter den Kopf und schlief sogleich ein.

Als er erwachte, war es so hell im Zelt, daß er die Kameraden deutlich erkennen konnte. Er machte das Schlupfloch frei. Eine Flut von Sonnenlicht strömte herein mit einem Schwall von scharfer, eisiger Luft. Er kroch hinaus und mußte eine Weile die Hand vor die Augen halten. Millionen von Schneekristallen glitzerten und funkelten, und über den verschneiten Gebirgen lag ein wolkenloser, tiefblauer Spätherbsthimmel ausgespannt.

«Plasch! Rieder!» schrie Jenatsch ins Zelt hinein. «Steht auf. Wir können weiter!» Rieder setzte sich auf und blinzelte und verkniff die Lippen. Aber Blasius regte sich nicht.

«He, Plasch.»

«Laß mich!» sagte Blasius endlich mit schwacher Stimme.

«Raff dich auf! Nur noch eine kleine Anstrengung, dann hast du's überstanden.»

Blasius schüttelte den Kopf.

«Pack ihn an den Füßen, Rieder, ich ziehe ihn an den Armen.»

Sie schoben ihn durch die Öffnung und stellten ihn auf die Beine, aber er sank zusammen wie ein leerer Sack.

«Hol den Sattel, Rieder. Soviel Kraft wird der Gaul noch haben, daß er den Plasch nach Elm hinab trägt.»

Das immer noch zitternde Pferd wurde gesattelt, aber Blasius wehrte sich plötzlich wie ein Verzweifelter, als die Gefährten ihn in den Sattel heben wollten.

«Was wollt ihr mit mir?» schrie er sie an. «Laßt mich in Frieden. Ich will hierbleiben und sterben.»

Jenatsch versuchte ihm Mut zu machen, erinnerte ihn an Weib und Kind, an die unglückliche Heimat, die um jeden Mann froh sei, der sie noch nicht verraten habe. Er stellte ihm den früheren, hinreißenden Blasius gegenüber, der mit ein paar Worten ganze Talschaften zu heldenhaften Taten entflammt hatte. Es nützte alles nichts. Alexander hielt sich die Ohren zu und verzerrte das eingefallene Gesicht zu einer scheußlichen Grimasse.

«Laß ab», sagte Rieder. «Am besten ist es, wir gehen, so rasch wir können, nach Elm und holen Hilfe. Solange hält er es hier noch aus.»

Jenatsch stimmte zu. Sie sattelten das Pferd ab und richteten das Zelt her. Dann brachten sie den wieder ruhig gewordenen Genossen an seinen alten Platz zurück und unterrichteten ihn von ihren Absichten.

«Ihr könnt den Elmern die Mühe ersparen. Ich bleibe hier. Das ist meine letzte Station. Geht mit Gott. Möge Er sich euch so gnädig erzeigen wie mir.»

Rieder streckte ihm die Hand hin, aber Blasius nahm sie nicht an. Jenatsch drückte ihm nur den Arm und kroch dann hinaus ins Sonnenlicht, wo Rieder wartete.

Sie verfolgten die alte Spur und erkannten, als diese aufhörte, an kleinen Zeichen ungefähr den Verlauf des Pfades. Endlich, nach vielen Stunden gewaltiger Anstrengungen, gelangten sie ins hintere Sernftal. Dort kamen ihnen Männer entgegen, von Joder Casutt und Vulpius geschickt. Jenatsch beschrieb ihnen die Lage des Zeltes und erklärte ihnen kurz den Zustand des zurückgelassenen Kameraden. Dann zogen die Männer weiter, und Jenatsch und Rieder setzten den Weg nach Elm fort, nachdem sie sich mit den Vorräten der Glarner gestärkt hatten. In dem einzigen Gasthaus trafen sie mit den drei glücklicheren Genossen zusammen. Rieder wollte ihnen vorwerfen, sie hätten nur an sich gedacht und die andern vier im Stich gelassen. Aber Jenatsch ließ diese Anklage nicht gelten. Es sei abgemacht gewesen, daß Casutt sich um niemanden kümmern solle, der nicht mitkäme.

Unter Kleidertrocknen, ausgiebigem Essen und Trinken und umständlichem Erzählen wurde es Abend und Nacht. Zu später Stunde kehrten die Männer, die Blasius holen sollten, zurück. Sie kamen allein. Sie berichteten, daß sie vom leeren Zeltplatz aus einen Zug Männer auf der Paßhöhe verschwinden gesehen hätten, von denen zwei an einer Stange ein dunkles Bündel mit sich schleppten.

AM LAGERFEUER

In der Nähe des Dorfes Wiesloch, das südlich von Heidelberg am Rande der Rheinebene liegt, hatte die mansfeldische Armee ihr Zeltlager aufgeschlagen. Unter einem alten Birnbaum, dessen Blätter sich eben zu entfalten begannen, war aus Brettern und Pfosten ein langer Tisch errichtet. Das Zelt in der Nähe gab sich als Schenke zu erkennen, denn über dem Eingang hing ein grüner Kranz, und über die höchste Zeltstange war ein Krug gestülpt. Auf dem Giebel wehte, wie auf den übrigen Zelten ringsum, die weiße Fahne des Feldherrn.

Die Armee war am frühen Morgen ausgerückt. Nur das Troßvolk bewegte sich träge in den Lagergassen.

Aus dem Schenkzelt trat ein plumpes, aufgedunsenes Weib mit unordentlichem, rotblondem Haar. Es schaute sich um und pfiff dann durch die Finger. Nachdem es eine Weile gewartet hatte, verschwand es brummend im Zelt. Ein Hund rannte vor den Eingang, setzte sich auf die Keulen und bellte. Die Marketenderin streckte ihren Kopf zum Zelt heraus.

«Dir habe ich nicht gepfiffen, Jux», sagte sie mit heiserer Stimme. «Wo ist der Bengel? Geh, such den Christli.»

Der Hund blickte sie an und wedelte mit seinem Ringelschwanz. «Was willst, Mutter?» fragte ein etwa sechsjähriger Bub, der inzwischen um die Zeltecke gehüpft war.

«Glück hast, daß ich nicht noch einmal pfeifen mußte, sonst hättest etwas erleben können, jawohl. Geh, hol den Fünfschilling, ich habe eine Fuhre für ihn. Und daß du mir gleich zurückkommst.»

Bub und Hund trollten sich, und das Weib machte sich daran, leere Fässer aus dem Zelt zu rollen. Nach einiger Zeit erschien ein mit zwei Pferden bespanntes Fuhrwerk, auf dem neben dem Hund und dem Knaben ein älterer, bärtiger Mann saß.

«Was wünscht die Madam?» sagte er grinsend und lüpfte die Kappe.

«Wein und Bier muß ich haben, was denn sonst. Die Unsrigen kommen am Abend zurück und werden durstig sein, sie haben's den Tillyschen scheint's nicht übel besorgt heute mittag, hast wohl das Schießen auch gehört. Ein Reiter ist dagewesen und hat berichtet, der Mansfeld sei wieder einmal obenauf. Mir kann's recht sein, wenn er unsereinen schon nicht anschaut, der hohe Herr, und dabei, was ist er? Ein Bastard so gut wie der Hund und der Bub da.»

«Und kann so wenig etwas dafür wie die zwei.»

«Brauch dein Maul, wenn man dich fragt. Wirst auch nicht ganz sauber sein übers Nierenstück, sonst wärst du daheim auf deinem Hof. Willst fahren oder nicht?»

«Ich habe nicht gesagt, daß ich nicht fahre, aber wenn du das nächstemal vom Herrn Grafen redest, wasch dir vorher das Maul, Jakobee.»

Er sprang vom Sitz und begann die Fässer aufzuladen.

«Wohin?» fragte er, als er fertig war.

«Wirst wohl wissen, wohin. Nach Walldorf, wenn dort noch etwas zu haben ist, sonst nach Hockenheim oder Schwetzingen. Aber schone deine Gäule nicht, es pressiert.»

«Gelt, ich darf mit, Mutter», bettelte der Bub.

«Das könnte dir passen, Bürschli. Fangst beizeiten an, ein Tagedieb zu werden.»

«Sechsjährige Buben sind keine Tagediebe», sagte Fünfschilling.

«Nimm ihn noch in Schutz, du Tropf! Das fehlte gerade noch.»

«Ich gebe ihm das Leitseil in die Hand, wenn wir aus dem Lager hinaus sind, dann lernt er etwas. Zu dir kommt er noch früh genug in die Lehre.»

Er knallte mit der Peitsche, die Pferde zogen an, doch er brachte sie gleich wieder zum Stehen.

«Und das Geld für die Ware?» fragte er, sich umwendend.

«Das Geld, das Geld! Immer willst du Geld haben. Wo soll ich's hernehmen, wenn mich die Herren nicht bezahlen? Stehn Tausende in meinen Büchern, aber wie soll ein schwaches Weibsbild wie ich den Herren den Beutel aufschnüren?»

«Soso, schreiben kannst auch. Die Bücher möcht'ich einmal sehen.»

«Was glaubst denn? Ich komm'aus Zürich, da sind die Leute gebildet.»

«Mußt den Herren halt keinen Kredit mehr geben wie andere auch. Für diesmal will ich noch einspringen, aber morgen rechnen wir ab, sonst kannst dir einen andern Fuhrmann suchen.»

«Fahr jetzt ab und mach, daß du zurück bist, wenn die Unsrigen einrücken. Und paß mir auf den Christli auf und auf den Hund. Die sind beide mehr wert als du mitsamt deinen Gäulen.»

In der Dämmerung kehrten die Truppen ins Lager zurück. Die Leute waren in bester Stimmung. Bald loderten überall die Lagerfeuer, und der Duft gebratener Hühner und Ferkel durchwehte die Gassen. Die Schenktische im Freien waren von den Mannschaften besetzt, während die Offiziere sich in die Zelte begaben, wo auch schon Feuer brannten. Bei Jakobee hatten sich ein paar Schweizer zusammengefunden. Ulysses von Salis, die beiden Casutt, der Glarner Heer und der Basler Beck saßen hinter leeren Weinkrügen, als Jakobee sich vor ihnen aufpflanzte und durch die Finger pfiff.

«Sind das Zürchermanieren?» fragte Beck. Jakobee stemmte die Hände in die Hüften und sagte mit ihrer heisern Stimme:

«Kriegsmanieren sind's. Wie soll ich euch sonst zu verstehen geben, daß ihr das Maul halten sollt?»

«Schweigt, Kameraden», grinste Heer, «die Jakobee will eine Rede halten.»

«Gerade das will ich. Kurz und gut, meine Herren, so geht es nicht mehr weiter.»

Sie nestelte an ihrem Mieder und zog ein zerdrücktes Heft hervor, dessen Papier einmal weiß gewesen war.

«Bring uns zu trinken, wir haben Durst!» sagte Joder Casutt.

«Willst uns ein neues Lied lehren?» fragte Heer zur gleichen Zeit.

«Etwas dergleichen wird's sein. Kurz und gut, es wird euch bekannt sein, ihr Herren, daß man den Wein nicht aus dem Brunnentrog schöpft.»

«Nur die obere Hälfte vom Faß, gelt Jakobee», sagte Beck.

«Wie man's in Basel macht, weiß ich nicht, und wenn es euch bei mir nicht paßt, könnt ihr zur Frau Nachbarin gehen. Ob die euch so viel aufs Kerbholz nimmt wie ich, ist eine andere Frage. Kurz und gut, ich habe mich entschlossen, von heute an weder euch noch andern Leuten mehr Kredit zu geben. Ich muß meine Ware auch bezahlen und kann nicht von Luft und Liebe leben.»

«Einmal nicht von Luft», sagte Joder Casutt, seine mächtige Nase putzend.

«An Euch ist bisher wenig zu verdienen gewesen, Herr Casutt, und die andern Herren... Es ist alles aufgeschrieben, und jetzt will ich endlich einmal saubern Tisch, und zwar noch bevor ihr einen Schluck getrunken habt. Jetzt auf den Sommer hin, wo der Krieg wieder in Schwung kommt, weiß man nie, ob nicht der eine oder andere ins Gras beißt. Oder es könnte einem zu Sinn kommen, Hals über Kopf abzureisen wie heute morgen der Herr Ruinelli, und wer zahlt dann die Schulden?»

«Ist gut, Jakobee», sagte Ulysses von Salis, «wir werden bezahlen, ich verbürge mich für die Herren, schenken Sie ein.»

«Nicht, bevor das Geld auf dem Tisch liegt.»

«Da nimm, du Geizkragen», sagte Heer und warf ein paar Münzen auf den Tisch. Auch die andern griffen zum Beutel. Jakobee kassierte und verschwand mit ihrem Heft. Der junge Casutt füllte die Krüge der Kameraden. Die Offiziersdiener kamen mit dampfenden Schüsseln und stellten sie auf den Tisch.

«Was ist mit dem Ruinelli? Haben Sie eine Ahnung, warum er sich verzogen hat?» fragte Beck den neben ihm sitzenden Ulysses.

«Das kann ich Ihnen genau sagen. Er wollte unbedingt eine Schwadron im neuen Kavallerieregiment; aber der Mansfeld hat sie schon mir versprochen gehabt, und da blieb für Ruinelli nur eine Fußkompanie übrig. Offenbar war ihm das zu wenig. Er hat das Maul verzogen und ist verschwunden.»

«Ein schwieriger Herr», sagte Beck, «und ein sauberer Patriot!»

«Ein jeder muß es auf die eigene Kappe nehmen, was er tut oder läßt», sagte Ulysses. «Auf jeden Fall will ich dafür sorgen, daß man es daheim erfährt, und in Venedig auch.»

Jakobee kam an den Tisch.

«Der Herr da» – sie zeigte auf Ulysses – «hat vorhin für die andern Herren gutstehen wollen. Das ist zwar für die Anwesenden nicht mehr nötig. Aber da habe ich in meinen Büchern noch zwei ordentliche Posten, nämlich von den Herren Jenatsch und Rieder. Wenn er also so gut sein wollte...»

«Jenatsch kommt noch», sagte der junge Casutt. «Er ist zum Feldscher, weil er verwundet worden ist.»

«Wo hat's ihn erwischt?» fragte Beck.

«Am Kopf irgendwo, er hat geblutet wie ein Schwein.»

In diesem Augenblick wurde das Tuch beim Zelteingang zurückgeschlagen. Jenatsch trat ein. Auf seiner Nase klebte ein Pflaster.

«Da kommt das Schwein», rief Heer, «Prosit, Jenatsch!» Dieser zog als Anwort seinen Degen und legte ihn vor Heer auf den Tisch. «Schau dir den einmal an», sagte er mit grimmigem Grinsen, so daß sein Schnurrbart sich sträubte. «Der hat mich noch nie im Stich gelassen. Gib also acht, was du sagst. Das ist ein Passauer. Wer einen solchen hat, ist kugelfest, das hat man heute wieder einmal gesehen.» Er steckte die Waffe ein.

«Du wirst doch wohl noch Spaß verstehen, Jörg», sagte Heer. «Komm, trink eins auf meine Rechnung.»

«Glück hast du, daß du ein Schweizer bist. Mit andern mach'ich nicht lange Federlesens und lasse mir meine Ehre nicht abkaufen.» Er setzte sich auf einen Hocker und stützte die Ellbogen auf den Tisch.

Jakobee kam mit dem Wein und fragte nach Rieder.

«Der Rieder ist tot», sagte Jenatsch.

«Tot? Wieso?» fragte Jakobee. «Das ist mir eine schöne Bescherung.»

«Mach ihn lebendig, wenn du kannst. Hast wohl einen guten Kunden an ihm verloren. Jaja, das war noch ein Mann, gelt Jakobee.» Er gab ihr einen Klaps hintendrauf.

«Das geht dich nichts an. Willst *du* vielleicht seine Rechnung bezahlen?»

«Das besorgt er schon selber, hab nur keine Angst.»

Die andern lachten, Jakobee riß die Augen auf.

«Nun ja», fuhr Jenatsch fort. «Er ist mein Fähnrich gewesen, und ich lasse ihn im Kontrollbuch einstweilen noch stehen und bekomme seinen Sold. Du wirst nicht einen Heller an ihm verlieren. Übrigens hätte nicht viel gefehlt», wandte er sich zu den Kameraden, «daß auch ich meine Verbindlichkeiten aus dem Jenseits hätte regeln müssen. Nicht wegen der Schramme da. Aber im Gefecht, wie wir durch die Gassen von Wiesloch schwärmten, stehe ich plötzlich einem Reiter gegenüber, einem aus der französischen Schwadron. Der hebt das Pistol, und wenn nicht einer meiner Prättigauer ihm in den Arm gefallen wäre, hätte der Kerl abgedrückt. Ich habe ihn wacker abgekanzelt, doch er hat nur die Achseln gezuckt und gesagt, er hätte gemeint, ich sei ein Ligist, weil ich Hosen anhabe wie ein Spanier.»

«Achtung!» rief einer der Herren. Alle standen auf und stellten die Füße zusammen. Eine Gruppe von Offizieren näherte sich vom Eingang her, an ihrer Spitze ein mittelgroßer, schlanker Mann mit hoher, breiter Stirn und klaren Augen. Er trug einen Schnurr-, und Knebelbart, und von der rechten Schulter hing eine weiße Schärpe nieder.

«Setzen Sie sich, meine Herren», sagte er freundlich. «Ich bin gekommen, Ihnen für den heutigen Sieg zu danken. Sie haben entscheidenden Anteil daran, wie mir Ihr Regimentskommandeur, der Graf von Ortenburg, versichert.» Dieser, ein noch junger Mensch mit offenem, hellem Gesicht, verneigte sich leicht vor dem Feldherrn und darauf vor den Gelobten. «Tilly ist zum zweitenmal innert kurzer Zeit geschlagen worden, und ich hoffe, wir werden bald Gelegenheit erhalten, ihn gänzlich unschädlich zu machen. Ich zähle dabei auf Ihre Mitwirkung. Erhalten Sie sich bei Kräften und sorgen Sie weiterhin für gute Zucht und Ordnung.» Er winkte einem Trompeter, der hinter ihm stand, und übergab ihm einen Beutel. «Trinken Sie heute abend auf das Wohl unserer Armee und auf den Triumph unserer gerechten Sache.»

Der Trompeter legte den Beutel in Jakobees nicht ganz saubere Hand und nahm dann seinen Platz wieder ein.

Ulysses erhob sich. «Seine Durchlaucht mögen uns erlauben, mit Ihnen anzustoßen.»

«Mit Vergnügen, meine Herren.» Er setzte sich mit dem Grafen von Ortenburg an den Tisch, wo man rasch Platz gemacht hatte. Jakobee brachte Becher und füllte sie. Beim Anstoßen bemerkte Mansfeld die verbundene Nase Jenatschs. «Was ist denn unserm Haudegen passiert?» sagte er, nachdem er seinen Becher abgesetzt hatte. «Wieder ein Duell? Rapportieren Sie, Hauptmann.»

«Mit dem Feind, Euer Durchlaucht», grinste Jenatsch. «Er hat mir ein Stück von der Nase weggeschossen. Aber das schadet nichts, sie ist noch groß genug.» Die Herren lachten. Mansfeld sagte:

«In Ordnung, Jenatsch. Soldaten sollen sich mit dem Feind schlagen, nicht mit Kameraden. Die Ehre, ich weiß, ich weiß. Aber da differieren die Begriffe eben stark. Ich sage Ihnen eines: Wir stehen am Beginn eines langen Krieges. Was wir bisher geleistet haben, ist nichts im Vergleich zu dem, was noch kommt. Es wird Rückschläge geben, Niederlagen, Mutlosigkeit. Man wird immer wieder von vorn anfangen müssen, und da, meine Herren, kommt es auf jeden einzelnen an, auf seine Haltung, auf sein Beispiel. Für Lappalien werden wir keine Zeit mehr haben. Aber ich will Sie nicht länger stören. Machen Sie sich einen vergnügten Abend.»

Er trank aus und stand auf, Ortenburg ebenfalls, und auch die Schweizer erhoben sich.

Als Mansfeld gegangen war, trat der Kapitän Bernardino Rota herein, gefolgt von Christoph Rosenroll. Letzterer hatte noch die Wachen kontrolliert. Die beiden ließen sich am Tisch nieder und wurden sogleich bewirtet. Rota strich sich den Schnurrbart und lächelte behaglich.

«Es geht vorwärts, ihr Herren Schweizer und Grisonen! Ich habe soeben den Bericht an die Signoria abgefaßt, in aller Eile. Nun, gute Nachrichten fließen einem leichter aus der Feder als schlechte. Man wird mit Ihnen zufrieden sein.»

«Wenn Sie das nächstemal nach Venedig schreiben, Signor Capitano», bemerkte Rosenroll, «so sagen Sie, daß es uns in Deutschland ja soweit ganz gut gefällt, daß ich aber für meine Person nicht recht einsehen könne, wieso uns der Mansfeld nicht an Ort und Stelle gegen den Feind führt, ich meine auf Bündnerboden.»

«Schreiben Sie das ruhig», sagte Joder Casutt, «es ist auch meine Meinung.»

«Erlauben Sie», mischte Ulysses von Salis sich ein, «daß ich an Ihrer Stelle antworte, Signor Capitano.» Rota nickte lächelnd. «Ich bin der letzte, der die jetzigen Zustände in Bünden nicht beklagen würde, aber soviel dürfte nun wohl jedem klar sein, daß die Bündnerfrage eine Weltfrage geworden ist – übrigens ist sie es von Anfang an gewesen, es lag nur nicht so offen zutage. Venedig kann uns nur hier, wo es im verborgenen wirken kann, beistehn, weil es keinen Krieg mit Österreich riskieren darf.»

«Dann muß uns eben Frankreich helfen», sagte Casutt. «Sein Interesse an der Vertreibung der Spanier und Österreicher ist mindestens so groß wie unser eigenes.»

«Frankreich ist noch nicht reif für solche Ideen», fuhr Ulysses fort. «Es fehlt ihm der starke Mann, der leitende Kopf, die energische Faust, ohne die nichts zu machen ist. Es bleibt dabei: auf Bündnerboden stehen wir allein.»

«Und wenn auch», sagte Rosenroll. «Haben wir vielleicht bisher allein nichts ausgerichtet? Das Veltlin war so gut wie zurückerobert, die Beroldinger haben wir vertrieben – das waren doch auch Spanier, oder? Ich sehe nicht ein, warum wir nicht...»

«Überleg dir einmal», unterbrach ihn Ulysses, «warum die Fremden nun doch wieder da sind.»

«Warum? Das ist doch klar. Weil sie die Übermacht hatten. Wir haben sie schließlich nicht selbst hereingerufen, und gewehrt haben wir uns auch, das weißt du.»

«Ich will dir etwas sagen, Rosenroll. Wir können die Fremden noch zehnmal vertreiben, sie werden immer wieder zurückkehren. Wir werden erst Ruhe haben, wenn die Habsburger entscheidend geschwächt sind. Und dazu sind wir hier. Hier ist Bündnerboden, für uns. Jeder Sieg Mansfelds ist ein Bündnersieg.»

«Bravo», sagte Jenatsch.

«Und noch etwas», nahm Ulysses seinen Vortrag wieder auf. «Wir haben der Welt ein beschämendes Schauspiel von Uneinigkeit und Kopflosigkeit geboten. Nehmen wir ein Beispiel: Unser Ruinelli, der nach Hause geht, wenn ihm etwas nicht paßt. So sind sie alle gewesen, oder doch die meisten. Sie sind nach Hause gegangen aus dem Veltlin, später vor Bormio, ja, sie sind gar nicht eingerückt. Das ist sie, die Bündnerkrankheit, und mir scheint, Rosenroll, du hast sie auch.»

«Ich glaube, man muß es noch deutlicher sagen, Herr von Salis», ließ sich nun Jenatsch vernehmen. «Das ganze Bündnervolk hat versagt. Ich habe das immer wieder erfahren. Auch uns fehlt ein starker Mann, ein leitender Wille und eine energische Faust. Unsere Demokratie in Ehren, aber man hat nun gesehen, wieviel sie wert ist. Der Einzelne denkt nur an sich, er will keine Opfer bringen oder nur nach eigenem Gutdünken. Ich habe mir allerhand Gedanken gemacht in der letzten Zeit. Hauen wir den Knoten einmal entzwei und sagen wir doch einmal offen und ehrlich, welches Rezept unsere Krankheit heilen kann: Aus den Drei Bünden muß eine Art Fürstentum werden mit einem protestantischen Fürsten an der Spitze. Vielleicht könnte ein Magistrat sich mit ihm in die Regierung teilen, oder ein Militärkollegium, je nachdem. Die Hauptsache aber wäre, daß man dem Volk die Macht, die es so stümperhaft gehandhabt hat, wegnimmt. Das ist auf die Dauer die einzige Lösung.»

Die Tafelrunde schwieg. Man hörte nur das Gluckern des

Weines, wenn einer sich einschenkte, oder einen harten Laut, wenn er seinen Krug abstellte.

«Das hätte der Pompejus hören müssen», sagte endlich Casutt mit bitterem Lachen. «Er hätte seine helle Freude an dir gehabt, Jenatsch.»

«Geh zum Kuckuck mit deinem Pompejus», brauste Jenatsch auf.

«Planta war ein Landesverräter», sagte Ulysses.

«Das habe ich bis heute auch geglaubt», lachte Casutt. «Aber vielleicht hatte er auch bloß die Bündnerkrankheit, nur daß sie bei ihm ein bißchen stärker zum Ausbruch kam. Er wollte herrschen und hat das ein wenig deutlicher merken lassen als andere. Aber mir scheint, er hat euch ein bißchen angesteckt, übers Grab hinaus.»

«Mich?» fragte Ulysses, seine nicht sehr hohe Stirn in Falten legend. «Was habe ich mit dem Planta zu schaffen? – Inwiefern mich?»

«Nun, ich meinte nur so. Wenn ich mich richtig erinnere, sind das ungefähr die Ideen des Pompejus gewesen, was wir soeben gehört haben.»

«Aber doch nicht von mir!» trumpfte Ulysses auf. «Übrigens warum nicht? Ein Fürst, das gefällt mir. Da kann doch niemand behaupten, daß wir im gleichen Spittel krank seien wie der Pompejus, denn der wollte ja selber herrschen, selber der Fürst sein, und das wollen doch weder der Jenatsch noch ich. Ich denke im Gegenteil an eine ganz bestimmte, äußerst geeignete Person.»

«Das wäre?» fragte Jenatsch.

«Wir brauchen nicht in die Ferne zu schweifen.»

«Ihr Gnaden Rudolf vielleicht?» grinste Casutt.

«Bewahre, daran habe ich mit keinem Gedanken gedacht. Übrigens sind Sie heute unausstehlich, Casutt. Aber der Mansfeld. Hab ich nicht recht? Er ist Protestant, Konvertit, was noch besser ist. Er ist Graf und Marquis. Er ist ein Feldherr, der seinesgleichen sucht. Der Kaiser hat ihn in die Acht erklärt, auf seinem Kopfe steht ein hoher Preis. Was wollen wir mehr? Er und kein anderer wird uns retten.»

«Residieren wird er natürlich in Grüsch oder Chiavenna.»

«Sie sind eine ehrlose Bestie, Casutt. Man sollte Sie... Aber ich weiß schon, was dahintersteckt. Sie haben sie auch, die Bündnerkrankheit. Zu denken, daß Sie einmal parieren müßten, das treibt Ihnen die Galle ins Blut. Aber warten Sie nur!»

«Wir befinden uns zwar auf Bündnerboden», meinte Beck lächelnd, «und schnaufen Bündnerluft, aber vielleicht dürfen wir übrigen auch einmal etwas sagen, oder? Es war erbaulich, euch zuzuhören. Kaum zu glauben, daß dies die gleichen Leute sind, die sich als Patrioten und Demokraten haben feiern lassen.» (Jenatsch warf ihm einen grimmigen Blick zu.) «Nun, das ist eure Sache. Was mich betrifft, so möchte ich bloß meine Zweifel anmelden, ob die Eidgenossen einen solchen radikalen Wandel der Dinge in Bünden hinnehmen würden. Von Frankreich, Spanien und vor allem Österreich ganz zu schweigen. Ihr wollt ja Weltpolitik treiben. Da müßt ihr schon erlauben, daß die Welt euch ihren Segen dazu gibt.»

«Mit Mansfeld an der Spitze trotzen wir der Welt», sagte Ulysses.

«Der wird gerade Lust haben, sich an euch die Finger zu verbrennen!» sagte Heer. «In einem muß ich euch allerdings recht geben: Für eine Demokratie seid ihr noch nicht reif. Sie geht bei euch zu weit, und ihr müßt sie einschränken – oder euch eben gefallen lassen, daß das Ausland ein Wörtchen mitredet.»

«Was ich nicht begreife», sagte Beck, «ist, daß keinem von euch das Nächstliegendste eingefallen ist, nämlich aus den Drei Bünden einen eidgenössischen Ort zu machen, mit einer starken, aber wohlwollenden Regierung, wie wir sie in Basel haben.»

«Oder wie wir in Glarus, das läge noch näher», meinte Heer.

«Auch aus euch spricht der Pompejus», warf Casutt ein. «Versucht *ihr*, ein Roß zu satteln, das noch nie einen Reiter getragen hat.»

Über dem Schwarzwald grollte der Donner, und ab und zu fegte ein Windstoß über das Lager weg, so daß die Zeltwände krachten und knatterten. Rosenroll hängte sich den Mantel um und ging auf seine Runde. Der junge Casutt holte Holz aus einer Ecke und versuchte, das zusammengesunkene Feuer, das während des ganzen Abends in der Zeltmitte gebrannt hatte, wieder anzufachen.

«Meine Herren», sagte Ulysses, während schwerer Regen auf das Zeltdach zu trommeln begann, «es könnte wohl nicht schaden, wenn wir das Ergebnis unserer Diskussion zusammenfaßten. Für meine Person gestehe ich, daß die Idee unseres Kameraden Jenatsch manches für sich hat. Eine feste Zentralgewalt, in der Hand eines Fürsten vereinigt – es braucht ja nicht Mansfeld zu sein –, würde unsere Unabhängigkeit sicherstellen und uns eine neutrale Haltung gestatten, die...»

Er wurde unterbrochen, denn ein Soldat erschien im Zelteingang. «Da sind sie», sagte er zu jemandem, der draußen stand, und verschwand gleich wieder. Ein triefender, vermummter Mann trat ein. Als er den Mantel auszog und den Hut abnahm, kam ein roter Haarschopf zum Vorschein.

«Ei der Tausend», lachte Jenatsch, dem Roten die Hand entgegenstreckend, «da bekommen wir Zuzug aus Bünden. Janett, alter Liederjahn. Du hast uns noch gefehlt.» Er zog ihn an den Tisch und drückte ihn auf einen Sitz.

«Bist ausgerissen, oder haben dich die Zilliser hinausgeschmissen?»

«Ein Roter muß immer dabei sein», sagte Beck. «Heute hat der Gallus Rieder ins Gras gebissen, und schon bekommen wir Ersatz. Der andere war allerdings ein paar Nummern größer.»

«Soso», sagte Casutt, «hast den Talar auch an den Nagel gehängt?»

«Laßt mich zu Schnauf kommen», wehrte Janett ab, «dann will ich euch Rede stehen. Und gebt mir vor allem zu trinken.»

«Bist immer noch das Faß ohne Boden», lachte Jenatsch und schob ihm seinen eigenen Krug hin. Janett trank ihn aus, ohne abzusetzen.

«So», sagte er darauf. «Aber eine Reise ist das! Kaum zu erleben, und eine Schinderei, ich sage euch, ich kann fast nicht mehr sitzen.»

«Dann bist du am rechten Ort bei uns Kavalleristen. Komm nachher zu mir ins Zelt, ich reib dir das Sitzfleisch mit Hirschtalg ein. Aber jetzt erzähl. Wie steht's in Bünden? Weißt du etwas von Blasius, von Ruinelli?»

«Der Reihe nach», sagte Casutt.

«Also denn. Zu allererst und um keinen falschen Eindruck zu erwecken: Ich habe den Pfarrock keineswegs an den Nagel gehängt, das heißt, ich habe ihn allerdings aufgehängt, aber ich werde ihn wieder anziehen, sobald ich meine Mission beendet habe.»

«Das wird ja immer schöner», grinste Casutt. «Mission!»

«Ich komme nämlich im Auftrag der Bundeshäupter und mit dem Einverständnis des venezianischen Residenten in Zürich. Und zwar muß ich dem Grafen Ernst von Mansfeld höchst persönlich einen Brief übergeben. – Du Jörg», raunte er Jenatsch zu, «wie muß ich ihn anreden? Herr General oder Herr Graf oder wie?»

«Kannst ihm ruhig Herr Mansfeld sagen», antwortete Heer.

«Euer Durchlaucht sagt man», ließ sich Ulysses vernehmen. «Machen Sie jetzt keine Späße, Hauptmann, die Sache ist wichtig. Was steht in dem Brief, Janett?»

«Gelesen habe ich ihn nicht, aber so ungefähr kenne ich den Inhalt. Der Graf soll euch Bündner so schnell es geht entlassen. Man braucht euch daheim.»

«Daheim?»

«Daheim. Das Bündnervolk hat sich aufgerafft. Das Prättigau ist frei, und der Baldiron ist in Chur eingeschlossen. Wahrscheinlich hat er bereits kapituliert.»

«Was sagst du da? Das glaubst du selber nicht. Ein Aufstand ohne uns, das ist undenkbar», sagte Jenatsch.

«Die unreifen Demokraten, die politischen Stümper! Da habt ihr's, ihr Neunmalklugen!» triumphierte Joder Casutt.

«Erzähl», drängte Jenatsch.

«Wie's zu Hause aussah seit dem Herbst, das wißt ihr ja. Das Prättigau und Unterengadin besetzt, die Leute als österreichische Untertanen behandelt, die Männer entwaffnet, die Frauen geschändet, auf allen Kanzeln Kapuziner...»

«Das ist bekannt, weiter.»

«Ich sage euch, es ist nicht zu beschreiben, was die Leute im

Prättigau und Engadin auszustehen hatten, diesen Winter. Aber sie haben sich ermannt. In aller Stille haben sie sich gerüstet, haben Keulen geschnitten und sie mit Nägeln beschlagen, Sensen und Gabeln geschliffen, und am Palmsonntag ist die Lawine losgegangen. Die Österreicher waren zusammengehauen, bevor sie recht wußten, was geschah. Nur wenige sind mit dem Leben davongekommen, und die werden ihrer Lebtag daran denken, was Prättigauer Prügel sind. Aber noch ist nicht alles getan. Das Engadin ist noch nicht frei, und die Herren im Oberland müssen wieder einmal auf jenatschische Art daran. erinnert werden, was Bundestreue ist.»

«Die papistischen Bestien!» brüllte Jenatsch, und seine Faust sauste auf den Tisch. «Die können sich freuen, die Ruiser und Panixer Halunken. Die sollen vor mir antreten, und keiner geht mir von der Stelle, bis das Blut Bonaventuras und Alexanders mit Gold aufgewogen ist. Und dann zünd'ich die Drecknester an und lasse die Schinder ins Feuer hineinjagen!»

«Noch bist du nicht in Ruis und Panix, Jörg!» sagte Casutt.

«Entmannen werde ich sie alle, entmannen! Von dieser Rasse soll keine Seele übrig bleiben.»

«Halten wir uns an die Tatsachen», sprach Ulysses kühl. «Was haben Sie sonst für Nachrichten? Wissen Sie etwas von meinem Bruder Rudolf?»

«Er ist bei den Prättigauern.»

«Gut! Und Guler?»

«Der auch.»

«Haben Sie von Ruinelli gehört?»

«Er ist in Innsbruck eingesperrt, mit Blasius und à Porta zusammen. Die Österreicher schnappten ihn auf der Heimreise, und nun versucht man, die drei gegen gefangene österreichische Offiziere auszuwechseln. Alexius, der auch gefangen war, soll bereits in Freiheit sein. Er hat in Genf reiche Verwandte, die das Lösegeld bezahlt haben.»

«Was ist mit dem Plasch geschehen?» fragte Jenatsch mit funkelnden Augen.

«Nachdem ihr ihn im Stich gelassen habt...»

«Potz Wetter! Hast du's gehört, Casutt? Wir haben den Blasius im Stich gelassen! Wer hat dir das so erzählt? Dem werd'ich die Wahrheit künden!»

«Stimmt's am Ende nicht? Es hat überall geheißen, ihr hättet ihn zurückgelassen.»

«Es stimmt nicht, aber das ist jetzt ja gleich», sagte Casutt.

«Also, wie er allein war, sind die Bauern von Ruis oder Panix gekommen und haben ihn mitgeschleppt.»

«Die Schinder! Er war ja schon halbtot», sagte Jenatsch.

«Dann haben sie ihn nach Disentis geführt, und dort haben ihn österreichische Dragoner abgeholt und zum Baldiron nach Maienfeld gebracht. Der Rudolf Planta, erzählt man, habe gewünscht, daß man Alexander auf einen Esel setze. Er mußte durch die Soldaten reiten, und alle haben ihn angespuckt und ihm Roßmist nachgeworfen.»

«Das Pack, das Schinderpack! Komm, Janett, der Mansfeld muß noch auf sein. Morgen verreiten wir nach Hause. Mich zersprengt's, bis ich nicht einen Tiroler oder Panixer in Stücke gerissen habe.»

WEITERE AUFZEICHNUNGEN
EINES PATRIOTEN

17. April 1622

Mein sechzigster Geburtstag, den wir in aller Stille begangen haben, veranlaßt mich zu einigen Betrachtungen. In diesen Zeiten, da alles wankt, muß man sich an das halten, was bleibt. Ich habe am Morgen den Gottesdienst besucht. Die Predigt des Herrn Antistes Breitinger hat mich getröstet und mir Zuversicht und Gottvertrauen zurückgegeben. Wir vermögen die göttlichen Ratschlüsse nicht zu erforschen, aber wir dürfen am Glauben festhalten, daß alles zu unserem Besten dient.

Ich bin ein alter Mann, der das Unglück hatte, in unvernünftiger Zeit Vernunft zu bewahren. So blicke ich auf ein Leben zurück, das reich an Höhepunkten, aber auch reich an Enttäuschungen und Leiden war. In meinen jungen Tagen schien mir eine glänzende Laufbahn zu winken. Ich habe jedoch erkennen müssen, daß es Dinge gibt, die sich mit einer solchen Laufbahn nur vertragen, wenn man sein Gewissen zum Schweigen bringt.

Ich habe die Konsequenzen daraus gezogen und sehe mich jetzt, da ich meinem Lande weit bessere Dienste zu leisten imstande wäre als in meiner Jugend, zur Untätigkeit verdammt. Mit 25 war ich Landeshauptmann im Veltlin, mit 30 Landammann des Zehngerichtenbundes. Heute bekleide ich keinerlei Ämter mehr, und mein Einfluß geht über einen sehr eng gezogenen Kreis nicht hinaus. Man bezeichnet mich in Bünden als Abtrünnigen, weil ich das Zürcher Bürgerrecht erworben habe, und als schlechten Patrioten, weil ich mich nicht dazu hergab, den verderblichen Strömungen der letzten Jahre Vorschub zu leisten. So sehe ich mich von der Bühne in den Zuschauerraum versetzt, und meine einzige Hoffnung ist, das Stück möge nicht mehr allzu lange dauern. Ich habe so viel Blut und Tränen gesehen, daß ich beides satt geworden bin. Es bestehen wenig Aussichten auf eine erfreuliche Wendung. Meine Heimat erleidet die ärgste Bedrückung ihrer Geschichte, und es bleibt uns nicht einmal der Trost, daran unschuldig zu sein. Wir ernten, was wir in langen Jahren gesät haben. Dennoch schnürt es einem das Herz zusammen, wenn man täglich neue Einzelheiten erfährt. Wolle der gnädige Gott diesen Leiden bald ein Ziel setzen.

Persönlich habe ich über nichts zu klagen. Meine Familie erfreut sich leidlicher Gesundheit. Mein Augenleiden hat sich gebessert. Wir haben unser Auskommen, wenn auch nicht ungeschmälert. (Ich beabsichtige, diesen Sommer nach Innsbruck zu reisen, um mich erstens für die gefangenen Bündner einzusetzen und zweitens gegen die Konfiskation meiner Davoser Güter durch die Österreicher zu protestieren. Ich werde als Zürcher Bürger auftreten können, und man wird mir Recht verschaffen müssen.) Meine Beziehungen zu den zürcherischen Staatspersonen sind die besten und herzlichsten. Ich habe Muße, mich mit den Dingen abzugeben, die meiner Natur entsprechen. Und dennoch gäbe ich alles darum, meinem Lande nützlich sein zu können.

19. April 1622

Manchmal denke ich daran, eine Chronik der Ereignisse in Bünden, etwa mit dem Thusner Strafgericht beginnend, zu verfassen. Ich habe, abgesehen von den Eintragungen in diesem Buch, immer Material dazu gesammelt. Von den wichtigsten Dokumenten, so vom unseligen Vertrag des Obern Bundes mit Spanien, dem sogenannten Mailänder Kapitulat, habe ich mir Abschriften besorgt. Manches, wie die Pasquille und Spottlieder, besitze ich in Originaldrucken. Ich habe letzthin etwas Ordnung in diese Papiere gebracht, aber es lockt mich vorderhand wenig, die Feder zur Hand zu nehmen. Eine solche Arbeit könnte ja nur durch ihre kritische Absicht Nutzen stiften. Ob aber diejenigen, die sie erreichen möchte, daraus auch wirklich Nutzen zögen, ist mehr als fraglich.

26. April 1622

Ein Gerücht durcheilt die Stadt: Die Bündner hätten sich gegen Österreich erhoben und die Spanier aus dem Veltlin gejagt. So sehr ich eine solche Wendung begrüßen würde, so wenig vermag ich diesen Nachrichten Glauben zu schenken. Sie sind zu unwahrscheinlich. Das ganze Bündnervolk hätte sich gegen Österreich verschwören müssen. Eine solche Einigkeit klingt zu lieblich, als daß sie den Tatsachen entsprechen könnte. Weil aber meistens ein Gerücht nicht aus der leeren Luft entsteht, begab ich mich am Nachmittag zum venezianischen Residenten Scaramelli, dem wohlunterrichtetsten Manne in unserer Stadt, wie ich aus Erfahrung weiß. Er konnte mir keine Auskunft geben. Auf jeden Fall ist Venedig nicht im Spiel. Scaramelli hält einen Aufstand nicht für unmöglich, geht aber mit mir einig, daß er niemals das ganze besetzte Gebiet erfaßt haben kann. Die Bündner sind ohne Waffen, haben einen furchtbaren Hungerwinter hinter sich, genießen vorderhand noch keine Unterstützung, und vor allem können weder Scaramelli noch ich uns vorstellen, wer die Führung eines solchen großangelegten Unternehmens in der Hand haben könnte. Die militärisch erfahrenen Leute befinden sich, abgesehen von den spanischen Parteigängern, alle außer Landes. Ich warte mit einiger Ungeduld auf zuverlässige Berichte.

27. April 1622

Wie zu erwarten war, erweist sich das gestrige Gerücht als unsinnige Übertreibung. Es steht immerhin fest, daß sich die Prättigauer in der Nacht vom 23. auf den 24. April gegen die österrei-

chischen Besetzungstruppen erhoben haben, und zwar mit
Erfolg. Es scheint, daß die Österreicher vollkommen überrascht
wurden, denn sie waren, obwohl vorzüglich bewaffnet, nicht in
der Lage, wirksamen Widerstand zu leisten. Die meisten von
ihnen wurden getötet. Einer kleinen Anzahl soll die Flucht gelungen sein. Unter den Toten befindet sich auch der Pater Fidelis von
Sigmaringen, jener ehrgeizige Kapuziner, der sich zum Ziel
gesetzt hatte, das Prättigau, Davos und das Unterengadin zu rekatholisieren. Dabei war es gerade der religiöse Fanatismus dieses Mannes, der das Volk zum Äussersten trieb. Der Aufstand
wirkte denn auch wie eine Naturkraft. Es wird berichtet, daß die
Prättigauer mit ihren nägelgespickten Keulen sich wie Rasende
auf die Feinde gestürzt, ja, daß sogar Frauen sich am Kampfe
beteiligt hätten.

Es hat immer sein Schönes, wenn die Gerechtigkeit sich auf so
elementare Weise Bahn bricht. Aber was nun? Noch sind nicht
alle Österreicher aus Bünden vertrieben. Noch halten die Spanier
das Veltlin. Noch ist das Bündnervolk nicht einig. Noch ist nichts
vorgekehrt, um zu verhindern, daß unsere Feinde, falls sie überhaupt vertrieben wurden, nicht binnen kurzem wiederkommen.
Wir stehen auf dem gleichen Punkte, wo wir vor einem Jahr standen, nachdem die Beroldinger verjagt waren. Ohne Zweifel wird
eine österreichische Anwort erfolgen. Es wird zu neuen Verwicklungen kommen, aus denen wir uns nicht ohne fremde Hilfe herausarbeiten können. Aber diese Hilfe wird so lange anhalten
müssen, daß sie uns schließlich so lästig fallen wird wie eine
fremde Besetzung, und am Ende bleibt uns nur eines übrig, um
Ruhe und Frieden zu erlangen: uns mit Spanien und Österreich
irgendwie zu einigen. Das ist eine bittere Aussicht für einen
Mann, der wie ich Zeit seines Lebens ein Anhänger Frankreichs
war. Das einzige, was uns vor einem so unbequemen Pakt retten
könnte, wäre eine entscheidende Schwächung der habsburgisch-katholischen Mächte auf dem deutschen Kriegsschauplatz.

3. Mai 1622

Ich sammle alle Nachrichten aus Bünden. Noch steht alles gut.
Mein Neffe Rudolf v. Salis und mein Sohn Johann Peter haben

sich zu den Aufständischen begeben. Zürich hat seinen Festungsbaumeister, meinen engern Landsmann Hans Ardüser, zu ihnen entsandt. Es gilt, Maienfeld und Chur, wo sich noch starke österreichische Kräfte befinden, zu belagern.

Ich habe in letzter Zeit häufig mit dem venezianischen Residenten Scaramelli verkehrt. Es scheint, daß die Serenissima gewillt ist, uns beizustehen. Vorläufig ist sie bereit, unsere Emigranten, die sich der mansfeldischen Armee angeschlossen haben, nach Hause zu entlassen. Möglicherweise wird später ein Teil dieser Armee selbst auf Bündnerboden operieren. Johann Peter Janett, der Prädikant von Zillis, hat sich heute bei mir gemeldet. Er wird morgen ins mansfeldische Lager weiterreisen, um unsere Leute zurückzurufen.

9. Mai 1622

Gute Nachrichten aus Bünden. Rudolf v. Salis ist zum Oberanführer ernannt worden. Eine ganz hübsche Karriere! Der Bengel ist knapp jenseits der Dreißig. Übrigens keine schlechte Wahl, vielleicht sogar die denkbar beste unter den gegenwärtigen Umständen. Es zeigt sich denn auch, daß nun Überlegung und System in die manœuvres kommt. Eine vom Vorarlberg her angreifende österreichische Truppe wurde vor den neuen Schanzen auf der Luziensteig vernichtend geschlagen. Maienfeld ist in unserer Hand. Dem österreichischen Oberkommandierenden Baldiron wurden Haldenstein und Reichenau entrissen, so daß er in Chur abgeschnitten ist. Ich habe Rudolf v. Salis geschrieben, daß man bei der Kapitulation, die früher oder später zu erwarten steht, nicht vergessen solle, die Freilassung der in Innsbruck gefangenen Bündner auszubedingen.

Die Truppen des katholischen Oberlandes, die bei Reichenau lagerten, haben kampflos den Rückzug angetreten.

15. Mai 1622

Jenatsch hat mich heute in Begleitung des Prädikanten Janett aufgesucht. Er war in seiner muntersten Laune und funkelte geradezu vor Kampfbegierde. Ich habe ihm in kurzen Zügen die Lage erklärt. Er hat übrigens bei Mansfeld wacker seinen Mann gestellt, wie mir Scaramelli berichtet. Mansfeld soll große Stücke auf ihn halten. Etwas zu ärgern scheint Jenatsch die Wahl meines Neffen Rudolf zum Oberanführer. Er hat nichts dazu gesagt, als: «Soso, Ihr Gnaden Rudolf.» Ich mache mich auf Verwicklungen gefaßt, denn Jenatsch ist ebenso tapfer als ehrgeizig.

1. Juni 1622

In Bünden finden andauernd kleinere Kämpfe statt. Baldiron versucht verzweifelt, sich aus der Umklammerung zu befreien. Seine Angriffe sind aber bisher ausnahmslos gescheitert. Frische österreichische Truppen, die die bündnerischen Stellungen von der Luziensteig her im Rücken fassen sollten, wurden grösstenteils vernichtet.

19. Juni 1622

Baldiron hat in Chur kapituliert. Es ist ihm freier Abzug gewährt worden. Ich nehme an, es ist ihn recht hart angekommen, die Spaliere der Prättigauer zu durchschreiten, die ihm ihre von österreichischem Blut geröteten Keulen präsentierten! Die Freilassung der in Innsbruck gefangenen Bündner ist in die Kapitulationsbedingungen aufgenommen worden.

29. Juni 1622

Rudolf von Salis ist als ‚Dreibündegeneral' bestätigt worden. Seine erste Amtshandlung war, den Obern und den Gotteshausbund zum Zurücktreten vom Mailänder Vertrag zu zwingen, um auf diese Weise die Einheit der Republik der Drei Bünde wieder herzustellen. Lugnez und Disentis mußten mit einer hohen Buße belegt werden. Jenatsch hat es eingerichtet, seine Compagnie nach Ruis zu führen. Er hat dort und in Panix viel unnötigen Lärm gemacht, konnte aber glücklicherweise daran gehindert werden, größeres Unheil anzustellen.

1. Juli 1622

Es sieht so aus, als hätten die Siege über die Österreicher das Urteil der bündnerischen Staatspersonen verdunkelt, so daß sie den Zusammenhang nicht mehr erkennen. Aus dem Gefühl der Überlegenheit und der Unbesiegbarkeit heraus – so will es mir wenigstens vorkommen – haben die Räte Handlungen angeordnet, die jeder Vernunft hohnsprechen. Der erste grundlegende Fehler: Da der Krieg gegen Österreich noch nicht beendet ist, sollte den militärischen Erwägungen der Vorrang vor den politischen gebühren, und zwar dergestalt, daß der Oberkommandierende in seiner Handlungsfreiheit möglichst wenig beschränkt wird. Statt dessen schreibt der unglückselige, politisch zusammengesetzte Kriegsrat meinem Neffen vor, eine Strafexpedition ins Montafon zu unternehmen! Rudolf von Salis hat sich in einem Brief bitter über die unmöglichen Verhältnisse beklagt.

20. Juli 1622

Widersprechende, im ganzen nicht erfreuliche Nachrichten aus Bünden. Die Hauptleute Jenatsch und Heer (ein Glarner) haben die Österreicher anscheinend aus dem Engadin vertrieben, wurden aber bei Martinsbruck angegriffen und mußten sich zurückziehen. Rudolf von Salis, aus dem Montafon eintreffend, stellte die Lage wieder her, aber es zeigen sich, nach drei Monaten Krieg, bei den Truppen bereits die ersten Ermüdungs- und Auflösungserscheinungen. Alles, schrieb mir kürzlich Jenatsch, wolle heim, da sich weit und breit kein Österreicher mehr zeige. Das ist bündnerische Kriegsmanier! Dreinhauen wie die Teufel, das paßt den Leuten, aber warten, bereit sein, das können sie nicht. Es sind schon zahlreiche Desertionen vorgekommen. Ein Standrecht, das solche verhinderte, gibt es nicht.

1. August 1622

Ulysses von Salis und Jenatsch haben bei mir vorgesprochen. Sie wollen versuchen (mit venezianischem Geld), die Ausfälle in der bündnerischen Armee durch Aushebungen in der Eidgenossenschaft zu ersetzen. Rudolf hat die Hilfe Mansfelds, die ja grundsätzlich zugesagt ist, angerufen. Er hat keine 2000 Mann zur Verfügung, und diese Zahl verringert sich täglich, weil der Erzherzog Leopold mit dem Bundestag Waffenstillstandsverhandlungen eröffnet hat. Zum Zeichen des guten Willens hat der Erzherzog Jakob Ruinelli und den Prädikanten à Porta freigelassen, nicht aber Blasius Alexander, was einen Bruch der Kapitulationsbedingungen von Chur bedeutet.

Diese Verhandlungen sind nicht ernst zu nehmen. Ich vermute im Gegenteil, daß sie nur dazu dienen, Zeit zu gewinnen.

Die Kanzlei in Innsbruck hat mir eine Entschädigungssumme zugesprochen für den Verlust der Einkünfte aus meinen Davoser Gütern während der österreichischen Besetzung.

31. August 1622
Ich habe mit meiner Familie einen Kuraufenthalt in Baden gemacht. Meine Frau litt in letzter Zeit an Gichtbeschwerden, fühlt sich nun aber besser. Meine Tochter Margreth, unlängst siebzehnjährig geworden, ist etwas blaß und macht mir deswegen Sorge. Sie sollte heiraten. Ich habe mit dem Bürgermeister Rahn ein noch unverbindliches Gespräch über diesen Gegenstand geführt. Sein Sohn Hans Jakob wäre mir als Schwiegersohn recht angenehm. Mein jüngster Sohn Andreas widmet sich mit Eifer seinen Studien. Hans Peter ist bei seiner Compagnie. Von meiner Tochter Anna und ihrem Mann, dem Bürgermeister Gregor Meyer von Chur, habe ich gute Nachrichten, ebenso von meinem ältesten Sohn Johannes auf unserer Stammburg Wyneck in der Herrschaft.

9. September 1622
Abermals ist das Kriegselend über meine arme Heimat hereingebrochen. Der neue österreichische Oberanführer, Graf Alwig von Sulz, der den Wüstling Baldiron ersetzt, hat die Bündner zuerst im Engadin, später bei Raschnals (unterhalb Klosters) geschlagen. Der letzte Sieg kam ihn teuer zu stehen, denn die Bündner haben gefochten wie die Löwen, mußten aber schließlich der beinahe zehnfachen Übermacht weichen.

So war also alles umsonst! Das Land ist weithin verwüstet. (In welchem Zustand mögen meine acht Davoser Häuser sich befinden!) Im Unterengadin sollen alle Dörfer in Asche liegen. Das Schlimmste ist, daß die meisten Vorräte vernichtet wurden. Was für ein Winter mag diesen armen Leuten bevorstehen! Zürich ist wieder überschwemmt von Emigranten aus dem Prättigau. Ich habe alle Hände voll zu tun, sie unterzubringen.

12. September 1622
Es scheint, daß die Österreicher diesmal mehr Milde walten lassen als das letztemal. Sie haben sogar versucht, meine Neffen Rudolf und Ulysses, Jakob Ruinelli und Jörg Jenatsch in ihre

Dienste zu nehmen. Rudolf, dessen militärischen Leistungen auch die Feinde die Achtung nicht versagen können, erhielt sogar das großzügige Angebot, sein Schloß in Malans in völliger (auch religiöser) Freiheit zu bewohnen. Man wollte ihm ein kaiserliches Regiment zur Verfügung stellen und ihm eine beträchtliche Pension ausrichten. Er hat aber, wie übrigens die andern Genannten auch, solchen Lockungen widerstanden und wartet hier in Zürich die weitere Entwicklung ab.

Es gilt, nochmals von vorn anzufangen. Ich habe den jungen Leuten auszureden versucht, daß das Schicksal unserer Heimat militärisch entschieden werden könne. Einzig unsere Freunde, Frankreich und Venedig, können uns jetzt einen dauernden Frieden verschaffen, und zwar auf dem Wege von Verhandlungen. Ihre politische Position dem Kaiser und Spanien gegenüber ist im Augenblick recht schwach, so daß ich mir keine Hoffnung auf eine rasche Änderung der Lage in Bünden mache. Gegenwärtig herrscht dort Ruhe, aber es ist die Ruhe des Kirchhofs.

Dennoch muß das Leben irgendwie weitergehen. Ich kann nicht glauben, daß es dem Willen Gottes entspricht, mein Volk und seine Freiheit untergehen zu lassen. Vielleicht liegt der tiefere Sinn der endlosen Verwicklungen darin, dieses Volk zur Geduld und zur Ausdauer reifen zu lassen und schließlich zur Einigkeit zu führen.

19. September 1622

In Lindau sind Verhandlungen mit bündnerischen Abgeordneten im Gang. Ich nehme an, daß der Vertrag von Mailand wieder in Kraft gesetzt wird, daß also das Prättigau und das Unterengadin wieder ins unmittelbare österreichische Untertanenverhältnis versetzt werden.

Jenatsch ist mit den Resten seiner Compagnie in den persönlichen Dienst des venezianischen Residenten Scaramelli getreten. Sachlich läßt sich die Aufstellung einer solchen Leibgarde durch nichts rechtfertigen, denn Scaramelli genießt hier vollständige Sicherheit. Es handelt sich einfach um eine Geste Venedigs, die zu billigen ich nicht zögere.

3. Oktober 1622

Der Vertrag von Lindau ist unlängst unterzeichnet worden. Er deckt sich ziemlich genau mit den Bestimmungen des Mailänder Kapitulates, verletzt also die Grundlagen der Republik der Drei Bünde geflissentlich.

20. Oktober 1622

Es scheint, daß man sich in Bünden mit der neuen Lage abfindet. Das Volk duckt sich und erträgt schweigend alle Leiden. Besonders die Unterengadiner bekommen die Hand Österreichs zu fühlen. Diese Hand ist der Oberst Baldiron, der den Feldzug als Unterführer mitgemacht hat und nun als Gouverneur alle Vorteile seiner Stellung aufs schändlichste ausnützt. Seinen Soldaten ist schlechthin alles erlaubt. Graf Sulz hat versucht, seinen mäßigenden Einfluß geltend zu machen, bisher umsonst.

15. November 1622

Das besetzte Bünden macht schlimme Zeiten durch. Im Unterengadin herrscht Hungersnot. Dazu kommt der Terror der österreichischen Soldateska und die hemmungslose Mission der Kapuziner. Es werden zahlreiche Konversionen gemeldet. Ich kann jedoch nicht glauben, daß es sich dabei um einen echten Glaubenswechsel handelt, sondern bloß um das äußerste Mittel, die unerträglichen Leiden zu erleichtern. Übrigens hat sich Jenatsch letzthin bitter über seinen Schwager Jodokus beklagt, den ehemaligen Prädikanten von Pontresina. Dieser ist zum katholischen Glauben übergetreten, und zwar ohne den äußern Zwang des leiblichen Elends wie viele Unterengadiner, sondern aus freien Stücken. Dem alten Israel Jenatsch soll diese Nachricht so zugesetzt haben, daß er krank wurde und nun im Sterben liegt.

Kurze Zusammenfassung der Ereignisse des Jahres 1623

Januar 1624

Ich habe begonnen, eine ausführliche Chronik der vorletztjährigen Ereignisse in Bünden zu verfassen. Meine persönlichen Aufzeichnungen leisten mir dabei gute Dienste. Ich habe die Notizen auch im Jahre 1623 fortgesetzt, versuche nun aber, im Hinblick auf eine Fortführung der Chronik über das Unglücksjahr zweiundzwanzig hinaus, die Begebenheiten des Jahres 1623 zusammenzufassen, wobei ich mich bemühe, nur das festzuhalten, was von allgemeinem Interesse sein dürfte.

Zu Beginn des Jahres ereilte uns die Nachricht vom standhaften Ende unseres Blasius Alexander Blech. Er starb durch Henkershand, ungebeugt in seinem Glauben, nachdem er im Kerker die härtesten Leiden und Entbehrungen erduldet hatte. Eine Abschrift des Abschiedsbriefes an seine junge Frau und sein Töchterchen, die hier in Zürich gut aufgehoben sind, befindet sich in meinem Besitz, ebenfalls eine Abschrift des lateinischen Gedichtes, das er seinen glücklicheren Mitgefangenen Ruinelli und à Porta mitgab. In diesen Dokumenten drückt sich die ganze Geistesart dieses Mannes aus, der so entscheidenden Anteil an den Geschicken unserer Heimat hat, daß eine kurze Betrachtung im Rahmen dieser Zusammenfassung sich rechtfertigt.

Er war eine zu leidenschaftliche Natur, um sich abseits der Ereignisse zu halten, aber auch, um durch Vernunft und Überlegung das drohende Unheil abzuwenden. Seine bis zum letzten Atemzug bewiesene Glaubenstreue, seine Unerschrockenheit vor den Richtern und die Tapferkeit, mit der er sein Schicksal trug, ehren ihn jedoch und haben auch den Gegnern Bewunderung abgefordert. Trotz seiner Irrtümer muß man ihn als einen der großen Bündner unserer Tage gelten lassen. Er ruhe in Frieden!

Die Lage in Bünden hat sich während des ganzen Jahres kaum verändert. Die Leiden des Volkes sind unvorstellbar. Zur Bedrückung durch die fremden Truppen haben sich verheerende Krankheiten und Hungersnot gesellt, dazu eine wachsende religiöse Unduldsamkeit, die sich da und dort zu Terrorakten auswuchs, so im Puschlav und Bergell. Der Protestantismus in diesen italienisch sprechenden Talschaften war der Gegenreformation von jeher ein Dorn im Auge.

Politisch zeigte sich ein Lichtblick durch das vermehrte Interesse, das Frankreich unserem Lande zuwendet. Dieser uns immer wohlgesinnte Staat verband sich im Februar mit Savoyen und Venedig zu einem gegen Spanien gerichteten Bund. Unter dem Drucke dieser Bedrohung willigte Spanien ein, das Veltlin dem Papst zu übergeben, was allerdings für uns an den Verhältnissen nichts änderte. Es entwickelte sich in der Folge unter den Mächten ein ziemlich widerliches Feilschen um die Benutzung unserer Pässe. Der neue Papst, Urban VIII., wollte diese zuerst den Spaniern verschließen, worauf Spanien intervenierte. Ein zweiter Vertragsentwurf wurde von Frankreich abgelehnt, weil die Pässe nicht nur ihm, sondern auch Spanien offengehalten werden sollten. Die Bündner hat man weder im einen noch im andern Falle um ihre Meinung gefragt.

Daß die engültige Regelung all dieser Fragen zum kleinern Teile in unserer Macht liegt, ist mittlerweile deutlich geworden. Ebenso klar ist es jedoch, daß auf dem reinen Verhandlungswege keine Lösung gefunden werden kann, die unsere Interessen in genügendem Maße wahrt. Dazu ist unsere Stellung gegenwärtig zu schwach. Man hat denn auch, vor allem in Frankreich, wo sich ein neuer Kurs abzuzeichnen beginnt, erkannt, daß in erster Linie unsere Position verbessert werden muß. Die neuen Männer um die Königin-Mutter Maria Medici versuchen, Frankreich im Innern zu einigen, damit es nach außen um so kräftiger auftreten kann, vor allem gegen die österreichischen und spanischen Habsburger. Der Ausgang dieser Auseinandersetzung zwischen Frankreich (nebst seinen Verbündeten) und Habsburg wird auch das Schicksal unserer Heimat entscheiden, und zwar nicht nur die Veltlinerfrage, sondern auch die Frage der jetzt von Österreich besetzten Gebiete. Frankreich muß uns beistehen, und zwar vor allem militärisch. Es sind gegenwärtig Bestrebungen im Gange, die eindeutig auf dieses Ziel hinarbeiten. Ich fühle mich daher zu einem – allerdings gedämpften – Optimismus berechtigt. Möge der gnädige Gott, in dessen Hand das Los aller Völker ruht, meinen Landsleuten die Kraft verleihen, die Bedrückung noch einige Zeit zu ertragen.

19. April 1624

Mesnil, der Schwiegersohn des französischen Ambassadeurs in Solothurn, hielt heute in meinem Hause eine vertrauliche Konferenz ab. Er ist mit einer diplomatischen Mission betraut, die keinen geringeren Zweck verfolgt als die Vorbereitung einer von Frankreich geleiteten militärischen Aktion in Bünden. Mesnil besprach sich mit Ulysses von Salis, Jörg Jenatsch, meinem Sohn Johann Peter und mir über den Anteil, den Bünden allenfalls zu leisten imstande wäre. Zu meiner Freude konnte ich bemerken, daß die jungen Eisenfresser von ehedem ihren gefährlichen Dilettantismus aufgegeben haben und sich nun bereit finden, sich den wohlerwogenen Plänen unterzuordnen. Es ist allerdings höchste Zeit dazu!

12. Mai 1624

Die neueste Nachricht aus Bünden: Der Erzherzog Leopold hat seine Truppen aus sämtlichen besetzten Gebieten zurückgezogen – mit Ausnahme des Münstertales. Diese Maßnahme, die von einiger Staatsklugheit zeugt, verschafft meinen Landsleuten ohne Zweifel bedeutende Erleichterungen, ändert aber nichts an der Tatsache, daß Österreich Landesherr bleibt. Amtleute und Kapuziner sind denn auch zurückgeblieben. Die militärische Aktion, die wir vorbereiten, bekommt nun allerdings ein anderes Gesicht. Vorausgesetzt, daß Leopold seine Truppen nicht wieder einmarschieren läßt, können wir unverzüglich an die Befreiung des Veltlins denken.

Der hiesige venezianische Resident hat unserem Befreiungskomitee eine beträchtliche Summe zur Verfügung gestellt. Wir haben Jenatsch mit der Aufgabe betraut, Musketen aufzukaufen, denn ein großer Teil der Bündner ist ohne Waffen. In Niederurnen, wo Rudolf von Salis sich aufhält, soll ein geheimes Depot errichtet werden. Zürich unterstützt unsere Zurüstungen nach Kräften.

3. Juli 1624

Der zukünftige französische Oberkommandierende in Bünden ist kürzlich hier eingetroffen. Es ist Hannibal d'Estrée, Marquis de Cœuvres, der vorläufig als außerordentlicher Gesandter auftritt, um die habsburgischen Mächte nicht vorzeitig scheu zu machen. Es ist geplant, den Feldzug als eine Erhebung des Bündnervolkes gegen die Veltliner Besetzung erscheinen zu lassen. Ich bin freilich der Meinung, daß eine solche Unehrlichkeit nur Schaden stiften wird, denn die Spanier werden spätestens beim Auftauchen des ersten französischen Musketiers auf Bündnerboden wissen, was gespielt wird. Daraus könnten Schwierigkeiten entstehen, die die ganze Campagne gefährden. Eine Entscheidung ist glücklicherweise noch nicht gefallen. Sie sollte allerdings nicht mehr lange hinausgeschoben werden, denn bereits beginnen Jenatsch und Ulysses ungeduldig zu werden. Sie haben sich bisher unermüdlich für unsere Sache eingesetzt.

20. August 1624

Nach schier endlosen Beratungen, die nicht ohne kleinliche Zänkereien abliefen, ist man nun mit den Vorbereitungen mehr oder weniger zum Abschluß gelangt. Die drei bündnerischen Regimenter werden von Rudolf v. Salis (Stellvertreter ist sein Bruder Ulysses), Andreas Brügger und Rudolf von Schauenstein geführt. Die beiden letztern befinden sich schon seit einiger Zeit in französischen Diensten. Meinem Sohn Johann Peter, Ruinelli, Jenatsch und Hohenbalken sind Compagnien im Salisschen Regimente zugesprochen worden. In den andern beiden Regimentern haben spanisch gesinnte Bündner wie Florin und Rudolf Travers (der Schwiegersohn des Pompejus Planta) Aufnahme gefunden. Jenatsch hat zwar heftig dagegen protestiert, was ich einerseits begreife. Anderseits drückt sich in dieser gemischten Besetzung der Gedanke der bündnerischen Einigkeit aus. Wir dürfen es uns diesmal nicht leisten, den katholischen Teil des Bündnervolkes gegen uns zu haben. Der Plan, das Unternehmen als Volkserhebung zu inszenieren, ist zum Glück aufgegeben worden. Man wartet nun auf die Zustimmung der II Bünde und der Tagsatzung. Die Regimenter beginnen sich durch intensive Werbungen aufzufüllen. Jenatsch hat dabei die Unvorsichtigkeit begangen, im Rheintal, also vor der Nase der Österreicher, die Trommel rühren zu lassen.

15. September 1624

Unter dem heutigen Datum hätte der Einmarsch in Bünden beginnen sollen. Er hat sich verzögert, einerseits durch das Ausbleiben des Angriffsbefehls durch den König von Frankreich, anderseits deswegen, weil die Zustimmung der zwei Bünde noch nicht erfolgt ist. Es herrscht eine gewisse Nervosität unter den Bündner Offizieren. Jenatsch war drauf und dran, sein Kommando niederzulegen und in Bünden einen Aufruhr zu entfachen, um Frankreich zum raschen Eingreifen zu zwingen. Das wäre natürlich unsinnig gewesen. Ich teile hingegen seine Ungeduld, denn je länger wir zuwarten, desto besser werden sich der Erzherzog Leopold und der Herzog Feria vorsehen. Sie haben natürlich längst Wind bekommen. Ich frage mich außerdem, ob die Jahreszeit für einen Gebirgskrieg nicht schon zu weit vorgerückt ist. Man scheint mit raschen Erfolgen zu rechnen oder mit dem unbeschränkten Wohlwollen des Wettergottes!

26. Oktober 1624

Die Offiziere sind heute zu ihren Compagnien, die sich beidseits des Sees besammelt haben, abgereist. Vorerst wird nur das Regiment Salis sich in Marsch setzen. Wenige Tage später soll der Rest der Armee nachfolgen.

3. November 1624

Gute Nachrichten aus Bünden. Das Regiment Salis hat sich in aller Stille in Niederurnen versammelt, wurde vom Kommandeur gemustert, versah sich hierauf mit der nötigen Ausrüstung und setzte schon am 28. Oktober seinen Fuß auf Bündnerboden. Die Luziensteig und die Prättigauer Klus wurden gesichert, so daß der Rest der Armee ungehindert aufmarschieren konnte.

12. November 1624

Cœuvres ist in Chur eingetroffen. Die Leute des Zehngerichtenbundes leisteten den Eid auf die alten Bundesbriefe. Die Österreicher haben bisher auf den Einmarsch nicht reagiert. Amtleute und Kapuziner haben sich davongemacht, und überall kehrt das Volk zum angestammten evangelischen Glauben zurück.

30. November 1624

Die Republik Gemeiner Drei Bünde ist zum zweitenmal auferstanden! Der feierlich versammelte Bundestag hat am 25. November die Einigung vollzogen und alle Verträge seit 1621 außer Kraft gesetzt. Schon am nächsten Tag begannen die Truppenbewegungen in Richtung auf das Engadin. Zum erstenmal seit Jahren steht wieder das gesamte Bündnervolk hinter der Armee. Der Vormarsch vollzieht sich rasch, denn die Österreicher scheinen sich still zu verhalten. Sie haben sogar das Münstertal geräumt. Unter diesen unerwartet günstigen Umständen kann sofort zur Eroberung des Veltlins geschritten werden. Daß dieses immer noch von päpstlichen Truppen verteidigt wird, darf als weiterer Vorteil gelten. Ich erwarte eine rasche Entscheidung. Das Wetter war übrigens bisher denkbar günstig. Auf den Pässen soll überhaupt noch kein Schnee liegen. So scheint sich alles gegen Habsburg zu verschwören.

15. Dezember 1624

Unsere Truppen befinden sich im Veltlin! Die Verbindung mit Venedig ist hergestellt, so daß alle Nachschubprobleme gelöst sind. Tirano ist in unserer Hand. Die päpstlichen Truppen haben sich nach Bormio und Sondrio zurückgezogen.

6. Januar 1625

Die päpstlichen Truppen haben das Veltlin geräumt, nachdem Jenatsch und Ruinelli das Kastell von Sondrio gestürmt hatten. Cœuvres hat das Veltlin und seine Bewohner dem Schutz des Königs von Frankreich unterstellt. Das bedeutet, daß die Bündner ihr Eigentum noch nicht zur freien Verfügung haben. Die bündnerischen Regimenter mußten denn auch die Ehre des Einzugs in die eroberten Städte den Franzosen überlassen. Das ist ärgerlich, aber begreiflich. Dieser Feldzug will ja bloß eine günstige Ausgangslage für Verhandlungen mit Österreich und Spanien schaffen. Wir dürfen uns also vorderhand nicht zurückgesetzt fühlen, sondern müssen mit dem Erreichten zufrieden sein. Ich gestehe, daß ich niemals auf eine so glatte Abwicklung der Feldzugspläne zu hoffen wagte. Es steht uns freilich noch eine schwierige Aufgabe bevor. Die Grafschaft Chiavenna nämlich ist immer noch von spanischen Truppen besetzt. Sie stehen unter dem Kommando des erfahrenen Serbelloni, der sich mit Nägeln und Zähnen zur Wehr setzen wird.

7. Februar 1625

Nach einer Umgruppierung seiner Truppen (ein Teil des Regimentes Salis wurde aus dem untern Veltlin über Bernina und Maloja ins Bergell verlegt, um das Brüggersche und Schauensteinische Regiment zu verstärken) hat Cœuvres zum Angriff auf

Cläfen angesetzt. Das Städtchen wurde nach sehr hartnäckigen Kämpfen erobert, mit Ausnahme des Castellos, dem nun mit Belagerungsgeschütz zu Leibe gerückt wird. Die Verbindung mit dem Veltlin ist also beinahe hergestellt. Die Spanier halten nur noch die Ufer des Lago di Mezzola besetzt, allerdings in vorzüglichen Stellungen. Es fragt sich nun, ob Cœuvres es wagen darf, aus dem untern Veltlin nach Colico vorzustoßen, Fuentes einzukreisen und damit die erwähnten Positionen Serbellonis am Lago di Mezzola von ihrer Basis abzuschneiden. Venedig hat einigen Zuzug ins Veltlin entsandt, doch fällt dieser nicht ins Gewicht.

3. März 1625

Beinahe unveränderte Lage am Lago di Mezzola. Verschiedene Umgehungsoperationen sind gescheitert. In den Bündner Regimentern beginnt eine Mißstimmung einzureißen, deren äußerer Grund in den großen Soldrückständen zu suchen ist. Die energischen Vorstellungen der Kommandeure bei Cœuvres haben bisher nichts gefruchtet. Die Unzufriedenheit beginnt sich auch bei der bündnerischen Bevölkerung abzuzeichnen. Man hatte gehofft, das Veltlin werde sogleich wieder der ordentlichen Verwaltung der drei Bünde unterstellt. Statt dessen werden die Veltliner allerorten begünstigt. – Bei nüchterner Beurteilung entspricht die Situation den Erwartungen. Die Veltlinerfrage muß durch Verhandlungen gelöst werden. Von diesen hört man allerdings noch nichts, und ich fürchte, wenn man die Regelung noch lange hinausschiebt, treibt man das Volk nur in die Arme Spaniens. Die Anzeichen mehren sich, daß auch zuverlässig antispanische Leute über die französische Haltung schwer enttäuscht sind. Der gegenwärtig allmächtige Mann in Frankreich, Armand du Plessis, Kardinal von Richelieu, scheint nicht zu wissen, daß die Bündner ungeduldige Leute sind.

20. April 1625

Nichts Neues aus dem Veltlin. Mein Neffe Rudolf Salis ist erkrankt. Er schreibt mir heute von seinem Malanser Schloß aus, daß er kein großes Vertrauen in die Bereitschaft Frankreichs habe, die Veltlinerdinge zu einem raschen Abschluß zu bringen. Die militärische Aufgabe sei längst gelöst, die noch schwebenden

Aktionen am Lago di Mezzola hätten untergeordnete Bedeutung. Er hege den Verdacht, daß Frankreich gar nicht daran denke, das Veltlin den Bündnern zu übergeben, sondern es auf unbestimmte Zeit besetzt halten wolle. Aus Gesprächen mit Cœuvres wisse er, daß Frankreichs Pläne sehr weitgesteckt seien. Letzten Endes gehe es Richelieu darum, den spanischen Einfluß in Oberitalien gänzlich zu lähmen. Cœuvres befasse sich mit der Aufstellung von Feldzugsplänen gegen Mailand. Dabei werde seine Armee von einer heftigen Seuche verheert (die spanische freilich auch), und ein Teil davon drohe ständig mit Ungehorsam. Für ihn stehe jedenfalls fest, daß kein Bündner unter französischen Fahnen nach Mailand ziehen werde, aber wahrscheinlich auch kein Franzose.

12. Mai 1625

Ich denke manchmal daran, nach Bünden zurückzukehren. Ich komme mir untätig vor, seit Bünden befreit ist. Die Emigranten sind längst heimgekehrt. Auch diplomatisch ist Zürich nicht mehr sehr interessant. Ich könnte beispielsweise in Chur, wo sich schließlich entscheiden wird, welche Stellung das Bündnervolk Frankreich gegenüber einnehmen will, mehr nützen. Überstürzen möchte ich nichts, doch habe ich meinen Schwiegersohn, den Bürgermeister Meyer, gebeten, sich umzusehen, ob sich in Chur eine meinen Verhältnissen angemessene Liegenschaft erwerben ließe.

29. Mai 1625

Ich verreise nächstens ins Veltlin, um dem Marquis de Cœuvres im Auftrag der Bundeshäupter die Dringlichkeit einer Lösung darzustellen.

10. Juli 1625

Meiner Veltliner Mission war ein teilweiser Erfolg beschieden. Cœuvres hat eingewilligt, die bünderische Verwaltung in den beiden Grafschaften Bormio und Chiavenna zuzulassen. Er überschreite damit seine Vollmachten, aber er sehe ein, daß diese Maßnahme notwendig sei. Wie ich mich auf der Rückreise überzeugen konnte, hat die Stimmung im Volk sogleich zugunsten Frankreichs umgeschlagen. Auch bei der Truppe herrscht ein besserer Geist. Die Bündner Soldaten sind der landwirtschaftlichen Arbeiten wegen größtenteils entlassen und durch in der Eidgenossenschaft angeworbene ersetzt worden.

12. August 1625

Wir bereiten die Hochzeit unseres jüngsten Sohnes Andreas mit Margaretha von Salis vor. Die Tochter Margreth ist seit dem Frühjahr mit dem jungen Rahn verheiratet. Ich darf mir schmeicheln, meine Vaterpflichten aufs beste erfüllt zu haben.

Am Lago di Mezzola finden kleine Gefechte statt; die Lage ist jedoch im großen und ganzen unverändert. Hingegen ist die politische Stellung Frankreichs schwächer als vor einem Jahr. Ein neuer Hugenottenkrieg ist ausgebrochen, unter der Führung des berühmten Herzogs Heinrich Rohan. Richelieus Position ist durch die Intriguen der strengkatholischen Partei, die dem Kardinal den Veltliner Krieg gegen Spanien und den Papst nicht verzeiht, gefährdet. Die Leidtragenden sind wir Bündner, indem sich die Lösung der Veltlinerfrage weiterhin verzögert.

3. November 1625

Mein Neffe Rudolf von Salis ist am 29. Oktober, sechsunddreißigjährig, seiner Krankheit erlegen. Ganz abgesehen davon, was dieser Verlust für die engere und weitere Familie bedeutet, ist meine Heimat um einen Mann ärmer geworden, der bei allen persönlichen Mängeln – wer hätte sie nicht! – als einer der großen Bündner unserer Zeit genannt zu werden verdient. Ich muß gestehen, daß er mir in seinen jüngeren Jahren wenig sympathisch war. Sein hochfahrendes Wesen, das sein Vater Herkules nicht bloß zu übersehen, sondern durch eine unverständliche Affenliebe noch zu befördern schien, war mir zu gewissen Zeiten fatal. Ich erinnere mich etwa der Tage des Thusner Strafgerichts, dessen Untersuchungsausschuß mein Neffe leitete. Ich befürchtete damals, daß Rudolf einen ungünstigen Einfluß auf meinen Sohn haben könnte, und hatte damit nicht so unrecht. Die letzten Jahre mit ihrer wilden Not haben den Charakter meines Neffen jedoch zu verändern vermocht. Seine Leistungen als Dreibündegeneral, sein Anteil am letztjährigen Feldzug im Veltlin, seine Standfestigkeit den österreichischen Angeboten gegenüber, das alles fordert meinen Respekt heraus. Er ist, wenn er auch ein Salis blieb, ein großer Patriot gewesen und hat sich den Dank des Vaterlandes verdient. Es liegt eine gewisse Tragik darin, daß dieser Mann, nachdem er endlich zu einem brauchbaren Werkzeug geworden war, abtreten mußte vom Werkplatz der Geschichte. Unter seinen Brüdern ist keiner, der ihn ersetzen könnte, und sein Schwager, mein Sohn Johann Peter, reicht erst recht nicht an ihn heran. Ich stelle dies mit einiger Bitterkeit fest.

Es war mir unmöglich, am Begräbnis teilzunehmen. Ich werde dem Verstorbenen noch eine Stunde stillen Gedenkens widmen. Er möge in Frieden ruhen.

12. November 1625

Um die militärische Nachfolge meines Neffen Rudolf hat sich ein ärgerlicher Zank erhoben. Cœuvres hatte das verwaiste Regiment dem Bruder Ulysses übergeben, was meinen Sohn Johann Peter, der sich darauf Hoffnung gemacht hatte, so verärgerte, daß er um seinen Abschied einkam. Mit der Stelle des Obristleutnants wollte er sich nicht begnügen. Auch Ruinelli lehnte diese Charge ab und verlangte ein eigenes Regiment. Die Hauptleute Jenatsch und Rosenroll erklärten darauf ihren Rücktritt, falls ihre Compagnien nicht mit derjenigen Ruinellis zu einem Regiment vereinigt würden. Cœuvres, der es sich nicht leisten konnte, so viele tüchtige Offiziere zu verlieren, gab schließlich nach.

Solche Ereignisse spiegeln die Mißstimmung im Veltlin recht deutlich wieder. Frankreich bleibt den bündnerischen Offizieren immer wieder den Sold schuldig. Jenatsch, der mir die Zustände unlängst in einem Brief schilderte, deutete sogar an, daß er und seine Kameraden daran dächten, den französischen Dienst zu quittieren und bei den Venezianern einzutreten. Das sind nicht gerade patriotische Gedanken, aber sie entspringen der Unzufriedenheit mit der französischen Politik und sind daher bis zu einem gewissen Grade verständlich. Tatsächlich ist im Veltlin die militärische Aufgabe längst gelöst. Daß die Spanier ihre Stellungen am Lago di Mezzola immer noch halten, ist kein Grund, die Regelung der Veltlinerfrage hinauszuzögern. Ich muß gestehen, daß auch mir altem Manne, der in einem langen Leben erfahren konnte, wie langsam die diplomatischen Äpfel reifen, die Geduld zuweilen ausgeht.

DIE GROSSE UNRUHE

Trotz des warmen Junitages hatte sich Anna eine Decke umgeschlagen und ihre Füsse in einen Sack von Wolfsfell gesteckt. Sie saß in einem hochlehnigen Stuhl in der Stube, die blassen Hände im Schoß zusammengelegt. Vor dem offenen Fenster leuchtete eine Frühsommerwiese, Bienen und Fliegen summten, ein Schmetterling segelte herein, kehrte aber gleich um, als hätten die Enge des Raumes und die Dämmerung, die darin herrschte, ihn erschreckt. Anna folgte mit den Blicken seinem taumelnden Flug ins goldgrüne Licht hinaus. Als er verschwunden war, seufzte sie auf.

Vom Waldrand her tönte gedämpft das Geläute der Viehherde. Die Hühner gackerten vor dem Haus, eine Axt klang vom Holzschopf her. Plötzlich schlug der Hund an. Anna hörte, wie Jöri Michel ihn zurechtwies, aber er setzte sein zornig knurrendes Gebell fort. Sie vernahm Hufschlag, das Ächzen des Gatters und den dumpfen Fall eines Reiters, der aus dem Sattel springt. Nun erkannte sie die Stimme des Ankömmlings; es war der Prädikant Johann à Porta.

«Es geht ein bißchen besser», hörte sie die Mutter auf dem Gang draußen sagen, «wenigstens steht sie jetzt jeden Tag auf. Ich glaube, sie hat es wieder einmal überstanden. Es ist ein Elend mit ihr. Schon zum drittenmal hat sie das Kind nicht behalten können.» A Porta gab ein paar bedauernde Laute von sich. «Diese Flucht vor sechs Jahren, das war einfach zu viel für das Mädchen. Wir haben sie ja geschont, soviel wir konnten, aber so eine junge Frau kann nicht ohne Arbeit sein. Wie viele Male habe ich ihr verboten, Wasser zu tragen oder die Schweine zu füttern, wie viele Male habe ich ihr das Holz vom Arm genommen! Aber schließlich kann man sie nicht hüten wie ein kleines Kind, man hat auch an anderes zu denken gehabt.»

Der Prädikant und die Mutter kamen herein, er verneigte sich vor Anna und setzte sich in den Stuhl, den ihm die Mutter angeboten hatte.

«Ich bringe Ihnen Grüße aus dem Veltlin», sagte er fröhlich, «von Ihrem Mann. Es geht ihm gut, und er hofft, diesen Sommer ein paar Tage nach Hause zu kommen.» Die Tür fiel ins Schloß: die Mutter war wieder hinausgegangen.

«Hat er Ihnen keinen Brief mitgegeben?» fragte Anna.

«N-nein, er hat wohl gedacht, mein mündlicher Bericht sei soviel wert wie ein Brief. Übrigens ist wirklich nichts von Bedeutung zu melden. Seine Kompanie ist in Morbegno untergebracht, das werden Sie wissen. Gefechte hat es seit Monaten nicht mehr gegeben, und es stehen auch keine in Aussicht, soviel man hört.»

«Aber die Seuche?»

«Oh, die ist nicht so gefährlich, wie man erzählt. Ein Teil der Soldaten ist erkrankt, das ist wahr, und es sind auch einige gestorben, aber es besteht kein Grund zur Beunruhigung, durchaus nicht. Sie dürfen mir alles aufs Wort glauben, ich bin als Feldprediger mit den Verhältnissen vertraut wie kaum eine andere Militärperson im Veltlin, Marschall Cœuvres vielleicht nicht ausgenommen.»

«Es heißt aber, der Krieg sei zum Stillstand gekommen, weil...»

«Ich weiß, ich weiß, aber das sind maßlose Übertreibungen. Sie können sich ja vorstellen, wie es zugeht in solchen Fällen. Ein Soldat stirbt an einer Kolik, und schon macht man einen Fiebertod daraus. Der nächste Maulaffe erzählt, es seien zehn gestorben, der übernächste redet von zwanzig, und bis das Gerücht nach Davos kommt, ist die ganze Armee an der Pest erkrankt, und die Leute sterben wie die Fliegen.»

«Es muß aber doch etwas dran sein.»

«Ich habe Ihnen gesagt, einige sind gestorben an der Seuche, aber das ist gewissermaßen normal. Krankheiten gibt es immer, aber das heißt noch lange nicht, daß jeder sie bekommen muß, und wenn er sie bekommt, heißt das noch lange nicht, daß er daran stirbt. Haben Sie denn gar kein Gottvertrauen mehr?»

Anna sah auf ihre Hände nieder. Plötzlich blickte sie auf und sagte: «Ich möchte wissen, warum Sie zu mir gekommen sind. Sagen Sie schnell und deutlich, was zu sagen ist.»

A Porta lächelte. «Ich habe Ihnen alles gesagt. Ihr Mann läßt Sie grüßen. Es geht ihm ausgezeichnet, er ist vollkommen gesund. Frankreich hat den Sold bezahlt, der Marschall hält große Stücke auf seinen Hauptmann Jenatsch, vielleicht wird er nächstens Major, sogar ziemlich sicher. Das sind doch gute Nachrichten, oder?»

Annas Gesicht begann zu zucken, ihre Hände strichen ruhelos die Decke glatt.

«Gute Frau», sagte à Porta behutsam, «ich verstehe, daß Sie sich Sorgen machen. Sie haben viel Unglück gehabt in den letzten Jahren, aber wer hätte das nicht? Sehen Sie mich an. Ich habe in Innsbruck monatelang tagtäglich den Tod vor Augen gehabt, und jetzt bin ich doch wieder ein freier Mensch. Auch für Sie wird sich noch alles zum Guten wenden. Sie werden Kinder haben, und Ihr Georg wird immer bei Ihnen sein und Ihnen helfen, alles Schwere zu vergessen.»

Anna schwieg. Ihr blasses, abgezehrtes Gesicht, in dem die Augen unnatürlich groß wirkten, zeigte keinerlei Bewegung mehr, bloß die Finger streckten und krümmten sich auf der groben Decke.

«Ich muß Sie nun verlassen», sagte à Porta, sich vom Stuhl erhebend. «Falls Sie mir einen Brief an Georg mitgeben möchten: ich kehre in ein paar Tagen ins Veltlin zurück. Auf jeden Fall schaue ich nochmals bei Ihnen herein, bevor ich verreite.»

Er reichte ihr die Hand. Anna drückte sie matt und murmelte ein paar Dankesworte. Als à Porta gegangen war (der Hund, grimmig bellend, Jöri Michels beschwichtigende Stimme, das Knarren des Gatters, Hufschlag, rasch sich entfernend), kam die Mutter herein.

«Was ist mit Jenatsch?» fragte sie.

Anna machte eine schwache Bewegung mit der rechten Hand, die «Ich weiß nicht» bedeuten konnte, aber auch: «Laß mich in Ruhe.»

«Kommt er heim?»

«Vielleicht.»

«Wenn er kommt, will ich ihm ein Kapitel lesen! Es wäre Zeit, daß er dich endlich in Ruhe läßt. Nochmals eine Verschüttung brächte dich ins Grab. Die verfluchten Mannsbilder denken nur an ihr Vergnügen. Aber diesmal will ich's ihm fest genug auf die

Seele binden. Ich hoffe nur, er kommt recht bald, damit er sieht, wie du dran bist.»

Anna schwieg. Plötzlich warf sie die Decke von sich, entledigte sich mit einer heftig schlenkernden Bewegung des Wolfspelzes an den Füßen und stand auf.

«Um Gotteswillen, Mädchen, was machst du?» Die Mutter eilte herbei und versuchte, Anna in den Lehnstuhl zurückzudrücken.

«Aufstehen will ich, herumgehen! Und gesund sein, und Kinder haben, und ein eigenes Haus, eine eigene Familie. Das ist kein Leben mehr.»

Anna hatte es durchgesetzt, daß sie mit dem eben erwachsen gewordenen Bruder Johannes und zwei jungen Knechten zusammen das Vieh zur Alp treiben durfte. Die Mutter hatte sich lange dagegen gesperrt, es sei das Verkehrteste, was einem in den Sinn kommen könne, eine solche Anstrengung und ein solcher Höhenwechsel. Wenn sie sich um jeden Preis verderben wolle, solle sie nur mitgehen, aber wer sie dann nachher wieder zurechtpflegen werde, sei ihr gleich, einmal sie hätte Gescheiteres zu tun jetzt auf den Sommer hin. Schließlich hatte der Vater eingegriffen. Sie sehe doch, sagte er zur Mutter, daß diese Alpfahrt Anna Freude mache. Er glaube darum nicht, daß sie ihr schaden könne, denn was einen freue, das tue einem auch gut, und dann sei die Anstrengung auch wieder nicht gar so groß, man merke, daß sie, die Mutter, seit ihren Mädchentagen nicht mehr z'Alp gewesen sei. Die Kühe gingen ja nicht im Galopp das Flüelatal hinein, sondern Schritt für Schritt, und auch für den Heimweg könne man sich Zeit lassen. Ein junger Mensch, wenn er gesund bleiben wolle, brauche Bewegung und Anwendung der Kraft. Mit Herumhocken und Am-Schatten-Sitzen werde man kränker statt gesünder.

Das möge für gewöhnliche Bresten gelten, versetzte die Mutter, aber von der Kindbetti und von Verschüttungen verstehe ein Mann soviel wie eine Kuh vom Tanzen. Aber wem man nicht raten könne...

Noch vor Tag hatte man die Kühe aus dem Stall gelassen,

nachdem ihnen Jöri Michel, in Ausübung eines vieljährigen Amtes, die gewaltigen Treicheln mit den breiten, reich mit farbigen Nähten verzierten Riemen an den Hals gehängt. Auf taufeuchten Wegen war die Herde dem Talgrund entlang gewandert, ständig Zuzug erhaltend von den verstreuten Gehöften her, vom Platz und vom Dorf. Nun stieg sie, schon ins erste, rötliche Sonnenlicht getaucht, die Flüelastraße hinan. Die Treicheln dröhnten in dumpfen, gemessenen Schlägen durcheinander, und aus dem wirren Lärm erhob sich ab und zu ein kurzes Gebrüll oder das Jauchzen eines übermütigen Burschen. Anna stapfte in schweren Schuhen neben dem Bruder her, einen Stekken in der Hand. «Bist du müde?» fragte Johannes von Zeit zu Zeit. Anna verneinte jedesmal, und es war ihr auch anzusehen, wie sie auflebte, wie ihr blutloses Gesicht sich rötete und ihre Augen anders glänzten als im Krankenstuhl in der Stube.

Es war ein herrlicher Sommermorgen, noch frisch von der kühlen Nacht, mit scharfer, reiner Luft, die an das klare, sprudelnde Wasser erinnerte, das in Bächen und dünnen Rinnsalen von allen Hängen herunterschoß. Am frühen Vormittag schon erreichte man die Alp. Der Alpvogt nahm die Sennen und Hirten in Pflicht, sammelte von den Bauern die Kerbhölzer ein und wandte sich dann mit den Alpleuten den Kühen zu, die sich bereits in den Hörnern lagen. Während dieses Schauspiel sich abwickelte – es endete mit dem Triumph der stärksten Kuh –, hatten die Sennen Feuer gemacht und ein Habermus gekocht. Bald saß die Gesellschaft im Gras um die dampfende Gebse herum und löffelte unter Scherzen und Neckereien den dicken Brei. Nach der Mahlzeit nahm man den Kühen die schwersten Treicheln ab und ersetzte sie durch kleinere, weniger kostbare. Dann ließen die jungen Burschen ihre überschüssige Kraft aus, indem sie miteinander rangen und um die Wette einen gewaltigen Stein stießen. So wurde es Nachmittag und damit Zeit, sich auf den Heimweg zu machen.

Mit einer gesunden Müdigkeit im Leib näherte sich Anna dem elterlichen Gehöft. Die eine Talseite lag schon im Schatten, aber links des Landwassers leuchteten noch die bald schnittreifen Wiesen, und über den Wäldern lag ein goldener Abenddunst. Die Treicheln, von den Knechten an Jochen getragen, schaukelten im Takt der Schritte und schlugen mit polterndem Lauten an. Jöri Michel öffnete das Gatter, die Axt in der braunen Hand, und plötzlich eilte ein Mann in Stiefeln und Lederkoller die kurze, steinerne Treppe von der Haustüre herab. Anna blieb einen Augenblick stehen, um ihn fast entgeistert anzustarren, und dann lief sie mit schwankenden Schritten auf ihn zu und sank ihm an die Brust.

Jenatsch war am Nachmittag angekommen. Er hatte seinen Schwiegervater vor der Stalleinfahrt getroffen, wo er die Sensenschieber, Gabeln und Rechen prüfte. Jöri Michel hatte das Pferd in den Stall geführt, doch Paul Buol hatte seine Arbeit nicht unterbrochen.

«Sieht man dich auch wieder einmal?» hatte er gefragt, beinahe ohne den Schwiegersohn anzusehen, bloß mit einem flüchtigen Hinblicken.

«Passt's dir etwa nicht?» war Jenatschs Gegenfrage gewesen.

«Warum sollte es mir nicht passen? Die Anna meint, man sehe dich eher zu wenig als zu viel. Wieviele Wochen seid ihr beisammen gewesen seit der Hochzeit?»

«Als ob das meine Schuld wäre. Übrigens bist du, soviel man weiß, auch nicht immer so brav daheim geblieben wie jetzt.»

«Das ist etwas anderes. Du hättest schließlich einen seßhaften Beruf.»

«Der einem kaum das Salz in die Suppe einbringt. Darüber streite ich nicht mehr mit dir. Es gibt allerdings Leute, die sähen mich lieber in einem Bergnest auf der Kanzel. Es paßt ihnen halt nicht, daß man ein bißchen vorwärtsgekommen ist. Übrigens kannst du mir gratulieren, ich bin letzthin Major geworden.»

«Soso? Du stehst wohl ganz gut mit dem Cœuvres?»

«Nicht übel, obwohl unsereiner natürlich gegen die Salis und Travers und Guler und Ruinelli nicht ohne weiteres aufkommen kann. Immerhin hat er mich mit ziemlich heiklen Aufträgen betraut. Gerade jetzt komme ich von Zuoz.»

Buol legte den Rechen zu den andern Werkzeugen.

«Wirst Hunger haben und Durst. Anna ist mit dem Vieh auf die Alp.» Er schritt auf das Haus zu.

«Wie geht es ihr?»

«Nicht gut und nicht schlecht, immerhin bedeutend besser.»

Als sie den Hausgang durchquerten, blickte die Mutter zur Küchentür heraus.

«Aha, der Georg», sagte sie, ohne herauszutreten. «Bleibst du lange?»

«Zwei, drei Tage.»

«Stell etwas auf», sagte Buol. «Wir sind in der Stube.»

Die beiden Männer setzten sich an den Schiefertisch. Jenatsch blickte zum Fenster, wo neben der Buolschen Wappenscheibe eine etwas grössere mit den vom Pfeil durchstoßenen Halbmonden hing.

«Von Zuoz kommst du, hast du gesagt? Habt ihr Kriegsrat gehalten?»

«Wenn man so will. Heutzutage weiß man ja nicht, wo das Militärische aufhört und das Politische anfängt.»

«Politisierst du mit dem Marschall?»

«Er fragt mich manchmal um meine Meinung.»

«Was habt ihr verhandelt? Mit wem?»

«Mit den Engadinern, wegen der Kapuziner.»

«Was geht das den Cœuvres an! Da gibt's doch nichts zu verhandeln. Das Engadin ist protestantisch. Die Kapuziner haben dort nichts verloren. Es dünkt einen, das sollten sie doch allmählich gemerkt haben. Wenn nicht, muß man ihnen eben einmal mit dem Zaunpfahl winken.»

«Das ist auch meine Meinung, privatim, und wahrscheinlich auch die Meinung des Marquis de Cœuvres. Aber leider ist das alles nicht ganz so einfach. Ob die Engadiner es begreifen, ist allerdings eine andere Frage. Es macht nicht den Anschein.»

«Was hast du ihnen geraten?»

«Sie sollen sich gedulden. Versprochen haben sie's, aber halten werden sie's kaum.»

Die Mutter brachte einen Imbiß, blieb beim Hinausgehen einen Augenblick an der Türe stehen und ging schließlich, da die Männer sich nicht um sie kümmerten.

«Was haben sie für Augen gemacht? Ausgerechnet du forderst sie auf, sich mit den Kapuzinern zu vertragen! Der Cœuvres hat da wirklich einen famosen Griff getan! Übrigens erstaunt es mich nicht wenig, daß du dich für solche Missionen hergegeben hast. Gerade viel Charakter beweist das nicht, das muß ich schon sagen.»

Jenatsch stellte den Zinnbecher, den er in der Hand hielt, so heftig auf die Schieferplatte, daß es ordentlich knallte.

«Das hörst du nicht gerne, gelt. Aber das ist mir gleich. Ich bin der letzte, der jetzt hintendrein alles gutheißen würde, was du bisher getan hast. Du kennst meine Einstellung. Aber schließlich sollte man von einem Mann wissen, woran man mit ihm ist.»

«Es handelt sich nicht um mich, mein Lieber. Es geht um unsere Freiheit, immer noch, und immer wieder. Was die Leute von mir denken, ist mir egal.»

«So hast du schon vor zehn Jahren geschwafelt. Damals ging es dir allerdings um das Gegenteil von dem, was du heute den Engadinern predigst.»

«Kann ich etwas dafür, daß die Situation sich verändert hat? Was früher einmal nötig war...»

«Das wäre noch die Frage, ob alles nötig gewesen ist, was auf deinem Kerbholz steht, und ob du etwas dafür kannst, daß es so ist, wie es ist. Ohne deine und Blasius Alexanders Lumpenstücke hätte es keinen Veltlinermord gegeben und keine österreichische Besetzung. Es gäbe gar keine ‚Situation'. Allerdings hättest du dann auch nicht Gelegenheit gehabt, eine so hübsche Karriere zu machen.»

«Zum Teufel, Buol!» sagte Jenatsch scharf. «Willst du mich aus dem Hause ekeln?»

«Warum nicht gar! Wo wolltest du auch hin? Nach Zürich in den Mueshafen vielleicht?»

«Jetzt ist's aber genug!» Georg sprang mit einer so heftigen Bewegung auf, daß der Tisch einen Augenblick wankte und der Wein aus Buols noch unberührtem Becher auf die Schieferplatte floß. «Ein mißgünstiger Hund bist, daß du's nur weißt! Aber wart nur, Buol, du wirst dich noch wundern, du! Vor meiner

Karriere wird dir noch Hören und Sehen vergehen, du neidischer Mistfink du!»

Er eilte mit ein paar langen Schritten zur Tür und riß sie auf.

«Wart wenigstens, bis Anna heimkommt», rief ihm Buol nach. Aber Georg war schon auf der Treppe. Einen Augenblick später fiel ihm Anna um den Hals.

Die Mutter öffnete die Kammertür, ohne anzuklopfen. «Wir können essen», sagte sie. «Kommt ihr?»

Anna sah Georg an. «Geh du nur, Anna», sagte er. «Ich bleibe da. Ich habe noch einen Rest von meinem Reiseproviant.»

«Ich esse bei dir», sagte Anna.

«Wie ihr wollt», sagte die Mutter. «Erzählt es nur allen Leuten, damit man weiß, was wir für eine schöne Familie sind.»

«Fang du jetzt auch noch an», sagte Jenatsch. «Übrigens kannst du dem Hauptmann Buol ausrichten, daß ich ihm nicht mehr lange lästig fallen werde. Er wird sich freuen über diese Nachricht.»

Er griff in die Tasche und holte ein Geldstück hervor.

«Gib das in der Küche ab, Anna. Ich will nicht, daß jemand behaupten kann, mein Schwiegervater habe für mich aufkommen müssen.»

«Aber Georg!» sagte Anna leise.

«Sei doch nicht so eigensinnig», sagte die Mutter von der Türe her. «Als ob ihr euch noch nie gestritten hättet. Er meint es nicht so bös.»

«Ich weiß schon, wie er es meint. Und es schadet nichts, wenn er sieht, wie *ich* es meine. Auf jeden Fall will ich in diesem Hause nicht mehr der unwillkommene Gast sein. Schließlich bin ich noch imstande, ein Nachtessen und ein Nachtlager zu bezahlen.»

«Man muß auch etwas vertragen können, Georg, du hast auch nicht jeden Tag gute Laune. Kommt jetzt, das Essen wird kalt.»

«Ich bleibe hier.»

«Mach, was du willst, aber schön ist das nicht. So geht man

nicht um mit alten Leuten.» Sie zog die Türe ins Schloß, und man hörte sie aufgeregt die finstere Treppe hinuntertappen.

«Hat das sein müssen, Georg?» fragte Anna leise.

«Ja, es hat endlich sein müssen. Ich halte das nicht mehr aus, dieses ewige Herumnörgeln an allem und jedem, diese Anspielungen und Spötteleien. Es ist höchste Zeit, daß wir ein eigenes Dach überm Kopf bekommen.»

«O ja, Georg! o ja!» Sie seufzte tief auf. «Wir wollen weggehen von Davos und endlich für uns eine Familie sein. Wie lange ist es her, seit wir allein waren? Sechs Jahre nur, aber mir kommen sie wie die Ewigkeit vor. Ich will ja nicht sagen, daß sie nicht auch ihr Gutes gehabt haben. Wie hätte ich es ausgehalten, allein in einem Haus, immer in Sorge um dich, immer in der Angst, du könntest einmal nicht mehr zurückkommen. Und dann die Verschüttungen.»

Jenatsch fuhr ihr mit seiner breiten, harten Hand übers Haar. «Hab noch ein wenig Geduld, Anna», sagte er. «Es wird alles gut werden, die schlimmsten Jahre liegen hinter uns. Ich hätte sie dir gerne erspart, aber schau, wir können nicht immer an uns selber denken. Es gibt viele, die größere Opfer bringen mußten als wir.»

«Könntest du nicht wieder eine Pfarre übernehmen?»

«Ich könnte wohl, aber ich will nicht. Zum Pfarrer habe ich nie recht getaugt.»

«Du willst doch nicht für immer Soldat bleiben?» fragte Anna fast erschrocken.

«Soldat nicht, aber Politiker.»

Anna seufzte: «Die verwünschte Politik!»

«Du mußt das anders ansehen, Anna. Schau, die Politik läßt nichts unberührt. Daß wir jeden Tag zu essen haben, hängt von der Politik ab, daß wir in Frieden leben können, auch. Um die Politik kommt man nicht herum, wenigstens nicht hier in Bünden. Wir müssen wieder frei werden, wie in den alten Zeiten. Ich kann meinen Teil dazu beitragen, vielleicht mehr als jeder andere. Das weiß ich seit – seit dem Veltlin oder seit Rietberg.»

«Georg!»

«Denk nicht mehr daran. Solche Dinge waren nötig, glaub

mir's; aber es wird nichts Ähnliches mehr geschehen. Die jetzige Politik wird mit andern Mitteln betrieben.»

«Wo werden wir hingehen? Ach, ich möchte endlich ein eigenes Haus haben.»

«Ich weiß es noch nicht, aber daß wir eines haben werden, und zwar schon bald, ist sicher. Geh jetzt hinunter und iß mit den andern. Du mußt für die nächste Zeit noch hierbleiben, und ich möchte nicht, daß du dich ganz mit deiner Familie überwirfst.»

Er löste die Arme, die Anna um ihn gelegt hatte, und holte den Reisesack, der in einer Ecke lag. Als er ihn auf den kleinen Tisch stellte, bemerkte er das Geldstück, das noch dort lag. Er steckte es ein und begleitete Anna zur Türe.

Als sie nach einer Weile zurückkam, hatte er Licht gemacht und siegelte eben einen Brief.

«Sie haben dich hoffentlich in Ruhe gelassen.»

«Kein Wort haben sie geredet. Ich bin froh, daß ich nicht länger bleiben mußte.»

«Weißt du, was für eine Idee mir gekommen ist?» Er lächelte und sah so jung aus wie vor sechs Jahren. «Wir lassen uns hier in Davos nieder! Die sollen nicht glauben, man könne mich davonjagen wie einen fremden Hund. Da kennen sie ihren Jenatsch noch nicht! Wart nur, sie werden noch Maul und Augen aufsperren. Ich kaufe das erste anständige Haus, das feil wird. Aber das ist noch nicht alles. Ich will ein Davoser werden so gut wie irgendeiner. Da, in diesem Brief habe ich den Johannes Guler in Zürich angefragt, ob er beim Landrat ein gutes Wort für mich einlegen wolle. Ich habe im Sinn, mich um das Bürgerrecht zu bewerben.»

«Haben wir denn so viel Geld?»

«Für das Haus reicht es vielleicht nicht ganz, aber schließlich brauche ich es auch nicht auf einmal zu bezahlen. Ich habe nicht schlechte Einkünfte gehabt in den letzten paar Jahren. Von der venezianischen Pension allein könnten wir ganz bequem leben, und dann habe ich ja noch den Sold von meinen beiden Kompanien im Veltlin. Ich habe einiges auf die Seite legen können. Wenn's nötig ist, kann ich mich auch noch mehr einschränken. Nuttin soll sich sein Studium von jetzt an selbst finanzieren. Er ist alt genug, um für sich selber zu sorgen, und Katharina muß sobald als möglich heiraten.»

«Du bist aber ein Heimlichfeister, Georg! Ich habe immer geglaubt, wir seien halbe Armenhäusler.»

«Aber Anna, ich habe dir doch regelmäßig Geld geschickt!»

«Das schon, aber ich meinte, du habest es mühsam zusammengekratzt.»

«Nun ja, auf der Strasse findet man's nicht gerade», sagte Jenatsch mit einem verschmitzten Lächeln.

Der Sommer verging mit harter Arbeit, die nur durch ein paar Regentage einen Unterbruch erfuhr. Die Heuernte war gut. Auch der Handel kam wieder in Schwung, täglich gingen Säumer über den Flüela- und den Scalettapaß. Einmal versammelten sich die Männer, um einen Bären zu jagen, der ein paar Rinder gerissen hatte, einmal, nach einem heftigen Gewitter, mußten sie am Landwasser wehren. Ein halber Arbeitstag wurde versäumt, weil man den Prädikanten Johann à Porta zu Grabe tragen mußte, der im Veltlin von der Seuche dahingerafft worden war. Aber sonst war es ein Sommer, wie er den Bauern gefällt, nicht zu naß, nicht zu trocken, eben recht. Die letzten von den Österreichern niedergebrannten Häuser – zum Glück waren es nur wenige gewesen, man war weit glimpflicher davongekommen als die Unterengadiner und Prättigauer – wurden wieder aufgebaut. Die Landschaft Davos gewann ihr altes Gesicht zurück.

Anna hatte Hand angelegt, wo es eben nötig war. Die Mutter hatte sie nicht mehr daran gehindert, bloß mitunter, wenn es ihr vorkam, Anna traue sich zu viel zu, hatte sie ihr einen besonderen Blick zugeworfen, in dem Kummer und Unwillen sich mischten, oder hatte auch wortlos den Kopf geschüttelt über sie. Der Vater hatte sich wenig um sie gekümmert. Von Jenatsch, dessen Briefe in unregelmäßigen Abständen eintrafen, war nie die Rede.

Der Sommer ging unmerklich in den Herbst über, die Abende wurden kühl, der Tau lag am Morgen wie ein graues Gespinst auf den Emdwiesen, und eines Tages war es ein dicker Reif. Das Vieh kehrte aus den Alpen zurück und erfüllte nun den Talgrund täglich mit seinem Glockengetön. Die Gehöfte hüllten sich in die Dünste der siedenden Butter, und auf den Tischen erschien der erste junge Käse neben dem kalkweißen Ziger mit seiner bräunlichen Räucherkruste. Schon gilbten die Lärchen an den Hängen, glühte das Heidelbeerkraut in hellem Rot, rosteten die Alpenrosenstauden. Die Alpweiden bräunten sich, und der Himmel wurde jeden Tag klarer und blauer. Auf ein paar überhelle Föhntage folgte ein langer Regen, und eines Morgens erstrahlte das Tal im blendenden Licht des ersten Schnees. Der Talboden aperte nochmals, aber das Vieh blieb in den Ställen, und die Bauern führten den Mist auf die Wiesen, die gesprenkelt waren von lilablassen Herbstzeitlosen. Um diese Zeit – es war später Oktober – kam ein Brief von Jenatsch. Er sei in Zuoz, wo wieder verhandelt werde, meldete er, und möchte die Gelegenheit benützen, schnell nach Davos zu kommen. Er werde dort mit dem Ritter Johannes Guler zusammentreffen, wolle aber, sofern es gehe, im Buolschen Hause Quartier nehmen. Er habe auch vernommen, daß der Konrad Margadant sein Haus feilhabe, und möchte sich das Objekt einmal näher ansehen.

«Es steht nicht schlecht mit Ihrer Einbürgerung», sagte Guler, dem Eintretenden entgegengehend und ihm die Hand reichend. «Setzen Sie sich an den Tisch, es wird gleich etwas aufgetragen werden. Ganz wie ich möchte, kann ich Sie nicht regalieren. Wenn man ein Haus nur vorübergehend bewohnt, fehlt es an manchem, besonders in der Speisekammer. Sie müssen also mit dem vorliebnehmen, was da ist.»

Er sei Soldat und darum nicht verwöhnt, sagte Jenatsch lächelnd, und im übrigen sei er ja nicht der Bewirtung wegen gekommen. Guler verließ die Stube. Nach einigen Augenblicken, die Jenatsch dazu benützte, sich seines Wehrgehänges zu entledigen, kam der Hausherr zurück.

«Wie gesagt», begann er, nachdem er sich gesetzt hatte, «die Angelegenheit steht nicht schlecht. Ich habe mit den maßgeblichen Herren von Zürich aus korrespondiert und recht günstigen Bescheid erhalten. Natürlich wird sich diese Einbürgerung nicht ganz reibungslos abwickeln. Sie haben Neider und Gegner, aber auch Freunde und Anhänger, die es nicht vergessen haben, daß Sie vor fünf Jahren fast allein den ersten Ansturm der Österreicher abwehrten. Vielleicht könnte Ihr Schwiegervater...»

«Es wäre mir lieb, wenn er von dem Projekt gar nichts wüßte.»

«Das wird sich kaum vermeiden lassen. So, es steht also nicht zum besten zwischen euch?»

«Es ist eine alte Weisheit, daß Schwiegerväter und Schwiegersöhne nicht zu lange unter dem gleichen Dach hausen sollten. Aber es wird bald eine Änderung geben.»

«Sie denken daran, sich dauernd in Davos niederzulassen?»

«Das ist meine Absicht.»

«Als alter Davoser kann ich sie natürlich nur loben.»

Eine graue, gebückte Magd brachte einen Krug Wein, frisches Brot und gedörrtes Fleich. Die Herren bedienten sich.

«Auf baldige Mitbürgerschaft», sagte Guler, den Becher hebend. «Ich bleibe, auch wenn ich auf meine alten Tage Zürcher geworden bin, ein Davoser. Davoser sein heißt nämlich nicht nur, hier das Bürgerrecht zu genießen, sondern vor allem, dem Geist dieses schönen Landstrichs nicht untreu zu sein. Er läßt sich vielleicht so umschreiben: Seine Ziele mit Beständigkeit verfolgen, aber dabei dem Interesse der Gesamtheit dienen mit Umsicht und Mäßigung.»

«Dann bin ich auf dem besten Wege, ein guter Davoser zu werden», sagte Jenatsch mit einem Lächeln. «Die Beständigkeit im Verfolgen meiner Ziele wird man mir nicht absprechen können, und dem Interesse der Gesamtheit glaube ich auch gedient zu haben.»

«Vielleicht nicht immer mit der nötigen Mäßigung», sagte Guler, ebenfalls lächelnd. Sein breiter Bart ging auseinander wie ein sich entfaltender Fächer.

Über Jenatschs Stirn glitt ein Schatten, doch gleich darauf leuchtete sie wieder. «Das Urteil soll die Geschichte sprechen», meinte er gelassen. «Übrigens hätten Sie in Zuoz dabei sein sollen. Ich habe dort so viel Mäßigung an den Tag gelegt, daß meine alten Freunde mich des Verrats an der protestantischen Sache bezichtigen.»

«Sie haben natürlich der konfessionellen Toleranz das Wort

reden müssen, deshalb hat man Sie ja hingeschickt. Diese Toleranz geht aber vorläufig auf unsere Kosten, entspricht also nicht dem Interesse der Gesamtheit. Die Kapuziner sind im Engadin nun einmal nicht populär.»

«Ich denke, Sie verkennen die Tatsache nicht, daß sie das positive Recht auf ihrer Seite haben. Österreich-Tirol ist Landesherr im untern Engadin. Bis vor fünf Jahren hat es sich um die konfessionellen Fragen nicht gekümmert; wenn es dies jetzt tut, handelt es innerhalb seiner landesherrlichen Befugnisse. Diese Frage zu unsern Gunsten zu regeln, am besten durch vollständige Aufhebung des Untertanenverhältnisses, ist eine dringliche Aufgabe unserer zukünfigen Politik, aber jetzt ist dafür nicht der Moment. Wir müssen froh sein, wenn der Erzherzog Leopold das Unterengadin und die acht Gerichte nicht wieder militärisch besetzen läßt. Es bleibt uns darum nichts anderes übrig, als Österreich möglichst wenig Anlaß zum Eingreifen zu geben. Das habe ich den Unterengadiner Dickschädeln immer wieder eingehämmert. Beliebt macht man sich mit solchen Ratschlägen natürlich nicht.»

«Entschuldigen Sie, Jenatsch, daß ich Ihren Vortrag unterbreche – Sie sind ja ein gewiegter Politiker geworden, wie ich mit Vergnügen feststelle – aber mich würde es interessieren, zu erfahren, warum Sie eine solche undankbare Mission übernommen haben.»

«Die Häupter haben sie mir, auf Cœuvres' Wunsch, angetragen, und da sich jemand mit diesen borniertn Kumpanen zusammensetzen mußte – jemand, zu dem sie Vertrauen haben, jemand, den nicht der Verdacht treffen konnte, daß er die österreichischen oder spanischen oder überhaupt katholischen Interessen in den Vordergrund stelle...»

«Aber er trifft Sie nun doch ein bißchen, dieser Verdacht.»

Jenatsch sah den alten Mann, der während des ganzen Gesprächs gelächelt hatte und auch jetzt noch mit breitem Barte vor ihm saß, mit einem scharfen Blicke an.

«Wissen Sie, auf wessen Konto das geht?» sagte er. «Auf Rudolf Plantas. Der feige Hund wagt es nicht, mir offen entgegenzutreten, und versucht nun, mir den Boden unter den Füßen wegzuziehen. Aber warten Sie nur: Auch er wird noch sein Wunder an mir erleben. Für den Moment ist er unangreifbar, aber nur für den Moment! Genau so für den Moment wie die Toleranz, die ich den Engadinern gepredigt habe.»

«Sie haben einen schweren Fehler begangen, Jenatsch, verzeihen Sie, daß ich das so offen sage.» Guler war plötzlich ernst geworden. «Ich teile Ihre Ansichten vollkommen, denn sie sind vernünftig und ziehen die richtigen Konsequenzen aus den nun einmal vorliegenden Tatsachen. Aber», er hob die Hand, «Sie hätten eine solche Mission niemals übernehmen sollen, selbst auf die Gefahr hin, es mit Cœuvres und den Häuptern zu verderben. Sie hätten bedenken sollen, daß es hier um *religiöse* Angelegenheiten geht...»

«Um politische, denke ich», warf Jenatsch ein.

«Um religiöse, in den Augen der Engadiner und des einfachen Volkes. Sie müssen begreifen, daß man jetzt die Köpfe schüttelt über Sie, weil man Ihre Vergangenheit und Ihre Zuozer Ratschläge nicht unter einen Hut zu bringen vermag. Sie haben, um es ganz deutlich zu sagen, Ihre stärkste Tugend verschenkt: die religiöse Beständigkeit.»

«Pah, das nehme ich nicht so tragisch! Die Religion ist mir schon lange zur Privatsache geworden, das dürfte der hinterste Geißhirt gemerkt haben.»

«Gerade deswegen hätten Sie nicht mehr in religiöse Diskussionen eingreifen dürfen. Oder *wenn* Sie es taten, dann im altbekannten Sinne, wie jedermann es von Ihnen erwartete. So aber haben Sie sich, obwohl Sie richtig handelten, den Leuten suspekt gemacht. Das wird Konsequenzen haben, glauben Sie mir. Persönliche, aber auch allgemeine, indem man nämlich Ihren politischen Einfluß zu lähmen versucht, sobald er unpopuläre, aber notwendige Maßnahmen ins Auge faßt.»

«Das läßt sich korrigieren. Schließlich bin ich nicht der einzige, der heute anders redet, anders reden *muß,* als vor zehn Jahren.»

«Gerade deswegen hätten Sie sich nicht mit den Unterengadiner Angelegenheiten befassen sollen. Sie haben damit eine ganz unnötige Hypothek auf sich geladen.»

«Wer hätte es denn tun sollen, zum Teufel!»

«Irgend jemand, aber nicht Sie.»

Jenatsch schwieg mit gefurchter Stirn. Sein Mund verkniff sich, er kreuzte die Arme und lehnte sich im Stuhl zurück, den Blick auf die Tischplatte gesenkt.

«Ich glaube fast», fuhr Guler fort, «man hat Ihnen übel mitgespielt. Cœuvres vielleicht, vielleicht aber auch die Häupter. Das Volk erwartet viel von Ihnen. Dinge, die nicht in Frankreichs Interesse liegen können, besonders jetzt nicht, nach dem Monsonio-Vertrag. Vielleicht wollte man Ihrer Popularität einen Stoß versetzen, um Sie auszuschalten.»

«Niemals! *Niemals!*» rief Jenatsch aus. «Ich lasse mich nicht in die Ecke stellen! Ich werde tun, was ich für richtig finde. Ich werde vor allem diesen spanischen Vertrag in Fetzen reißen, und wenn ich dem Richelieu an die Gurgel springen müßte!»

«Mir gefällt dieser Vertrag ja auch nicht.»

«Übers Ohr hat er sich hauen lassen, der Neunmalkluge! Und dabei hatte der Esel die stärksten Trümpfe in der Hand, nämlich ein besetztes Veltlin und ein geeinigtes Bünden dahinter. Mit diesen Trümpfen hätte er die Spanier erpressen können. Welchen andern Sinn hatte die Eroberung des Veltlins, als eine günstige Ausgangslage für Verhandlungen zu schaffen? Und nun diese Stümperei! Selbstverwaltung der Veltliner. Verbot der evangelischen Konfession, päpstliche Truppen zur Bewachung der Festungen, freie Benützung der Pässe für Spanien. Das hätten wir vor sechs Jahren billiger haben können.»

«Sie haben recht, der Fall ist empörend, aber er erklärt sich auf natürliche Weise durch die innenpolitische Lage Frankreichs. Vergessen Sie nicht, daß der Kardinal kein geeintes Land hinter sich hat und es daher auf eine *wirkliche* Kraftprobe mit Spanien nicht ankommen lassen darf. Er braucht eine Atempause, um mit Rohan, dem Feldherrn der Hugenotten, zum Frieden zu kommen. Dieser Vertrag von Monsonio ist aus dem Moment geboren, was ihn uns freilich nicht schmackhafter macht.»

«Frankreich hat uns hintergangen und gedemütigt. Aber es kann uns nicht hindern, um unser Eigentum weiterzukämpfen.»

«Kämpfen!» lachte Guler bitter. «Ich denke, diese Illusionen sollten auch Ihnen vergangen sein, Jenatsch. Glauben Sie im Ernst, daß wir auf eigene Hand...»

«Ich meine es nicht so. Die Veltlinerfrage hat ihre militärische Natur verloren. Aber ich sehe es kommen, daß wir mit Spanien verhandeln, und zwar auf eigene Hand. Dieser Monsonio-Vertrag muß zerrissen werden! Wenn ich *einmal* in meinem Leben ein Ziel fest vor Augen gehabt habe, ist es dieses. Ein Vertrag mit Spanien, ja, aber ein anderer, ein ganz anderer!»

«Sagen Sie das nicht zu laut, Jenatsch!» lächelte Guler. «Ihre Freunde werden Sie sonst auch noch des politischen Verrats bezichtigen, und der Pompejus Planta wird sich im Grab einen Augenblick aufrichten und Ihnen eine lange Nase machen!»

Guler bot seinen Knecht mit einer Laterne als Begleitung an, doch Jenatsch lehnte ab. Er verabschiedete sich von dem alten Herrn, der, solange er ihn kannte, immer die würdige schwarze Tracht des protestantischen Patriziers trug, die mit seinem weißen, bürstig geschorenen Haar und dem breiten, waagrecht abgeschnittenen Bart wirkungsvoll kontrastierte. Jenatsch versprach, bald einen Bericht aus dem Veltlin nach Zürich zu schicken, wohin Guler in den nächsten Tagen zurückkehren wollte, und machte sich dann auf den Weg. Die Nacht war kalt und klar, der Himmel fast schwarz, mit unzähligen Sternen besprengt. Der Frost hatte den Weg erstarren lassen, und die Luft roch scharf nach gedüngten Wiesen. Irgendwo in den Wäldern gegen die Schatzalp zu heulte ein Wolf. Jenatsch ging rasch. Zuweilen zersplitterte krachend eine gefrorene Lache unter seinen Füßen. Als er das Gatter öffnete, gab der Hund Laut und näherte sich mit mißtrauischem Schnuppern. Die Haustüre war verschlossen, doch fragte eine gedämpfte Stimme von einem Fenster herab: «Bist du's, Georg?» Es war Anna, und sie stand ein paar Augenblicke später mit einem Nachtlicht an der Tür.

«Uh, hast du aber kalt», sagte sie, als sie ihm mit ihrer warmen Hand über die Wange strich. «Komm schnell in mein Bett, damit ich dich wärmen kann.»

Zwei Tage später begab sich Jenatsch wieder ins Veltlin zu seinen Kompanien. Der Herbst leuchtete noch einmal auf mit flammenden Lärchen und goldenem Birkenlaub. Dann fegte der Föhn von den blendend verschneiten Bergen herunter, der Himmel verschleierte sich, es begann zu regnen und bald in großen Flocken zu schneien, immer ruhiger und stetiger, und als es November war, war es auch schon Winter. Die Bauern schlugen ihr Holz, und die Frauen machten sich ans Spinnen, Färben und Weben. Die Tage glitten gleichförmig dahin, mit spät dämmerndem Morgen und frühem Dunkelwerden. Ein großer Teil der Arbeit spielte sich beim Schein des Talglichtes ab und in der Wärme der mächtigen Öfen. Einmal zogen die Männer wie jedes Jahr zur Wolfsjagd aus mit dem großen, im Rathaus aufbewahrten Netz, einmal fand ein Markt statt, und die Frauen kauften ihre Leinwand und ihr Ton- und Zinngeschirr, und dann war es Dezember, und man mußte ans Schlachten denken, ans Einpökeln, Wursten, Räuchern und Fettaussieden. Der Schneider kam auf die Stör, der Schuster, der Sattler, und Anna ließ einen Schreiner kommen, denn Georg hatte aus dem Veltlin geschrieben, er sei mit Konrad Margadant einig geworden, und man könne nach Neujahr ins eigene Haus an der Horlauben einziehen.

Kurz vor Weihnachten erschien er unerwartet mit einer Fuhre Hausrat, den er im Veltlin gekauft. Er ordnete einige Änderungen an im neuerworbenen Hause, legte auch selber Hand an, so daß er sich im Buolschen Gehöft beinahe nur zu den Essenszeiten blicken ließ. Er nahm übrigens wieder an den gemeinsamen Mahlzeiten teil und gab sich sichtlich Mühe, jeder Unstimmigkeit auszuweichen. Vor allem vermied er es, mit dem Schwiegervater allein zu sein, obwohl dieser sich anstrengte, die etwas frostige Atmosphäre durch ein paar lustige Sprüche zu erwärmen. So gab es ein leidlich behagliches Weihnachtsfest.

Vor Neujahr ging Georg ein paar Tage auf die Jagd, um seinen Haushalt mit Fleisch zu versorgen, und in den ersten Tagen des neuen Jahres – man schrieb nun 1627 – führte er seine und Annas Habe auf Schlitten ins eigene Haus.

*

Das Regiment Ruinelli hatte sich auf dem Roßboden zur letzten Musterung aufgestellt und wartete auf die Offiziere. Die Fahnen knatterten in der noch winterkühlen Luft, und die Tambouren spannten ihre Felle und prüften den Trommelklang durch einzelne Schläge, während die Pfeifer die durchfrorenen Finger in den Taschen ihrer weiten Hosen wärmten. Die Mannschaften waren guter Laune. Sie hatten den Sold empfangen und mußten nach der Besichtigung bloß noch die Fahnen und die Waffen, soweit diese nicht ihr persönliches Besitztum waren, ins Zeughaus tragen.

Die Turmuhren von Chur schlugen eine frühe Nachmittagsstunde, als sich von der Landstraße her ein kleiner Reitertrupp näherte. Die Pferde trabten über das zerstampfte, aufgeweichte Schneefeld und fielen vor dem rechten Flügel der Linie in Schritt. Während die Trommeln rasselten und die Pfeifer etwas dünn und verstimmt Generalmarsch bliesen, ritt der Oberst, von den Offizieren Jenatsch, Rosenroll und dem Basler Zeggin in respektvoller Distanz gefolgt, die Reihen ab, jeden einzelnen Mann ins Auge fassend. Sein Gesicht war rot angelaufen, die blutgeäderten Augen quollen ihm fast aus dem Kopf unter den gerunzelten Brauen, und seine linke Hand hatte Mühe, das aufgeregte Pferd zu zügeln. Nach der Musterung des letzten Gliedes begab er sich in kurzem Galopp vor die Front und grüßte mit dem blanken Degen. Darauf riefen die Hauptleute ihre Kompanien zusammen und verabschiedeten sie mit einer kurzen Ansprache. Während die Unterführer ihre Leute in Marschformation aufstellten, um mit ihnen ins Zeughaus zu marschieren, wandten sich die Offiziere nach der Stadt zurück.

«Wie ist euch zumute, ihr Herren?» fragte Ruinelli, sich die Nase schneuzend. «Ein behaglicher Moment ist es ja nicht gerade, ein kriegstüchtiges Regiment auseinanderlaufen zu lassen, als ob es eine Herde Ziegen wäre. Nun, man hat es gehabt und wird einmal ein anderes haben. Ich wäre ja gern in Chur einmarschiert, man darf sich schließlich zeigen, was? Aber nicht so, nicht als Hunde, die der Herr Kardinal oder der Herr Minister Olivarez zurückpfeift – oder wer sonst den schändlichen Vertrag von Monsonio zusammengestümpert hat. Wir hätten uns weigern sollen, die Stellungen aufzugeben, wird einem an jedem Wirtstisch vorgeworfen.»

«Du hast den Kirchturmpolitikern hoffentlich gehörig das Maul gestopft», sagte Zeggin.

«Spießruten laufen müßte mir solches Gesindel!» brauste Ruinelli auf. «Leute, die noch kein Pulver gerochen haben, wollen einen in Ehren ergrauten Offizier belehren, was militärischer Gehorsam ist! Ich hätte ihnen am liebsten die Rückzugsordre um die Ohren geschlagen.»

«Es ist nun einmal, wie es ist, und kann sich wieder ändern», sagte Jenatsch.

«Wenn wir wenigstens den Spaniern hätten weichen müssen», fuhr Ruinelli fort, «das sind immerhin Soldaten, das waren immerhin Gegner, die einem Ehre machten. Aber den Päpstlichen, diesen Hosenscheißern, die vor zwei Jahren vor uns auseinandergefahren sind wie eine Schar Spatzen, wenn der Sperber kommt! Weiß der Kuckuck, wie ich das verwinde.»

«Es ist noch nicht aller Tage Abend», sagte Jenatsch. «Schließlich waren die Päpstlichen schon einmal im Veltlin, und doch haben sie es verlassen, schneller, als ihnen lieb war.»

«Hör auf, Georg, deine Schönfärberei macht mir übel. Hilf mir schimpfen, wenn du ein rechter Kamerad bist, oder sonst pack dich zum Teufel. Hast doch heute auch zwei Kompanien verloren für nichts und wieder nichts, hab' dich schließlich ganz hübsch daran verdienen lassen, oder?»

«Ich bin zufrieden gewesen.»

«Also. Und was sind wir jetzt? Abgedankte Kommandanten – was sage ich? Den Dank ist uns unsere beschissene Republik vorläufig noch schuldig. Offiziere ohne Soldaten, suspekte Patrioten, wir! Wir, die wir weiß Gott dem Vaterland mehr Dienste geleistet haben als alle Ofenhocker, die jetzt das Maul gegen uns aufreißen, zusammengenommen. Was soll ich nur anfangen? Sag du mir das einmal, Jenatsch, was soll ein Oberst ohne Regiment?» Er schneuzte sich wieder die Nase.

«Ein neues suchen, was sonst? In Deutschland...»

«Nicht in Deutschland, parbleu! Ich setze meinen Fuß nicht mehr auf deutschen Boden, das habe ich mir geschworen!

Einmal von den Kaiserlichen geschnappt werden, das genügt mir.»

«Oder in Venedig. Schließlich bist du immer einer der Unsrigen gewesen.»

«Willst du mich foppen, Georg?»

«Ich wüßte nicht, warum.»

«Es ist nicht gerade kameradschaftlich von dir, Jenatsch», mischte Zeggin sich ein, «deinen Obersten an die Ungnade zu erinnern, die er sich in Venedig zugezogen hat.»

«Ach so, die alte Geschichte wegen der Abreise aus dem mansfeldischen Lager? Daran habe ich nicht gedacht. Übrigens nähme ich das nicht tragisch, Giacomo, Leute wie du sind der Serenissima jederzeit willkommen. Diese Sache läßt sich mit Leichtigkeit regeln. Ein paar Briefe an den Residenten in Zürich, ein paar Empfehlungen...»

«Was glaubst du denn eigentlich? Ein Ruinelli wirft sich niemandem an den Hals! Damit sie mich am Ende trotzdem zurückweisen, was! *Die* Freude gönne ich dem Grüscher Halunken, der mir diese Suppe eingebrockt hat, nicht. *Ich* schreibe keine Briefe, weder nach Zürich noch nach Venedig. Das hat der Ulysses besorgt, mag er in seiner Tinte ersaufen, der Neidhammel! Aber eines freut mich doch. Wißt ihr noch, was für Augen er gemacht hat, als ich aus seinem Regiment austrat und euch mitgezogen habe? Grün und blau hat er sich geärgert. Lange genug hat er mir die Sonne verstellt, aber diesmal war ich der Schlauere. Das freut mich ewig, und darauf müssen wir eins trinken, Jenatsch, Rosenroll! Auch du darfst mithalten, Zeggin, wenn du auch ein Basler bist!»

Er trieb sein Pferd an und galoppierte stadtwärts, die drei Kameraden hinter sich. Bei der ersten Schenke im Welschen Dörfli hielt er an, klopfte den Wirt heraus und befahl ihm, vier Krüge Veltliner herauszubringen.

«Jetzt gibt's einen Steigbügeltrunk, wie es sich gehört bei einem Abschied. Wir nehmen ja Abschied, ihr Herren. Ich von meinem Regiment – wollte Gott, ich wäre länger sein Oberst gewesen!»

«Sei kein Jammerlappen, Schwager, man kennt dich ja gar nicht mehr», sagte Rosenroll.

«Du wirst mich wieder kennen, sobald der Wein da ist», erwiderte der Oberst mit einer grimmigen Grimasse. Der Wirt brachte die gefüllten Krüge und bot sie den Offizieren aufs Pferd.

«Eins – zwei – drei!» kommandierte Ruinelli und hob den Krug an den Mund, um ihn auf einen Zug zu leeren. Die drei andern folgten seinem Beispiel. Dann stellte er sich in den Bügeln auf, schmetterte den Krug in den matschigen Schnee – duff! machte es und gleich darauf duff! – duff! duff! – und hierauf sprengte er vom Platze, daß es spritzte. Rosenroll blieb zurück, um zu bezahlen, während die andern beiden dem Obersten folgten. Sie ritten in voller Karriere durch die enge Vorstadt, über die Plessurbrücke und durchs Obere Tor und in unverminderter Gangart durch die Untere Gasse. Nachdem sie auf den Kornplatz eingeschwenkt waren, erscholl Kindergeschrei hinter ihnen. Als Jenatsch sich umwandte, sah er ein Büblein am Boden liegen. Ein alter Mann humpelte den Reitern nach. Er zeigte auf Zeggin und schrie: «Mordio, Mordio!» Ruinelli steuerte indessen auf das Wirtshaus zum ‚Wilden Mann' zu, hielt sein Pferd so jäh an, daß er beinahe aus dem Sattel flog, brüllte nach einem Stallknecht und saß ab. Als sie schon hinter einem neuen Krug in der Gaststube saßen, kam Rosenroll.

«Da hast du eine schöne Geschichte angerichtet, Ruinelli», sagte er, sich am Tisch niederlassend, «die halbe Stadt läuft auf dem Kornplatz zusammen.»

Ruinelli machte große Augen.

«Der Oberst ist unschuldig, Kamerad», sagte Zeggin. «*Meinem* Gaul ist der Schnuderbub zu nah gekommen. Geschieht ihm recht, was braucht er sich vorzudrängen.»

«Ist er verletzt?» fragte Jenatsch.

«Es scheint. Jedenfalls hat es einen großen Auflauf gegeben, und die Leute fluchen alle Zeichen über uns Offiziere.»

«Die sollen sich zeigen!» brüllte Ruinelli, «*die sollen sich zeigen!* Verdonnern will ich sie, daß sie ihrer Lebtag dran denken!»

«Entschuldige, Giacomo, aber mir scheint, es wäre richtig gewesen, wenn Herr Zeggin sich um den Buben gekümmert hätte. Es wäre ihm nichts von seiner Ehre abgegangen», wandte Jenatsch ein.

«Nimm das Lumpengesindel noch in Schutz, das fehlte gerade noch!» fuhr ihn Ruinelli an.

«Mich geht's ja nichts an, aber man macht doch nicht leichtfertig böses Blut!»

«Kannst es ja auf dich nehmen, Jenatsch, wenn du so versessen drauf bist, die Gerechtigkeit walten zu lassen, aber davor hütest du dich natürlich. Es könnte deiner Popularität schaden.»

«Auf jeden Fall hat der Herr Zeggin nicht dazu beigetragen, unsere Popularität zu heben.»

«Muß ich mir das bieten lassen?» fuhr Zeggin auf.

«Daß du's weißt, Jenatsch», sagte Ruinelli mit rotem Kopf, «ich decke den Zeggin voll und ganz, und wenn du nicht aufhörst, ihn zu begeifern, bekommst du es mit mir zu tun, verstanden!»

«Wie dir beliebt, Oberst, aber meine Meinung sage ich frei und offen und lasse mir weder von dir noch einem andern Vorschriften machen, von einem Unterländer schon gar nicht!»

«Oho!» platzte Zeggin heraus. «So ist das gemeint? So dankt man es einem, daß man seine Haut für Bünden gewagt hat! Ich will mir das merken!»

Jenatsch stand auf. «Ich suche keinen Streit mit alten Kameraden. Wir reden wieder miteinander, wenn ihr nüchtern seid.» Er hängte sich den Degen um und wandte sich zur Tür. Ruinelli sprang auf und packte Jenatsch am Arm.

«*Du bleibst da!*» brüllte er. «Dieser Handel wird ausgetragen, und zwar sofort. Du hast den Herrn Hauptmann Zeggin beleidigt und wirst dich auf der Stelle bei ihm entschuldigen.»

«Wenn einer sich entschuldigt, ist es der Zeggin, und zwar bei dem Buben.»

«Du entschuldigst dich, oder wir gehen miteinander vors Tor!»

«Da habe ich Gescheiteres zu tun.»

«Du willst mir keine Satisfaktion geben, ehrloser Hund?»

«Paß auf, was du sagst, Ruinelli!»

«Er hat keine Ehre im Leib», sagte der Oberst, zum Tisch zurückkehrend. «Keinen Funken von Ehre. Eigentlich wundert's mich nicht. Wißt ihr, wo der in Zürich gesessen ist, noch vor zehn Jahren? Im Mueshafen! Und seine Karriere hat er auf einem Gaul begonnen, den er sich von mir hat leihen müssen.»

«*Ruinelli!*» brüllte Jenatsch.

«Kommst du mit mir vors Untertor oder nicht?»

«Mit einem, der beim Mansfeld davongelaufen ist, schlage ich mich nicht», sagte Jenatsch, plötzlich ruhig geworden.

«Ins Maul zurück haue ich dir das bis zuhinterst, du hündischer Parvenu!» Er zog seinen Degen und begann auf Jenatsch einzudringen.

Zeggin war mit blanker Waffe ebenfalls aufgesprungen, aber Rosenroll und der Wirt hatten sich zwischen die Gegner gestellt.

«Benachrichtigen Sie die Stadtwache», sagte Jenatsch zum Wirt. «Ich werde die Sache in aller Form austragen.»

Eine aufgeregt summende Volksmenge bewegte sich vom Untern Tor her durch die Reichsgasse. Vor ihr her marschierten in gemessenem Takt die Stadtknechte mit einer Bahre. Unter dem roten Offiziersmantel hing ein Arm mit einer weißen Hand herab. Zu beiden Seiten schritten mit entblößtem Haupt Zeggin und Rosenroll, dahinter mehrere Offiziere. Die Zuschauer folgten dem Zug, nur da und dort blieben ein paar Gruppen zurück in eifriger Diskussion. Sie wichen aber fast erschreckt zur Seite, als Jenatsch, vom Kommandanten der Wache begleitet, vorüberging.

«Sie haben nichts zu befürchten, Jenatsch», sagte der Kommandant. «Der Fall ist klar. Hätten Sie nicht vom Leder gezogen, so lägen jetzt Sie dort auf der Bahre. Vielleicht wird ein Gericht sich mit dieser Sache noch befassen, es könnte ja sein, daß Ruinellis Schwager Rosenroll gegen Sie Klage führt, aber das wird nichts ändern.»

Jenatsch hatte auf dem ganzen Weg geschwiegen. Das schwarze Haar hing ihm unordentlich ins bleiche Gesicht, auch sein Schritt war nicht so fest wie gewöhnlich.

«Nun, ich muß zu meinen Leuten», sagte der Kommandant. «Kann ich Ihnen in irgendeiner Weise noch behilflich sein?»

«Schicken Sie jemand in die Stallung des Gasthauses zum

‚Wilden Mann'. Dort steht mein Rappe. Ich erwarte ihn im ‚Staubigen Hütlein'.»

«Sie haben recht, daß Sie das Pferd nicht selber holen. Ich würde, falls ich Ihnen einen Rat geben darf, auch nicht mehr allzulange in Chur bleiben, sofern Sie hier nicht gute Freunde haben. Man kann nie wissen, und sicher ist sicher.»

Er verabschiedete sich und eilte die Reichsgasse hinauf, während Jenatsch in eine Quergasse einbog und bald darauf die obere, den «besseren» Gästen vorbehaltene Gaststube des ‚Staubigen Hütleins' betrat.

Er hatte sich kaum des Bandeliers entledigt, als eine dröhnende Baßstimme durch das Halbdunkel schallte.

«Giorgio! Her zu mir, per Bacco!»

Sich umwendend, bemerkte er den Obersten Baptista von Salis an einem Tisch. Er beeilte sich jedoch nicht, der Aufforderung zu folgen, sondern hängte seinen Degen an einem Holznagel auf, zog die Handschuhe aus, legte sie mit dem Hut auf einen Stuhl und nahm nach kurzer Überlegung den Degen wieder an sich.

«Sapperlot, Giorgio», sagte Salis. «Bist du eingerostet im Veltlin? Du warst doch sonst ein flinker Bursche. Wirt, noch einen Krug, aber ein bißchen...» Der Wirt verbeugte sich und schlüpfte zur Tür hinaus.

«Misericordia!» rief Salis aus, «was bietest du für einen Anblick! Hat dich der Abschied... nun ja, begreiflicherweise, gerade rühmlich ist diese Entlassung nicht. Fahr dir wenigstens durchs Haar, ein Hauptmann – was sage ich: Major, natürlich, Major... Du bist ganz hübsch vorangekommen mit deinen dreißig... aber setz dich doch, zum Teufel!» Er reichte Jenatsch die klobige Hand und machte mit der andern eine einladende Bewegung.

«Wir haben uns lange nicht gesehen, kein Wunder in diesen Zeiten! Ich komme gerade von Soglio. Da sieht's aus, mein Lieber! Zum Heulen, Giorgio, zum Heulen. Kein Stein ist auf dem andern geblieben. Was habe ich nicht alles verloren in diesen Jahren! Zum Glück hat man sich vorgesehen, sich auf seine feine...» er schnupperte mit der großporigen Salis-Nase, die anfing, kupferrot zu werden. «Keine Kleinigkeit, seine Vaterpflichten redlich zu erfüllen in diesen Zeiten, verstehst du! Aber ich habe das Meinige getan. Violanta, die Älteste, hat einen de Blonay, Anna einen von Tavel und Ursina einen Brügger, wie dir vielleicht bekannt ist. Nur mit den Söhnen habe ich Pech. Baptista und Andrea wurden als hoffnungsvolle Studenten ... und letztes Jahr stirbt mir im Veltlin der Giovannin, mein Lieblingssohn, am Beginn einer glänzenden ... militärischen ... Karriere.» Er schneuzte sich heftig und blickte Jenatsch mit wässerigen Augen an.

«Und du?» fragte er, sich fassend und nach dem Becher greifend, «bist du immer noch ohne Kinder?»

«Es besteht Hoffnung», antwortete Jenatsch.

«Siehst du! Habe ich es dir nicht gesagt, damals in Maloja, als wir den Auerhahn ... Ich warte übrigens auf eine Ente, sie muß diesen Augenblick...» Der Wirt brachte den Wein.

«Setzen Sie ihn diesem um unser Vaterland hochverdienten ... Er wird Ihnen nicht unbekannt sein. Jawohl, Jenatsch, der Held von Klosters. Ein bißchen bleich und struppig, aber sonst perfekt.»

«Kein Wunder nach einem solchen Tanz», sagte der Wirt lächelnd.

«Wieso? Warum? Was hast du wieder angestellt, Giorgio? Du verheimlichst mir etwas, ich habe es die ganze Zeit ... du bist nicht wie sonst.»

«Hat der Herr Oberst noch nicht vernommen, was sich vor einer knappen halben Stunde vor dem Untern Tor ereignet hat? Die ganze Stadt spricht davon.»

«Wie sollte ich, per Bacco! Ich sitze hier als friedlicher Privatmann ... Schenken Sie ein, der Giorgio braucht eine Stärkung. Warum haben Sie mir nichts gemeldet? Ich bin zwar kein aktiver Politiker mehr, das Private nimmt überhand, aber das will nicht heißen ... Nun denn, heraus mit der Sprache!»

«Der Ruinelli...» begann der Wirt.

«Halt!» sagte Salis, die Hand hebend. «Der Giorgio wird mir alles der Reihe nach berichten. Verfügen Sie sich in die Küche und sehen Sie nach der Ente – ich hoffe, sie ist hinreichend gesalzen, ich bin ein entschiedener Gegner der leisen Küche. Und noch etwas: Hände weg vom Knoblauch. Nicht einmal Zwiebeln sind in diesem Falle... Man muß sich hüten, eine Gottesgabe durch falsche Behandlung zu verderben, ich erkenne darin sogar eine feinere Art von Sünde – als ob wir nicht an den gröbern schwer genug trügen! Nun denn: avanti! Aber lassen Sie sich Zeit, glauben Sie nicht, Sie müßten durch ein Höllenfeuer den Prozeß des Garwerdens beschleunigen, das wäre das Verkehrteste. Lieber zügle ich meinen gottseidank allzeit gesegneten Appetit noch eine Viertelstunde, als daß ich mich für den Rest des Tages ärgern muß. Treten Sie endlich ab!»

Der Wirt hatte halb höflich-aufmerksam, halb belustigt zugehört und verschwand nun geräuschlos.

«Gebe Gott», fuhr der Oberst fort, «daß die Ungunst der Zeit und des persönlichen Schicksals nie solche Formen annehmen wird, daß man sich nicht mehr eine ordentliche Mahlzeit – aber du trinkst ja gar nicht, Giorgio!»

«Danke, ich habe schon genug getrunken heute. Zum Essen dann vielleicht.»

«Also was, Giorgio, was ist mit dem Ruinelli?»

«Das ist eine lange Geschichte.»

«Erzähl der Reihe nach, wir haben Zeit.»

«Eigentlich ist es bald erzählt. Den Obersten Ruinelli hat es mächtig verdrossen, daß er sein Regiment entlassen mußte, denn es bestanden für ihn wenig Aussichten, bald ein neues zu übernehmen. In Deutschland hat er sich unmöglich gemacht, und die Gunst der Venezianer hat er sich verscherzt, und andere Armeen stehen uns zurzeit nicht offen.»

«Aha, und da hat er seinen Ärger im Wein ertränkt und hat mit dir Streit... Ich verstehe alles.»

«So ungefähr. Zuletzt hat er mich gefordert und, als ich mich weigerte, mir die Ehre abgesprochen.»

«Das hat dich natürlich gestochen, Hitzkopf... aber wart nur, bis du einmal jenseits der Fünfzig bist und eine vielköpfige Familie zu versorgen hast, dann siehst du das Ding mit andern... Aber mach weiter, ich bin außerordentlich...»

«Ich ließ die Stadtwache benachrichtigen, und wir begaben

uns vors Untertor. Ruinelli ließ mich aber gar nicht Aufstellung nehmen, sondern stürzte sich mit Zeggin...»

«Wer ist das?»

«Ein Hauptmann unseres Regiments, ein Basler, der eigentlich den ganzen Streit verursacht hat. – Ruinelli und dieser Hauptmann Zeggin stürzten sich mit blankem Degen auf mich. Ich retirierte ein paar Schritte, um meinerseits zu ziehen. Unterdessen hatten ein paar andere Offiziere und die Stadtknechte den Zeggin überwältigt, so daß ich Ruinelli allein gegenüberstand. Statt daß er sich nun an die Regeln gehalten hätte, rückte er mir sogleich auf den Leib. Ich parierte ein paar seiner wütenden Hiebe, und als ich endlich zustieß, fuhr ihm mein Degen in die Brust.»

«Ist er tot?» fragte Salis mit weitaufgerissenen Augen. Jenatsch nickte.

«Eine *sehr* unangenehme Affäre», sagte Salis nach einer Weile. «Obwohl du dich korrekt benommen hast, durchaus korrekt und ehrenhaft.»

Jenatsch war aufgestanden und ans Fenster getreten. Er öffnete den Schieber und blickte auf die Gasse hinab. Es dämmerte, und in den Fenstern der gegenüberliegenden Häuser glomm rötlicher Lichtschein.

«Was gedenkst du nun zu tun?» fragte Salis am Tisch.

«Zunächst gehe ich nach Davos, ich habe dort ein eigenes Haus. Später wird man sehen. Vielleicht übernehme ich eine venezianische Kompanie. Auf jeden Fall muß ich jetzt dem Rosenroll aus dem Weg gehen. Dieser blödsinnige Zeggin hat mich um zwei Kameraden ärmer gemacht! *Ihm* hätte ich den Degen zwischen die Rippen stoßen sollen, das hätte mich nicht gereut! Wenn der mir einmal über den Weg läuft!»

«Da wird Gras darüberwachsen wie über so manches andere. Mit dem Schwiegersohn des Pompejus, dem Rudolf Travers, hast du dich doch auch versöhnt, warum nicht auch mit dem Rosenroll? Laß die Zeit ein bißchen... Ah, da kommt unsere Ente. Vorwärts, Georg, schlag dir die trüben Gedanken aus dem Kopf.»

Jenatsch wandte sich wieder zum Fenster, denn er hatte auf der Straße Hufschläge vernommen.

«Es tut mir leid», sagte er, seinen Hut suchend, «ich muß fort, eben bringt man mir mein Pferd.»

«Aber doch nicht jetzt, Giorgio! Du willst mich doch nicht im Stich lassen? Seit wann bist du ein Spielverderber? Setz dich zu Tische und laß dieser Ente... Einer solchen Gottesgabe den Rücken zu kehren, das tust du mir nicht an, Georg.»

«Es ist besser, ich verlasse die Stadt, man wird gleich die Tore schließen.»

«Wozu diese Eile? Du bist doch kein Mörder. Oder fürchtest du den Rosenroll? Als ob der dich nicht auch in Davos... Komm, Georg! Wir sind beide des Trostes bedürftig. Ich habe drei Söhne verloren, mein Besitz ist zusammengeschmolzen – nun, ich will damit nicht gerade sagen, daß ich an den Bettelstab gekommen sei, aber immerhin... Und du, Georg, hast den Tod beider Eltern zu beklagen, bist vorläufig noch kinderlos – es besteht Hoffnung, hast du gesagt? Vedremo, vedremo... Dein bester Freund – ich meine den Blasius Alexander – erleidet ein grausames Martyrium, ein anderer rennt mit verwirrten Sinnen in deinen Degen und findet so den Tod. Und dann die höchst unbefriedigenden, höchst beklagenswerten politischen...die uns als erprobte Patrioten gleichermaßen betrüben – kurz: das Schicksal hat uns übel mitgespielt. Aber wir lassen den Kopf nicht hängen, amico. Wir wissen, daß der Spender aller Gaben uns nicht nur Betrübliches zumißt. Da schau!» Er wies mit beiden Händen auf den Tisch, wo im Kerzenschein die gebratene Ente in einer Schüssel ruhte, Messer und Gabel kreuzweise in der braunen, hochgewölbten Brust.

Anna erbleichte, als Georg ihr ein paar Tage später mitteilte, er sei genötigt gewesen, sich mit Ruinelli zu duellieren und habe ihn auf den Tod verwundet. Er wolle es ihr selber sagen, bevor sie es von dritter Seite erfahre.

«Mein Gott!» sagte sie, fast ohne Stimme, «mein Gott!»

«Meinst du, es mache mir nichts aus? Ruinelli war mein Freund, und ich habe nur gezogen, weil ich mußte. Oder wäre es dir lieber gewesen, man hätte *mich* weggetragen?»

«O Gott!» stöhnte Anna.

«Es hing an einem Faden, kann ich dir sagen. Ich hätte ihn geschont, ihm nur einen Denkzettel gegeben, wenn es nach mir gegangen wäre. Aber er rannte in meinen Säbel hinein wie ein Blinder, betrunken, wie er war.»

«Warum hast du dich mit ihm eingelassen? Hast ihn wohl gar noch gereizt in seinem Rausch.»

«Ich wollte ihm aus dem Wege gehen, aber da hat er mir ehrenrührige Dinge an den Kopf geworfen und mich vor den andern lächerlich gemacht.»

«O ihr Männer!» sagte Anna. «Ihr Kindsköpfe! Zeig mir einmal diese Ehre, die euch so wichtig ist! Ich möchte einmal wissen, wie sie aussieht!»

«Aber Anna!»

«Weißt du überhaupt, was es heißt, die Frau zu sein von einem solchen, wie du einer bist? Weißt du, wie es ist, zu warten und zu warten, wochenlang, monatelang, und jeden Augenblick auf einen bösen Bericht gefaßt zu sein und immer diese gräßlichen Bilder vor Augen zu haben? An mich denkst du nie, wenn du fort bist. Und wenn du endlich heimkommst, dann kommst du – so.»

«Willst du damit sagen, daß ich ein Mörder bin?»

«Georg!»

«Das Protokoll stellt fest, daß ich in Notwehr gehandelt habe. Daran wird auch kein Gericht rütteln können.»

Anna schwieg. Ihr blasses Gesicht mit den eingefallenen Wangen und den dunkeln Ringen unter den Augen war wie erstarrt. Sie bewegte die Lippen, zuckte ein paarmal mit den Schultern und machte ein paar kurze Schritte von Georg weg.

«Glaubst du's nicht, Anna?»

Sie blickte ihn rasch an und wandte dann das Gesicht ab.

«Du glaubst es mir nicht. In deinen Augen bin ich ein Mörder, ein Ungeheuer.»

«Wenn ich nur wüßte, was ich von dir denken soll. Oft glaube ich, es sind zwei Menschen in dir, ein liebenswerter... und ein abscheulicher... und man weiß nie zum voraus, mit welchem man es gerade zu tun hat.»

«Sehr schmeichelhaft. Gut, daß ich's endlich einmal weiß.» Er wandte sich mit einer heftigen Bewegung um und schritt auf die Tür zu. Ohne sie zu öffnen, blieb er stehen, den Kopf gesenkt, die Stirn in Falten gelegt. Anna hatte sich nicht vom Fleck gerührt. Nach einer Weile blickte er sie an und näherte sich ihr ein paar Schritte.

«Hör, Anna, wir wollen vernünftig miteinander reden. Ich verspreche dir, jetzt daheimzubleiben, mindestens solange, bis das Kind da ist. Ich begreife dich. Aber du tust mir unrecht. Ich habe *immer* an dich gedacht. An dich und an das Land, an die vielen andern Frauen, die Ähnliches erlebt haben wie du. Zu dem, was ich getan habe, stehe ich heute noch. Es war notwendig. Wenn ich etwas bedaure, dann bloß, daß ich nicht mehr ausgerichtet habe. Aber es ist noch nicht alles zu Ende, es sieht im Gegenteil so aus, als ob alles nochmals anfangen würde. Und da darf ich mich nicht abseits stellen. Die Alten sind tot oder außer Gefecht, und von den Jungen sind nicht mehr verdammt viele übrig, denk an den Plasch Alexander, an Rudolf Salis, an Bonaventura, an Rieder, an – Ruinelli. Da kommt es auf jeden einzelnen doppelt an. Man würde es, offengestanden, nicht begreifen, wenn ich mich nun plötzlich aus der Politik zurückzöge. Übrigens habe ich im Moment gar keine Wahl. Wovon sollten wir leben? Wir haben zwar ein eigenes Haus, aber kein Land und kein Vieh.»

«Tu, was du mußt. Es wird wohl so sein, daß ich meiner Lebtag in dieser Unruhe leben muß. Am Anfang habe ich es mir allerdings anders vorgestellt. Hätte ich damals gewußt, was ich heute weiß...»

«Was dann, Anna?» Er trat rasch zu ihr ans Fenster.

Sie zuckte die Achseln.

«Wir sind ja gar keine rechte Familie», sagte sie nach einer Weile.

«Wart jetzt noch die paar Monate», lächelte er. «Dann sind wir drei. Und habe noch ein wenig Geduld mit dem andern, dann sollst du sehen, ob wir nicht eine Familie sind!»

Anna seufzte auf.

«Könntest du nicht Land pachten und ein paar Häuptli Vieh kaufen? Ich muß etwas zu tun haben, sonst halte ich es nicht aus.

Ich könnte dann auch eine Magd in Dienst nehmen und wäre nicht immer allein.»

«Das ist eine Idee. Ich will es mir überlegen.»

An einem der nächsten Tage schrieb Georg dem Ritter Johannes Guler. Er wisse zwar, daß der Gulersche Boden fest verpachtet sei, möchte aber, um nichts zu versäumen, trotzdem anfragen, ob nicht in nächster Zeit etwas frei werde oder ohne Schwierigkeiten aus dem bestehenden Verhältnis gelöst werden könne. Im übrigen denke er daran, mit der Zeit Land zu kaufen, doch möchte er noch zuwarten, bis die Einbürgerungsangelegenheit geregelt sei. Auch scheine ihm die politische Lage für einen solchen Schritt noch nicht stabil genug, um sich in dieser Art dauernd an Davos zu binden. Er verspreche sich nämlich gar nichts vom gegenwärtig florierenden spanischen Kurs, den er selbst in keiner Weise zu fördern gedenke, und dies nicht etwa aus selbstsüchtigen Erwägungen, etwa aus Angst, die Venezianer würden ihm die Pension sperren, wenn sie die Richtungsänderung erführen, sondern aus durchaus sachlichen Gründen. Gerade populär mache man sich nicht, wenn man nicht mit den Wölfen heule, aber er hoffe, zu gegebener Zeit den Wetterfahnen zu beweisen, daß die Beständigkeit reichere Früchte zeitige als das wetterwendische Wesen, das die Mehrheit des Bündnervolkes augenblicklich zur Schau trage. Die unglücklichen französischen Negoziationen hätten allerdings zur Hauptsache diesen Umschwung herbeigeführt, und insofern hätte ja der spanische Kurs wenigstens das eine Gute, daß er dem Kardinal die Schädlichkeit und Vernunftwidrigkeit des Monsonio-Vertrages ad oculos demonstriere. Hingegen behalte er selbst, wie gesagt, sein Pulver trocken und hoffe, es einmal nutzbringend anzuwenden.

Diesen Brief sandte er nach Chur, wo der Ritter Johannes Guler seit kurzem Wohnsitz genommen hatte.

In den folgenden Tagen erledigte er weitere Korrespondenzen, ließ Holz vors Haus führen und zersägte und spaltete es selber. Im Stall brachte er den Schweinekoben in Ordnung und richtete einen Hühnerstall ein. Als gegen Ende des März die Schneeschmelze einsetzte, ging er ein paar Tage auf die Jagd.

Wie er eines Abends mit einer erlegten Gemse heimkehrte, fand er eine Vorladung des Churer Gerichts auf dem Schiefertisch in der Stube. Anna berichtete, ein Bote sei am Nachmittag dagewesen. Am nächsten Morgen verritt er nach Chur. Er hatte Anna, die sich wieder ängstigte und glaubte, sie sehe ihn zum letztenmal, zu beruhigen gesucht. In spätestens fünf Tagen werde er zurück sein, versprach er ihr, und er hielt sein Versprechen auch. Das Gericht hatte ihn zu einer allerdings empfindlichen Buße verurteilt, wegen Störung des Stadtfriedens, aber das war zu verschmerzen. Im übrigen hatte er mit dem alten Guler gesprochen und von diesem die pachtweise Überlassung einiger Grundstücke zugesichert erhalten.

Langsam wurde es auch im Davoser Hochtal Frühling. Die Schneedecke wurde faul in der Tageswärme, gefror aber in den Nächten immer wieder zu salzig spröden Krusten. Doch nach Ostern setzte Föhnwetter ein, das innert weniger Tage mit dem Schnee aufräumte bis weit an die Hänge hinauf und die Straßen und Hofplätze trocknete. Jenatsch beschaffte sich einen Mistwagen und führte mit seinem Rappen den Dünger, den er fuderweise bei verschiedenen Bauern kaufte, auf die Wiesen. Anna fing an, schwerfällig zu werden, und überdies stellten sich mancherlei Beschwerden ein, aber sie besorgte den Haushalt wie zuvor. Jenatsch hielt ihr einmal eine kleine Predigt über die Unvernunft ihres Tuns, aber sie lachte bloß und sagte, sie wisse schon, warum es bisher immer lätz gegangen sei mit den Kindern. Die Mutter habe sie verzärtelt, und darum hätte sie viel zuviel Zeit gehabt, sich Sorgen zu machen. Die Hauptsache sei, daß der Mann zu Hause bleibe, und deswegen dürfe er jetzt auch nicht mehr fortgehen, bis die Zeit um sei. Das habe er ja versprochen, sagte Georg, obwohl er manchmal fast nicht wisse, wie er die Zeit totschlagen solle. Das werde bald bessern, meinte Anna, wenn erst einmal das Vieh im Stall stehe.

Soweit war es freilich noch nicht. Georg wollte mit dem Viehkauf warten, bis man mit dem Weidgang beginnen konnte, denn er hatte noch kein eigenes Heu, und obwohl der Schwiegervater sich anerboten hatte, ihm auszuhelfen, hielt er an seinen Plänen fest. Er fange seine Landwirtschaft nicht mit fremdem Futter an, sagte er, er wolle ein rechter Bauer sein und selber für das Nötige sorgen. Der Verkehr mit dem Buolschen Hofe war übrigens wieder in Gang gekommen und wurde aufrechterhalten, wenn auch nicht ganz auf die verwandtschaftlich herzliche Art, wie sie natürlich gewesen wäre. Immerhin kam es zu keinen Auftritten mehr zwischen Paul Buol und Jenatsch. Sie beflissen sich beide einer gewissen Zurückhaltung, ohne daß sie einander geradezu aus dem Wege gingen.

Mitte Mai fand die Landsgemeinde statt, oder die Bsatzig, wie die Davoser diese Versammlung nannten. Unter andern Geschäften kam das Einbürgerungsgesuch Jenatschs zur Behandlung. Es wurde mit deutlicher Mehrheit angenommen, und so war Georg denn kein Hintersaße mehr, sondern ein vollberechtigter Davoser. Er nahm seinen Platz in der Versammlung ein und lud seine Mitbürger am Abend zu einem Trunk aufs Rathaus.

Der Frühling verging mit warmen Wochen, die auf den Talwiesen einen unwahrscheinlich grünen Schaum von dichtem, kurzem Gras entstehen ließen. Ein paar Tage regnete es, zuletzt fiel sogar wieder Schnee, doch dann war es plötzlich, fast mit einem Ruck, voller Sommer. Jenatsch hatte seine Zeit genützt. Er hatte Rechen und Heugabeln verfertigt und Lederseile geflochten, und nun war es Zeit, an den Viehkauf zu denken. Georg war ein zäher Händler, der sich nichts aufschwatzen ließ und den Preis selber festsetzte. Er übereilte sich nicht, aber was er kaufte, zahlte er in blankem Gelde und hatte schließlich eine kleine Herde beisammen, die sich sehen lassen durfte. Er brachte sie in der letzten Juniwoche selbst zur Alp und begann dann mit einem für den Sommer gedungenen Knecht die Heuernte.

Mitten in diesen arbeitsreichen Tagen brachte Anna ihr erstes Kind zur Welt, ein Mädchen. Die Taufe, die vierzehn Tage später stattfand und in der das Töchterchen zu Ehren der verstorbenen Mutter Georgs den Namen Ursina erhielt, vereinigte wieder einmal die ganze Sippe. Aus dem Engadin waren Susanna und Katharina erschienen. Letztere brachte einen jungen Mann mit, Balthasar Bifrun, den sie als ihren Verlobten vorstellte. Susanna anerbot sich, Anna in der ersten Zeit zur Hand zu gehen. Der Bruder Nuttin war im Frühling in venezianische Dienste getreten und war nicht zu erreichen gewesen, so daß der Großvater ihn als Pate vertreten mußte. Es ging recht hoch her an den langen Tischen, denn Georg hatte an nichts gespart, was Küche und Keller hergeben konnten. Es wurde angestoßen auf die glückliche Mutter, auf den mit Recht stolzen Vater, der ja nun völlig zu den Einheimischen zählte, auf künftige Söhne und natürlich auf das Wohlergehen des Vaterlandes. Jenatsch saß in seiner glänzendsten Laune oben am Tische, die strahlende Anna neben sich. Der Anfang sei gemacht, sagte er einmal, es habe länger gedauert, als er es im Sinn gehabt, aber dafür werde es von nun an um so rascher vorwärtsgehen. Wenn man in sieben oder acht Jahren wieder hier zusammenkomme, werde man sehen, wie er es meine.

Drei Tage später waren die Gäste abgereist. Der Alltag begann wieder, etwas anders als zuvor, denn die kleine Ursina forderte ihre Rechte. Sie hatte kräftige Lungen und teilte dies dem Hause auf ihre Weise mit, so daß der Vater sein Nachtlager in der entferntesten Kammer aufschlagen mußte, um zu seinem Schlaf zu kommen. Eines Morgens sattelte er sein Pferd. Er habe sich beim Heuen überlüpft, sagte er zu Anna, und wolle jetzt ein paar Tage nach Fideris ins Bad, um sich zu kurieren. Anna machte große Augen, aber Georg saß schon im Sattel. Am Nachmittag des dritten Tages war er wieder zurück. Er habe mit Perpetua von Rosenroll, der Schwester Ruinellis, einen ärgerlichen Auftritt gehabt, der ihm den Aufenthalt in Fideris verleidet habe, erklärte er Anna. Übrigens fühle er sich wieder vollständig hergestellt.

Während Anna in ihrer Kammer das Töchterchen stillte, trug Susanna den Schweinen das Futter in den Stall hinüber. Ihre hagere Gestalt neigte sich unter dem Gewicht des Holzeimers zur Seite, und mit der freien Hand hielt sie vor der Brust ein Tuch zusammen, das sie vor dem Regen schützen sollte. Sie trippelte auf den Gangsteinen über den Hofplatz, war aber zuweilen zu einem großen Schritt genötigt, so daß sie fast das Gleichgewicht verlor und aufpassen mußte, vom dampfenden Inhalt des Eimers nichts zu verschütten. Als sie den Deckel des Futtertroges hob, drängten sich die Rüssel grunzend und quiekend ins Freie und wichen erst vor dem ersten heißen Guß zurück. Susanna leerte den Eimer aus und verschloß den Deckel, hinter dem ein eifriges Plätschern und Schmatzen begann. Dann huschte sie zum Haus hinüber und die Vortreppe hinauf. Dort hielt sie erschrocken an, denn vor der Tür stand ein dunkel gekleideter Mann, von dessen Hut und Mantel das Regenwasser tropfte.

«Bin ich vor der rechten Türe?» fragte er in romanisch getöntem Deutsch. «Ich suche den Hauptmann Jenatsch.» Susanna erwiderte auf romanisch, der Herr möge eintreten, der Herr Major sei zu Hause. Sie öffnete die Tür und ließ dem Fremden den Vortritt. Während dieser im dunklen Hausgang den tropfenden Mantel auszog, verschwand Susanna mit ihrem Eimer in der Küche, kam aber gleich mit einem Talglicht und führte den Besucher zur Stubentüre. Ohne anzuklopfen, öffnete sie, sagte: «Es kommt Besuch, Georg», und trat dann zurück. Jenatsch saß schreibend am Tisch, blickte rasch zur Tür und erhob sich. Ohne dem Gast entgegenzugehen, streckte er ihm die Hand hin.

«Der Vulpius in Davos?» sagte er. «Willkommen!»

«Deine Frau war so freundlich, mich hereinzuführen», sagte Vulpius. «Ich bin im Engadin gewesen und will morgen nach Thusis, und da dachte ich...»

«Meine Schwester Susanna, nicht meine Frau.»

«Ach so, jetzt verstehe ich, warum sie mit mir romanisch geredet hat. Ich hielt sie für deine Frau und habe mich verwundert, daß sie es so gut gelernt hat.»

«Anna spricht nicht romanisch, und ich komme auch immer weniger dazu, seit ich Davoser geworden bin.»

«Schau, schau!» lächelte Vulpius. «Das sind die rechten Engadiner! Nun, ich habe dir nichts vorzuwerfen.»

«Wahrhaftig nicht, bist wahrscheinlich seit dem Panixer zum erstenmal wieder auf Bündner Boden. Aber setz dich doch. Willst du mit uns essen? Du kannst auch über Nacht bleiben, wenn du nicht schon...»

«Danke, ich habe mein Pferd im ‚Rößli' untergestellt und wollte eigentlich dort...»

«Wie du willst, Vulpius. Trinkst du einen Schluck Wein vor dem Essen?»

«Lieber nicht. Ich bin nicht mehr der Jüngste und muß aufpassen. Aber zum Essen gern.»

«Du gehst nach Thusis, hast du gesagt. Grüß den Michael Hunger, ich denke, du wirst ihn treffen.»

«Er ist kürzlich gestorben, an der Pest. Und da hat man mich angefragt, ob ich die Pfarrei übernehmen wolle, und weil ich im Engadin zu tun hatte, machte ich in Thusis halt. Man möchte doch das Nest zuerst sehen, in dem man vermutlich einmal die Augen zumacht. Im Augenblick habe ich mich nicht entschließen können, ich habe im Unterland meine Position und will mich nicht undankbar zeigen. Aber man ist schließlich Bündner, trotz allem, und auf die alten Tage möchte man gern wieder den Boden unter den Füßen haben, auf dem man aufgewachsen ist. Man hat mich auch ins Engadin zurückholen wollen, und ich muß sagen, das hätte mich noch mehr gelockt als Thusis. Aber nachdem ich nun mit eigenen Augen gesehen habe, wie es dort steht, habe ich den Gedanken aufgegeben.»

«Daran hast du recht getan», sagte Jenatsch. «Ich hätte es dir auch abgeraten, wenn du mich gefragt hättest. Geh lieber nach Thusis.»

«Du bist also gegen die protestantische Aktivität im Engadin?»

«Ich nehme an, man weiß das dort. Jedenfalls glaube ich es deutlich genug gesagt zu haben.»

Vulpius blickte ihn mit seinen dunklen Augen unter ergrauten Brauen hervor scharf an.

«Ich bin *nicht* dagegen, Georg. Selbstverständlich nicht. Wenn ich auf die Fetaner Pfründe verzichte, so nur darum, weil ich ein alter Mann bin. Ich möchte nicht noch einmal in diesen Hader eingreifen. Das müssen Jüngere besorgen. Daß es aber einen Hader gibt im Engadin, ist zum Teil deine Schuld, Georg. Du hast deine Mitbürger enttäuscht, gelinde gesagt. Du solltest einmal hören, wie sie von dir reden.»

«Willst du den Postillon machen?»

«Ich denke nicht daran. Aber dieser Sache auf den Grund gehen will und muß ich, das bist du mir schuldig. Im Engadin begreift man nicht, wie du, ausgerechnet du, eine solche Haltung einnehmen kannst.»

«Das erwarte ich auch nicht. Obwohl ich es ihnen hundertmal erklärt habe. Sie werden es nicht begreifen. Ich war ein Narr, ihnen das zuzutrauen. Sie sehen nur das Engadin. Weil sie nichts gelernt haben in all diesen Jahren, weil ihnen das Ganze – die Republik der Drei Bünde, die Freiheit, die wahre Freiheit dieser Republik – nie in den Sinn kommt.»

«Aber darum geht es jetzt doch gar nicht.»

«Doch, eben darum geht es. Darum ging es von Anfang an, und darum geht es noch heute. Glaubst du vielleicht, es sei mich nicht hart genug angekommen, den Engadinern Geduld und Verträglichkeit zu predigen? Glaubst du, ich hätte das getan, wenn ich nicht felsenfest davon überzeugt gewesen wäre, daß diese Geduld nötig ist? Ich sage dir eines: die Engadiner riskieren eine dritte österreichische Invasion, ja sie fordern sie geradezu heraus. Liegt das in ihrem Interesse? Liegt das im Interesse der Republik? Sie sollen doch zur Vernunft kommen und die paar braunen Kutten, die man ihnen zumutet, unter sich dulden. Es ist ja nicht für ewige Zeiten.»

«Welche Lösung siehst du denn, wenn nicht die Wiederherstellung der früheren Verhältnisse?»

«Eben diese Verhältnisse. Aber mit andern Mitteln erreicht, mit ganz andern Mitteln als sie jetzt im Engadin angewendet werden.»

«Nämlich?» Die Frage klang ziemlich spöttisch.

«Nämlich durch eine endgültige Regelung des Verhältnisses zu Österreich. Noch sind wir österreichische Untertanen – auch ich, Vulpius, seit ich Davoser geworden bin! Vielleicht lag in diesem Entschluß ein bißchen höhere Intelligenz, aber zurück zum Thema: Unsere volle Freiheit, auch in religiösen Dingen, haben wir erst, wenn Österreich uns freigibt. Aber zuvor muß etwas anderes geschehen. *Das Veltlin muß zuerst wieder in unserer Hand sein.*»

«Ein frommer Wunsch!» lachte Vulpius trocken.

«Er wird in Erfüllung gehen, so wahr ich Jenatsch heiße. Natürlich nicht heute oder morgen. Das ist Politik auf lange Sicht, nicht Engadinerpolitik.»

«Wie stellst du dir die fünfte Eroberung des Veltlins vor?»

«Für mich steht außer Frage, daß Frankreich eines Tages den Monsonio-Vertrag bereut und nochmals ein Heer nach Bünden schickt. Die militärische Aufgabe, die sich dann stellen wird, darf aber nicht kompliziert werden durch eine vorausgehende österreichische Intervention, denn wir werden es uns nicht leisten können, gegen Spanien und Österreich gleichzeitig zu kämpfen. *Darum* habe ich die Engadiner zur Toleranz ermahnt. Sie müssen sich stillhalten, bis wir im Veltlin am Ziel sind. *Dann* allerdings wird verhandelt, und zwar nehmen wir das Ding diesmal selbst in die Hand. Frankreich soll uns nicht ein zweites Mal um die Früchte unseres Sieges bringen, dafür verwette ich meinen Kopf. Wir werden mit Spanien verhandeln müssen – wegen des Veltlins, und mit Österreich – wegen des Unterengadins und der acht Gerichte, aber wir werden diesmal Trümpfe in der Hand haben, *Trümpfe,* sag' ich dir!»

«Und die französischen Truppen, die uns doch helfen sollen, das Veltlin zu erobern?»

«Die werden wir uns irgendwie vom Halse schaffen.»

Vulpius lächelte und strich seinen grauen Bart.

«Du traust uns ein bißchen viel zu, Georg», sagte er. «Auf jeden Fall denken unsere Staatsmänner gegenwärtig nicht so weit – und nicht so kühn.»

«Die Staatsmänner!» lachte Jenatsch. «Mit Spanien verhandeln, jetzt, wo wir auch nicht *eine* gute Karte in den Fingern haben! Die Spanier lachen sich ins Fäustchen, und sie haben ganz recht, denn die gegenwärtigen Verhandlungen sind ein Hohn auf jede Staatskunst. Das ist Bettelei, nicht Politik.»

«Warten wir also getrost auf die Taten unseres Gideon Jenatsch!»

«Du bist ein erbärmlicher Tropf, Vulpius!»

«Mag sein. Auf jeden Fall rate ich dir, dich bis zum Triumph deiner Staatskunst auf Engadiner Boden nicht blicken zu lassen.

Weißt du, warum ich heute zu dir gekommen bin? Um dich vor den Engadinern zu warnen.»

«Ich werde meinen Weg gehen, Engadiner hin oder her. Wie wir ans Ziel unserer Wirren kommen werden, weiß im Moment ein einziger in Bünden, und das bin ich. Ich habe einen Wink bekommen, einen ganz unmißverständlichen, vor ein paar Tagen. Nämlich wie ich kürzlich in Fideris war, begegnete ich der Frau des Christoph Rosenroll, der Perpetua...»

«Der Schwester des Obersten Ruinelli?»

«Ja, dieser, du hast ja wohl die dumme Duellgeschichte gehört. Gerade mit lieblichen Blicken hat sie mich nicht angeschaut, das kannst du dir denken, und mir war auch nicht eben behaglich zumute. Hätte ich gewußt, daß sie dort ist, wäre ich natürlich nicht hingegangen. Aber den Rückzug antreten wollte ich auch nicht. Ich hatte schließlich mein gutes Gewissen und in der Tasche den gerichtlichen Freispruch. Nun, als ich eines Abends zu Bett wollte, hatte ich noch Durst und ging in die Küche hinunter. Plötzlich packt mich jemand von hinten an der Schulter und reißt mich fast zu Boden. Ich kehre mich um und sehe die Perpetua mit einem Dolch in der Faust. Ich gebe ihr einen Tritt ans Schienbein und winde ihr den Dolch aus den Fingern. Da ruft sie einem Mann, der in der Türe steht, zu, warum er nicht schieße. Der hebt ein Pistol, der Hahn knackt, aber der Schuß geht nicht los. Ich renne den Kerl über den Haufen und eile auf mein Zimmer, um meine Waffen zu holen. Inzwischen hat der Wirt gemerkt, was los ist, und wie ich die Treppe herunterkomme, bittet er mich, ins Zimmer zurückzugehen, er werde für meine Sicherheit sorgen. Ich beruhige mich und beschließe, am nächsten Morgen abzureisen, falls die Perpetua nicht ihrerseits das Feld räumt.

Das Abenteuer hat mich dann die ganze Nacht beschäftigt, und langsam bin ich dahintergekommen, was damit gemeint war. Warum wohl, habe ich mich gefragt, bin ich mit heiler Haut davongekommen bisher? Warum hat mich der Robustelli nicht totgeschlagen im Veltlin, warum haben mir die Österreicher bei Klosters kein Haar gekrümmt, warum die Panixer Halunken mich nicht eingeholt wie den Bonaventura und den Blasius, warum haben die Tillyschen in Deutschland mich nicht totgeschossen wie den Gallus Rieder, warum bin ich nicht im Zürichsee ertrunken wie der Konrad Buol, warum habe ich nicht die Seuche bekommen letzten Sommer wie der Johann à Porta, warum hat mich der Ruinelli nicht erstochen, wie es doch seine Absicht war, und warum richten in Fideris weder der Dolch der Perpetua noch das Pistol des Bravo etwas gegen mich aus? Wohl deswegen, weil der Jenatsch noch nicht ins Gras beißen sollte. Weil er seinen Auftrag noch nicht erfüllt hat. Weil er zuerst das Land retten muß! Ich bin unverwundbar wie nach einem Bad in Drachenblut. Begreifst du nun, daß die Drohungen der Engadiner mir wenig Eindruck machen?»

Vulpius sah mit einem merkwürdig starren Blick über den Tisch zu Jenatsch herüber, der sich mit gespreizten Fingern durchs Haar fuhr und sich dann die Nase rieb, dort, wo sich eine rote Narbe abzeichnete.

«Nun, lassen wir das», sagte Jenatsch gleichmütig, seine Fingernägel betrachtend.

Draußen rauschte der Regen. Vulpius roch nach Pferd und nassen Schuhen. Das Talglicht auf dem Tische knisterte, und seine kleine Flamme begann zu flackern. Susanna streckte den Kopf zur Türe herein und sagte, man könne essen, falls nicht in der Stube gedeckt werde.

«Bitte keine Umstände!» beeilte sich Vulpius zu sagen. Susanna verschwand, und die beiden Männer erhoben sich.

«Weißt du etwas von Jodokus, ihrem Mann?» fragte Vulpius.

«Nichts Bestimmtes. Nach seinem Übertritt zur katholischen Kirche, vor vier Jahren, war er eine Zeitlang in Zernez bei den Kapuzinern. Dann holten ihn die Jesuiten nach Mailand, und gegenwärtig soll er sich im Auftrag des Bischofs von Chur in Rom aufhalten.»

«Hast du eine Ahnung, was ihn bewogen hat...»

«Seine Sache! Ich habe den Gründen nicht nachgespürt. Warum auch? Es hätte ja doch nichts mehr geändert. Susanna allerdings kann einem leid tun.»

«Merkwürdig, diese Konversionen. Weißt du übrigens, daß der alte Rudolf Planta nun auch katholisch geworden ist?»

«Wundert dich das? Er hat lange gewartet damit, der Fuchs. Viel nützen wird es ihm nicht mehr.»

«Du meinst also, ein Konvertit wechsle den Glauben, weil es ihm nützen könnte?»

«Warum nicht?»

«Dann hättest du also dem Blasius Alexander geraten, von unserem Glauben abzufallen, um damit seinen Kopf zu retten?»

«Zu gar nichts geraten hätte ich ihm. Jeder muß selber wissen, was er tut oder läßt. Natürlich hätte es mich verwundert, wenn er es getan hätte. Er war nicht der Mann dazu. Übrigens glaube ich, daß sein Weg ihm ebenso vorgezeichnet war wie mir der meine.»

Er nahm das Talglicht vom Tisch und schritt zur Türe. Dort wandte er sich nochmals zu Vulpius.

«Es wäre mir recht, wenn du für dich behieltest, was ich über meine – Pläne gesagt habe.»

Vulpius sah ihn an und nickte.

Die graublauen Kleinkinderaugen Ursinas verdunkelten sich mehr und mehr zum satten elterlichen Braun. Am Hinterkopf setzte sich ein schwarzer Haarschopf an, und die anfänglich zarten Gliedlein gewannen eine satte Fülle. Zuweilen trübte eine kleine Störung des Wohlbefindens das Glück der Eltern; besonders Anna neigte zu allerhand Bedenken und wurde durch ihre Mutter darin unterstützt. Georg, der freilich auch nicht so nahe und aufmerksam zusah, nahm alles leichter und glaubte von Zeit zu Zeit vor Verzärtelung warnen zu müssen. Wenn er bei Laune war, ging er mit dem kleinen Bündel so stürmisch um, daß der Mutter fast das Herz stillstand, aber dafür kümmerte er sich, von allerhand Geschäften in Anspruch genommen, oft tagelang kaum um die kleine Tochter.

Es war Herbst geworden nach einem guten, warmen Sommer. Der kleine Viehstand war aus den Alpen zurückgekehrt und weidete nun auf den Talwiesen. Georg hatte, da sich gerade Gelegenheit bot, ein Grundstück gekauft, so daß der Grundstein zu einer gedeihlichen Landwirtschaft gelegt war. Er besorgte die Stallarbeit selbst, meldete Anna aber eines Tages, er habe für den

Winter eine Magd eingestellt. Sie verwunderte sich darüber, es gebe doch im Winter wenig Arbeit.

«Man kann nie wissen, was bis zum Frühling alles geschieht», erklärte er, «und ich möchte auf jeden Fall nicht, daß du allein bist. Arbeit findet sich immer. Übrigens hast du mir selber vorgeschlagen, eine Magd zu dingen.»

«Du willst doch nicht wieder fort?» fragte Anna mit großen Augen.

«Nicht im Moment. Aber auf den Winter hin muß ich etwas unternehmen. Das Geld fängt an, knapp zu werden.»

«Von der venezianischen Pension können wir leben, hast du einmal gesagt.»

«Das ist wahr. Aber ich habe in letzter Zeit tüchtig in den Beutel greifen müssen. Das Haus, die Tiere, das Land, das alles hat dies und das verschlungen. Übrigens ist am Haus noch einiges abzuzahlen. Vergiß nicht, daß wir keine reichen Leute sind, noch nicht! Und dann erwartet Venedig selbstverständlich, daß ich für sein Geld etwas leiste.»

«Was willst du denn anfangen?»

«Bestimmtes habe ich nicht im Sinn, aber hier läßt sich im Augenblick wenig ausrichten. Da geben jetzt andere Leute den Ton an, vorläufig.»

«Du gehst wieder fort, ich habe es schon lange gespürt. Du willst es nur nicht sagen.»

«Ich möchte mich um eine französische Kompanie bewerben. Es ist für die Zukunft des Landes von größter Wichtigkeit, daß wir den Kontakt mit Frankreich nicht verlieren.»

«Das Land, immer das Land! An mich, an uns, denkst du nie.»

«Doch, ich denke daran. Ich möchte eine Gardekompanie. Ihr Dienst ist der ungefährlichste, den es gibt. Sei doch nicht so kleinmütig. Habe ich dir nicht oft und oft gesagt, daß ich erst Ruhe finde, wenn die Drei Bünde ihre alte Stellung zurückerlangt haben? Ich muß nach Frankreich, denn die Männer, auf die es für uns jetzt ankommt, sind Franzosen. Wenn einmal alles vorüber ist, sollst du sehen, ob ich kein Sitzleder habe!»

«Wann reisest du?»

«Damit hat es noch Zeit. Im Dezember, denke ich. Vielleicht auch erst nach Neujahr.»

Anna seufzte und schüttelte den Kopf.

Die Abreise verzögerte sich von einem Tag auf den andern. Vor Weihnachten waren gewaltige Schneemassen gefallen, so daß man kaum zum Gottesdienst in die Kirche konnte. Nach den Festtagen boten die Ruttner die Bauern auf, um die Schneedecke zu brechen. Jenatsch selbst trieb sein Vieh zum See hinaus und wieder zurück. Aber kaum waren die Davoser unterhalb Laret mit den Männern aus Klosters zusammengetroffen, setzte wieder Schneefall ein, so daß man von neuem beginnen mußte. Über Neujahr ruhte alle Arbeit, und der Himmel schien sich dies zunutze zu machen, denn er ließ unerschöpfliche Mengen feinen, leichten Schnees herniederströmen. Die Bauern hatten genug zu tun, ihre Hauseingänge freizulegen und den Weg zu den Ställen und Brunnen zu pfaden. Endlich, nach dem Dreikönigstag, wurde das Wetter klar, und die Ruttner gewannen die Oberhand über den Schnee. Von Stange zu Stange trieben sie die schmale Schlucht des Weges, über die auch so großgewachsene Männer wie Jenatsch nicht mehr hinaussahen, vor, und nach einer Woche war die Straße ins Prättigau geöffnet.

Jenatsch brachte seinen schwarzen Hengst zum Schmied, um die Eisen nachsehen zu lassen. Am Abend packte er das Nötigste in die Satteltaschen und legte die französische Uniform, die er seit der Rückkehr aus dem Veltlin nicht mehr getragen hatte, bereit. Anna versuchte nicht mehr, ihn zum Bleiben zu bewegen, doch sie leistete ihren Teil der Vorbereitungen wortlos und beinahe geistesabwesend. Nachdem alles getan war: der Sattel gepackt, der Schnappsack mit Mundvorrat gefüllt, die Stiefel geschmiert und das Geld in die Katze gezählt, setzten sie sich nebeneinander auf die Ofenbank. Georg hatte ein paar Tage vorher eine Aufstellung über die zu erwartenden Gelder und deren Verwendung angefertigt und ging diese mit Anna nochmals durch. Für den Sommer solle sie – falls er nicht zurück sei bis dahin – einen Knecht einstellen. Mit den Tieren wisse sie ja Bescheid. Er werde natürlich fleißig schreiben aus Paris, und sie solle ebenso fleißig antworten. Anna hatte nicht viel zu sagen. Sie stimmte mit ein paar Worten den Anweisungen zu, die sie erhielt, stellte aber keine Fragen und enthielt sich jeder Äußerung des Gefühles. Erst im Bett kroch sie an die Seite ihres Mannes und preßte sich fest an seinen warmen, harten Körper.

Es war noch nicht ganz hell, als Jenatsch am nächsten Morgen den gesattelten Hengst aus dem Stalle zog. Anna stand auf dem überdachten Treppenvorplatz vor der Haustüre, die kleine Ursina im Arm. Georg hatte sich von beiden schon verabschiedet, kam aber nochmals die Treppe herauf, um das Töchterchen zu küssen und Anna zu umarmen. Darauf kehrte er mit ein paar Sprüngen zum Pferd zurück und stieg in den Sattel. Als er sich zurechtgesetzt hatte, schwenkte er den Hut und lachte zu Anna hinauf. Der Hengst stampfte, machte plötzlich einen Satz und war hinter der Hausecke verschwunden.

Ende Februar kam der erste Brief aus Paris. Georg beklagte sich über die kühle Aufnahme, die er gefunden hatte. Zwar habe der Marquis de Cœuvres ihm jede Hilfe angeboten, aber Bassompierre, der Generaloberst der Schweizer und Bündner, habe auf sein Gesuch bisher ausweichend geantwortet, während Ulysses von Salis die gewünschte Kompanie erhalten habe. Man sehe an diesem Beispiel wieder einmal, wie der Adel vorgezogen werde und alle Tüchtigkeit nichts nütze, wenn einem das Wörtchen ‚von' vor dem Namen fehle. Er gebe jedoch seine Sache noch nicht verloren, sondern hoffe immer noch, einmal beim Kardinal vorgelassen zu werden, von dem bekannt sei, daß er den Bassompierre nicht ausstehen könne – man munkle, er möge ihm den Erfolg bei den Frauen nicht gönnen! – und nur auf eine Gelegenheit warte, ihn in die Bastille zu sperren. Vorläufig bleibe er also noch in Paris, wo ihm die Zeit übrigens nicht lang werde, da er häufig mit Landsleuten verkehre, so mit Anton Molina, der so etwas wie ein Gesandter der Drei Bünde sei, und ab und zu mit Ulysses. Er benutze auch die Gelegenheit, seine Bildung aufzufrischen, indem er Vorlesungen der Pariser Universität, der berühmten Sorbonne, besuche. Diese Bildungsstätte beherberge allerdings auch recht seltsame Vögel unter ihren Lehrern. Kürzlich habe er sich in privatem Kreise über einen der Lektoren, einen Astrologen, lustig gemacht, da dieser allzu abenteuerliche Theorien zum besten gegeben. Der närrische Sterngucker habe sich offenbar in seiner Ehre gekränkt gefühlt, denn er habe plötzlich eine diabolische Miene aufgesetzt und den Umstehenden verkündet, daß dieser Mensch eines gewaltsamen Todes sterben werde, was auf lateinisch heiße: ‚Iste homo morietur morte violenta'. Er habe ihn tüchtig ausgelacht und ihm vorgerechnet, wie viele Gelegenheiten der Tod schon an ihm verpaßt habe. Er erwähne diesen lächerlichen Vorfall nur, um Anna einen Begriff zu geben, was für Mondkälber in Paris herumliefen. Für sein Teil wisse er, was er von solchen Prophezeiungen zu halten habe. Seine Gewißheit, mit seinen Plänen schließlich durchzudringen und über alle Kriecher und Dunkelmänner zu triumphieren, sei unerschütterlicher als je, und alle Versuche, ihn an sich selber irre zu machen, bestärkten nur seine Überzeugung. Auch wenn er unverrichteter Dinge aus Paris heimkehren müßte, werde er die Reise nicht als Mißerfolg ansehen.

Der nächste Brief traf nach Ostern ein. Er habe das Antichambrieren satt, schrieb Georg. Da Frankreich seine Dienste offenbar nicht benötige, dränge er sich nicht weiter auf, denn das Betteln liege ihm nicht. Schließlich sei er auf Frankreich nicht angewiesen. Er sehe es aber kommen, daß man eines Tages auf ihn zurückgreifen werde. Ob er dann noch zu haben sei, hange von den Umständen ab, denn er stehe im Begriffe, mit dem venezianischen Gesandten zu verhandeln. Dieser habe ihm eine Kompanie in der Terra ferma in Aussicht gestellt und ihm bedeutet, daß man auch in der Armee der Serenissima Karriere machen könne. Noch sei alles in der Schwebe, aber eine Entscheidung werde wohl bald fallen.

Zwei Wochen später erhielt Anna die Anweisung, sie solle sich um die Anstellung eines Knechtes kümmern. Zwar werde er – Georg – bald nach Hause zurückkehren, aber da er in venezianische Dienste getreten sei und sich verpflichtet habe, zwei Kompanien zu werben, werde er wohl wenig Zeit haben für die Landwirtschaft. Er benutze die Gelegenheit, dem Boten eine Geldsumme mitzugeben, die hinreiche, dem Konrad Margadant den

Rest der Kaufsumme für das Haus zu bezahlen. Der Brief schloß mit den Worten: «Küsse die kleine Ursina. Wenn ich wieder daheim bin, wollen wir dafür sorgen, daß sie bald Gesellschaft bekommt.»

SAN MARCO UND SANT'AGOSTINO

Zu einem hochgelegenen Fenster drang Licht herein: Sonnenhelle, vom Wasser zurückgeworfen, so daß ein golden zitterndes Marmorgeäder auf der grauen Decke lag, sich manchmal verwirrte, wenn auf dem Kanal draußen ein Ruder plätscherte, und sich wieder beruhigte, sobald es still wurde.

Jenatsch saß auf der Kante seiner Pritsche, die die ganze Breite der Zelle einnahm. Das Stroh war frisch und roch nach Scheune und Sommerhitze. Mitunter waren andere Gerüche stärker: eine Schwade Küchendampf, ein süßlich-stechender Hauch von Tierleichen, die draußen vorübertrieben, Gestank von faulenden Fischen oder Früchten, und manchmal der leichte Jodgeruch des offenen Meeres.

Er erhob sich, machte ein paar Schritte auf dem schwitzenden Steinpflaster, hielt an der Türe an, fuhr mit der Hand über das glatte, fast schwarze Eichenholz, rüttelte am Gitter des Guckloches und kehrte wieder zur Pritsche zurück. Er blickte seine Hände an, reinigte mit einem Strohhalm die Nägel und starrte dann auf seine Stiefel. Sie waren ganz hell über dem Rist, dort, wo das breite Blatt des Sporenriemens aufgelegen hatte.

Wieder stand er auf, durchmaß die Zelle mit vier Schritten, horchte an der Tür.

«Scheißloch», sagte er halblaut.

Dann klopfte er. Draußen regte sich nichts. Er wartete, angespannt lauschend, klopfte nochmals. Immer noch nichts.

«Vielleicht nützt *das*», sagte er, mit dem Stiefelabsatz an die Türe hämmernd.

Nach einer Weile näherten sich Schritte, Schlüssel klirrten, und hinter dem Gitter des Guckloches erschien ein bärtiges Gesicht.

«Warum klopfst du?» fragte der Wächter.

«Darf man hier lesen?»

«Kommt drauf an.»

«Die Bibel. Sie ist bei meinem Gepäck.»

«Habe keine Instruktion. Muß warten, bis der Meister kommt.»

«Hol ihn.»

«Geht nicht. Er kommt von selber, wenn er Instruktionen hat.»

«Wann kommt er?»

«Weiß nicht. Geht mich nichts an.»

«Ich wünsche verhört zu werden. Ich will wissen, warum ich hier bin.»

«Geht mich nichts an.»

«Wo ist mein Diener?»

«Weiß nicht. Kenne keinen Diener.»

Das Gesicht verschwand, Schlüssel klirrten, Schritte entfernten sich. Jenatsch setzte sich wieder auf die Pritsche und nagte an einem Strohhalm.

«Komfortables Hotel», lachte er vor sich hin. «Fenster nach dem Kanal, zuvorkommende Bedienung, bequemes Bett, und dabei billig, billig! Nimmt mich wunder, wie das Essen sein wird. Vermutlich zweierlei Wein, und Fisch und Fasan und Rehkeule und Ente, und weißes Brot und achterlei Käse, und zum Nachtisch eine junge Mohrin mit sanften schwarzen Augen.»

Nach einer Weile stand er mit einem heftigen Ruck auf. Er folgte dem Geviert der Zellenwände mit kurzen, schnellen Schritten, durchmaß den kleinen Raum darauf in der Diagonale, folgte wieder den Wänden, diesmal in umgekehrter Richtung. Plötzlich sprang er aufs Strohlager und versuchte mit einem Satz das Gitter des hochgelegenen Fensterchens zu fassen. Er fiel ins Stroh, nahm nochmals Anlauf, prallte wieder zurück. Beim dritten Versuch hängte sich seine Rechte an den untersten Querstab des Gitters, die Linke folgte nach, und mit einiger Anstrengung zog er sich so hoch hinauf, daß er einen Blick zum Fenster hinaus werfen konnte. Eine Palastfront, ein Streifen Kanal, im Sonnenlicht blinkend, der Ansatz des Ponte dei Sospiri. Er hatte bisher den Atem angehalten, nun aber tat er ein paar tiefe Züge.

«Das ist verboten Mann!» ertönte plötzlich eine schnarrende Stimme von der Türe her. Jenatsch ließ sich fallen, kam ins Stroh zu sitzen und drehte sich nach dem Besucher um. Es war ein kleiner, feister Mann in schwarzer Tracht, begleitet von zwei Hatschierern mit fremdartig geformten Halbarten. Der bärtige Wächter stand in der offenen Türe.

«Mag sein, daß es verboten ist», sagte Jenatsch, sich langsam erhebend. «Nur hat man es leider unterlassen, mir die Gefängnisordnung auszuhändigen. Ich hätte sie sonst gründlich studiert. Übrigens bin ich neugierig darauf, welcher Passus des Polizeigesetzes es ermöglicht, einer ahnungslosen Militärperson aufzulauern und sie ohne Begründung einzusperren.»

«Die Untersuchung ist im Gange. Von ihrem Ergebnis werden Sie zu gegebener Zeit Kenntnis erhalten. Vorläufig sind Sie Untersuchungshäftling und genießen als solcher gewisse Privilegien, als da sind: die Verfassung und Absendung von Korrespondenzen auf dem vorgeschriebenen Briefpapier, Empfang von Korrespondenzen...»

«Bei meinen Effekten befindet sich eine Bibel. Können Sie veranlassen, daß man sie mir überläßt?»

«Meine Instruktion gesteht Ihnen nur Lesestoff aus der Gefängnisbibliothek zu. Eine Heilige Schrift figuriert selbstverständlich darunter.»

«Was kann man sonst haben?»

«Ihr Wächter wird Ihnen gleich Papier, Schreibutensilien und eine Bücherliste übergeben, sowie das Verzeichnis Ihrer beschlagnahmten Habseligkeiten, das Sie beim eventuellen Verlassen des Gefängnisses vorweisen müssen.»

«Sagen Sie mir endlich, warum ich hier bin.»

«Es ist meine Funktion, für ordnungsgemäßen Betrieb des Gefängnisses zu sorgen, gemäß den gesetzlichen Verordnungen und den von Fall zu Fall erlassenen Instruktionen.»

«Befindet sich mein Diener in Freiheit? Die Beantwortung dieser Frage steht mit Ihrer Instruktion wohl nicht im Widerspruch.»

«Er ist in die Untersuchung einbezogen worden. Ich habe die Ehre.»

*

Der Wärter reichte durch das Guckloch Papier, Tinte und Schreibfedern herein. Diese waren jedoch so erbärmlich zugeschnitten, daß Jenatsch sie zurückwies.

«Gib dein Messer, Zerberus, ich will dir zeigen, wie man Federn schneidet.»

Der Wächter schüttelte den Kopf.

«Verboten», sagte er mürrisch. «Kein Messer in der Hand eines Gefangenen.»

«Dann schneide du sie, und ich will dir sagen, wie du's machen mußt.»

«Schon geschnitten, schneide nicht zweimal.»

«Hast du schon einmal mit einer solchen Feder geschrieben? Wahrscheinlich kannst du überhaupt nicht schreiben.»

Der Mann zuckte die Achseln.

«Ich habe gute Federn in meinem Gepäck.»

«Ist Sache des Meisters.»

«Schick ihn zu mir, wenn er kommt.»

Jenatsch ging die Liste der Bücher durch. Sie enthielt wenig Anziehendes. Schließlich vertiefte er sich in das Verzeichnis seines Eigentum, das die Republik von San Marco beschlagnahmt hatte. Es war mit aller Gründlichkeit aufgesetzt und überging nicht das Geringste.

«Einen Tisch sollte ich auch haben, sonst kann ich nicht schreiben.»

«Sache des Meisters.»

Dieser ließ sich erst am späten Nachmittag blicken. Er nahm die Wünsche des Häftlings entgegen, versprach, sie nach Möglichkeit zu erfüllen, und verschwand.

«Die Schriften des heiligen Augustinus und die Bibel», rief ihm Jenatsch nach. Der kleine, fette Mann sah nochmals in die Zelle herein.

«Die Schriften des heiligen Augustin und die Bibel», sagte Jenatsch. Das Männchen nickte und zog sich zurück.

In der Dämmerung erhielt Jenatsch alles, was er gewünscht hatte, sogar den Tisch, aber natürlich erlaubte man ihm nicht, Licht zu machen. Da es schon fast dunkel war, legte er sich aufs Stroh und wickelte sich in seine Decke. Eine Weile lag er ausgestreckt, die Arme unterm Kopf verschränkt. Schritte hallten manchmal durch den Gang, von seltsamem Murmeln begleitet. Das Wasser des Kanals schlug mit schmatzendem Laut an die Mauer.

«Es ist absurd», brummte Jenatsch halblaut. «Gesiebte Luft dafür, daß ich auf meinem Recht beharrte: aber nur Geduld! Anch'io son' colonello.» Lichtschein fiel zum Guckloch herein, ein fremdes Gesicht zeigte sich hinter den Stäben, und eine fremde Stimme rief: «Silenzio!»

Jenatsch richtete sich auf, das Licht verschwand. «Wer war das? Vermutlich die Ablösung. Mein Zerberus wird nicht Tag und Nacht vor meiner Schwelle liegen können. Er wird Ausgang haben. Vielleicht ist er verheiratet, hat Weib und Kind wie ich, sitzt jetzt in der Küche bei Wein und Speck und Brot. Oder er hat ein Rendezvous mit einem Mädchen von der Riva, scheint mir ganz von dieser Sorte zu sein. Werde ihm morgen die Würmer aus der Nase ziehen.»

Er zog die Beine unter der Decke hervor und begann sich der Stiefel zu entledigen. Es ging mühsam.

«Einen Colonello dürfte man nicht ohne Bedienung einsperren. Kann man von ihm verlangen, daß er sich selber die Stiefel auszieht? Die Sporen haben sie mir auch abgenommen. Hatten wohl Angst, ich könnte damit ein Loch in die Türe kratzen. Vorsichtige Leute, diese Veneziani!»

Während er den zweiten Stiefel vom Fuße zerrte, ächzend und brummend, erleuchtete sich das Guckloch abermals, und der fremde Wächter sagte: «Die Gefangenen haben sich nach Eintreten der Dunkelheit jeder lauten Rede zu enthalten. Nichtbeachtung dieser Vorschrift zieht Verschärfung der Haft nach sich.»

Ein Militärstiefel krachte gegen die Tür und fiel auf das Steinpflaster. Der Lichtschein verschwand.

«Wird sich hüten, mich nochmals zu behelligen», grinste Jenatsch. «Und ich werde mich hüten, Dummheiten zu machen, bevor ich nicht genau weiß, wie meine Sache steht.»

Beim ersten Tagesschimmer erhob er sich, rückte den Tisch zurecht, so daß möglichst viel Licht darauf fiel, und begann zu schreiben. Der erste Brief war an die Offiziere und Soldaten seiner Kompanie gerichtet. Er benachrichtigte sie von seiner Verhaftung, der ein Irrtum zugrunde liegen müsse, denn er sei sich keiner Schuld bewußt. Er hoffe, die Untersuchung, die die Behörden eingeleitet hätten, komme rasch zum Abschluß. An ihrem Ergebnis zweifle er keinen Augenblick. Dann mahnte er die Untergebenen, ihres Treueides allezeit zu gedenken und ihre Soldatenpflicht eifrig und redlich zu erfüllen. Ein zweiter Brief war an den Bruder Nuttin adressiert. Dieser bekam den Auftrag, Anna ins Bild zu setzen, da es ihm selber nicht gestattet sei, ins Ausland zu schreiben. Es wäre vielleicht auch ganz nützlich, einige der Häupter der venezianischen Partei zu informieren. Er möge im übrigen tun, was er für gut finde. Die Behandlung hier sei den Umständen angemessen, doch könne und wolle er sich nicht beklagen.

Als der Wächter das Frühstück brachte – eine dünne Suppe und ein paar Scheiben Brot –, hatte Jenatsch eben begonnen, seine Verteidigungsschrift aufzusetzen.

Die Briefe, die in den nächsten Wochen anlangten, zeigten Spuren der strengen Zensurierung. Da und dort waren Sätze mit schwarzer Tinte überstrichen, und man mochte den Bogen von hinten betrachten oder gegen das Licht halten, er gab die getilgten Stellen nicht mehr her. Jenatsch suchte aus dem Zusammenhang zu erraten, welche Mitteilungen den Argwohn der Zensoren erregt haben mochten, nicht nur, um seine Neugier zu stillen oder sich die Zeit zu vertreiben, sondern vor allem, um seine eigenen Briefe so abfassen zu können, daß sie aller Voraussicht nach die Zensur ungekürzt passierten. Der Kerkermeister überzeugte sich täglich von der Anwesenheit Jenatschs, doch ließ er sich auf keine Gespräche ein, sondern verschanzte sich immer hinter seinen Instruktionen.

Die Nächte begannen kühl zu werden. Jenatsch fror unter seiner dünnen Decke und fand keinen Schlaf. Er stand auf, um sich Bewegung zu machen. Mit stampfenden Schritten tappte er in der Dunkelheit herum, stieß an die feuchte Wand, die harte Tür und rief endlich durchs Guckloch den Wächter herbei, um sich über die Kälte zu beklagen. Dieser sagt nur: «Pst» und trat auf die Seite. Ein trübes, schwankendes Licht erhellte von fern den Gang, Gemurmel näherte sich. Vermummte Gestalten wurden einen Augenblick sichtbar, aus einem Büchlein Gebete brummend, gefolgt von zerlumpten Männern, die eine mit Tüchern zugedeckte Bahre schleppten.

«Was ist das?» fragte Jenatsch, als der Zug verschwunden war.

«Die Pest», antwortete der Wärter.

«Seit wann?»

«Den ganzen Sommer schon.»

Jenatsch schwieg eine Weile. Dann fragte er: «Ist hier drin...?»

«Noch nicht.»

Jenatsch begann unbändig zu lachen.

«Noch nicht, Zerberus! Deine Herren haben Witz. Aber sag ihnen, daß man mich nicht auf einer Bahre aus diesem Loch heraustragen wird. Nicht den Jenatsch! Glaubst du, daß ich zehnmal um ein Haar dem Tod entgangen bin, damit ich hier die Pest kriege und auf dem Stroh verrecke? Nicht der Jenatsch! Sag deinen Herren Inquisitoren, die Rechnung gehe nicht auf, sie könnten sich das Urteil über mich nicht sparen. Wie merkt man übrigens, daß man die Pest hat?»

«Erbrechen, immer Durst, Beulen, schwarze Flecken.»

«Wie lange dauert's?»

«Ein paar Tage.»

«Kann man davonkommen?»

«Wenn man Glück hat.»

«Wie viele haben Glück?»

«Zehn auf hundert.»

«Hier?»

«Weniger. Vielleicht fünf.»

«Was machen sie mit dem von vorhin?»

«Ins Wasser.»

«Und was geschieht mit der Zelle?»

«Räuchern und Weihwasser.»

*

Die Tage wurden merklich kürzer, die Sonne mußte schon tief stehen, denn ihre Strahlen fielen nun durchs Kerkerfenster herein. Sie streiften nicht bloß schräg die Wand herab, sondern drangen in die Tiefe der Zelle, so daß das Stroh aufleuchtete wie Gold.

Jenatsch stellte seinen Tisch so, daß er zwar noch im Schatten stand, er selber jedoch vom Lichte getroffen wurde, wenn er las oder schrieb. Es war jeden Tag nur eine kurze Weile.

Anfänglich hatte er in der Bibel gelesen, im Alten Testament, in den Psalmen, aber dann griff er eines Tages zu den Werken des Augustinus, in denen er bisher bloß lustlos geblättert hatte. Sie wurden seine tägliche Lektüre.

«‹Liberum arbitrium›, der freie Wille zur Entscheidung, das ist das wahre Geschenk Gottes an den Menschen», sagte er einmal, wie um sich den Gedankengang einzuprägen. «Wir haben die Wahl zwischen dem Guten und dem Bösen. Doch was bestimmt unsere Entscheidung? Wir sind schwach. Die Schwachheit hat Adam uns vererbt wie eine Krankheit. Aber wenn ich mich zum Guten entscheide, ist es nicht mein Verdienst, sondern die Wirkung der Gnade. Wem aber wird solche Gnade zuteil? Demjenigen, der dafür vorbestimmt ist. Diese Vorbestimmung zur Gnade tritt aber nicht darum ein, weil ich dieser Gnade besonders würdig wäre. Erst die Gnade macht mich würdig, reiht mich unter die Erwählten ein. Daß die Wahl mich trifft, ist nicht das Ergebnis meiner Anstrengungen zum Guten, sondern ein freier Akt des göttlichen Willens. Ich habe manches getan, was vielleicht nicht gut war, obwohl ich es damals glaubte. Notwendig, darum gut. Rietberg zum Beispiel. Daß ich aber nicht in der Verblendung verblieb, daß ich die *Möglichkeit* habe, jetzt anders zu denken, nicht *ewig* das Falsche tue, das ist Gnade. *Sie* hat mich mit dem unfähigen Obersten Melander zusammengebracht, sie hat mich zum Widerspruch gereizt. Ich *mußte* in dieses Loch geworfen werden, mußte diesen Augustinus in die Hand bekommen, damit mir die Augen geöffnet würden. Ich bin erwählt. Heute und hier beginnt etwas Neues. Es wird nicht nur mir zum Guten ausschlagen.»

*

Ein junger Sekretär trat in das Amtszimmer Giovanni Battista Padavinos, des Cancelliere del Consiglio dei Dieci. Er legte eine Mappe auf den Marmortisch, nachdem er sich vor dem hohen Beamten verneigt hatte.

«Worum handelt es sich? Eilt es?»

«Die Herren Inquisitoren wünschen, daß der Herr Großkanzler in diese Akten Einsicht nehmen möge.»

«Wen betreffend?»

«Einen gewissen Gianaccio oder Jenatsch, Oberst der Oltramontani in unsern Diensten, gegenwärtig in Untersuchungshaft.»

Padavino schaute den Sekretär mit großen Augen an und ließ sich einen leisen Pfiff entschlüpfen.

«Zeigen Sie.»

Der junge Mann schlug die Mappe auseinander.

«Ein gefährliches Subjekt», sagte Padavino. «Er hat schon allerhand hinter sich gebracht, darunter auch recht erfreuliche Dinge. Zum Beispiel hat er einen gewissen Pompejus Planta aus dem Wege geräumt, einen höchst schädlichen Mann, der mich vor zwölf Jahren um die Früchte meiner mühevollen Mission in der Republik der Drei Bünde gebracht hat. Was liegt gegen den Obersten vor?»

«Sie werden es selbst sehen. Hier die Berichte der Provveditoren von Palma und Treviso. Hier ein Schreiben des Obersten, hier die Aussagen des Wirtes der Osteria della Rosa und der deutschen Gäste, mit denen der Oberst sich unterhalten hat, und hier die Aussagen des Obersten Melander und des Bruders, Capitano Nuttin Jenatsch. Die Herren Inquisitoren sind der Meinung, der Herr Großkanzler vermöchte vielleicht infolge seiner Kenntnis der bündnerischen Personen und Zustände wichtige Hinweise in bezug auf die Beurteilung der Akten zu geben.»

«Ohne Zweifel. Ich werde mich mit dem Fall befassen.»

Er ergriff eines der Blätter und begann es gleich zu überlesen. Der Sektretär trat zur Seite und wartete. Padavino entließ ihn mit einer Handbewegung, ohne die Lektüre zu unterbrechen.

«Segretario», rief er, als dieser schon die Türe geöffnet hatte, «ich möchte den Mann sehen. Bitten Sie die Herren Inquisitoren, ihn mir für einen Augenblick heraufzuschicken.»

*

Als die beiden Wächter die Türe öffneten, nahm Padavino eines der Schriftstücke in die Hand und sah erst auf, als Jenatsch eingetreten war und die Türe sich wieder geschlossen hatte. Mit einem Wink forderte er den Gefangenen auf, sich zu nähern. Die genagelten Stiefel knarrten und kratzten auf dem Marmorboden, und Padavino hinter seinem Amtstisch zog bei diesem Geräusch die Augenbrauen unwillig zusammen, ohne jedoch den Blick vom Papier zu heben.

Jenatsch wartete. Mit unbewegtem Gesicht betrachtete er den Mann am Tisch: seine etwas schwammigen Züge, das schüttere graue Haar, die weißen, feisten Hände mit den üppigen Ringen.

«Colonello Jenatsch», sagte Padavino endlich, das Gesicht mit einem Rucke hebend und das Aktenstück lässig über den Tisch schiebend, «ich habe Sie rufen lassen, um mich mit Ihnen ein bißchen zu unterhalten. Beachten Sie aber bitte folgendes: Ich bin nicht Mitglied der Kriminalkammer, es handelt sich also um keine Einvernahme, sondern um ein privates Gespräch. Ich habe der Neugierde nicht widerstehen können, den Mann zu sehen, der Pompejus Planta umgebracht hat.»

«Der Herr überschätzt meinen Anteil an dieser Aktion. Allerdings bin ich der einzige Überlebende unter den vier am nächsten Beteiligten.»

Padavino lächelte: «Ich wünsche, Sie mögen sich dieser Eigenschaft noch möglichst lange erfreuen.»

«Darf ich daraus schließen, daß meine Sache nicht allzu schlecht steht?»

«Schließen Sie daraus, was Sie wollen, ich bin zu keiner Erklärung befugt. Ich habe Ihnen ja gesagt, daß Sie mich als Privatperson anzusehen haben, oder besser: als einen venezianischen Beamten, der vor einem Dutzend Jahren in Bünden eine gewisse, vielleicht nicht unwichtige Rolle spielte und sich trotz schwärzesten Mißgeschicks in diesem ungastlichen Lande das Interesse für sein politisches Schicksal bewahrt hat.»

«Darf ich fragen, mit wem ich die Ehre habe?»

«Ich dächte, das haben Sie sich inzwischen ausgerechnet.»

«Giambattista Padavino?»

«Derselbe.» Er machte eine leichte Verneigung. «Vermutlich

hat man Ihnen nicht gesagt, daß ich seit kurzem das ehrenvolle Amt eines Großkanzlers des Consiglio dei Dieci bekleide und also doch noch Karriere gemacht habe, trotzdem die Herren Grisonen sich redliche Mühe gegeben haben, sie mir zu verderben.»

«Nicht alle, Herr Großkanzler.»

«Sie haben recht, nicht alle, ich vergesse das nicht. Und die Hauptthalunken haben ja inzwischen ihren Lohn empfangen.»

Jenatsch zog die Augenbrauen zusammen und verkniff den Mund.

«Ich brauche Ihnen nicht zu sagen, daß mir das betrübliche Schicksal Ihrer Heimat nahegeht», fuhr Padovino fort. «Als ein Experte in Bündnerdingen habe ich die Ereignisse natürlich in allen ihren Phasen verfolgt, und so sind mir denn auch Ihre Leistungen nicht verborgen geblieben. Sie haben Ihren Mann gestellt, und es ist jammerschade, daß Bünden in Zukunft nicht mit Sicherheit auf Sie zählen kann. Man hätte Sie dort nämlich so nötig als je. Was in aller Welt ist Ihnen eingefallen, Ihre Verhaftung zu provozieren?»

«Ich habe sie nicht provoziert. Um mein Recht gewehrt habe ich mich, das ist alles, und ich hoffe, die Serenissima Signoria werde sich in ihrem Urteil von der Gerechtigkeit leiten lassen, die man ihr nachrühmt.»

«Daran ist kein Zweifel erlaubt. Ich fürchte bloß, Sie haben sich so sehr in Ihren eigenen Standpunkt verbohrt, daß Sie gar nicht auf den Gedanken kommen, auch die Serenissima könnte einen haben.»

«Ich berufe mich auf meinen Kontrakt.»

«Darauf beruft sich auch die Serenissima. Sie haben sich zum Gehorsam gegenüber Ihren Vorgesetzten verpflichtet und diesen Gehorsam gebrochen.»

«Daß ich das Verteidigungsdispositiv des Obersten Melander kritisiert habe, lag im Interesse der Republik. Die Vorkehrungen, die er angeordnet hat, waren jämmerlich dilettantisch.»

«Als Offizier sollten Sie wissen, daß die Disziplin unverletzbar sein muß. Zwar befanden Sie sich sachlich im Recht, und man hat dies nachträglich auch anerkannt, aber die Tatsache der Insubordination bleibt bestehen. Völlig ins Unrecht setzen Sie sich hingegen in der Frage der Zusammenlegung Ihrer beiden Kompanien.»

«Man hat mir zwei zugesprochen, ich habe es schriftlich.»

«Gewiß, aber der Passus lautet: ‚Zwei *kriegsstarke* Kompanien'. Sie wollen doch wohl nicht behaupten, daß dies auf die Ihrigen noch zutrifft. Die eine hat gegenwärtig einen Bestand von 70, die andere von 50 Mann, statt je 200. Da Sie nicht in der Lage waren, die Kompanien durch Werbungen aufzufüllen, hatten Sie sich dem Vereinigungsbefehl zu fügen. Vollkommen unverständlich erscheint mir jedoch Ihre Absicht, Ihren Standpunkt hier in Venedig vertreten zu wollen. Verhandlungen wären Ihnen nur erlaubt gewesen mit dem Provveditore von Palma oder höchstens mit dem Statthalter in Treviso. Statt dessen tauchen Sie unversehens hier in Venedig auf.»

«Mit dem Provveditore habe ich mich lange genug herumgestritten. Übrigens hat er mir die Reise nach Venedig nicht verboten.»

«Auch nicht erlaubt, soviel ich sehe.»

«Wieso mißtraut man mir? Habe ich nicht in den letzten zehn Jahren immer wieder bewiesen, daß Venedig in Bünden keinen bessern Freund hat als mich? Hätte man mir während dieser ganzen Zeit eine Pension ausbezahlt, wenn ich mich nicht unablässig bestrebt hätte, mich nützlich zu machen?»

«Ihre Verdienste sind hier unbestritten, das können Sie mir glauben. Aber haben Sie den Namen *Pierre* schon einmal gehört? Diesem Capitano, einem nicht minder verdienten Soldaten, als Sie es sind, wäre es Anno 1618 beinahe gelungen, unsere Stadt den Feinden auszuliefern. So etwas vergißt man nicht. Nun, das Recht wird seinen Lauf nehmen. Möglicherweise wird man bei der Urteilsfindung auf die letzte Entwicklung der Dinge an unsern Grenzen Rücksicht nehmen, oder auf die recht verzweifelte Situation Ihrer Heimat.»

«Ich weiß nicht, worauf Sie anspielen, Herr Großkanzler.»

«Es wird Ihnen wohl bekannt sein, daß zwischen Frankreich und Spanien wegen des Herzogtums Mantua ein Krieg ausgebrochen ist und daß die kaiserlichen Truppen die Drei Bünde wieder besetzt haben, zum drittenmal.»

«Nichts weiß ich, zum Teufel! Sacro Dio, ich muß nach Hause, sogleich!»

Heftig gestikulierend war er an den Tisch getreten und starrte dem Großkanzler mit wildem Blick ins Gesicht.

«Signor Jenatsch», sagte dieser, sich erhebend und den beiden Wachen an der Türe einen unmerklichen Wink gebend, «wir sind hier nicht in Bünden, sondern in der Republik Venedig.»

Die Wachen hatten sich rasch und lautlos genähert und faßten den zur Wirklichkeit erwachenden Gefangenen an den Armen.

Als sich die Zellentür hinter ihm schloß, stand Jenatsch einen Augenblick wie betäubt in der Dämmerung. Er fuhr sich mit den Händen durch das strähnige Haar und ließ dann die Arme mit einer wegschlenkernden Bewegung wieder sinken.

«Da wären wir wieder und werden wohl noch hübsch lange Zeit da bleiben und wie mein verehrter Augustinus Selbstgespräche führen über die Willensfreiheit und die Gnade der Erwählung. Willensfreiheit! Es ist zum Lachen. Ich will nach Bünden, und ein lächerliches Hindernis wie diese verriegelte Tür macht meinen Willen und meine Freiheit zuschanden. Aber ewig wird der Jenatsch nicht hier auf muffigem Stroh liegen, während etwas weiter oben subalterne Figuren an Marmortischen sitzen und sich als große Herren aufspielen. Einmal wird er wieder auf seinem Hengst sitzen und vielleicht sogar *auch* einmal an einem Marmortisch, aber als *wirklicher* großer Herr. Was wollte er eigentlich, dieser Karrieremacher Padavino? War es bloß Neugierde, oder hat er mich mit seinen Kommentaren und Nachrichten zur Verzweiflung bringen wollen? Oder habe ich ihn als heimlichen Gönner anzusehen, der versuchen wird, sein bißchen Einfluß spielen zu lassen, um meinen Kopf zu retten? Kaum. Dachte er, die Nachrichten könnten mir nützen, und ich werde selbst die nötigen Schlüsse ziehen und mich entsprechend verhalten? Möglich. Wenigstens weiß ich, daß Frankreich wieder im Spiel ist. Bünden ist für Frankreich wieder ein wichtiges Objekt geworden, und Leute wie ich sind unschätzbar, sofern Frankreich in

Bünden militärisch agieren will. Und das muß es wohl, wo anders läge seine Basis im Kampf gegen Spanien? Mantua ist eingeklemmt zwischen Mailand und Venedig. Es wird sich nicht lange halten können, wenn man es nicht entlastet, von Bünden her. Wenn Frankreich erfährt, daß ich hier festsitze, wird es versuchen, mich freizubekommen. Ich nehme an, französische Offiziere oder Diplomaten werden mit Venedig verhandeln. Da liegt meine Chance. Ich werde morgen Nuttin schreiben. Er muß mit den Franzosen Verbindung bekommen. Wir werden Bünden befreien und uns dann die Franzosen vom Halse schaffen und das Neue beginnen, *das ganz Neue*. Und dieses Neue wird *meine* Schöpfung sein, meine ganz allein, denn in meinem Kopf ist dieser Plan entstanden. Bis jetzt haben wir Sisyphusarbeit geleistet, den schweren Stein immer wieder den Berg hinaufgewälzt mit Blut, Schweiß und Tränen, und er ist immer wieder herabgerollt, noch einmal und noch einmal und noch einmal. Ich will ja nicht sagen, daß es nicht auch schön war. Damals war man jung und begeistert, damals war man ein Volkstribun, ein Rächer und Held. Das alles wird man *so* nicht mehr sein, dieses Jungsein wird man nicht nochmals schmecken, aber dafür anderes, Feineres, Neues.»

Er machte ein paar Schritte, entdeckte im letzten Licht den hölzernen Napf mit dem Nachtessen, setzte sich damit auf die Pritsche und begann die kalte Suppe zu löffeln.

«Der bisherige Weg war ein Holzweg. Unsere Demokratie ist zu extrem, als daß sie, wenn's drauf ankommt, funktionieren könnte. Wir denken zu individualistisch. Jeder schwört auf *seine* Lösung, läßt die andern nicht gelten. Die Frage ist bloß, wie ich die andern dazu bringen kann, *meine* Lösung anzuerkennen. Dazu muß man Macht haben, politische, militärische, ökonomische, aber auch Macht über die Seelen. Unsere protestantischen Seelen sind der Macht entwöhnt, sie wollen frei fliegen, wie die Schwalben an einem Sommerabend, jede auf der Jagd nach ihrer Mücke. Und doch vergeht der Sommer einmal, und die Schwalben sammeln sich zum Schwarm.»

Er kaute an einer Brotrinde. Draußen schritt der Wächter gemessen durch den Gang.

«Ein einhelliger Seelenschwarm, gehorsam dem Instinkt, den einer, ein Einziger, vertritt, das wär's. Gehorsam einem Einzigen gegenüber, der die rechte Stunde des Aufbruchs weiß, den Weg, das Ziel. Vielleicht hat es einmal einen gegeben, der so etwas ahnte, der zu wollen anfing, weil er die Dinge *richtig* sah, nicht getrübt durch Traditionen und Einrichtungen aus einer Zeit, die nicht die unsere ist. Den haben wir in unserer Verblendung totgeschlagen, um ihn zum Schweigen zu bringen. Er wollte herrschen, und das wollten wir auch, aber haben wir wirklich geherrscht? Momentweise vielleicht, als Anführer von Volkshaufen und Soldaten. Aber wie viele Rücksichten waren da zu nehmen! Die wahre Herrschaft ist die, die kein Rücksichtnehmen nötig hat, die den Beherrschten die Entscheidungen abnimmt, denen sie nicht gewachsen sind. Dazu ist allerdings erforderlich, daß sie ihn als Herrscher anerkennen. Sie anerkennen ihn kraft seiner Leistung – habe ich bisher geglaubt. Das ist ein Irrtum, denn Leistung erzeugt Neid. Gegen diesen Neid muß man sich schützen. Ich habe bis heute den Schrecken für ein Schutzmittel gehalten, die dunkle Fama, die sich von Wildheit und Unberechenbarkeit nährt. Ich schien damit recht zu behalten, denn auch der schwärzeste Neid hat mir nichts anhaben können. Aber wie wird es in Zukunft damit stehen? Je höher ich steige, desto zahlreicher werden die Neider sein, denn die von mir Überflügelten rechnen mich noch zu ihresgleichen, sehen in mir den Emporkömmling, den Karrieremacher. Das ist, wie wenn einer auf einer Leiter steht und die andern versuchen, ihn herunterzuschütteln. Wie aber, wenn diese Leiter nicht an eine Wand gestützt wäre, die sich in der Höhe verliert, sondern an die Wand eines Zimmers, und die Leiter führte zu einer Öffnung in der Decke, wie daheim die Treppe hinter dem Ofen in die Schlafkammer hinaufführt? Dann könnte man rasch hinaufsteigen und den Deckel zuschlagen! Vielleicht *gibt* es sogar in der Wirklichkeit ein solches oberes Stockwerk, und vielleicht gibt es auch Menschen, die unangreifbar darin wohnen. Es gibt sie sogar gewiß. Nicht die Könige gehören dazu, die kann man vergiften und totschlagen, aber jene, die ich, wäre ich noch Prädikant, Stiefbrüder in Christo nennen würde. Sie wohnen im obern

Stockwerk, und sie üben Macht aus über jene, die an sie glauben, die zum Glauben an sie erzogen sind. Allerdings haben sie wenig davon, denn sie sind bloß die Befehlsempfänger eines noch höheren Machtzentrums, das seinerseits die Macht nur zu Lehen trägt. *Die Kirche* ist dieses phantastische Machtgebäude, eine Pyramide, deren Spitze von einem Einzigen eingenommen wird, der seinen Machtanspruch von Christus selbst herleitet. Und das *funktioniert*. Die Apparatur hat sich eingespielt in anderthalb Jahrtausenden und ist noch keineswegs ausgeleiert. Das funktioniert, denn es ist organisiert, erklügelt von Tausenden von scharfen Köpfen – mein Sant'Agostino ist einer davon! – erklügelt und *erkämpft*. Das Blut der Märtyrer ist das Öl gewesen, das diese gigantische Maschinerie geschmiert hat. Das Öl fehlt zwar auf unserer Seite nicht, aber die Maschinerie. Und die Kräfte, die diesen Koloß in Bewegung halten, sind *das Geheimnis* und *die Angst*. Wer diese Kräfte verwaltet, ist ein Bewohner des obern Stockwerkes, ein Stellvertreter des obersten Hüters, der ein Stellvertreter Gottes ist.

So müßte auch jedes *irdische* Regiment fundiert sein, das funktionieren soll. Wir sorgen für euch, wenn ihr Uns eure Sorge aufladet. Wir denken für euch, wenn ihr Uns euer eigenes Denken opfert. Tut ihr dies aber nicht, so werdet ihr als Vereinzelte, Irrende untergehen, denn Wir allein kennen auf geheimnisvolle Weise den Weg, das Ziel, die Mittel. Unsere Entscheidungen sind unfehlbar, und Wir gehen unsern Weg mit nachtwandlerischer Sicherheit. Die Frage ist bloß, wie man zu einer solchen Stellung kommt. Man müßte sichtbar, undiskutierbar im obern Stockwerk sitzen, müßte durch einen Titel, einen Rang, eine Zeremonie ausgezeichnet sein vor den andern. Und man müßte Macht über die Seelen haben oder zum mindesten mit jenen verbündet sein, die über die Seelen herrschen. Man müßte ein *Mythos* sein, eine Legende.

Vielleicht war die Vorarbeit nicht eben schlecht. In den Augen vieler bin ich eine Legende. Ich habe geleistet, was niemand sonst. Ich habe den sichern Tod gefoppt, fünfmal, zehnmal. Man hat mich gesehen in heiliger Raserei und in unerschütterlicher Ruhe. Meine Stimme hat Tausende hingerissen. Ich war ein lebendiges Exempel, und man ist ihm gefolgt. Ich habe noch eine lange Zeit vor mir. Ich bin erst dreiunddreißig. Wo werde ich in zehn Jahren stehen? Wo in zwanzig? Ich werde mir das Horoskop stellen lassen, sobald ich dazu Gelegenheit habe. Es wird mir bestätigen, was ich schon weiß: daß die Gnade in mir wirkt, daß ich als ein Erwählter den Weg unbeirrbar gehen werde, der mir vorgezeichnet ist.»

Zwei Wochen später erschien eines Morgens der Meister in der Zelle. Er entrollte ein Pergament und begann es mit gleichgültiger Stimme vorzulesen. Es enthielt den Beschluß des Kollegiums, den Obersten Jenatsch von Schuld und Strafe freizusprechen und ihm als Entgelt für erlittene Unbill und entgangenen Verdienst die bisherige Pension von 120 Dukaten für die nächsten sieben Jahre auf 300 Dukaten hinaufzusetzen. Der militärische Kontrakt mit der Serenissima Repubblica sei als aufgelöst zu betrachten.

KATZENSTEIG

Auf dem Hofe scharrten ein paar Hühner im Staube, und ein Brunnen plätscherte träge im Schatten der alten Linde, die den roten Fachwerkaufbau und ein Erkertürmchen des Hauses fast vollständig verbarg. Die Fensterläden waren zugezogen, aber die rundbogige, mit dickköpfigen Nägeln beschlagene Tür stand offen.

Der Reiter saß noch im Sattel, doch als niemand kam, um ihm das Pferd abzunehmen, sprang er ab und führte es zum Stall, fand dort einen in die Mauer eingelassenen Ring und band die Zügel daran. Nachdem er den Sattelgurt gelockert hatte, überquerte er den im prallen Sonnenlicht liegenden, von Lindenduft erfüllten Hof und stieg die paar Stufen zum Eingang empor. Niemand zeigte sich. Er durchschritt sporenklirrend den schattigen Gang, den Federhut in der Hand. Türen mündeten links und rechts, aber keine stand offen. Zuhinterst, wo man durch ein vergittertes Fenster das Städtchen Bischofszell und in der Tiefe die ebenen, mit einem Wald von Obstbäumen bestandenen Auwiesen der Thur in der Sonne liegen sah, begann eine steinerne Treppe, die sich nach ein paar Stufen wendete.

«Holla!» rief der Ankömmling. Die Stimme hallte unangenehm. Er lauschte, machte in paar Schritte und rief nochmals. Endlich ging im obern Stockwerk eine Türe, ein schlürfendes Geräusch näherte sich auf der Treppe, und dann zeigte sich ein großer, breiter Mann in Hemdärmeln und Kniehose und mit Pantoffeln an den bloßen Füßen. «Nuttin! Du? Wo kommst du her?» sagte er, rasch dem Besucher entgegengehend.

«Von St. Gallen, von Davos, von Venedig, wie man will. Aber bis ich dich gefunden habe, Dio mio!»

«Komm, Bruder, komm», sagte Georg und zog ihn am Arme fort und öffnete eine Türe. «Mach dir's bequem. Du bleibst doch ein paar Tage? Hast du das Pferd eingestellt? Der Pächter ist mit Briefen nach St. Gallen, er muß jeden Augenblick zurück sein.»

Nuttin warf den Hut auf ein Fenstersims und hob das Degengehänge über den Kopf. Dann öffnete er das Wams und setzte sich auf die mit Kissen belegte Wandbank an der Ecke des Schiefertisches. Irgendwo in der Höhe begann ein Säugling zu schreien, oder waren es zwei? Nuttin sah sich um: Ein Ofen mit blaugemalten Kacheln neben der Türe, auf der andern Seite in der Ecke ein schmales Waschschränkchen, daneben an einem Holznagel ein langes, grobes Handtuch. Der Türe gegenüber ein breites, schweres Buffet mit Zinngeschirr, anschließend eine hohe Truhe. Zwischen Ofen und Fensterwand der Tisch, darüber der Leuchter aus Hirschgeweihen. Ein paar Säbel an der Wand, im Halbkreis um einen geschwärzten Brustharnisch geordnet.

Sich umwendend, gewahrte Nuttin zwischen den Fenstern ein Bücherbrett. Er stand auf und nahm einen Band in die Hand. Es war die ‚Civitas Dei' des heiligen Augustinus. Er blätterte ein bißchen darin und las ein paar Stellen, die am Rande mit Rötel angestrichen waren.

«Schön hast du's hier», sagte er, das Buch an seinen Platz stellend, als der Bruder mit einem Krug und Bechern eintrat. «Wie hast du das Nest gefunden, am Ende der Welt?»

«Beziehungen. Ein Verwandter meiner Frau hat ein Gut in

Bischofszell. Ich habe mich rasch entschlossen. Davos läuft mir ja nicht davon, aber als Schlupfwinkel ist es nicht geeignet. Hier bin ich sicherer. Da unten die freie Stadt Bischofszell, die Grenze geht mitten über den Hof. Der eine Erker ist sanktgallisch, ein Teil der Güter auch, und das Schlößli selber gehört nirgends hin. Das paßt mir.»

«So hast du also den Abt von St. Gallen zum Oberherrn und mußt ihm wohl gar zinsen?»

«Warum nicht? Was macht mir das? Prosit! Übrigens trinken wir Katzensteiger.»

«Viva. Auf ein langes Leben als Weinbauer und Schloßherr!» Nuttin lächelte. «Was sagt man übrigens in Bünden zu deinem Auszug?»

«Ich habe ihn natürlich nicht breitgeschlagen, wir sind mehr oder weniger bei Nacht und Nebel fort, aber nicht als Flüchtlinge, das wäre nicht gut möglich gewesen mit drei Kindern.»

«Drei?» verwunderte sich der Bruder, «du hast doch erst eines gehabt, mein Göttikind Ursina.»

«Jetzt sind's eben drei, Anna hat im Frühling Zwillinge geboren, das habe ich dir doch geschrieben.»

«Nicht erhalten. Es ging recht heiß zu bei uns. Du weißt vielleicht, daß wir vor bald zwei Monaten, Ende Mai, bei Valeggio von den Spaniern aufs Dach bekommen haben. Wir – das heißt: der Oberst Melander vor allem.»

«Herrlich! Was habe ich dir gesagt, damals bei Palma? Dieser jämmerliche Dilettant! Aber ich habe es der Signoria vorausgesagt, ich habe sie gewarnt. Umsonst. Man hat mich eingesperrt, weil ich wagte, das Feldherrngenie des Herrn Melander anzuzweifeln. Da haben wir's! Ich gönne die Schlappe auch den Herren in Venedig, ich könnte mir keine bessere Rechtfertigung wünschen. Übrigens war ich letzthin in Zürich beim Scaramelli, ich wollte mich wieder einmal bei ihm zeigen und hatte einiges zu kassieren. Der Fuchs hat kein Sterbenswörtchen gesagt, aber er war so freundlich, daß es mir auffiel. Darum also. Du hast doch nicht etwa den Auftrag, mich nach Venedig zu holen?»

«Nicht geradezu. Eine Oberstenstelle steht dir natürlich jederzeit offen.»

«Danke. Vorläufig paßt es mir hier.»

«Am Ende der Welt, in Hemdärmeln und Pantoffeln!»

«Wart ein paar Monate, dann siehst du, weshalb ich hier auf den Lorbeeren ausruhe. Übrigens ruhe ich nicht, und übrigens ist Katzensteig durchaus nicht am Ende der Welt. Ich sitze hier wie die Spinne im Netz, ziehe Fäden nach allen Seiten. Es fängt alles noch einmal an, aber diesmal *richtig,* glaube ich. Noch dauert es ein Weilchen, und ich werde mich diesmal hüten, wie ein Wilder dreinzufahren; was jetzt zählt, ist *Diplomatie,* und die kann man am Ende der Welt in Hemdärmeln und Pantoffeln betreiben. Der Harnisch da wird schon auch wieder einmal zu seinem Recht kommen. Hast du von den Schweden gehört?»

«Nichts Näheres, nur, daß sie in Deutschland gelandet sind.»

«Das verändert die Lage von Grund aus, glaub mir. Noch ist alles verschwommen, aber meine Nase sagt mir, daß unser Heil von dieser Seite kommen wird, mittelbar oder unmittelbar. Und auf meine Nase kann ich mich verlassen.» Er lächelte. «Weißt du, daß der Erzherzog Leopold dem Grafen Merode in Chur befohlen hat, mich verhaften zu lassen? Zwei Wochen vorher saß ich mit dem Herrn im ‚Staubigen Hütlein', natürlich nicht in der Gaststube, ich hätte es nicht geschätzt, wenn das Volk mich mit dem Kommandanten der kaiserlichen Besatzungstruppen zusammen gesehen hätte, aber immerhin: an *einem* Tische. Ich spielte den erzherzoglichen Untertan, ließ durchblicken, ich wäre unter Umständen nicht abgeneigt, ins kaiserliche Lager hinüberzuwechseln, ich hätte eingesehen, daß ich bisher auf die falsche Karte gesetzt habe, irren sei schließlich menschlich; es komme bloß darauf an, welche Verwendung man von mir zu machen gedenke, von der Pike auf dienen wolle ich natürlich nicht, nachdem ich immerhin den venezianischen Dienst als Oberst quittiert hätte. Vor allem aber möchte ich meine Familie in Sicherheit bringen, um sie vor Racheakten zu schützen. Dazu brauche ich einen Paß. Stell dir vor, der Gimpel hat ihn ausgestellt! Zwei Wochen später hätte er sich wohl am liebsten die Hand abgebissen.

Übrigens steckt hinter der ganzen Geschichte kein anderer als der Rudolf Planta in Zernez. Er hat es noch nicht verwunden, daß wir ihm anno achtzehn den Wein aus den Fässern gelassen haben, damals warst du noch ein Schnuderbub, oder nicht viel mehr. Und das sind doch erst zwölf Jahre her, Herrgott, die Zeit läuft einem davon! Und heute sind's fast auf den Tag zehn Jahre seit dem ‚Sacro Macello'. Der Rudolf hat uns den Wein mit Blut heimgezahlt, wahrhaftig.»

«Dann sind's auch zehn Jahre her, daß du zum letztenmal daheim gewesen bist. Weißt du noch? Es hat geschüttet an dem Tag.»

«Er kann zufrieden sein, der Rudolf. Bonaventura – den hat er am meisten gehaßt, weil er ihm das Studium bezahlt hat und glaubte, er hätte ihn damit gekauft – den Bonaventura haben die Panixer erschlagen, weiß Gott, wo sie den verscharrt haben, ich habe sein Grab nicht gefunden, anno zweiundzwanzig im Frühling, niemand wollte etwas von ihm wissen, wie mächtig ich die Kerle auch geschüttelt habe. Schade, daß ich nicht freie Hand hatte, ich hätte den Lümmeln sonst Bonaventuras Blut und Plaschs Gefangennahme heimgezahlt, und nicht mit Wein! Am Plasch allerdings hat der Rudolf dann seinen Mut gekühlt. Wie er mit mir verfahren wäre, kannst du dir denken.»

«Haben die Engadiner dich gewarnt?»

«Keine Spur, ich stehe gegenwärtig nicht hoch im Kurs bei ihnen. Bloß helfen hätte ich sollen. Sie kamen zu mir nach Davos, um mir das Kommando über eine zusammengelaufene Mannschaft anzutragen, die den Rudolf in seinem Schloß belagerte. Er hat ein paar Tage vorher zwei Zernezer eingesperrt, weil sie sich gegen seine größenwahnsinnigen Herrschaftspläne aufließen. Vor zehn Jahren wäre ich natürlich nach Zernez gegangen und hätte dem Rudolf einen Ring durch die Nase gezogen. Aber mit solchen Bravourositäten richtet man heute nichts aus, im Gegenteil. Die Belagerer hatten dem Rudolf den Teufel – in meiner Gestalt – vorgemalt, bevor sie nach Davos kamen, und so konnte ich mir leicht ausrechnen, daß er sich die Gelegenheit nicht entgehen ließ, mich in Innsbruck anzuschwärzen. Ich wette, der erste Brief, der ihm aus der Feder kam, ging nach Innsbruck, noch am gleichen Tag, an dem das Volk wieder auseinanderlief. Für mich wurde die Sache brenzlig, und ich habe denn auch nicht lange gezögert. Kaum waren die Zernezer aus dem Hause, habe ich den Rappen gesattelt und bin nach Chur geritten zum Merode. Drei oder vier Tage später waren wir über der Grenze.»

Es klopfte an der Türe, ein bäurisch gekleideter Mann in mittleren Jahren trat ein mit einem Schwall von Lindenduft, sagte: «Zwei Briefe, Herr Oberst», blieb aber stehen.

«Leg sie dorthin» – der Mann legte sie in die Zinnschüssel des Waschschränkchens – «und dann stell das Roß des Herrn Hauptmanns in den Stall. Absatteln, Heu, tränken und dann Hafer. Aber stell den Hengst nicht zum ‚Sultan', sie vertragen sich nicht miteinander.» Der Pächter öffnete die Tür und ging rückwärts hinaus.

«Du bist wohl auf Werbung», sagte Jenatsch, die Becher wieder füllend.

«Mehr oder weniger.»

«Viel Glück. Die Quellen werden spärlich fließen.»

Nuttin seufzte. «Könntest du mir nicht helfen?» fragte er nach einer Weile.

«Ausgeschlossen. Ich muß mich hier so still wie nur möglich verhalten, außerdem bin ich nicht mehr in venezianischen Diensten. Ich rate auch dir, die Kapitulation nicht zu erneuern. Wann läuft sie ab?»

«Im September.»

«Wir werden euch bald brauchen, auf Bündnerboden.»

«Glaubst du?»

«Ich müßte mich schon schwer täuschen. Die Schweden rücken vor, und Frankreich kann sich die Besetzung des Veltlins nicht mehr lange gefallen lassen. Die deutschen Fürsten sitzen in Regensburg beisammen. Wallenstein soll abgesetzt werden, habe ich vernommen. Ob er sich das gefallen läßt, ist eine andere Frage. Man könnte sich denken, daß er zu den Schweden übertritt und daß Frankreich sich diese Schwächung der kaiserlichen Position zunutze macht. Dann schlägt auch unsere Stunde.»

Vom obern Stockwerk war Kindergeschrei zu vernehmen. Georg sagte: «Willst du die Zwillinge sehen? Schade, daß du schon der Ursina Götti bist. Ich habe einen Stammhalter.»

*

Den ‚Großen Otter' führte noch der gleiche Wirt wie vor fünfzehn Jahren. Sein schwarzes Haar war weiß geworden, seine gewaltige Nase schmaler und krümmer, aber er war nicht beleibter als damals und bewegte sich immer noch behend und lautlos zwischen den Tischen hin und her.

Jenatsch hatte sich einen Fasan braten lassen. Beim Bestellen hatte er gefragt, ob der Vogel genug in den Federn gelegen habe und am Steiß Öl ausschwitze, und dann hatte er angeordnet, daß man tüchtig salze und würze, aber die Hände vom Knoblauch lassen solle, der einer feinern Küche nicht wohl anstehe. Der Wirt hatte gelächelt und gesagt: «Der Herr ist ein Kenner.»

Die Wartezeit benützte er, um einen Brief an den Obersten Guler in Chur zu schreiben, worin er ihn bat, in Davos nach dem Rechten zu sehen, falls er nächstens einmal dorthin komme. Den Schwiegervater möchte er nicht behelligen, und selber dürfe er seinen Fuß vorderhand nicht auf Bündnerboden setzen, der Herr Oberst wisse ja, warum. Er habe sich recht still gehalten bisher, wolle sich nun aber ein bißchen umtun, das Ofenhocken liege ihm nicht, und die neue Landwirtschaft biete ihm jetzt im Winter auch wenig Beschäftigung. Er gedenke also, sich den französischen Herren zu zeigen, in der Voraussicht, daß bald wieder die französische Karte Trumpf sei. Zunächst wolle er sich mit dem Ambassadeur in Solothurn besprechen und dann möglicherweise die Reise nach Paris fortsetzen, je nach dem Ergebnis in Solothurn.

Nachdem er den Fasan verzehrt und bezahlt hatte, verließ er das Gasthaus, ohne sich mit den Handwerkern, die an einem Nebentisch erschienen waren, in ein Gespräch einzulassen. Es war bitter kalt, und er stellte den breiten Kragen seines Pelzrockes auf und zog den Hut ins Gesicht. Das Wasser der Limmat war beinahe schwarz und dampfte. Eine Schar Wasservögel stritt sich um den Inhalt eines Kessels, den ein alter Mann vor ihnen ausgeleert hatte. Die Straße war beinahe menschenleer, das Leben hatte sich in die Häuser zurückgezogen: allenthalben rauchten die Kamine zum grauen Himmel hinauf. Während er weiterging, die Hände in den Taschen vergraben, sauste ein Schlitten aus einer Seitengasse hervor. Der Bub, der ihn lenkte, brachte ihn knapp vor Jenatsch zum Stehen, aber das kleine Mädchen, das vor ihm gesessen hatte, verlor durch den Ruck das Gleichgewicht und purzelte in den Schnee. Sein rotgefrorenes Gesichtchen verzog sich im Weinen. Jenatsch stellte es auf die Beine und putzte ihm mit dem Handschuh den Schnee vom Kleide. Dann griff er in die Tasche und gab dem Kind ein kleines Geldstück. Es schaute ihn entgeistert an, und der Knabe machte einen langen Hals.

«Da hast du auch etwas», sagte Jenatsch, dem Buben ein gleiches Geldstück in die Hand drückend, «aber sag mir jetzt, wo der Ordinäri Bott wohnt, er muß mir einen Brief bestellen.»

Der Knabe ließ Schlitten und Schwesterchen stehen und rannte zu einer Türe hinein. Nach einer Weile kehrte er zurück und beschrieb den Weg und das Haus mit großer Umständlichkeit.

«Ich habe es schon gewußt», lächelte Jenatsch, «aber jetzt hast du deinen Batzen verdient. Geht jetzt heim, sonst gefriert die Schnudernase des kleinen Fräuleins zu Eis, und die Mutter muß sie mit einer Kerze auftauen.»

Der Knabe blickte ihn verständnislos an, bückte sich dann aber doch nach der Schlittenschnur und trollte sich mit dem Mädchen.

Jenatsch setzte seinen Weg fort. Er überquerte die Limmat und betrat bald darauf das Haus des venezianischen Residenten.

Im Vorzimmer hing unter einem Federhut ein ähnlicher Pelzrock, wie er ihn selber trug. Ein Diener half ihm abzulegen und holte dann den Sekretär.

«Melden Sie bitte Seiner Exzellenz den Obersten Jenatsch aus Bünden», sagte er.

«Es tut mir leid, Sua Eccelenza ist besetzt».

«Ich werde erwartet, melden Sie mich immerhin.» Der Sekretär warf ihm einen unwilligen Blick zu und verschwand. Wenige Augenblicke später kehrte er zurück, trat aber nicht ein, sondern hielt die Türe offen. «Prego». Jenatsch stand auf und folgte ihm durch den Gang zu einer andern Türe. «Prego».

«Benissimo!» rief Scaramelli. «Sie kommen wie gewünscht, Gianaccio. Die Herren werden miteinander bekannt sein – Si-

gnor Giovanni von Tscharner – Colonello Giorgio Gienatz.»
Jenatsch verbeugte sich tief vor dem Venezianer und etwas weniger tief vor seinem Landsmann.

«Accomodate-vi», sagte Scaramelli, auf einen Sessel weisend. Jenatsch machte es sich bequem.

«Signor von Tscharner reist nach Chierasco zu den Friedensverhandlungen zwischen Frankreich und Spanien. Ich habe ihm den Standpunkt der Serenissima erklärt. Es ist der Standpunkt der Vernunft und damit der Standpunkt, der auch den Interessen der Drei Bünde entspricht.»

«Ich habe meine Instruktion», sagte Tscharner in beinahe gelangweiltem Tone, «und diese lautet kurz und bündig: Abzug der fremden Truppen aus den Drei Bünden, Zerstörung der Grenzfestungen, vor allem der Festung Fuentes und der von den Kaiserlichen gebauten Rheinschanze bei Maienfeld, bedingungslose Rückerstattung unserer Untertanenländer, die unser rechtmäßiges Eigentum sind.»

«Das heißt also, daß Bünden den Monsonio-Vertrag nicht anerkennen will», warf Jenatsch ein. «Immerhin ein Fortschritt, den wir vermutlich den Schweden zu verdanken haben. Der Fall ist also klar. Nur soll sich kein Bündner einbilden, daß Frankreich und Spanien diese Forderungen fressen werden, geschweige denn verdauen. Der Monsonio-Vertrag ist *ihr* Werk, und wenn sie sich über *einen* Punkt einig sind, dann über diesen.»

«Venedig ist an diesem Vertrag völlig desinteressiert», sagte Scaramelli. «Venedig wünscht nur eines nicht: eine Lage, die es zu militärischen Maßnahmen zwingt. Wir sind durch die Pest und das letztjährige Mißgeschick bei Valeggio geschwächt, außerdem brauchen wir unsere Truppen im südlichen Teil der Grenze gegen Mailand. Französische Truppen in Bünden sind für Spanien ein rotes Tuch und damit eine Gefahr für uns. Ich hoffe, die Herren sehen klar: Frankreich liegt nichts an der Freiheit Bündens, aber alles daran, Bünden seinen eigenen Interessen unterzuordnen. Das ist auf die Dauer keine Lösung.»

«Selbstverständlich nicht», sagte Jenatsch. «Von einer solchen sind wir noch nie so weit entfernt gewesen wie im gegenwärtigen Augenblick. Wir müssen von vorn anfangen. Darum meine ich, daß Ihre Instruktion zu weit geht, Herr von Tscharner. Es handelt sich jetzt um einen *ersten Schritt* auf dem neuen Wege. Sie müssen ein Resultat heimbringen, nur ein bescheidenes, aber ein greifbares. Die Instruktion, die man Ihnen mitgegeben hat, verurteilt Ihre Mission zum vornherein zum Scheitern.»

«Das habe auch ich dem Herrn von Tscharner auseinandergesetzt», sagte Scaramelli.

«Ich werde mich an meinen Auftrag halten. Er entspricht den Wünschen des Volkes.»

«Das wird den Herren Eindruck machen», lächelte Jenatsch.

«Mich würde es interessieren, Ihre Meinung kennenzulernen, Colonello», sagte Scaramelli.

«Zunächt eine Klarstellung», begann Jenatsch. «Herr von Tscharner soll nicht glauben, ich hätte nicht das gleiche Ziel im Auge wie er und seine Auftraggeber. Schließlich habe ich zehn Jahre lang dafür gestritten und gedenke es weiterhin zu tun. Worum es sich handelt, ist der Weg, der zu diesem Ziele führt. Es hat sich gezeigt, daß wir ohne fremde Hilfe nicht auskommen. Frankreich hat uns geholfen, das Veltlin zurückzuerobern, und hat uns im Stiche gelassen, sobald sein Vorteil ihm gebot, seine Truppen zurückzuziehen. Das darf sich nicht wiederholen. Mein Plan beruht auf der Tatsache, daß sich der Schwerpunkt des Geschehens wieder nach Deutschland verlagert hat. Die Schweden werden dem Kaiser in den nächsten Monaten nicht übel zu schaffen machen, er wird sich um das Bündner Problem nicht mehr so eifrig kümmern können wie bisher. Hier liegt unsere Chance, indem uns nämlich *militärisch* vom Kaiser her keine unmittelbare Gefahr mehr droht. Aber es gibt eine andere Gefahr: Frankreich. Es wünscht unsere vollständige Freiheit nicht, weil es damit seinen Einfluß verliert. Verschaffen wir ihm einen *fiktiven* Einfluß. Das heißt: Vorläufig keine absoluten Ansprüche, denn Frankreich wird sie nie anerkennen. Wir wollen uns mit dem Abzug der Kaiserlichen aus Bünden begnügen. Dieser liegt auch in Frankreichs Interesse und hat somit alle Aussichten, verwirklicht zu werden. Um Frankreich noch weiter entgegenzukommen, bitten wir den Kardinal, uns einen erprobten Offizier als Oberbefehlshaber zur Verfügung zu stellen. Dieser müßte aber von uns in aller Form gewählt werden und unserer Obrigkeit unterstehen.»

«Und das Veltlin?» warf Tscharner ein.

«Warten wir ab, wie sich die Dinge in Deutschland entwickeln. Man kann nicht alles auf einmal haben.»

«Benissimo, Colonello», rief Scaramelli aus. «Sie sind ein vernünftiger Mann. Sie werden Karriere machen.»

Jenatsch warf ihm einen halb ärgerlichen, halb belustigten Blick zu. «Dürfte ich Seine Exzellenz bitten, mir ein Empfehlungsschreiben an den Pariser Gesandten der Serenissima aufzusetzen?»

«Sie gehen nach Paris?» fragte Scaramelli erstaunt, und auch Tscharner hob die Augenbrauen.

Ursina war schon ein großes Mädchen, wenigstens wenn man sie mit ihren Zwillingsgeschwistern verglich. Sie lief der Mutter nach wie ein Hündchen, machte sich aber eines Tages selbständig und wäre, wenn der Rebknecht es nicht rechtzeitig entdeckt hätte, beinahe in den Brunnen gefallen. Daraufhin hängte ihr Anna eine kleine Schelle um den Hals, was jedoch Ursina nicht hinderte, einmal zur Haustür hinauszuschlüpfen und auf dem Sträßchen nach Bischofszell davonzurennen. Anna hatte einen Gast, der Georg besuchen wollte, unterhalten müssen, die Magd hatte sich um die Bewirtung zu kümmern, und der Pächter war mit einem Brief, der nach Paris gesandt werden sollte, nach St. Gallen geritten. So blieb das Verschwinden der Kleinen eine Weile unbemerkt. Als Anna sie mehrmals gerufen hatte, ohne Antwort zu bekommen, befahl sie der Magd, Ursina zu suchen, und als diese nicht zurückkam, machte sie sich selbst auf die Suche. Sie begegnete der Magd, die brummend allen Gebüschen und Gräben nachging. Das Töchterchen war unauffindbar. Schon war die Magd zum Pachthof hinübergelaufen, um Leute aufzubieten, als Ursina an der Hand eines fremden Mannes zurückkehrte. Sie war ihm auf der Thurbrücke entgegengelaufen und hatte gesagt, sie wolle nach Paris, um den Vater heimzuholen.

Von ihm kam alle paar Wochen ein Brief. Es gehe ihm gut,

schrieb er einmal, seine Geschäfte nähmen den erwarteten Verlauf, und man habe ihm sogar versprochen, den seit vier Jahren rückständigen Sold auszuzahlen. Die Reise hätte sich also gelohnt. Wann er zurückkomme, wisse er noch nicht, er müsse noch die Gelegenheit abwarten, einige hochgestellte Personen zu sprechen. An Ostern hoffe er aber wieder daheim zu sein. Später meldete er seine Abreise und stellte in Aussicht, daß man gegen den Herbst hin nach Davos zurückkehren könne, sofern dort die Pest bis dahin erloschen sei.

Die Zwillinge gediehen nicht so gut wie Ursina, Anna hatte oft ihre liebe Not mit ihnen, vor allem mit dem kleinen Paul, der fast beständig kränkelte. Einmal hatte sie sogar den Arzt aus St. Gallen kommen lassen. Er hatte nicht viel gesagt, bloß von der Natur gesprochen, die man wirken lassen müsse. Je mehr Krankheiten man als Kind überstehe, desto weniger sei man als Erwachsener damit geplagt.

Einmal kam ein Brief vom Vater aus Davos. Die Mutter sei schwer krank, und wenn Anna den weiten Weg und die Pest nicht scheue, solle sie kommen. Sie überlegte es sich einen Tag lang und entschloß sich, zu reisen, so schwer es ihr fiel, die Kinder allein zu lassen. Aber noch ehe sie alles geordnet und ihre Zurüstungen beendet hatte, kam ein zweiter Brief, der meldete, daß die Mutter gestorben sei. Mit Tränen in den Augen trennte sie darauf die silbernen Knöpfe von ihren Kleidern und nahm von den Schuhen die Schnallen ab, wie es der Brauch verlangte.

Im Gasthaus ‚Zum Hirzen‘, wo Jenatsch Nachtquartier bezogen hatte, traf er beim Abendessen mit Ulysses von Salis zusammen.

«Wir haben uns lange nicht gesehen», sagte dieser, an Jenatschs Tisch tretend. «Wie geht es Ihnen? Sie sehen vortrefflich aus, mehr als wohlgenährt, kann man schon sagen.» Er lächelte, und es war beinahe das spöttisch-überlegene Lächeln seines verstorbenen Bruders Rudolf. «Und den Bart haben Sie sich so tüchtig stutzen lassen, daß man Sie beinahe für einen Franzosen ansieht.»

«Das kann nicht schaden», lächelte Jenatsch zurück.

«Prächtige Spitzen haben Sie da, Mecheln oder Valenciennes, würde ich raten.» Er wies mit spitzem Finger auf den breiten Kragen und die Manschetten. «Den Rock hat Ihnen auch kein Davoser Störschneider genäht. Das ist französischer Schnitt. Sie müssen gut verdient haben in letzter Zeit.»

«Stimmt», sagte Jenatsch.

«Und Schloßherr sind Sie, scheint's, auch geworden. Erstaunlich. Gratuliere. Die Davoser werden Augen gemacht haben.»

«Möglich, obwohl es sie nichts angeht.»

«Natürlich nicht. Ich wollte ja auch bloß andeuten, daß Ihre Karriere nicht alltäglich ist. Gedenken Sie sich aus den Bündner Geschäften zurückzuziehen? Das würde ich bedauern.»

«Ich habe in diesem Punkte keine freie Wahl, das wissen Sie.»

«Gewiß, gewiß. Nun, wir werden sehen. Aber entschuldigen Sie mich, ich habe eine Verabredung mit Scaramelli. Kommen Sie übrigens mit, ich treffe ihn heute bloß gesellschaftlich, und Sie stören wohl nicht.»

Jenatsch besann sich einen Augenblick. «Ich wollte eigentlich erst morgen bei ihm vorsprechen, aber Sie haben recht, so gewinne ich einen Tag und kann morgen abend zu Hause sein.» Er winkte dem Wirt und bezahlte mit einem neugeprägten Livre d'or.

Es dunkelte, als sie nebeneinander durch die Gassen des Niederdorfes schritten. Kinder spielten auf der Straße, obwohl der Märzabend noch recht kühl war und schon die ersten Fenster sich erhellten. Es roch nach Habersuppe und rauchendem Fett und aus den vergitterten Kellerfenstern eines Gasthauses herauf nach Weinfässern und Sauerkraut. Über der Limmat glühte der Himmel, und der Widerschein verwandelte die Wasserfläche in feuerflüssiges, träge dahinströmendes Erz.

«Sie haben sicher gute Erinnerungen an Zürich», sagte Ulysses. «Schließlich haben Sie hier die entscheidenden Jahre Ihrer Jugend verbracht. Es wundert mich eigentlich, daß Sie sich im Sanktgallischen niedergelassen haben, zu Zürich haben Sie doch ganz andere Beziehungen.»

«Meine Heimat ist Davos. Ich werde dorthin zurückkehren,

sobald es die Lage erlaubt. Mit den Zürchern verbindet mich wenig, die Jahre hier waren nicht so entscheidend wie Sie glauben. Übrigens kümmere ich mich nicht um das Vergangene. Dazu mag später Gelegenheit sein, wenn die Aufgaben gelöst sind.»

«Sie mögen recht haben. In den alten Familien wie der unsern hält man es freilich anders. Wir haben ein Erbe zu hüten und müssen zusehen, wie wir vor unsern Vorgängern in Ehren bestehen. Ein Mann wie mein Vater, zum Beispiel, ist eine ständige Verpflichtung, Sie haben ihn ja noch gekannt und verdanken ihm manches.»

«Gewiß, gewiß. Aber anderseits darf man vielleicht auch einmal darauf hinweisen, daß die alten Familien auf den Beistand von uns gewöhnlichen Leuten angewiesen sind. Wer – zum Beispiel – hat euch den Pompejus aus dem Wege geräumt?»

«Uns? Ich denke doch, Sie sind mit mir einig, daß diese Aktion im höhern Interesse des Landes lag.»

«Ich habe es jedenfalls geglaubt, sonst hätte ich die Hände davon gelassen.»

«Wollen Sie damit sagen, daß Sie heute nicht mehr dabei wären? Das erstaunt mich ehrlich. Übrigens ist es mir aufgefallen – da wir schon offen miteinander sprechen –, daß Sie in den letzten Jahren nicht sehr freundschaftliche Gefühle für uns zu hegen scheinen. Daß Sie mich damals in Chiavenna so schnöde im Stich gelassen haben und mit Ihrer Kompanie zum Ruinelli übergetreten sind, kann ich nicht gerade als Lohn für die Wohltaten ansehen, die Sie von meinem Vater erfahren haben.»

«Ach Gott, lassen wir diese alten Geschichten. Dem Ruinelli war ich verpflichtet, und Ihnen ging ja dadurch nichts ab, Sie hatten nach wie vor Ihr Regiment. Und schließlich, was hat es ihm genützt?»

«Sehen Sie», fuhr Ulysses fort, «es hat sein Eigenes mit den alten Familien. Ihr Platz ist ihnen durch den Schöpfer angewiesen. Sie tragen die Verantwortung für den Lauf der Dinge, aber man darf ihnen keinen Stein in den Weg legen, wenn man sich nicht der himmlischen Strafe aussetzen will. Ruinelli hat es erfahren und viele andere auch. Alles muß seine Ordnung haben.

Darum rate ich Ihnen, sich nicht abseits zu stellen, sondern mit uns zusammenzuarbeiten. Als Familienchef der Salis bin ich gewillt, Vergangenes zu vergessen, und reiche Ihnen hiermit über Chiavenna hinweg die Hand.»

Er blieb stehen. Seine Spitzenmanschetten schimmerten weiß in der Dämmerung.

«Ich habe mich nicht abseits gestellt», sagte Jenatsch, «aber wenn Ihnen etwas daran liegt – gut denn.»

Er reichte Salis die Hand. Beide hatten sich des Handschuhs nicht entledigt.

Scaramelli empfing sie in seinem Arbeitszimmer. Auf dem mit Papieren bedeckten Schreibtisch brannte ein vielarmiger Leuchter. «Sie haben einen Gast mitgebracht, Signor von Salis. Vortrefflich.» Die Herren verbeugten sich.

«Kommen Sie, machen wir es uns bequem», sagte Scaramelli, den Leuchter ergreifend und auf ein kleines Tischchen stellend, um das einige mit Kissen belegte Sessel standen.

«Sie bringen mir Nachrichten aus Paris, Colonello Gienatz? Ich bin neugierig. Unser dortiger Gesandter hat mir angenehme Dinge über Sie geschrieben. Ihre Ratschläge waren ihm wertvoll. Seine Denkschrift zu Handen der spanischen und französischen Herren, die in Chierasco den Frieden beraten, sei ganz von Ihren Gedanken inspiriert. Hoffen wir also, das Samenkorn falle auf fruchtbaren Boden.»

«Ein Erfolg zeichnet sich ab», sagte Jenatsch. «Es sieht ganz so aus, als ob die Kaiserlichen bereit wären, Bünden bis zum Herbst zu räumen.»

«Benissimo!»

«Aber damit noch nicht genug. Richelieu scheint daran zu denken, uns einen französischen Oberbefehlshaber zur Verfügung zu stellen.»

«Was sind das für Flausen?», sagte Ulysses. Seine niedere Stirn legte sich in Falten, und seine kleinen Augen verkniffen sich ärgerlich. «Haben wir nicht eigene Offiziere, die für die Sicherheit unseres Landes zu bürgen imstande sind? Französische Truppen, à la bonne heure. Sie sollen uns helfen, das Veltlin wieder in die Hand zu bekommen, aber ein französischer Generalissimus ohne Heer – was für eine Idee! Übrigens hätte das Bündnervolk dann auch noch etwas dazu zu sagen.»

«Dazu wird ihm Gelegenheit geboten werden, Herr von Salis», sagte Scaramelli. «Vergessen Sie eines nicht: der Kaiser wird seine Truppen nur zurückziehen, wenn er die strikte Zusicherung bekommt, daß Frankreich sich militärisch zurückhält. Später wird man sehen. Das Vorrücken der Schweden kann die Lage rasch verändern, aber vorläufig gebietet die Vernunft, den französischen Vorschlag anzunehmen. Ich vertrete hier nicht den französischen Standpunkt, verstehen Sie mich richtig, aber ich begreife, daß Frankreich nicht ganz auf eine gewisse Einflußnahme verzichten kann, und sei es auch bloß durch einen einzelnen Mann. Das Volk muß dies einsehen. Ihre Aufgabe ist es, in diesem Sinne zu wirken.»

«Da schickt man uns womöglich irgendeinen Günstling, der vom Gebirgskrieg soviel versteht wie eine Kuh vom Tanzen», brummte Ulysses.

Scaramelli lachte. «Sie scheinen den Kardinal für einen Hanswurst zu halten, Colonello. Namen sind mir noch keine bekannt, aber seien Sie gewiß, daß man Ihnen einen Offizier anbieten wird, der sein Handwerk versteht.»

«Es sind verschiedene Namen gefallen, Cœuvres zum Beispiel», sagte Jenatsch. «Ich habe aber darauf hingewiesen, daß dieser Herr nicht das beste Andenken hinterlassen hat. Zunächst einmal soll ein Politiker bestimmt werden, der den Abzug der Kaiserlichen überwacht. Die Wahl ist so gut wie entschieden: Joab-Gilbert du Landé de Siqueville. Er hat unter Cœuvres in Bünden und im Veltlin gedient und ist also als Kenner der Verhältnisse anzusehen. Was den künftigen Oberbefehlshaber betrifft, so wird man sich wahrscheinlich für den Herzog Heinrich Rohan entscheiden.»

«Ausgezeichnet!» sagte Scaramelli. «Signor Gienatz, Sie sind erstaunlich gut informiert, Sie wissen mehr als ich, und das will etwas heißen.»

Jenatsch lächelte. «Ich spreche nur aus, was Sie längst schon wissen, Eccellenza, und mache es Ihnen leichter, sich zu Ihrem Wissen zu bekennen. Ist es nicht so?»

«Sie sind ein durchtriebener Mensch, Gienatz, bei Ihnen muß man aufpassen. Signor von Salis, passen Sie auf auf diesen Mann, er steckt uns sonst eines Tages alle in die Tasche!»

Salis verzog das Gesicht. «Wir wissen schon, woran wir mit ihm sind», sagte er, in der Art seines verstorbenen Bruders lächelnd.

«Der Herzog Rohan», fuhr Scaramelli fort, «ist die denkbar beste Wahl. Er versteht zu kämpfen – in den Cevennen hat er sogar einen Gebirgskrieg geführt –, und der König hat ihn, den Hugenotten, nur darum zum Pair von Frankreich gemacht, weil sein Feldherrngenie über alle Zweifel erhaben ist. Die Bündner können sich gratulieren. Übrigens ist er Generaloberst der Schweizer und Bündner, und seine Frau – große Männer verdanken oft ihren Frauen einen Teil ihrer Größe – ist die Tochter des großen Sully. Was wollen Sie mehr? Setzen Sie sich ein für diesen Mann, das Volk muß ihn akzeptieren. Sprechen Sie von seiner Glaubensstärke – ich bin ein guter Katholik, selbstverständlich, aber die Standhaftigkeit im Glauben nötigt mir, wo ich sie auch antreffe, Bewunderung ab –, rühmen Sie sein militärisches Genie, kurz, machen Sie dem Volke diesen französischen Herzog mundgerecht. Es wird nicht schwierig sein. Auch in demokratischen Landen tut der Glanz eines großen Namens seine Wirkung. Ein Herzog, bedenken Sie! Das Bündnervolk wird vor ihm auf die Knie fallen, so wahr ich hier sitze!»

Die Heuernte wurde vollständig dem Pächter und dem Gesinde überlassen. Anna fühlte sich, da sie ihr viertes Kind erwartete, nicht wohl und hatte übrigens genug zu tun, in Küche und Keller nach dem Rechten zu sehen, und Georg begnügte sich damit, nachzuschauen, daß die Knechte und die Taglöhner die Flurgrenzen einhielten und der Pächter das Vieh nicht auf verbotenem Grunde weidete. Er hatte einige Kühe und zwei Pferde zugekauft und einen Diener angestellt, mit dem er täglich eine Stunde ausritt. Zuweilen ging er für einen Tag nach St. Gallen, um Depeschen abzuholen, aber meistens saß er in einem Erkerzimmerchen, das er als Arbeitsraum eingerichtet hatte, und widmete sich seiner weitläufigen Korrespondenz.

Anna überraschte ihn eines Tages beim Zeichnen von Plänen.

«Was soll daraus werden? Eine Festung?» fragte sie.

«Ein Haus», antwortete er. «Ein neues, schönes, stattliches Haus, dem man von weitem ansieht, daß achtbare Leute in ihm wohnen.»

«Wer denn?»

«Was glaubst du? Dieses Haus soll noch in vielen hundert Jahren stehen und darf als Stammsitz einer berühmten Familie gelten.»

«Meinst du – uns?»

«Wen sonst?»

«Aber Georg, wozu denn? Wir haben ein Haus in Davos und das Schlößli hier, was braucht es mehr?»

«Denk daran, daß wir drei Kinder haben – vier, und vielleicht fünf und sechs. Niemand soll mir vorwerfen können, ich hätte nicht für sie gesorgt.»

«Aber geht das nicht über unsere Kräfte? Denk doch, wieviel ein solcher Bau verschlingen wird.»

«Nicht mehr, als wir vermögen. Übrigens eilt es nicht, in drei, vier Jahren wird es sich weisen, ob das da ein Hirngespinst ist.»

«Und wo soll es denn stehen?»

«In Davos natürlich.»

Anna seufzte: «Schön wär's ja.»

Eines Tages, mitten in der Kornernte, brachte ein Reiter einen Brief. Jenatsch hieß ihn warten, bis er die Antwort geschrieben habe, und als er fort war, ging er zu Anna, die in der Küche den Imbiß für die Schnitter und Rebleute zurechtmachte.

«Du Landé hat mir geschrieben», sagte er, «du weißt, der Franzose, der den Abzug der Kaiserlichen überwachen soll. Er wünscht mich als Begleiter. Ich habe angenommen, der Posten ist ehrenvoll – gut bezahlt übrigens auch –, und vor allem verbessert er meine Aussichten, ein Regiment zu bekommen. Es tut mir leid, daß ich dich wieder allein lassen muß, aber...»

«Es tut dir ja gar nicht leid. Wie lange bist du jetzt daheim gewesen? Knapp vier Monate.»

«Oh, das ist lange!» lächelte Jenatsch. «Aber wenn du mich

wirklich zurückhalten willst – der Reiter ist noch einzuholen.»

«Und ich müßte daran schuld sein, wenn du kein Regiment bekommst. Nein, nein, es ist gut, geschrieben ist geschrieben.»

«Es ist ja nicht für lange.»

«Es war nie für lange. Nun ja. – Wann reitest du?»

«In zehn Tagen vielleicht. Ihr bleibt fürs erste hier. Vielleicht hol' ich dich in unser neues Haus viel früher, als du jetzt denkst.»

DER HANDSCHUH

In Reihen und Bündeln hingen die Eiszapfen von den Felsen der Viamala herab. Sie glänzten in der Dezembersonne wie die Pfeifen riesiger Orgeln. Der Weg senkte sich und näherte sich dem Wasser, das von gewaltigen Steinen in mehrere Schwälle zerteilt wurde. Dann schmiegte er sich unter einem überhängenden Felsbrocken durch und setzte sich über eine hölzerne, mit Stufen versehene Rampe, die unter den Hufen dröhnte, aufwärts fort, folgte darauf dem Fuß einer gerundeten Wand und wich nach einer kleinen Strecke von ihr weg auf dicke Bretter, die den Abgrund begleiteten wie ein langer Balkon. Die Schlucht hatte sich dort wieder verengt: Das Wasser toste in einer tiefen, bloß einige Armlängen breiten Spalte, während die darüber etwas zurückgelehnten Felswände kaum einen Steinwurf voneinander entfernt waren und zu einer mit schwarzem Wald gezackten Horizontlinie hinaufstrebten, die man nur durch beträchtliches Zurückbiegen des Kopfes ins Blickfeld bekam. Das Sonnenlicht erhellte nur für kurze Zeit die herzbeklemmende Wildnis des ‚bösen Weges', über dem beständig die Gefahr des Schneerutsches, Steinschlags und Eissturzes schwebte.

Die Kolonne hatte sich in Gruppen aufgelöst. Zwar lag noch kein Schnee auf dem gefrorenen Boden, doch der Himmel hatte sich mit Föhngewölk gestreift. Die Luft konnte sich rasch erwärmen, so daß Steine und Eiszapfen herabzustürzen drohten. An der Spitze ging ein lediges Pferd, das Weg und Steg kannte. Ihm folgten zwei Maultiere, jedes von einem Säumer geführt. Auf dem ersten saß ein ganz in Pelzwerk gehüllter Herr, auf dem nächsten eine ebenso vermummte Dame. Zwei weitere Maultiere waren aneinandergebunden. Auch sie trugen weibliche Last. Den Schluß machte ein Saumpferd mit dem wichtigsten Gepäck. Die nächste Gruppe, in Rufweite zurückgeblieben, bestand aus sechs Reitpferden, und in gleichen Abständen folgten Maultiere und Pferde mit der Bagage und dem Proviant. Die bewaffnete Dienerschaft bildete zu Fuß den Beschluß. Ein kleiner Trupp, bei welchem sich auch der Geheimschreiber befand, war vorausgegangen.

Endlich traten die Felsen ein wenig zurück, Tannenwipfel ragten aus der Tiefe herauf, bereiftes Gras begleitete den Pfad.

«Que Dieu soit loué», sagte die blasse Dame auf dem zweiten Maultier mit einem Saufzer. Der Herr auf dem ersten wandte sich um und lächelte.

Unaufhörlich steigend wand sich der Weg durch Wald und entlaubtes Gebüsch hinan, das helle, leichte Geklapper der Maultierhufe auf dem gefrorenen Boden mischte sich mit dem plumperen Gestampf der Pferdebeine und dem harten, lauten Ton der Halsglocken.

Der Wald wich zurück, eine große Wiesenbucht öffnete sich, bergwärts bis zu einem Waldrand und talwärts bis zur Schlucht hinabreichend. Braune Ställe standen da und dort im Sonnenlicht, und im Schatten des Berges, der Straße entlang gereiht, zeigten sich graue Häuser mit rauchenden Kaminen.

Der Herr öffnete eine umgehängte Tasche und entnahm ihr eine Karte, die er überm Sattelbogen entfaltete.

«Rongellen?» fragte er den neben dem Maultier marschierenden Führer.

«Gewiß, Eure Gnaden», sagte dieser in italienischer Sprache, rasch den Lederhut ziehend und gleich wieder über die grauen Locken stülpend.

«So sind wir nicht mehr weit von Thusis», sagte der Herr, ebenfalls auf italienisch.

«Halbe Stunde, Gnaden», sagte der Führer, wieder den Hut lüpfend.

«Dann möchte ich aufschließen lassen, der Weg ist wohl nicht mehr gefährlich?» sagte der Herr.

«Nicht im geringsten, aber hier ist es zu eng, hier darf man nicht anhalten, weiter vorn im Wald ist Platz genug. Sehen Sie, dort wartet ein Säumerstab, bis wir durch Rongellen sind.»

Wirklich konnte man am Waldrand ein gutes Dutzend Pferde entdecken.

«Wo kommen die her? Können Sie das erkennen?»

«Entweder ist es der Lindauer Bote, heute ist Mittwoch, da trifft man ihn gewöhnlich auf dieser Strecke, oder sonst ist es ein Stracksäumer; ein Thusner oder Schamser Rodfuhrmann ist es nicht, ihre Pferde kenne ich alle.»

Die Rongeller nahmen keine Notiz von den Reisenden. Kein Gesicht zeigte sich an einem Fenster, und ein alter Mann, der auf einer Tenne Holz spaltete, wandte nicht einmal den Kopf.

«Es ist der Lindauer Bott, Eure Gnaden», sagte der Säumer, rasch den Hut lüftend, «sehen Sie den Mann im blau-weißen Mantel? Das ist der Ratsherr, der das Lindauer Wappen mitträgt – schwer ist es nicht, bloß bemalter Karton, und sonst hat er ja nichts zu tun, als dabei zu sein.»

«Das Wetter ist aber doch nicht immer angenehm.»

«Gewiß nicht, Eure Gnaden, und der Wein ist nicht überall gleich gut, und manchmal fährt eine Rüfe auf die Straße herab oder eine Lawine, aber schließlich wissen die Lindauer Ratsherren, warum sie der Reihe nach diese Strapazen auf sich nehmen. Was die an Frachtgeldern einnehmen, täte auch uns Bündner Fuhrleuten gut. Natürlich laden sie auf dem Weg von Lindau nach Mailand ihre Waren in der Nacht auch in den Bündner Susten ab, unsere Transportgenossenschaften haben also auch etwas davon. Aber der einzelne Säumer sieht nichts von diesem Geld.»

«Wie lange dauert die Reise?»

«Fünf bis sechs Tage, wenn alles gut geht.»

«Wie lange habt ihr?»

«Die Strackfuhrleute brauchen von Chur nach Chiavenna vier oder fünf Tage, ich habe es auch schon in drei gemacht, aber das ist Roßschinderei, das überlassen wir den Lindauern. Übrigens laden wir mehr als diese, rasten dafür fleißiger.»

«Was sind Rodfuhrleute?»

«Die machen bloß kurze Strecken. Von Thusis nach Andeer und zurück, oder von Splügen auf den Berg und zurück.»

«Was macht ihr mit dem Weggeld?»

«Die Straßen unterhalten, Sustmeister und Wegmacher bezahlen.»

«Die Straßen sind gut, etwas zu wenig breit vielleicht, man sollte mit Wagen fahren können.»

«Oder mit Kanonen, Eure Gnaden.»

«Das wird kaum nötig sein, was meinen Sie?»

«Nicht, wenn sie so gemacht sind, daß man sie auseinandernehmen kann. Dann nämlich tragen unsere Pferde und Mäuler sie auf jeden Berggipfel hinauf.»

Der Herr schwieg eine Weile.

«Sie wissen also, wer ich bin?» fragte er dann.

Der Säumer lächelte listig.

«Wer anders könntet Ihr sein als der hohe französische Herr, den das ganze Bündnervolk mit Ungeduld erwartet.»

«Dann können wir also von Glück reden, daß die Spanier es nicht gemerkt haben. Sie hätten mich sonst wohl kaum über die Grenze gelassen.»

«Oh, die sind nicht so dumm, Eure Gnaden. Sie wußten bloß nicht, daß Ihr hier bleiben werdet.»

«Das ist noch keineswegs sicher, guter Mann.»

Der Säumer lächelte wieder.

Sie hatten den Wald erreicht, und die Lindauer setzten sich in Bewegung.

«Ich möchte absteigen, Henri», sagte die blasse Dame auf französisch.

«Helfen Sie den Damen aus dem Sattel», befahl der Herr seinem Führer, und dann sprang er selbst von seinem Maultier und machte ein paar stampfende Schritte. Die Damen auf den hintern Mäulern kümmerten sich sogleich um die Blasse, während sich der Herr mit seiner Karte auf einen Baumstrunk setzte.

«Sie verdienen wohl ganz hübsch», sagte er zum Führer, der am Geschirr eines Pferdes etwas in Ordnung gebracht hatte.

«Die Zeiten sind schlecht», sagte dieser. «Ihr wißt ja, wie es hier zugegangen ist in den letzten zehn Jahren. Früher hat man nicht klagen können. Aber auch dazumal blieb einem nicht eben viel. Bedenkt, Eure Gnaden, was nur die Tiere für ein Geld kosten. Da gibt es ständig Abgang, einmal sind mir im gleichen Jahr fünf Pferde zutode gefallen, und die andern werden alt und unbrauchbar. Länger als acht Jahre hält es kein Roß aus. Und dann das Geschirr, das Packzeug und die Hufeisen, von Heu und Hafer nicht zu reden. Es ist ein elendes Gewerbe, Eure Gnaden, glaubt mir. Für Mensch und Tier. Die Strapazen im Sommer und im Winter, bei jedem Wetter, bei Tag und bei Nacht. Die Hitze, die Kälte, die Nässe, Hunger und Durst. Viele haben sich den Tod geholt auf unsern Straßen, die Auszehrung, das Fieber, viele sind verunglückt, haben sich die Glieder erfroren. Andere haben sich zutode gesoffen. Aber auch wenn man gesund bleibt, Herr, ist es ein mühsames Leben. Man muß gute Kleider haben, gute Schuhe – drei, vier Paar gehen drauf in einem Jahr. Und nie hat man Ruhe, werktags und sonntags muß man auf dem Sprung sein, hat keine Zeit für sein Gütlein, für die paar Häuptli Vieh im Stall, von Frau und Kindern zu schweigen. Die Großen allerdings, die nicht selbst ans Wetter müssen, bloß befehlen: du gehst dahin, und du gehst dorthin, und mit Wein und Pferden handeln nebenher, die können nicht klagen. Aber unsereiner muß sehen, wie er durchkommt. Kein Schleck, Eure Gnaden.»

«Und doch sind Sie dabei grau geworden, nicht wahr?»

«Was will man anderes? Das Säumerwesen liegt einem im Blut. Man ist dazu verflucht schon im Mutterleib und kommt nicht los davon. Ich hab's einmal aufgesteckt, aber nur für ein paar Tage, länger hab' ich's nicht ausgehalten, jede Säumerglocke hat mich an allen Haaren gezogen. Oft hab' ich mich am Morgen verschworen: Das ist dein letzter Tag heute, aber wenn ich dann wieder heimkam, müde und naß und hungrig und glücklich, daß alles gut gegangen war, und in der warmen Küche an den Tisch sitzen konnte und der Bub mir die Schuhe auszog – dann, Eure Gnaden, hab' ich mir gesagt: Es gibt doch nichts Schöneres. In einer finstern Butik sitzen Tag für Tag wie mein Thusner Schwager, der Daniel Pappa, nein. Oder ewig um Kühe und Schweine und Hühner herum sein, nein. Ein Roß ist ein Tier für Männer und das Fuhrwerken ein Gewerbe für Männer. Und so bin ich halt Säumer geblieben.»

Die letzten Gruppen waren angelangt, ein stattlicher Mann in weiten Hosen und kurzem Wams, den Mantel über die Schultern gehängt und den Hut in der Hand, näherte sich auf ein paar Schritte.

«Haben Sie etwas zu melden, Lefranc?» fragte der Herr.

«Nein, euer Durchlaucht, ich wollte mich nach Ihren Anordnungen erkundigen.»

«Wir werden gleich aufbrechen, in einer halben Stunde sind wir in Thusis. Alles in Ordnung?»

«Alles in Ordnung, Euer Durchlaucht.»

Die blasse Dame trippelte am Arm ihrer beiden Begleiterinnen heran. «Ich friere, Henri», sagte sie mit klappernden Zähnen. «Lassen Sie aufbrechen.»

«Sogleich, Marguerite.»

Er erhob sich und steckte die Karte ein.

«Sie haben uns trefflich unterhalten», wisperte sie ihm mit vorgeneigtem Oberkörper zu.

«Ich bin im Dienst, Verehrteste, verzeihen Sie. Ich machte Studien.»

«Ich habe es bemerkt. Ce sauvage vous intéresse plus que votre épouse.»

«Marguerite!»

Er faßte sie sanft am Arm und führte sie zu ihrem Maultier. Ihr in den Sattel helfend, sagte er: «Seien Sie vernünftig, Marguerite, ich bitte Sie.»

«Mais oui, mon cher. Aber ich bin froh, daß diese Reise bald zu Ende ist.»

Bevor er sein Maultier bestieg, winkte er einem abseits stehenden, sehr schlanken jungen Mann in dunkler Tracht. «Sie reiten voraus nach Chur, Prioleau. Melden Sie dem Bürgermeister Meyer meine Ankunft und bitten Sie ihn, für ein angemessenes Quartier besorgt zu sein. Und dann versuchen Sie, mit Herrn Du Landé de Siqueville Verbindung zu bekommen. Lefranc wird Sie begleiten.»

Prioleau verneigte sich und zog sich zurück, und einige

Augenblicke später galoppierten zwei Reiter an der sich aufstellenden Kolonne vorbei und verschwanden zwischen den Tannen.

Die Straße stieg noch ein wenig, erreichte einen höchsten Punkt, von dem aus man aber nichts sah als Wald und Felsen, die in der Nachmittagssonne kupferrot leuchteten, und dann neigte sie sich, wand sich durch einen Himbeerschlag hinab an den Rand eines Waldtobels, folgte diesem eine Strecke weit und überquerte es an einer bequemen Stelle.

«Der Verkehr ist wohl im Sommer lebhafter als jetzt», sagte der Herr zum Führer.

«Im Gegenteil, Eure Gnaden. Die wichtigsten Güter werden im Winter transportiert. Das Korn, der Reis, der Wein, der Branntwein. Bei guter Bahn verwenden wir kurze Schlitten, das schont die Pferde und bringt mehr ein, weil die Lasten größer sind. Aber natürlich sind wir trotzdem froh über jeden schneefreien Tag. So wie jetzt haben wir's am liebsten: gefrorener Boden ohne Schnee. Am schlimmsten ist die Schneeschmelze.»

«Es ist wohl nicht leicht, die Straße den ganzen Winter offen zu halten.»

«Manchmal dauert es ein paar Tage, bis die Ruttner überall durchgebrochen sind, aber darum kümmern wir uns nicht. Dafür haben die Gemeinden zu sorgen.»

«Aus welchem Dorfe stammen Sie?»

«Aus Dorf und Herrschaft Haldenstein.»

«Herrschaft?»

«Gewiß, Eure Gnaden. Wir haben eigene Gesetze, sogar eigenes Geld, und einen eigenen Herrn. Die Drei Bünde gehen uns nichts an.»

«Wer ist euer Herr?»

«Der Freiherr Julius Otto von Schauenstein. Ihr werdet wohl bald seine Bekanntschaft machen. Ein guter Herr. Für uns Säumer sorgt er wie ein Vater. Der versteht etwas von Pferden, Eure Gnaden! Wenn Ihr einmal einen Schimmel nötig habt, dann kommt nach Haldenstein. Der Freiherr züchtet sie selbst und reitet auf keiner andern Farbe.»

«Ich werde daran denken. Wie ist Ihr Name?»

«Peter Walser, Eure Gnaden.»

Sie waren die jenseitige Tobelböschung hinaufgestiegen und gelangten auf sanft abfallendes, mit Baumstrünken übersätes Weideland.

«Oh», rief der Herr im Tone höchsten Entzückens aus. «Unvergleichlich! Marguerite, sehen Sie», sagte er, sich umwendend und die Hand nach der Berglehne ausstreckend, die sich von einer weichen, von Kuppe zu Kuppe geschwungenen Gratlinie breit in den Talgrund herabließ. Dörfer zogen sich auf halber Höhe hin, durch waldverkleidete Töbel von einander getrennt. Auf den Buckeln und Alpweiden glänzte Schnee.

«Der Heinzenberg, Eure Gnaden», sagte der Führer.

«Herrlich, entzückend! Gibt es auf der ganzen Welt einen schönern Berg als diesen?»

Den ganzen Tag hatte es geschneit, zuerst in groben, nassen Flokken, dann immer feiner und dichter. Auf dem Brunnenrand hatte sich ein Wall gebildet, in den die Hälse der wenigen Saumpferde, die angekommen waren, Vertiefungen hineingedrückt hatten, bis gegen Abend ein Bauer mit einem Besen erschien, um den Brunnen zu säubern. Sogar von den hölzernen Röhren hatte er den Schnee gewischt. Auf dieses Signal hin hatte da und dort eine Frau mit über den Kopf gebundener Schürze oder ein Kind den Treppenstein vor der Haustür saubergefegt.

Es dämmerte früh, und wer sich auf dem Obern oder Untern Stutz dem Dorfe Thusis genähert hätte, würde in allen Häusern den trüben, rötlichen Schein des nach dem Nolla gelegenen Küchenfensters wahrgenommen haben. Auch in den Läden und Gasthäusern glommen Lichter auf.

Daniel Pappa, grau und fett geworden, legte den Schusterhammer weg und vertauschte die Lederschürze mit dem braunen Kamisol. Nachdem er sich das weite, kurze Mäntelchen umgehängt und den schwarzen Werktagshut über seine Moseshörner gestülpt hatte, befahl er dem Lehrbuben, die Werkstatt aufzuräumen. Nachher könne er in den Stall. Er selbst müsse noch auf Kundschaft und wolle beim Prevost eine Rolle Leder holen, falls die Frau frage.

Die ‚Kundschaft' war das Gasthaus ‚Zum Stern' schräg gegenüber. Er steuerte aber nicht geradewegs darauf zu, sondern stapfte die Untere Gasse hinaus, bog nach rechts in einen Torbogen ab und erreichte das Gasthaus durch Baumgärten und Stallhöfe von der Hinterseite.

«Was für ein Sauwetter», sagte er, sich den Schnee abschüttelnd und von den Stiefeln stampfend, zum Wirte Gregor, der eben mit einer Laterne und einem großen Kruge aus dem Keller heraufstieg.

«Mir paßt es», sagte Gregor, «du allerdings hättest am liebsten das ganze Jahr apern Boden, der nützt die Schuhe schneller ab.»

«Wirtewetter ist noch selten Schusterwetter gewesen. Wer ist drinnen?»

«Ein paar Säumer, die auf Schusterwetter warten, oder auf Säumerwetter. Dein Schwager von Haldenstein ist dabei.»

«Und sonst?»

«Der Josef Hosang, wie immer.»

Pappa trat in die Gaststube und setzte sich neben Hosang an den großen, runden Tich. Der Schwager nickte ihm zu, und er nickte zurück.

«Sind meine Stiefel fertig?» fragte Walser.

«Fast. Wenn du das nächstemal vorbeikommst, kannst sie abholen. Aber hör einmal, schick mir keinen von den neuen französischen Herren mehr in die Butik. Der kleine, giftige Kerl, der den ganzen Sommer im Land herumgestrichen ist, hat schon auf der Schwelle die Nase gerümpft wie ein Hengst, wenn er die Stute riecht.»

«Der Du Landé», lachte Gregor, «ja, da bist du an den Rechten geraten, das ist ein gaucher Patron.»

«Das ganze Leder habe ich vor ihm aufrollen müssen, eines war ihm zu steif, das andere zu dünn, das dritte zu dunkel und das vierte zu rauh – ein Italienisch reden diese Franzosen, ich sage euch, ich habe das Lachen verbeißen müssen, wenn ich mich auch mörderlich geärgert habe über den geschniegelten Affen. Schließlich hat er sich umgedreht wie ein Weibsbild, dem man etwas Saftiges erzählt, und ist davongestiefelt, als ob ich Hörner hätte – richtige, meine ich.»

«Ich kenne diesen Franzosen nicht, Daniel», sagte Walser. «Den hat dir ein anderer auf den Hals geschickt. Vielleicht der Jenatsch. Das würde ihm gleichen.»

«Der nicht, dazu kenne ich ihn zu gut. Noch letzten Herbst habe ich ihm ein Paar neue Stiefel gemacht, schon das vierte Paar, und er hat gesagt, er wolle keine andern, er habe es schon an vielen Orten probiert, in Venedig, in Paris und in Zürich, aber keiner habe es ihm so gut getroffen wie ich.»

«Der Jenatsch ist ein Schmeichler», sagte Gregor. «Nimm Gift darauf, daß er in Venedig und Paris und Zürich genau das gleiche gesagt hat. Ich kenne ihn. Immer um die großen Herren herum. Vor zehn, fünfzehn Jahren waren es unsere Salis, dann waren es die Venezianer, und jetzt sind es die Franzosen, der Herr Du Landé de Siqueville de Sablières, und bald wird es der Herzog Henri de Rohan, Pair von Frankreich, Generaloberst der Schweizer und Bündner, neuer Dreibündegeneral von Frankreichs Gnaden, sein. Von allen denen hat er das Schmeicheln gelernt.»

«Der Herzog ist kein Schmeichler», sagte Walser mit Bestimmtheit. «Daß er ein hoher Herr ist, sieht man, darf man auch sehen, aber er ist nicht stolz und hochmütig wie dein Nasenrümpfer. Er hat mit mir geredet wie ein gewöhnlicher Mensch.»

«Ihr Haldensteiner Royalisten hängt euch natürlich jedem an den Hals, der noch ein bißchen höher ist als euer Julius Otto», grinste der Wirt. «Aber hier sind wir auf Bündnerboden und gut demokratisch.»

«Und warten mit Sehnsucht auf einen französischen Herzog oder den König von Schweden, damit sie uns ein paar Veltliner Kastanien aus dem Feuer holen», sagte der Krämer Josef Hosang. «So weit hat es heruntergeschneit in unserer Republik. Wenn du etwas Besseres weißt, Gregor, dann sag es, aber nicht hier am runden Tisch, sondern an einem Ort, wo es etwas nützt.»

«Auf *die* Gelegenheit warte ich schon lange. Dem Jenatsch werd ich's einmal hinter die Ohren schreiben, sobald er sich hier blicken läßt. Aber natürlich verkehrt der jetzt nicht mehr bei mir, seit er Oberst ist. Für ihn kommt selbstverständlich nur noch der ‚Schwarze Adler', die Herrenbeiz, in Frage.»

«Nichts Dreckiges über den Jenatsch, Gregor! Der Mann ist gut», sagte Pappa.

«Solange er deine Stiefel trägt. Ich hoffe nur, der Herzog Rohan habe auch bald ein Paar nötig, dann kann es ihm nicht mehr fehlen in punkto Popularität.»

«Ich sage nur eines», sagte Walser. «Der Herzog ist eure einzige Rettung. Es sind noch keine zwei Monate her, daß er zum General gewählt worden ist, und schon merkt man, daß ein neuer Wind geht. Die Luziensteig wird befestigt wie noch nie, und die neue Schanze, die er bei der Tardisbrücke bauen läßt, auf Kosten von Frankreich übrigens, wird das Loch in der Grenze so gründlich verstopfen, daß keine Maus mehr durchkommt. Und noch etwas sage ich: Wenn ihr Bündner nicht ganz vernagelt seid, laßt ihr diesen Mann nicht mehr fort. Er wird euch das Veltlin zurückerobern, und...»

«Daran zweifle ich», fiel ihm Hosang ins Wort. «Jemand wird das tun, das glaube ich auch, und zwar schon im nächsten Sommer. Aber nicht der Herzog Rohan, sondern der König von Schweden. In Deutschland hat er dem Tilly den Meister gezeigt, und jetzt kommen die Spanier dran. Im Vorbeigehen besetzt er das Veltlin und gibt es uns ohne jede Bedingung zurück.»

«So einfach ist das!» lachte der Wirt.

«Was ich vorhin sagen wollte», sagte Walser, «wenn euch der Herzog das Veltlin erobert hat, macht ihr ihn zu eurem *Fürsten*.»

Ein Gelächter brach los.

«Was gibt's da zu lachen?» sagte Walser, ohne die Ruhe zu verlieren. «Wie beim Militär darf auch im Staat nur *einer* befehlen, sonst geht's drunter und drüber. Was habt ihr mit eurer berühmten Freiheit angefangen? Jeder hat getan, was ihm paßte, jeder hat nur an sich selber gedacht. Wo das hinführt, habt ihr jetzt alle gesehen.»

«Jetzt will *ich* euch einmal etwas sagen, ihr Herren», sagte der Wirt mit pfiffiger Miene. Er griff in die Tasche und holte einen gestrickten Handschuh hervor. «Schaut her.» Er faßte ihn am Daumen und hielt ihn einen Augenblick in die Höhe, damit ihn alle sehen konnten. Dann streifte er ihn über die Hand und bewegte ein paarmal die Finger.

«Dieser Handschuh», sagte er, «ist der Herzog Rohan.» Er zog ihn rasch aus. «Und das da», fuhr er fort, die Hand mit gespreizten Fingern emporstreckend, «ist der Kardinal Richelieu.»

Der Ausritt begann beim Gasthaus ‚Zur Glocke', in welchem der Herzog Quartier genommen hatte, und führte zum Obern oder Untern Tor hinaus gegen Ems oder Zizers. Er dauerte jedesmal eine knappe Stunde, bei schlechtem Wetter weniger lange. Die Churer hatten sich die Zeiten des Aufbruchs und der Rückkehr gemerkt, ja, es gab einen förmlichen Nachrichtendienst, indem sich Georg Schmid und Jöri Dusch, die Warte der beiden Tore, bereit gefunden hatten, die Annäherung des Herzogs durch ein besonderes Signal zu melden. So sah man denn umfangreiche, würdige Damen ihre Röcke raffen und über das Kopfsteinpflaster nach der Reichsgasse oder zum Kornplatz eilen, und in einigem Abstand etwas weniger eilige Herren, die sich bemühten, ihr Zurstellesein als Zufall erscheinen zu lassen. Die Kinder freilich taten sich keinen Zwang an. Sie rannten den Reitern entgegen und folgten ihnen, solange sie sich auf offener Straße befanden.

Die Damen blieben stehen, sobald der Herzog in Sicht kam, und neigten mit ihrem süßesten Lächeln den Kopf zum Gruße, während die Herren ihre Hüte herunterrissen und sie in wohlabgezirkeltem Schwung nach hinten schwenkten, so daß die farbigen Federn im Staube schleiften. Der Herzog, der für seinen Morgenausflug einen Schimmel benutzte, ein Geschenk des Herrn von Haldenstein, ritt innerhalb der Stadtmauern in tänzelndem Schritt. Er erwiderte jeden Gruß aufs freundlichste, nickte den Damen mit einem Lächeln zu und salutierte den Herren mit ernstem, jedoch keineswegs strengem Gesichtsausdruck. Auch die kleine Suite, bestehend aus einem Reitknecht und vier Karabinieren der Gardekompanie, war angewiesen, die Bevölkerung zu grüßen.

Der Valet de chambre brachte die silberne Waschschüssel mit warmem Wasser und stellte sie auf den Tisch im Schlafzimmer, um sich dann vor die Tür zurückzuziehen und zu warten, bis er durch ein Klingelzeichen hereingerufen wurde. Dann half er dem Herzog beim Ankleiden. Als Rohan fertig angezogen war, ließ er anfragen, ob Son Altesse Sérénissime la Duchesse sich erhoben hätten, doch trat er, noch ehe der Bescheid eintraf, auf den Gang hinaus, ging ein paarmal auf und ab und klopfte dann an die Schlafzimmertüre der Herzogin. Die Zofe öffnete eine Handbreit.

«Madame möchte noch ein wenig liegenbleiben, Monseigneur.»

«Sagen Sie ihr, daß ich gerne bei ihr frühstücken würde.»

«Mais quelle idée, Henri, entrez», ließ sich die Stimme der Herzogin vernehmen. Er trat ein, verbeugte sich, fragte, wie sie die Nacht verbracht habe – «passablement», war die Antwort –, und wies dann die Zofe an, sich um das Frühstück zu kümmern.

«Sie fühlen sich nicht wohl, Marguerite?», fragte der Herzog, als sie allein waren.

«Wie kann man sich wohlfühlen unter derartigen Umständen?» Sie machte eine Handbewegung, die alles mögliche bedeuten konnte. «Pour dire la vérité, ich langweile mich zutode.»

Sie räkelte sich auf ihren Kissen und schlug dann die Bettvorhänge ganz auseinander. Der Herzog schob einen Stuhl ans Bett heran und setzte sich.

«Ich möchte mehr Zeit haben, mich Ihnen zu widmen, Marguerite, doch Sie wissen, daß dies nicht möglich ist. Wir sehen einander bloß bei den Mahlzeiten, und auch dann nur, falls Sie nicht eine Einladung angenommen haben, und darum wollte ich heute...»

«Diese Einladungen! Bei nächster Gelegenheit frage ich, ob ich meinen Koch mitbringen dürfe. Und kein Mensch spricht ein anständiges Französisch, die meisten nicht einmal italienisch. Et puis les sujets! Stellen Sie sich vor, une de ces commères hat sich gerühmt, sowohl väterlicher- wie mütterlicherseits von Karl dem Großen abzustammen, und eine andere behauptete gar, die Familie ihres Mannes gehe auf die Fabier und damit auf den Helden Herkules zurück!»

«Ihnen kommt dies alles natürlich lächerlich vor. Aber denken Sie nach, worüber Ihre Freundinnen in Paris gesprochen haben...»

«Oh, quant à cela...»

«Gewiß nicht immer über die höchsten Dinge, sondern doch eher darüber, daß die Duchesse de B. die Pocken bekommen hat und sich für den Rest ihres Lebens glücklicherweise nicht mehr wird in Gesellschaft blicken lassen dürfen, oder daß die Vicomtesse de C. ihren Koch gewechselt und die Marquise de D. beschlossen hat, ihren Pekinesen nur noch mit Rebhuhnpastete zu ernähren.»

«Vous exagérez, mon cher. Sie scheinen uns alle für oberflächliche, hirnlose Puppen zu halten.»

«Natürlich übertreibe ich. Ich bitte Sie nur, hier nicht Pariser Maßstäbe anzulegen, in keiner Beziehung.»

Die Herzogin seufzte.

«Vermutlich vermissen Sie auch die männliche Begleitung, da meine so gut wie gar nicht zählt», sagte der Herzog.

«Oh», sagte sie achselzuckend, «darauf ist man nicht angewiesen, obwohl... nein, es ist ganz einfach die Frage: Was tue ich hier? Wem nütze ich etwas?»

«Einem Ehemann nützt es immer, wenn er die Gattin zur Seite hat», lächelte der Herzog. «Aber Sie haben vielleicht recht. Sie könnten anderswo mehr nützen.»

«Ich muß nach Paris, aus drei Gründen. Erstens sollte die Erbschaftsangelegenheit mit Ihrem Herrn Bruder und Ihrem Fräulein Schwester geregelt werden. Zweitens haben wir eine heiratsfähige Tochter, und drittens glaube ich, daß es einmal nötig sein wird, mit dem Kardinal über Du Landé zu sprechen.»

«Finden Sie?»

«Er ist ein Mensch von krankhafter Empfindlichkeit und maßlosem Ehrgeiz, der es nicht vertragen kann, daß man Sie über ihn gesetzt hat. Er wird Ihnen Schwierigkeiten machen, dessen bin ich sicher. Er wird...»

Der Herzog legte den Finger auf die Lippen, denn die Zofe kam herein, gefolgt von einem Stubenmädchen, welches ein großes Tablett trug. Die Zofe breitete ein mit Spitzen verziertes Tuch auf dem Deckbett aus, ein anderes auf einem kleinen Tischchen, das der Herzog selbst zum Bett hinübertrug, und dann goß sie Tee in die Tassen und stellte eine davon aufs Tischchen, ließ ihr einen Teller mit Brötchen folgen, einen andern mit Butter, einen dritten mit Käse und stellte sorgfältig das Tablett, auf dem drei gleiche Teller zurückgeblieben waren, der Herzogin aufs Bett.

«Sie haben gegessen, Catherine?»

«Noch nicht, Madame.»

«Dann nehmen Sie die Gelegenheit wahr.»

Zofe und Stubenmädchen knicksten und verließen das Zimmer. Die Herzogin führte die Tasse an die Lippen, setzte sie aber wieder ab.

«Du Landé», sagte sie, ein Brötchen brechend, «dürfen Sie nicht trauen. Lassen Sie seine Korrespondenz überwachen, falls das möglich ist. Er versucht bestimmt, Sie beim Kardinal in ein schiefes Licht zu bringen, was übrigens nicht sehr schwierig sein dürfte. Eine kleine Unvorsichtigkeit, die nach Begünstigung der Protestanten aussieht, das genügt.»

«Ich schätze ihn ja auch nicht sehr.»

«Das spürt er natürlich, und darum muß man seinem Einfluß beizeiten entgegenwirken. Übrigens hat er sich mit einem Mann zusammengetan, der mir vorkommt, als wäre er aus dem selben Holz geschnitzt.»

«Meinen Sie den Obersten Jenatsch? Ich habe kaum einen fähigeren Offizier.»

«Ein Kerl, der kalt und warm aus einem Munde bläst.»

«Sie irren sich, Marguerite, der Mann ist hundertfach erprobt. Er ist ungestüm, aber ehrlich. Ein ehrlicher Draufgänger, möchte ich sagen.»

«Un chien astucieux, je vous assure», sagte sie über den Rand ihrer Tasse hinweg.

Nach dem Frühstück begab sich der Herzog in das Arbeitszimmer. Es war die private Wohnstube des Wirtes, die dieser dem hohen Gast abgetreten hatte, bis sich in Chur eine passendere Unterkunft fände. Rohan hatte sich einen langen Tisch ans Fenster stellen lassen, während sich Prioleau im Erker eingerichtet hatte. An den Wänden standen Kisten und Fässer, und an der einen Querwand hing eine große, sauber auf Leinwand aufgezogene Karte des Gebietes der Drei Bünde und des Veltlins.

Prioleau erhob sich zu einer Verneigung, als Rohan eintrat.

«Lassen Sie sich nicht stören», sagte dieser. Der Sekretär setzte sich und schrieb weiter, während der Herzog sich vor die Karte stellte und das Gewirr von Tälern und Bergzügen aufmerksam betrachtete.

«Ist der Brief an den König von Schweden fertig?» fragte er, ohne den Blick von der Karte abzuwenden.

«Sogleich, Euer Durchlaucht. Ich bin dabei, ihn zu kopieren.»

«Wir werden nachher eine Depesche an den Kardinal aufsetzen. Wieviel Geld ist noch da?»

«An sechstausend Livres.»

«So wenig?» Er wandte sich um und fuhr sich durch das schüttere Haar mit der einzelnen weißen Strähne, dem erblichen Kennzeichen der Rohans. «Ist keine Geldsendung avisiert?»

«Nein, Euer Durchlaucht.»

«Dann müssen wir drängen. Ich werde Sie in den nächsten Tagen nach Paris schicken. Ohne Geld sind wir machtlos. Übrigens werden Sie die Herzogin begleiten.»

Prioleau sah rasch auf.

«Die näheren Instruktionen werden Sie noch erhalten. Verstehen Sie mich? Ein gewisser Herr de Candale wird versuchen, sich wieder an sie heranzumachen, wie damals in Venedig. Das müssen wir verhindern. Aber davon später. Zeigen Sie mir jetzt die Agenda für heute.»

Prioleau stand auf und kam mit einem Blatt zum Herzog, der am Tisch Platz genommen hatte.

«Um zehn Uhr Konferenz mit den Herren Guler, Juvalta und Sprecher. Um elf Uhr Besprechung mit dem Obersten Jenatsch und dem Herrn Prädikanten Vulpius betreffend die konfessionellen Streitigkeiten im Unterengadin. Um drei Uhr Besichtigung des Kavallerieregimentes Saint André de Montbrun, anschließend Besichtigung der Arbeiten am Festungswerk Fort de France.»

«Danke, das reicht für heute. Sie kennen den Obersten Jenatsch?»

«Ich habe ihn einige Male gesehen.»

«Welches ist Ihr Eindruck?»

«Er ist ein tüchtiger Offizier, soviel ich bemerkt habe. Durch seine Vergangenheit hat er sich populär gemacht. Es gibt aber auch Leute, die ihn hassen, Herr Oberst von Salis, glaube ich.»

«Haben Sie Wahrnehmungen gemacht, die zu seinen Ungunsten sprechen?»

Prioleau besann sich einen Augenblick. «Nein, Eure Durchlaucht, außer daß er häufig in Chur zu treffen ist.»

«Er hat seine Familie hier.»

«Oberst Brügger hat ihm sein Haus zur Verfügung gestellt. Er wurde aber einige Male am bischöflichen Hof gesehen.»

«Kann das etwas bedeuten?»

«Man müßte die Motive kennen. Jedenfalls hat er sich keine Mühe gegeben, die Besuche am Hofe geheimzuhalten. Anderseits stehen nahe Beziehungen zur katholischen Kirche mit seiner Vergangenheit in krassestem Widerspruch.»

«Versuchen Sie, Licht in diese Verhältnisse zu bringen. Ich kann es mir nicht leisten, die besten Offiziere vom Kommando auszuschließen, bloß weil sie Häuser besuchen, die sie nach allgemeiner Ansicht nicht besuchen sollten. Ich brauche diesen Jenatsch. Er ist der einzige, der auch auf dem politischen Felde verwendbar ist. Solche Leute sind nicht allzu häufig. Natürlich hätte ich ihm gern ein Regiment gegeben, aber der Oberst Brügger hat die älteren Ansprüche und gehört außerdem zum Patriziat, darauf muß man Rücksicht nehmen. Oberst Guler – ich meine den jüngeren – hat es mir ja aufs äußerste übelgenommen, daß ich auf seine Dienste verzichtet habe. Ich muß ihn irgendwie zufriedenstellen, aber das wird nicht ganz einfach sein.»

«Vielleicht könnte man ihm ein Territorialkommando geben, Landsturm oder wie man das hier nennt, also über Leute, die erst im Notfall aufgeboten werden.»

«Glauben Sie, er begnüge sich mit einem Regiment, das vorläufig bloß auf dem Papier steht?»

«Wenn er seinen Sold trotzdem erhält, bestimmt.»

«Sie könnten recht haben. Wissen Sie, wie er mit seinem Vater steht?

«Nicht allzu gut, soweit ich informiert bin.»

«Das beruhigt mich.» Er machte eine Notiz in seinem Taschenbuch, stand dann auf und trat wieder an die Karte heran. «Punt del Gall... Casannapaß... Paß Lavirun... Passo Federia...Paß la Stretta... Fuorcla di Livigno... Passo Val Viola», murmelte er, den Finger auf verschiedene Punkte der Karte legend.

«Machen Sie sich zum Schreiben bereit», sagte er laut und murmelte dann weiter: «Val Bruna... Val Federia... Val di Trepolla... Val Pettin... Valle di Fraele... Sehr kompliziert, aber man muß das Operationsfeld im Kopf haben. Bon. Notieren Sie folgende Punkte: Primo. Proposition einer gemeinsamen Aktion mit den Schweden, wobei diese von Bayern her in Tirol einfallen und sich im Engadin mit uns vereinigen würden, oder aber vom Vorarlberg her über die Steig ins Land hereinkämen. Secundo: Verstärkung der französischen Truppen in Bünden bis zum Stande von 8000 Mann Fußvolk und 800 Reitern. Tertio: Dringende Geldsendung in der Höhe von hunderttausend Livres. Streichen Sie diesen Punkt heraus und betonen Sie, daß wir uns keine Soldrückstände mehr erlauben dürfen, ja, daß uns jeder Monat Verzögerung 300 Deserteure kostet, von allgemeiner Mißstimmung nicht zu reden. Quarto: Ich bitte um eine dringende Audienz für die Herzogin. Die Depesche muß heute noch weg. Du Puy soll sich für den Nachmittag bereit machen. Den Nachstoß führen wir in vier Tagen, wenn Sie selbst nach Paris reisen.»

Es klopfte, und gleich darauf trat der wachthabende Offizier herein. «Die Herren Guler, Juvalta und Sprecher haben sich eingefunden«, meldete er, nachdem er den Hut unter den linken Arm geklemmt und mit dem rechten elegant einen Viertelskreis beschrieben hatte, wobei er sich gleichzeitig verneigte.

«Führen Sie sie in den Salon.» Der Offizier verschwand. «Ist sonst noch etwas, Prioleau?»

«Der Freiherr Julius Otto von Schauenstein hat heute früh einen Boten geschickt. Ein Quartiermacher sei gestern in Haldenstein erschienen und habe um Unterkunft für fünfzig Mann ersucht. Als Herr von Haldenstein möchte er hingegen in aller Form feststellen, daß er die Stationierung von ausländischen Truppen – und dazu seien auch bündnerische zu zählen – als Verletzung der Souveränität seines Staates betrachten müsse. Er verlange daher unverzüglich Contreordre und bitte um die ausdrückliche Versicherung, für alle Zukunft von Einquartierungen und ähnlichen militärischen Tormenten verschont zu bleiben.»

Der Herzog lächelte. «Beruhigen Sie Ihre Majestät. Oder warten Sie, ich mache das gleich selber, sonst ist Höchstdieselbe beleidigt und tormentiert am Ende uns.»

Er setzte sich an den Tisch und schrieb ein paar Zeilen, nahm dann ein anderes Blatt für die Contreordre und legte die beiden Schriftstücke auf Prioleaus Tisch.

«Raschestens spedieren», sagte er mit einer Grimasse. «Lassen Sie alles andere liegen.»

Die drei Herren erhoben sich gleichzeitig. Oberst Guler überragte die andern beiden fast um Haupteslänge und wirkte mit seinem breiten weißen Bart und dem kurzgeschnittenen Haar sehr würdig und sehr gepflegt. Fortunat Sprecher von Berneck machte einen gröbern, altväterischen Eindruck, vielleicht, weil er noch den enggefältelten Mühlsteinkragen trug, die beiden andern jedoch den bequemeren liegenden Rundkragen, der bei der französisch beeinflußten jüngeren Generation allerdings auch schon außer Kurs gekommen war. Sie bevorzugte den wallonischen, die Schultern bedeckenden Spitzenkragen zu langem Haar. Im übrigen hatten die drei Herren ihre schwarze Festtagstracht angezogen, das kurze, an den Ärmeln bescheiden geschlitzte und mit einer Andeutung von Schulterrädern versehene Wams, die weiten, ausgestopften Kniehosen, die schwarzen Strümpfe und die Schuhe mit silbernen Schnallen. Dazu hatten sie sich ihre Ehrenketten wie Bandeliere über die Schulter gehängt und den Degen umgeschnallt. Am linken Daumen steckte der Siegelring.

Als der Herzog sich ihnen näherte, verneigten sie sich so gleichzeitig, wie sie sich vorher aus den Sesseln erhoben hatten.

«Meine Herren», sagte Rohan, nachdem er die Besucher mit

einer Handbewegung zum Sitzen eingeladen und selbst Platz genommen hatte, «ich danke Ihnen, daß Sie sich zu mir bemüht haben. Es liegt mir sehr viel daran, Ihre Ansichten kennenzulernen und Ihnen die Ziele Frankreichs zu erläutern. Überdies freue ich mich, die Bekanntschaft von so hervorragenden Männern zu machen, die sich, jeder auf seine Art, dem Vaterlande von Nutzen erwiesen haben. Sie werden sich gefragt haben, weshalb ich gerade Sie in kolloquialer Weise zu sehen wünsche. Natürlich ist mir bekannt, daß Sie in Ihren politischen Überzeugungen nicht restlos übereinstimmen. Hingegen weiß ich, daß Sie in erster Linie gute Bündner sind.»

«Herr Guler ist ein Zürcher», sagte Juvalta mit herabgezogenen Mundwinkeln.

«Nicht mehr, Juvalta», beeilte sich Guler zu versichern, «oder besser: nur äußerlich gewesen, weil die Umstände es erforderten. Aber verzeihen Sie, Durchlaucht, wir haben Sie unterbrochen.»

«Ich sehe in Ihnen dreien die Verkörperung der Drei Bünde», fuhr der Herzog fort, «und ich wende mich durch Sie an das ganze Bündnervolk. Ich weiß, daß es Ihnen, die Sie als Historiker und Chronisten leidenschaftlichen Anteil an seiner Geschichte nehmen, nicht gleichgültig sein kann, wie sich sein Los in Zukunft gestalten wird. Ich brauche die Vergangenheit nicht zu zitieren. Sie ist Ihnen besser bekannt als mir. So kann es Ihnen nicht entgangen sein, daß Frankreich in diesem Lande nicht immer die Rolle gespielt hat, die es nach der Lage der Dinge hätte spielen sollen. Es sind Fehler begangen worden, aber ich gebe Ihnen eines zu bedenken: ziehen Sie aus der Tatsache, daß ich hier bei Ihnen sitze, den Schluß, daß Frankreich seinen Irrtum erkannt hat und keinen größern Wunsch hegt, als die Fehler der Vergangenheit durch meine Person zu korrigieren. Ich kann Ihnen versichern, daß ich keine Anstrengungen scheuen werde, dieses Ziel zu erreichen.»

«Die Augen des ganzen Bündnervolkes ruhen auf Ihnen, Durchlauchtigster Herr Herzog», sagte Sprecher. «Es hat Sie als seinen Retter begrüßt. Das Vertrauen, das es Ihnen entgegenbringt, ist grenzenlos.»

«Ich weiß es», sagte Rohan, «und darum bitte ich Sie, mir zu helfen. Ich bin nur ein Mensch und bedarf nebst dem göttlichen des menschlichen Beistandes.»

«Khä-kchä-kchä-kchä», hustete Juvalta, sein Taschentuch vor den Mund haltend.

«Das Bündnervolk», sagte Guler, «sieht in Ihnen den Helden und Heerführer, der sich für eine Sache bis zum letzten einsetzt. Sie haben viel Unglück gehabt, Durchlaucht, und das haben auch wir. Darum vertrauen wir Ihnen, wie wir noch nie einem ausländischen Repräsentanten vertraut haben. Das Volk liegt Ihnen zu Füßen. Es wird durchs Feuer gehen für Sie. Aber zögern Sie nicht zu lange. Setzen Sie diese Zuneigung keiner allzu starken Belastungsprobe aus. Die Gunst eines Volkes wie des unsern zu besitzen, ist gefährlich. Nur Erfolge vermögen sie zu erhalten. Ich spreche aus Erfahrung.»

Fortunat von Juvalta räusperte sich und zog sein kleines, spitzes Gesicht in Falten. «Es würde mich interessieren, Euer Durchlaucht», sagte er mit seiner hohen, brüchigen Greisenstimme, «welche Ziele Frankreich hier zu verfolgen gedenkt. Falls Ihnen etwas an meiner Auffassung liegt – und ich denke, es muß Ihnen etwas daran liegen, sonst hätten Sie mich nicht eingeladen –, kann ich Ihnen folgendes sagen: Ihre Aufgabe ist rein militärischer Natur, mit andern Worten: Wir wünschen von Frankreich militärische Hilfe bei der Rückeroberung unserer Untertanenländer. Alles andere ist vom Übel. Vor allem darf sich Frankreich politisch nicht vordrängen.»

«Daran denkt niemand am Hofe, ich versichere Sie. Natürlich sind auch politische Interessen im Spiel, aber diese werden durch das Gelingen der militärischen Pläne vollauf befriedigt werden.»

«Daran zweifle ich ziemlich stark, kchä-kchä-kchä», hustete Juvalta.

«Damit stehen Sie aber allein, Juvalta», sagte Sprecher.

«Nicht so ganz, meine Herren. Fragt einmal die Herrschäftler, was sie von der Schanze halten, die der König bei der Tardisbrücke bauen läßt. Fort de France soll sie heißen. Ein gut bündnerischer Name – kchä-kchä-kchä.»

«Eine Schanze ist doch wohl ein militärisches Objekt», lächelte Guler.

«Mag sein. Nur liegt sie leider nicht im Veltlin. Was ist bis jetzt militärisch geschehen? Vor mehr als einem halben Jahr hat man Sie zum Generalissimus gemacht. Wo ist Ihre Armee? Glauben Sie, mit den paar französischen Reitern und den drei herumlungernden bündnerischen Regimentern, denen der Sold seit Monaten nicht bezahlt worden ist, lasse sich das Veltlin erobern?»

Rohan zog die Augenbrauen zusammen und fuhr sich mit der Hand über die hohe, blasse Stirn.

«Ich verstehe Ihre Bedenken, Herr von Juvalta», sagte er. «Aber die Lage wird sich bald ändern. Heute noch geht ein Kurier nach Paris ab. Ich habe mich auch mit den Schweden verständigt. Es braucht alles seine Zeit.»

«Zu viel Zeit, kchä-kchä. Wir Bündner bringen nicht mehr viel Geduld auf. Zwölf Jahre, bedenken Sie dies, warten wir schon auf unser Eigentum.»

«Da liegt wirklich nichts mehr an ein paar Monaten», warf Sprecher ein. «Seine Durchlaucht kann doch nicht ohne gründliche Vorbereitung losschlagen.»

«Die Vorbereitungen sind im Gange», sagte Rohan. «Der Allerchristlichste König hat den Strahl seiner Gnade auf die Republik der Drei Bünde gerichtet. Genügt Ihnen dies nicht?»

«Der König ist ein Politiker. Seine Politik ist nicht unsere Politik. *Wir* haben Sie zum General gewählt.»

«Machen Sie jetzt keine Schwierigkeiten, Juvalta», sagte Guler ziemlich scharf. «Sie sehen doch, daß Ihre Durchlaucht tut, was sie kann. Das wenigstens sollten Sie nicht bezweifeln.»

«Kchä-kchä-kchä», hustete Juvalta. «Wir werden ja sehen.»

Jenatsch und Vulpius wollten sich ebenfalls erheben, als der Herzog plötzlich aufstand. Er bemerkte es und machte eine abwehrende Handbewegung.

«Behalten Sie Ihre Plätze, ich bitte Sie. Ich möchte mir bloß ein bißchen die Beine vertreten.»

Er schritt ein paar Male auf und ab und stand eine Weile am offenen Fenster. Ein Hauch von Pferdestall schwebte in der Luft, vermischt mit den fetten Dünsten, die einer tiefergelegenen

Küche entströmten. Von der gepflasterten Straße herauf tönte das Klappern von Pferdehufen und dann das laute Rumpeln eines Fuhrwerks. Über den Dächern der gegenüberliegenden Häuserzeile ragte der waldige Mittenberg auf und darüber die Zacken des Montalin, vom Mittagsglast umflossen.

Auf einem Tischchen beim Fenster lagen Degen, Federhut und Handschuhe des Obersten Jenatsch neben dem schwarzen Barett des Prädikanten. Immer noch zum Fenster hinausblickend, nahm der Herzog plötzlich einen Handschuh in die Hand und zog ihn an, bewegte ein paarmal die Finger und streifte ihn wieder ab, in Gedanken versunken. Endlich wandte er sich um, legte aber den Handschuh nicht hin.

«Sie *müssen* unseren Standpunkt begreifen, Vulpius», sagte er, das Zimmer durchschreitend. «Und Sie müssen Ihre Unterengadiner Glaubensgenossen davon überzeugen, daß dies Opfer notwendig ist.»

«Es ist absurd, Euer Durchlaucht. Auf hundert Protestanten kommen keine zehn Katholiken, ja in Remüs lebt ein einziger katholischer Mann.»

«Ich weiß, ich weiß. Aber darum handelt es sich gar nicht. Woran dem Kardinal gelegen ist, das ist der Grundsatz der freien Religionsausübung für die katholischen Engadiner.»

«Dazu habe ich bloß zu bemerken, Durchlaucht, daß diese Frage in Bünden in die Kompetenz der Gemeinden fällt. Was der Kardinal hier versucht, ist eine unerhörte Einmischung in unsere inneren Verhältnisse.»

«So sieht es aus, in der Tat. Glauben Sie, daß es mir leicht fällt, Ihnen derartige Propositionen machen zu müssen?»

«Darüber habe ich mich, offen gestanden, die ganze Zeit gewundert. Sie, das leuchtende Vorbild eines Glaubenskämpfers, den jeder Protestant auf der ganzen Welt verehren muß: ausgerechnet Sie, Durchlaucht, setzen sich für die nirgends festgelegten Rechte der Engadiner Kapuziner ein. Es ist absurd, und jeder Bündner Protestant wird es absurd finden.»

Der Herzog rollte den Handschuh zusammen und zog ihn straff wie einen Strick. Dann ließ er die Arme sinken.

«Wir kommen an kein Ziel», sagte er mit unwilligem

Gesichtsausdruck. «Herr Oberst, versuchen *Sie* es, Ihrem dickköpfigen Glaubensbruder den Fall zu erklären, ich bin es müde, nochmals von vorn anzufangen.»

«Mit Vergnügen, Durchlaucht», sagte Jenatsch lächelnd. «Also, Vulpius. Die Engadiner wollen nicht begreifen, weshalb man nur ihnen allein die Duldsamkeit aufzwingt. Hast du einmal etwas von der *Erbeinigung* mit dem Erzhause Österreich–Tirol gehört? Diese ist vor drei Jahren erneuert worden – ohne mein Zutun, ich war damals in venezianischen Diensten – und bei diesem Anlaß wurde die Glaubensfreiheit im Unterengadin exkludiert. Wenn die Engadiner jetzt rumoren, mißachten sie einen Staatsvertrag und reizen dadurch den andern Partner zum Eingreifen. Da aber das untere Engadin die ungeschützte, offene Flanke unseres Aufmarschraumes gegen das Veltlin darstellt, sehen wir uns gezwungen, aus militärischen Gründen unpopuläre konfessionspolitische Maßnahmen anzuordnen, um den Österreichern keinen casus belli zu liefern, wenn wir ins Veltlin marschieren. Ganz kurz ausgedrückt: Die Möglichkeit der Rückeroberung des Veltlins hängt von der Einsicht und vom vernünftigen Verhalten der Unterengadiner ab.»

«Vortrefflich, Herr Oberst, dies ist die Lage», sagte der Herzog. «Jedes Kind muß sie begreifen.»

Vulpius schüttelte seine grauen Strähnen.

«Es ist und bleibt eine Ungerechtigkeit. Wie lange dauert dieser Zustand nun schon, und wie lange wird er noch dauern? Wie werden die Engadiner mit ihrer Enttäuschung über Sie, Durchlaucht, fertig werden? Man hat in Ihnen den rettenden Engel gesehen, und nun dies!»

Der Herzog machte eine hilflose Bewegung. «Ich bin ein Mensch und habe mich den menschlichen Notwendigkeiten zu beugen. Und ich brauche nebst dem göttlichen, um den ich täglich bitte, den menschlichen Beistand, wenn ich etwas ausrichten soll. Auch den Ihren, Herr Vulpius.»

«Wie lange das dauern soll, hast du gefragt, Vulpius», sagte Jenatsch. «Genau so lange, bis die militärischen Ziele erreicht sind. Dann mag es im Engadin gehen wie es will, oder wie die Engadiner wollen.»

«Gut, ich sehe das ein, aber ich bitte Sie um eines, Durchlaucht, muten Sie einem alten Engadiner diese Fastenpredigt nicht zu. Ich bin in Thusis daheim, und die Engadiner werden mir mit Recht vorhalten, daß der Satte gut predigen hat.»

«Ich danke Ihnen, Herr Vulpius», sagte der Herzog. «Es war keineswegs meine Absicht, Sie mit unbequemen Missionen zu betrauen. Obwohl ich nicht überzeugt bin, daß Ihre Landsleute Ihnen kein Gehör schenken würden. Aber Herr Jenatsch hat recht. Die Natur dieser Frage ist nur scheinbar konfessionell. Um aber den militärischen Aspekt hervorzuheben, wird es am zweckdienlichsten sein, einen Offizier ins Engadin zu schicken. Was meinen Sie dazu Herr Oberst?» Er stand spreizbeinig vor Jenatsch, der sich in seinen Sessel zurückgelehnt hatte, und schlug sich mit dem Handschuh auf die flache Linke. Jenatsch setzte sich geradeauf und verschränkte die Arme vor der Brust. Seine Brauen senkten sich verdunkelnd über die Augen, und sein Mund verkniff sich. Bratendunst und Stallgeruch wehten zum Fenster herein.

«Machen wir's kurz», sagte Jenatsch, rasch aufblickend: «Ich stelle mich zur Verfügung.»

Der Herzog seufzte hörbar auf. Vulpius schüttelte langsam den Kopf. «Weißt du, was das für dich bedeutet?» fragte er leise. «Du solltest es wissen, vom letztenmal her.»

«Das letztemal lagen die Dinge anders. Die erneuerte Erbeinigung bestand damals noch nicht. Diesmal haben wir den Buchstaben des Gesetzes auf unserer Seite. Ich werde davon abgehen so weit als möglich, zugunsten der Engadiner natürlich, denn nach dem Buchstaben dürfte es jetzt dort überhaupt keine Protestanten mehr geben.»

«Ich verlasse mich vollkommen auf Ihre Geschicklichkeit, Herr Oberst», sagte der Herzog. «Wir werden das Einzelne noch besprechen. Sie leisten mir keinen geringen Dienst. Seien Sie überzeugt, daß ich mir keine Gelegenheit entgehen lassen werde, ihn zu vergelten.»

Er wandte sich um, und dabei entfiel der Handschuh seiner Hand. Schlaff und zerdrückt lag er vor den Füßen Jenatschs, und dieser erhob sich rasch, nahm ihn auf und stopfte ihn in die Tasche seines Waffenrockes.

«Verzeihen Sie», sagte der Herzog ein wenig geniert, «ich dachte nicht daran, daß es Ihr Handschuh ist. – Ich danke Ihnen, meine Herren. Leider kann ich Sie heute nicht zum Essen einladen. Die Herzogin verreist in einigen Tagen, und da ich sie fast nur bei den Mahlzeiten sehe... Sie verstehen das, nicht wahr.»

Vulpius war aufgestanden und hatte sich das Barett aufgesetzt. Jenatsch hängte sich den Degen um und nahm den Hut in die Hand.

«Noch etwas, Herr Oberst», sagte der Herzog. «Man hat mir gemeldet, daß Sie am bischöflichen Hof ein- und ausgehen.»

«Das erklärt sich auf einfachste Weise, Durchlaucht. Der Dompropst Flugi ist ein naher Verwandter von mir. Übrigens ist er französischer Pensionär.»

VERSÖHNUNGEN

11. Januar 1633

Soeben habe ich vom Fenster meines Arbeitszimmers aus der Abreise des Durchlauchtigsten Herzogs Rohan beigewohnt. (Mein Haus liegt ja unfern der nach dem Julier führenden Straße). Es war ein trauriger Auszug. Tag und Stunde waren geheimgehalten worden, um Zwischenfällen vorzubeugen, aber durch meine Verbindungen habe ich sie in Erfahrung gebracht. Einen Augenblick lang war ich versucht, auf die Straße zu gehen, um mich vom Herzog zu verabschieden, aber ich hätte ihm meine Enttäuschung nicht verbergen können, darum blieb ich zu Hause. Kein Mensch versteht diese Maßnahme. Mein Sohn Johann Peter, der seit einiger Zeit hier ist – er hatte sich Hoffnungen auf ein Regiment gemacht –, kam letzthin mit einigen hohen französischen Offizieren ins Gespräch. Sie tappen vollkommen im dunkeln, ja der Herzog wisse selber nicht, weshalb man ihn nach Venedig beordere und was er dort zu tun habe. Man habe ihm auch befohlen, die Reiterei des Marquis St-André de Montbrun zu den Schweden nach Deutschland zu schicken. Wenn das stimmen sollte, steht die Verteidigung unseres Landes auf schwachen Füssen!

Die Verhältnisse sind also alles andere als geordnet. Am guten Willen des Herzogs ist nicht zu zweifeln. Aber wer noch nicht gemerkt hat, daß er die Kreatur des Königs oder des Kardinals ist und infolgedessen äußerst knapp bemessene persönliche Kompetenzen hat, merkt es jetzt nach dieser unverständlichen Abreise. Dabei unterstände er, streng genommen, unserer Obrigkeit! Der Herzog selbst hat es zwar nie an Respekt vor unseren Amtspersonen und Einrichtungen fehlen lassen, aber seine Untergebenen, bis hinunter zum letzten Troßbuben, führen sich so auf, als wären wir nicht die Verbündeten der Franzosen, sondern ihre Untertanen. Ich bin kürzlich beauftragt worden, ihm unsere Klagen vorzutragen. Er ließ alles aufschreiben und versprach schleunige und gründliche Abhilfe, aber ich konnte hinter seiner blassen Stirn die Gedanken lesen, ungefähr die folgenden: «Wie soll ich schwacher Einzelner etwas ausrichten, wenn der König mir nicht den Rücken deckt?» Ich fühlte Mitleid mit ihm und hätte ihm gern geholfen.

Ein Beispiel für die schamlose Art, wie der Kardinal den Kredit ausnützt, den der protestantische Herzog bei der Mehrheit des Bündnervolkes genießt, ist die finanzielle Situation: Unsere Regimenter sind seit acht Monaten nicht bezahlt worden. Die französische Krone schuldet ihnen und den Lieferanten und Quartiergebern siebenhundertfünfzigtausend Livres. Der Herzog hat sich selbst entblößt, um die ärgsten Löcher zu stopfen – es sieht so aus, als lege man es in Paris darauf an, ihn finanziell zu ruinieren –, und Jenatsch, Brügger und Ulysses von Salis haben ihm hohe Summen zur Verfügung gestellt. Auch damit scheint Paris gerechnet zu haben, wohl in der Meinung, dadurch die führenden Bündner an Frankreich zu fesseln. Man könnte sich aber täuschen!

Jenatsch schrieb mir letzthin aus der Herrschaft Maienfeld, die Franzosen hätten gehandelt, ‚als ob sie es mit Waldeseln zu tun hätten, die Gutes und Schlechtes nicht zu unterscheiden vermögen', aber der geduldige Esel könnte eines Tages plötzlich störrisch werden und den unvernünftigen Reiter abwerfen. Jenatsch ist übrigens nicht der einzige, der sich solchen Gedanken hingibt.

Soeben erfahre ich, daß die Häupter auf den 18. Januar, also auf heute in acht Tagen, den Beitag aufgeboten haben, um über Mittel und Wege zu beraten, wie die unerfreuliche Lage überwunden werden könnte.

Die Schneedecke war dünn, doch die Schlittenbahn praktikabel. Ab und zu knirschte allerdings das Straßenkies unter den eisenbeschlagenen Kufen, und zwischen den Häusern des Dorfes Zizers glänzte schwarz das Kopfsteinpflaster. Der Rappe legte sich ins Geschirr.

«Absteigen, Volkart!» rief Jenatsch dem hinter ihm halb auf dem Kutscherbock sitzenden, halb auf den Kufen stehenden Diener zu. Das Pferd stampfte schnaubend über das Pflaster, die mit dichtem Winterhaar bedeckte Haut fältelte sich an den Hinterbacken wie schwerer Samt, und der Schlitten pfiff und kreischte unangenehm. Den steilen Stutz hinter dem Dorf hinauf ging es leichter, und oben konnte Volkart wieder aufsitzen.

Jenatsch saß in Decken gehüllt im mit Pelzen ausgeschlagenen Schlittenkasten. Er hatte ein Buch auf den Knien und las ab und zu ein paar Zeilen darin. Zwischen den Blättern steckte ein doppelt gefalteter Bogen. In die vorgedruckten zwölf Himmelshäuser waren die Planetenstellungen eingetragen. Die günstigen Aspekte waren mit Rötel, die ungünstigen mit Tinte angestrichen. Jenatsch warf einen Blick darauf, nachdem er das Blatt entfaltet hatte. Dann schloß er das Buch. Es waren die ‚Centuries' des Nostradamus. Er stopfte es in eine Tasche von steifem Leder und zog ein anderes hervor, das Exerzitienbüchlein des heiligen Ignatius.

Der Rappe trabte auf der fast ebenen Straße, der Schlitten wurde sanft hin- und hergeschüttelt im raschen Fahren, und der rote Federbusch zwischen den Ohren wippte bei jedem Schritt. Das Kummet war mit kleinen, kugelförmigen Glöckchen besetzt, wie sie auch in mehreren Reihen auf breiten, in Federquasten endenden Lederstreifen aufgenäht waren, die vom Rücken des Pferdes beiderseits niederhingen und jetzt, im Trab, wie kleine Flügel flatterten. Der Ton dieser Glöckchen war mehr ein Rasseln als ein Läuten oder Bimmeln, weshalb sie denn auch beim

Volke ‚Rollen' genannt wurden, zur Unterscheidung von den wirklichen Glocken der Saum- und Lastpferde.

Bei der Trimmiser Rüfe holte der Rappe einen Schlitten ein, in dem zwei Herren saßen. Ihr Pferd ging im Schritt, und der Kutscher lenkte es zur Seite, um das schnellere Gefährt vorbeizulassen. Jenatsch las im Büchlein des Heiligen und hatte die Begegnung nicht wahrgenommen. Nun, als sein Schlitten schon auf gleicher Höhe mit dem Pferd der Eingeholten lag, wurde er von diesen angerufen. Er hob den Kopf und blickte zurück, und Volkart zügelte den Rappen. Im andern Schlitten saßen Christoph Rosenroll und Rudolf Travers. Jenatsch zog den Hut, und auch die beiden Herren entblößten ihr Haupt.

«Geht's nach Chur?» fragte Travers nach einer etwas peinlichen Stille.

Jenatsch nickte und setzte sich den Hut wieder auf.

«Morgen ist ein wichtiger Tag», sagte Travers. «Da muß man dabei sein.»

«Wollen sehen, was herauskommt», sagte Jenatsch. «Die Franzosen werden wenig Freude haben an dieser Sitzung.»

«Verstehen Sie, was gespielt wird? Diese plötzliche Abreise des Herzogs.»

Der Rappe stampfte ungeduldig und zog ruckweise an, so daß Jenatsch sich seitwärts aus dem Schlitten beugen mußte, um zu antworten. «Ich weiß nicht mehr als ihr», sagte er. «Aber vielleicht erfährt man morgen etwas Näheres.»

«Sind Sie am Abend frei? Kommen Sie doch zu uns in die ‚Glocke'», sagte Travers.

Jenatsch griff selbst in die Zügel und brachte den tänzelnden Rappen zum Stehen.

«Ich weiß nicht», sagte er lächelnd, «ob mein alter Freund Rosenroll Lust hat, mit mir am gleichen Tisch zu sitzen.»

«Warum denn auch nicht? Ach so, die Duellgeschichte mit seinem Schwager. Sollte da nicht schon längst Gras darüber gewachsen sein? Hör einmal, Christoph, als Schwiegersohn des Pompejus Planta bin ich doch mehr oder weniger im gleichen Fall wie du, aber ich habe mich längst mit Jenatsch versöhnt. Ich glaube, es wäre an der Zeit...»

«Mit Vergnügen, von mir aus», sagte Rosenroll und kletterte aus dem Schlitten. Auch Jenatsch hatte die Decke zurückgeschlagen und wollte den Schlitten verlassen.

«Bleib sitzen, Georg», sagte Rosenroll, «ich habe *dir* abzubitten, nicht du mir. An der dummen Geschichte bist du so unschuldig wie ich selber. Die Frauen denken da ein bißchen anders, aber ich glaube, auch meine Perpetua trägt dir nichts mehr nach. Komm einmal zu uns nach Baldenstein, dann wirst du's sehen.»

«Katharina hat auch schon lange gewünscht, mit Ihnen persönlich Frieden zu machen. Besuchen Sie uns in Chur, wir wohnen in der ‚Glocke‘, oder kommen Sie später nach Ortenstein. Aber schüttelt euch endlich die Hände.»

Das taten sie denn, und darauf stieg Rosenroll in den Schlitten zurück, und Jenatsch deckte sich wieder zu. Eine Weile glitten die beiden Gefährte nebeneinander her, ohne daß Worte gewechselt wurden.

«Ich glaube», sagte Jenatsch endlich, «wenn ich heute abend mit Ihnen zusammensitzen will, muß ich mich jetzt beeilen. Ich habe vorher noch ein paar dringende Geschäfte zu erledigen.»

Die Herren zogen die Hüte, und der Rappe streckte sich in gleichmäßigem, raschem Trab, umrasselt vom harten, herrischen Ton seiner Gerölle.

Der Dompropst Johannes von Flugi nahm das in Leder gebundene Büchlein in die Hand, das auf dem Tisch lag, und blätterte eine Weile darin. Seine Silhouette hob sich von der grauen Helligkeit des zu Ende gehenden Nachmittages ab. Draußen schneite es. Es gab keine Landschaft mehr, nur ein paar weiße Hausdächer in der Tiefe, ein paar Bäume, da und dort das dunkle Bord des Mühlbaches, eine vom Flockenfall verschleierte Mauer, eine hohe Bretterbeige, aber keine Hügel und Wälder und Berge. Der Himmel hatte sich herabgesenkt und verströmte sich in dichtem Gestrudel.

«Es hat dir also nicht gefallen?» sagte Flugi.

«Ich verstehe es nicht», sagte Jenatsch. «Ich habe mich bemüht, das darfst du mir glauben, aber diese Anweisungen zu geistlichen Übungen haben mich kalt gelassen, um es offen zu sagen.»

«Das braucht Zeit, mein Lieber, viel Zeit. Du solltest dich eine Weile zurückziehen, in Gesellschaft eines erfahrenen Kapuziners. Ich werde dir den Pater Rudolf schicken oder den Pater Ireneo.»

«Nicht jetzt. Ich stecke in zu vielen Unternehmungen drin und habe kaum Zeit, ein paar Zeilen zu lesen. Dieses Studiums wegen habe ich mir das Reiten abgewöhnt, damit ich im Schlitten lesen kann, aber es tut mir nicht gut. Ich werde steif und dick.»

«Ein paar Wochen an einem abgelegenen Ort, bei knappsten Rationen, das ist's, was dir gut täte.»

«Ich weiß nicht. Ich begreife diesen Glauben immer weniger. Damals in Venedig, da war mir der Augustinus eine Offenbarung, da habe ich diese neuen Möglichkeiten *gesehen,* sie haben mich *erfüllt.* Damals hätte ich übertreten können, blindlings.»

«Soll ich dir sagen, warum? Weil du in einer Zelle saßest.»

«In einer Gefängniszelle», lächelte Jenatsch.

«Die Welt ist ein Gefängnis, unser Leib ist ein Gefängnis. Aber die Zelle ist das Gehäuse der Heiligen.»

«Saulus ist nicht in der Zelle zum Paulus geworden. Was ich brauche, das ist ein Glaube, der sich nicht bloß im stillen Kämmerlein bewährt.»

«Du wirst ihn finden, wie Saulus ihn gefunden hat.»

«Dessen bin ich nicht so sicher wie du. Einen Mann wie mich muß man überzeugen. Wie würde zum Beispiel das heutige Christentum, die heutige Kirche aussehen, wenn auf dem Konzil zu Nicäa nicht Athanasius den Sieg davongetragen hätte?»

«Arius war ein Irrlehrer. Gott hat den Sieg seiner Lehre nicht zugelassen, weil sie Christus und damit Gott beleidigte.»

«Aber Gott hat Luther zugelassen, und Zwingli und Calvin.»

«Die Kirche war verderbt. Sie hatte eine Warnung nötig. Aber in Trient wurden die Konsequenzen gezogen. Das da ist eine Frucht der Beschlüsse von Trient.» Er hob das Exerzitienbüchlein hoch. «Unsere größte Aufgabe ist jetzt, die Einheit des Glaubens wiederherzustellen. Dafür werden Jahrhunderte nötig sein, die Zeit spielt keine Rolle. Tausend Jahre sind vor Gott wie ein Tag. Aber am Ende wird die Einheit triumphieren. Wer sich dann noch abseits stellt, ist verdammt in alle Ewigkeit.»

«Schön, schön, schön», sagte Jenatsch, mit den Fingern auf die Tischplatte trommelnd, «aber das hat mit meinen Zweifeln nichts zu tun. Die Ecclesia triumphans werden wir beide nicht mehr erleben. Was ich brauche, ist ein Fundament.»

«Studiere die Lehren, es gibt kein anderes.»

«Seit vier Jahren beschäftige ich mich damit. Ich bin noch nie so weit von einer klaren Überzeugung entfernt gewesen wie gerade jetzt. Ich möchte den Schritt tun, aber ich kann nicht.»

«Ist etwas geschehen?»

«Was sollte geschehen sein?»

«Haben dir deine ehemaligen Amtsbrüder die Hölle heiß gemacht? Oder der Herzog?»

«Denen werde ich es gerade auf die Nase binden! Was glaubst du? Nein, soviel ist sicher: *wenn* ich je soweit komme, dann in größter Heimlichkeit. Erst *nachher* darf es bekannt werden, aber den Zeitpunkt bestimme *ich*. Übrigens ist vielleicht tatsächlich etwas geschehen. Ich habe mir das Horoskop stellen lassen.»

«Und was sagt das Horoskop?»

«Es deutet Umschwünge an, aber sie lassen sich nicht datieren. Ich habe ja schon verschiedene hinter mir. Einige Aspekte sind sehr ungünstig, neben außergewöhnlich günstigen.»

«Wie kann man an solches Heidenwerk glauben, Georg! Unser Leben ist in der Hand dessen, der auch die Sterne gemacht hat. Richte deinen Geist auf ihn, nicht auf teuflisches Blendwerk.»

«Ich glaube, daß Gott mich erwählt hat. Ich muß diesen Glauben bestätigt sehen.»

«Selig sind, die nicht sehen und doch glauben, das ist der Angelpunkt unserer Religion. Ihr Calvinisten kennt keine Wunder mehr, ihr habt das Wunder der Wandlung abgeschafft, das sich täglich vollziehende, ihr habt die wunderwirkenden Heiligungsmittel der Sakramente eingeschränkt und abgeschwächt. In euern vertrockneten, nüchternen Seelen ist kein Platz mehr für das Geheimnis. Oder wenn noch Platz da ist, füllt ihr ihn mit abergläubischem Planetenglauben aus. Ihr *denkt,* aber ihr glaubt nicht. Intellige ut credas, crede ut intelligas, sagt Augustinus.»

«Bitte, zitiere nicht ohne Zusammenhang. Der vorausgehende Satz heißt: Credere est cum assensione cogitare. Ergo intellige usw. Der Glaube hat also, nach Augustin, das Denken zur Voraussetzung.»

«Ja, aber welches Denken? Das richtige Denken eben, das, was dir fehlt. Cum assensione, mit Beipflichtung oder wie man es übersetzen will, und das ist eben der Glaube, den der ungläubige Apostel *nicht* hatte. Er dachte wie du: cum dubitatione. Dieser Zweifel ist im letzten Grunde Gotteslästerung. Du traust dir zu, weiser zu sein als Gott und seine in der Schrift und in den Heiligen geoffenbarte Wahrheit. Du willst ein freies Wesen vor Gott sein, mündig, gleichberechtigt, und verdankst ihm doch alles, sogar das Instrument deines Zweifels, dein bißchen Verstand.»

«Hat er ihn mir gegeben, so will er auch, daß ich ihn anwende.»

«Selbstverständlich, aber da sind wir wieder beim liberum arbitrium des Augustinus. Darin weißt du ja Bescheid. Gott will zwar nicht, daß du sündigst – zweifelst, in diesem Falle –, er hat dir die Erkenntnis gegeben, damit du unterscheidest, aber wenn du dennoch zweifelst, so denke ja nicht, daß du getan hast, was *du* wolltest, und Gott müsse es hinnehmen, daß etwas geschehen sei, was er *nicht* wollte.»

«Wir kommen heute nicht weiter. Ich bin ein paar Tage hier. Vielleicht sehen wir uns noch einmal. Versprechen kann ich nichts. Es hängt davon ab, was morgen auf dem Beitag beschlossen wird.»

Er stand auf.

Der Dompropst streckte ihm die Hand entgegen.

«Es freut mich immer, wenn du kommst. Aber überstürze nichts. Den Glauben wechselt man nicht wie ein Kleid. Ich sende dir einmal den Pater Rudolf, der ist geschickter im Disputieren als ich.»

Es schneite noch immer, als Jenatsch durch die kaum erleuchteten Gassen dem Gasthaus ‚Zur Glocke' zuschritt. Er kam nicht rasch vorwärts, denn seit Einbruch der Dunkelheit saßen die Leute in ihren Häusern, und so mußten die wenigen, die unterwegs waren, das Pfaden besorgen.

Am schräg an die Hauswand gestellten Trittstein klopfte er sich den Schnee von den Stiefelsohlen, schwang den Mantel von den Schultern, schüttelte ihn aus und betrat dann die Gaststube, den Mantel auf dem Arm und den Hut in der Hand. Ein paar Herren saßen um einen runden Tisch, und in der Nähe des Ofens hatten es sich französische Offiziere bequem gemacht. Der Wirt kam ihm entgegen.

«Ich suche den Herrn von Travers», sagte Jenatsch.

«Links in der Nische», sagte der Wirt mit einer Handbewegung.

Travers, Rosenroll und ein Dritter erhoben sich, als Jenatsch an ihren Tisch trat. Er begrüßte zuerst den Ortensteiner, dann den Baldensteiner und faßte darauf den Dritten ins Auge. Er mochte etwa dreißigjährig sein, neigte aber bereits zur Leibesfülle. Sein kurzes Haar war schon ziemlich gelichtet, den Bart trug er nicht nach französischer, sondern nach altbündnerischer Mode: ungestutzt bis auf die waagrecht abgeschnittene Spitze.

«Sie kennen meinen Schwager Rudolf Planta?» fragte Travers.

Jenatsch streckte die Hand nach ihm aus und sah ihm in die grünlichen, spöttisch blickenden Augen. Planta zögerte einen Moment, hob dann den Arm mit aufreizender Langsamkeit, streckte ihn ebenso langsam über den Tisch und berührte Jenatschs Hand, ohne sie zu drücken.

«Wir trinken Malanser», sagte Travers. «Halten Sie mit?»

«Gern», sagte Jenatsch, sich auf einem freien Stuhl niederlassend. Der Wirt war zur Stelle mit einem Glase, füllte es aus der halbgeleerten Karaffe und stellte es vor Jenatsch hin.

«Wir wissen es zu schätzen, daß du bei dem Hudelwetter gekommen bist», sagte Rosenroll.

«Ich habe es versprochen», sagte Jenatsch. «Viva.» Er hob das Glas, die andern taten es ihm nach, doch Rudolf Planta setzte es nieder, ohne daraus getrunken zu haben.

«Sind Sie Deputierter, Herr von Planta?» fragte Jenatsch.

«Nein», antwortete dieser.

«Mein Schwager hat am bischöflichen Hof zu tun gehabt», sagte Travers.

«Sie sind scheint's heute nachmittag auch dort gewesen, hat man mir erzählt», sagte Planta, boshaft lächelnd.

«Der Dompropst Flugi ist ein ziemlich naher Verwandter von mir. Ich besuche ihn manchmal.»

«Ein bißchen häufig, wie es scheint.»

«Ich bin nicht allzu oft in Chur, und er ist ein alter Mann. Übrigens darf man das ruhig wissen, ich habe nichts zu verheimlichen.»

«Es werden's bloß nicht alle Leute auf gleiche Art auslegen, nehme ich an.»

«Das sei ihnen überlassen.»

«Der Onkel wird sich jedenfalls freuen, wenn ich es ihm erzähle.» Er machte eine Grimasse und trank einen Schluck, ohne Jenatsch aus den Augen zu lassen.

«Wie geht's dem Ritter Rudolf?» fragte Jenatsch.

«Oh, danke, ich sehe ihn wenig, er lebt ja meistens in Meran.»

«Er ist alt geworden, wir haben ihn letzten Sommer in Zernez auf Wildenberg besucht», sagte Travers. «Er hört auch nicht mehr gut.»

«Es geht abwärts mit ihm, seit die Tante tot ist», stellte sein Neffe und Namensvetter fest. Es klang beinahe zufrieden.

«Natürlich wird ihm auch der Tod des Erzherzogs Leopold vom letzten Herbst zugesetzt haben, er war ja per du mit ihm», sagte Travers.

«Kaum», sagte Planta, «auf jeden Fall hat er mehr Ärger mit ihm gehabt als man weiß, nicht nur politisch, auch in Geldsachen. In Innsbruck sind sie ja total auf dem Hund gewesen in der letzten Zeit. Wie ich vor ein paar Jahren das Schloß Tarasp übernahm, in einem haarsträubenden Zustand, mußte der Onkel als Pfandinhaber die Instandstellung bezahlen. Der Leopold als Eigentümer hat nicht einmal die paar hundert Gulden flüssig gehabt. Wie seine Witwe weiterwirtschaften will, ist mir ja schleierhaft.»

«Dann ist also von Österreich nicht viel zu befürchten in der nächsten Zeit», sagte Jenatsch.

«Gott bewahre», sagte Planta. «Der Onkel hätte das Schloß gern eingelöst, er hat ja noch Wildenberg und die beiden Meraner Schlösser, und für wen soll er schließlich Schlösser sammeln, kinderlos wie er ist.»

«Für dich und deinen Bruder und deinen Schwager», sagte Rosenroll. «Sei doch froh, daß er sein Geld in Schlössern angelegt hat, sonst wäre ihm eines Tages noch eingefallen, es der Kirche zu vermachen.»

«Auch eine Idee», sagte Planta mit unangenehmem Lachen.

«Wollen wir schnell hinauf?» fragte Travers leise. Jenatsch nickte und trank sein Glas aus. «Wir kommen gleich wieder zurück», sagte Travers zu den beiden andern. «Trinkt den Wein aus und bestellt noch einmal.»

Sie gingen auf den Gang hinaus und stiegen ein paar Treppen empor. Travers klopfte an eine Türe. Eine Frauenstimme antwortete. Sie traten ein.

Am Tisch saß eine noch junge, dunkelhaarige Frau. Das Licht des vierarmigen Leuchters fiel auf die Seiten eines kleinen Buches und auf ihre schlanken Hände. Als sie die rote Uniform Jenatschs erblickte, stand sie auf.

«Der Herr Oberst möchte dir die Hand geben, Katharina», sagte Travers. Die Frau blickte auf die Tischplatte, ihre Finger bewegten sich, und sie zuckte einige Male mit den Augenlidern. Dann sah sie auf, mit einem Ruck, der Kopf lag ein wenig schräg, und sagte mit unvermuteter Leichtigkeit: «Ich nehme sie gerne an.» Darauf kam sie um den Tisch herum, ihr langes Kleid sperrte ein wenig an der Ecke, so daß sie einen Augenblick anhalten mußte, aber gleich war sie wieder in Bewegung, man hörte ihre leichten Schritte und die schweren, sporenklingelnden des großen, schweren Mannes, und dann blieben sie voreinander stehen und streckten einander die Hand entgegen. Jede umfaßte die andere für einen Moment, und Jenatsch blickte in die Augen der Frau, die dunkel aus dem blassen, leise zuckenden Gesicht hervorleuchteten und plötzlich feucht schimmerten, und die Frau blickte in die braunen, kühlen Augen des Mannes in dem vollen, braunen, unbewegten Gesicht mit der roten Narbe auf dem Nasenrücken, und dann sanken die Hände herab, und die Frau wendete das blasse Gesicht in den Schatten und stützte sich mit dem einen Arm auf die Tischplatte.

«Ich habe an Ihnen vieles gutzumachen», sagte Jenatsch. Katharina schüttelte abgewendet den Kopf.

«Wir wußten nicht, was wir taten», sagte Jenatsch. «Wir waren verblendet, wir ließen uns mißbrauchen. Aber ich habe mir vorgenommen, Ihren Vater zu rechtfertigen, indem ich...»

Katharina machte eine rasche Wendung und blickte Jenatsch wieder an. Ihr Gesicht war nun ruhig, fast freundlich.

«...indem ich mir manche seiner Ideen zu eigen gemacht habe. Sie werden noch erfahren, was ich damit meine.»

«Ich bin froh, daß es überstanden ist», sagte Katharina. Sie lächelte nun beinahe.

In der Vorhalle des Rathauses standen überall Gruppen von Männern beisammen, und jeden Augenblick kamen neue dazu. Der junge Guler schritt die vom Schneewasser fleckige Treppe herauf, durchquerte aber, rechts und links grüßend, das weite Gemach, ohne sich aufzuhalten, und verschwand durch die Tür des Ratssaales. Eine Weile später kam er heraus, fragte nach dem Bürgermeister Gregor Meyer und Ambrosius Planta und eilte ihnen, da sie gerade ankamen, entgegen.

«Habt ihr schon daran gedacht», sagte Maißen, ein Abgeordneter aus dem obern Oberland, zu ein paar engern Landsleuten, die ihn umstanden, «daß die drei Herren dort (‚leu quels treis signurs‘ hieß dies in ihrem Romontsch sursilvan), unsere oberste Obrigkeit((‚nossa suprastonza superiura‘), nah miteinander verwandt sind? Meyer und Guler sind Schwäger, und der Planta kommt geradewegs aus dem Bett von Gulers Schwägerin, der Witwe ‚Ihr Gnaden Rudolfs‘ –. Und reformiert sind sie obendrein auch alle drei.»

Die Besprochenen waren inzwischen im Ratssaal verschwunden. Dafür war die Wache aufgezogen. Sie stammte aus der Freikompanie Jenatschs und wurde von Nuttin angeführt. Er postierte zwei Pikeniere am obern Ende der Treppe, zwei Musketiere mit geschulterten Büchsen beiderseits des Saaleinganges und brachte den Rest in einem Zimmer unter.

«Ich?» sagte in einer andern Gruppe Jenatsch zu Rosenroll, die gespreizten Finger der Linken auf die Brust legend. «Das ist nie mein Ehrgeiz gewesen. Ich bin Militär, und das Politische interessiert mich nur, soweit es militärische Aspekte hat. Aber ein politisches Amt, Herr du mein Trost! Rücksichten links, Rücksichten rechts, ein Zuckerbrot hier, ein Pflästerchen dort, nur damit man an der nächsten Landsgemeinde wieder gewählt wird und nicht die Schande erleben muß, den Launen der Volksgunst zum Opfer zu fallen: nein, das liegt meinem Charakter nicht.»

«Und ich behaupte das Gegenteil», sagte Travers, «Sie sind ein durch und durch politischer Mensch, und wenn Sie bisher kein Amt angenommen haben, so nur deswegen, weil es Ihre Handlungsfreiheit zu sehr einschränken würde. Habe ich nicht recht?»

«Wenn man nur wüßte, was er eigentlich ist», sagte Paul Buol, der grau geworden war und anfing, seine aufrechte Körperhaltung zu verlieren.

Jenatsch lachte etwas gezwungen: «Das kann man von jedem Menschen sagen. Meine Tochter Dorothea zum Beispiel, eben jährig geworden, oder mein Bruder Nuttin dort: Wer sind sie *eigentlich?* Jeder von uns kann plötzlich etwas tun, das niemand im entferntesten erwartet hätte. Ein Mann wie mein Schwager Jodokus, von dem ich doch glaubte, ich kenne ihn, läßt von einem Tag auf den andern alles im Stich und wird katholisch. Oder der Blasius Alexander versteift sich darauf, seinen österreichischen Gaul über den Panixer mitzuschleppen, der reine Wahnsinn in unserer damaligen Lage, und dabei hat er Logik studiert. Oder denkt an mich selbst. Vor zwanzig Jahren, als ich mich in Zürich unter der Zuchtrute Kaspar Murers duckte, wer hätte mir prophezeit, daß ich heute als französischer Oberst mit euch über das wahre Wesen des Menschen philosophiere?»

«Der Giorgio steht wieder einmal auf der Kanzel», schallte von der Treppe her eine laute, ein bißchen zittrige Stimme. Jenatsch wandte sich um. Der Oberst Baptista, gestützt von Oberst Brügger, seinem Schwiegersohn, näherte sich kichernd mit kleinen Greisenschritten. «Jaja, man kann den Talar wohl an den Nagel hängen, aber man bleibt doch... die Natur, meine Herren, die innerste Natur...» Er schlug sich mit den Fäusten auf seinen mächtigen Brustkasten. «Von Zürich sprichst du, Giorgio, du liebe Zeit, da war man noch... Der Auerhahn war perfekt... oder war es am Ende ein... nein, das war in Thusis... Auch ein denkwürdiger Tag. Herrgott, man hat etwas mitgemacht... ein Fasan, natürlich, ein Fasan, ich erinnere mich mit Vergnügen. Übrigens, ist einer der Herren letzthin in Soglio gewesen? Es lohnt sich. Ich sage, es lohnt sich. Meine drei Söhne... ich habe sechs gehabt... bedenken Sie, was es heißt, drei Söhne herzugeben! Dafür habe ich jetzt drei wackere Schwiegersöhne.» Er klopfte dem neben ihm stehenden Obersten Brügger auf die Schulter.

«Was machen Ihre Söhne in Soglio?» fragte Travers mit halb höflichem, halb belustigtem Lächeln.

«Der Federico, der Rodolfo, der Antonio... wie die Götter, sage ich euch. Sie bauen wie die Götter.»

«Meine Herren Abgeordneten», tönte es plötzlich laut vom Saaleingang her, «ich bitte Sie, Ihre Plätze einzunehmen.» Es entstand eine Bewegung nach dem Saale hin. «Die übrigen Herren», fuhr die Stimme fort – sie gehörte dem Bürgermeister Gregor Meyer – «sind gebeten, sich zu entfernen. Die Beratungen sind geheim.»

«Wie? Was?» rief Salis aus, seine bläuliche, großporige Nase hebend, «das wäre mir das Neueste. Ich will wissen, was geht. Ich habe ein Recht...» Er fuchtelte mit dem erhobenen Stock.

«Beruhige dich, Papa», sagte der Oberst Brügger. «Du wirst es nachher erfahren.»

«Nachher erfährt es jeder Esel. Zustände sind das heutzutage... und dabei bin ich alter... mit meinem Gliederreißen... siebenundzwanzig Tritte sind es, ich habe sie...» Er hustete und klopfte sich das Wams ab, um sein Schnupftuch zu finden. Travers und Rosenroll machten eine kleine Verbeugung und begaben sich in den Saal.

In diesem Augenblicke klapperten rasche, energische Schritte auf der Treppe. Du Landé trat auf, klein, quecksilbrig und hochmütig, gefolgt von einem halben Dutzend seiner Offiziere. Sie durcheilten die Halle beinahe im Laufschritt, fanden aber noch Zeit, die Begrüßung, die ihnen allenthalben zuteil wurde, zu erwidern. «Ich denke, ich muß jetzt auch hinein», sagte Paul Buol. «Dann komme ich also zum Essen, wenn's dir recht ist.»

«Wir erwarten dich», sagte Jenatsch.

Von der Türe her drangen französische Flüche. Die Wachsoldaten hatten Du Landé aufgehalten. Jenatsch pfiff den beiden Pikenieren, die ratlos bei der Treppe standen, und deutete mit dem Kopf zur Türe. Sie eilten hinüber.

«Je suis le Commandant en chef, moi!» brüllte Du Landé, «j'ai le droit d'assister à la session!»

Nuttin Jenatsch kam aus dem Wachtzimmer und legte sich ins Mittel.

«Quoi?» sagte Du Landé, «quoi? Vous me défendez l'entrée, vous, un merdeux capitaine grison! Je suis le Commandant en chef!»

«Verzeihen Sie, Exzellenz», sagte Jenatsch, hinzutretend, «der Oberkommandierende sitzt in diesem Saale: die Regierung. Und da es ihr gefallen hat, die Sitzung als geheim zu erklären, bleibt uns serviteurs dévoués nichts anderes übrig, als abzuziehen. Uns paßt es auch nicht, wir hätten den Verhandlungen auch gern beigewohnt.»

«Ça, c'est vraiment inouï!» sagte Du Landé, die Backen aufblasend.

«Regen Sie sich nicht auf, Exzellenz. Es hat keinen Sinn, zu insistieren. Sie ziehen sich bloß Unannehmlichkeiten zu.»

«Je viens exprès du Fort de France, et maintenant ça!»

«Auch diese Herren sind vergeblich hergekommen.»

«Bon», sagte Du Landé mit verbissenem Gesicht, «bon, mais je ferai un rapport à la Cour, ça, c'est le comble!» Er wandte sich ab.

«Kommst du zum Essen, Nuttin?» fragte Jenatsch leise. Der Bruder nickte.

«Allons!» sagte Du Landé. Die Offiziere setzten sich in Bewegung.

«Exzellenz», sagte Jenatsch. Du Landé hielt sogleich an und

hob den Kopf. «Dürfte ich Sie bitten, mich noch im Lauf des heutigen Tages zu empfangen. Ich habe eine dringende Angelegenheit zu besprechen.»

«De quoi s'agit-il?»

Jenatsch holte aus seiner Rocktasche ein Schriftstück hervor, faltete es auseinander und reichte es Du Landé. Dieser überflog es. Jenatsch winkte Brügger heran.

«Tonnerre!» murmelte Du Landé.

«Wohlverstanden», sagte Jenatsch, «es sind nicht persönliche Schulden Seiner Durchlaucht des Herzogs. Auch ist es noch lange nicht alles. Mein Kamerad hier und Herr Oberst von Salis, wir haben dem Herzog nur das Allernötigste vorgeschossen. Da Sie, Exzellenz, nun sein Nachfolger sind, würde uns sehr viel daran liegen, wenn Sie unsere Forderung im Namen der Krone anerkennen würden.»

«Je vous attends à quatre heures», sagte Du Landé, Jenatsch das Schriftstück zurückgebend. «Allons, Messieurs!» Die Franzosen traten ab, nicht ganz so schwungvoll wie sie erschienen waren.

«Ein spritziger Herr, dieser Du Landé», sagte Baptista von Salis. «Aber empfindlich, empfindlich, herrjemine. Da hätten wir wahrhaftig mehr Grund zur Aufregung gehabt... in all den Jahren, corpo di Bacco... Aber was fangen wir nun an? Zum Essen ist es ja noch viel... Mach mir die Freude, mit mir zu essen, Giorgio. Es ist lange her, seit wir das letztemal... Du auch, Andreas, du auch, selbstverständlich.»

«Ich muß nach Maienfeld zurück», sagte Brügger.

«Aber du, Giorgio. Ich habe enorme Lust auf... Spanferkel, das haben wir noch nie miteinander... nicht wahr?»

«Es tut mir leid», sagte Jenatsch, «ich habe meinen Bruder und meinen Schwiegervater eingeladen. Ein andermal gern.»

«Ihr werdet doch nicht mich alten... das tut ihr mir nicht an, ihr beiden!»

«Wissen Sie was, Herr Oberst!» sagte Jenatsch. «Seien Sie heute *mein* Gast. Es ist an der Zeit, daß ich mich endlich einmal revanchiere.»

«Sehr liebenswürdig», sagte Salis, «sehr aufmerksam,

allein... Nicht wahr, du wirst mir beipflichten, daß die Vorfreude...und da ich mich nun einmal zu Spanferkel... aber natürlich kann ich das auch bei dir...der Glockenwirt soll es hinüberschicken, dann habt ihr auch etwas davon. Du wohnst im Hause meines Schwiegersohnes?»

«Er war so freundlich, mir einen Teil seines Hauses zu überlassen, bis auf weiteres.»

«Freunden soll alles gemeinsam sein», sagte Salis, «bis auf die Frauen, natürlich. Benissimo. Geht jetzt an eure Hantierung, und ich werde mir inzwischen den Glockenwirt... Eine Gottesgabe durch Knoblauch oder mangelndes Salz zu verderben... das muß verhindert werden.»

18. Januar 1633

Der Beitag ist heute hier zusammengetreten und hat in geheimer Sitzung die Lage besprochen, wie sie sich aus der Abreise des Durchlauchtigsten Herzogs ergibt. Der Beschluß, die Beratungen unter Ausschluß der Öffentlichkeit abzuhalten, wurde vor allem im Hinblick auf die zu erwartenden französischen Zuhörer gefaßt. Diese Voraussicht erwies sich als richtig. Du Landé und einige Offiziere wünschten der Sitzung beizuwohnen, wurden aber zurückgewiesen. Es war einmal nötig, dem Volk – und den Franzosen – vor Augen zu führen, daß wir keine entlegene französische Provinz sind, sondern ein selbständiger Staat, der sich seine Handlungsfreiheit wahrt.

Die beschlossenen Maßnahmen zeugen allerdings nicht von überwältigender Einsicht und Tatkraft. Die Diskussion förderte bizarre Ansichten zutage, beispielsweise die Idee eines Bittgesuches an den Papst, zwischen Spanien und uns zu vermitteln.

Realistischer war dann die Meinung, zunächst den Frieden mit dem Erzhause Österreich zu suchen. Darum werden wir – früher oder später – nicht herumkommen, und es fragt sich, ob der Moment dafür nicht recht günstig wäre: der Erzherzog Leopold ist tot, und seine Witwe, die Erzherzogin Claudia, fände sich vielleicht ganz gern zu einer dauerhaften Regelung bereit. Dies unter der Voraussetzung, daß sie in ihren Entschlüssen frei ist, woran ich freilich nicht recht glauben kann. Der Kaiser Ferdinand, ihr Verwandter, wird die gegenwärtige Schwäche der protestantischen Position – der äußerst beklagenswerte Tod des Schwedenkönigs Gustav Adolf, der uns in tiefste Trauer gestürzt und um viele Hoffnungen ärmer gemacht hat! – nach Kräften ausnutzen.

Den Ausweg glaubt man nun darin gefunden zu haben, das Bündnis mit Venedig zu erneuern. Das ist ein mageres Ergebnis. Venedig müßte nämlich dazu gebracht werden, uns militärisch beizustehen, eine Erwartung, die allen bisherigen Erfahrungen widerspricht. Das einzige Positive an diesem Beschluß ist die deutliche Abkehr von Frankreich. Ob man in Paris die Demonstration begreift und bereit ist, die Konsequenzen zu ziehen, ist nun die Frage. Ich möchte es annehmen, denn der Kardinal ist ein *Realist*, allerdings bloß, soweit französische Interessen im Spiele sind.

Nach meiner Meinung müßte folgendes geschehen: Rückberufung des Herzogs Rohan (weil er der einzige vertrauenswürdige Vertreter Frankreichs ist), Aufstellung eines schlagkräftigen Heeres, Rückeroberung des Veltlins, Verhandlungen mit Spanien und Österreich–Tirol (getrennt), Abzug der Franzosen. Dies ist der einzige Weg, unsere endlosen Wirren zu beenden. (Mein Gott, sie dauern nun schon bald dreizehn Jahre!)

Ich bin ein alter Mann, der das biblische Alter überschritten hat, dessen Augenlicht abnimmt und dessen Leib vom Podagra geplagt wird, dessen Sinnen und Trachten aber unentwegt darauf gerichtet ist, seiner Heimat zu dienen, und der seinen Schöpfer täglich darum bittet, ER möge ihn noch so lange leben lassen, bis diese Heimat aus der Asche der Erniedrigung auferstanden ist zu einem geachteten, ehrsamen Staatswesen.

Der Oberst Baptista von Salis hatte sich in der Sänfte von der ‚Glocke' herübertragen lassen und war ein wenig zu früh zur Stelle. Jenatsch eilte auf das Klopfzeichen zur Tür hinunter und geleitete den Gast die Treppen hinauf.

«Wart ein wenig, Giorgio», sagte er, als sie einen Kehrplatz erreicht hatten, «ich muß...» Er atmete heftig und schloß seine kleinen, in Fettpolster gebetteten Augen. «Man ist schließlich nicht mehr... Warum geht denn der alte Esel noch auf Reisen, fragst du. – Nein, natürlich nicht ‚der alte Esel', dazu bist du zu wohlerzogen. Aber was soll ich denn sonst? Ich wäre schon längst unter dem Boden, glaub mir, wenn ich nicht hie und da ein bißchen... Nun gehen wir wohl wieder ein Stück. Wenn du mir deinen Arm... benissimo.»

«Nehmen Sie einen Schluck Wein vor dem Essen, oder einen Grappa?» fragte Jenatsch, als sie den obern Gang erreicht hatten.

«Grappa – perfekt!» sagte Salis. «Aber weißt du was, zeig mir zuerst deine Kinder. Kinder erfreuen das Herz.»

«Ich hole sie gleich. Wollen Sie inzwischen eintreten.» Er öffnete eine Türe und ließ dem Gast den Vortritt. «Sie kennen sich hier ja aus, nehme ich an.»

«Gewiß, gewiß. Da, der Faltsessel, der stammt von Soglio, ein Mitgiftstück. Du bringst also...?» Er setzte sich in den Soglio-Stuhl, und Jenatsch ging hinaus.

Die Kinder waren in der Küche, Dorothea, die Jüngste, bekam eben ihren Brei.

«Stell uns einen Grappa auf, Anna, aber nicht in der Küchenschürze». Er nahm Dorothea auf den Arm. «Nur für einen Moment, sie kann nachher weiteressen. Hört, ihr drei, jetzt gehen wir miteinander in die Stube. Dort sitzt ein alter Mann, und dem gebt ihr der Reihe nach die Hand, wie sich's gehört.»

Sie folgten ihm etwas schüchtern.

«Prächtig», rief Salis aus. «Du gefällst mir, Giorgio. Was ist denn das für einer, der da hinter dem breiten Rücken? Komm einmal... Wie heißest du? Und Hosen hast du auch schon an!» Der kleine Paul wurde vom Vater vorgeschoben, reichte dem Oberst nach einigem Zögern die Hand, sagte seinen Namen und daß er vier Jahre alt sei, bekam ein herrliches, nagelneues Goldstück – «Was kommt Ihnen in den Sinn, Herr von Salis!» entrüstete sich Jenatsch – und zog sich wieder hinter den Rücken des Vaters zurück. «Wollen die kleinen Jungfräulein vielleicht auch... dann müßt ihr halt herkommen», sagte Salis mit breitem Schmunzeln. Katharina, die Zwillingsschwester Pauls, und Ursina, die Älteste, trippelten in ihren langen Röcken herbei, wurden ebenso examiniert wie ihr Bruder und bekamen ihren

Lohn. Jenatsch stellte Dorothea auf den Boden und führte sie an beiden Händen zu Salis, der sie in die Wange kniff und ihr das Goldstück reichte. Sie schaute es kritisch an mit ihren dunkeln Augen und wollte es in den Mund stopfen. Salis lachte unbändig darüber. Anna kam mit dem Grappa, die Kinder eilten auf sie zu und streckten ihr die Goldstücke entgegen. Sie mußte jedes einzeln bewundern. «Das kommt aber ins Kässelein», sagte sie. «Gebt es mir, sonst verliert ihr es noch.»

«Laß es ihnen noch bis zum Essen», sagte Georg, «sie verlieren es sicher nicht.»

Salis erhob sich ächzend, und Anna stellte das Tablett auf den Tisch und reichte dem Gast die Hand. «Prächtige Kinder haben Sie», sagte Salis. «Das hätten Sie sich nicht träumen lassen, damals in Maloja, nicht wahr? Fahren Sie fort in dieser Weise!»

Anna errötete ein bißchen. «Ich muß in die Küche», sagte sie dann, «Barbla wird gleich decken.» Sie nahm Georg das Kind von den Armen, faßte Katharina an der Hand und bugsierte die andern beiden vor sich her zur Tür hinaus.

«Ich bin ein bißchen zu früh, wie ich sehe», sagte Salis. «Ich hoffe nur, der Wirt... das Spanferkel darf nicht herumstehen. Der Gregor Meyer hat hoffentlich so viel Verstand, die Sitzung nicht ungebührlich...»

Jenatsch hatte eingeschenkt und brachte Salis einen kleinen, zierlichen Silberbecher. Dann zog er einen Stuhl heran und setzte sich, sein eigenes Becherchen in der Hand.

«Viva», sagte Salis. «Der Grappa ist...» Er schmatzte ein bißchen mit geschlossenen Augen. «Perfekt».

«Eigener, von Katzensteig», sagte Jenatsch.

«Kommst du nie nach Soglio?» fragte Salis. «Das müßtest du sehen... wie die Götter, sage ich dir, der Palazzo wird schöner als je. Und der Antonio und der Rodolfo bauen jeder für sich. Riskant, natürlich, in diesen Zeiten, aber das kann ja nicht mehr ewig... Du baust übrigens auch, Giorgio, habe ich gehört, und der Ulysses hat ein Schloß gekauft, eine Ruine wohl eher, aber er will sie... warum nicht? Salis-Marschlins... nicht schlecht, der alte Herkules würde ja... und du hast also ein Schloß bei St. Gallen.»

«Ein Schlößchen», sagte Jenatsch, «sehr ländlich, aber es hat mir gute Dienste geleistet. Vielleicht verkaufe ich es einmal. Mit der Zeit brauche ich ein Haus in Chur. Nur auf Davos möchte ich mich nicht stützen, und die Gastfreundschaft Ihres Schwiegersohnes möchte ich auch nicht allzulange in Anspruch nehmen.»

«Ein tüchtiger Mann, der Oberst Brügger, nicht wahr?»

«Und ein guter Kamerad», sagte Jenatsch.

Die Magd schaute zur Türe herein. «Es ist jemand da, für den Herrn Oberst von Salis», sagte sie.

«Das Spanferkel», sagte Salis, «herein mit ihm!»

Der Glockenwirt persönlich trat über die Schwelle, auf beiden Händen eine große, bedeckte Schüssel tragend.

«Laß sehen», sagte Salis, sich halbwegs aufrichtend, «meine Instruktion ist hoffentlich...»

«Sehen Sie selbst», sagte der Wirt, die Schüssel auf den Tisch stellend und den Deckel abhebend. Er näherte sich mit der offenen Schüssel. «Ah!» sagte Salis, «das haben Sie... Nun aber avanti, Giorgio, wir müssen gleich essen.»

«Mein Schwiegervater und mein Bruder...» sagte Jenatsch zögernd.

«Dann kommen sie eben zu spät, geschieht ihnen recht. Wir werden uns doch nicht versündigen an dieser... Gottesgabe!»

DISPUTATION IN DAVOS (II)

Wenige Schritte vom alten Haus entfernt erhoben sich die Mauern des neuen, noch unverputzt, mit leeren Fensterhöhlen und ungedecktem Dach. In seinem Innern, in das der Sommerhimmel hereinleuchtete, roch es feucht nach Kalkmörtel, Erde und frischem Holz. An der Wand waren Kalkbrocken aufgehäuft, und daneben lehnten Dach- und Bodenplatten. Etwas abseits hatten die Zimmerleute ihren Werkplatz aufgeschlagen. Die Kinder spielten mit Rindenstücken und Spänen und mußten immer wieder weggewiesen werden. Einmal, während die Zimmerleute beim Imbiß saßen, schleppte der kleine Paul eines der gewaltigen Schlichtbeile am schräg abstehenden

Stiel mit sich fort. Barbla, die Magd, mußte es ihm mit aller Kraft entwinden.

Als der Dachstuhl fertig war und die bunten Bänder des Aufrichttännchens auf dem Firste flatterten, langte der Bauherr an. Er lud die Bauleute zu einem Imbiß aufs Rathaus, wie es der Brauch war. Am nächsten Tag besprach er sich mit dem Baumeister über das weitere. Der Schreiner, der Fenster und Türen liefern sollte, war im Rückstand, und der Schnitzer hatte, statt sich der Stubendecke, der Türumrahmung und dem großen Büffet zu widmen, eine andere Arbeit übernommen, hatte auch das eingelegte Wappen, das Jenatsch zur Ausschmückung des neuen Ratssaales bestimmt hatte, noch nicht ausgeführt und mußte deswegen ein Donnerwetter über sein graues Haupt ergehen lassen. Er hätte im Sinne gehabt, ihm eine Vorauszahlung zu machen, sagte Jenatsch, aber daraus werde nichts, er komme jetzt im Gegenteil zuletzt dran, ganz zuletzt. Überdies mußte der Schnitzer die feinen, farbigen Hölzer vorweisen, die Jenatsch ihm vor Wochen geschickt hatte. «Man muß ihm auf die Finger sehen», sagte Jenatsch zum Baumeister. «Du hättest schon längst diesen Sachen nachgehen sollen, wofür sonst habe ich dich angestellt?»

«Ich kann auch nicht mehr als schimpfen und stupfen. Wenn der Bauherr halt nicht daheim ist und selbst zum rechten sieht...»

«Ich ziehe dir vom Lohn ab, wenn du nochmals etwas versäumst, verstanden? Das Haus muß fertig werden bis im Herbst.»

Am Mittagstisch erzählte er, was er für Ärger gehabt habe. Paul Buol, der sich aus der eigenen Landwirtschaft zurückgezogen hatte und sich ab und zu im Hause seiner Tochter sehen ließ, auch zeitweise bei ihr die Mahlzeiten einnahm, sagte, wer baue, müsse halt dabei sein, die Handwerker seien alle Verschwender, sobald es nicht um ihre eigene Sache gehe.

«Das wird sich bald ändern», sagte Jenatsch. «Meine Kompanien werden in nächster Zeit nach Davos verlegt. Man hat mich ins Engadin abschieben wollen, aber ich habe es verhindern können.»

Annas Gesicht strahlte, aber der Schwiegervater fragte in seinem gewöhnlichen trockenen Ton:

«Geht's endlich los?»

«Keine Spur», antwortete Jenatsch. «Es soll nur so aussehen. Die Franzosen meinen, das Bündnervolk beruhige sich, wenn sie uns wie eine Herde Vieh von einer Weide zur andern jagen. Ich bin schon in allen Dörfern des Rheintales einquartiert gewesen, sogar in der Herrschaft Haldenstein, obwohl mich der Julius Otto fast gefressen hat. Dabei war ich gar nicht versessen darauf, in seinem Nest den Kuckuck zu spielen, ich erhielt ganz einfach eine Ordre von Du Landé. Herrn Julius Otto von Schauenstein war das nicht unbekannt. Er berief sich hingegen immer wieder auf eine Abmachung mit dem Herzog, womit es seine Richtigkeit haben mag. Aber was geht mich das an? Ordre ist Ordre. Reklamationen nimmt Du Landé entgegen, das heißt: er nimmt sie eben *nicht* entgegen, sondern spielt den starken Mann. Oder besser gesagt: *Hat* ihn gespielt.»

«Ein schwieriger Patron, der Herr von Schauenstein», sagte Buol. «Aber er hat natürlich recht, daß er sich wehrt, er ist schließlich sein eigener Herr.»

«Wer verteidigt sein Territorium?» fragte Jenatsch. «Seine Bauern haben noch keinen Schuß Pulver gerochen und wissen nicht einmal, was bei einer Muskete vorn und hinten ist. Auf die wäre Verlaß! Er hat sie übrigens letzthin antreten lassen. Sie sind mit Knütteln und Dreschflegeln erschienen, als ginge es auf die Dachsenjagd. Nun, mir kann's recht sein, daß wir aus dem Nest fortkommen, ein Schleck war es nicht, lauter saure Gesichter zu sehen jeden Tag und die Lieferung von jedem Hämpfeli Heu und jeder Schütte Stroh mit dem Pistol in der Hand zu erzwingen.»

«Du meinst also, es gehe nicht los? Der Herzog ist doch letzthin zurückgekommen mit einer Armee.»

«Armee!» lachte Jenatsch. «Man muß die Troßbuben mitzählen, wenn man auf tausend Mann kommen will. Fast jeder zehnte hat eine Fahne getragen, aber mit Fahnen hindert man den Feria nicht, seine Mailänder durchs Veltlin zu führen und übers Stilfser Joch dem Kaiser Sukkurs zu machen. *Ein* Gutes hat der Herzog immerhin gebracht, oder noch besser: zwei gute

Dinge: erstens sich selbst, was bedeutet, daß der Du Landé nichts mehr zu sagen hat, und zweitens ein paar Kisten Geld.»

«Hast du...?» fragte Anna eifrig.

«Bis auf die letzte Krone habe ich alles zurückbekommen, und die andern auch. Es ist mir jedesmal schwarz vor den Augen geworden in der letzten Zeit, wenn ich an das Haus gedacht habe. Aber jetzt kann ich die Handwerker blank auszahlen und brauche Katzensteig nicht zu verkaufen, wie ich gefürchtet habe.»

«Du hast es aber auch hoch im Kopf mit deinem Palazz», sagte Buol.

«Er denkt an die Kinder», sagte Anna, eine Hand auf den Arm ihres Mannes legend.

An einem Augustabend zog Jenatsch an der Spitze seiner zwei Kompanien in Davos ein. Die Truppe war, nachdem sie in Schmitten übernachtet hatte, schon früh am Tag in der Landschaft erschienen, aber Jenatsch hatte sie bei Monstein im Schatten rasten lassen, bloß die Quartiermeister vorausgeschickt, und war erst gegen Abend aufgebrochen. Der Vortrupp hatte die Nachricht vom bevorstehenden Einzug verbreitet, und so standen die Leute an der Straße, als die Kompanien heranmarschierten. Jenatsch trug die scharlachrote, prächtige Uniform mit der breiten Schärpe aus weißer Seide. Brust und Rücken deckte der blauglänzende, goldverzierte Halskragen, über dem das reich mit Gold bestickte Bandelier hing. Auf seine breiten Schultern fiel der schneeweiße Spitzenkragen, und die dazu passenden Manschetten reichten halbwegs zum Ellbogen hinauf, wo das rote Tuch sich schlitzte und geblümte Seide durchblicken ließ. Auf dem schwarzen Hut mit der breiten, seitwärts aufgeschlagenen Krempe spielten gelbe und blaue Federn. Das schwarze Pferd tänzelte ununterbrochen, bald vorwärts, bald auf der Stelle, bald seitwärts über die ganze Straßenbreite hin, mit schäumendem Maul und angelegten Ohren. Jenatsch saß tief im Sattel und blickte geradeaus, kein Muskel zuckte in seinem Gesicht, auch nicht für Anna und die Kinder, die beim Rathaus auf ihn warteten.

In einigem Abstand folgte Nuttin auf einem Braunen, auch er

in der roten Uniform, aber er wirkte weniger prächtig und weniger feldherrenmäßig. Hinter ihm marschierte der Fähnrich mit einigen Pikenieren in Brustpanzern und Sturmhauben, gefolgt von den Spielleuten und der Kompanie in Marschordnung. Es waren Musketiere und Pikeniere. Zwischen der ersten und der zweiten Kompanie wurden ein paar mit Kisten beladene Maultiere geführt.

Auf dem Platz vor dem Rathaus stellte Jenatsch seine Leute auf. Das Manöver war kurz und präzis wie der Befehl, der vorangegangen war. Unter Trommelwirbel und Pfeifenklang ritt der Oberst die Glieder ab. Die Soldaten schienen zu Bildsäulen erstarrt, bloß die beiden Fahnen bewegten sich mit leisem Knattern, und da und dort schaukelte an einem Bandelier eine hölzerne Patronenbüchse. Nun trabte Jenatsch vor die Front, machte eine Bewegung mit seiner Partisane, und die Bildsäulen verwandelten sich wieder in lebendige Menschen, die die Sturmhaube zurechtrückten, sich kratzten, den Schnurrbart zwirbelten oder den Hals nach den Zuschauern reckten. Jenatsch hielt eine kurze Ansprache. Er freue sich, sagte er, in seinem Heimatort Quartier zu beziehen, und er hoffe, keiner der Angehörigen seiner Kompanien mache ihm Schande. Was Ordnung und Mannszucht heiße, müsse er nicht mehr erklären, die Truppe wisse, wie er es haben wolle. Welche besondern Aufgaben den beiden Kompanien in Davos gestellt seien, vermöge er nicht zu sagen. Es gelte einfach, bereit zu sein für die eine, große Unternehmung, die sich bisher verzögert habe, die aber vielleicht viel früher, als alle jetzt dächten, ins Werk gesetzt werden könnte. Darauf wurden die Fahnen eingerollt, die Quartiermacher übernahmen die Mannschaft, Jenatsch und Nuttin, der sich im Hintergrund gehalten hatte, stiegen vom Pferd und begaben sich in die Gaststube des Rathauses. Ein paar Einheimische folgten ihnen, ließen sich aber an einem andern Tisch nieder. Die Brüder unterhielten sich über dienstliche Dinge. Georg entwarf das Ausbildungsprogramm für die nächste Zeit: Marsch- und Schießübungen, Pflege der Waffen. Ein Teil der Leute sollte den Bauern bei den Feldarbeiten helfen, die Kompanieschreiber hätten sobald als möglich die Einteilung vorzunehmen.

Nachdem sie ihren Wein ausgetrunken hatten, verließen sie die Wirtsstube und bestiegen die Pferde, die Volkart, der Diener Jenatschs, bereitgehalten hatte. Nach kurzer Zeit holten sie Anna mit den drei ältesten Kindern ein. Der kleine Paul durfte vor dem Vater, Ursina vor ihrem Götti Nuttin nach Hause reiten, während Volkart Katharina aufs Pferd nehmen wollte, sie aber, da sie sich schreiend wehrte, wieder der Mutter übergab.

Unterdessen waren die Einheimischen am Tisch gesprächig geworden. «Nicht angesehen hat er uns, der gauche Lümmel», sagte Simmi Meißer, und Thomas Beeli spuckte auf den Boden und sagte: «Ein prächtiger Mitbürger das. Gnad uns Gott, wenn der einmal Landammann wird.»

«Der?» lachte Meißer, «der wird nicht einmal Geißhirt auf Davos!»

«Jetzt heißt's aufpassen, was wir schwatzen», sagte Florian Schlegel, sich mit dem Ärmel die Nase wischend, «der hat jetzt seine Ohren in jedem Haus und seine Nase in jedem Stall.»

«Der wahre Landvogt», sagte Johann Ardüser, «aber man wird es ihm einmal beizen, soviel ist sicher.»

Beeli hob den Zeigefinger: «Auf jeden Fall heizen wir ihm ein, wenn seine Soldaten sich mucksen. Und wenn er das Quartiergeld nicht zahlt, pfänden wir ihm das Vieh.»

«Oder seinen Schwarzen»!» rief Schlegel.

«An dem könntest dir die Finger verbrennen, Fluri», sagte Meißer, «mit dem hätte ich lieber nichts zu tun.»

«Wieso?»

«Das ist kein Roß wie andere.»

«Warum nicht?»

«Den bösen Blick hat er, das sieht ein Blinder», sagte Beeli. «Habt ihr nicht gemerkt, daß seine Augen den gelben Stich haben, wenn er sie ein bißchen verdreht?»

«Das ist noch nicht alles», sagte Meißer. «Ein Rorschacher Wirt hat ihn dem Jenatsch verkauft. Ein Maienfelder ist dabeigewesen und hat es einem Prättigauer erzählt, und von dem hab' ich es.»

«Was ist mit dem Roß?»

«Man weiß doch, daß jeder Hengst sich vor den Leuten scheut.

Wenn er durchgebrannt ist und du stellst dich ihm in den Weg und breitest die Arme aus, dann weicht er dir aus. Jeder.»
«Und der nicht?» fragte Schlegel.
«Der nicht. Der rennt dich über den Haufen, ja nicht nur das, der trampelt dich zusammen wie ein Bündli Stroh.»
«Hat er's schon einmal gemacht?» wollte Beeli wissen.
«Auf dem Markt in St. Gallen hat ihn der Rorschacher vorgeführt. Mitten in die Leute hinein hat er ihn gejagt, mit *einem* Satz, ohne Anlauf. Es hat nicht viel gefehlt, daß ein Appenzeller Bäuerlein unter die Hufe geraten wäre. Ein Thurgauer konnte es im letzten Moment auf die Seite ziehen und hat ihm dabei den Ärmel ausgerissen.»

Die Truppe führte sich mustergültig auf. Jeden Morgen rückte eine Abteilung zu den Feldarbeiten aus, eine kleine Gruppe half den Handwerkern beim Hausbau, während der Rest sich in der Handhabung der Waffen übte. Alle paar Tage machten die beiden Kompanien vollzählig einen Ausmarsch, aber sie hielten sich an die Straßen und Pfade. Kein Halm wurde zertreten, kein Zaun zerbrochen, obwohl die Pikeniere mit ihren Spießen sich scharenweise darüberschwangen. Die Hühner und Schweine blieben unangetastet, und kein Mädchen verlor sein Ehre. Der Oberst kümmerte sich um alles, bezahlte Fourage und Quartier zur Zufriedenheit, und wenn er nicht da war, sorgte sein Bruder für Ordnung. Das könne nicht mit rechten Dingen zugehen, sagten die Meißer, Beeli und Schlegel, solche Soldaten habe man noch nie gesehen, da seien einem die Österreicher, die wie die Türken gehaust hätten, fast noch lieber gewesen.

Als Jenatsch eines Abends gegen Ende August in seinem neuen Hause herumstieg, dessen Böden gelegt und dessen Türen und Fenster endlich eingesetzt waren, wurde er von seinem Diener gerufen. Volkart meldete einen fremden Besuch. Jenatsch klopfte sich den Staub von den Kleidern und eilte die rohen Steintreppen, auf denen die Deckplatten noch fehlten, hinab. Der Fremde stand vor dem Haus, langbärtig, den Blick gesenkt, die Hände auf dem Rücken. Er war in eine einfache, offensichtlich nicht ganz sitzende Tracht gekleidet, und als Jenatsch sich ihm auf drei Schritte genähert hatte, sah er rasch auf und hob seinen breitkrempigen Hut ein wenig. Sein Kopf war beim Wirbel kahl geschoren. Jenatsch stutzte einen Augenblick, und der Fremde bemerkte es, mit schlechten Zähnen lächelnd, und sagte mit unterdrückter Stimme: «Wudolfus, Owdinis Minowum Capucinowum.» Seine Aussprache ersetzte das R durch einen W-ähnlichen Laut.

Jenatsch zog die Brauen zusammen und verkniff den Mund.

«Ich komme offenbar ungelegen», sagte der Fremde. «Das tut mir leid. Man hat mich geschickt.»

«Der Dompropst Flugi hat mich nicht benachrichtigt von Ihrer Ankunft, er hat mich nicht einmal gefragt, ob ich Sie empfangen könne. Es fehlte bloß noch, daß Sie in Ordenstracht gekommen wären.»

«O, man hat mir Dispens gegeben, selbstverständlich. Die Mission ist ja von Wichtigkeit.»

«Warum hat man Ihnen nicht so viel Zeit gelassen, bis die Haare nachgewachsen sind? Das kann alles verraten. Ich habe meinem Verwandten in Chur mehr als einmal gesagt: *in größter Heimlichkeit,* aber kommen Sie endlich, wir können nicht hier stehen bleiben. Behalten Sie den Hut auf, bis wir allein sind.» Er ging dem Gast voran ins Haus hinein, ließ ihn in die Stube treten und sprach dann in der Küche ein paar Worte mit Anna. Als er in die Stube zurückkehrte, hatte sich der Kapuziner auf die Fensterbank gesetzt.

»Komme ich *sehr* ungelegen?» fragte er lächelnd.

«In Haldenstein oder in Chur wäre es passender gewesen, hier begegnet man jedem Fremden mit Mißtrauen, besonders, wenn er zu mir kommt, ich bin ja eigentlich selber fremd hier.»

«Ich begreife, aber nun bin ich einmal da und kann nicht gut heute nacht noch weiterziehen. Übrigens sieht uns hier wohl niemand.» Er faltete die Hände über dem Bauch und legte den Kopf schräg.

Jenatsch ging ein paarmal auf und ab.

«Ich bin nicht vorbereitet», sagte er, «ganz und gar nicht, Sie haben mich überrumpelt.»

«Ich?» lächelte der Kapuziner. «Ich bin nur ein Werkzeug. Sie können das Werkzeug dem Absender zurückschicken, aber es ist dann nicht sicher, ob er es nochmals absenden wird. Vielleicht hat der Absender die Stunde besser gewählt, als Sie vermuten.»

«Den Zeitpunkt bestimme *ich*, das ist meine Bedingung. Man weiß das gut genug, dort, wo Sie herkommen.»

«Man will Ihnen wohl.»

«Das hoffe ich.»

«Deshalb möchte man Ihnen die Entscheidung erleichtern. Sie brauchen heute noch keinen Entschluß zu fassen, man läßt Ihnen die volle Freiheit, den Zeitpunkt zu wählen. Aber ein so weittragender Entschluß bedarf der gründlichen Vorbereitung. Sie sollen in dieses Wasser nicht unbesonnen mit beiden Beinen hineinspringen. Wir möchten uns vergewissern, daß Sie schwimmen können. Nötigenfalls müssen wir es Sie lehren.»

«Solche Redensarten sind unnütz. Hier wird nicht disputiert. Niemand in diesem Hause darf wissen, wer Sie sind und was Sie hergeführt hat. Ich bin heute abend besetzt. Ich werde Sie in eine Kammer führen, dort finden Sie ein Bett und etwas zu essen. Riegeln Sie die Tür zu und lassen Sie sich nicht blicken. Bei Tagesgrauen werde ich Sie wecken. Sie begleiten mich morgen auf die Jagd.»

«Mit Vergnügen», sagte der Kapuziner.

Sie folgten eine Weile dem Flüelasträßchen und begannen darauf, einen Hang quer hinanzusteigen. Der Fremde schwitzte bereits und war fast außer Atem, denn Jenatsch hatte ihn nicht geschont. Von Zeit zu Zeit blieb er stehen und wechselte die Büchse auf die andere Schulter hinüber. Er hatte übrigens unzulängliches Schuhwerk. Auch Jenatsch hielt zuweilen an, aber nicht, um auf den Begleiter zu warten, sondern, um mit seinem Perspektiv das Gelände abzusuchen. Einmal warf er Büchse und Schnappsack ins taufeuchte Gras, eilte einen Hügel hinan, kroch auf allen vieren zu einem Steinhaufen und lag dort lange, das Fernrohr am Auge.

Die Sonne war aufgegangen, ein Lärchenwald flammte am

jenseitigen Hang auf, und das Tannendunkel in der Tiefe wurde bräunlich und warm. Bloß der Talgrund lag noch im Schatten, in blinden, milchigen Morgendunst gehüllt. Im Grase begannen die Heuschrecken zu schnarren, ein Murmeltier pfiff, weiter oben in den Felsbändern krächzte ein Kolkrabe, und quer herüber von den sonnigen, freundlichen Weiden der Schatzalp wehte der Wind das Geläute einer Herde.

Der Kapuziner hatte den Hut abgenommen. Seine Tonsur glänzte, und sein Bart war dunkel durchzogen von Schweiß. Er lag auf dem Rücken und blinzelte in die Sonne. Als Jenatsch zurückkehrte, erhob er sich, mühsam lächelnd. «Sie werden nun diesen Hang hinansteigen bis zu den Felsbändern», sagte Jenatsch. «Dann folgen Sie rechterhand dem untersten Band, bis Sie zu einem trockenen Bachbett gelangen. In diesem können Sie mühelos emporsteigen, bis Sie oben, über den Felsen, eine Alpweide erreichen. Sie halten die Richtung, aus der Sie gekommen sind, ein, es wird weiter oben ein bißchen steil, aber es ist ganz ungefährlich. Zuletzt werden Sie auf einer kleinen Ebene ankommen. Rechts davon zieht sich ein kleiner Grat aufwärts. Dort oben warten Sie. Können Sie schießen?»

«Man müßte es mir zeigen.»

«Dazu habe ich jetzt keine Zeit. Es ist übrigens auch nicht nötig.»

«Wo werde ich Sie wieder treffen?»

«An dem Ort, den ich Ihnen angegeben habe. Sie brauchen nicht zu eilen. Machen Sie's gut.»

Er hängte sich den Proviantsack und die Büchse um und stapfte mit langen Schritten davon.

Gegen Mittag näherte sich der Kapuziner dem vereinbarten Punkt. Es war heiß geworden, und die Fliegen begannen lästig zu werden. Über Felsbrocken und durch ein Gestrüpp von Alpenrosenstauden schleppte sich der ziemlich beleibte Mann die kurze Strecke aufwärts, oft anhaltend, immer wieder das Gesicht mit einem großen Sacktuch abwischend. Einmal rutschte er auf einer glatten Platte aus und schürfte sich einen Fetzen Haut vom Handgelenk. Er setzte sich auf einen flechtenübersponnenen

Stein und leckte das hervorsickernde Blut ab. «Mon Dié», seufzte er, «quand est-ce que cela finira, mon Dié?»

Ein scharfer Pfiff ließ ihn auffahren. Auf dem Grate zeichneten sich Gemsen vom blauen Himmel ab und waren im nächsten Augenblick verschwunden. Er raffte sich auf und schleppte sich kriechend und stolpernd zum Grate hinauf. Da fiel ein Schuß, eine Rauchkugel wälzte sich dem jenseitigen Abhang entlang, zerdehnte sich und stieg langsam, immer blasser und durchsichtiger, formloser und schwebender werdend, in die Luft. Hinter einem Felsbrocken tauchte der Jäger auf, sein weißer Kragen leuchtete in der Sonne. Er hob mit der Rechten das Gewehr und schwenkte mit der Linken den Hut und eilte dann in raschen Sprüngen auf eine kleine Mulde unterhalb des Grates zu. Dort lag ein dunkler Körper im hellen Gestein. Der Kapuziner rutschte in die Mulde hinab auf zitternden Beinen und traf Jenatsch bei der Beute. Sein schweißnasses Gesicht strahlte, als er die Gemse umwendete, um den Einschuß zu betrachten.

«Blattschuß!» sagte er zufrieden. «So gehört es sich. Aber nun wird Palorma getrunken.»

Er nestelte am Proviantsack und zog eine lederbezogene Feldflasche heraus, entkorkte sie und trank ein paar kräftige Schlücke daraus. Sein brauner Adamsapfel bewegte sich auf und ab.

«Sie auch», sagte er, sich den Mund abwischend und dem Kapuziner die Flasche entgegenstreckend. Dann zog er das Messer aus der Scheide und machte sich ans Ausweiden. Er legte das Tier zurecht, stieß ihm das Messer in den untern Bauch, wo die Haare hell waren, und machte einen Schnitt gegen den After hin, löste dann den Mastdarm, streifte mit der Linken den Ärmel zurück und bohrte darauf den Arm tief in die Bauchwunde. Es krachte im Innern des Tieres, nochmals und nochmals, nach jedem Ruck des Arms, und schließlich kam die Faust zum Vorschein. Sie hielt Luft- und Speiseröhre gepackt, der Magen folgte, die Lunge, und dann konnte der Jäger mit beiden Händen das bläuliche Gedärm herausziehen, Windung um Windung, bis die ganzen Eingeweide zwischen den Steinen lagen, blutverschmiert und übelriechend.

Der Kapuziner hatte sich ein paar Schritte zurückgezogen.

«Saubere Arbeit, nicht wahr?», grinste Jenatsch. «Muß aber auch gelernt sein. Das erstemal ging es nicht so glatt, ich habe mich ziemlich dumm angestellt, auch beim Schießen. Mein erster Schuß ging daneben, mit dem zweiten habe ich einem Bock ein Vorderbein abgeschossen, erst mein dritter saß. Wie man früher mit Pfeil und Bogen jagte oder später dann mit der Armbrust, kann ich mir nicht vorstellen.»

Er riß ein Grasbüschel aus und wischte sich damit den Arm ab, putzte dann das Messer und holte aus der Hosentasche eine dicke Schnur hervor, um damit die Beine der Gemse zusammenzubinden.

«Läßt man das liegen?» fragte der Kapuziner, mit dem Barte auf die Eingeweide deutend.

«Man kann es vergraben, aber es kommt auf das gleiche heraus. Füchse und Raben finden es doch.»

Mit einem Schwung lud er sich die Gemse auf den Rücken und nahm die Büchse zur Hand.

«Tragen Sie mir den Sack, hier können wir nicht essen.»

Aus der Schußwunde sickerte schwärzliches Blut und tropfte auf die Beinkleider und Stiefel. Die beiden Männer stiegen die Bergflanke hinab, Jenatsch voran, der Pater in einigem Abstand. Sie durchquerten ein Geröllfeld, wo ihnen die heiße Luft wie Tücher entgegenschlug, und langten nach einigem Auf und Ab bei einem kleinen See an. Im Schatten eines mächtigen Felsbrockens lud Jenatsch seine Beute ab und ging dann die paar Schritte zum Ufer, um sich die Hände zu waschen und das Messer gründlich zu säubern.

«Jetzt sind *Sie* dran», sagte er lächelnd zum Kapuziner. «Sie haben mir lange aufgelauert. Zielen Sie nun auch gut! Oder wissen Sie was, wir warten bis nach dem Essen, es dünkt mich, Sie haben eine Stärkung nötig.»

Er begann den in Leinenbeutel verteilten Proviant auszupacken, Brot, Speck, ein Stück Dörrfleisch, kleinlöcherigen Käse, eine flache Korbflasche und zwei Becher aus grauem Zinn. «Zum Nachtessen bekommen Sie gebratene Gemsleber oder Gemsherz, wenn Sie lieber wollen. Früher hat der Jäger übrigens das Herz roh gegessen, mit Salz und Zwiebeln oder Knoblauch.

Ein krasser Aberglaube. Er meinte, sich damit den Mut der Gemse zu waghalsigen Klettereien zu erwerben, oder die Ausdauer oder was weiß ich. Darüber ist man heute selbstverständlich hinaus.»

Er schnitt Brot und Fleisch ab, reichte dann das Messer dem Begleiter und begann zu essen.

«Sie haben nach dem Schuß in fast ritueller Weise Branntwein getrunken», sagte der Fremde, «und für diese Handlung einen merkwürdigen Ausdruck gebraucht.»

«Palorma. Ein romanisches Wort. ‚Orma' heißt ‚Seele'. Ich denke mir, Palorma trinken ist eine Art Trankopfer zu Ehren der befreiten Seele des Tieres. Oder es war in heidnischer Zeit eine symbolische Opferhandlung, um die Götter zu versöhnen, vielleicht Artemis, die Herrin der Tiere. Bloß hätte man dann ein paar Tropfen als Libation vergießen müssen, sonst ist es ja kein Opfer. Das reute die sparsamen Bündner, und so ist Palorma trinken bloß noch ein alter Jägerbrauch, wie das Aufstecken des mit Blut benetzten Tannenzweigleins auf den Hut. Das machen wir beim ersten Baum, an dem wir vorbeikommen.»

Er füllte einen Becher aus der Korbflasche, reichte ihn dem Gast und goß den zweiten voll.

«Palorma», sagte der Pater, nachdem er getrunken hatte, «ein schöner, sinnvoller Brauch. Nur hätten die Seelen der Jäger es nötiger, daß man etwas für sie tut. Man tut allerdings schon etwas für sie, aber sie nehmen keine Notiz davon, sie nehmen das Opfer, das täglich sich wiederholende, nicht an, und so bleibt es unwirksam für ihre Seele, die es doch so nötig hätte.»

«Sie sind bereits in medias res, wie ich bemerke. Das ist eigentlich gegen die Abmachung.»

«Verzeihen Sie, ich sah einen Anknüpfungspunkt, der mir den Übergang zum Thema ermöglichte. Die Jagd scheint Ihnen allerdings wichtiger zu sein als dieses Thema.»

«Da irren Sie sich. Die Jagd ist etwas Momentanes, und der Moment soll ja auch zu seinem Recht kommen. Aber das ‚Thema' beschäftigt mich seit Jahren.»

«Diese Beschäftigung sollte aber doch allmählich zu einem Ende führen, in einen Entschluß ausmünden, wenn sie wirklich ernst genommen sein will. Verstehen Sie mich richtig: ich will Sie keineswegs drängen, ich kann Ihnen den Entschluß auch nicht abnehmen, höchstens erleichtern. Sie haben Anfechtungen zu bestehen. Sie werden von Zweifeln heimgesucht. Sprechen Sie mit mir offen darüber, ich werde Sie, wie gesagt, zu gar nichts drängen.»

«Sehe ich so aus, als ob ich mich drängen ließe?» lächelte Jenatsch.

«Sie sehen so aus wie ein Mann, der sich ein Urteil erlauben darf. Nehmen Sie zur Kenntnis und urteilen Sie dann.»

«Ich bin bereit, zur Kenntnis zu nehmen.»

«Vertrauen Sie mir also Ihre Zweifel an. Sie sind auf Hindernisse gestoßen. Sind diese innerer oder äußerlicher Natur? Sie verzeihen, daß ich Fragen stelle, aber irgendwo müssen wir schließlich beginnen.»

«Ich beichte nicht gern – da hätten wir eines der Hindernisse.»

«Oh, Sie haben die Wohltat der Beichte noch nicht erfahren, die ungeheure Erleichterung, die darin besteht, alles Gott anheimzustellen, das grenzenlose Glücksgefühl, alles Alte, Mißratene abzustreifen und völlig neu zu beginnen als ein veränderter, durch die Wirkung der Gnade gleichsam neu geschaffener Mensch. Bedenken Sie, wie unendlich weit Gott sich herabläßt zu uns sündigen Menschen, indem er sich täglich von neuem opfert. Er will nicht unser Verderben, er will unser Heil, er bietet es uns an, wir brauchen es bloß zu empfangen.»

«Unter der Voraussetzung vollkommener Reue. Kann ein Mensch vollkommene Reue leisten? Geht das nicht über sein Vermögen? Kann er das nicht eigentlich erst im Stande der Gnade, also erst *nach* der Absolution?»

«Luthers Dilemma! Das hat man Ihnen zu Zürich und zu Basel offenbar gründlich eingehämmert! Aber bedenken Sie eines: die Voraussetzung der Absolutionserteilung ist nicht die *vollkommene* Reue. Wir wissen, daß sie dem sündigen Menschen unmöglich ist. Uns genügt die *ehrliche* Reue, die erst durch die Lossprechung zur vollkommenen wird. Luther war überängstlich, ein skrupulöser Mensch, der Wichtiges von Unwichtigem zu wenig unterschied. Darum hat er sich auch an dem völlig unwichtigen Ablaßkrämer Tetzel gestoßen, einer peripheren Erscheinung, die durch verschiedene äußerliche Umstände bedingt ist.»

«Daran tat er recht. Das Seelenheil ist nicht durch Geld zu erwerben.»

«Nicht *nur* durch Geld. Aber Sie werden doch zugeben, daß ein so teures Gut wie das ewige Heil *erworben* werden muß. Daß Gott nicht *alles* tun kann und der Mensch *nichts.*»

«Gibst du mir die Wurst, so lösch ich dir den Durst. Sie machen damit Gott zum Krämer. Die Liebe besteht ja nicht darin, daß ich dem andern etwas zuliebe tue, damit er es mir vergilt. Wirkliche Liebe kalkuliert nicht.»

«Gewiß nicht, aber wer geliebt wird, hat das Bedürfnis, dankbar zu sein. Die heilige Messe zum Beispiel ist eine Demonstration der göttlichen Liebe. Die Dankbarkeit soll sich nun aber, um verstanden zu werden, ebenfalls einer Demonstration bedienen. Dafür hat unsere Kirche gewisse Formen entwickelt, Sie wissen, was ich meine. Die Reformation hat die Formen beschränkt, ja ihr Protestanten glaubt, beinahe ohne sie auszukommen; dabei vollzieht sich das tägliche Leben in einer unaufhörlichen Kette von Formen. Wenn Sie den Mund zu einem verständlichen Wort auftun, bedienen Sie sich einer Form, wenn Sie einen Gruß erwidern, sich den Hut aufsetzen: alles ist Form. Dieses Brot hier: Warum verzehren Sie nicht die rohen Körner? Weil sich die Form eingebürgert hat, die Körner zu mahlen und zu backen und weil, nebenbei gesagt, gebackenes Brot unvergleichlich viel besser schmeckt als rohe Körner und – nochmals nebenbei gesagt – dem Menschen auch zuträglicher ist. Wäre dem nicht so, dann wäre niemand je auf den Gedanken gekommen, mit soviel Arbeitsaufwand Brot herzustellen. Denken Sie also nicht gering von den Formen. Sie erleichtern das Zusammenleben unter den Menschen und die Beziehung der Menschen zu Gott.»

«Man könnte sich aber *andere* Formen denken. Wer beweist mir, daß die mir angebotene Form die *richtige* ist?»

«Eine Autorität. Der Zweifel ist dem Menschen zwar eingeboren, aber es müssen ihm Grenzen gesetzt werden, sonst wandelt sich dieses göttliche Instrument des Schöpferischen in ein teuflisches Instrument der Zerstörung. Vor allem darf der Zweifel die ihm zugeordnete Sphäre nicht verlassen, nämlich die Sphäre des Denkens, des intellectus. Sobald er in die Glaubenssphäre eindringt, ist er vom Übel. Thomas der Apostel hat uns ein lehrreiches Beispiel demonstriert. Der Zweifel ist ein Kind des Intellektes, wie der Bär ein Kind des Waldes ist. Man schützt sein Haus vor ihm. Wer möchte ihn in seine Stube lassen? Sie werden nun vielleicht Augustin zitieren, der credere und cogitare einander gleichsetzt.»

«Sie sind erstaunlich gut informiert»!

«Ist das eine Anspielung? Ich verstehe sie nicht, ich weiß nur, daß Sie sich mit Augustin beschäftigt haben. Und da möchte ich mir den Hinweis erlauben, daß Augustinus zwei Arten des Denkens unterscheidet. Das eine ist ein Synonym für glauben: credere est *cum assensione* cogitare, das andere cogitare wäre mit ‚cum dubitatione' näher zu kennzeichnen. Glauben und zweifeln also. Die Schranke, die zwischen beide gesetzt ist, ist auch die Schranke zwischen Übernatürlichem und Natürlichem. Das Natürliche hat das Bestreben, ins Übernatürliche überzugreifen: es soll alles eins sein, gleich sein. Gleiche Rechte für alle, nicht nur auf Erden, sogar im Himmel, es gibt keine heiligen, mit übernatürlichen Kräften begabte Menschen, nur Sünder, die in der Sünde verharren müssen, bis eine blinde göttliche Liebe sie allesamt in den Himmel erhebt. Ist das nicht eine eurer Hauptlehren? Dieses Übergreifen kann nur verhindert werden durch das gebieterische Halt! einer Autorität. Bis hieher und nicht weiter, hier beginnt der göttliche Bereich, hier gilt ein anderes Gesetz.»

«...das von sündigen Menschen verkündet wird.»

«Verkündet wird, aber nicht gemacht ist. Ihr habt ja auch eure Autorität, eure oberste Instanz: der papierene Papst der Bibel.»

«Den auch die katholische Kirche anerkennt.»

«Gewiß. Aber nicht *nur* ihn. Ist es nicht absurd, zu glauben, Gott habe sich ein für allemal in den Propheten und Aposteln und in seinem Sohne offenbart und habe seitdem geschwiegen? Ist es nicht vielmehr so, daß er uns damit nur einen Grund gelegt hat, einen Baugrund: Dies ist der Fels... usw. Es *ist* so. Auf diesem Grund ist die Kirche gebaut worden, Stein für Stein. Die

Heiligen, von Gott Erfüllten aber sind nicht ausgestorben mit den Aposteln. Sie erstehen immer wieder als Lehrer und Zeugen, als Diener und Opfer des Übernatürlichen, das weiterwirkt bis auf unsere Tage und weiter bis ans Jüngste Gericht. Gott selbst hat durch seinen Sohn die Kirche gegründet, die gleiche Kirche, die heute noch kraftvoll lebt. Warum aber lebt sie? Weil sie ein Maß besitzt, an dem alles gemessen wird, weil sie ein Haupt hat, das die Glieder regiert, weil dieses Haupt von Gott eingesetzt ist als irdischer Statthalter. Diese Kirche ist ein Körper. Nur ein Körper kann leben.»

«Ersparen Sie mir die Beschreibung, ich kenne die Kirche», sagte Jenatsch. Er griff nach dem Perspektiv, das neben ihm lag, und begann im Sitzen den gegenüberliegenden Berghang abzusuchen. Der Pater blickte ihn verwundert an und schwieg.

«Haben Sie schon einmal Steinböcke gesehen?» fragte Jenatsch. «In Ihrem Mömpelgard – daher stammen Sie doch, soviel ich weiß? – werden Sie kaum Gelegenheit dazu gehabt haben. Schauen Sie einmal durch dieses Fernrohr.»

Der Kapuziner blickte ihn rasch an und streckte dann die Hand aus.

«Folgen Sie der Runse hier bis zur Platte, die rötlich glänzt. Von dort ein wenig nach links schräg aufwärts. Haben Sie's?»

«Gewiß», sagte der Pater ohne Begeisterung und nahm das Perspektiv gleich wieder vom Auge.

«Sind Sie noch hungrig?», fragte Jenatsch, «sonst packe ich zusammen».

«Danke, einen Schluck Wein vielleicht noch.»

Nachdem er getrunken hatte, kratzte er sich den Kopf und machte ein nachdenkliches Gesicht. «Sie haben mich aus dem Konzept gebracht», sagte er dann, fast vorwurfsvoll.

«Muß ich Ihnen das Stichwort geben?» grinste Jenatsch. «Sagen Sie mir etwas über das Verhältnis von Staat und Kirche.»

«Davon wollte ich eben sprechen. Ich dachte mir, Sie als Politiker würde das interessieren. Ich wollte sagen, daß auch der Staat ein Körper sein muß. Das heißt nicht, daß Staat und Kirche einander widersprechen müssen. Im Gegenteil: Der Staat ist so notwendig wie die Kirche. Christus hat den Staat anerkannt:

‚So gebet dem Kaiser, was des Kaisers ist, und Gott, was Gottes ist.' Aber der richtige Staat ist ein weltliches Abbild der Kirche. Ein guter Christ ist auch ein guter Untertan. Er anerkennt die Autorität des Papstes wie die des Kaisers. Beide sind von Gott eingesetzt. Die Kaiserkrönung, eigentlich ein Sakrament wie die Priesterweihe, macht dies deutlich. Ein guter Untertan wird aber auch dazu angehalten, ein guter Christ zu sein. Das Unheil der Reformation, das die Autorität des Papstes verneint, wird auch vor dem Staate nicht haltmachen. Ich sehe eine Zeit kommen, da man Könige und Fürsten vor ein Gericht zerrt und ihnen öffentlich den Kopf abschlägt. So ungeheuerliche Perspektiven sind erst mit der Reformation denkbar geworden. Die Reformation hat angefangen, den Grundsatz der Legitimität in Zweifel zu ziehen. Ein Politiker wie Sie wird diese Tatsache im Auge behalten.»

«Sie betrachten also die Demokratie als einen ebenso gefährlichen Irrtum wie die Reformation?»

«Ich habe als Ordensmann keine ins Einzelne gehende politische Meinung. Ich kann nur sagen, wie ein Staat beschaffen sein muß, der unserer Kirche entgegenkommt. Einem solchen Staat kommt umgekehrt auch die Kirche entgegen, beide ziehen also Nutzen aus der Existenz des Partners, und so gelange ich denn zu folgendem Schluß: Eine katholische Demokratie ist ebensosehr ein Paradoxon wie ein protestantisches Fürstentum.»

«Glauben Sie nicht, daß die Religion Privatsache des Einzelnen sein soll?»

«Eine Religion ist nie Privatsache, denn sie ist eine Einrichtung des öffentlichen Lebens. Die wahre Religion begleitet den Menschen vom ersten Atemzug bis zum letzten. Sie muß so beschaffen sein, daß der Mensch überall auf dem Erdboden, wo es auch sei, die gleichen Formen der religiösen Praxis antrifft und daher die geistliche Heimat seiner Kirche nie zu verlassen braucht. Nur die katholische Kirche genügt diesem Anspruch.»

«Falls es gelingen sollte, die Drei Bünde zu rekatholisieren, wie stellen Sie sich dann ihre Staatsform vor?»

«Ich spiele nicht gern mit dem Unwirklichen, aber es dürfte Ihnen leicht fallen, meine Antwort zu erraten.»

Jenatsch blickte ihn rasch an und nickte. «Das wird schwer

halten», sagte er. «Die Reformation ist verwurzelt in Bünden. Wir haben unsere Märtyrer so gut wie die alte Kirche. Auch die Demokratie ist verwurzelt.»

«Glauben Sie? Die Popularität eines Herzogs Rohan spricht dagegen.»

«Sie könnten recht haben.»

«Gott ist nichts unmöglich. Es braucht einen inspirierten Mann, und alles kann sich ändern, nicht von heute auf morgen, natürlich. Aber in einem Menschenalter.»

Jenatsch stand auf und hängte sich den Schnappsack um. Der Pater erhob sich ebenfalls.

«Wie stehen wir nun zueinander?» fragte er, die Büchse aufnehmend und ohne Jenatsch anzublicken.

«Sie möchten natürlich die Trophäe gleich mitnehmen, Sie schlauer Jäger Sie», lächelte Jenatsch. «Aber einem Mann wie mir sägt man nicht die Hörner ab wie einem toten Gemsbock. Sagen Sie das den Herren, die Sie geschickt haben. Sie werden von mir hören.»

Er schwang sich die Gemse auf den Rücken und nahm die Büchse in die Hand.

TAGEBUCH MIT BILDERN

1. Januar 1634

Wird dieses Jahr unsere Hoffnungen enttäuschen wie das vergangene? Wird endlich der Zank um unser Eigentum, das fruchtlose Verhandeln, das Versprechen und nicht Halten, das immer erneute Appellieren an unsere Geduld und Einsicht, wird all dies, das tägliche Brot unserer Politik seit fast 15 Jahren, endlich aufhören? Werden wieder Zustände einkehren, die das Leben in ruhigem Gleichmaß dahinfließen lassen, wie es früher war? Werde ich abtreten müssen, ohne den ersehnten Tag noch zu erleben? Niemand weiß es. Die Geschicke der Staaten wie des einzelnen Menschen erfüllen sich ohne Einwirkung unseres Willens. Wir sind nur Werkzeuge, nur Handlanger des Meisters, der an seinem Reiche baut mit winzigen Steinchen.

Dennoch darf der Einzelne, so schwach er auch ist, die Hände nicht in den Schoß legen. Ich habe gestern auf diesen Blättern die unerfreuliche Bilanz des vergangenen Jahres gezogen. Ich will heute damit beginnen, das kommende ins Auge zu fassen.

Gespräche, die ich in den letzten Tagen mit verschiedenen hervorragenden Männern unseres Landes, aber auch mit Vertretern der französischen Krone führte, haben mich immer deutlicher erkennen lassen, daß Frankreich nicht gewillt ist, uns beizustehen. Wir haben zwar selbst einen französischen Oberstkommandierenden gewählt und ihn unserer Regierung unterstellt, aber diese Regierung sieht sich außerstande, den Angriff auf das Veltlin zu befehlen. Der Herzog, den wir alle verehren, ist eine Marionette. Dies niederzuschreiben ist bitter, aber es ist die volle Wahrheit. Was muß dieser Mann hier gelitten haben! Es ist undenkbar, daß er sich über seine Stellung nicht genauestens Rechenschaft zu geben vermöchte. Man hat seinen ehrlichen Namen mißbraucht zu Täuschung und schlimmerem. Man hat ihn, den standhaften Hugenotten, gezwungen, Dekrete zu unterzeichnen und durchzusetzen, die eine krasse Beleidigung seines Glaubens sind. (Ich denke an die immer noch unerledigte Frage der Kapuziner im Engadin. Sie wird dem Herzog und uns auch im kommenden Jahr noch zu schaffen machen.) Man hat ihn im letzten Winter abberufen und nach Venedig geschickt, ohne ihm (und noch weniger uns!) diese Maßnahme zu erklären, und hat ihn wieder zurückzitiert wie eine Schildwache. Wie sehr muß all dies ihn gekränkt haben! Dabei sollte er nach außen den leutseligen, optimistischen Herrn spielen, uns Versprechungen machen, von denen er im gleichen Augenblick weiß, daß er sie nicht halten kann, muß dem Schatzmeister jeden Louis d'or aus den Händen reißen, muß sich mit seinen unbotmäßigen Untergebenen herumschlagen, die genau wissen, daß die Stellung des Herzogs am Hofe äußerst schwach ist. Vergleicht man diese Lage mit den Zukunftsmöglichkeiten, die sich dem Fürsten noch vor wenigen Jahren darboten, so findet man umso mehr Ursache, ihn zu bedauern. Wie ich letzthin erfahren konnte, hat ihm nämlich der Patriarch von Constantinopel, Cyrill, den Vorschlag gemacht, dem Großtürken die Insel Zypern abzukaufen. Dieser wäre bereit gewesen, dem Herzog das Königreich zum Preise von drei- bis vierhunderttausend Scudi zu überlassen, unter der Bedingung eines jährlich an die Pforte zu leistenden Tributes von zwanzigtausend Scudi und vorbehältlich gewisser Auflagen militärischer Natur. Welche Aussichten hätten sich da eröffnet! Rohan wäre sein eigener Herr gewesen auf einer üppigen Insel, er hätte allen verfolgten Glaubensgenossen eine sichere Zuflucht bieten können. Industrien hätten sich angesiedelt, Künste und Wissenschaften hätten sich entwickelt, der Handel wäre in sichere Hände gelangt, kurz: die Zivilisation hätte im östlichen Mittelmeer Fuß gefaßt, eine Art von irdischem Paradies hätte entstehen können, ein Musterstaat zum mindesten, an dem sich jedermann hätte ein Beispiel nehmen können. Und diese beglückenden Perspektiven hat der Fürst freiwillig gegen eine widerwärtige Wirklichkeit eingetauscht, einer undankbaren, ja demütigenden Abhängigkeit geopfert, die keine seiner Mühewaltungen entschädigt.

Das Traurigste seiner Lage erblicke ich darin, daß *niemand ihm helfen kann*. Damit meine ich: Niemand, der ihm wohlgesinnt ist und an seinem Schicksal Anteil nimmt. Alles, was wir sichtbar zu seinen Gunsten unternehmen könnten, verstärkt nur das Mißtrauen, das Richelieu und der Père Joseph (die Graue Eminenz genannt) ihm entgegenbringen. Es gibt für den Herzog nur ein Mittel, sich die laue Gunst seiner Obern zu erhalten: bedingungslose Ausführung der Befehle. Daß diese bloß den französischen Interessen dienen, belastet aber anderseits die Stellung Rohans zu den Bündnern. Ich muß zwar sagen, daß das Bündnervolk im allgemeinen, und dessen Vertreter (soweit ich Gelegenheit hatte, ihre Meinung zu erfahren) im besondern, sehr wohl zu unterscheiden wissen zwischen der *Person* des Herzogs und seiner *Funktion* im Dienste Frankreichs. Es gibt aber einen Punkt, wo die Verehrung für die Person und die Verärgerung, um nicht zu sagen Empörung über die Funktion miteinander in Konflikt geraten müssen. Dieser Punkt ist erreicht.

Anläßlich des heutigen Feiertages haben mich viele hervorragende Männer aufgesucht. Sie sind alle einer Meinung: Es gilt, unser Land von der unerträglich gewordenen Bevormundung zu befreien. Frankreich wird nie für *uns* das Veltlin erobern. Das ist die bittere Feststellung eines Mannes, der mit seinen Sympathien stets auf der französischen Seite stand und der vom Allerchristlichsten König große Gunst erfahren hat.

Die Idee, die sich aus den Gesprächen herausdestillieren läßt, ist folgende: Bünden versucht, *aus eigener Kraft* das Veltlin zurückzuerobern. Gelingt ihm dies, dann bedarf es keiner vertraglichen Regelung zwischen den Großmächten mehr (der Monsonio-Vertrag träte damit außer Kraft), und wir sind endlich wieder die Herren des Landes. Die Voraussetzungen sind nicht ungünstig. Die Veltliner selbst denken heute ein bißchen anders als vor vierzehn Jahren – ihre Freiheit ist sie teuer zu stehen gekommen –, und die Serenissima Repubblica hat kürzlich einer bündnerischen Delegation ein wenn auch noch nicht bindendes Hilfsversprechen gegeben. Auf jeden Fall ist sie an einer Änderung der Lage im Veltlin im höchsten Grade interessiert.

Unser größtes Problem ist die Mobilmachung. An ausgebildeten Soldaten und fähigen Offizieren ist heute kein Mangel, auch die Bewaffnung hat sich im Laufe der letzten zehn Jahre wesentlich verbessert. Was fehlt, ist Geld. Der französische Beitrag fällt in diesem Falle natürlich dahin, und Venedig ist noch nicht bereit, in die Lücke zu springen (ich sähe dies auch nicht als richtig an). Denn schließlich läuft unser ganzer Plan auf eine Demonstration der *eigenen Kraft* hinaus, und dazu gehört auch die finanzielle. So habe ich mich, um ein Beispiel zu geben, verpflichtet, während eines Monats für tausend Mann aufzukommen. Jenatsch hat sogleich zweihundert weitere übernommen; die Beteiligung anderer Herren ist in Aussicht gestellt. (Mein Sohn Johann Peter, ein rechter Geizkragen, wollte meinem Beispiel zuerst nicht folgen, versprach mir aber schließlich widerstrebend, einen Anteil an meine Kosten zu leisten.)

Die besondere Schwierigkeit besteht nun aber darin, den Plan vor den Franzosen geheimzuhalten. Es ist damit zu rechnen, daß sie uns keine großen Schwierigkeiten machen werden, wenn die Ereignisse einmal in Abwicklung begriffen sind, ja, einige glauben sogar, daß der Kardinal dann die Klugheit haben werde, die französischen Truppenteile ebenfalls einzusetzen. Sollten wir rasche Fortschritte machen, ließe sich sogar denken, daß der Herzog von sich aus an unserm Unternehmen teilnimmt. Dies nachträglich zu rechtfertigen, wäre im Erfolgsfalle nicht allzuschwer. Das alles sind jedoch Spekulationen, die zur Voraussetzung haben, daß wir wirklich losschlagen. Gelangt der Plan den Franzosen vorher zur Kenntnis, dann werden sie mit Bestimmtheit alles unternehmen, ihn zu vereiteln. Es ist also Vorsicht am Platze.

Der Herzog muß dieses Spiel hinter seinem Rücken natürlich als Kränkung auffassen. Es tut mit leid, daß wir, denen er doch helfen möchte, seine Schwierigkeiten vermehren müssen. Aber es bleibt uns keine andere Wahl, wenn wir unsere Selbstachtung bewahren wollen.

Die Pläne, die ich hier entwickelt habe, sind verständlicherweise noch nicht weit gediehen, aber sie erfüllen mich doch mit einer leisen Zuversicht. Möge dieses angefangene Jahr das letzte unserer Wirren sein. Dann kann ich beruhigt und mit dem Bewußtsein, das Meine geleistet zu haben, die Augen schließen.

3. Januar 1634

Meiner Frau ist heute ein Unglück zugestoßen. Als sie am Nachmittag in Begleitung unserer alten Magd Stina Disch unsere Tochter Anna besuchen wollte, ist sie auf der vereisten Straße ausgeglitten und hat sich das rechte Bein gebrochen. Vorübergehende haben sie aufgehoben und in unser Haus getragen. Der Stadtphysikus wurde sogleich benachrichtigt und war zur Stelle, so rasch er konnte. Das Bein ist nun eingerichtet und geschient – meine arme Elisabeth hat arge Schmerzen auszustehen gehabt –, und es besteht alle Hoffnung, daß es verheilt, wenn auch, in Anbetracht des Alters, mit längerem Krankenlager zu rechnen ist.

Elisabeth ist keine wehleidige Frauensperson, sie hat die Schmerzen tapfer verbissen, aber die Untätigkeit wird sie hart ankommen. Ich verbrachte eben eine Stunde an ihrem Bett und habe sie getröstet, so gut ich es vermochte.

7. Januar 1634

Meiner Elisabeth geht es nicht gut. Ich mache mir ernstliche Sorgen. Es hat sich ein Fieber eingestellt, das an ihren Kräften zehrt. Der Arzt hat mich zwar beruhigt, aber ich habe kein gutes Gefühl dabei. Meine Gedanken sind trübe, ich muß mich zu jeder Arbeit zwingen, möchte am liebsten am Bette meiner lieben Kranken sitzen, aber auch dies kostet mich Überwindung, denn sie soll doch ein fröhliches, zuversichtliches Gesicht vor sich sehen.

Wir haben ein gutes Leben geführt miteinander, mehr als vierzig Jahre lang. Nachdem meine erste Frau, Barbara von Perini, nach nur fünfjähriger Ehe an der Roten Ruhr gestorben war, überließ ich mich der Verzweiflung. Ich glaubte, den Schlag nicht verwinden zu können. Zwar das Amt des Landeshauptmanns im Veltlin, das zu versehen ich damals die Ehre hatte, zog meinen Geist von den allerdüstersten Gedankengängen ab. Doch nach Ablauf meiner Zeit sah ich mich ohne regelmäßige Beschäftigung, ohne wirkliches Ziel. Ich verbiß mich in Studien, vervollkommnete mich in den Sprachen, dachte sogar daran, wieder nach Genf zu meinem verehrten Lehrer Beza zu ziehen, bis ich im Hause des Herkules von Salis seiner jungen Schwester begegnete.

Ich sehe sie jetzt noch vor mir, in ihrer einfachen, dunklen Haustracht, den kleinen Junker Rudolf auf den Armen tragend. Sie blickte mich an mit Augen, die mir so schön erschienen wie nichts auf der Welt. Auch jetzt, im Alter, haben sie nichts von ihrer Schönheit verloren, ja, gerade in diesen Tagen des Fiebers strahlen sie so blank und mild wie zu jener Stunde des ersten Begegnens. Das Leben meinte es gut mit uns, es hat uns über vierzig Jahre beisammen gelassen in leidlicher Gesundheit. Kein Kind ist uns genommen worden, keine Gefahr war groß genug, uns für immer zu trennen, kein ernstlicher Zank hat uns entzweit. Gemeinsam haben wir alles getragen, sind dabei alt geworden in Ehren und wären gerne zusammen dahingegangen in Frieden, wie wir zusammen gelebt haben. Doch solche Wünsche sind wohl vermessen, und so will ich in Demut mich neigen vor dem Willen des Höchsten, dem unsere Sache anheimgestellt ist von Anfang an.

11. Januar 1634

Das Fieber ist gesunken, meine gute Elisabeth ist zwar recht schwach und leidet große Schmerzen, doch scheint es, das Schlimmste sei überstanden.

15. Januar 1634

Elisabeth beginnt, an den häuslichen Angelegenheiten wieder Anteil zu nehmen. Sie freut sich über den Besuch unserer Kinder und Enkel. Johann Peter hat als Landammann der X Gerichte oft hier in Chur zu tun und kommt meistens zum Essen. Unsere jüngste Tochter Margreth hat den Weg von Zürich nicht gescheut und löst unsere Älteste, Anna, in der Pflege ab. Die liebe Enkelin Elisabeth, seit zwei Jahren glücklich hier verheiratet, kommt täglich zu uns heraus, obgleich sie schweren Leibes ist.

Das Talglicht an der Decke flackerte unruhig: Johannes kam herein. «Wie geht's?» fragte er leise.

Anna zuckte die Achseln: «Immer gleich.»

Der Kranke lag im breiten Ehebett und schien zu schlafen. Die braunen, dürren Hände mit dem knotigen Geäder lagen auf der Schaffelldecke und zuckten zuweilen. Durch die Öffnung des Hemdes schien die blasse Brust hervor, kaum bewegt. Zuweilen zitterten der Bart oder eine aufstehende Strähne des weißen Haares.

«Hat er etwas gesagt?» fragte Johannes. Die jüngeren Brüder Konrad und Florian, die mit gequälten Gesichtern auf Stabellen saßen, blickten auf und schüttelten den Kopf.

«Geht etwas essen», sagte Anna, «es kann noch lange dauern. Mach das Fenster auf, Johannes, das Licht rußt.»

Die jüngeren Brüder standen auf und schlichen auf Strümpfen zur Tür. Das Schloß knackte hart beim Öffnen und beim Zuschnappen. Der Kranke bewegte die Augenbrauen und zog die Nase kraus, als ob er niesen wollte.

«Kommt der Georg?» fragte Johannes.

«Ich denke wohl», sagte Anna. «Ich habe einen Boten geschickt. Er wird kommen, sobald er kann.»

«Es ist hoher Schnee», sagte Johannes.

«Ich will diesen gottlosen Menschen nicht mehr sehen!» schrie der Kranke plötzlich so laut, daß Anna und Johannes erschreckt zusammenfuhren.

«Reg dich nicht auf, Vater», sagte Anna begütigend und versuchte, dir rechte Faust, die wie ein Hammer auf das Schaffell schlug, zu öffnen. Schließlich gelang es ihr. Die Finger waren kalt und feucht.

3. Februar 1634

Aus Davos erreicht mich die Nachricht vom Tode meines Verwandten Paul Buol. Sein Schwiegersohn Jenatsch anerbot sich, mich zur Beerdigung zu begleiten, doch mußte ich, meiner kranken Frau halber, verzichten. Mein Sohn Johann Peter wird mich vertreten.

Ich habe Paul Buol immer gern gehabt. Er war ein Mann, der wenig von sich reden machte, aber stets tapfer für das einstand, was er als richtig ansah. Als fähiger Offizier hat er an manchen Kämpfen teilgenommen, als Familienvater hat er treu für die Seinen gesorgt. Seine Meinung hat er immer offen bekannt, man wußte jederzeit, woran man mit ihm war. So haben denn auch alle Veränderungen unserer Lage ihn unberührt gelassen. Andere haben ihr Mäntelchen nach dem Winde gehängt und auf beiden Schultern Wasser getragen, schielten bald zu den Franzosen, bald zu den Spaniern, katzbuckelten vor den Kaiserlichen, als diese die Macht im Lande besaßen, ließen sich von einem Pompejus Planta einreden, daß sie eigentlich etwas Besseres als das gewöhnliche, ungebildete Bauernvolk wären und darum auch besondere Rechte besitzen müßten. Paul Buol aber blieb ein aufrechter Demokrat, er ging seinen geraden Weg bis zuletzt, unangefochten vom jeweils herrschenden Geist, unverlockt von Vorteilen und fragwürdigen Ehren, als guter Davoser und guter Bündner und guter Protestant. Männer seines Schlages werden uns fehlen in den nächsten Jahren. Sie bilden den festen Kern, um den sich alles dreht, sie sind das Meßinstrument, an dem der Irrtum sich ablesen läßt. Wohl sind sie auch zuweilen ein Ärgernis, aber ein wohltätiges und heilsames. Mit jedem von ihnen, der ins Grab sinkt, verschwindet ein Stück lebendige alte Zeit, aber auch ein Stück lebenswerte Zukunft, denn das gute Alte muß ja wieder zum guten Neuen werden. Gerettet aber wird es bloß durch die Hände und Herzen solcher Männer.

Sein Schwiegersohn hat ihm wohl nicht eitel Freude bereitet. Ich erinnere mich an ein Gespräch mit dem Verstorbenen, in welchem er zu erkennen gab, wie sehr Jenatsch ihn beschäftigte. Solche Naturen, sagte er, seien geborene Knechte, zu vielem zu gebrauchen, von großem Nutzen an dem Platz, den der Meister ihnen bestimme, aber als Meister taugten sie nicht zum Guten, weil sie in allem Werk zuallererst ein Mittel zu ihrer eigenen Erhöhung erblickten und im Meistersein bloß die Macht genössen.

Meine Einschätzung Jenatschs ist zwar seit Jahren dieselbe: Ich halte ihn für einen tüchtigen Offizier und gewandten Politiker, aber man muß sich hüten, ihn mit allzu weitgehenden Vollmachten auszustatten. Politische Ämter müssen ihm verschlossen bleiben. Höchstens mit begrenzten diplomatischen Missionen wäre er zu betrauen. – Ob ich durch meine Vermittlung in der Davoser Bürgerrechtsangelegenheit und durch die pachtweise Abtretung von Grundstücken nicht ein falsches Wachstum befördert habe, frage ich mich nun nachträglich doch. Jedenfalls war mein Einstehen für Jenatsch dem Verstorbenen gegenüber nicht sehr freundschaftlich gehandelt. Solche Einsichten pflegen sich leider meistens zu spät einzustellen.

6. März 1634

Wallenstein, der allmächtige Feldherr des Kaisers, ist vor bald zehn Tagen ermordet worden. Es heißt, er habe mit den Schweden konspiriert und sei auf dem Punkt gewesen, seine Armee ins schwedische Lager zu führen. Was es für Habsburg bedeutet hätte, wenn die Pläne zur Ausführung gekommen wären, läßt sich kaum vorstellen. Jedenfalls haben wir Bündner in diesem böhmischen Kriegsmanne einen Freund besessen, ohne es zu wissen, denn was es für uns bedeutet hätte, den Kaiser auf den Knien zu sehen, wissen wir gut genug. Aber so leichten Kaufes sollen wir offenbar nicht davonkommen. Immerhin glaube ich, daß Richelieu, der sicher seine Hand im wallensteinischen Spiel gehabt hat, nun gezwungen wird, Habsburg *offen* zu bekämpfen.

26. April 1634

Der Herzog ist nach Paris berufen worden. Vermutlich wird der Kriegsplan beraten. Man hört aber auch, seine Anwesenheit in Paris sei aus Familiengründen notwendig. Schon während des ganzen Winters wurde das Gerücht verbreitet, der Herzog gedenke, seine einzige Tochter Marguerite mit dem Herzog Bernhard von Sachsen-Weimar zu verehelichen. Der Hof widersetze sich jedoch diesen Projekten, und die Tochter selbst wende ihre Gunst dem Marquis de Ruvigny, einem nicht sehr bedeutenden Mann ihrer hugenottischen Umgebung, zu. Aber auch das Verhalten der Herzogin habe Rohan nach Paris gerufen. Einer der kürzlich angekommenen französischen Offiziere hat im Gasthaus ‚Zur Glocke‘ behauptet, sie lebe ‚dans une sorte de liberté qui touche au désordre et au dérèglement‘. Daß ein gewisser Duc de Candale ihr in Venedig den Hof gemacht hat und ihr später nach Paris nachgereist ist, gilt als erwiesen. Daraus aber das Gerücht abzuleiten, die Herzogin habe vor drei Jahren einem illegitimen Sohn (dessen Vater Candale sei) das Leben geschenkt und lasse ihn an einem geheimen Orte aufziehen, ist unglaublich, ebenso der Ausspruch eines anderen Offiziers ‚que Rohan était cocu cinq ou six fois. Tout le monde le sait, la seule personne qui l'ignore – ou semble l'ignorer – c'est le Duc lui-même.‘

Alle diese Äußerungen, die ich getreulich notiere, scheinen mir einer üblen Verleumdungscampagne anzugehören, die den Zweck verfolgt, die Schwierigkeiten des Herzogs noch zu vermehren. Es ist gewiß kein wahres Wort an diesen frivolen Aussprüchen. Ich kenne die Herzogin nicht näher, das heißt ich habe sie wohl oftmals gesehen, aber der äußerliche Eindruck war der einer äußerst vornehmen, sehr beherrschten und sehr willensstarken Dame, von der zu erwarten ist, daß sie ihren Gatten zärtlich liebt. Immerhin werden die sehr schwerwiegenden Beschuldigungen, die man gegen sie erhebt, dem Herzog auch dann Kummer und Unannehmlichkeiten bereiten, wenn sie sich als grundlos erweisen, womit ihr Zweck sich schließlich erfüllt.

Diese Abreise des Herzogs gefährdet unsere militärischen Pläne, denn seine Stellvertreter Du Landé und Bullion (ein neuer

Mann, dessen erstes Auftreten seine Überheblichkeit gleich ins hellste Licht setzte) werden uns mit Argusaugen überwachen. Wir müssen uns bis zur Rückkehr des Herzogs gedulden.

16. Mai 1634

Der Herzog ist auf der Reise nach Paris erkrankt und wartet in Neuenburg seine Genesung ab. Ein Gerücht will wissen, Richelieu habe ihn abberufen und werde ihn durch einen andern General ersetzen, doch ist unsern Landeshäuptern, denen der französische Kommandeur, wer es auch sei, unterstellt ist, bisher noch keine Mitteilung zugegangen.

Meiner Elisabeth geht es recht gut. Sie hat an Ostern zum erstenmal das Bett verlassen können und macht jetzt bei gutem Wetter täglich ein paar Schritte außer Haus. Ich habe beschlossen, sie im Sommer in ein Bad zu schicken.

4. Juni 1634

Der Generalkommissär Bullion hat auf den 1. Juli alle französischen und bündnerischen Truppen zu einer Parade auf der Emser Ebene aufgeboten. Jedermann ist empört über diese Anmaßung. Die Offiziere weigern sich, dem Befehl zu gehorchen, mit der richtigen Begründung, daß Bullion keine Gewalt über sie habe. Die Häupter, die sich bei ihm beschwerten, kanzelte er in äußerst grober Weise ab, erklärte, ‚qu'il avait assez de pouvoir de leur mettre la tête devant les pieds‘, erging sich in den unflätigsten Beschimpfungen an die Adresse der Offiziere, kurz, führte sich auf wie ein Profoß vor Übeltätern. Du Landé hat für einmal unsere Partei ergriffen und wies seinen entfesselten Landsmann gebührend in die Schranken.

27. Juni 1634

Soeben bin ich von einer kleinen Reise zurückgekehrt. Ich habe, zusammen mit meinem Sohn Johann Peter, meine Gattin Elisabeth ins Bad von Pany begleitet und bin dann, da ich mich keiner Kur bedürftig fühle, allein nach Davos weitergereist. Dort steht alles wohl, mit der Heuernte hat man begonnen, das Vieh ist in den Alpen. Gebe uns Gott einen guten Sommer ohne Seuchen und Wetterstürze.

Jenatsch, dessen Truppe nun ins Engadin verlegt worden ist, zeigte mir sein neues Haus. Es ist aufs prächtigste eingerichtet und bietet alle Bequemlichkeiten, die man sich denken kann. Er ist denn auch mächtig stolz auf sein Werk. Ich fürchte bloß, dieses Herausstellen des Wohlstandes (kein Davoser Charakterzug!) hat mehr böses Blut gemacht als notwendig. Entgegen dem Rat, den ich ihm vor einigen Jahren gegeben habe, hat er sich auch wieder als Vermittler in den konfessionellen Streitigkeiten des Unterengadins verwenden lassen. Er hat mir mit beinahe scherzhaften Ausdrücken einige Auftritte geschildert, die er in Schleins und Remüs gehabt hat. Die Frauen von Schleins wollten ihn steinigen, berichtete er, und er habe Blut geschwitzt, bis die Kapuziner installiert gewesen seien.

Ich frage mich, worauf dies alles hinausläuft. Wohl ist mir bewußt, daß Frankreich (d. h. der Père Joseph, die Graue Eminenz) großen Wert auf die strikte Regelung dieser Religionsfragen legt. Aber warum stellt Jenatsch sich immer wieder zur Verfügung? Ich habe ihm doch die Konsequenzen deutlich genug vor Augen geführt, auch diesmal wieder. Er lachte nur und meinte, gerade solche Schwierigkeiten lockten einen Mann wie ihn. Es gebe keine bessere Schule für einen Diplomaten, als auf dem Wege der Überredung Dinge durchzusetzen, die widernatürlich seien. Ist er so naiv, daß er sein Verhandlungsgeschick – das ihm ohne Zweifel eigen ist – immer wieder bestätigt sehen will, auch wenn die Resultate in keinem Verhältnis zum Ansehen stehen, das er sich dadurch erwirbt? Will er sich beim Herzog lieb Kind machen? Das hat er doch wahrhaftig nicht nötig, jedenfalls nicht auf eine solche Art, die höchstens den beiden französischen Eminenzen gefallen kann! Oder sucht er die Anerkennung der katholischen Kirche? Das wäre absurd, bei *seiner* Vergangenheit. Wünscht er sich mit Österreich gut zu stellen? Auch dafür sind keine Gründe ersichtlich. Man munkelt allerlei über ihn, will ihn häufig am bischöflichen Hof gesehen haben, ja sogar in katholischen Kirchen. Es gibt Leute, die von seiner bevorstehenden Konversion sprechen. Ich kann all dies nicht glauben. Viel eher meine ich, seine rätselhafte, widerspruchsvolle Haltung läßt sich sehr einfach aus dem Bedürfnis erklären, den großen Mann zu spielen, wie das bei Leuten einfachster Herkunft, die durch die Gunst der Umstände Karriere gemacht haben, oftmals beobachtet werden kann.

Allerdings stelle ich ihm keine gute Prognose. Die Mächtigen werden den Emporkömmling nie wirklich anerkennen, das einfache Volk aber wird ihm die Entfremdung nicht verzeihen. So kommt er zwischen Stühle und Bänke zu liegen und wird sehen müssen, wie er sich betten will.

13. Juli 1634

In den letzten Tagen ist hier ein schwedischer Agent aufgetaucht. Er führte zunächst ein privates Gespräch mit Fortunat Sprecher von Bernegg, suchte dann mich auf und entwickelte den Plan eines gemeinsamen schwedisch-bündnerischen Vorgehens gegen das Veltlin. Er legitimierte sich als Abgesandter des Kanzlers Oxenstjerna und gewährte mir Einblick in Briefe, aus denen hervorgeht, daß Rohan selber eine gemeinsame Aktion gewünscht hat. Ich wies den Herrn an die Häupter, da ich zu keinen Verhandlungen berechtigt bin.

Daß Schweden sich plötzlich für uns interessiert, kommt sicher nicht von ungefähr. In den letzten Wochen sind immer wieder spanische Truppen durchs Veltlin nach Tirol und Deutschland gezogen. Hält dieser Zuzug an, so ist die schwedische Position in Süddeutschland schwer gefährdet. Ich habe den Häuptern (durch meinen Sohn) vorgeschlagen, unverzüglich ein Hilfsgesuch an die Republik Venedig abzusenden. Private Nachrichten aus dem Veltlin bestätigen meine Vermutung, daß das Tal durch den spanischen Heerzug stark gelitten hat. Die Untertanen wären möglicherweise sogar zu Verhandlungen mit uns bereit. Nach meiner Meinung ist folgendes nun dringend vonnöten: Primo ein Vertrag mit den Schweden, secundo ein Vertrag mit Venedig und tertio ein Abkommen mit den Untertanen, denen wir einige Zugeständnisse machen müssen. Dann sollte die Zeit endlich reif sein. Wir besetzen das Tal in aller Stille, unterstützt von unsern Freunden und sogar von unsern Untertanen, und Frankreich mag sich dann mit Spanien um etwas zanken, das bereits in unserer Hand ist. Gemeinsam mit den Talbewohnern und einer Abteilung schwedischer Reiterei werden wir imstande sein, unser Eigentum gegen jeden Angriff (der nur von Spanien ausgehen kann) zu verteidigen.

Ich schreibe diese Sätze in großer Bewegung nieder. Endlich ein Lichtblick!

10. August 1634

Die Verhandlungen sind in vollem Gange. Der schwedische Agent ist mit unsern Vorschlägen nach Deutschland zurückgereist, eine bündnerische Abordnung, der Ulysses von Salis, Rudolf von Schauenstein, Andreas Brügger und Georg Jenatsch angehören, befindet sich in Bormio (sie haben eine Badekur vorgeschützt), wo sie mit einem Vertreter Venedigs und später auch mit Robustelli und andern Veltlinern zusammentreffen werden. Die Franzosen haben bisher noch keinen Verdacht geschöpft. Rohan ist immer noch in Paris.

Während die Herren sich auszogen, sagte Schauenstein: «Welcher von uns wird dem Signor Robustelli zuerst die Hand geben?»

«Ich jedenfalls nicht», sagte Jenatsch.

«Ich auch nicht», sagte Ulysses von Salis.

«Du vielleicht, Brügger?» fragte Schauenstein.

«Lieber nicht, als Schwiegersohn des Obersten Baptista von Salis...»

«Dann bleibt es also auf mir sitzen, wie ich mir dachte», sagte Schauenstein. «Nun, mir macht's nichts aus, mir stehen keine peinlichen Erinnerungen im Wege.»

«Könnte der Hund uns nicht in eine Falle gelockt haben?» fragte Ulysses, nach seiner Gewohnheit italienisch sprechend.

«Red deutsch, die Wände haben Ohren», sagte Schauenstein.

«Haben Sie Angst, Herr von Salis?» lachte Jenatsch.

«Natürlich ist einem nicht gerade behaglich zumute», sagte Brügger, «schließlich repräsentieren wir die Auslese der bündnerischen Offiziere, und es wäre für einen Metzger wie Robustelli gewiß verlockend, uns mit einem kleinen Sacro Macello zu überraschen, aber schließlich...»

«Schließlich sind wir offiziell beglaubigte Diplomaten», sagte Schauenstein.

«Ein schwacher Trost», sagte Salis.

«Ich verlange nur eines», sagte Jenatsch, sich der letzten Hüllen entledigend. «Robustelli muß mit uns ins Wasser. Diplomatische Verhandlungen im Adamskostüm, das ist einmalig, das geht in die Kulturgeschichte ein!»

«Wie der Sacro Macello», sagte Ulysses.

Schauenstein öffnete die Türe. «Wie ist es, stürzen wir uns hinein?» fragte er. «Aber da lasse ich gern einem andern den Vortritt. Brügger, du bist der Jüngste.»

Nacheinander traten die Herren auf die nassen Steinplatten hinaus. Zwei Badefrauen in weißen Schürzen reckten kichernd die Hälse. Brügger schritt die im Halbkreis angeordneten steinernen Stufen hinab. Als er bis zu den Knien im Wasser stand, wandte er sich um und sagte: «Ganz warm.»

«Sie sind dick geworden, Jenatsch», sagte Ulysses von Salis, «Sie haben zu gut gelebt in letzter Zeit.»

«Ein Mann muß etwas vorstellen», antwortete Jenatsch, lachend die Stufen hinuntereilend. Er warf sich ins Wasser, daß es spritzte, tauchte unter bis zum Hals und machte ein paar Schwimmzüge.

16. August 1634

Mein Neffe Ulysses von Salis hat mich heute, aus dem Veltlin zurückkehrend, besucht und mir Bericht über die Verhandlungen erstattet. Sie haben sich zerschlagen, wenn auch noch eine geringe Möglichkeit besteht, daß weitere Negoziationen zum Erfolg führen könnten. Daran, daß die Veltliner die spanische Vorherrschaft satt haben, besteht kein Zweifel, aber sie wollen nur auf der Grundlage des unseligen Vertrages von Monsonio einer Regelung zustimmen. Dies bedeutet für uns, nur noch nominell Oberherren im Lande zu sein, ganz abgesehen von den wirtschaftlichen Konsequenzen. Noch weiter gesteckt sind die Wünsche der Veltliner, wenn sie sich als gleichberechtigter vierter Bund unserer Republik anschließen möchten oder als achter katholischer Ort der Eidgenossenschaft. Beides ist für uns in gleichem Maße unmöglich, denn das erstere würde bedeuten, daß die Republik der Drei Bünde eine mehrheitlich katholische Bevölkerung erhielte, das zweite würde die seit dem unglückseligen Kappelerkrieg (vor etwas mehr als hundert Jahren) bereits bestehende Vorherrschaft der katholischen Orte der Eidgenossenschaft noch verstärken. Rom und Spanien würden dieser Regelung natürlich sogleich zustimmen, aber Frankreich, das in dieser Angelegenheit doch auch angehört werden müßte, setzte wohl alles daran, eine solche Entwicklung zu verhindern.

Ein venezianischer Edelmann, der Graf Francesco Brambati, hat sich sehr um die Einigung bemüht. Er hat eine weitere Zusammenkunft in Sondrio vorgeschlagen, an der eine bündnerische Abordnung mit neuen Instruktionen teilnehmen soll.

Die Franzosen haben anscheinend noch keinen Verdacht geschöpft. Der Herzog befindet sich immer noch in Paris. Die Gerüchte von seiner Abberufung sind verstummt.

20. August 1634

In meinem Hause hat gestern ein geheimer Beitag stattgefunden. Ich wurde, obwohl ich seit langem kein politisches Amt mehr bekleide, zu den Beratungen beigezogen. Die Herren Abgeordneten (auch die katholischen) waren sich einig, daß die Errichtung eines selbständigen Veltlins unter allen Umständen verhindert werden muß. Anderseits sehen sie ein, daß die Wiederherstellung des früheren unbeschränkten Untertanenverhältnisses nicht mehr möglich ist. Die äußersten Zugeständnisse, zu denen wir uns bereitfinden können, sind diese: eigene Gerichtsbarkeit für die Veltliner und Ausschließlichkeit des katholischen Bekenntnisses. Die Verwaltung hingegen gehört in bündnerische Hände. Auf der Grundlage dieser Vorschläge werden der Landrichter Kaspar Schmid von Grüneck und der Oberst Jenatsch in den nächsten Tagen in Sondrio Verhandlungen pflegen.

28. August 1634

Die Nachrichten aus dem Veltlin lauten nicht ungünstig. Zwar ist noch keine Einigung erreicht worden, aber die gegenseitigen Positionen haben sich einander doch beträchtlich genähert. Azzo Besta als Vertreter des Veltlins und der Oberst Jenatsch haben sich nach Bergamo begeben, um sich dort mit dem Grafen Zorzi, dem Provveditore Generale der Terraferma, zu besprechen. Sie werden, falls nötig, noch nach Venedig weiterreisen.

Es entbehrt nicht einer gewissen Ironie, daß Jenatsch, der in den Tagen des Sacro Macello von Azzo Besta über den Murettopaß gehetzt wurde, nun mit diesem zusammen an einem Tische sitzt und an seiner Seite nach Bergamo reitet. Vielleicht haben sie sogar in der gleichen Gasthauskammer übernachtet!

Ein weiteres Kuriosum scheint mir der Umstand zu sein, daß Jenatsch in seiner roten französischen Uniform im Veltlin herumläuft. Das ist exakt die Tracht der Mörder von anno zwanzig!

Während des Essens in dem viel zu großen Saal an einem viel zu großen Tische wurde das politische Feld im Gespräch vermieden. Der Graf Zorzi erkundigte sich nach der Familie des Obersten, beglückwünschte ihn zum Bau des neuen Hauses, von dem er gehört hatte, lobte seinen Hengst und verfuhr dann in gleicher Weise mit Azzo Besta, dessen Antworten einsilbig, ja beinahe mürrisch waren. Darauf stellte Jenatsch einige Fragen. Er erfuhr, daß Scaramelli, der langjährige Resident in Zürich, zum Sekretär des Senates befördert worden war und daß Giovanni Battista Padavino, der Cancelliere des Consiglio dei Dieci, vor ein paar Monaten zu kränkeln begonnen habe. Das Gespräch versickerte aber bald, und die Mahlzeit ging in völligem Schweigen zu Ende.

Zorzi stand als erster auf. «Ich erwarte Sie in einer Stunde in meinem Arbeitszimmer», sagte er mit einer knappen Verbeugung.

«Was fangen wir nun mit dieser Stunde an?» fragte Jenatsch. «Ich schlage vor, wir machen uns ein wenig Bewegung und besprechen unser Vorgehen. Ich habe mir die Stimmung hier ein bißchen anders vorgestellt. Der Herr Provveditore hat scheint's noch wichtigere Geschäfte.»

Besta zuckte die Achseln und brummte etwas, folgte aber Jenatsch die Treppe hinab ins Freie.

«Es wäre gut, wenn wir uns vorher einigen würden», sagte Jenatsch. Besta schwieg und rieb sich die Nase.

«Wir könnten ja auch nur so tun, als ob wir einig wären», fuhr Jenatsch fort, «dann erfahren wir vielleicht am ehesten, was die Herren Veneziani denken.»

«So weit geht meine Vollmacht nicht», sagte Besta. «Übrigens weiß ich ohnehin, was sie denken. Sie werden Ihren Vorschlag unterstützen und meinen ablehnen. An einem unabhängigen Veltlin liegt diesen Herren nicht das mindeste.»

Jenatsch lächelte: «Was heißt hier unabhängig? Dieser Traum sollte euch vergangen sein. Ihr habt zu wählen zwischen der spanischen und der bündnerischen Abhängigkeit, und diese Wahl sollte euch nicht mehr schwerfallen, denke ich. Ich würde die Entscheidung auch nicht zu lange hinauszögern. Es könnte nämlich eintreffen, daß ihr euch plötzlich einer dritten Abhängigkeit gegenüberseht, nämlich der französischen.»

6. September 1634

Die Veltliner Verhandlungen haben zu keinem greifbaren Ergebnis geführt. Die Vertreter des Tales haben zwar die bündnerischen Vorschläge nicht rundweg abgelehnt, ihnen aber auch nicht zugestimmt. Immerhin ist vereinbart worden, nach der Weinlese nochmals zusammenzutreten.

Jenatschs und Azzo Bestas Mission in Bergamo war ebenfalls erfolglos. Ihr Zweck war, Venedigs Anteil an der Verteidigung des Tales festzulegen. Man antwortete ausweichend. Diese Frage könne erst geprüft werden, wenn der politische Status des Veltlins feststehe.

Wieder einmal sind unsere Träume zerronnen. Wieder heißt es warten und sich gedulden, wieder bestimmen andere über uns.

Ich glaube nicht, daß die Veltliner nach der Weinlese einlenken werden. Überzeugen könnte sie bloß eine militärische Aktion: wir müßten zuerst *handeln,* dann erst verhandeln. Aber vielleicht ist es zum Handeln bereits zu spät.

12. September

Die Bundeshäupter erwägen die Mobilisation. Sie wäre bereits angeordnet worden, wenn über die schwedische Hilfe (eine Abteilung Kavallerie) keine Unklarheit bestünde. Der Agent Straßberger, der sich im Bade von St. Moritz aufhält, versprach, sich für uns zu verwenden, aber er wies gleichzeitig darauf hin, daß in Deutschland schwere Kämpfe bevorstünden. Die kaiserlichen Truppen hätten aus Italien beträchtlichen Zuzug erhalten (auf der Route durch unser Veltlin, notabene!), und es frage sich unter diesen Umständen, ob Oxenstjerna seine Kavallerie vermindern könne.

20. September 1634

Wie erst jetzt bekannt wird, haben die Schweden vor zwei Wochen bei Nördlingen eine schwere Niederlage erlitten und sollen ganz Süddeutschland bereits aufgegeben haben. Das entscheidende Gewicht in der Waagschale der Kaiserlichen waren die spanischen Truppen des Erzbischofs von Toledo, die durchs Veltlin nach Deutschland marschiert sind. So bedauerlich diese Niederlage ist – sie wirkt sich ja auch zu unsern Ungunsten aus, denn an eine Eroberung des Veltlins ist jetzt nicht mehr zu denken –, so klar und deutlich demonstriert sie doch den Wert der Veltliner Verbindung. Wenn nun Richelieu nicht die Konsequenzen daraus zieht, ist er weder ein Staatsmann noch ein Stratege.

1. Oktober 1634

Die Auswirkungen der schwedischen Niederlage sind katastrophal. Fast alle protestantischen Fürsten Deutschlands haben sich auf die Seite des Kaisers geschlagen. Die Schweden stehen allein. Frankreich ist zum Eingreifen zwar bereit, aber noch nicht gerüstet. In Bünden herrscht Verwirrung. Österreichische und spanische Truppen nähern sich unsern Grenzen. Du Landé und Bullion treten plötzlich sehr manierlich auf, die letzten Soldrückstände sind bezahlt worden, und Du Landé hat verlangt, ein Beitag solle zusammentreten und ein Hilfsgesuch an den König absenden. Der Beitag ist gestern abgehalten worden. Das Gesuch wird heute abgehen. Die Gemeinden sind angewiesen worden, ihre Mannschaften zu bewaffnen und bereitzuhalten.

12. November 1634

Du Landé hat mich letzthin aufgesucht und mich gebeten, dem ständig wachsenden Einfluß der spanischen Agenten entgegenzuwirken. Er erinnerte mich an die Gunst, die ich von Frankreich erfahren habe, und forderte meine Gegendienste. Ich wies darauf hin, daß er meine Macht überschätze und seine Beredsamkeit am falschen Orte anwende. Die Fehler seien in Paris begangen worden, und dort müßten sie auch korrigiert werden. Du Landé beklagte sich, daß man niemandem mehr trauen könne, er habe von Verhandlungen mit Österreich und Spanien Kenntnis erhalten, die von bündnerischen Offizieren in französischem Solde geführt würden. Das war wohl eine Anspielung auf Jenatsch, der von Davos aus eine ausgedehnte, ziemlich undurchsichtige Tätigkeit entfaltet.

13. Dezember 1634

Die Verhandlungen mit Österreich und Spanien werden nun offiziell geführt, wenn auch in aller Heimlichkeit. Man will Österreich und Spanien die Pässe öffnen gegen Ausrichtung reichlicher Pensionen an die Gemeinden und die Parteigänger. Die von Frankreich besoldeten Regimenter sollen von Österreich und Spanien übernommen werden. Auch die Veltliner Frage hat man in die Verhandlungen einbezogen. Uneinigkeit herrscht darüber, was mit den Franzosen geschehen soll. Ein Teil der Mitglieder eines kürzlich abgehaltenen geheimen Beitages sprach sich für einen Handstreich aus, der die französischen Truppen den Spaniern ausliefern sollte. Die Mehrheit stimmte indessen für die formelle Entlassung. Diese kann jedoch erst erfolgen, wenn die Verträge unterzeichnet und von der Allerkatholischsten Majestät genehmigt worden sind, womit es noch gute Weile haben dürfte.

Diese ganze Entwicklung scheint mir, auch wenn nicht binnen kurzem mit ihrem Abschluß zu rechnen ist, höchst bedenklich. Unverständlich ist sie hingegen nicht, denn die Enttäuschung über Frankreich ist weit verbreitet. Es wäre aber immerhin mehr als unklug, sich aus Verärgerung über die verfehlte französische Politik den habsburgischen Mächten in die Arme zu werfen, zu Bedingungen, die man uns schon 1620 angeboten hat. Es kann doch nicht alles umsonst gewesen sein, was wir in den letzten vierzehn Jahren erduldet haben!

Die Möglichkeiten, mit französicher Hilfe zum Ziele zu kommen, sind größer als je. Wenn das schwedische Debakel *ein* Gutes hatte, so gewiß dies, daß der Kardinal die tödliche Gefahr einer habsburgischen Hegemonie in Europa erkennen mußte. In

Lothringen wird eine Armee aufgestellt, die den Schweden zu Hilfe eilen soll. Zu den wichtigsten strategischen Maßnahmen wird es gehören, die beiden habsburgischen Mächte zu trennen. Sie sind bloß durch eine dünne Ader miteinander verbunden: durch unser Veltlin. Diese Ader muß durchschnitten werden.

Leider stehe ich mit meiner Hoffnung, die früher von allen vernünftigen Patrioten geteilt wurde, jetzt beinahe allein.

26. Dezember 1634

Wir haben das Weihnachtsfest auf die herkömmliche, stille Weise im engsten Familienkreise gefeiert. Mein ältester Sohn Johannes ist von unserer Stammburg Wyneck zu uns nach Chur gekommen, Johann Peter mit Frau und Kindern von Davos. Auch Andreas mit seiner Frau und Anna mit ihrem Mann, dem Bürgermeister Gregor Meyer, haben sich eingefunden, ebenso meine älteste Enkelin Elisabeth mit ihrem Töchterchen. Margret, die ja in Zürich verheiratet ist, hat mir durch den Ordinäri Bott eine treffliche Medizin des Apothekers Martin Stocker gegen das Podagra, das mir zeitweise große Beschwerden macht, senden lassen.

Nach der feierlichen Predigt zu St. Martin haben wir uns in meinem Hause vor dem Obern Tor zu einem guten, reichlichen Essen, zu dem Johannes den Wein aus seinem Wingert in der Herrschaft beigesteuert hat, versammelt. Am Nachmittag benutzten wir das schöne Wetter und die ausgezeichnete Schlittenbahn zu einer Ausfahrt nach Reichenau, und den Abend verbrachten wir am warmen Ofen im hellen Scheine frischgegossener Kerzen. Die Gäste bleiben bis nach Neujahr bei uns.

31. Dezember 1634

Zum erstenmal in meinem Leben widerstrebt es mir beinahe, meine gewohnte Altjahrsbetrachtung niederzuschreiben. Was hat uns dieses Jahr gebracht? Nichts als Enttäuschungen, Ärger und Kümmernisse, dazwischen eine kurze, von trügerischer Hoffnung erfüllte Zeitspanne. Es war ein Sonnenstrahl zwischen Gewitterwolken hervor. Das, was jetzt scheint, ist nicht die Sonne, sondern der verführerische Glanz eines Irrlichts. Man hat in diesen Tagen viele frohe Gesichter gesehen. Ich fürchte, das zuversichtliche Lächeln wird bald ersterben auf diesen Lippen, die glatten Stirnen werden sich kummervoll furchen, und es werden keine Hände mehr verworfen, sondern die Fäuste im Sack gemacht. Mein Sohn Johann Peter erweist sich als nicht ungeschickter Diplomat. Er hat sich in die Beratungen eingeschaltet und ist über alle Pläne orientiert. Dabei hat er sich gar nicht bemüht, seine französischen Sympathien zu verbergen. Offenbar ist den Verfolgern des spanischen Kurses daran gelegen, ihn auf ihre Seite zu ziehen, sonst hätten sie ihm ihre Pläne nicht entdeckt. Es scheint den Herren zu eilen.

Gegenwärtig werden in Einsiedeln Verhandlungen mit den Schwyzern geführt, die bezwecken, der zu erwartenden französischen Armee und den evangelischen Eidgenossen den Weg zwischen Zürichsee und Walensee zu sperren. Auch die Verhängung der Kornsperre über Bünden durch alle uns umgebenden Staaten ist vorgesehen. So will man die Franzosen aushungern und sie dann überfallen. Der Direktor dieser Machinationen ist der spanische Gesandte Casati. Unsere Vertreter in Einsiedeln sind Jenatsch und mein Sohn Johann Peter.

Was hier geplant wird, ist ein krasser Verrat unserer Interessen an Spanien. Daß Jenatsch, noch vor wenigen Jahren der schärfste Antispanier, nun mit gleichem Fanatismus den neuen Kurs begünstigt, ist mir nicht verständlich. Er gilt bei vielen als eine Art Nationalheld und genießt, besonders beim einfachen Volke, großes Ansehen, freilich nicht im Engadin, wo man seinen Sinneswandel frühzeitig erkannt hat. Es gehen übrigens Gerüchte um, die von seiner bevorstehenden Konversion zum Katholizismus sprechen. Das wäre noch das Tüpfelchen aufs i! Auf Grund meiner persönlichen Kenntnis seiner Verhältnisse und als langjähriger Beobachter seiner Entwicklung kann ich diesen Gerüchten jedoch keinen Glauben schenken. Jenatsch versteht es meisterhaft, seine eigenen Interessen mit dem scheinbaren Wohl der Drei Bünde zu verschmelzen. Solange die adeligen Anhänger Frankreichs und Venedigs den Ton angaben, machte er sich zu ihrem Werkzeug. Nun, da die Serenissima sich zurückhält und Frankreichs Position schwierig geworden ist, schlägt er sich auf die spanische Seite, scheut sich aber nicht, mit der andern Hand den französischen Sold einzustreichen. Man muß ein wachsames Auge auf ihn haben, denn ein skrupelloser Mensch wie er ist eine Gefahr für das gemeine Wesen.

Das kommende Jahr wird uns neue Prüfungen auferlegen. Ich kann unsere Lage jedoch so lange nicht als hoffnungslos ansehen, als Frankreich uns seinen Beistand leiht. Allerdings bin auch ich kein blinder Franzosenfreund. Ich weiß gut genug, daß unsere Ziele nur teilweise mit Richelieus Zielen zusammenfallen. Sollten die Franzosen im nächsten Jahr das Veltlin besetzen – woran ich nicht zweifle, sofern man endlich energisch zu handeln beginnt –, werden wir unsere Mühe haben, uns der französischen Vormundschaft zu entledigen. Aber es bleibt uns keine andere Wahl, als auf dem eingeschlagenen Wege weiterzuschreiten. Der gnädige Gott, der allein weiß, was den Völkern zum Heile dient, wird uns erleuchten und uns die Mittel finden lassen, endlich wieder frei und stark und einig zu sein.

Der Pförtner trat aus seinem Gelaß und fragte nach dem Begehr des Fremden.

«Ich möchte den Guardian sprechen, oder den Pater Rudolf, falls er schon hier ist.»

«Meinen Sie den Pater Rudolf von Mömpelgard? Er ist vor einer Stunde aus Chur eingetroffen. Welchen von beiden also?»

«Den Guardian.»

«Um was handelt es sich?»

«Das werde ich dem Herrn persönlich mitteilen.»

«Wen darf ich melden?»

«Die Person, die er erwartet.»

«Er erwartet viele Personen», sagte der Pförtner mit dummschlauem Lächeln.

«Machen Sie jetzt keine Geschichten, sonst kehre ich um, und Ihnen steht dann eine Wallfahrt auf Erbsen bevor. Übrigens wäre es nett, wenn Sie mich hereinließen, es zieht hier draußen.»

Der Mönch trat zurück und ließ den Fremden eintreten, riegelte dann die Türe zu, sagte: «Warten Sie hier», und verschwand durch den engen, gewölbten Gang. Nach einer Weile kam er zurück, die Hände in den Ärmeln seiner Kutte verbergend. «Folgen Sie mir», sagte er mit einer leichten Verbeugung. «Wo haben Sie Ihr Gepäck?»

«Nicht bei mir», sagte der Fremde.

«Nennen Sie mir die Örtlichkeit, wir werden es herbeischaffen.»

«Das ist nicht nötig, die Besprechung wird nicht lange dauern.»

«Pater Rudolf wünscht, daß Sie die Nacht hier zubringen.»

«Ich habe bereits ein Quartier.»

«Unsere Gastzimmer sind sehr bequem, Sie werden nicht frieren.»

«Das ist meine kleinste Sorge, führen Sie mich endlich zum Guardian.»

Der Mönch wandte sich aufreizend langsam um und schritt übertrieben würdig voran.

Die Gänge und Treppenhäuser rochen nach nebliger Winterluft und feuchten Kleidern. «Warten Sie hier», sagte der Pförtner, eine rohe Holztüre aufstoßend, «man wird gleich zu Ihnen kommen.»

In der einen Ecke der Zelle stand ein Bett mit gewürfelten Bezügen, an der Wand über dem Tisch hing eine Öllampe. Das Fenster hatte Vorhänge aus dem gleichen Stoff wie das Bettzeug. Der kleine, gemauerte Ofen neben der Türe war so heiß, daß man ihn nicht anrühren konnte. Der Fremde warf Hut und Handschuhe auf den Tisch und entledigte sich des Degens. Darauf trat er mit verschränkten Armen ans Fenster. Der Blick ging über verschneite Dächer zu einem grauen, trüben Wasserstreifen, der sich im Dunst verlor. Die Berge am jenseitigen Ufer waren auf halber Höhe vom Nebel abgeschnitten. Kein Laut drang vom Städtchen herauf, und auch im Hause regte sich nichts.

Der Fremde blickte mit verkniffenem Mund in die graue Landschaft hinaus, die auch der Schnee nicht aufzuhellen vermochte. Plötzlich wandte er den Kopf nach der Türe. Sie öffnete sich mit leisem Angelkreischen, und ein kleiner, beleibter Mann in brauner Ordenstracht trat herein. «Willkommen in Wappewswil, Heww Obewst», sagte der Kapuziner.

«Beinahe hätte ich Sie nicht erkannt», sagte der Oberst. «Ihre Kutte steht Ihnen besser als die Allerweltskleider, die Sie damals in Davos...»

«Oh, Herr Jenatsch», lachte der Pater, «war das eine Maskerade! Aber sie hat ihren Zweck erfüllt. Es ist alles vorbereitet.»

«Ich möchte mit dem Guardian die Einzelheiten der Zeremonie besprechen, bevor ich...»

«Ihre Rolle wird sehr einfach sein, übrigens wird es so gut wie keine Zuschauer geben, Sie sehen, wir respektieren Ihren Wunsch. Es würde mich interessieren, wie Sie den andern Herren diesen Abstecher nach Rapperwil begründet haben.»

«Das war keine Kunst. Ich sagte ihnen, ich müsse in Katzensteig zum rechten sehen. Das werde ich auch wirklich.»

«Sie sind im Städtchen abgestiegen, habe ich vernommen. Das geht nicht. Sie müssen die Nacht hier verbringen.»

«Haben Sie Angst, ich könnte Ihnen davonlaufen im letzten Moment?»

«Es ist besser so. Sie werden nicht viel Schlaf finden, nehme ich an, es werden Ihnen vielleicht letzte Zweifel aufsteigen. Denn solange man mit einem Gedanken nur spielt, ermißt man seine Tragweite nicht. Aber sagen Sie mir, wo das Spiel in Ernst übergeht? Die Grenze ist haarfein, meistens kaum zu entdecken. Wir wollen Ihnen den Schritt erleichtern: Sie befinden sich bereits im Bereich des Ernstes.»

«Sie haben gut gezielt, Jäger», lächelte Jenatsch. «Aber Ihre Vorsicht ist überflüssig. Ich bin entschlossen.»

«Warten wir ab. Meine Kammer grenzt an die Ihre. Pochen Sie an die Wand, wenn Sie mich brauchen»

«Wir werden beide eine ruhige Nacht haben», sagte Jenatsch mit beinahe bitterem Lächeln.

17. Januar 1635

Die Verhandlungen mit Spanien und Österreich werden weitergeführt, aber sie dürften kaum schon vor dem Abschluß stehen. Der Widerstand geht von den Veltlinern aus, die an ihren Forderungen hartnäckig festhalten. Anderseits sind mir vertrauliche Nachrichten zugekommen, die von einer baldigen Rückkehr Rohans mit bedeutenden Verstärkungen sprechen. Frankreich und Habsburg sind also gewissermaßen in einem Wettlauf begriffen, und es ist nur zu hoffen, daß Frankreich ihn gewinne.

12. Februar 1635
Der Herzog Heinrich Rohan, der in den letzten Wochen im Elsaß erfolgreich gegen den Herzog von Lothringen gekämpft hat, ist durch königliches Dekret vom 15. Januar wieder zum Oberbefehlshaber der französischen Truppen in Bünden ernannt worden. Wenn auch noch einige Zeit verstreichen dürfte, bis er hier eintrifft, so ist das Bekanntwerden dieser Verfügung doch von großer Wichtigkeit.

Die unbeständigen Elemente unter unsern Politikern lassen sich plötzlich davon überzeugen, daß wir uns für die zukünftigen Verhandlungen mit Österreich und Spanien in einer unvergleichlich günstigeren Lage befinden, wenn wir zuvor das Veltlin besetzen, obgleich das eine sehr alte Weisheit ist, die zu predigen ich nicht müde werde. Auch Jenatsch scheint nun wieder mehr auf die französische Karte zu setzen. Wenigstens ist mir nicht bekannt geworden, daß er in den letzten Wochen an Verhandlungen mit den Habsburgern, denen Du Landé übrigens auf die Spur gekommen ist, teilgenommen hätte. Er befaßt sich nun nebenher mit Werbungen für Venedig, wohl, weil die Serenissima ihm bedeutet hat, es wäre an der Zeit, daß er für die Pension, die er fortwährend bezogen hat, wieder einmal etwas leiste.

1. März 1635
Die französischen Befestigungsarbeiten am Fort de France bei der Tardisbrücke, die während vieler Monate zum Stillstand gekommen waren, wurden dieser Tage wieder aufgenommen. Die Besatzung auf der Luziensteig ist verstärkt worden. Diese Vorgänge deuten auf erhöhte Verteidigungsbereitschaft hin. Man will sich, kurz vor dem Eintreffen des Herzogs, vor Überraschungen sichern.

Wir haben einen ungewöhnlich strengen und schneereichen Winter gehabt, so daß wohl noch einige Zeit vergehen wird, bis an militärische Aktionen gedacht werden kann.

26. März 1935

Du Landé hat, ohne den Landeshäuptern vorher davon Mitteilung zu machen, gestern die drei Bündner Regimenter, die von den Obersten Brügger, Salis (Ulysses) und Schauenstein (Rudolf) befehligt werden, insgesamt siebzehn Kompagnien, dazu die beiden Freikompagnien Stuppa und Jenatsch, zu einer Musterung bei Igis aufgeboten. Sie sind noch am gleichen Tag nach Ems marschiert, wo vom untern Oberland her die drei französischen Regimenter (Du Landé, Lecques und Chamblay) und die zwei Kavalleriekompagnien (Canillac und Villeneuve) sich versammelt hatten. Ich habe einen zuverlässigen Mann hingeschickt und erfahre von ihm soeben, daß die ganze Truppe sich gegen Thusis zu in Marsch gesetzt hat. Was eigentlich vor sich geht, weiß niemand, doch ist es auffällig, daß vorgestern abend der Sekretär des Herzogs, Prioleau, hier in Chur eingetroffen ist und unverzüglich Du Landé aufgesucht hat. Ich werde morgen versuchen, die Absichten Du Landés in Erfahrung zu bringen. Um einen Feldzug kann es sich kaum handeln, denn die Pässe sind hoch verschneit.

27. März 1635

Die Truppe hat sich im Domleschg geteilt. Während das französische Detachement, verstärkt durch die Regimenter Salis und Schauenstein, durch die Viamala weiterzog, haben das Regiment Brügger und die Freikompagnie Jenatsch den Weg durch den Schyn eingeschlagen. Die französische Kommandantur bezeichnet die Truppenbewegung als Quartierwechsel, woran ich nicht recht glauben kann. Wie könnten die paar Dörfer im Schams oder Rheinwald eine Armee von mehr als viertausend Mann aufnehmen?

Alle Straßen und Gäßchen des Dorfes Splügen waren von Truppen verstopft. Die Soldaten saßen auf ihrem Gepäck, kauten Brot und Käse und rieben sich von Zeit zu Zeit ihre blaugefrorenen Nasen. Da und dort schlug einer sich stampfend die Arme um den Leib, doch wenn er in einem Haus verschwinden wollte, wurde er von einem aufmerksamen Offizier zurückgerufen.

«Keine Dummheiten jetzt, der General versteht heute keinen Spaß.»

«Auf was warten wir denn noch?»

«Auf die Kavallerie und die Munition. Sie kann jeden Augenblick da sein.»

«Es ist immer das gleiche beim Militär», maulte ein junger Musketier. «Pressieren und warten. Gestern konnten wir nicht schnell genug laufen, wie eine Herde Vieh haben die Welschen uns getrieben, und jetzt, wo einem ein bißchen Bewegung gut täte, friert man am Boden an.»

«Es wird dir noch schnell genug gehen heute», sagte der Offizier. Eine alte Frau trat zu ihm und fragte ihn etwas. Er nickte, und die Frau verschwand in einem Haus, kehrte aber gleich darauf mit zwei Krügen, aus denen es dampfte, zurück. Die Soldaten sprangen auf, umringten die Frau im Nu und rissen ihr die Krüge beinahe aus den Händen.

«Laß mich auch!» hieß es, kaum daß der erste den Krug an die Lippen gesetzt hatte.

«Attention!» tönte es plötzlich von hinten. Die Soldaten fuhren auseinander und machten Platz. Ein Trompeter trabte durch die schmale Gasse, gefolgt von einem zweiten Reiter in prächtigem Pelzwerk und mit weißblauen Federn auf dem Hut: General Du Landé.

«Capitaine Rosenroll!» rief er mit schneidender Stimme, «Capitaine Rosenroll!» Hauptmann Rosenroll eilte aus einem Gäßchen herbei, stellte sich vor Du Landé auf und verbeugte sich:

«Mon Général?»

Ein Diener zog zwei Pferde am Zügel hinter sich her.

«Capitaine, vous choisirez vingt-quatre musquetaires de votre compagnie, et vous monterez aussi vite que possible au col. Vous supprimerez toute circulation jusqu'à l'arrivée du premier détachement. Alors, vous descendrez vers Chiavenna, mais vous éviterez le passage par cette ville, et vous vous arrêterez aux environs de Mese ou de Gordona. Répétez!»

Rosenroll wiederholte den Befehl.

«Bon!» sagte Du Landé lächelnd. «Bonne chance!»

28. März 1635

Es scheint, daß unsere Truppen den Splügenpaß überschritten haben. Genaue Nachrichten sind nicht erhältlich, jedoch ist es sicher, daß die gesamte Abteilung die vorletzte Nacht in Splügen zugebracht hat. Falls es sich um einen Feldzug handelt, dann war seine Vorbereitung ein Meisterstück der Geheimhaltung. Niemand hat etwas davon geahnt, keine Vorzeichen haben darauf hingedeutet, und auch jetzt werden offenbar alle Nachrichten unterdrückt, obgleich das ganze Land danach fiebert.

29. März 1635

Brügger und Jenatsch haben ihre Soldaten ins Engadin geführt, aber welche Absicht dahintersteckt, ist nicht in Erfahrung zu bringen. Ich bin beunruhigt, das ganze Manœuvre ist so undurchsichtig, daß man zu den schlimmsten Deutungen hinneigt. Mein Sohn Johann Peter, der noch kein militärisches Kommando innehat und sich deswegen zurückgesetzt fühlt, hat die Vermutung ausgesprochen, es könnte sich um die überraschende Besetzung des Veltlins oder wenigstens seiner Zugänge handeln. Aber dies wäre ein solches Wagnis, daß ich es den eher vorsichtigen Franzosen nicht recht zutraue.

30. März 1635

Die dem General Du Landé unterstellten Truppen haben den Splügenpaß überschritten, bei Mondschein in der Nacht, wie mir berichtet wurde. Wo sie sich jetzt befinden, ist unbekannt, denn der Verkehr über den Paß ist vollkommen unterbunden worden. Mein Sohn hat heute die Kommandantur um Aufklärung ersucht, wurde aber abgewiesen. Man wisse auch nicht mehr als alle andern Leute.

31. März 1635

Ein Kurier ist heute eingetroffen. Du Landé hat mit seinen Leuten die ganze Grafschaft Chiavenna besetzt, und zwar auf solche Weise, daß die Bewohner überhaupt nichts davon gemerkt hätten, wenn auf dem Marsch durch das Städtchen Cläfen nicht die Trommeln gerührt worden wären. Es ist jedoch zu keinen Kampfhandlungen gekommen, mit Ausnahme eines Feuerwechsels mit einigen Banditen, die im Gasthaus am Felsen von Riva ihr Hauptquartier aufgeschlagen hatten. Die Räuber wurden gefangengenommen, und es erwies sich, daß sie Dutzende von Reisenden ermordet hatten, deren Leichname in den Gewölben der Spelunke und am Seeufer aufgefunden wurden. Solche Dinge hätten zu der Zeit, da wir Bündner die Herrschaft ausübten, nicht geschehen können!

6. April 1635

Auch von Brügger und Jenatsch sind Nachrichten eingetroffen. Sie haben mit den wenigen hundert Mann, die ihnen unterstehen, eine gewaltige Marschleistung vollbracht. Von Zernez aus ist dieses Detachement dem Spöl folgend ins Valle di Livigno gelangt. Brügger ließ die gesamte Bevölkerung zusammenrufen und drohte ihr mit der vollständigen Einäscherung ihrer Häuser und Ställe, falls jemand versuchen sollte, die Nachricht vom Einmarsch der Bündner nach Bormio zu melden. So gelang denn die Überraschung. Ein Teil der Truppe wurde in den Bädern einquartiert, ein anderer Teil in der Talenge der Serra unterhalb Bormio. Die Bevölkerung verhielt sich teils indifferent, teils wohlwollend. So erbot sich eine Gruppe von Männern, Gepäck und Lebensmittel, die des hohen Schnees wegen über den Berninapaß nach Poschiavo geschickt worden waren, dort abzuholen. Die guten Veltliner haben offenbar gemerkt, daß es nun gilt, die Bündner bei Laune zu halten.

Als Kuriosum notiere ich, daß in der Kirche Sta. Barbara zu Bormio ein großer Vorrat von Pulver, Zündschnüren und Blei aufgefunden wurde. Dieser ist nicht etwa von den Spaniern angelegt worden, sondern von Cœuvres vor acht Jahren!

Aus der Grafschaft Chiavenna werden keine militärischen Aktionen gemeldet. Die Spanier haben sich, stets in unbedeutender Zahl, einige Male den Vorposten genähert, ohne sich jedoch auf ein Gefecht einzulassen. Du Landé hat die Befestigung der Grenzzone angeordnet.

Nachdem nun einiges Licht auf das rätselhafte Manœuvre gefallen ist, fragt man sich, was sein eigentlicher Zweck sei. Die Besetzung von Bormio bedeutet natürlich die Unterbrechung der habsburgischen Nachschublinie durch das Veltlin. Es dürfte aber klar sein, daß unsere Kräfte zu gering sind, als daß diese wichtige Position sich auf die Dauer halten ließe. Spanien wird einige Zeit brauchen, um seine mailändischen Armeen kampftüchtig zu machen, und von Österreich (über das Stilfser Joch) ist fürs nächste auch nichts zu befürchten, aber mit dem Fortschreiten der Jahreszeit wächst die Gefahr eines Angriffs von dieser Seite her. Überdies wird Robustelli kaum warten, bis man ihn in Grosotto aus dem Bette klopft!

Ist diese kühne Aktion also zum Scheitern verurteilt wie alle ihre Vorgängerinnen? Ist sie unternommen worden, um in den Drei Bünden für die Franzosen Stimmung zu machen und den Verhandlungen mit Spanien und Österreich den Wind aus den Segeln zu nehmen? Ist sie ein dilettantischer Akt der Verzweiflung Du Landés, der den Boden unter sich schwinden fühlte, oder gehört sie in einen größeren, wohlüberlegten Zusammenhang?

Diese Fragen bewegen mich sehr stark. Ich würde gerne das beste hoffen, aber ich verbiete es mir, durch viele Enttäuschungen gewitzigt.

9. April 1635

Der allgemeinen Mobilmachung, die von den Häuptern unlängst angeordnet worden ist, wird teilweise nur sehr zögernd Folge geleistet. Die Luziensteig ist zwar durch zwei in französischem Solde stehende bündnerische Kompagnien besetzt, aber dies genügt für eine längere Verteidigung nicht. Mein Sohn Johann Peter hat sein Landsturmkommando übernommen. Er ist aber bloß mit den Prättigauern zufrieden. Die andern Aufgebote sind mangelhaft ausgerüstet und halten keine Disziplin. Ein Kommandant aus dem Oberland ist mit seinen Leuten sogar wieder nach Hause marschiert, mit der Begründung, man hätte Gescheiteres zu tun, als am Ofen die nassen Schuhe zu trocknen. Die Häupter haben die Verhaftung dieses guten Bündners angeordnet und ihm eine exemplarische Strafe in Aussicht gestellt.

12. April 1635

Der Herzog ist zurückgekehrt! Und zwar nicht allein, sondern mit sieben Regimentern Infanterie und vier Reiterfähnlein. Nun wird der Zusammenhang klar: Prioleau, der am 24. März hier eintraf, überbrachte Du Landé den Angriffsbefehl. Es ist nun damit zu rechnen, daß die neuen französischen Truppen unverzüglich zur Eroberung des eigentlichen Veltlins schreiten, dessen strategische Eckpunkte ja bereits in unserer Hand sind.

Die Überführung dieser Armee von der Grenze der Eidgenossenschaft nach den Drei Bünden ist eine diplomatische Meisterleistung des Herzogs. Die Gefahr, daß die Schwyzer und Glarner ihm den Weg verlegt hätten, war nämlich groß. Das korrekte Vorgehen hätte darin bestanden, die Tagsatzung um die Durchzugserlaubnis zu bitten. Dadurch hätte Rohan aber seine Karten vorzeitig aufdecken müssen. Er wählte den von der Dringlichkeit und der Notwendigkeit der Geheimhaltung gebotenen Weg, die an der Marschroute gelegenen Orte einzeln anzufragen. Die Ratsherren von Basel gewährten ihm den Paß ohne weiteres, ebenso die Herren von Bern und Zürich. Da mit den Schwyzern und Glarnern Schwierigkeiten vorauszusehen waren, entschloß sich der Herzog, durch sanktgallisches und appenzellisches Gebiet ins Rheintal zu ziehen, auf das Risiko hin, die österreichischen Besatzungen im Vorarlberg zu alarmieren. Der Zug gelang jedoch ohne ernstlichen Zwischenfall.

Die Begrüßung des verehrten Fürsten durch das Churer Volk fiel herzlich aus, doch demjenigen, der diese Kundgebung mit früheren vergleicht, die dem Herzog zuteil wurden, kann nicht verborgen bleiben, daß er an Popularität verloren hat. Der Beifall war stellenweise recht dünn.

Rohan scheint sich von seiner Krankheit gut erholt zu haben. Er kam mir jünger und energischer vor als bei seiner Abreise, auch ist ein gewisser tragischer Zug, den ich oft an ihm bemerkt habe, aber nicht näher definieren konnte, aus seinem Gesicht verschwunden. (Ich hatte manchmal den Eindruck, er sei ein *Opfer* und wisse es.) Seine Stellung zu Richelieu und zum Allerchristlichsten König hat durch den Kriegseintritt Frankreichs eine bedeutsame Änderung erfahren. Früher hätte man ihn glatt verleugnet, wenn die gegen Spanien angewandte Politik es erfordert hätte. Heute ist er ein militärischer Faktor von größter Wichtigkeit, denn die Armee, über die er gebietet, hat eine Stärke von zehntausend Mann, womit man *im Gebirge* schon etwas ausrichten kann.

Am Abend begab sich eine Abordnung der Häupter und Räte, der anzugehören ich die Ehre hatte, in sein Quartier, um ihn offiziell willkommen zu heißen. Leider benahmen sich einige Mitglieder unserer Delegation nicht eben aufs würdigste. Der Herzog wurde heftig zu einer Erklärung gedrängt, die französischen Absichten in bezug auf die Regelung der Veltlinerfrage betreffend. Es wurde ihm bedeutet, das Klügste, was er tun könne, wäre die Abgabe der bindenden Zusicherung, daß das Veltlin, Cläfen und Bormio unverzüglich der vollen Autorität der Drei Bünde unterstellt würden, denn dies sei die Nachricht, die jedermann erwarte. Der Herzog erklärte, seine Aufgabe sei militärischer Natur: er habe den Auftrag, das Veltlin zu erobern und zu befestigen. An der Bereitwilligkeit des Königs, auf die Wünsche des bündnerischen Volkes einzugehen, sei jedoch kein Zweifel erlaubt.

Ich kann mir nicht verhehlen, daß diese Voreiligkeit unserer Abgeordneten keinen guten Eindruck hinterlassen hat. Wohl berührt sie den Kernpunkt der ganzen Frage, aber es war weder höflich noch freundschaftlich, gleich den Finger darauf zu legen.

14. April 1635

Der Herzog hat einige Umbesetzungen bei den Kommandostellen vorgenommen. Mein Sohn Johann Peter wird ein eigenes Regiment erhalten, das freilich erst angeworben werden muß. Musterungsplatz ist Maienfeld. Jenatsch, der zwar Oberstenrang hatte, aber bloß seine eigene Kompagnie im Brüggerschen Regiment und eine Freikompagnie befehligte, wird aus den Mannschaften des Oberengadins ein Regiment zusammenstellen. Johann Simeon Florin erhält ein Regiment aus dem Obern Bund, das sich in Thusis versammeln wird. Überdies sind zwei eidgenössische Regimenter unter dem Zürcher Caspar Schmid und dem Solothurner Greder in Aufstellung begriffen.

Die französischen Truppen haben Chur bereits verlassen.

17. April 1635

Herzog Heinrich Rohan hat mit seiner Armee vom Veltlin Besitz ergriffen und in Morbegno Quartier bezogen. Die Besetzung erfolgte kampflos.

Die militärische Aufgabe ist jedoch noch keineswegs gelöst. Es ist zu erwarten, daß Spanien versuchen wird, die äußerst wichtige Veltliner Verbindung wieder in seine Hand zu bekommen. Auch auf eine kriegerische Reaktion österreichischerseits muß man sich gefaßt machen. Was nun aber in den Vordergrund tritt, das ist die politische Zukunft des Veltlins. Das natürlichste wäre, die Drei Bünde übernähmen sogleich die Verwaltung. Doch was für uns Bündner natürlich ist, kümmert Frankreich wenig. Wie oft schon seit dem Sacro Macello war das Veltlin in unserer Hand! Wie schmählich hat Frankreich die bündnerischen Interessen mißachtet, als es Anno 26 das Veltlin kampflos den päpstlichen Truppen überließ! Wir wollen den Franzosen dankbar sein, daß sie uns beistehen, aber diesmal darf kein Kuhhandel hinter unserem Rücken das Erreichte wieder rückgängig machen. Wir müssen, wenn nötig, Frankreich gegenüber eine Sprache sprechen, die selbst der bisher übelhörige Kardinal versteht. Noch ist es zu früh, schwarz zu sehen, denn daß Richelieu diesmal ehrlich spielt, ist immerhin möglich, aber ein gewisses Mißtrauen ist jedenfalls angebracht.

Es geht mir merkwürdig in diesen Tagen. Ereignisse, die ich seit Jahren brennend erhofft habe, sind eingetreten, doch ich empfinde jetzt plötzlich keine Freude darüber. Es ist ja nichts zu Ende, solange man lebt. Man ersteigt einen Berg unter großen Mühen und Gefahren; den Gipfel im Auge, hält man die Strapazen aus. Und dann steht man wirklich oben und entdeckt, daß das, was vom Tale aus als Berg erschien, bloß ein *Vor*berg ist, daß dahinter neue Gipfel aufragen, steiler und abweisender als der erste, und vielleicht sind auch sie wieder nur Vorberge, und den wirklichen Berg, den endgültigen, gibt es gar nicht auf dieser Welt.

ZWEI BRIEFE

Wenn's nicht mehr regnet, ich habe es dir jetzt schon dreimal gesagt. Komm einmal her, wie siehst du aus!» sagte Anna, von ihrem Kindchen aufblickend, das sie soeben an die Brust gelegt hatte.

Der kleine Paul näherte sich zögernd, während Ursina und Katharina hinter der angelehnten Türe standen und kicherten, und die dreijährige Dorothea ihre großen Augen bald auf die vergnügten Schwestern, bald auf den unsicher gewordenen Bruder und die Mutter richtete.

«Ist das nötig gewesen?» fragte Anna mit gespielter Strenge. «Bist du nicht sonst schon dreckig genug, mußt du dir noch mit Fleiß das Gesicht verschmieren?»

«Er ist doch der Vater», riefen die Mädchen von der Türe her aus einem Munde. Anna nahm das Gesicht ihres Sohnes in nähern Augenschein und entdeckte nun, daß es nicht gleichmäßig schwarz war.

«Das da ist der Schnauz, und das der Bart», sagte Ursina, von der Tür herbeieilend, und zeigte auf das Kinn und die Oberlippe.

«Hast *du* ihn angemalt? Mit was?», fragte Anna.

«Mit Ruß aus der Küche», sagte Ursina, die Hände auf dem Rücken. «Er soll doch aussehen wie ein richtiger Krieger.»

«Zeig einmal deine Hände.»

Sie kamen sehr langsam zum Vorschein.

«Natürlich brandschwarz. Geh und wasch sie, aber sauber.»

«Ich bringe es nicht weg», sagte Ursina.

«Nimm Sand, dann geht's,» sagte Anna. «Aber wie sollen wir dein Gesicht wieder sauber machen, Paul?»

Er zuckte die Achseln und zog sich die Papiermütze tiefer in die Stirn.

«Ich muß auch noch ein Roß haben», sagte er, «der Bartli Conrad nimmt mich auf den Buckel, wenn ich ihm Schnitze zu fressen gebe.»

«Soso, und woher willst du die Schnitze nehmen?»

«Barbla hat gesagt, sie habe noch in einem Säcklein», sagte Katharina.

«Aber nicht für Rösser», lächelte Anna. «Bis zum Herbst dauert es noch lange, wir müssen die Schnitze sparen.»

«Dann mußt halt dem Michel Balz nach Katzensteig schreiben, dort hat es einen ganzen Trog voll.»

«Gib ihm die Schnitze, Mutter», bettelte Ursina, «wir wollen zuschauen, wie er auf dem Bartli Conrad reitet. Die Buben warten schon lange drunten auf der Straße.»

«Wenn der Paul nicht der Oberst ist, wollen sie nicht mehr Krieg spielen. Der andere Oberst hat auch ein Roß», sagte Katharina.

«Wenn's nicht mehr regnet, habe ich gesagt. Ich will nicht, daß ihr im Regen herumlauft. Wie heißt denn der andere Oberst?»

«Rohan», sagte Paul.

«Du liebe Zeit, das ist ja ganz verkehrt. Der Vater *hilft* doch dem Herzog Rohan, er führt doch nicht Krieg gegen ihn.»

«Das habe ich auch gesagt, aber die andern haben gesagt, ihr Oberst müsse etwas Vornehmeres sein als unserer. Sie wollen auch nicht Österreicher sein, weil sie sonst immer aufs Dach bekommen müssen. Man weiß auch gar nicht, wie der österreichische Oberst heißt. Vielleicht haben sie gar keinen.»

«Je, das Annali macht jetzt ein lustiges Gesicht!» sagte Ursina. «Hat es genug?»

«Es trinkt gar nicht richtig, wenn ihr alle um es herumsteht.»

«Gelt, der Vater kommt zur Taufe», sagte Dorothee. «Wenn er kann.»

«Warum kann er nicht? Muß er immer schießen?»

«Er muß aufpassen, daß die Österreicher nicht kommen.»

«Gelt, der Vater hat den Österreichern auch schon aufs Dach gegeben, schon hundertmal», sagte Paul.

«Nicht gerade hundertmal, aber zwei- oder dreimal.»

«Kommen sie jetzt nicht mehr?» fragte die kleine Dorothee.

«Wenn sie wieder kommen, dann gehen wir einfach nach Katzensteig und essen alle Schnitze», sagte Katharina.

«Gelt, ich bin in Katzensteig geboren, das ist weit weit fort», sagte Dorothee.

«Und ich in Davos», sagte Katharina. «Gelt Mutter, Paul

und ich sind Zwillinge. Sind wir auch noch Zwillinge, wenn wir groß sind?»

«Närrlein seid ihr alle miteinander, geht jetzt hinaus und schaut, ob es noch regnet, Annali will gar nicht trinken.»

«Und wenn es nicht mehr regnet, dann gibst du mir die Schnitze und dann... dann reite ich zum Vater ins Engadin und helfe ihm», sagte Paul.

«Geht jetzt», sagte die Mutter. «Nimm Sand für die Hände, Ursina.»

Sie rannten hinaus. «Macht die Türe zu», rief Anna ihnen nach. Sie hörte sie durch den Gang trippeln, vernahm das Ächzen der schweren Haustüre und den leisen Knall, mit dem sie ins Schloß fiel. Das Kindchen an ihrer Brust schmatzte zufrieden und ballte seine Händchen zu winzigen Fäusten. Doch der Friede dauerte nicht lange. Die Haustüre wurde aufgerissen, dann die Zimmertür, und Katharina und Ursina stürmten herein mit dem Rufe: «Der Vater kommt!», und als sie schon wieder hinausgewirbelt waren, alle Türen sperrangelweit offen lassend, kam auch noch Dorothee eilig hereingetrippelt, fast über ihre langen Röcke stolpernd, und verkündete die Nachricht noch einmal.

«Geh und sag ihm, ich könne jetzt nicht hinauskommen», sagte Anna. «Das Kleine hat noch nicht fertig getrunken, und dann soll die Ursina sofort zu mir kommen.» Dorothee schaute die Mutter mit ihren großen dunkeln Augen an und ging.

Jenatsch war vom Pferd gestiegen, hatte die Zügel dem Diener Volkart zugeworfen und ergriff eines der Kinder, die ihn umdrängten. Es war Katharina.

«*Ich* bin die Älteste», protestierte Ursina, und der Vater zog sie mit der andern Hand zu sich heran und preßte ihren Kopf an seinen Leib, gab ihr einen Kuß auf die Wange und wandte sich dann Katharina zu.

«Was ist denn das für einer?» sagte er, Paul an den Schultern fassend, «gehört der auch zu uns? Zeig einmal dein Gesicht.» Er schob ihm die Mütze in den Nacken, setzte eine ungläubige Miene auf und sagte kopfschüttelnd: «Das ist ja ein Neger aus dem Mohrenland, oder ist er ein Kaminfeger?»

«Ein Oberst, ein Oberst!» riefen die Mädchen, hüpfend vor Freude über diesen Spaß.

«Was für ein Oberst? Er hat ja nicht einmal ein Roß. Ein schöner Oberst das!»

«*Du* bist das Roß!» sagte Katharina übermütig und gab ihm einen kräftigen Schubs. «Laß den Pauli auf dir reiten, dann bekommst du Schnitze von Katzensteig.»

«Kommen Sie, Herr Oberst, Sie müssen reiten», sagte der Vater und hob das Söhnchen auf seine Schultern, und die Mädchen hängten sich an seinen roten Uniformrock und schrien: «Wir auch, wir auch.»

Der Vater machte ein paar flinke Sprünge, vorwärts, rückwärts und nach beiden Seiten, so daß das Reiterlein, obgleich es an den Beinen gehalten wurde, ein erschrecktes Gesicht machte und sich an den langen Haaren festhielt, die unter dem Hut hervorhingen. Die Mädchen hatten den Rock nicht losgelassen. «Noch einmal, noch einmal!» riefen sie ungeduldig, aber nun kletterte Dorothee die steile Treppe herab, mit einer Hand die Röcke raffend, mit der andern am Geländer einen Halt suchend.

«Seien Sie herzlich gegrüßt, schöne Dame!» sagte der Vater, den Hut ziehend und in weitem Bogen zum Boden schwenkend. Da er sich gleichzeitig verneigte, fiel der Reiter auf seinem Genick fast vornüber.

«Die Mutter... die Mutter», stotterte Dorothee aufgeregt, «die Mutter hat das Kleine.»

«Das Kleine? Welches Kleine?» sagte der Vater verwundert.

«Das Annali», riefen die beiden größeren Mädchen. «Sie hat es bekommen.»

«Getauft ist es auch schon?»

«Nein, erst am Sonntag, wir sagen ihm nur so, weil es doch einen Namen haben muß», sagte Katharina.

«Dann wollen wir aber sofort zum Annali. Vielleicht möchte es auch auf mir reiten», sagte der Vater. «Komm herunter, schwarzer Oberst, du mußt Platz machen.»

Er stellte ihn auf den Boden und kauerte nieder, um Dorothee an sich zu drücken. Sie schlang ihre Ärmchen um seinen Hals und preßte ihr Köpfchen an seine Wange.

«Es regnet nicht mehr», rief Katharina. Sie legte mit geöffnetem Mund den Kopf in den Nacken und hob die Arme mit den Handflächen nach oben.

«Das ist jetzt ja gleich», sagte Ursina. «Jetzt ist der Vater da, das ist viel schöner als Krieg spielen.»

Der Vater war mit Dorothee an der Hand die Treppe hinaufgegangen und zur offenen Tür hinein, aber nicht, ohne ein paarmal den schweren Türklopfer zu betätigen.

Anna kam ihm im Flur entgegen mit dem Kleinen im Arm. Ihr Mieder war noch nicht zugeschnürt. Georg küßte sie auf die Wange und tupfte dem winzigen Töchterchen mit dem Zeigfinger auf die Nase. Es verdrehte die graublauen Augen und zuckte mit der Oberlippe.

«Macht die Tür zu, Kinder, es kommt kalt herein», sagte Anna.

«Können wir taufen übermorgen?» fragte Georg.

«Ich hoffe es. Du mußt die Taufe heute noch anmelden, ich bin nicht dazugekommen.»

«Wenn der Pfarrer nicht will, dann machen wir's eben anders.» Anna schaute auf.

«Wir reden später darüber», sagte Georg. Seine gute Laune war im Schwinden. «Ich habe nicht viel Zeit, muß wahrscheinlich schon am Sonntag wieder nach Süs hinüber, es kann jeden Tag losgehen.»

«Wie heißt der Oberst der Österreicher?» fragte Paul.

«Plagt jetzt den Vater nicht», sagte Anna.

«Fernamont heißt er», sagte Georg, «aber geht jetzt hinaus. Ich habe keine Zeit für euch.»

«Sind deine Hände sauber, Ursina?» fragte die Mutter. «Probier den Paul zu waschen, aber nicht mit Sand. Und du, Katharina, gehst in die Küche und schickst die Barbla zu mir. Dorothee kann dableiben.»

Anna deckte eben den Tisch in der Nebenstube, als Georg zurückkam. «Was hat der Pfarrer gesagt?» fragte sie.

«Er will eine Ausnahme machen, aber er hat mich merken lassen, daß es eine große Gefälligkeit sei, ohne Not sei er nicht verpflichtet, zwei Tage nach der Anmeldung zu taufen. *Ohne Not!* Der Trottel: Dabei herrscht Kriegszustand, und ich habe mich nur mit der größten Mühe für drei Tage freimachen können. Niemand weiß etwas davon, übrigens. Hätte ich am Tscharner nicht einen guten Stellvertreter, wäre überhaupt nicht daran zu denken gewesen, daß ich meinen Posten verlassen hätte. Übrigens habe auch *ich* den Herrn etwas merken lassen.»

Anna sah auf: «Dann hätten wir die Taufe halt verschieben müssen.»

«Nein, das hätten wir nicht. Dann hätten wir eben in Süs getauft, oder in Zernez, und zwar bei den Kapuzinern.»

«Oh Gott», entfuhr es Anna.

«*Das* habe ich ihn merken lassen.»

Anna ging hinaus. Nach einer Weile kehrte sie mit einer Karaffe voll Wein zurück. Die Magd Barbla hatte inzwischen das Essen aufgetragen.

«Ist etwas gegangen, während ich fort war?» fragte Georg, als er Anna am Tisch gegenübersaß.

«Vulpius ist dagewesen», sagte Anna.

«Wollte er zu mir? Er mußte doch wissen, daß ich in Bormio oder im Engadin war.»

«Er wußte es.»

«Dann ist er also zu dir gekommen.»

«Nicht meinetwegen. Nimmst du Suppe?»

Georg schob ihr den Teller hin, und sie schöpfte. Ihr eigener Teller blieb leer.

«Issest du nichts?»

Sie schüttelte den Kopf. Jenatsch betrachtete sie einen Augenblick und löffelte dann schweigend seine Suppe.

«Was wollte der Vulpius wissen?» fragte er nach einer Weile.

«Das kannst du dir denken.»

«Was hast du ihm für eine Auskunft gegeben?»

«Nichts habe ich ihm gesagt. Was hätte ich sagen sollen? Ich weiß ja nichts, du sagst mir ja nichts. Ein paar Bücher habe ich ihm gezeigt. Das genüge ihm, hat er gesagt.»

«Hör einmal, Anna, diese Dinge gehen niemanden etwas an, den Vulpius am allerwenigsten. Was hat er hier zu spionieren?»

«Er hat von Gerüchten gesprochen. Denen wolle er nicht glauben. Er müsse wissen, ob etwas daran sei.»

«Er darf es ruhig wissen. Es *ist* etwas daran. Alle sollen es wissen. Das Heimlichhalten ist nicht mehr nötig.»

Anna erbleichte und schüttelte fast unmerklich den Kopf.

«Warum, warum?» fragte sie schließlich fast ohne Stimme.

«Ist das so unverständlich?»

«Ich weiß nicht mehr, was ich von dir denken soll», sagte sie, sich abwendend.

«Es hat sich doch nichts geändert zwischen dir und mir. Bin ich ein anderer seit einem halben Jahr?»

«Daß du mich so lange im ungewissen lassen kannst, das ist es, was ich nicht begreife. Vom andern verstehe ich nichts. Ich *will* es auch gar nicht verstehen.»

«Das verlange ich auch gar nicht. Du und die Kinder, ihr sollt euern Glauben behalten, so lange ihr wollt. Später einmal werdet ihr begreifen, was jetzt niemand begreift, auch die Katholischen nicht. Sie sind vielleicht gar nicht so erfreut über meinen Schritt, aber das ist mir gleich. Ich habe ihn für mich getan, für uns, vielleicht auch für das Land.»

Anna lächelte bitter.

«Du glaubst mir nicht, Anna, denn du siehst nicht in die Zukunft. Ich sage dir aber eines: dieser Schritt hat mir einen Weg geöffnet, eine Straße, auf der man vierspännig fahren kann. Wart noch ein Weilchen. In zehn Jahren wirst du wissen, was ich meine.»

«Was in zehn Jahren sein wird, das weiß Gott allein. Iß jetzt, das Fleisch wird kalt.»

Georg griff zu, sein Gesicht war unbewegt, doch sein Essen war hastig, und den Wein trank er becherweise.

«Das wird eine schöne Taufe geben», sagte Anna tonlos.

Am nächsten Morgen hatte Georg sich schon erhoben, als Anna erwachte. Sie fand ihn in seiner Arbeitsstube am Schreiben.

«Gegen Mittag wird ein Kurier kommen. Gib ihm diese Briefe mit, falls ich nicht da sein sollte», sagte er. «Bist du mit den Knechten zufrieden? – Ein Junker Zollikofer aus St. Gallen interessiert sich für Katzensteig. Ich weiß noch nicht, ob ich es ihm verkaufen will. Es hat uns gute Dienste geleistet, vielleicht sind wir noch einmal froh, daß wir's haben. Ich glaube, wir wollen noch ein wenig warten, wenigstens, bis der Krieg vorüber ist. Mit der Zeit brauchen wir ein Haus in Chur, aber damit eilt es nicht. Schreib mir, wenn ihr mit Heuen anfangt, vielleicht kann ich dir ein paar Soldaten schicken. Vorläufig brauche ich sie zum Schanzenbauen.»

Anna sagte nichts, und Jenatsch schien auch gar keine Äußerung von ihr zu erwarten, denn er schrieb bereits wieder.

«Ruf mich, wenn das Morgenessen fertig ist, ich habe Hunger. Schlafen die Kinder noch?»

«Ich gehe sie wecken.»

«Falls die venezianische Pension eintrifft, schick mir das Geld nicht nach. Ich lasse dir auch noch einiges hier, damit du die Knechte bezahlen kannst. Ich habe gestern den Johannes gesehen, er will mir das große Rind abkaufen. Der Preis ist abgemacht. Er wollte es erst im Herbst übernehmen, damit er das Risiko der Sömmerung nicht tragen muß.»

«Wer kauft schon ein Rind im Juni?»

«Das hat er auch gesagt, aber im Herbst ist es für alle feil, da kann ich für keinen Preis garantieren. Das hat er schließlich begriffen. Er holt es nächste Woche. – Ich schreibe eben dem Daniel Pappa nach Thusis wegen einem neuen Paar Stiefel. Braucht ihr auch etwas von ihm?»

«Die Kinder sollten größere Schuhe haben auf den Winter, wenigstens Ursina und Paul.»

«Und du, hast du nichts nötig?»

«Jetzt nicht. Ich nehme im Herbst den Schuster auf die Stör. Barbla und die Knechte werden wohl auch Arbeit für ihn haben.»

«Flicken kann er, aber neu machen nicht. Wenn du also etwas Neues brauchst, so sag's jetzt, dann geht's im gleichen Schreiben. Nimm den Kindern und dir das Maß, da hast du Papier und Rötel.»

*

Nach dem Morgenessen, das nicht wie sonst in der finstern Küche eingenommen wurde, sondern in der sonnigen Nebenstube, stellten sich die Kinder vor den Vater hin.

«Spielst du wieder mit uns?» fragte Katharina.

«Was soll ich denn spielen?»

«Wir wollen auch reiten», sagte Ursina.

«Zeig uns, wie man schießt», sagte Paul.

«Zum Reiten habe ich keine Zeit jetzt. Wenn ihr brav seid, dürft ihr am Abend auf Volkarts Braunen sitzen. Aber schießen wollen wir.»

Sie gingen hinaus hinter den Stall. Dorothee hatte auch dabei sein wollen, aber Anna hatte sie zurückgehalten. Man hörte sie noch heulen.

Der Vater hatte das Pistol in der Hand.

«Das ist der Lauf», erklärte er. «Zuhinterst ist das Pulver. Weiter vorn ist die Kugel. Hier unten ist der Abzug. Wenn ich mit dem Zeigefinger daran ziehe, dann knallt's.»

Die Mädchen hielten sich die Ohren zu. Paul griff nach dem Pistol.

«Aufpassen, es ist geladen», sagte der Vater. «Geh jetzt auf die Seite, ich schieße gegen den Stall.»

Er streckte den Arm aus, kniff ein Auge zu und drückte ab. Ein Blitz flammte auf, gleich darauf knallte es, und eine Rauchwolke, von dunkeln Fetzen durchstoben, schoß zum Rohr heraus gegen den Stall.

«Fertig», sagte der Vater. «Schaut nach, ob ihr die Kugel findet.» Die Kinder rannten zur Stallmauer und suchten eifrig am Boden.

«Was ist das?» sagte Ursina, etwas aufhebend.

«Das ist die Kugel», sagte der Vater.

«Sie ist ja gar nicht rund», sagte Paul.

«Sie ist platt geworden an der Mauer, denn sie ist aus Blei, und das Blei ist weich. Schaut, so hat sie vorher ausgesehen.»

Er griff in die Tasche. Die Kinder neigten sich über seine flache Hand, auf deren Teller eine neue, grauglänzende Kugel lag. Paul faßte sie mit zwei Fingern.

«Schwer», sagte er.

«Gib sie mir, jetzt wollen wir das Pistol wieder laden», sagte der Vater. Er wischte den Ruß von Lauf und Pfanne, holte dann ein kleines Pulverhorn aus der Tasche, schüttete Pulver in den Lauf und stopfte mit dem Ladestöcklein eine Papierkugel nach, ließ darauf die Bleikugel hineingleiten und stopfte nochmals mit Papier. «Jetzt kann die Kugel nicht herausfallen, wenn man das Pistol im Gürtel trägt.»

«Fertig», sagte Paul.

«Nein, noch nicht fertig», sagte der Vater. «Das Schüsselchen da auf der Seite ist die Pulverpfanne. Da schütten wir jetzt ein wenig Pulver hinein.»

Er tat es und zeigte dann auf das kleine Loch in der Innenwand der Pfanne. «Durch dieses Löchlein springt das Feuer aus der Pfanne in den Lauf und zündet das Pulver dort an.»

«Und wie gibt es Feuer in der Pfanne?» fragte Ursina.

«Das will ich euch gerade zeigen. Schaut, da am Hahn ist ein Feuerstein angeschraubt.» Er spannte den Hahn. «Wenn ich abdrücke, schlägt der Hahn nach unten. So.» Die Kinder wichen zurück.

«Keine Angst, es passiert nichts», lachte der Vater, «jetzt hat's kein Pulver in der Pfanne.»

«Wo ist es?» fragte Katharina.

«Ich habe es verschüttet.»

«Dann kann man ja gar nicht mehr schießen», sagte Paul.

«Jetzt nicht. Man muß eben die Pfanne schließen, dafür hat sie einen Deckel, schaut.» Er schüttete nochmals Pulver in die Pfanne und schloß sie dann.

«Jetzt darf man aber nicht mehr im Spaß abdrücken. Damit die Pistole nicht von selbst losgeht, läßt man den Hahn nach und spannt ihn erst wieder, wenn man schießen will.»

«Aber wie gibt es Feuer?» fragte Paul.

«Wenn man abdrückt, streift der Feuerstein an der Stahlzunge da auf dem Pfannendeckel. Dabei gibt es einen Funken, und der Deckel wird zurückgeschlagen. Der Funke fällt in die Pfanne, und das Pulver brennt. So, und nun muß ich wieder Briefe schreiben. Macht keine Dummheiten. Hat die Mutter euch Maß genommen für die Schuhe?»

«Nein.»

«Dann kommt mit, der Brief muß heute noch fort.»

«Wer macht uns die Schuhe?» fragte Katharina.

«Der Daniel Pappa in Thusis. Das ist ein Mann, der hat Hörner wie der Moses.»

«Wie der Teufel», lachte Ursina.

«Nein, der Teufel hat andere, wenn er überhaupt hat.»

«Hast du ihn schon gesehen?»

«Nein, sonst wüßte ich, ob er Hörner hat. Aber kommt jetzt.»

Gegen Mittag langte der Kurier von Süs an. Johann von Tscharner berichtete, daß nichts Besonderes vorgefallen sei. Die Arbeit an den Schanzen mache gute Fortschritte, obgleich die Engadiner sich nur widerwillig dazu brauchen ließen. Er benütze die Gelegenheit, dem Kurier einen Brief mitzugeben, der kurz nach der Abreise des Herrn Oberst eingetroffen sei.

Jenatsch fertigte den Kurier ab, ließ ihm in der Küche etwas vorsetzen, ordnete auch an, man möge ihm Proviant für den Rückweg mitgeben, und setzte sich dann wieder an seinen Tisch. Der Brief trug die Aufschrift: «Dem erlauchten Herrn Oberst, dem gestrengen Herrn Georg Jenatsch, dem Herrn und besondern Gönner der Davoser.»

«Pompöse Schmeichelei», sagte er laut zu sich selbst, während er die Siegel aufbrach. Der Brief hatte folgenden Wortlaut:

«Gruß Dir, erlauchter Herr,

Wie uns eine gegenseitige Freundschaft seit vielen Jahren verbunden hat, wie wir Dich geliebt und geehrt, wie wir uns über Deine Tapferkeit, Dein Glück, Deinen Ruhm gefreut haben, das brauchen wir Dir nicht zu sagen. Du weißt das, und Du hast uns oft durch Wohlwollen Deinerseits bezeugt, daß Du unsere Gefühle anerkennst.»

Er wendete den Brief, suchte die letzte Seite. Seine Augenbrauen zogen sich zusammen, und sein Mund verkniff sich. Endlich fand er die Unterschrift. Es waren sogar zwei, nämlich jene des Stefan Gabriel und darunter jene des Jakob Anton Vulpius.

«Aha», sagte Jenatsch, «nun kommt es.» Er las weiter:

«Aber nun ist diese unsere Freude über Dich schwer getrübt.

Wir haben von Deinen Feinden vernommen, daß Du gegen die wahre Religion disputierst. Das haben wir entschuldigt. Wir sagten, Du hättest von Jugend an die Gewohnheit besessen, die Leute zum besten zu haben. Wir haben gehört, Du besuchest Messen. Das haben wir Deiner soldatischen Unbekümmertheit zugeschrieben. Wir haben gehört, daß Du vom evangelischen Glauben abgefallen seist. Das konnten wir nicht glauben.

Denn wer sollte glauben, daß der Herr Jenatsch, der von Jugend an in die wahre Erkenntnis Gottes eingeweiht war, daß der Herr Jenatsch, ein Diener Jesu Christi, ein Gelehrter, ein Mann von hervorragender Urteilskraft, in die Torheit verfallen sei, zu glauben, die lächerliche Religion der Papstgläubigen sei die wahre und alleinseligmachende Religion! Der Herr Jenatsch soll glauben, die Erdichtungen der Päpste hätten die gleiche Autorität wie die Schriften der Propheten und Apostel? Er soll nicht unterscheiden können zwischen dem ewigen Gott, dem Schöpfer aller Dinge, und seinen Kreaturen, und soll diese anbeten? Er soll hölzerne und steinerne Bilder verehren? Er soll die Hoffnung seiner Seligkeit auf seine verdienstlichen Werke setzen, auf die Verdienste der Heiligen, auf die gestifteten Messen, auf päpstliche Ablässe? Er soll glauben, daß die Päpste, deren manche der Kardinal Baronius schreckliche Ungeheuer nennt, nicht irren können? Daß der Papst die Macht hat, in den Himmel zu versetzen, wen er will, und in die Hölle zu werfen, wen er will? Daß er von den Geboten des Ewigen dispensieren kann und umgekehrt etwas, was nicht Sünde ist, zur Sünde machen kann? Daß Gott die Sünden nur jenen vergibt, denen sie die Meßpriester vergeben? Er soll glauben, daß ein Brocken aus Mehl und Wasser der ewige Gott sei? Er soll glauben, daß furchtbare Schlächtereien gottgefällige Taten seien? Er soll glauben, daß alle Evangelischen, die die Hoffnung ihres ewigen Heils auf ihren Schöpfer und Erlöser setzen und zu denen in erster Linie sein eigener frommer Vater gehört, verdammt seien? Das wollen und können wir nicht glauben! Eher wird sich der Herr Jenatsch einreden, das Feuer sei kalt, der Schnee sei schwarz, als daß er all dies glauben könnte!

Aber was haben wir noch als Neuestes vernommen? Du seist nicht nur vom evangelischen Glauben abgefallen, sondern sein Feind geworden: Du seist der Zerstörer des Vaterlandes geworden und wollest unsere Engadiner der Religionsfreiheit berauben. Du wollest in unseren Kirchen mit Gewalt Werkzeuge des Götzendienstes, Altäre und Bilder, aufgerichtet haben? Du drohest den Engadinern mit Feuer und Schwert, wenn sie nicht gehorchen?

Wir kommen zum Zweck dieses Briefes. Wache auf aus Deiner Schläfrigkeit! Erwäge die Eitelkeit dieser Welt, wie Du unlängst scheinbar in frommer Gesinnung gesagt hast. Fürchte den gerechten Richter des ganzen Weltkreises, fürchte aber auch die Menschen, die Du Dir zu Feinden gemacht hast durch Deine Zweideutigkeit, und die Menschen, die Dir schon lange feind sind, auch wenn sie sich jetzt als Freunde gebärden. Diesen neuen Freunden vor allem traue nicht! Glaubst Du etwa, daß, nach allem, was geschehen ist, die Papisten Dir wohlwollen? Glaubst Du etwa, daß Deine Nebenbuhler, die Dir jetzt gegen ihren Willen schmeicheln, Dich beschützen werden? Willst Du wirklich die Zuneigung Deiner wahren, aufrichtigen Freunde in Haß verkehren? Damit alle, die Dich hassen, seit langem oder neuerdings, sich über Dein Unglück freuen sollen? Wir haben Drohungen, Blitz und Donner vernommen. Hüte Dich, traue nicht auf Deine Macht und Stärke. Mächtig war Simson, aber er wurde gefangen. Mächtig war Goliath, aber er wurde besiegt. Die Mächtigen in unserer Heimat kennst Du selber. Wir schreiben das alles nicht, um Dich zu kränken, nicht um Gift und Galle gegen Dich zu speien, sondern aus brüderlicher Liebe, aus aufrichtiger Anhänglichkeit, aus schwerer Sorge um Dein zeitliches und ewiges Heil. Darum zweifeln wir auch nicht daran, daß Du unsere Warnungen in demselben Sinne aufnehmen wirst, wie sie an Dich ergangen sind. Wir bitten, beschwören, flehen Dich an im Namen Jesu Christi, das zu tun. Denke an jene fromme Seele, die Dich wie sich selbst liebte, die durch ihr standhaftes, unvergeßliches Martyrium im Kerker zu Innsbruck die Ehre unseres gemeinsamen Erlösers verteidigte. Ach, mit welchen Augen wird er Dich anschauen, wenn er Dich am Jüngsten Tage auf der

Seite seiner Peiniger findet? Und vollends wir, die wir Dich so hoch hielten, als Du noch fest standest, der Du unser Stolz warst: mit welcher Scham, mit welchen bittern Gefühlen denkst Du, daß wir täglich die scharfen oder schadenfreudigen Worte anhören müssen, die diejenigen über Dich ausgießen, die Dich schon damals, als Du noch fest standest, weniger liebten als wir? Ach Gott, du Quelle des Erbarmens, gib uns ihn zurück, den der böse Feind uns entrissen hat! Dies schreiben wir nicht ohne Schmerz, Seufzer und Tränen. Lebe wohl!

Die aufrichtigen Freunde Deines Glückes und Deiner Seligkeit

Chur, den 29. Mai 1635

Stefan Gabriel
Jakob Anton Vulpius.»

«Einer des andern wert», lachte Jenatsch auf. «Stumpfsinnige Seelenkrämer.» Er sprang vom Stuhl auf und ging mit langen Schritten im Zimmer auf und ab, nahm dann den Brief wieder in die Hand, las da und dort einen Satz und warf die Blätter auf den Tisch zurück. «Simson, Goliath!» sagte er hohnlachend. «Da habt ihr euch in den Namen vergriffen. Gideon wäre passender, oder David.»

Beim Taufmahl hielt Jenatsch eine kleine Rede. Er erinnerte die Verwandtschaft an die Taufe des ersten Kindes und an gewisse Äußerungen, die er bei jenem Anlaß getan hatte. Seine Prophezeiungen seien damals nicht ohne weiteres verständlich gewesen. Er habe von einem Anfang gesprochen, der endlich gemacht worden sei. Damit habe er nicht bloß gemeint, daß Hoffnung auf weitere Kinder bestünde, wie sie nun ja aufs schönste in Erfüllung gegangen sei, sondern vor allem, daß sie nun eine eingesessene, aufstrebende Familie geworden seien, die eigene Häuser bewohne und eigenen Grund besitze. Auf diesem Wege sei er inzwischen weitergegangen. Es sei ein Weg zur Unabhängigkeit, wie er auch auf dem größeren Felde des Vaterlandes beschritten werden müsse, und insofern möchte er seine Familie als Sinnbild ansehen, wie ja jede rechte Familie ein Sinnbild des Staatswesens darstelle. Ein kleines Beispiel dafür sei das Verhalten in Fragen der Religion. Nach der Verfassung der Drei Bünde stehe es jedem Menschen frei, darin seinem Gewissen zu folgen. Wenn er nun für seine Person eine solche Entscheidung getroffen habe – er wisse wohl, daß sie nicht allen Leuten gefalle –, so bedeute dies nicht, daß er von seinen Nächsten das gleiche verlange. Diese Taufe dürfte es allen klar vor Augen gestellt haben. Aber dennoch wage er zu behaupten, daß seine Überzeugungen, wenn sie sich verbreiten und auf möglichst viele andere übergehen würden, für das Ganze von unermeßlichem Nutzen wären. Die Freiheit, wie sie in den Drei Bünden überliefert sei und die er als solche nicht antasten wolle, neige allzusehr dazu, sich nur im Teile zu verwirklichen. Die Freiheit des Einzelnen aber dürfe nicht auf Kosten des Ganzen gehen, im Gegenteil müsse, damit die Freiheit des Ganzen gewährleistet sei, der Einzelne sich zu gewissen Beschränkungen seiner persönlichen Freiheit verstehen. Daran fehle es noch allenthalben, beispielsweise in militaribus habe er betrübliche Feststellungen machen müssen. Ein nicht zu knappes Maß von Opfermut müsse von jedem verlangt werden. Sein persönlicher Entschluß sei ein Ausdruck dieses Opferwillens, und es müsse nun jeder mit sich selber abmachen, in welcher Weise er dem Ganzen dienen wolle. Er möchte nur vor der weitverbreiteten Ansicht warnen, daß man den Dingen einfach ihren Lauf lassen müsse, daß alles von selber wieder ins Gleis käme. Nichts wäre falscher und nichts gefährlicher. Man sei daran, die alte Freiheit wieder aufzurichten, ob sie aber Bestand haben werde, hänge vom richtigen Verhalten jedes Einzelnen ab. Die alten Wege seien ausgefahren, eine neue Zeit sei angebrochen, und darum müsse man nach neuen Mitteln trachten, diese Zeit zu bestehen. Als Jenatsch mit seiner Rede auf diesem Punkte angelangt war, wurde die Tür aufgerissen. Ein Soldat in verschwitzten, staubbedeckten Kleidern stürmte herein und schrie, ohne den Hut abzunehmen, mit heiserer Stimme: «Die Österreicher sind im Münstertal!»

Jenatsch sprang auf und machte sich in aller Eile bereit. Unter den Gästen entstand ein großer Tumult. Die Männer gestikulierten und redeten wirr durcheinander, ein paar Frauen begannen zu schluchzen. Noch ehe der Sturm sich gelegt hatte, saß

Jenatsch auf seinem Hengst und jagte mit seinem Bedienten dem Flüela zu.

Am Rande des Tobels, welches den Schuttkegel unterhalb des Dorfes Sernio im Veltlin durchschneidet, standen die Posten des Regiments Montauzier in der Nachmittagshitze. Die Armee hatte sich auf dem Grund des Tobels zum Lagern eingerichtet, doch war das Anzünden von Feuern strikte verboten worden. Die Soldaten lagen im Schatten der angeschwemmten Steinblöcke; einige schliefen, andere verzehrten Proviant aus dem Habersack oder wuschen sich die Füße in einem Tümpel des Baches. Die Kavalleristen ließen durch die Schmiede die Eisen ihrer Pferde nachsehen. Vor einem Zelt flatterte ein kleiner Fahnenwald.

Eben langte eine durch Musketiere und Pikeniere gedeckte Trägerkolonne von Männern aus Tirano an, die Brot und Fleisch ablud.

«Wir müssen uns dazumachen», sagte Thomas Beeli, der die Veltliner hatte eintreffen sehen, zu seinen Davoser Kumpanen Simmi Meißer, Johann Ardüser und Florian Schlegel. Sie pirschten sich an die aufgetürmten Säcke heran, aber der französische Quartiermeister hatte schon einen Viererposten aufstellen lassen, alles Welsche, mit denen die Bündner nicht verhandeln konnten. So zogen sie ab, setzten sich in den Schatten eines Erlenbusches und würfelten um eine gedörrte Leberwurst, die Ardüser als Preis ausgesetzt hatte. Er gewann sie selbst und teilte sie großzügig mit seinen Freunden.

«Wenn man nur wüßte, ob's bald wieder losgeht», sagte Meißer. «Ich habe nämlich nicht im Sinn, lange hier herumzuliegen».

«Ich sollte mit Heuen anfangen», sagte Schlegel.

«Wer mit meinem Vieh z'Alp geht, weiß ich auch nicht», sagte Beeli. «Die Buben sind noch zu klein, und die Frau ist hoch in der Hoffnung.»

«Hättest dir halt eine günstigere Zeit aussuchen sollen», lachte Schlegel.

«Du hast gut lachen», sagte Beeli, «deine Frau bekommt nicht schon einen dicken Bauch, wenn man ihr ein Paar Männerhosen ans Bett hängt. Meine muß ich bloß ein paarmal fest anschauen, und schon hat sie's».

«Eine Hitze ist das, ich muß etwas trinken», sagte Meißer.

«Aber nicht aus dem Bach», sagte Ardüser. «Ich hab's vorhin probiert. Da kommt allerlei geschwommen, pfui Teufel.»

«Wir gehen nach Sernio hinauf, dort muß man doch einen Schluck Wein bekommen», sagte Meißer.

Sie standen auf und machten sich auf den Weg, oftmals über schlafende Soldaten steigend und über Waffen, Tassetten, Harnische und Helme stolpernd.

«Väng?» fragte Beeli einen Franzosen, der die Feldflasche am Munde hatte.

«Pas pour toi», sagte der Franzose, die Flasche einem Kameraden reichend.

«Verdammter Gauch!» brummte Beeli.

Am Dorfrand von Sernio stand eine Postenkette, die den Zugang verwehrte. Die Leute hatten Weinkrüge neben sich, gaben aber nichts her. «Da sieht man's wieder!» begehrte Meißer auf. «Die verdammten Welschen haben alles, was sie wollen, und uns läßt man verdursten. Ich sage euch eines: heute nacht reiße ich aus. Das Veltlin und der Herzog und der Fernamont und der Serbelloni können mir alle zusammen gestohlen werden.»

Weiter unten wurde geschossen.

«Kommt, da gibt's etwas zu schauen», rief Ardüser. Er schlug sich ins Erlengebüsch und eilte auf einem Fußpfad talwärts. Die andern drei folgten ihm. Vorsichtig stiegen sie nach einer Weile zum Tobelrand hinauf und legten sich dort nebeneinander ins Gras. Eine Musketensalve krachte ganz in der Nähe. Vor ihnen lag der sanft gegen die Ebene abfallende Schuttkegel in der Nachmittagssonne. Eine Gruppe von Reitern in blauen Kasacken sprengte auf den Tobelrand zu, doch zerteilte sie sich nach der Salve. Eine neue Gruppe tauchte hinter einer Hügelwelle auf, dann eine dritte mit flatternden Fähnchen. Nochmals schmetterte eine Salve. Einer der vordersten Reiter sank nach hinten, die gestiefelten Beine hoben sich steif, das Pferd machte einen Satz, und der Reiter rutschte wie ein Sack zur Erde. Sein linker Fuß blieb im Bügel hängen. Nun wendeten die übrigen Reiter und galoppierten zurück. Das Pferd des Getroffenen blieb stehen, schlug einige Male aus und trabte den andern nach, seinen Herrn neben sich herschleifend. Plötzlich knackte und prasselte es in den Büschen rings um die Liegenden. Ein Offizier preschte ins Freie, riß degenschwenkend sein schwarzes Pferd herum und rief ein paar französische Kommandoworte. Etwa hundert Reiter brachen nacheinander aus dem Gebüsch hervor und sammelten sich auf den Wiesen zu einem Knäuel, der kleiner und kleiner wurde. Die Rücken- und Schulterharnische und die Zischäggen blinkten in der Sonne, und das Hufgetrappel war noch lange zu hören.

«Das ist der Willnöff», sagte Ardüser, «ich kenne ihn.»

«Hol ihn der Teufel!» brummte Meißer.

«Geht's wieder los?» fragte Beeli.

«Kaum», sagte Schlegel. «Die kaiserlichen Dragoner haben nur wissen wollen, wo wir stecken.»

Die Ebene lag wie ein See von grellem Licht zwischen den Berghängen ausgegossen. Zitternde Feuerluft stieg von ihr auf zum hellen Blau des Himmels. Es war unheimlich still. Kein Vogel sang, keine Heuschrecke schnarrte, kaum daß die Grashalme sich mitunter bewegten.

«Wie heißt das Dorf da vorn?» fragte Beeli.

«Lovero»«, sagte Ardüser, «und weiter hinten sieht man den Kirchturm von Tovo, und dort, ganz hinten, wo das Tal eng ist, liegt Mazzo. Dort saufen sich jetzt die Kaiserlichen voll, und uns läßt man hier verdursten.»

«Am Abend wird Wein und Brot verteilt», sagte Schlegel.

«Mit Fingerhüten!» sagte Meißer. «Meinetwegen. Morgen um diese Zeit bin ich auf dem Bernina.»

«Morgen um diese Zeit sind wir alle in Bormio. Dort kannst warmes Wasser saufen, soviel du willst», sagte Schlegel.

Der Hauptmann Villeneuve erschien als letzter, verschwitzt, mit tomatenrotem Gesicht, aber in bester Laune. Unter dem schwarzen, steif nach oben gestrichenen Schnurrbart blitzten unaufhörlich seine Zähne.

«Darf ich die Herren bitten», sagte der Herzog. Er saß auf

einem Faltstuhl in der Mitte des Zeltes. Vor ihm auf einem niedern Tischchen lag eine Karte. Die Offiziere bildeten einen Kreis, bloß im Rücken des Feldherrn stellte sich niemand auf.

«Herr von Montauzier, Sie haben den Kriegsrat gewünscht», sagte Rohan, «erklären Sie sich.»

Montauzier, jung, hübsch und geradegewachsen wie eine Tanne, trat vor: «Ich bilde mir nicht ein, Euer Durchlaucht, eine strategische Lage beurteilen zu können. Ich bin Taktiker, und das Strategische ist Ihre Sache, Durchlaucht. Ich kann Ihnen nur rapportieren, was ich beobachtet habe und welche Schlüsse ich aus diesen Beobachtungen zu ziehen genötigt bin. Mein Regiment hat die Ehre, das Lager von Sernio zu sichern. Wie Ihnen bekannt ist, Durchlaucht, werden wir ständig belästigt. Bald durch Patrouillen, bald durch kleine Verbände, bald durch Kavallerie, bald durch Infanterie. Die Nerven meiner Soldaten werden auf eine harte Probe gestellt. Sie sind begierig, anzugreifen, statt dessen müssen sie sich verteidigen. Der kürzliche Sieg im Valle di Livigno hat ihren Mut gestählt, und nun ist dieser Mut unnütz, denn sie müssen auf der Lauer liegen wie Banditen, statt wie Soldaten in die Schlacht zu marschieren. Aus diesen Gründen ist mein Regiment heute bloß noch halb soviel wert wie vor drei Tagen, und ich nehme an, bei den andern Regimentern verhält es sich gleich. Fernamont ist noch nicht völlig geschlagen. Wir haben ihm Zeit gelassen, sich aufs neue zu formieren, und ich fürchte, er behelligt uns nur deswegen unausgesetzt, um uns hier festzuhalten, bis Serbelloni das Tal heraufzieht und uns in den Rücken fällt. Ich beschwöre Sie, Durchlaucht, mit dem Angriff nicht zu zögern.»

«Darf ich mich äußern?» fragte Du Landé.

«Bitte», sagte der Herzog. Ein Schatten des Unmuts glitt über seine Stirn.

«Durchlaucht», begann Du Landé, «unsere gegenwärtige Position könnte nicht unmöglicher sein, denn weder sind wir imstande, hier einem Angriff Fernamonts Trotz zu bieten, aber noch viel weniger, uns gegen Serbelloni zu verteidigen. Sie sollten aus Briefen, die wir gestern abgefangen haben, wissen, daß die beiden Herren darauf brennen, uns zwischen ihren Armeen zu zerquetschen, und dies wird ihnen auch gelingen, wenn wir hier bleiben. Seien Sie sicher, daß Fernamont inzwischen einen andern Weg gefunden hat, sich mit Serbelloni zu verständigen. Es gibt für uns nur einen einzigen vernünftigen Ausweg: Rückzug nach Madonna di Tirano. Dort können wir uns innert kürzester Zeit so gut verschanzen, daß auch eine Armee von zehntausend Mann uns nicht verdrängen kann.»

«Wie denken die Herren über diesen Vorschlag?» fragte Rohan. Die Obersten Biès, Serres, Vandy, Canisy, Cerny und Brügger äußerten ihre Zustimmung. Jenatsch fügte bei: «Madonna di Tirano ist der strategische Angelpunkt des ganzen Veltlins. Beziehen wir diese Position, dann gestattet uns dies, unsere Truppen überall dorthin zu werfen, wo es nötig ist. Auch der Rückzug durch das Puschlav steht uns offen.»

«Sie haben recht, Herr Oberst», sagte der Herzog. «Doch Sie vergessen, daß hier nicht nur militärische Gesichtspunkte ins Gewicht fallen, sondern vor allem politische. Die Politiker Ihres Landes neigen gegenwärtig auf die habsburgische Seite. Ich habe von gewissen Verhandlungen Kenntnis erhalten.» Er machte eine kleine Pause und sah Jenatsch scharf an. «Was wir brauchen, ist ein Sieg, nicht eine passive Belagerung. Werfen Sie einen Blick auf diese Karte, Herr Oberst.»

Jenatsch trat an den Tisch. «Hier oben bei Mazzo, keine zwei Stunden von uns, steht Fernamont, hier unten am Comersee, einen guten Tagesmarsch entfernt, steht Serbelloni. Wir müssen ihre Vereinigung verhindern, deswegen gilt es, die Fühlung mit dem nähern der beiden Feinde nicht zu verlieren. Aus diesem unvernünftigen Grunde, Monsieur Du Landé de Siqueville, sind wir hier und nicht in Madonna di Tirano. Morgen schlagen wir Fernamont, übermorgen, falls er zur Stelle ist, Serbelloni. Die Herren wissen, daß ich es nicht liebe, blindlings loszuschlagen. Nur die gründliche Vorbereitung sichert den Erfolg. Ich habe Proviant für zwei Wochen herbeischaffen lassen. Bitten Sie Ihr Regiment, Herr von Montauzier, sich bis morgen zu gedulden. Herr Canisy wird Sie heute abend ablösen. Ich erwarte die Herren nach dem Abendessen zur Befehlsausgabe bei mir.»

*

Als der Morgen graute, befanden sich Jenatsch und Brügger mit ihren Bündnern schon jenseits der Adda. Die Soldaten saßen am steilen Hang zwischen Rebstöcken, deren Blätter noch naß waren vom Tau der Nacht. Am andern Ufer hatten sich die Regimenter Montauzier, Canisy und Cerny aufgestellt, weiter oben auf der Ebene formierte sich die Kavallerie, und gegen den Berghang hin waren die dunkeln Massen des rechten Flügels zu erkennen. Ein leichter Dunst lag über dem Tale, doch über den Bergen schwebten wie eine Postenkette kleine, rosige Wolken. Jetzt schmetterten die Trompeten der Kavallerie ein scharfes, wie gestochenes Signal, in der Ferne antworteten andere, und gleich darauf wendete der Hornist der nächsten, gerade jenseits der Adda liegenden Kompanie seinen Apfelschimmel und stieß in sein schmales, goldblinkendes Instrument, und wieder antworteten andere, bald in der Nähe, bald in der Ferne, mit hellem Gemecker. Überall hoben sich die Fahnen und Standarten, eine Trommel begann zu plärren, die dunkle Masse des rechten Flügels geriet in Bewegung, und auch die einzeln erkennbaren Männer über dem raschen, schäumenden Fluß setzten die Beine vor sich. Man hörte das Klirren der Tassetten und das rhythmische Anschlagen der Degenknäufe am Harnischrand. Ein Pferd wieherte, alle Trommeln wurden gerührt. Es tönte wie kochendes Wasser.

Auf dem Weinbergsträßchen klapperten Pferdehufe. «Auf!» hieß es überall. Die Soldaten stülpten sich die Morione und Sturmhauben aufs Haar, rückten den Harnisch zurecht und ergriffen die Piken. In einer langen Schlange wanden sie sich durch die Weingärten hin. Da und dort ragte ein Reiter über die Rebstickel empor mit glühendem Helm und Schulterkragen: der Himmel war golden geworden, goldblau, mit einem Gewirk von Schwalbenflügeln. Schon flammte ein Berggrat auf, ein Stückchen Alpweide leuchtete unwahrscheinlich grün, und eine halbe Stunde später warfen die sechshundert Soldaten Jenatschs und Brüggers lange, verzogene Schatten auf die Weinbergmauern.

Während dieser Zeit war die Hauptarmee noch im Schatten in geschlossenen Formationen vorgerückt, gleichmäßig wie eine

Maschine, den Lärm der Trommeln vor sich hersendend und eine dunkle Spur im Tau der Wiesen zurücklassend. Nun blitzten plötzlich die Helme des linken Flügels auf, das dunkle Karree wurde zu einem Edelstein mit Hunderten von funkelnden Fazetten, sattes Rot leuchtete und das Weiß von Spitzenkragen, Hutfedern züngelten gelb und blau hinter den Kopfbedeckungen der Berittenen her, matter Eisenglanz lag auf den Läufen der Musketen und auf den Klingen der Offizierspartisanen. Nun rückte die Kavallerie ins Sonnenlicht vor, wie aus dunklem Wasser ans Land steigend, der Schimmel des Herzogs schimmerte zwischen den Braunen und Füchsen der Leibgarde hervor, da und dort glänzte eine breite Blässe, ein weißgestiefeltes Pferdebein. Als auch der rechte Flügel von der Sonne erreicht wurde, fiel der erste Schuß. Vor einer Mauer des Dorfes Lovero zerging eine Rauchwolke, eine zweite stülpte sich vor, eine dritte und vierte, und nach einer Weile krachten die Schüsse in rascher Folge. Jetzt schnatterten die Trompeten ein kurzes Signal, die Karrees erstarrten, aber nur für einen Augenblick. Zwanzig, dreißig Tropfen lösten sich von den Körpern: die ‚enfants perdus' in Häufchen von acht oder zehn Mann marschierten voraus, auf Lovero zu. Nun hielt das erste an, eine Salve schmetterte, ein zweites Häufchen überholte das erste in raschem Lauf, hielt an, gab auch eine Salve ab, ein drittes stieß vor und schoß, das Feuer wurde erwidert, ein Rauchgespinst breitete sich aus, immer neue Häufchen von Plänklern kamen ins Gefecht, und schon sah man am hintern Ende des Dorfes einzelne Feinde wie Ameisen davonrennen. Die Karrees bewegten sich wieder, in gleichmäßigem Fließen glitten sie an Lovero vorbei, das eine links, das andere rechts, während die ‚enfants perdus' bereits ihre Musketen auf die blauen Dragoner anschlugen, die vom nächsten Dorfe, Tovo, heransprengten. Diese wendeten, nachdem sie ein paar Salven empfangen hatten, formierten sich hinter einem kleinen Karree von neuem und richteten ihren Angriff auf eine einzelne Plänklergruppe, angefeuert vom Feldgeschrei der Infanterie. Inzwischen aber hatte sich ein französisches Reiterfähnchen aufgemacht mit blitzenden Klingen, und die Blauen zogen sich zurück, ohne Schaden anzurichten. Nun floß auch das kleine kaiserliche Karree in einen dünnen Schwarm auseinander, der eilig auf Mazzo zustrebte.

Die bündnerische Kolonne, die bisher die gleiche Linie wie die Hauptarmee am jenseitigen Ufer eingehalten hatte, beschleunigte ihren Schritt. Halb im Trabe ging's auf den schmalen Weinbergwegen talaufwärts, über Treppen und Stalden hinauf und hinab, vorbei an Hütten und Gehöften, die nach Ziegenstall rochen, bald in greller Sonne, bald im Schatten eines Kastanienwäldchens, über feuchte Töbel hinweg und wieder zwischen Weinbergmauern und lotternden Zäunen. Tovo war bald überholt, und als die ersten Soldaten aus einem Laubwald herauskamen, sahen sie Mazzo unter sich, fast zum Greifen nah, nur durch die Adda geschieden. In den Obstgärten wimmelte es von Feinden, aber es herrschte noch keine Ordnung.

Die Offiziere hoben den Arm und legten mit der andern Hand einen Finger an den Mund. «Ins Wäldchen, macht keinen Mucks», wurde flüsternd befohlen. Die Schlange hatte sich etwas zerdehnt beim schnellen Vorrücken, und so hatten die letzten das Wäldchen noch nicht erreicht. Ein abgesessener Offizier gebot ihnen, an Ort und Stelle zu bleiben und sich ruhig zu verhalten.

«Wo wird der Simmi Meißer jetzt sein?» fragte Ardüser, den Morion abnehmend und sich mit dem Ärmel die Stirne wischend. Sein blondes Haar war dunkel von Schweiß.

«Jedenfalls noch nicht auf dem Bernina und noch lange nicht in Davos», sagte Beeli.

«Mehr schwitzen als ich kann er auf alle Fälle nicht», sagte Schlegel, «das rote Schwein hat uns ja gehetzt wie der Geißhirt seine Habe. Ich hätte ihn am liebsten vom Roß geschlagen.»

«Was hätte uns das genützt? Dann hätte eben der Tscharner das Kommando übernommen, und dich hätte man als Vogelscheuche in die Reben gehängt», sagte Ardüser. «Der Jenatsch ist nicht mein Fall, das wißt ihr, aber ein Offizier ist er. Daß es ein bißchen schnell gegangen ist vorhin, ist nicht seine Schuld, er hat Befehle bekommen wie jeder andere.»

«In Davos hast du ihn nicht so in Schutz genommen, Johann», sagte Beeli.

«Ich nehme ihn nicht in Schutz, aber was wahr ist, ist wahr, ein Offizier *ist* er.»

«Aber noch lange kein Rohan», sagte Schlegel, «*das* ist ein Offizier.»

Unter ihnen, jenseits der Adda, zogen sich die Mauern der Obstgärten von Mazzo quer durchs Tal. In ihrem Schutze stellten sich die Kaiserlichen auf. Ihre Karrees nahmen langsam Gestalt an. Auf der Straße drängte sich die Kavallerie.

«Das wird einen heißen Tanz geben, sapperlot», raunte Beeli.

«Keine Angst, der Herzog hat seinen Plan. Sobald das Gefecht losgeht, jagt man uns auf, ihr werdet sehen. Hinter Mazzo sind zwei Brücken über die Adda, ich erinnere mich noch genau, sie hat dort zwei Arme, und über jeden führt eine Brücke. Dort fallen wir den Blauen in den Rücken», sagte Schlegel.

«Bist gestern beim Kriegsrat dabeigewesen?» kicherte Ardüser.

«Dort kommen die Unsern», flüsterte Beeli. Von ihrem Standort aus war bloß ein Ausschnitt der Talebene zu sehen, begrenzt durch einen Waldvorsprung und das Wäldchen, in dem ihre Kameraden auf der Lauer lagen. Die ‚enfants perdus' hielten auf ein Trompetensignal an. Ein paar Reiter galoppierten vom Zentrum her auf sie zu. Offenbar überbrachten sie neue Befehle, denn die Gruppen der Plänkler schlossen sich nach einer Weile näher zusammen, staffelten sich in drei Linien und warteten, bis das in drei Treffen gegliederte Gros herankam. Die Kavallerie rückte auf der Straße vor, die Flügel zu beiden Seiten im Wiesland.

«Seht ihr den Herzog? Der auf dem Schimmel ist es», sagte Schlegel. Nach einer Pause fügte er hinzu: «Ich möchte wissen, was er jetzt denkt.»

«Wahrscheinlich betet er, er ist ja ungeheuer fromm», sagte Ardüser.

«Er ist die ganze Nacht aufgeblieben», sagte Schlegel. «Ich bin zweimal aufgestanden, und jedesmal war Licht in seinem Zelt. Er kann einen Tag und zwei Nächte wach sein, ohne zu schlafen und fast ohne zu essen.»

Beeli machte ein verschmitztes Gesicht und lachte: «Auch

ein Herzog ist nur ein Mensch. Vor ein paar Tagen habe ich bemerkt, daß er ins Gebüsch ging. Wie er wieder hervorkam, bin ich an den gleichen Ort gegangen und habe das Häufchen gesucht. Ich sage euch, es hat kein bißchen anders ausgesehen als meines. Und seine Sorgen hat er auch, soviel man hört. Daß er mit dem Du Landé steht wie Hund und Katze, sieht ein Blinder, ich begreife nur nicht, daß er die Giftspinne nicht schon lange zum Teufel gejagt hat. Und dann heißt es ja schon lange, seine Frau habe es mit einem andern.»

«Was unsere Frauen treiben, wenn wir nicht daheim sind, wissen wir auch nicht», sagte Ardüser.

«Ich möchte jedenfalls nicht tauschen mit dem Herzog, soviel ist sicher», sagte Beeli.

«Schaut, es geht los dort unten», rief Schlegel halblaut.

Die Plänkler hatten sich in Marsch gesetzt, und als sie auf Büchsenschußweite an die Mauern herangekommen waren, donnerte ihnen eine gewaltige Salve entgegen. Drei sanken um, die andern begannen plötzlich zu rennen. Hinter den Mauern entstand ein heftiges Gedränge: die erste Linie, die eben gefeuert hatte, mußte zurücktreten, um zu laden, aber die zweite konnte nicht, wie es auf freiem Felde möglich gewesen wäre, von ihrem Platze aus den Feind aufs Korn nehmen, sondern mußte warten, bis die erste zurückgetreten war. Diese Pause, so kurz sie war, benutzten die Plänkler, um an die Mauern heranzukommen. Der ersten Linie gelang dies völlig, die hintern duckten sich, um von den Kugeln der eigenen Infanterie, die inzwischen in den Feuerbereich eingetreten war, nicht getroffen zu werden. Nun waren die Blauen wieder am Zuge. Ihre Salve riß ein paar Lücken ins erste Glied des rechten Flügels, aber nun ging die Kavallerie vor. Sprung um Sprung näherten sich die Reiter breit aufgefächert den Mauern, feuerten im Wenden das Faustrohr ab und preschten zurück, auf den Hals der Pferde geduckt. Die Plänkler vor den Mauern sprangen auf und stachen mit ihren Rapieren wie Rasende auf die österreichischen Musketiere hinter den Mauern ein, aber es dauerte nur einen Augenblick, denn jetzt war die zweite französische Salve fällig. Sie blieb denn auch nicht aus, klang aber dünner als die erste. Dies erklärte sich dadurch, daß nur der linke Flügel gefeuert hatte, der rechte hielt die Musketen im Anschlag gegen die blauen Dragoner, die zu zweien aus der engen Lücke in der Mauer hervorsprengten. Die Schüsse, die auf sie abgegeben wurden, fielen einzeln und taten große Wirkung: ein Pferd ums andere überschlug sich, da und dort erhob sich ein Reiter und humpelte nach rückwärts, wurde von den Kameraden beinahe überritten und verschwand im dichten Pulverdampf. Die französische Kavallerie setzte zur Attacke an, der linke Flügel war vorgerückt und feuerte wieder, die blauen Dragoner aber wendeten um und drängten sich vor der Mauerlücke in dichtem Knäuel. Nach kurzer Zeit waren die Franzosen an ihrer Seite und hieben auf sie ein wie auf eine Herde Vieh.

«Von weitem sieht der Krieg ganz lustig aus», sagte Beeli, aber kaum hatte er ausgeredet, stand ein Offizier hinter ihm, als sei er dem Boden entstiegen. «Vorwärts jetzt, es pressiert», sagte er. Beeli und seine beiden Kameraden sprangen auf und eilten mit zwei, drei Dutzend andern dem Wäldchen zu. Das Schießen unter ihnen dauerte an, bald heftig, bald dünn, aber als sie oberhalb Mazzo anlangten, wo Jenatsch, der vom Pferd gestiegen war, sie aufhielt, erscholl ein gewaltiges Geschrei von den Mauern her. Jenatsch sammelte die Bündner um sich.

«Fernamont ist geschlagen», sagte er, «aber vor uns hinter den Brücken steht noch ein frisches Korps. Verteilt euch bis an die Adda hinab. Wenn ihr die Trompete hört, brüllt ihr aus Hals und Kragen und geht gegen die Brücke vor.»

Die Bündner schlugen sich in die Reben. Bei Mazzo unten flüchteten die Österreicher der ersten Brücke zu, die französische Kavallerie dicht auf ihren Fersen. Eine große Schar wurde eingekreist. Man sah, wie die Männer die Waffen wegwarfen und die Arme hoben. Schon drängten sich die Feinde, die nicht gefangen worden waren, vor der ersten Brücke und kämpften miteinander um den Übergang. Ein gewaltiger Kerl schlug mit den Armen um sich, packte nacheinander vier oder fünf vor ihm sich windende Kameraden und warf sie in die Adda. Die Brücke quoll über vom Menschenbrei, jeden Augenblick wurde ein Flüchtender über den Rand gedrängt und stürzte ins Wasser. Berittene schafften sich Bahn und trieben die aufgewühlte Masse wie Keile auseinander.

Jenatsch hatte das Perspektiv am Auge und blickte gleichmütig auf das Zerren und Stoßen, Schlagen und Zwängen hinab.

«Jetzt», sagte er plötzlich, sich zum Trompeter umwendend. «Sonnez!» Dem Signal folgte ein langes Triumphgeheul, und nun begann der ganze Weinberg zu kochen, als würde er von einem Sturm geschüttelt. «Hiaho!» brüllte Jenatsch im Vorwärtsstürmen, «nicht aufhören, hiaho, hiahooo!» Die Leute verstanden, was er wollte, und schonten ihre Stimme nicht.

«Feuer!» schrie Jenatsch. «Dort, dort vorn, laßt sie nicht laufen!»

Schüsse krachten um ihn her, doch keiner wurde erwidert. Auf der zweiten Brücke war das Gedränge weniger dicht. Ein kleiner Reitertrupp sprengte darüber.

«Der Fernamont, der Fernamont», brüllte Jenatsch mit dem Perspektiv am Auge, «haut ihn zusammen!» Er riß einem Soldaten die Muskete aus der Hand, legte an und drückte ab, doch die Waffe versagte. Er warf sie im Davoneilen weg.

Das Reservekorps hatte sich aus dem Staub gemacht, Fernamont war entkommen, die letzten Flüchtlinge warfen die losen Planken der zweiten Brücke ins Wasser und schlugen sich ins Ufergebüsch der Adda.

Am Abend sammelte sich das französische Heer auf dem Schlachtfeld vor den Mauern von Mazzo. Die Leichen waren zusammengetragen worden, und die Männer von Mazzo schaufelten ihnen das Grab. Der Herzog ritt die Reihen seiner pulvergeschwärzten Leute ab und verkündete ihnen den vollständigen Sieg über Fernamont.

«Von den sechstausend Soldaten des Feindes ist nur der zehnte Teil entkommen. Tausend haben wir zu Gefangenen gemacht, der Rest ist tot oder verwundet. Wir selbst haben zwanzig Mann verloren. – Soldaten, ich danke euch!» Er nahm den Hut ab und neigte den Kopf. Ein wahrer Sturm von Beifall brach los. Der Herzog hob die Hand, und es wurde augenblicklich still.

«Ein Läufer meldet mir, daß Serbelloni, der die Spanier gegen uns führen sollte, sich auf dem Rückzug befindet.»

Enttäuschtes Gemurmel erhob sich. «Wir werden ihn verfolgen», fuhr Rohan fort, «aber heute seid fröhlich und danket mit mir dem himmlischen Vater für diesen Sieg.»

Ein Feldprediger trat vor die Glieder und sprach ein kurzes Gebet.

Gegen Ende des Monats Juli erhielt Jenatsch vom Herzog den Befehl, mit seiner Truppe ins Unterengadin zurückzukehren. Die Ordre betraute ihn zugleich wieder mit der Aufsicht über die Befestigungsarbeiten bei Süs und an der Ofenbergstraße. Er wählte als Standquartier Zernez und richtete sich mit seinem Adjutanten Johann von Tscharner und seinem Bruder Nuttin im Schloß Wildenberg ein. Ritter Rudolf von Planta war zu seinem Neffen aufs Schloß Tarasp geflohen.

Beim Ordnen von Korrespondenzen und Schriftstücken fiel Jenatsch der Brief seiner ehemaligen Amtsbrüder Jakob Anton Vulpius und Stefan Gabriel in die Hände. An einem der nächsten Tage – es hatte seit bald einer Woche geregnet, und die Bauarbeiten waren eingestellt worden – setzte er sich an den prunkvollen Marmorschreibtisch des Ritters Rudolf und begann zu schreiben:

«Seid gegrüßt, erlauchte Herren,
Obschon mit tausend Geschäften beladen, kann ich mich nicht enthalten, auf euren Brief voll Gift und Galle zu antworten. Ich werde es kurz machen, unter Verzicht auf alle rhetorischen Prunkreden und Exklamationen. Diese Dinge machen den Buben Freude, die ihr in der Schule unterrichtet, den Weibern pressen sie Tränen aus, aber tapfere Soldaten fallen auf sie nicht herein.

Entschuldigt mich nicht (mit meiner soldatischen Unbekümmertheit), daß ich die Messe besuche (von den Messen redet ihr verächtlich, besser wäre es gewesen, von den Predigten so zu reden); klagt mich lieber an, daß ich sie nur selten besuche, ermahnt mich, daß ich täglich mit Andacht am heiligen und lebendig machenden Opfer des Leibes und Blutes Christi teilnehmen solle, dann wird für meine Seligkeit recht gesorgt sein. Ihr nennt die Religion der Papisten Götzendienst und ihre Anhänger Toren. Das ist Geschwätz. Ihr zitiert das Bekenntnis des Baronius, daß viele Päpste furchtbare Ungeheuer gewesen seien; vernehmt dazu mein eigenes Bekenntnis, daß manche Päpste Erben der ewigen Verdammnis sein werden.

Habt ihr mich etwa sonst besiegt?» Er dachte eine Weile nach, tunkte die Feder in das von seinem Vater geerbte, doppelte Tintenfaß, das er immer mit sich führte und immer dann benutzte, wenn er sich zu längerem Aufenthalt niederließ, schrieb: «Ich bin es nicht mehr gewöhnt, mit der Feder zu fechten», strich diesen Satz mit roter Tinte durch und erhob sich. Eine Zeitlang stand er am Fenster und blickte in den aufgeweichten Hof hinab, wo die Wache trübselig zusah, wie das Regenwasser über die Harnischplatten herunterlief, suchte dann in seinem Gepäck die Schriften des Augustinus und blätterte lange darin, halb auf dem Fenstersims sitzend. Endlich fand er die Stelle, die er gesucht hatte, las sie zweimal durch und kehrte an den Schreibtisch zurück.

«Mein verehrter Augustinus», schrieb er weiter, «redet zu den Donatisten und ich zu den Calvinisten: ‚Wenn in die Reihe der Bischöfe, die sich von Petrus selbst bis zu Anastasius hinzieht (ich sage bis zu Urban VIII., der jetzt auf dem selben Stuhl sitzt), sich auch irgendwelche Verräter eingeschlichen haben sollten, so beweisen sie nichts gegen die Kirche; von ihnen sagt Gott in seiner Voraussicht: ‚Was sie sagen, tut; was sie tun, das tut nicht, damit die Hoffnung der Gläubigen fest gegründet sei, die nicht auf einem Menschen, sondern auf Gott beruht.‘ Ekelhaft ist alles, was ihr gegen den Papst ausspeit: von der Vergebung der Sünden, von den Ablässen, von der Vollmacht, in die Hölle zu werfen, und anderes, was nach aufgewärmtem Kohl riecht. Wir wollen doch zuerst feststellen, wie groß und wie beschaffen die Autorität des römischen Pontifex in der Kirche Christi ist, dann kommt auf eure Abgeschmacktheiten zurück, aber beginnt damit lieber vor dem unwissenden Volk in euren Predigten, nicht vor mir.»

Er nahm den Brief der Amtsbrüder zur Hand und las ihn

durch, mit verkniffenem Mund und zusammengezogenen Brauen, und schrieb dann weiter: «Ihr erwähnt die Verdienste oder guten Werke, aber zeigt mir zuerst, was ihr darunter versteht, wie die römische Kirche darüber urteilt, nicht was jeder in seinem Winkel darüber gebrummt hat. Dann erst wollen wir darüber streiten. Die hl. Hostie nennt ihr einen Brocken aus Mehl und Wasser. Euer Abendmahlsbrot ist so etwas. Unser hl. Meßopfer soll uns sein gemäß jenem großen Konzil zu Ephesus und Nicaea: das unbefleckte Lamm Gottes, auf den Tisch hingelegt, unblutig von den Priestern geopfert; wir glauben, daß der Leib, der dargebracht wird, wie auch das kostbare Blut, nicht von einer gewöhnlichen und uns ähnlichen Beschaffenheit sei, sondern wir fassen es auf als den wirklichen erschaffenen Leib und das Blut des Wortes, das im Anfang war und das alles lebendig macht.

Auf Grund von Berichten irgendwelcher Leute, auf Grund von Aussagen eurer verlogenen Angeber aus dem Unterengadin (ich könnte euch mit Namen dienen!) klagt ihr, daß ich euer Vaterland zerstöre. *Ich* soll der Zerstörer eures Vaterlandes sein? Der ich allein, nebst Gott, das Unterengadin, euer Vaterland, vor dem Einfall der Feinde bewahrt habe, der ich Tag und Nacht mit meinen Soldaten von Martinsbruck bis ‚Champ sec' hin- und hergeeilt bin, um der Schwäche eurer Leute, um nicht zu sagen ihrem Wankelmut, aufzuhelfen! Ich soll der Zerstörer eures Vaterlandes sein? Der ich das Unterengadin befestigt habe, so daß der Feind bis heute nicht gewagt hat, es anzugreifen, aber ihr, ihr ließet es euch in eurem Bette zu Thusis und zu Ilanz wohlsein, während ich mich für das Vaterland abmühte. Das alles habt ihr freilich nur oberflächlich wissen können, darum bekümmern mich eure Vorwürfe auch gar nicht sehr.»

Er stand wieder auf, strich sich das lange Haar zurück, das ihm beim Schreiben ins Gesicht zu hangen drohte, machte die paar Schritte zur Türe, öffnete diese und rief nach dem Diener Volkart. Als dieser nach einiger Zeit kam, stand Jenatsch wieder am Fenster. Es regnete noch immer, und die Nebel hingen fast bis auf die Dächer herab. Der Wachsoldat hatte seine Haltung nicht verändert.

«Bring mir eine Kanne Wein, Volkart, und einen Bissen Brot mit Käse oder Bindenfleisch», sagte er und öffnete darauf das Fenster. – «He, da unten!» rief er dem Soldaten zu. Der Anruf ging diesem wie ein Schlag durch den ganzen Körper. Er sah auf, verlegen lächelnd.

«Hast gut geschlafen, Tagedieb?» sagte Jenatsch. «Wann wirst du abgelöst?»

«Jetzt dann bald», sagte der Soldat.

«Viel Übung im Wachestehen scheinst du nicht zu haben. Du bekommst gleich noch zwei Stunden Gelegenheit. Wenn ich dich nochmals erwische, läufst du Spießruten.»

Der Soldat bekam einen roten Kopf und ging vor dem Tor auf und ab. Als Volkart den Imbiß brachte, sagte Jenatsch: «Melde meinem Bruder, die Schlafhaube da unten habe noch zwei Stunden zu stehen.»

Volkart nickte und schenkte ein. Als er gegangen war, trank Jenatsch den halben Becher aus und setzte sich dann wieder in den mit dicken Kissen belegten Faltstuhl. Er brach ein Stück weißes Brot ab und schob es in den Mund. Mitunter vom Brot und vom Käse essend, schrieb er weiter:

«Mehr bekümmert und betrübt mich zu euern Handen, daß ihr die Altäre Gottes, auf denen das heilige Opferlamm dargebracht wird, durch das unsere Schuldschrift getilgt wird, die Altäre Gottes, die der Wohnsitz von Fleisch und Blut Christi sind, götzendienerische Altäre nennt: aber daran erkenne ich eure Vergiftung, eure Verblendung.

Wer hat euch hinterbracht, daß ich euren Leuten mit Feuer und Schwert drohe, wenn sie nicht gehorchen? Ich glaube nicht, daß verständige Männer, wenn es solche unter den Eurigen gibt, das sagen werden. Ich habe sie, wenn man die Umstände in Betracht zieht, die seit 1629 im Unterengadin die Ausübung des evangelischen Glaubens eigentlich nicht mehr zulassen, so freundschaftlich als möglich behandelt. – Der Herr kennt mein Herz und mein Gewissen; weder durch menschliche Überredungskünste noch durch irdische Versprechungen verführt, habe ich euch in einer Glaubenssache verlassen, sondern gezogen vom Hl. Geist, dem ich mehr gehorchen mußte als euch, und ich bin bereit, euch und allen, die fragen, mit demütigem und sanftem Geiste Rechenschaft zu geben von der Hoffnung, die in mir lebt, so daß ich weder den Richterstuhl Gottes zu fürchten habe, geschweige denn euch, noch Drohungen, sei es von seiten jener, die einst und jetzt mich hassen, sei es von jenen, die erst jetzt, aus Unverstand oder aus Eifersucht, meine Feinde geworden sind. Meine Tage stehen in der Hand des Herrn, und ich weiß nicht, warum ihr mir das vorwerft. Glaubt ihr etwa, ich sei ängstlich geworden? Mit Gottes Hilfe habe ich oft Teufel und Welt bezwungen; ich werde sie auch in Zukunft noch bezwingen, wenn auch meinen Feinden darob der Bauch platzt.

Aber die Trommel ruft mich anderswohin. Unterdrückt eure Erregung, laßt eure Exklamationen beiseite, mit denen ihr bei mir nichts ausrichten werdet, verhandelt freundschaftlich mit mir, und es soll mir eine Freude sein, im Gespräch mit euch das Falsche vom Wahren zu scheiden, die falsche Meinung, die ihr von mir gefaßt habt, abzutun. Glaubt nicht, daß ich das Irdische so außerordentlich liebhabe oder daß irgendein menschliches Wort, geschweige denn eine Berechnung, mich von euch getrennt hat. Lest die heiligen Blutzeugen und Bekenner Gottes, die die Lehre der Apostel übernommen und bis zu uns geleitet haben, lest die Ergebnisse der heiligen Konzilien, dann werdet ihr vielleicht milder mit mir verfahren.»

Er setzte ab, tupfte mit dem angefeuchteten Mittelfinger die Brotkrumen vom Teller, schwenkte sie mit Wein hinunter und erhob sich, um ans Fenster zu gehen. Der Soldat schritt immer noch hin und her. Seine Schuhe waren schwarz vor Nässe, und am untern Rand der Tassetten hing eine Reihe von Tropfen.

«Er hat sich's hinter die Ohren geschrieben, der faule Lackel», sagte Jenatsch grinsend zu sich selbst und ging dann zum Kamin mit dem großen Wappen der Planta, der drohend erhobenen Bärentatze. Er schlug Feuer, entfachte mit dem glühenden Feuerschwamm einen Kienspan und zündete damit eine Kerze an, die in einem silbernen Stock stand. Er nahm sie mit sich zum Tisch hinüber, ließ sich ächzend nieder. Nach einigem Nasenreiben und Hinter-dem-Ohr-Kratzen schloß er den Brief ab:

«Lebt wohl, erlauchte Herren, und behaltet mich weiter lieb. O daß der Herr Blasius, mit dem ihr mich schrecken möchtet, noch lebte! Der Geist ist lebendig, der ihn und andere überwinden könnte, aber was Gott mit ihm und meinem Vater im Tode vorgenommen hat, das weiß der Herr allein. Ihr wenigstens braucht euch nicht um das Heil eurer Amtsvorgänger zu kümmern, ihr wißt, was für Leute eure Ahnen gewesen sind, nämlich Katholiken durch ein Jahrtausend. Nehmt also besser eure Zuflucht nicht zur alten Zeit und zu den Vätern. Laßt euch an eurer Bibel genügen, so wie ihr sie versteht.»

Er versorgte die Feder und überlas den ganzen Brief. Dann fügte er noch die Zeilen hinzu: «Achtet nicht auf den Glanz des Stils und redet mit mir in einer andern Sprache, denn ich kümmere mich wenig um Grammatik und Rhetorik. Von Herzen der Eurige   Jenatius.»

Nachdem er noch das Datum gesetzt hatte (Zernez, den 14. August 1635), faltete er den Brief zusammen und siegelte ihn mit seinem großen Ring. Einen Augenblick betrachtete er die beiden aneinandergelehnten, vom Pfeil durchstoßenen Halbmonde mit den Kreuzen, blies dann die Kerze aus und ging zum Fenster. «He, da unten», rief er dem Soldaten zu. «Der Herr Hauptmann Nuttin wird dich ablösen lassen. Mach dich für eine Reise bereit.»

ZWEI BILDER

In der Nacht hatte es ein wenig geschneit, und am Morgen lag Nebel über dem See und der Talebene. Wo die Straße dem Lago di Mezzola entlangführte, war von der Gegend nichts anderes zu sehen als ein paar weiß überpuderte Steine und ein Streifen schwarzen Wassers, auf der Bergseite da und dort ein paar kahle Bäume, deren Astwerk der Schnee weiß nachgezeichnet hatte. Den Vortrab hatte der Nebel verschluckt.

«Ich bin Ihnen sehr dankbar, Herr Oberst, daß Sie die Feiertage in meiner Gesellschaft verbracht haben, statt zu Ihrer Familie nach Marschlins zu reisen», sagte der Herzog zum neben ihm reitenden Ulysses von Salis.

«Oh, Euer Durchlaucht», sagte Ulysses, «es war mir eine große Ehre. Im Kreise meiner Familie hoffe ich das Neujahrsfest noch oft zu feiern, aber in Ihrer Gesellschaft werde ich voraussichtlich kein zweites Mal auf ein neues Jahr anstoßen. Als guter Bündner möchte ich dies wenigstens annehmen.»

Rohan lächelte bitter. «Auch Sie wollen mich also aus dem Lande haben, Herr von Salis? Ich hätte gedacht, daß Sie der letzte seien, der dies wünschte.»

«Ich bin es, durchlauchtigster Fürst, ich bin es wirklich. Ich fürchte bloß, die Bündner werden nicht noch ein ganzes Jahr Geduld haben. Ich rechne mit Verwicklungen und Schlimmerem. Unsere Leute sind ja ungeheuer naiv. ‚Frankreich verrät uns, Frankreich führt uns an der Nase herum‘, heißt es ganz einfach. Aber wen meint man damit letzten Endes? Frankreich sind Sie, Durchlaucht, und *Sie* werden es entgelten müssen, was der Kardinal an uns versäumt. Darum, und nur darum, habe ich angedeutet, daß ich nicht hoffe, nochmals mit Ihnen Neujahr zu feiern.»

«Ich verstehe die Ungeduld Ihrer Landsleute, und ich werde morgen, wenn ich die Deputation empfange, darauf Rücksicht nehmen. Ich werde anderseits darauf hinweisen müssen, daß die militärischen Aufgaben noch keineswegs endgültig gelöst sind.»

«Glauben Sie nicht, daß Sie die Bedeutung Ihrer Siege unterschätzen, Durchlaucht? Ich denke doch, der Kaiser hat nach den drei Niederlagen Fernamonts die Lust verloren, weiterhin sinnlos Tausende von Soldaten zu opfern. Und was die Spanier betrifft, haben Sie dem Grafen Serbelloni vor zwei Monaten so unmißverständlich den Meister gezeigt, daß er es sich an dem *einen* Mal genügen lassen wird. Ich habe mit gefangenen spanischen Offizieren gesprochen. Serbelloni hielt seine Stellung bei Morbegno für so uneinnehmbar wie die Festung Fuentes.»

«Sie bringen mir das richtige Stichwort, Herr von Salis. Fuentes ist eine der noch ungelösten Aufgaben dieses Krieges. Ich möchte meine Sache gut machen. Ich möchte das Wohlwollen Ihrer Landsleute nicht bloß besitzen – ich besitze es doch, trotz allem, nicht wahr? –, sondern auch rechtfertigen. Stellen Sie sich vor, was es für die Bündner bedeuten müßte, wenn wir eines

Tages die Nachricht absenden dürften, Fuentes liege in Trümmern! Fuentes, dieses Wort, das nach Pest und Gift und Tod riecht! Ein Sieg über Fuentes wäre die Zusammenfassung aller bisherigen Siege, die Krönung unseres Triumphes. Aber davon kann man nur träumen.»

Auf den Lippen Ulysses' von Salis schwebte das spöttischüberlegene Lächeln seines verstorbenen Bruders, um eine Spur ins Komische gesteigert durch die tiefen Falten, die seine Stirn noch niedriger erscheinen ließen, als sie schon war. Er blickte sich um, ob keiner der Begleiter zuhöre, lenkte dann seinen Braunen etwas näher an den Schimmel des Herzogs heran und sagte mit beinahe flüsternder Stimme:

«Ich könnte Ihnen helfen, Ihren Traum wahrzumachen, Durchlaucht.»

Als der Herzog ihn verwundert anschaute, fuhr Salis fort: «Die Uneinnehmbarkeit der Festung Fuentes beruht, wie Sie wissen, auf dem Umstande, daß sie auf einem Hügel mitten im Sumpfgelände steht und nur von einer einzigen Seite her zugänglich ist. Dieser Zugang ist mit den vortrefflichsten Verteidigungseinrichtungen versehen, und nur ein Wahnsinniger kann versuchen, ihn zu forcieren. Aber die Mauern auf den übrigen Seiten sind nicht besonders hoch. Das ist auch gar nicht nötig, der grundlose Sumpf schützt die Festung besser als alle Mauern. Jetzt im Winter ist der Sumpf aber keineswegs grundlos, und die dem See zugewandte Mauer ist so niedrig, daß man sie mit gewöhnlichen Leitern ersteigen könnte. Wir haben kürzlich einen unserer Offiziere, der längere Zeit auf Fuentes gefangen saß, gegen einen Spanier ausgetauscht. Er hat mich auf diese Möglichkeiten aufmerksam gemacht, und ich habe ihn mit ein paar Soldaten hingeschickt, um das Projekt abzuklären. Ein Handstreich ist ohne Schwierigkeiten möglich. Wir müssen bloß scharfen Frost und eine dunkle Nacht abwarten. Die Mannschaft, die den Handstreich führen soll, fährt mit flachen Booten die Addamündung hinauf bis auf die Höhe der Festung und schleicht sich dann an die Mauern heran. Ein Scheinangriff auf der Zugangsseite lenkt die Besatzung ab, und die Leitermannschaft kann unbemerkt über die Mauer steigen. Man könnte sie übrigens in spanische

Uniformen stecken, die Verwirrung wäre dann größer und der Erfolg sicherer. Was halten Eure Durchlaucht von diesem Plan?»

«Wir sprechen noch darüber, ich muß ihn überdenken. Auf den ersten Blick scheint er mir durchführbar.»

«Der einzige unsichere Punkt ist das Wetter.»

«Ich werde Ihnen morgen meine Entscheidung bekanntgeben. Sie wissen, Improvisationen sind nicht nach meinem Geschmack. Sprechen wir vorläufig nicht mehr davon.»

Eine Weile ritten sie schweigend nebeneinander dem Seeufer entlang. «Ich möchte die Posten bei Riva inspizieren», sagte der Herzog endlich, «aber die Leute sollten es nicht zum voraus wissen. Der Vortrab kündigt mich an. Wir wollen an den Festungen vorüberreiten, die Garde anhalten lassen und umkehren; für diese kurze Zeit kann ich die Bedeckung entbehren.»

«Wie Sie wünschen, Durchlaucht», sagte Salis.

Wieder schwiegen sie. Ein Bauer mit einem Ochsengespann stand am Wegrand und schien nicht zu wissen, ob er den Hut ziehen sollte. Der Herzog nahm keine Notiz von ihm.

«Ich hätte mit Ihnen gern etwas besprochen. Herr von Salis», begann er nach einer Weile. «Sie haben Gelegenheit gehabt, zu bemerken, daß Ihr Rat mir wertvoll ist.»

«Ich weiß diese Ehre zu schätzen, durchlauchtigster Herr.»

«Ich rede Sie an als französischer Offizier, bitte denken Sie daran. Der Generalintendant Lasnier, der, wie Sie wissen, Du Landé ersetzt...» Salis hatte bei der Nennung des Namens zu lächeln angefangen, versuchte aber seine Heiterkeit zu unterdrücken. Der Herzog bemerkte es und unterbrach seine Rede.

«Verzeihen Sie, Durchlaucht, der Name Lasnier lächert mich, sooft ich ihn nennen höre. Der Kardinal oder wer immer Herrn Lasnier ernannt hat, muß eine äußerst witzige Person sein.»

«Inwiefern das?» fragte der Herzog, verwundert und beinahe verletzt.

«Nun», sagte Salis, «Lasnier heißt, wenn meine Französischkenntnisse mich nicht im Stich lassen, ‚der Eseltreiber', und ‚les Grisons', das heißt, wenn man das Wort groß schreibt, ‚die Bündner', aber wenn man's klein schreibt...»

«..., die Esel'. Sie haben recht, es hört sich lächerlich an, aber die Eminenz hat gegenwärtig wahrhaftig an anderes zu denken, als solche Scherze auszuhecken, seien Sie dessen sicher. Beispielsweise, um auf mein Thema zurückzukommen, denkt man in Paris daran, meine Armee mit derjenigen des Herzogs von Créqui, die am Tessin liegt, zu vereinigen, über mailändisches Gebiet, natürlich. Was ich von Ihnen wissen möchte, ist dies: Glauben Sie, daß Ihre Obrigkeit sich dazu verstehen könnte, die Bündner Truppen an dem Unternehmen teilnehmen zu lassen?»

Ulysses von Salis machte ein bedenkliches Gesicht, wiegte eine Weile den Kopf hin und her, setzte seine Pelzmütze zurecht und sagte endlich: «Durchlaucht, ich versage diesmal als Ratgeber. Persönlich würde ich diesem Feldzug freudig zustimmen, denn er entspricht den Plänen des großen Heinrich, der ja auch Ihnen teuer war. Mein Vater hat oft davon gesprochen, vor allem auch deswegen, weil uns Bündnern in diesem Projekt eine große und ehrenvolle Rolle zugedacht war. Aber unsere Männer großen Stils, mit denen sich solche Pläne hätten verwirklichen lassen, sind tot. Was nachgewachsen ist, ist ein kümmerliches, engstirniges Geschlecht. Um es offen zu sagen, Durchlaucht: man wird Ihnen Schwierigkeiten machen. Man wird darauf pochen, daß Sie militärisch der bündnerischen Obrigkeit unterstünden und einen begrenzten Auftrag hätten, der bereits erfüllt sei, kurz: man wird Sie abweisen. Die Wohlmeinenden werden vielleicht auf die Gefährlichkeit dieses Vorhabens hinweisen, ich meine damit die schädliche Wirkung auf das Bündnervolk. ,Da sieht man's', würde es heißen, ,Frankreich denkt nie daran, uns das Veltlin zurückzuerstatten, man hat das Veltlin bloß besetzt, um es als Ausfalltor gegen Mailand zu benutzen.' Verzeihen Sie diese offene Sprache, aber es ist mir daran gelegen, Ihnen Schwierigkeiten zu ersparen. Vor allem bitte ich Sie dringend: verbergen Sie morgen vor den Abgeordneten dieses militärische Unternehmen.»

«Ich danke Ihnen, Herr von Salis, ich sehe, Sie meinen es redlich. Aber persönlich dürfte ich doch auf Sie zählen, nicht wahr?»

«Ich bin Ihr Diener, Durchlaucht», sagte Salis mit Würde.

«Wie denken Sie über die andern Herren? Travers, Brügger, Jenatsch, Guler?» fragte der Herzog.

«Guler ist mein Vetter, aber sein militärischer Wert ist gering. Überdies kann er es Ihnen nicht vergessen, daß er so lange kein Regiment bekommen hat. Brügger und Travers kann ich empfehlen, ebenfalls Rosenroll und Schauenstein. Auch Molina ist sicher, Florin aber ist immer ein Anhänger Spaniens gewesen und ist es noch heute.»

«Sie haben Jenatsch vergessen.»

«Über ihn möchte ich mich lieber nicht äußern.»

«Was haben Sie gegen ihn?»

«Er ist gefährlich. Rechnen Sie mit ihm, aber als Gegner.»

Rohan lächelte. «Sie lassen keine Gelegenheit vorbeigehen, mich vor ihm zu warnen, es ist jetzt das dritte- oder viertemal. Ich verstehe das nicht. Der Mann hat mir treu gedient, er hat mit Bravour gefochten diesen Sommer. Ich habe ihn überwachen lassen, diskret natürlich. Er hat mit Innsbruck Beziehungen angeknüpft, aber nicht aus eigenem Antrieb, sondern als Beauftragter der Bundeshäupter. Übrigens hat er mich von allem informiert.»

«Die Informationen sind falsch. Es geht bei diesen Verhandlungen nicht nur um die Unterengadiner Frage.»

«Ich sehe keinen Grund, dies anzunehmen.»

«Und seine Konversion, Durchlaucht?»

Der Herzog zuckte die Achseln. Zwei Soldaten, an denen sie vorüberritten, präsentierten die Pike.

«Ein Mensch, der seinen Glauben wechselt wie ein schmutziges Hemd, ist jeden Verrates fähig, Durchlaucht. Es wäre gut, wenn er verschwände, bevor er größeren Schaden anrichtet.»

«Wie meinen Sie das?»

«Oh, es gibt militärische Unfälle», sagte Salis mit einer unbestimmten Handbewegung. «Ein zur Unzeit losgehendes Pistol, eine verirrte Kugel, ein Schneerutsch oder ein Steinschlag, eine Brücke, die unter einem Reiter zusammenbricht, ein scheugewordenes Pferd, ein Schlitten, der umwirft.»

Der Herzog lächelte bitter. «Warum lassen Sie ihn nicht kurzerhand totschlagen, wenn er Ihnen so sehr im Wege ist?»

«*Mir* ist er nicht im Wege, Durchlaucht, durchaus nicht. Meinetwegen kann er hundert Jahre alt werden und nach Mekka pilgern. Aber er schadet unserer Sache. Je unbemerkter er verschwindet, desto besser. Sie werden an meine Worte noch denken, Durchlaucht.» Der Herzog schwieg und zog sich seine Pelzjacke enger um den Leib. Die Sicht war weiter geworden, ein blauer Schein sickerte durch den sich auflösenden Nebel. Einen Augenblick lang tat sich eine Lücke auf. Salis hob den Kopf und verkniff seine kleinen, schwarzen Augen.

«Das sieht nicht nach Frost aus, Durchlaucht», sagte er, «sehen Sie die Federwolken?» Auch der Herzog richtete seinen Blick zum Himmel, wo die Nebelschwaden wieder ineinanderbrandeten.

«Ich fürchte», grinste Salis, «auf Fuentes wird noch mancher Spanier an Malaria sterben.»

Die Herren Abgeordneten waren schon am Vortage in Cläfen eingetroffen und hatten die Nacht im Gasthaus verbracht. Um neun Uhr versammelten sie sich vor dem Kastell, wo eine Ehrenwache aufgestellt war. Ulysses von Salis, der Kommandant aller in der Grafschaft liegenden Truppen, empfing die Delegation mit förmlicher Würde. Er trug große Uniform: den schwarzen, ölig glänzenden Panzer mit den goldverzierten Brustmuscheln, die Oberstenschärpe aus weißer Seide um die Mitte, und kreuzweise über dem buntbestickten Degenbandelier eine schwere Goldkette. Er hatte sie, von einem schmeichelhaften Brief des Königs begleitet, vor wenigen Tagen aus den Händen des Herzogs erhalten. Im schwarzen Dreieck, das durch Schärpe, Bandelier und Kette gebildet wurde, hing eine große Schaumünze mit dem Bildnis des Königs Ludwig. Sie war an der Kette befestigt, und ihr Goldwert bezifferte sich, wie man den Empfänger belehrt hatte, auf vierhundert Taler.

Salis schwenkte den Degen und rief ein Kommandowort, die Soldaten präsentierten die Pike, die Unteroffiziere ihre Halbarte, die wenigen vor der Front aufgestellten Offiziere die Partisane – es ging knapp und präzis zu, mit einem einzigen Ruck. Der Oberst wandte sich den Deputierten zu, die in ziemlich ungeordneter Aufstellung dem Schauspiel zusahen, zog den schwarzen, seitwärts aufgeschlagenen Federhut und verneigte sich, mit der Rechten den Hut zur Erde schwenkend, die Linke am Degenkorb. Dann stülpte er den Hut aufs Haar, das ihm in Strähnen in die Stirn hing, und stieß ein knarrendes Kommando aus. Wieder ging ein Ruck durch die Glieder, und während die Offiziere die Leute um das Kastell herum postierten, schritten die Herren gemessen durchs Tor und die Treppen hinauf.

Der Herzog empfing sie im großen Saal, in dessen mächtigem Marmorkamin ein Feuer brannte. Er trug die gewohnte schwarze Tracht der Hugenotten, ohne jeden Schmuck, außer dem Spitzenkragen und einer einfachen Krause an den Manschetten. Seine hohe, blasse, von feinem Haar umrahmte Stirne leuchtete in dem fast düsteren Raume. Die Herren stellten sich in eine Reihe, um sich vom Herzog begrüßen zu lassen. Er trat vor jeden hin, wechselte ein paar Worte mit jenen, die ihm bekannt waren, und ließ sich die übrigen durch den Wortführer, den kleinen, grimmig aussehenden Herrn von Juvalta, vorstellen. Der alte Oberst Guler mit seinem breiten weißen Bart und dem kurzgeschorenen Haar überragte alle um Hauptesläng. Den Obern Bund vertraten der Oberst Florin, der mit seinen rosigen Wangen und den großen, in Falten gebetteten blauen Augen einem geschminkten Schauspieler glich, ferner Rudolf von Marmels, ein grobschlächtiger und vollippiger Mann in den sogenannten besten Jahren, und der Splügner Johann Schorsch, der die Gewohnheit hatte, die linke Hälfte der Stirne zu runzeln, wenn ein feierliches Gesicht von ihm verlangt wurde. Der breite, schwärzliche Bürgermeister Gregor Meyer, der beständig die Unterlippe vorschob, sowie Paul Beeli, um dessen Römernase es immer zuckte, als müsse er niesen, waren mit Juvalta zusammen die Vertreter des Gotteshausbundes, während der Bund der Zehn Gerichte den alten Guler, den Bundeslandammann Meinrad Buol und den Parpaner Johann Anton Buol abgeordnet hatte.

Der Herzog bat die Herren, sich um den mächtigen Eichentisch, der in der Nähe der Fenster und nicht allzuweit vom Feuer entfernt stand, niederzulassen. Als alle ihre Plätze eingenommen hatten, erhob sich der Herzog und hielt eine kurze Begrüßungsansprache, die der Oberst Guler würdig und herzlich erwiderte.

Es ging nicht ohne schmeichelhafte Vergleiche für den Herzog ab, dessen militärische Ingeniosität ins hellste Licht gerückt wurde. Fortunat von Juvalta, mit seinem Greisengesicht, das aussah wie eine geballte Faust, sprach dann zur Sache, die die Herren Abgeordneten der unwegsamen Jahreszeit zum Trotz nach Cläfen geführt hatte. Der Herzog verlas nach einer kurzen, erwartungsvollen Pause die vor wenigen Tagen aus Paris eingelangte Instruktion. Enttäuschung, Unwille, verhaltener Zorn malte sich auf allen Gesichtern, als der Herzog geendet hatte, und Juvalta schnappte nach Luft, ehe er antworten konnte. Schließlich begann er sich zu räuspern, zu husten und in sein Taschentuch zu spucken. «Durchlaucht», sagte er dann, «durchlauchtigster Herzog... kchäkchä... ich kann mich kurz fassen... sehr kurz sogar, kchäkchäkchä... wer diesen Vertrag unterschreibt, ist kein Bündner. Meine Herren», wandte er sich an seine Mitgesandten, «wir können... nach Hause gehen.»

Der Wirt Gregor stellte das Talglicht auf den Tisch, während die Jungfer das Essen auftrug. Er schenkte dem Gast ein, holte sich selbst einen halbvollen Becher vom Schanktische und setzte sich mit dem breiten Rücken zum Ofen.

«Wie geht's in Haldenstein?» fragte er.

«Wie's so geht», antwortete der Gast, die Suppe löffelnd.

«Ist die Pest vorüber?»

«Bei uns hat man nicht viel davon gemerkt. Meinen Sohn hat es zwar auch gepackt gehabt, aber er hat's überhauen. Nächste Woche saumt er wieder.»

«Soso», sagte der Wirt, «und was macht der Julius Otto?»

«Unser gnädiger Herr ist gesund, gottlob», sagte der Säumer.

«Habt ihr viele Uneheliche von den Franzosen?»

«Keine, soviel ich weiß.»

«Jaja, ihr habt's gut, ihr Haldensteiner, euch hat man ausgelassen. Wir können zwar auch nicht klagen, sie sind hier auch nur durchgezogen, man hat nicht viel an ihnen verdient. Noch weniger als ihr. Soviel ich weiß, habt ihr wenigstens eine Zeitlang die Kompanie vom Jenatsch gehabt, vor vier, fünf Jahren, aber die haben wohl nicht viel liegen lassen, der Sold ist damals stark im Rückstand gewesen, wie jetzt auch.»

Walser löffelte schweigend die Suppe aus und zog dann die Fleischplatte zu sich heran.

«Was saumst heute?» fragte der Wirt.

«Fourage für Cläfen», sagte Walser mit vollen Backen.

«Und zurück?»

«Wein und ein bißchen Handelsware für den Peter Stampa.»

Die Tür ging auf, der Krämer Josef Hosang trat herein, und gleich darauf erschien Daniel Pappa durch die Hintertür.

«Sparst wieder das Sägemehl, Gregor», sagte Hosang, «vor deiner Tür ist *ein* Gletscher bis zum Platzbrunnen hinauf, ich bin dahergekommen wie ein tägiges Kalb, es graust einem, den Kirchenstutz hinabzuschauen.»

«Vor meiner Tür ist gestreut», sagte der Wirt, «das andere geht mich nichts an.»

«Der Jenatsch ist im Land», sagte Pappa, sich am Tisch niederlassend, «vor einer Stunde hat er ein Paar Stiefel bestellt, die alten, die ich ihm letzten Frühling gemacht habe, seien zwar noch gut, aber zum Wechseln habe er nur ein Paar französische, und die machten ihm Hühneraugen. Er hat sie mir gezeigt, die Hühneraugen, meine ich. Ich sage euch, über und über, am liebsten würde er in Pantoffeln herumlaufen.»

«Er hat dir wieder einmal Honig ums Maul geschmiert, das versteht er», sagte der Wirt. «Bei einem andern Schuster wird er behaupten, von *deinen* Stiefeln habe er Hühneraugen bekommen, kannst Gift drauf nehmen.»

Die Jungfer stellte vor Pappa und Hosang ein geblümtes Krüglein hin und zog sich zurück.

«Wenn du nur am Jenatsch deine Schuhe abputzen kannst», sagte Pappa. «Ich möchte es einmal erleben, daß er an deinem Wirtstisch sitzt.» Er blinzelte verstohlen zu Hosang hinüber. «Dann könnte man ja sehen, wie du ihm die Faust unter die Nase hältst, und hören, wie du ihm vorpredigst, was er zu tun hat und was nicht.»

«Der Jenatsch ist ein Kalb mit zwei Köpfen», sagte der Wirt.

«Mit der einen Zunge leckt er dem Herzog den Hintern, und der andere Kopf macht den Österreichern und Spaniern schöne Augen, und mit dem Schwanz spritzt er Weihwasser in die Luft, aber deswegen riecht das, was er *unter* dem Schwanz fallen läßt, noch lange nicht nach Weihrauch, aber mit seinen Klauen, die gespalten sind wie Schlangenzungen, trampelt er auf dem Bündnerboden herum, vor allem auf dem Unterengadin.»

Die Männer lachten dröhnend. In diesem Augenblick ging die Türe auf, und fünf oder sechs Gäste traten ein, Thusner Bürger allesamt, aber keine Stammkunden. Man rückte zusammen, um ihnen Platz zu machen, aber kaum hatten sie sich niedergelassen, kamen noch vier oder fünf Nachzügler. Sie wollten aber nicht am Nebentisch sitzen, wie der Wirt ihnen vorschlug, sondern wünschten in die Tafelrunde eingereiht zu werden. Mitten im Stühlerücken erschien Jenatsch. Er trug einen einfachen Tuchmantel über der Uniform, nicht den Pelz, in dem man ihn unlängst gesehen hatte, wünschte freundlich einen guten Abend und bedeutete dem Wirt, der aufspringen wollte, um ihm beim Ablegen zu helfen, er möge seinen Platz behalten.

«Ich hoffe, die Herren haben noch nicht gegessen», sagte er, als er an den Tisch trat. «Gregor, was haben Sie im Hause?»

«Schweinefleisch, Rindfleisch zum Sieden und Braten, Speck, Käse, Eier, Sauerkraut, Polentamehl...»

«Jeder soll sich bestellen, was ihm paßt. Mir nur ein wenig Bindenfleisch und ein paar Eier, hartgesotten, ich habe schon etwas zu mir genommen und muß später noch weiter.»

«Habt Ihr geerbt, Herr Oberst?» fragte Hosang lachend. «Die Fastnacht ist vorbei und der Jörgentag ist erst in einem Monat.»

«Geburtstag habe ich», sagte Jenatsch verschmitzt, «aber nur für euch Thusner. Ich habe nämlich nicht vergessen, daß eure Gemeinde, oder wenn ihr so wollt, ihr Thusner insgesamt, mir Götti gestanden seid anno achtzehn. Damals ist der Jenatsch zu dem geboren, was er noch heute ist – und bleiben möchte bis an sein Ende.»

«Zwischenhinein seid Ihr allerdings noch verschiedene Male neu geboren worden, und wenn Ihr alles bis ans Ende bleiben wollt, was Ihr angefangen habt, müßt Ihr Euch mindestens vierteilen», sagte Walser, der Jenatsch gegenübersaß.

«Was ist das für ein Quertreiber, Daniel? Ich kenne ihn nicht», sagte Jenatsch, noch immer gut gelaunt.

«Ein Haldensteiner», sagte Hosang, «auf den braucht man nicht zu hören.»

«Aha, ein Göttibub vom Julius Otto», lachte Jenatsch, «jetzt begreife ich, warum er mir den Geburtstag versalzen will. Deswegen darf er aber doch mit uns essen, soviel vermag ich noch.»

«Ich bin gewöhnt, für mich selber zu bezahlen», sagte Walser. «Gegessen habe ich auch schon. Gute Nacht.» Er stand auf, ohne Hast, und ging zur Hintertür hinaus.

«Für die Haldensteiner bin ich nämlich ein rotes Tuch», erklärte Jenatsch. «Vor ein paar Jahren hat der Du Landé meine Kompanie nach Haldenstein ins Quartier geschickt. Da hättet ihr den Julius Otto sehen sollen! Jeden Tag hat er mich aufs Schloß zitiert. Ich bin zwar nur einmal gegangen und habe ihm die Kutteln geputzt, wie es sich gehört. Aber ein Schleck war es nicht, Haldensteiner Brot zu essen. Ich habe jeden Abend zwei geladene Pistolen ins Bett genommen und mußte mehr als einmal nach Kriegsrecht verfahren, damit meine Leute zu Stroh und Holz und meine Pferde zu Heu kamen. Aber wo bleibt der Wein? Jungfer! – Wo steckt die Krott?»

Er stand auf und ging in die Küche hinaus, wo die Jungfer mit roten Backen Feuer anfachte und der Wirt in der Speisekammer rumorte.

«Bringen Sie alles auf den Tisch, was nicht lange gekocht werden muß. Und die Jungfer kommt mit mir, ich will den Wein persönlich abzapfen.» Er faßte sie um die Hüfte und schleppte sie die Kellertreppe hinab. Sie wehrte sich ein bißchen, solange der Wirt sie sehen konnte.

«Ihr habt ja kein Licht, ihr Donners Narren ihr», rief der Wirt ihnen nach, «und die Krüge stehen in der Küche.» Es dauerte aber eine ganze Weile, bis die Jungfer außer Atem die Treppe heraufkam.

«So, ihr Herren», sagte Jenatsch, als er mit dem Wein zurückkam, «nun trinken wir eins auf den Vertrag von Cläfen, oder noch besser: auf den Vertrag von Thusis, wie er einmal heißen wird, denn in drei Wochen werden wir hier in eurer ehrsamen Gemeinde, auf historischem Boden also, über den Cläfner Vertrag abstimmen und ihn in Kraft setzen.»

Er füllte die Becher, die die Jungfer ihm nachgetragen hatte, und schob sie der Reihe nach vor die Männer hin. «Viva!» hieß es allerseits, oder «Viva la Grischa!». Als sie absetzten, sagte Jenatsch: «Mach du den Mundschenk, Daniel, bis der Gregor wieder kommt, ich brauche meine Hände zum Reden. Also, der Vertrag zwischen den Drei Bünden und Frankreich soll erst gelten, wenn das Volk ihn angenommen hat. Ich weiß nicht, ob euch schon bekannt ist, was drin steht, ein Thusner war in Cläfen nicht dabei, soviel ich weiß.»

Die Männer murmelten etwas, das «Nein» bedeuten konnte. Jenatsch fuhr fort: «Ich will euch mit ein paar Worten sagen, was der Vertrag enthält. Er sieht auf den ersten Blick nicht schön aus, und das darum, weil er einem Vertrage gleicht, auf den kein Bündner seine Unterschrift gesetzt hat. Ich meine den Vertrag von Monsonio, den Frankreich und Spanien in einem Augenblick, wo sie einander nicht in den Haaren lagen, hinter unserem Rücken abgeschlossen haben, und auf den sich seither alle Welt beruft, als wären's die Zehn Gebote. Wir haben diesen Vertrag nie gelten lassen und werden es auch in Zukunft nicht tun. Unsere Abgeordneten wären dem Herzog am ersten Tag schon davongelaufen, wenn nicht Hoffnung bestanden hätte, von diesem Monsonio-Vertrag verschiedenes abzuhandeln. Leicht war es nicht, unsere Leute haben gemarktet wie die Roßhändler in Maienfeld, erst nach acht Tagen hat man den Preis gemacht. Es ist nicht ganz das, was wir haben sollten, aber schließlich hat man eingesehen, daß im Moment – ich sage: im Moment – nicht mehr herausschaut.»

«Dann hätte man gescheiter gewartet», sagte einer der Männer.

«Auf was gewartet?» fragte Jenatsch.

«Auf einen besseren Vertrag», sagte der Mann.

«Und wer soll denn diesen bessern Vertrag mit uns abschließen?» fragte Jenatsch.

«Die Spanier vielleicht», sagte der Mann.

«Ach du mein Trost», sagte Jenatsch, «was nützt uns das? Wenn wir einen guten Vertrag mit den Spaniern machen, werden die Franzosen ihn nicht anerkennen, und es bleibt alles beim alten. Die Franzosen müssen zuerst aus dem Lande. Dieser neue Vertrag verpflichtet sie dazu, denn er macht uns wieder zu den Herren über das Veltlin. Merkt ihr etwas?»

«Dann machen wir den Vertrag mit Spanien erst, wenn die Franzosen fort sind», sagte der Mann.

«Bscht», machte Jenatsch, denn die Türe öffnete sich, und ein schlanker Mann in schwarzer Tracht betrat die Gaststube und setzte sich im Halbdunkel an einen Tisch.

«Sagt uns endlich, was in dem Vertrag steht», sagte Hosang, «wir warten schon lange drauf.»

«Ich kann es kurz machen», fuhr Jenatsch fort. «Der erste und wichtigste Punkt bestimmt, daß die Bündner die Herren des Veltlins seien. Was heißt das? Das heißt, wir können wieder frei über die Pässe verfügen, Handel und Wandel kommt wieder in Gang, kurz, die Veltliner anerkennen uns als ihre Obern. Sie verwalten allerdings in Zukunft ihr Land selber und nehmen auch die Gerichtsbarkeit zu eigenen Handen, doch die Richter werden von uns Bündnern ernannt. Und nun kommt der schwärzeste Punkt, über den man am längsten gestritten hat. Ich selbst war vor ein paar Tagen noch beim Herzog und habe ihn zu erweichen versucht. Daß er gern nachgegeben hätte, weiß ich und wißt ihr auch, denn es betrifft die Glaubensfrage. Die evangelische Konfession soll nämlich nicht mehr geduldet werden. Protestanten, die Grund und Boden besitzen im Veltlin, sollen sich dort nur zwei Monate im Jahr aufhalten dürfen. Der Herzog hätte es gern anders gesehen, Herr Prioleau kann es euch bestätigen», sagte er, sich zu dem schwarzen Mann umwendend. Dieser nickte.

«Aber», fuhr Jenatsch fort, «seine Hände sind gebunden, denn an diesem Punkte halten die Veltliner selber fest und noch viel mehr der König von Frankreich. Nehmt diesen Schönheitsfehler in Kauf, laßt dem König seinen Willen und vergeßt nicht, daß *er* es ist, der uns geholfen hat, im Veltlin überhaupt wieder Fuß zu fassen. Ohne die Siege des durchlauchtigsten Herzogs, im Auftrag des Allerchristlichsten Königs, hättet ihr über keinen Vertrag zu entscheiden. Und damit ihr den guten Willen des Königs erkennen sollt, läßt er jedem von euch einen Louisdor austeilen.»

Prioleau trat an den Tisch, schnürte einen Beutel auf und schob jedem der Männer ein neues, funkelndes Goldstück hin. Die klobigen Hände griffen danach, einige schnell, einige zögernd.

«Ihr trinkt ja gar nicht!» rief Jenatsch. «Daniel, du bist zwar ein Schuhmacher von Gottes Gnaden, aber ein liederlicher Schenk. Her mit dem Krug, ich mache das selber.» Der Krug erreichte ihn über ein paar Köpfe hin, die Becher sammelten sich mit Geklapper an seinem Platz, und er schenkte ein.

«Wo bleibt das Essen?» sagte er dann. «Sicher hat der Gregor sein Ohr an der Tür gehabt, statt die Hände an der Pfanne. Ich will ihm den Marsch machen.»

Er schnellte auf und ging hinaus. Die Jungfer stand mit umgebundener Schürze am Herd, der Wirt aber war nirgends zu sehen. Jenatsch kniff sie in den Arm und raunte ihr zu:

«Wo schlafst?»

Sie blickte rasch zur Decke und sagte lauter als nötig: «Es ist gleich fertig, ich muß nur noch anrichten», denn der Wirt kam mit einem Licht und einem Arm voll Brot zur Tür herein.

«Haben Sie eine leere Kammer für diese Nacht?» fragte Jenatsch. «Mein Gepäck ist zwar im ‚Schwarzen Adler‘, aber ich brauche es nicht.»

«Wir können es holen lassen», sagte der Wirt und setzte grinsend hinzu: «Der Adlerwirt wird große Augen machen, wenn ich ihm sage, der Herr Oberst Jenatsch bleibe bei mir über Nacht.»

«Wie Sie wollen», sagte Jenatsch, «nötig ist es nicht, ich kann mein Gepäck durchaus entbehren. Nun machen Sie aber vorwärts, die Herren haben Hunger.»

In der Gaststube verkündete er, man werde das Essen gleich hereinbringen, und setzte sich wieder an seinen Platz.

«Noch eins, ihr Herren», fuhr er fort, «ihr wißt, daß nächstin ein neuer Bischof zu wählen ist. Gebt eure Stimme dem derzeitigen Dompropst Johannes Flugi. Das ist ein guter Bündner, der denkt wie ihr und ich.»

Den Domherrn, der Jenatsch abhalten wollte, die Wohnräume des Bischofs zu betreten, stieß er unwirsch an:

«Machen Sie keine Faxen, Sie wissen genau, daß ich jederzeit Zutritt habe.»

«Aber Sie kommen ungelegen, Herr Oberst, höchst ungelegen.»

«Ein Offizier, der sich nur für Tage von seiner Truppe entfernen kann, kommt nie ungelegen. Ist der Bischof krank? Wird er soeben purgiert oder zur Ader gelassen?»

«Seine Eminenz wird gemalt, und jede Störung ist strengstens verboten worden.»

«Gilt nicht für mich», sagte Jenatsch, «machen Sie endlich Platz, ich habe heute noch anderes zu tun, als beim Bischof zu antichambrieren.»

«Ich habe durchaus Befehl...» sagte der in die Enge getriebene Domherr, mit seinem Leibe die Türe deckend, die Jenatsch forcieren wollte.

«Früher gab es hier keine solchen Befehle. Wenn der alte Herr etwa glaubt, er müsse den Oberhirten herauskehren mir gegenüber, so könnte er sich verrechnen. Dazu ist er nämlich noch nicht lange genug Bischof, und ich bin nicht lange genug katholisch. Melden Sie mich unverzüglich, oder ich betreibe die Entsetzung von Ihrem Amte. Nehmen Sie Gift darauf, daß ich sie auch erreiche.»

Der Kleriker entschloß sich endlich, den Gast anzumelden, aber kaum hatte er die Türe geöffnet, drängte sich Jenatsch am verdutzten Türhüter vorbei.

«Jetzt sind Sie am Platze», grinste Jenatsch. «Sorgen Sie dafür, daß wir nicht gestört werden, ich finde den Bischof auch ohne Ihre Mitwirkung.»

Er durchschritt die geräumige Stube, klopfte an eine Türe, stieß sie aber auf, ohne die Aufforderung zum Eintreten abzuwarten.

«Du wirst gemalt, hat man mir gesagt. Verzeih, daß ich bei dir eindringe, einbreche, hätte ich beinahe gesagt, und dich bei einer Amtshandlung störe, aber ich bin nur für einen Tag in Chur und muß dich unbedingt sehen.»

Er hatte sich dem Bischof, der in einem Lehnstuhl am Fenster saß, genähert, verbeugte sich nun und wünschte auf romanisch Glück zur ehrenvollen Wahl.

«Mein Anteil daran wird dir bekannt sein», fuhr er fort. «Ich habe dir diesen Dienst natürlich gern geleistet, obwohl es mir gegen den Strich ging, in dieser Sache mit den Franzosen zusammenzuspannen. Ich an deiner Stelle hätte mir diese Einmischung verbeten, denn sie hat mehr geschadet als genützt, so, wie die Dinge liegen. Nun, du *hast* den Bischofshut, das ist die Hauptsache.»

Der Bischof hatte sich kaum bewegt bisher, doch der hoheitsvolle Ausdruck war aus seinem Gesicht gewichen. «Jan Hackaert, ein Holländer», sagte er jetzt auf deutsch, mit seiner Hand auf den Maler hinweisend. Dieser verneigte sich leichthin und malte dann weiter.

«Es ist recht, daß Sie sich nicht stören lassen», sagte Jenatsch, an die Staffelei tretend. «Vorzüglich, der Mann kann etwas, die Ähnlichkeit ist verblüffend. Hören Sie», wandte er sich an den Maler, «ich bin gegenwärtig meist in Tiefenkastel, eine kleine Tagereise von hier. Fragen Sie dort nach dem Obersten Jenatsch und malen Sie mein Porträt. Oder noch besser: Kommen Sie nach Davos, wenn ich einmal dort bin. Wie lange muß man Ihnen sitzen?»

«Drei Tage», sagte der Maler. «Was dann noch fehlt, mache ich ohne Modell.»

«Sie kommen also nach Davos?»

«Gewiß», sagte der Maler.

«Ich erwarte Sie Mitte der nächsten Woche.» Der Maler nickte. «Verzeih, daß ich vor dir mit ihm verhandelt habe», sagte er, wieder ins Romanische zurückfallend, zum Bischof, dessen Gesicht nun offenen Unmut ausdrückte.

«Brauchen Sie mich unbedingt?» fragte er den Maler. «Ich habe jetzt keine Lust mehr, zu sitzen, vielleicht am Nachmittag wieder.»

Der Maler sagte: «Wie es Ihnen beliebt, Eminenz», und fing an, mit einem Lumpen seine Pinsel zu reinigen.

«Ich will dich nicht lange aufhalten, Vetter», sagte Jenatsch.

«Wenn du noch einen Augenblick warten könntest, wäre es mir recht», sagte der Bischof.

Der Maler mußte fühlen, daß seine Anwesenheit nicht erwünscht war, aber es eilte ihm nicht, die Staffelei auf die Seite zu räumen und die Palette in einem Holzkasten zu versorgen. Jenatsch stand während dieser Zeit am Fenster und blickte auf die Weinberge hinab, wo eben zartgrün die ersten Blätter sich entfalteten.

Der Bischof trommelte mit den Fingern auf die Armlehne seines Stuhles. Endlich war der Maler fertig, verneigte sich knapp und ging.

«Es hätte gerade noch gefehlt, daß du vor dem Fremden von Staatssachen angefangen hättest», sagte der Bischof.

«Der wird kaum romanisch verstehen», meinte Jenatsch.

«Sei nicht so sicher. Er kommt von Italien, hat lange dort gelebt, die Sprache ist ihm geläufig, und unser Rumantsch klingt nicht so sehr verschieden davon. Heutzutage ist niemandem zu trauen, am allerwenigsten einem Fremden. Wer kann es wissen, ob er nicht einen heimlichen Auftrag hat.»

«Basta», sagte Jenatsch, «er ist jetzt fort, und ich will mich kurz fassen, ich möchte nicht daran schuld sein, wenn du als Griesgram in die Nachwelt eingingest auf deinem Konterfei. Die Sache ist die: Eines der Häupter hat mir gestern abend zu verstehen gegeben, man möchte mich nach Innsbruck senden zur Erzherzogin Claudia, damit wir endlich einmal mit den Unterengadinern in ein ruhigeres Fahrwasser kommen. Ich gedenke nun mit der diplomatischen Mission, die ich natürlich gerne auf mich nehme, einen privaten Zweck zu verbinden. Nach Abschluß der Verhandlungen möchte ich die Erzherzogin bitten, mir die Freiherrschaft Rhäzüns zu übertragen. Was meinst du dazu?»

Der Bischof machte ein bedenkliches Gesicht, strich sich den Bart und schlug mit der flachen Hand ein paarmal auf die Armlehne.

«Die Rhäzünser Planta kann man nicht auf die Straße stellen», sagte er dann.

«Warum nicht? Haben sie sich etwa besonders ausgezeichnet? Nicht daß ich wüßte. Österreich ist ihnen keinen Dank schuldig, in keiner Weise. Was *ich* für Österreich getan habe in den letzten Jahren, sollte man sowohl in Innsbruck als in Wien wissen. Ich denke doch, ich habe berechtigten Anspruch auf eine Anerkennung.»

«Das kann auf andere Weise geschehen.»

«Der Erzherzogin kann es gleichgültig sein, auf welche Weise. Aber daß ihr daran liegen muß, einen zuverlässigen Mann auf dem Rhäzünser Schloß zu wissen, keinen lauen Aristokraten, der in erster Linie an seinen eigenen Vorteil denkt, das sollte man ihr sagen. Ein Wink von dir könnte ein paar Steine aus dem Weg räumen, und nach deinem Präludium würde ich dann für mich selber reden.»

Der Bischof zog die Nase kraus und hielt den Atem an und preßte dann ein paar ächzende Laute hervor. Hierauf schüttelte er heftig den Kopf und sagte:

«Mit den katholischen Planta kann ich mich nicht überwerfen. Schlag dir das aus dem Kopf, es ist auch für dich nicht gut, wenn du den Kuckuck spielst in diesem Nest.»

«Für mich selbst fürchte ich nichts, und wer sollte erfahren, daß du deine Hand im Spiel gehabt hast? Die Österreicher sind diskret, wenn ihre eigenen Interessen berührt werden. Das ist hier der Fall.»

«Nein, nein, nein», wehrte der Bischof ab, «ich will damit nichts zu tun haben, ein für allemal.»

«Wie du willst», sagte Jenatsch, «wie du willst. Aber überleg es dir trotzdem. Überleg dir vor allem, wem du es zu verdanken hast, daß du auf diesem Stuhle sitzest.»

«Auf diesem Stuhle bin ich gesessen, als du deine Schnudernase noch nicht selber hast putzen können», sagte der Bischof.

«Du hast mich ganz gut verstanden, Vetter. Übrigens wundert es mich, offen gesagt, daß man einem Manne nicht weiter entgegenkommt, der der Kirche unlängst einen eklatanten Triumph ermöglicht hat. Aber spar dir die Mühe, ich bin auf deine Fürsprache nicht angewiesen. Vielleicht betrachtet es der Kardinal Barberini weniger als Zumutung, wenn ich ihn mit einem Bittgesuch belästige.»

«So», sagte der Bischof fast keuchend, und seine Wangen röteten sich, «so! Das ist nun also der Kern der ganzen Änderung: ein abgetrotzter Ehrenposten! Ein Kälberhandel ist das, ein... ein...»

«Ich muß auf meine Zukunft bedacht sein, wie jeder andere, was ist da dabei? Die französischen Karten werden nicht mehr viele Stiche machen. Man muß die neue Brücke bauen, bevor die alte zusammenkracht, auch dir täte es not, daran zu denken. Ich wollte dir Gelegenheit geben, dich in Innsbruck auf gute Art einzuführen, aber du scheinst das nicht für nötig zu finden. Als ob dein Kredit dort nicht schon überzogen wäre durch die französische Hypothek bei deiner Wahl. Nun, ich habe Gescheiteres zu tun, als alten Männern Weisheit einzutrichtern. Leb wohl.»

Die Ankunft des Malers erregte gewaltiges Aufsehen in Davos. Von Holländern hatte man kaum sprechen hören, geschweige denn, daß man einen gesehen hätte. Hackaert wurde, als er sich eines Abends auf dem Rathaus blicken ließ, bestaunt wie ein Meerwunder, und sein hoher Hut, der Schnitt seiner seidenen Jacke, seine mit Spitzen besetzten Kniebänder und die hohen Absätze seiner Stiefel bildeten noch wochenlang das bevorzugte Gesprächsthema. Als er im Jenatsch-Hause malte, stellten sich die Vorübergehenden auf die Zehenspitzen, um einen Blick auf die Leinwand zu erhaschen, und noch nie hatten die Nachbarn so viel zu fragen und Werkzeuge oder Gewürze zu entlehnen gehabt wie während dieser paar Tage.

Jenatsch hatte die durch das Porträtieren verursachte Pause benutzt, sich die Hühneraugen schneiden zu lassen, und ging in Pantoffeln im Hause herum. Der Maler bedauerte diese Verunstaltung, er hatte an ein Reiterbildnis gedacht, wie er sie in der Werkstatt des Spaniers Velazquez in Venedig gesehen hatte, entschied jetzt aber, daß das Bild ein Kniestück werden müsse.

Nach der ersten Stunde war Jenatsch ungeduldig aufgesprungen, um zu sehen, wie weit der Maler gekommen sei. Er wurde enttäuscht: ein paar Kohlestriche, ein paar Farbflecken, mehr war nicht zu entdecken. Auch die Kinder, die am Anfang nicht von der Staffelei wegzubringen gewesen waren, verloren die Geduld und wandten sich interessanteren Beschäftigungen zu.

«Kann ich nicht wenigstens schreiben oder lesen?» fragte Jenatsch einmal. «Das Stillsitzen kommt mich hart an.»

«Jedes Handwerk hat seine Bedingungen», sagte der Maler. «Denken Sie jetzt nicht an die paar Stunden, die Sie opfern. Denken Sie an die Jahrhunderte, die dieses Bild überdauern soll, und entscheiden Sie dann, ob der Preis zu hoch ist.»

«Sie sind ein Philosoph, und ein Diplomat dazu», lächelte Jenatsch.

«Das gehört zu den Bedingungen meines Handwerks», sagte der Maler trocken.

Am Abend des zweiten Tages begann das Porträt Gestalt anzunehmen, und als es am Nachmittag des dritten Tages fertig war bis auf den Hintergrund, stand Jenatsch entzückt davor und klopfte dem Maler auf die Schulter. «Sie sind ein Mordskerl!» rief er aus. «Wie machen Sie das nur? Alles ist da, kein Tüpfelchen fehlt, das Tuch könnte man bürsten, die Haare strählen. Nur die Narbe an der Nase, die müssen Sie mir ein bißchen abschwächen.»

«Wie Sie wollen», sagte der Maler und fuhr mit dem Pinsel darüber. «Wie alt sind Sie? Das muß in die lateinische Inschrift in der Ecke oben rechts. Die könnten Sie mir aufsetzen nach Ihrem Belieben. Sie sind doch Lateiner?»

«Allerdings.»

«Also zuerst die Laudatio, dann *Aetatis suae* und das Alter in lateinischen Ziffern, wieviel?»

«Vierzig soeben.»

«Gut, und auf der untersten Linie arabisch die Jahreszahl 1636.»

«Etwas noch, wenn es zu machen ist – mein Wappen.»

«Gewiß. Ich schlage eine diskrete Plazierung vor, vielleicht in der Form eines großen Siegels, das da unter dem aufgestützten rechten Arm eben noch Platz hätte. Es sieht vornehmer aus als der Wappenschild, diskreter und darum vornehmer.»

«Ich bin einverstanden, vollkommen einverstanden», sagte Jenatsch.

«Anna», rief er zur Tür hinaus, «Anna, komm und schau.»

Sie ließ sich Zeit, die Hände abzutrocknen und eine saubere Schürze umzubinden.

«Gefällt es dir?» fragte Georg. «Es ist doch unübertrefflich, nicht wahr.»

Anna schwieg eine Weile und sagte dann mit einem müden Lächeln: «Der lebendige Oberst wäre mir lieber.»

«Aber es ist doch besser als gar nichts», sagte Jenatsch ein wenig enttäuscht, «ein Stück von mir ist immer da, auch wenn ich nicht zu Hause bin. Übrigens», setzte er, wieder eifrig werdend, hinzu, «auch du solltest dich malen lassen, Anna, aber als Miniatur, damit ich das Bild überallhin mitnehmen kann».

«In meinem Zustand läßt man sich nicht malen», sagte Anna.

AUFREGUNGEN UND EIN BEGRÄBNIS

Die Herzogin war ihrem Gatten bis Reichenau entgegengeritten. Sie begrüßte ihn überschwenglich. Lange lag sie in seinen Armen, auf einem Kissen neben der Sänfte kniend. Dann bog sie den Oberkörper zurück, sagte mehrmals in teilnehmendem Tone, wie bleich der Herzog aussehe und wie eingefallen seine Wangen seien, aber nun werde sie nicht von seiner Seite weichen, bis er gesund sei. Sie selbst war rundlich geworden, aber das Gesicht war hübsch und jung geblieben, und die neue Lokkenfrisur unter dem großen Federhut stand ihr entzückend. Unterwegs nach Chur plauderte sie, auf ihrem weißen Zelter neben der Sänfte herreitend, munter und wohlgelaunt, schilderte das hübsche Landhaus in der Umgebung von Genf, das sie seit einiger Zeit bewohnte, erzählte von Besuchen und Festlichkeiten oder von ihren Lektüren und Diskussionen mit Professor Tronchin, ihrem Hausgeistlichen. Der Herzog stellte ab und zu eine Frage, meistens aber lehnte er in sich gekehrt in seinem an zwei Pferde angeschnallten Tragsessel und betrachtete den föhnig gestreiften Himmel über den rostroten Buchenwäldern.

Auf der Plessurbrücke vor dem Obern Tor standen zwei Glieder Musketiere beidseits der Straße. Sie vollführten eine matte Ehrenbezeugung. Der Herzog richtete sich auf und blickte sich um, winkte einen Offizier zu sich heran und fragte ihn, welchem Regiment er angehöre.

«Bündnerregiment Jenatsch», sagte der Offizier, ein paar Schritte neben der Sänfte hergehend. Der Herzog schüttelte den Kopf.

«Der Standort Ihres Regiments ist Zernez. Was tun Sie hier in Chur?» fragte er dann.

«Das kann ich Ihnen nicht sagen, Durchlaucht.»

«Schicken Sie den Herrn Oberst zu mir.»

«Sie werden ihn auf dem Kornplatz antreffen.»

«Qu'est-ce qu'il y a, Henri?» fragte die Herzogin mit einem besorgten Blick. Sie waren vor dem gleichfalls bewachten Tore angekommen.

«On verra», sagte der Herzog mit bleichen Lippen.

Die Untere Gasse entlang bis zum Kornplatz waren Pikeniere aufgestellt.

«Baron de Lecques, expliquez-moi cela», wandte sich der Herzog an den Offizier zu seiner Linken.

«Je ne comprends rien, Sérénissime», sagte Lecques.

Als sie den Kornplatz erreichten, ritt Jenatsch ihnen entgegen. Der Herzog ließ sogleich anhalten. Jenatsch sprang vom Pferd und grüßte.

«Was soll das bedeuten, Herr Oberst?» fragte der Herzog. «Wer hat Ihnen befohlen, Ihre Truppe nach Chur zu dislozieren?»

Jenatsch verbeugte sich.

«Durchlaucht, ich möchte es Ihnen nicht in aller Öffentlichkeit erklären müssen.»

«Kommen Sie auf die Seite mit mir, ich muß wissen, was geschehen ist.»

Er wickelte sich aus den Kissen und Decken heraus und verließ die Sänfte. Jenatsch übergab seinem Diener die Zügel und folgte dem Herzog.

«Macht Platz», rief Jenatsch den Leuten zu, und als sie nur

unwillig wichen, winkte er einigen Soldaten, die das Volk mit quergehaltener Pike vom Platze drängten.

«Erklären Sie sich», sagte der Herzog.

«Durchlaucht», begann Jenatsch, «es tut mir leid, Ihnen ein Schauspiel darbieten zu müssen, das Sie als Ungehorsam ansehen werden.»

«Au fait, ich finde keinen andern Ausdruck dafür.»

«Die Demonstration ist nicht gegen Ihre Person gerichtet, Durchlaucht, sondern gegen Herrn Lasnier, oder letztlich gegen Seine Eminenz den Kardinal. Herr Lasnier ist sehr weit gegangen uns gegenüber. Er hat die Häupter wie Lakaien behandelt, er hat gedroht, er werde hier auf diesem Platz die Pike aufrichten lassen. Seine Injurien haben die treusten Anhänger des Königs vor den Kopf gestoßen. Als ich mit meinen Kameraden hier eintraf, hat er uns angefaucht, als ob wir Rebellen wären. Aber noch sind wir unsere eigenen Herren, Durchlaucht, noch hat kein Herr Lasnier sich das Recht erworben, wie der Leibhaftige im Lande herumzuwüten und mit uns zu verfahren wie mit unbotmäßigen Untertanen.»

«Ich weiß, er hat bis heute noch nicht den richtigen Ton gefunden.»

«Er wird ihn nie finden. Ich rate Ihnen, Durchlaucht, lassen Sie ihn abberufen, bevor er noch größeres Unheil anrichtet.»

«Das Unheil ist groß genug. Ich werde einschreiten müssen, Sie stehen in französischem Solde.»

«Wenn er bezahlt worden wäre, hätten Sie recht, Durchlaucht.» Der Herzog biß sich auf die Lippen und schwieg.

«Ich habe Sie auf die Mißstände mehr als einmal aufmerksam gemacht. Ich habe Ihnen nach Morbegno geschrieben und Ihnen unsern Entschluß mitgeteilt, am 1. Oktober nach Chur zu ziehen. Sie haben mir keinen Glauben geschenkt.»

«Sagen Sie mir noch eines, Herr Oberst: Was wollen Sie erzwingen mit dieser Demonstration?»

«Die Anerkennung der Beschlüsse von Thusis und die Auszahlung des rückständigen Soldes.»

«Was wird nun geschehen?»

«Das steht bei den Häuptern und beim Kardinal.»

*

Der Herzog hatte den ganzen Abend mit Prioleau gearbeitet. Seine letzte Anordnung war ein schriftlicher Befehl an Lasnier gewesen, sich am nächsten Morgen unverzüglich zu einer wichtigen Besprechung einzufinden. Er war früh erwacht nach schlecht verbrachter Nacht, hatte sich noch im Dunkeln angezogen, selbst Licht gemacht und an einem kleinen Tischchen zu lesen angefangen.

Als der Tag hinter den angelaufenen Fensterscheiben dämmerte, klopfte es an die Türe, der Valet de Chambre meldete Prioleau. Der Herzog nickte. «Lasnier ist hier», sagte Prioleau. «Wo wünschen Sie ihn zu empfangen? Hier oder im Arbeitszimmer? Es ist noch nicht geheizt worden.»

«Führen Sie ihn hieher, aber bringen Sie mir zuvor seine Abrechnung über die Unkosten.» Prioleau verneigte sich und ging. Rohan erhob sich, um ans Fenster zu treten. Mit dem Ärmel wischte er ein kleines Stück der Scheibe blank und blickte hinaus über die grauen Dächer mit ihren rauchenden Kaminen. Der Tag war trüb und grau, und zum Greifen nah erhoben sich die schwarzen Wälder und graugelben Felsbänder des Calanda über der Kulisse von dunkeln Dachgiebeln und sich leerenden Bäumen. Er öffnete das Fenster und atmete tief. Geruch von Pferdeställen. In der Nähe mußte sich eine Schmiede befinden, verbranntes Horn war zu riechen, dann, nach ein paar Windzügen, Geruch von frischem Brot, dann Küchenrauch.

Prioleau brachte ein Papier und legte es auf das Tischchen, wo die Kerzen im silbernen Leuchter noch brannten.

Als Lasnier hereingebeten wurde, stand der Herzog noch immer am Fenster. Nun schloß er es.

«Lassen Sie uns einen Augenblick allein», sagte er zu Prioleau. Der Sekretär zog sich zurück. Lasnier näherte sich mit drei Verbeugungen. Der Herzog ließ ihn stehen, wanderte einige Male um das Tischchen herum und sagte dann, plötzlich anhaltend:

«Sie werden nicht erwarten, daß ich meine Unterschrift unter Ihre Abrechnung setze.»

«Zu welchem anderen Zwecke glauben Durchlaucht, daß ich sie Ihnen vorgelegt hätte?» sagte Lasnier, den Kopf hochwerfend und die feisten Hände in die Seite stemmend.

«Sie haben sich in schamloser Weise bereichert. Wir schulden den Offizieren Hunderttausende, und Sie wagen es, Summen auf Ihre Abrechnung zu setzen, die niemand sonst empfangen hat als Sie selber.»

«Verzeihen Sie, Durchlaucht, ich muß da schon um nähern Aufschluß bitten...»

«Von mir wollen Sie Aufschluß? *Sie* haben das Geld mit der einen Hand aus der Kiste genommen und mit der andern in Ihre Tasche gesteckt. *Meine* Taschen sind leer, weiß Gott!»

«Sie beschuldigen mich also des Diebstahls?»

«Ich beschuldige Sie der Unterschlagung von Staatsgeldern. Da, dieser Posten von siebenhundert Livres, den Sie in Davos ausgegeben haben wollen.» Er schlug mit der Hand auf den Bogen.

«Ich *habe* ihn ausgegeben!»

«Ohne Zweifel, aber die Davoser haben nichts davon gesehen.»

«Ich kann diese Bündnernamen nicht behalten, aber man hat von mir gewünscht...»

«Sie sind überhaupt nicht in Davos gewesen, ich kann es beweisen.»

«Das ist eine infame Verleumdung, noch ein Wort, Durchlaucht...» Er trat mit geballten Fäusten ein paar Schritte näher.

«Nehmen Sie sich in acht, Lasnier. Es könnte sehr leicht geschehen, daß Sie es nicht nur mit den Bündnern verdorben haben.»

«Das ist Konspiration gegen den König!»

«Packen Sie sich, ich will Ihr Gesicht nicht mehr sehen! Nehmen Sie diesen Wisch mit.» Er warf ihm die Abrechnung vor die Füße und wandte sich ab. «Haben Sie gehört? Machen Sie, daß Sie fortkommen, Sie sind entlassen!»

«Sie überschätzen Ihre Befugnisse. Ich bleibe hier, solange es mir paßt. Von Ihnen nehme ich keine Zurechtweisungen entgegen, von Ihnen zuallerletzt.»

«*Wache!*» rief der Herzog, so laut er vermochte. Zwei Soldaten rissen die Türe auf. «Sorgen Sie dafür, daß dieser Mensch das Haus auf dem schnellsten Wege verläßt.»

«Das wird Sie teuer zu stehen kommen», knirschte Lasnier.

«Hinaus, oder ich lasse Sie verhaften!»

«Im Namen des Königs!» schrie Lasnier die Wachsoldaten an, «verhaften Sie diesen Mann, er ist ein Verräter!»

Die Wache faßte den seiner Sinne kaum mehr Mächtigen an den Armen. Während er sich rückwärts zur Türe zerren ließ, stieß er eine Flut von Verwünschungen gegen den Herzog aus. Noch nachdem die Türe sich hinter ihm geschlossen hatte, war seine heisere, bellende Stimme zu vernehmen, begleitet von Fußtritten, die gegen die Türfüllung polterten. Ein unartikuliertes Wutgeheul, das im Getrappel der zusammenlaufenden Wachmannschaft unterging, beendete endlich den Auftritt.

Der Herzog hatte sich zitternd in einen Stuhl fallen lassen. Prioleau, der nach einer Weile hereinsah, erschrak über das verstörte, verzerrte Gesicht seines Herrn.

«Um Gotteswillen, Durchlaucht», sagte er.

Rohan sah auf und strich sich mit bebenden Fingern das Haar aus der Stirn. «Ich möchte zu Bett», sagte er mit schwacher Stimme, «schicken Sie mir den Valet de Chambre.»

Als dieser eintrat, war der Herzog schon halb ausgezogen. «Ich fühle mich nicht wohl», sagte er. «Benachrichtigen Sie bitte Son Altesse Sérénissime.»

Eine Stunde später klopfte die Herzogin an die Türe des Schlafzimmers. Als sich nichts regte, öffnete sie vorsichtig. Die Bettvorhänge waren halbwegs zugezogen. Auf einem Stuhl lagen die Kleider. «Henri», flüsterte die Herzogin, und als sie keine Antwort erhielt, näherte sie sich auf den Zehenspitzen dem Bett und spähte zwischen den Vorhängen hinein. Es war so dunkel, daß sie nichts erkennen konnte.

«Est-ce vous, Marguerite?» sagte endlich eine schwache Stimme. Die Herzogin schob die Vorhänge auseinander.

«Que vous êtes pâle!» sagte sie, «comment allez-vous, mon cher?»

Der Herzog seufzte auf. «Es steht schlecht», sagte er leise.

«Soll ich nach einem Arzt schicken?» sagte die Herzogin, das Kissen zurechtrückend.

«Oh, an mir ist nichts gelegen, ein Arzt ist unnütz. Wenn Sie für Tee und ein bißchen geröstetes Brot besorgt sein wollten, das ist alles, was ich wünsche.»

«Ich schicke zum Arzt, Sie sind krank. Ich kann das nicht mit ansehen. Sie haben einen Rückfall.»

«Bleiben Sie! Es ist nichts.»

«Sie hätten sich schonen sollen. Diese Reise hat Sie zu sehr angegriffen.»

«Ich bin gesund, Marguerite, und die Reise war nötig. Ich fürchte sogar, ich bin allzulange von Chur weggeblieben.»

«Henri, mon pauvre», sagte die Herzogin und strich ihm mit der Hand über die Stirn. Rohan richtete sich auf den Ellbogen auf. «Tun Sie mir bitte den Gefallen, für Tee und Brot zu sorgen. Und schicken Sie nach Prioleau.»

«Ich hätte mich gefreut, mit Ihnen zu essen. Haben Sie schon wieder keine Zeit für mich?»

«Doch, Marguerite, ich habe Zeit. Es wird nicht lange dauern mit Prioleau. Gehen Sie jetzt, ich bitte Sie.»

Prioleau stand auf dem Gang und sprach mit dem Kammerdiener. Beide verneigten sich.

«Sie werden erwartet, Prioleau», sagte die Herzogin. Der Sekretär erkundigte sich nach dem Befinden Seiner Durchlaucht. Die Herzogin machte eine unbestimmte Bewegung. «Ist etwas vorgefallen?» fragte sie dann, «jemand lärmte vor einer Stunde.»

«Seine Durchlaucht hat einen heftigen Auftritt mit Lasnier gehabt.»

«Gehen Sie, man erwartet Sie», sagte die Herzogin. Prioleau pochte an die Tür und ging zu Rohan hinein.

«Wir müssen Lasnier zuvorkommen, Prioleau», sagte der Herzog. Er hatte sich im Bett auf einen Ellbogen aufgestützt. «Setzen Sie sogleich ein Schreiben an den König auf. Ich wünsche die Abberufung des Intendanten. Zählen sie die Gründe auf, die mich dazu zwingen. Unfähigkeit, mit den Bündnern schicklich zu verkehren, Gewalttätigkeit gegenüber bündnerischen Standespersonen, Unregelmäßigkeiten in der Rechnungsführung. Er allein ist schuld an unseren Schwierigkeiten, streichen Sie diesen Punkt heraus. Das heutige Vorkommnis verschweigen Sie besser, man soll in Paris nicht glauben, ich lasse mich von persönlichen Gründen leiten. Die Depesche muß sogleich abgeschickt werden. Aber lassen Sie mich den Entwurf noch sehen.»

Kurz nachdem Prioleau das Zimmer verlassen hatte, kehrte die Herzogin zurück. «Wir werden gleich essen können. Fühlen Sie sich besser? Ich habe gehört, Sie haben Ärger gehabt.»

«Ich habe mich aufgeregt, und das tut mir nicht gut. Hören Sie, Marguerite, ich habe mit Ihnen zu reden.» Er setzte sich auf und stopfte sich das Kissen hinter den Rücken. Die Herzogin zog einen Stuhl ans Bett und nahm darauf Platz.

«Wir sind in eine verzweifelte Lage geraten», begann der Herzog. «Ich wollte Sie mit Politik verschonen, ich wünschte, daß Sie diese wenigen Tage mit mir genießen. Statt dessen muß ich Sie bitten, schon morgen nach Paris abzureisen.»

«Mais, mon cher...»

«Hören Sie mich an, Marguerite, ich bitte Sie. Alles, was wir erreicht haben, ist umsonst gewesen, wenn der Kardinal nicht einlenkt. Die Bündner Regimenter meutern, Verhandlungen mit Österreich und Spanien sind im Gange, das Volk wendet sich von uns ab. Wir haben die Gemeinden mit vieler Mühe dazu gebracht, die Artikel von Thusis anzunehmen. Wir haben versprochen, sie innert sechs Wochen in Kraft zu setzen. Nun, nach sechs Monaten, schickt man sie uns zurück mit Änderungen, die ich nicht einmal den Räten zur Kenntnis zu bringen wage. Die Gelder, die zur Tilgung der Soldrückstände dienen sollten, verschwinden in Lasniers Tasche. Sie müssen den Kardinal aufsuchen, Marguerite, Sie müssen ihm unsere Lage schildern und in meinem und Frankreichs Namen zwei Dinge fordern: Geld und die Anerkennung der Thusner Artikel. Führen Sie ihm vor Augen, was auf dem Spiele steht. Die Pläne zur Eroberung von Mailand sind undurchführbar mit einem gärenden Bünden im Rücken. Wir laufen Gefahr, hier nicht nur unsern Einfluß, sondern auch unsere Armee zu verlieren. Unsere Lage ist ohne Beispiel. Der Winter steht vor der Tür, die Armee ist ausgehungert, durch Krankheiten geschwächt, durch Geldmangel demoralisiert, das Veltlin bis aufs Gerippe abgenagt, die Republik selber ausgesaugt bis aufs letzte. Fordern Sie noch ein Drittes: Eile, diese am allereindringlichsten. Ich will versuchen, mich hier noch einen Monat zu halten. Und kehren Sie nach Genf zurück, wenn Sie sich Ihrer Mission entledigt haben. Ich fürchte, wenn es hier zum bittern Ende kommt, haben wir beide auf französischem Boden nichts mehr zu suchen. Sorgen Sie vor.»

Es klopfte. Das Stubenmädchen brachte das Frühstück.

Die Summe stimmte. Jenatsch begann die Geldrollen in eine hölzerne Tragkiste zu schichten. Was nicht mehr Platz hatte, brachte er in seiner Geldkatze unter.

«Hier ist die Quittung. Darf ich Sie bitten, sie zu unterzeichnen», sagte Prioleau. Jenatsch überlas das Papier, tunkte eine Feder ein und signierte.

«Den Rest erhalten Sie innert Monatsfrist», sagte Prioleau.

«Sind Sie sicher?» lächelte Jenatsch.

«Ich verspreche es Ihnen.»

«Dann können wir ja beruhigt sein», sagte Jenatsch mit einer kleinen Grimasse. Er griff nach den Handschuhen. «Kennen Sie meinen Bruder Nuttin? Er wird in einer Stunde die Kiste abholen.»

«Gewiß. Haben Sie noch einen Augenblick Zeit? Seine Durchlaucht möchte Sie sprechen.»

Jenatsch verkniff den Mund und zog die Brauen zusammen. «Ist es dringend? Ich habe sehr viel zu tun heute», sagte er.

«Ich persönlich führe Sie zu Seiner Durchlaucht», sagte Prioleau, eine Türe öffnend und Jenatsch mit einer Handbewegung zum Eintreten einladend. Jenatsch zögerte einen Augenblick, folgte dann aber der Aufforderung.

Der Herzog erhob sich von einem Tischchen, an dem er geschrieben hatte. Jenatsch verneigte sich.

«Ich habe gute Nachrichten, Herr Oberst», sagte der Herzog. «Der Vertrag von Thusis ist letzte Nacht von Paris zurückgekommen, ohne jede Änderung und mit der Unterschrift Seiner Majestät des Allerchristlichsten Königs versehen.»

Jenatsch schwieg.

«Ich dachte, daß diese Mitteilung Sie freuen würde», sagte der Herzog. «Sie haben sich so eifrig für diesen Vertrag eingesetzt, daß seine Ratifizierung Sie nicht unberührt lassen kann.»

Jenatsch lächelte: «Sieben Monate sind eine lange Zeit, Durchlaucht. Wir sind ungeduldig geworden und nicht mehr leicht zu befriedigen. Aber ohne Zweifel werden die Bundeshäupter die Urkunde mit Dank entgegennehmen. Wie sie sich dazu stellen werden, vermag ich natürlich nicht vorauszusagen. Vermutlich wird das Volk nochmals darüber abstimmen, aber das kann nicht vor dem nächsten Frühling geschehen.»

«Das hoffe ich denn doch nicht», sagte der Herzog. «Übrigens habe ich noch eine gute Nachricht: Lasnier ist abberufen worden.»

«Sieben Monate zu spät. Es wäre besser gewesen, dieser Herr hätte nie unser Brot gegessen.»

«Ich weiß es, aber solche Dinge werden sich nicht wiederholen. Meine Vorstellungen in Paris fangen endlich an zu wirken.»

«Dafür wird man Ihnen Dank wissen», sagte Jenatsch.

«Eine persönliche Frage», sagte der Herzog. «Finden Sie nicht auch, die Beschlüsse des Beitages von Ilanz letzthin seien etwas voreilig gefaßt worden? Natürlich will ich Ihrer Regierung das Recht nicht absprechen, militärische Vereinbarungen zu kündigen, aber daß man die bündnerischen Regimenter meinem Oberbefehl entzogen hat, war unklug. Einige Ihrer Kameraden haben dies, wie Sie wahrscheinlich wissen, denn auch eingesehen und haben sich mir wieder unterstellt, mit stillschweigender Billigung der Häupter. Es verwundert mich, offen gestanden, daß Sie selbst noch zögern.»

«Ich habe Eurer Durchlaucht die Gründe auseinandergesetzt, die uns Offiziere bewogen haben, zur Selbsthilfe zu greifen. Unsere Handlungsweise ist durch die Beschlüsse von Ilanz gutgeheißen worden. Ich sehe keine Veranlassung, nun plötzlich eine gegenteilige Haltung einzunehmen.»

«O doch, Herr Oberst, o doch», beeilte sich der Herzog zu sagen. «Alle Gründe, mit denen Sie und Ihre Kameraden Ihr Verhalten entschuldigen, sind hinfällig geworden: Sie haben einen guten Teil des Ihnen zustehenden Geldes erhalten, der Vertrag von Thusis ist unterzeichnet, und Lasnier wird gehen. Und das Wichtigste: Man schenkt mir endlich Gehör in Paris. Wir können daran denken, einen Knoten um den andern aufzulösen.

Übrigens möchte ich Sie auch aus persönlichen Gründen dazu ermuntern, sich Ihren Kameraden anzuschließen. Ich möchte nämlich Ihren Rat, den ich, wie Sie wissen, immer geschätzt und wenn möglich berücksichtigt habe, nicht entbehren müssen. Ich habe Sie immer für eine meiner stärksten Stützen angesehen und kann mich mit dem Gedanken nicht abfinden, daß Sie sich grollend in einen Winkel zurückziehen. Ich weiß, daß Ihnen Ihr Vaterland wichtiger ist als Ihre Person, aber schließlich darf ein Mann, der jahrelang nur für das Wohl des Landes gelebt hat, auch einmal an sich selber denken. Ich habe die Absicht, dem König vorzuschlagen, er möge Ihnen eine französische Kompanie übergeben. Ihre venezianische Pension ist abgelaufen und wird nicht erneuert werden, wie ich gehört habe. Die Geburt Ihres sechsten Kindes steht bevor, verzeihen Sie, daß ich an diese privaten Dinge rühre, aber entnehmen Sie der Tatsache, daß ich die gebotene Zurückhaltung fahren lasse, wie sehr mir daran gelegen ist, Sie weiterhin in meinem Dienst zu wissen.»

Jenatsch schwieg eine Weile mit halb abgewandtem Gesicht, und der Herzog spielte mit einem Federkiel, der auf dem Tisch gelegen hatte. «Nun», sagte er schließlich, «ich will Sie zu nichts zwingen. Ich verlange auch nicht, daß Sie sich augenblicklich entscheiden. Überlegen Sie alles in Ruhe und geben Sie mir gelegentlich Bescheid, wenn möglich noch vor Ihrer Abreise nach Innsbruck.»

«Nach Köln, Durchlaucht.»

«Nach Köln, gewiß, aber auf dem Umweg über Innsbruck, wenn ich richtig informiert bin.»

«Wir werden versuchen, die Unterengadiner Frage zu lösen.»

«Ich weiß es, Herr Oberst. Nur fürchte ich, daß dies im Vorbeigehen nicht möglich sein wird. Machen Sie sich auf wochenlange Verhandlungen gefaßt.»

«Das tue ich, Durchlaucht, und dies ist auch der Grund, weshalb ich gezögert habe, Ihr Anerbieten anzunehmen. Ich kann für die nächste Zeit über meine Person nicht verfügen. Das Regiment aber bedarf einer straffen Führung.»

«Ich nehme an, Sie haben keine Ursache, mit Ihrem Stellvertreter unzufrieden zu sein.»

Jenatsch überlegte einen Augenblick.

«Nein», sagte er dann, «das habe ich selbstverständlich nicht. Aber falls es Herrn von Tscharner, meinem Oberstleutnant, zuwider ist, wieder ins französische Soldverhältnis einzutreten, muß ich mich seiner Entscheidung anschließen, denn einem andern als ihm vertraue ich mein Regiment nicht an.»

«Ich werde mit ihm sprechen, wenn Sie nichts dagegen haben.»

«Sie würden es auch tun, wenn ich etwas dagegen hätte», lachte Jenatsch. «Aber sei es denn: ich schließe mich meinen Kameraden an, vorausgesetzt, daß Tscharner mitmacht.»

«Ich danke Ihnen, Herr Oberst, Ich habe es nicht anders erwartet.»

«Auf die französische Kompanie möchte ich verzichten. Ich will nicht, daß man mir persönliche Motive in die Schuhe schiebt. Es soll nicht heißen, Frankreich habe den Jenatsch gekauft.»

«Daran tun Sie recht. Man kann ja später immer noch darauf zurückkommen. Jetzt noch eines, Herr Oberst: Ich habe bei früheren Anlässen die Vergünstigung genossen, durch Sie über den Verlauf von Verhandlungen informiert zu werden. Sie haben es sich angelegen sein lassen, mich au courant zu halten. Ich wüßte es sehr zu schätzen, wenn Sie diese Gewohnheit beibehalten wollten. Ich darf dies um so mehr erhoffen, als Sie ohne meine Fürsprache bei den Häuptern wohl kaum der bündnerischen Delegation angehören würden. Man hat ursprünglich einen ehemaligen Churer Bürgermeister abordnen wollen, mit dem mir nicht gedient gewesen wäre.»

«Es wird nicht einfach sein, vertrauliche Nachrichten an Sie abzusenden, Durchlaucht. Ich kann Ihnen nichts versprechen, es kommt ganz auf die Umstände an. Rechnen Sie besser nicht mit meinen Informationen. Übrigens wird bloß die Unterengadiner Frage zur Behandlung kommen, die Sie ja kaum noch berührt. In welchem Sinne wir sie geregelt sehen möchten, ist Ihnen bekannt: der Status *vor* 1617, also mit Einschluß der Religionsfreiheit. Ich habe, wie ich Ihnen bereits früher mitteilte, in dieser Angelegenheit schon ausgiebig korrespondiert und hege einige

Hoffnungen auf einen günstigen Ausgang. Die größte Sorge bereitet mir, daß der Kaiser die Vereinbarungen zwischen der Erzherzogin Claudia und den Drei Bünden genehmigen muß. Das könnte alles verderben, aber die Rücksicht auf den Kaiser soll uns Bündner jedenfalls nicht veranlassen, Wasser in unsern Wein zu gießen. Entweder dringen wir mit unsern Forderungen vollständig durch, oder wir kehren eben mit leeren Händen zurück. Ein zweiter Vertrag von Thusis kann unserm Volk jetzt nicht zugemutet werden.»

«Sie wissen, wie ich mir den Vertrag von Thusis gewünscht hätte. Darum hoffe ich sehr, Sie kommen diesmal zum Ziele. In Paris freilich wird man an diesen Verhandlungen wenig Freude haben.»

«Mag sein, doch das kümmert uns nicht. Die militärischen Rücksichten, die bisher unsere Engadinerpolitik bestimmt haben, fallen ja nun gottseidank dahin. Aber verzeihen Sie, Durchlaucht, ich muß mich verabschieden, ich habe eine Verabredung.»

«Ich will Sie nicht aufhalten. Reisen Sie mit Gott.»

Als Jenatsch gegangen war, suchte der Herzog seinen Sekretär auf. «Hat er angenommen?» fragte Prioleau.

«Nicht sogleich, aber das ist kein schlechtes Zeichen. Würde er nämlich wirklich ein doppeltes Spiel treiben, wie Sie befürchten, dann hätte er mir meine Wünsche von den Augen abgelesen, und vor allem: er hätte über die Ratifizierung des Vertrages von Thusis Freude geheuchelt. Der Mann ist ehrlich, aber natürlich müssen wir ihn weiterhin überwachen.»

Vor dem Hause zu St. Margrethen, einen halben Büchsenschuß vor dem Obern Tor, standen die schwarzgekleideten Männer in langen Reihen. Zuweilen erschien eine Standesperson mit weißem Mühlsteinkragen und hohem Hut, schüttelte sich den Schnee vom Mantel und verschwand im Portal des Gulerschen Hauses. Eine Gruppe von Offizieren langte an, in der roten Uniform, aber mit schwarzen Schärpen und Hutfedern und schwarzen Handschuhen; überdies hatten sie schwarze, kurze Mäntel umgehängt. Nun marschierte die Ehrenkompanie, gefolgt von den drei Häuptern und Bannerträgern, auf, die Fähnriche hoben die umflorten Fahnen aus dem köcherförmigen Ende des Bandeliers und nahmen sie in den Arm, während die Häupter das Haus betraten.

Oben auf dem weiten Gange herrschte Stille, trotz der vielen Menschen. Niemand wagte zu flüstern. Als die Häupter Aufstellung genommen hatten, öffnete sich eine Türe. Am Arm ihrer beiden Söhne schleppte sich die Witwe heraus, gekrümmt und zusammengesunken, mit erloschenen Augen und verwirrtem Haar. Hinter ihr folgten der Stiefsohn Johannes, die Töchter Anna Meyer, die Enkelin Elisabeth Luzi, die beiden Schwiegertöchter Margreth, geborene von Hartmannis, und Margreth, geborene von Salis, und zuletzt, ein bißchen linkisch und wie nicht dazugehörend, der Gatte der Enkelin, Hans Luzi. Die Tochter Margreth, in Zürich mit dem Sohn des Bürgermeisters Rahn verheiratet, hatte nicht rechtzeitig benachrichtigt werden können, und der Schwiegersohn Gregor Meyer vertrat als eines der Häupter den Staat. Während die Familie sich langsam auf die Mitte des Raumes zu bewegte, trat der Herzog auf, begleitet von Saint-Simon, dem Befehlshaber des Fort de France, näherte sich der Witwe und reichte ihr die Hand. Die Familie stellte sich in eine Reihe, die drei Bundeshäupter setzten die Zermonie der Leidabnahme fort, die nach und nach auf den ganzen Kreis übergriff. Als die letzten dem Brauch Genüge getan hatten, trat Johann Peter als Familienchef an den Herzog heran und flüsterte ihm einige Worte zu. Das war das Signal zum Vorbeimarsch an dem aufgebahrten Toten. Die Familie bildete den Beschluß.

Der Ritter Johannes von Guler lag in einem ausgeräumten Zimmer im offenen Sarg, eingekleidet in die schwarze Tracht des bündnerischen protestantischen Adels. Sein langer weißer Bart bedeckte die Brust. Die gefalteten Hände ruhten auf dem Medaillon des französischen Königs an der schweren Goldkette. Das Gesicht war ruhig, beinahe verklärt, bloß die Augäpfel schienen wie aufgetrieben unter den geschlossenen Lidern. Das kurzgeschorene Haupthaar glänzte silbern.

Der Stadtpfarrer Georg Saluz stand am Kopfende mit gefalteten Händen. Die Familie blieb allein zurück, um noch einen letzten Blick auf den Toten zu werfen. Dann wurden die Frauen hinausgeschickt. Die Söhne setzten den Sargdeckel auf, nachdem Johann Peter die Goldkette vorsichtig entfernt hatte, und der bereitgehaltene Schreiner vernagelte den Sarg. Angeführt von Rudolf Travers, traten die sechs Offiziere ein, die die Bahre tragen sollten. Es waren Johann von Tscharner, Ambrosius Planta, Christoph Rosenroll, Johann Anton Buol und Nuttin Jenatsch.

Die übrigen Trauergäste hatten sich auf die Straße begeben, während die Frauen in einem der innern Zimmer aufschluchzend verschwunden waren. Es schneite noch immer, dünn und still. Nun trug man den Sarg die Treppe hinunter und setzte ihn auf der Straße ab. Der Trauerzug begann sich zu formieren. Die Ehrenkompanie mit gedämpften Trommeln wartete an der Spitze, gefolgt vom Herzog und den Bundeshäuptern, denen die Fahnen vorausgetragen wurden. Hinter dem Sarge stellte sich die männliche Verwandschaft auf. An sie schlossen sich die Offiziere an, und hinter ihnen fand sich das Volk in einer langen Reihe zusammen, die sogar noch in die Seitengäßchen abzweigte.

Die Glocken der Martinskirche begannen zu läuten, Sankta Regula setzte ein, zuletzt sogar die bischöfliche Kathedrale. Der Sarg wurde aufgehoben, und der Zug setzte sich langsam in Bewegung, über die Brücke, zum Obern Tor hinein, durch die Obere Gasse mit ihren verhängten Fenstern und geschlossenen Läden, zum Martinsplatz, ein Stück durch die Reichsgasse hinunter und durch zwei Quergassen über den Kornplatz zum Friedhof an der Mauer.

Jenatsch schritt an der Seite Anton Molinas, anfänglich schweigend unter dem Hall der Glocken, aber bald in raunendem Gespräch.

«Du bist gerade rechtzeitig von Innsbruck zurückgekommen», sagte Molina. «Hat er noch erfahren, was ihr ausgerichtet habt?»

«Das ist anzunehmen, er war ja nicht eigentlich krank.»

«Weißt du, wie alt er geworden ist?»

«Hoch in den siebzig, fünfundsiebzig, glaube ich.»

«Auf welcher Seite stand er eigentlich?»

«Das ist nicht leicht zu sagen. Sicher war er ein Freund der

Franzosen, aber nicht bedingungslos, glaube ich. Ich habe in letzter Zeit nicht mit ihm gesprochen, doch kann ich mir nicht vorstellen, daß er durch dick und dünn zu Frankreich gehalten hat.»

«Wieso ist dein Bruder bei den Trägern? Es wäre doch eigentlich an dir gewesen.»

«Man hat mich angefragt, aber ich habe absagen müssen. Ich habe mir auf der Heimreise die Schulter ausgerenkt.»

Er hob mit der rechten Hand seinen Mantel ein wenig, so daß Molina den in einer Schlinge getragenen linken Arm erkennen konnte.

«Wie ist das zugegangen?»

«Ich weiß selber nicht recht wie. Mein Pferd hat gescheut, der Schlitten geriet aus der Bahn und kippte um. Als ich später nachsah, bemerkte ich, daß sich eine Deichselstange gelöst hatte. Wie das geschehen konnte, weiß ich nicht. Jedenfalls hat das Pferd plötzlich nur noch an einer Stange gezogen und wurde scheu. Die Sache kommt mir ein bißchen mysteriös vor, aber viel geschehen ist mir ja nicht, es hätte leicht schlimmer ablaufen können.»

«Wo ist es passiert?»

«In den ersten Kehren des Flüela, knapp oberhalb Süs.»

«Könnte da nicht etwas dahinterstecken?»

Jenatsch zuckte die Achseln. «Möglich», sagte er, «ich glaube es zwar nicht. Wir sind allerdings in Süs noch eingekehrt, da hätte schon jemand an meinem Schlitten herumfingern können, aber das ist unwahrscheinlich. Die Engadiner wußten schließlich, daß wir mit gutem Bescheid aus Innsbruck zurückgekehrt sind. Wir haben es natürlich nicht für uns behalten. Der Moment wäre wirklich schlecht gewählt gewesen. Aber basta, ich bin da, und ich nehme an, es wird noch ein Weilchen dauern, bis die Churer Glocken für *mich* läuten.»

«Die Davoser Glocken, meinst du. Du bist allerdings in letzter Zeit mehr in Chur als in Davos. Deine Familie wird keine große Freude daran haben.»

«Ich habe mein Schloß Katzensteig im Handel. Wenn du mir ein anständiges Churer Haus weißt, das nicht gerade die halbe Welt kostet, wäre ich Käufer.»

«Ist es dir ernst?»

«Ich brauche ein Haus in Chur, früher oder später. Es pressiert mir nicht, aber ich muß doch langsam daran denken.»

«Kennst du mein Haus ‚auf dem Sand', vor dem Metzgertor draußen? Ich habe es feil.»

«Das wäre nicht übel. Ist Landwirtschaft dabei?»

«Für fünf oder sechs Kühe.»

«Reben auch?»

«Ein Stück Weinberg gehört auch dazu.»

«Kann ich es einmal sehen?»

«Komm nachher mit.»

«Das paßt mir. Ich habe ohnehin noch etwas mit dir zu besprechen, das ich nicht gern auf der Straße verhandle. Übermorgen kommen ein paar von unserer Seite beim Gregor Meyer zusammen. Da solltest du dabei sein, es geht um wichtige Landessachen. Wir haben nämlich in Innsbruck nicht nur mit der Erzherzogin verhandelt, sondern hauptsächlich mit Don Federigo Henriquez, dem spanischen Gesandten.»

FORT DE FRANCE

Am 24. Februar, abends neun Uhr, traf beim Herzog ein Eilbote aus Cläfen ein. Er überreichte ein Schreiben des Obersten Ulysses von Salis, worin dieser die in Mailand gemachten Wahrnehmungen eines Engadiner Studenten mitteilte. Der Betreffende habe im Salisschen Regiment als Chirurgmajor gedient, sei dann aber beurlaubt worden, um in Padua seine Studien abzuschließen. Dieser Herr Scandolera sei in Mailand mit einem Misoxer zusammengetroffen. Durch Zufall habe er entdeckt, daß der Misoxer von Jenatsch und Florin stammende Briefe an den spanischen Statthalter Leganez bei sich trug, und durch Verstellung und Schmeichelei sei es Scandolera gelungen, das Vertrauen des Boten zu gewinnen. Er habe auf diese Weise erfahren, daß der heimliche Verkehr zwischen den Bündnern und Leganez schon längere Zeit andauere. Der Misoxer hätte sich jedenfalls gerühmt, schon unzählige Gänge für die hohen Herren gemacht zu haben. Alsdann hätte er versichert, binnen kurzem würde mit spanischer Hilfe der hintersteinzige Franzose aus dem Lande gejagt sein. Salis schloß das Schreiben mit der eindringlichen Bitte, der Herzog möge unverzüglich ins Veltlin zurückkehren oder, falls dies nicht möglich sei, sich in die Eidgenossenschaft zurückziehen.

Rohan zitierte den Obersten Jenatsch zu sich und stellte ihn in Gegenwart Prioleaus zur Rede. Jenatsch bezeichnete die Affäre Scandolera als eine von den Spaniern ausgeheckte Intrige, die den Zweck verfolge, Zwietracht zu säen. Er kenne Scandolera wohl, dieser sei eine spanische Kreatur, sein Studium habe er mit spanischem Geld finanziert, und seine Bestimmung sei, unter dem Deckmantel eines Truppenarztes in Cläfen für Leganez zu spionieren. Er möchte hingegen seinerseits eine Entdeckung machen. Nämlich er sei einem vertraulichen, gegen Frankreich gerichteten Briefwechsel zwischen Caspar Schmid von Grüneck und dem Grafen Serbelloni auf die Spur gekommen. Man möge die Spürhunde einmal auf *diese* Fährte setzen, dann wisse man, wer in Bünden das spanische Geschäft besorge, und verdächtige nicht ehrenhafte Personen, die ihre Treue zu Frankreich unzählige Male bewiesen hätten.

Während der nächsten Wochen mehrten sich die Warnungen. Bald waren es venezianische Diplomaten, bald französische Agenten, die im Mailändischen operierten, bald die Spione des Bischofs, bald einfache, dem Herzog ergebene Leute aus dem Volk, die verdächtige Wahrnehmungen hinterbrachten. Es ging die Rede von einer Verschwörung, die sich zum Ziel setze, die Franzosen zu vertreiben, und in die alles, was in Bünden Rang und Namen habe, verwickelt sei. An der Oberfläche jedoch deutete nichts auf einen Aufruhr hin. Der Winter ging seinem Ende entgegen, stille, warme Tage wechselten mit noch frostigen Nächten, tagsüber gluckerten alle Dachrinnen vom Schmelzwasser, an den Waldrändern aber leuchteten schon die Leberblümchen aus braunem Laub, und nach ein paar Föhntagen waren die Talböden aper, vollgesogen mit Feuchtigkeit. Die Bauern sägten ihr Holz in Hemdärmeln, die Frauen hatten die große Wäsche und färbten ihr Garn, Zäune wurden instandgestellt, da und dort begann man mit der Schafschur.

Am Freitag, den 17. März, sprach der Oberstleutnant Travers beim Herzog vor und ersuchte ihn im Namen der bündnerischen Offiziere, bis in vierzehn Tagen einen Teil der Soldguthaben auszahlen zu lassen. Rohan bemerkte, daß er diesem Wunsche schon zuvorgekommen sei, indem er den Sekretär Prioleau nach Paris gesandt habe, um dort energisch vorstellig zu werden.

Am nächsten Tage beobachtete ein Diener des Herzogs, daß sämtliche Befehlshaber der Bündner Regimenter aus dem vor dem Tor gelegenen Hause des Obersten Guler heraustraten, und zwar nicht alle miteinander, sondern einzeln oder zu zweien, wobei sie sich offensichtlich bestrebten, kein Aufsehen zu erregen. Sie ritten aber alle in der gleichen Richtung davon: auf der Straße nach Ems. Die drei Bundeshäupter bestiegen nach einiger Zeit ebenfalls ihre Pferde und schlugen denselben Weg ein.

Am Abend ließ sich der Herzog nach seiner Gewohnheit beim Stadtpfarrer Georg Saluz erkundigen, über welchen Text er am nächsten Morgen zu predigen gedenke. Er erhielt den Bescheid, Matthäi am sechsundzwanzigsten, vierzehn bis achtzehn. In seiner Bibel nachschlagend, fand er folgende Stelle: ,Da ging hin der Zwölfen einer, mit Namen Judas Ischariot, zu den Hohepriestern und sprach: Was wollt ihr mir geben? Ich will ihn euch verraten. Und sie boten ihm dreißig Silberlinge. Und von dem an suchte er Gelegenheit, daß er ihn verriete.'

In der Nacht zum Sonntag meldete sich ein Kurier des Grafen Saint-Simon beim Kommandanten der Leibwache, gab eine dringende Depesche ab und wartete auf Instruktionen.

Der Herzog wurde geweckt, warf einen Blick auf das Schriftstück und ließ seinerseits den zweiten Sekretär De la Baume wecken. Notdürftig bekleidet, studierten sie ein in deutscher Sprache abgefaßtes Manifest, das Siegel und Unterschrift der drei Bundeshäupter trug und vom 18. März 1637 datiert war. Es befahl den Gerichtsgemeinden, am 20. März den Landsturm aufzubieten. Als Sammelplatz war Zizers bezeichnet. Zweck des Aufgebotes war die Vertreibung der Franzosen, und begründet wurde diese Maßnahme mit der Mißachtung von Abmachungen, die vor fünf Jahren mit Frankreich getroffen worden waren. In einem andern Abschnitt war von einem geplanten Bündnis mit Spanien die

Rede, sowie von der Aussicht, das Veltlin durch spanische Vermittlung zu annehmbaren Bedingungen zurückzuerhalten.

«Cela, c'est la rébellion», sagte der Sekretär.

Der Herzog warf ein paar Worte auf ein Blatt Papier, siegelte es und übergab es De la Baume. «Der Valet soll es sogleich dem Kurier überbringen.»

Als der Sekretär zurückkam, schritt Rohan im Zimmer auf und ab. «Notieren Sie: Sa Majesté usw. Wir stehen am Vorabend schwerwiegender Ereignisse. Ich habe sichere Kunde, daß in den allernächsten Tagen eine Erhebung gegen uns losbrechen wird. Von meinen im Veltlin stehenden Streitkräften getrennt, sehe ich mich außerstande, das Unheil zu verhindern. Ich werde versuchen, durch Verhandlungen Zeit zu gewinnen. Ich bitte Ihre Majestät *eindringlich* – unterstreichen Sie das Wort –, diese Zeit zu nützen und diesmal ohne Zögern die immer wieder vorgebrachten Wünsche der Herren Bündner zu erfüllen. Der Vertrag von Thusis ist überholt. Nur die rasche und unbedingte Übergabe der Untertanenländer kann uns noch retten. Ebenso dringend ersuche ich Ihre Majestät, die Auszahlung des rückständigen Soldes anzuordnen. – Kopieren Sie das rasch. Die Depesche muß noch diese Nacht abgehen. Veranlassen Sie das Nötige.»

Am nächsten Morgen begab sich der Herzog mit wenigen Begleitern ins Fort de France. Das Zürcher Regiment des Obersten Schmid, das er bei Igis angetroffen hatte, erhielt den Befehl, sich unverzüglich in der Festung einzurichten. Während des ganzen Tages inspizierte der Herzog die Verteidigungsanlagen der Schanze, ließ mehrmals Alarm schlagen, sorgte für ausreichende Verproviantierung und besprach mit Saint-Simon und Schmid die Maßnahmen, die geeignet waren, eine Belagerung in die Länge zu ziehen. Der Sohn des Obersten Ulysses, der junge Herkules von Salis, der eben zwanzigjährig geworden war und eine Art Adjutantenstellung beim Herzog innehatte, wurde ins nahe Schloß Marschlins gesandt, um von seiner Mutter soviel Geld zu leihen, als sie eben entbehren konnte. Das Zürcher Regiment erhielt daraufhin eine Abschlagszahlung an den rückständigen Sold. Der Rest wurde ihm in Aussicht gestellt, sobald der Nachfolger Lasniers, Jean d'Estampes, eintreffe.

Gegen Abend verließ der Herzog das Fort, um nach Chur zurückzukehren. Zwei Offiziere waren vorausgesandt worden, um in Chur alles für den Aufbruch ins Veltlin, der so bald als möglich stattfinden sollte, vorzubereiten. Eine halbe Stunde vor der Stadt sprengten ihm die Offiziere entgegen und meldeten, die Bündner Regimenter seien im Anmarsch, und die Tore würden scharf bewacht. Der Herzog besprach sich einen Augenblick mit De la Baume und dem jungen Salis, die beide abrieten, sich den Obersten zu stellen und sie zum Gehorsam zu überreden, denn die Herren handelten ja, wie aus dem Manifest hervorgehe, nicht aus eigenem Antrieb, sondern auf Befehl der Häupter. So entschloß sich Rohan, auf dem schnellsten Wege ins Fort de France zurückzukehren. Saint-Simon brannte vor Begierde, die rebellischen Bündner mit einem Salut aus Kanonen zu empfangen, doch der Herzog bestimmte, daß nur auf seinen ausdrücklichen Befehl hin gefeuert werden dürfe. Er ordnete Verstärkung der Wachen an und bat den Obersten Schmid, Nachtpatrouillen auszusenden. Vom höchsten Punkt der Schanze aus suchte er mit dem Perspektiv das Gelände ab. In der Nähe von Zizers brannten Feuer. Später meldeten die Patrouillen, daß die Bündner sich bei dieser Ortschaft für die Nacht eingerichtet hätten.

In der Frühe des nächsten Morgens läuteten die Sturmglocken in allen Dörfern. Ein ungeordneter Volkshaufe bewegte sich auf der Straße von Jenins nach Malans, und etwas später tauchten bunt bewaffnete Scharen ganz in der Nähe der Festung auf, hielten sich aber an die zur Zollbrücke über die Landquart führende Straße. Gegen neun Uhr erschienen zwei alte Männer aus dem Gerichte Schiers vor den Schanzen. Oberst Schmid nahm sie in Empfang und richtete, nachdem sie gegangen waren, dem Herzog aus, die Prättigauer wünschten ihm ihre Ergebenheit auszudrücken. Sie müßten zwar dem obrigkeitlichen Befehle nachkommen, aber keiner werde die Waffe gegen ihn erheben.

Um halb zehn Uhr schlugen die Wachen Alarm. Eine starke Abteilung schickte sich an, die Brücke zu überschreiten. Sie zerstreute sich aber sogleich und verbarg sich im Ufergebüsch der Landquart. Während des ganzen Vormittags langten Läufer an, die sich als Abgeordnete einzelner Gemeinden auswiesen und dem Herzog die Dienste ihrer Kontingente anboten. Rohan dankte ihnen für die gute Gesinnung, lehnte jedoch ihre Angebote ab. Am Mittag wünschte ein Emissär den Obersten Schmid zu sprechen, um ihm ein Schreiben der Häupter zu überreichen. Schmid nahm es persönlich in Empfang. Es war die Aufforderung, sich den Bündnern anzuschließen. Der Oberst zeigte es dem Herzog und begehrte seinen Rat.

«Ich halte Sie nicht, Herr Oberst», sagte Rohan, «Erfüllen Sie Ihre Pflicht.»

«Wenn ich nur wüßte, welcher Pflicht ich gehorchen soll! Ich unterstehe Ihrem Befehl, aber gleichzeitig unterstehe ich den Gestrengen Herren in Zürich, also der Regierung eines Staates, der mit den Drei Bünden befreundet ist.»

«Folgen Sie Ihrem Gewissen.»

«Ich kann Sie nicht im Stich lassen, Durchlaucht.»

«Ich danke Ihnen, aber bedenken Sie einmal folgendes: Wir haben tausend Mann, die Gegner ein Mehrfaches davon. Lebensmittel und Munition reichen für keine drei Wochen, jede Zufuhr ist unmöglich. Ich gedenke nicht, mich zu schlagen, die politischen Folgen wären verheerend. Alles, was ich tun kann, ist Zeit gewinnen. In zwei Wochen kann Prioleau zurück sein mit einem Vertrag, der alle Forderungen der Bündner zufriedenstellt. Jeder Schuß, der vorher fällt, macht die Verständigung schwieriger.»

«Ich bleibe bei Ihnen, Durchlaucht.»

«Vergessen Sie aber nicht, daß Sie den Häuptern eine Antwort schulden. Es wäre mir sehr gedient, wenn Sie diese so diplomatisch als möglich abfassen würden. Beispielsweise könnten Sie die Herren daran erinnern, daß man mir zur Erfüllung der bündnerischen Forderungen eine Frist bis zum 1. Mai eingeräumt hat und es Ihnen unbegreiflich erscheint, weshalb man sich nun nicht daran hält.

Im übrigen würde ich eine neutrale Haltung vorschlagen, etwa nach dem Grundsatz: Keiner schießt zuerst. Damit wäre mir am meisten gedient. Auch als Vermittler könnten Sie sich anbieten, was ebenfalls meinen eigenen Wünschen sehr entgegenkäme, denn es widerstrebt mir, mit diesen Leuten persönlich zu verhandeln. Dazu mag später Anlaß sein, vorderhand aber möchte ich mich im Hintergrund halten.»

Oberst Schmid beeilte sich, die Instruktionen des Herzogs zu befolgen. Während des Nachmittags ereignete sich nichts Ungewöhnliches. Die Bündner Regimenter blieben außerhalb der Reichweite der Kanonen, und auf der Prättigauer Straße marschierte immer noch der Landsturm Igis zu. Auch die Nacht verlief ruhig. Am folgenden Morgen meldeten die Wachen jedoch eine starke Kavalleriepatrouille, die sich der Festung nähere. Die Geschütze wurden auf sie gerichtet, und die Schützen nahmen ihre Musketen in Anschlag. Es zeigte sich aber, daß die Reiter keinen militärischen Auftrag haben konnten, denn sie führten eine weiße Fahne mit sich und entpuppten sich beim Näherkommen als die von Offizieren und Bedeckungsmannschaften begleiteten Bundeshäupter. Sie wünschten eine Unterredung mit dem Herzog, doch wurden sie an den Obersten Schmid gewiesen. Dieser erklärte, niemanden in das Fort hereinlassen zu dürfen, doch bezeichnete er eine Örtlichkeit jenseits der nach Maienfeld führenden Straße, wo er mit den Herren Bündnern zusammentreffen wolle. Bald standen die beiden Parteien einander auf dem freien Feld vor der Rietmühle gegenüber.

Nachdem alle Versuche, mit dem Herzog selbst zu sprechen, fehlgeschlagen hatten, zogen die Häupter ab. Am Nachmittag marschierten die Regimenter in der Nähe der Festung auf und schlossen sie von allen Seiten ein. Die Soldaten verbrachten die Nacht im Freien, so daß ein Kranz von Feuern das Fort umloderte und das Singen und Krakeelen die Belagerten nicht zur Ruhe kommen ließ.

Am nächsten Morgen sprachen die Bundeshäupter nochmals vor. Sie waren von Boten aus Zürich und Glarus begleitet, die von den Bündnern schon eine Woche vor dem Aufruhr als neutrale Schiedsrichter erbeten worden waren. Der Herzog erklärte sich bereit, am Nachmittag zur Rietmühle zu kommen.

Jenatsch hatte dort einen rohen Tisch aufschlagen lassen. An dessen der Festung abgewandten Langseite nahm die bündnerische Delegation Aufstellung, in der Mitte die drei Häupter, zu ihrer Seite die Obersten Guler, Florin und Jenatsch. An den

Schmalseiten standen die beiden Glarner und die beiden Zürcher. Keiner sprach ein Wort. Nach einiger Zeit, als der Herzog immer noch nicht erscheinen wollte, machten sich Zeichen von Unruhe bemerkbar. Guler zwirbelte nervös seinen Schnurrbart, der Bürgermeister Meyer änderte jeden Augenblick seine Beinstellung, Florin lüpfte den Hut und setzte ihn tiefer in die Stirn. Endlich sah man, wie das Tor der Palisade, welche die Festung umzog, aufging. Der Schimmel des Herzogs wurde sichtbar, hinter ihm der Braune des Obersten Schmid und der Schecke Saint-Simons. Pikeniere folgten im Laufschritt.

Rohan näherte sich langsam. Er war barhaupt und trug seinen Harnisch. In einiger Entfernung vom Tische hielt er an und saß ab. Die Bündner und Eidgenossen zogen ihre Hüte und senkten die Köpfe, bis der Schatten des Herzogs auf die Karte fiel, die ausgebreitet auf dem Tische lag. Es entstand eine verlegene Pause. Jenatsch stieß hinter dem Rücken Johann Anton Buols, des Bundeslandammanns der Zehn Gerichte, den Bürgermeister Gregor Meyer an, und dieser ergriff nach einigem Räuspern endlich das Wort:

«Hochverehrter, durchlauchtigster Herr Herzog! Im Namen der Republik der Drei Bünde danke ich Ihnen für Ihre Bereitwilligkeit, uns anzuhören. Es schmerzt uns in tiefster Seele, Ihnen in dieser Weise gegenübertreten zu müssen, denn Ihre Gesinnung uns Bündnern gegenüber ist uns bekannt. Hätte der Allerchristlichste König sich von der gleichen Gesinnung leiten lassen, so stände es heute anders, und wir wären nicht gezwungen, Ihnen diesen Schmerz zuzufügen. Ich bitte Sie, uns zu glauben, daß niemand in der Republik der Drei Bünde einen Groll gegen Sie hegt. Ihre Person wird uns immer lieb und teuer sein, und noch in späten Zeiten wird man in diesen Tälern vom guten Herzog erzählen, der aus dem fernen Frankreich gekommen ist, um sich in unsern Untertanenlanden unvergänglichen Kriegsruhm zu erwerben. Nur die Not unseres Vaterlandes und die Sorge um seine Zukunft hat uns bewogen, nach wirksameren Mitteln zu trachten, um endlich unsern Wirren ein Ende zu setzen. Daß wir nicht vergessen haben, was Frankreich für uns getan hat, möge der Allerchristlichste König daran erkennen, daß wir in allen zukünftigen Verträgen mit unsern Nachbarn das Bündnis mit Ihrer Majestät ausdrücklich vorbehalten werden und dasselbe unverbrüchlich zu halten gesonnen sind. Nur das unbedingt Notwendige soll geschehen.» Er machte eine kleine Pause und wischte sich mit einem Tüchlein die Stirn. «Die erste Notwendigkeit, die sich uns darstellt», fuhr er fort, «ist der Besitz der Rheinfestung. Ich ersuche Sie, durchlauchtigster Herr Herzog, uns dieselbe ohne Verzug zu übergeben.»

«Dies kann nicht geschehen», sagte der Herzog. «Das Fort de France ist mit französischem Geld erbaut worden, und solange ich in Bünden kommandiere, bin ich auf diesen Stützpunkt angewiesen.»

«Dann muß ich den Oberbefehlshaber der Bündner Truppen bitten, das Wort zu ergreifen.»

Jenatsch beugte sich über den Tisch. «Werfen Sie einen Blick auf diese Karte, Durchlaucht», sagte er. «Hier oben bei Feldkirch steht der kaiserliche Feldherr Colonna. Hier unten bei Colico liegt die spanische Armee des Grafen Serbelloni. Durch Allerhöchsten Befehl sind sowohl die Truppen Colonnas als Serbellonis mir unterstellt. Es kostet mich eine Depesche, und sie marschieren. Machen Sie sich keine Hoffnung darauf, daß Feldmarschall Lecques sich aus dem Veltlin zu Ihnen durchschlagen wird. Die Pässe sind bewacht. Dazu genügt jetzt, im Vorfrühling, eine Handvoll Leute. Rechnen Sie auch nicht damit, daß Sie im Fort de France Entsatz aus Frankreich abwarten können. Wir haben die Eidgenossen gebeten, jedes Gesuch um Durchzug abzulehnen. Überdies hält die Festung keine lange Belagerung aus.»

«Da irren Sie sich aber gewaltig», sagte Saint-Simon. «Das Fort de France kann nur mit Artillerie genommen werden.»

«Die kaiserliche Artillerie wartet in Balzers meine Befehle ab. Innert zwei Stunden kann sie zur Stelle sein.»

Eine Pause entstand. Saint-Simon zog sich nervös die Handschuhe von den Fingern. Im Gesicht des Herzogs bewegte sich kein Muskel.

«Es wird Ihnen nicht schwerfallen, Durchlaucht, Ihre Position richtig einzuschätzen», fuhr Jenatsch fort. «Wir wünschen kein Blut zu vergießen. Es ist durch zwanzig Jahre in Strömen geflossen, und es soll dabei sein Genügen haben. Die Entscheidung liegt in Ihrer Hand. Glauben Sie, die Rücksicht auf Ihre persönliche oder die Ehre Frankreichs verbiete Ihnen, in aussichtsloser Lage die Waffen zu strecken, dann allerdings wird Bünden das schlimmste Blutbad seiner Geschichte erleben, und der französische Name wird in diesen Tälern auf ewig befleckt sein. Handeln Sie aber so, wie es die Klugheit gebietet, so verdienen Sie sich nicht nur einmal mehr den Dank und die Liebe des bündnerischen Volkes, sondern Sie retten Ihrem König eine schwer zu ersetzende Armee. Wir werden sie unbehelligt abziehen lassen in allen Ehren.»

Nun mischte sich einer der Zürcher Schiedsrichter ein: «Der Handel ist schwirig zu entscheiden. Pflicht steht hier gegen Pflicht. Überlaßt den Spruch der Tagsatzung, die in den nächsten Tagen zu Baden zusammentritt.»

Der Herzog nickte heftig. «Das ist der Ausweg», sagte er, und seine bleichen Wangen röteten sich.

«Daraus wird nichts», polterte Guler los. «Seit wann stehen wir unter eidgenössischer Kuratel? Und seit wann der König von Frankreich? Wenn ihr uns keinen besseren Rat wißt, ihr Herren Zürcher, dann geht wieder heim.»

«Kommen wir zur Sache», sagte Jenatsch. «Wir wünschen den vollzähligen Abzug der französischen Truppen bis zum fünften Mai. Die Rheinfestung mag der durchlauchtigste Herzog, wenn ihm dies leichter fällt, am Tage nach dem Abschluß der Übereinkunft dem Obersten Schmid übergeben, der sie in unserem Namen hüten wird bis zum fünften Mai. Der Abzug aus dem Veltlin beginnt am zwanzigsten April und hat dergestalt vor sich zu gehen, daß sich am fünften Mai keine französische Militärperson mehr auf Bündnerboden befindet. Auf der Grundlage dieser Bedingungen müssen die Verhandlungen geführt werden, alles andere ist Zeitverlust.»

«Sie werden von mir hören», sagte der Herzog nach kurzer Pause und wandte sich vom Tische weg zu den Pferden.

Am nächsten Tage wünschten die Bündner eine neue Besprechung mit Rohan. Er ließ ihnen jedoch ausrichten, man möge ihm einen Vertragsentwurf zustellen. Dies geschah. Als man am folgenden Morgen das Begehren wiederholte, lautete der Bescheid, Seine Durchlaucht sei mit dem Ausarbeiten eigener Vorschläge beschäftigt, man möge sich noch einen Tag gedulden. Am dritten Tag verloren die Häupter die Geduld. Sie ließen dem Herzog durch die Zürcher Boten melden, falls er die bündnerischen Kapitulationsbedingungen nicht bis Sonntag, 26. März, morgens zehn Uhr, angenommen habe, werde man die Trommeln rühren. Am späten Samstagabend ließ Rohan durch Schmid anfragen, ob er einen Kurier nach Paris absenden dürfe. Die Bitte wurde abgeschlagen. Endlich, kurz vor Mitternacht, erklärte Schmid, der Herzog werde sich zur vereinbarten Zeit einfinden.

Es war ein kühler, trüber Märzmorgen, als die Bündner sich hinter dem Tische aufstellten. Ein bissiger Wind blies das Tal herauf, und die Herren hüllten sich fröstelnd in ihre Mäntel. Diesmal ließ der Herzog nicht lange auf sich warten. Auch trug er nicht den schwarzen Harnisch, sondern eine einfache, schwarze Tracht ohne Spitzen. Die Bündner empfingen ihn nicht gesenkten Hauptes, sondern mit halb mißtrauischen, halb erwartungsvollen Blicken. Als Saint-Simon, der eine Rolle in der Hand trug, diese dem Obersten Schmid übergab, begannen in den Dörfern die Kirchenglocken zu läuten, und der Herzog senkte den Kopf und verharrte in dieser Stellung, bis das Läuten verstummt war. Nun reichte Schmid das Dokument dem Bürgermeister Meyer, der es entrollte und mit lauter Stimme vorlas. Es war nicht der von den Bündnern aufgesetzte Text, aber er entsprach ihm in jedem einzelnen Punkte und war bereits unterschrieben.

«Nun, verehrter, durchlauchtigster Herr Herzog», sprach Meyer weiter, «haben Sie sich als wahrer Freund unseres Landes gezeigt. Wir laden Sie ein, mit uns nach Chur zu kommen und unsere Gastfreundschaft zu genießen, bis der Vertrag in allen Teilen erfüllt sein wird.»

«Ich danke Ihnen, Herr Bürgermeister. Es bleibt mir keine andere Wahl, als Ihre Einladung anzunehmen. Ich hoffe zu Gott, daß kein Bündner bereut, was heute und hier geschehen ist. Meine Herren, Sie können über mich verfügen.»

«So ist es nicht gemeint, Durchlaucht», sagte Gregor Meyer.

«Wir denken nicht daran, Ihre persönliche Freiheit zu beeinträchtigen. Noch weniger denken wir daran, auf den schlechten Handel einzugehen, zu dem der Statthalter Leganez uns überreden wollte, nämlich Sie gegen die Festung Fuentes einzutauschen. Wir haben das Ansinnen mit Entrüstung zurückgewiesen, wie es sich gehört. Hingegen muß ich Sie bitten, den bündnerischen Obersten Ulysses von Salis an seine Pflicht zu erinnern. Er hat sich bisher hartnäckig geweigert, das Kastell von Chiavenna in unsere Hände zu geben.»

«Ich werde das besorgen. Wann gedenken die Herren nach Chur zu reiten?»

«Sobald Sie bereit sind, unsere Begleitung anzunehmen.»

«Ich werde mich beeilen», sagte der Herzog. «Graf von Saint-Simon, ich bitte Sie, das Fort de France dem Herrn Obersten Schmid zu übergeben.»

Zwei Wochen nach der Kapitulation traf Prioleau aus Paris ein, und mit ihm der neue Intendant Jean d'Estampes. Sie fanden die Stadttore mit Soldaten des Regimentes Jenatsch besetzt und bekamen den Paß erst nach umständlichen Formalitäten und langem Warten in einer Sattlerwerkstatt. Vor der Wohnung des Herzogs war zwar keine Wache aufgezogen, doch standen in deren Nähe ungemütlich aussehende Männer herum, die sich vergeblich den Anschein von müßigen Bürgern zu geben bemühten. Im Gebäude selbst war die Leibwache Rohans postiert.

Die beiden Herren suchten sogleich den Herzog auf. Er saß in seinem Salon und schrieb Briefe. Die Begrüßung fiel kurz und förmlich aus, und d'Estampes wurde sogleich beurlaubt, damit er sich einrichten könne.

«Was bringen Sie mir von Paris, mein Lieber?» fragte der Herzog ungeduldig, sobald sie allein waren.

«Alles, was Sie sich wünschen können, Durchlaucht. Geld, und einen Vertrag. Das Geld habe ich in Zürich zurückgelassen, ich mußte mich ja auf alle Eventualitäten gefaßt machen, aber es ist natürlich sofort greifbar. Der Vertrag befindet sich in meinem Gepäck.»

Der Herzog, plötzlich nicht mehr eifrig, betrachtete seine Handflächen.

«Es ist gut», sagte er nach einer Weile, «man hat auf mich gehört, wie ich sehe. Wissen Sie etwas über den Aufenthalt Ihrer durchlauchtigsten Hoheit? Ich habe keine Nachrichten von ihr.»

«Son Altesse Sérénissime hat sich nach Genf begeben. – Erlauben Sie, daß ich Ihnen den Vertrag übergebe?»

«Nicht jetzt, es hat noch alle Zeit damit. Übrigens ist es ganz gleichgültig, ob ich ihn zu Gesicht bekomme oder nicht. Es mag drinstehen was immer, so wird er uns nichts mehr nützen. Drei Wochen früher hätte er etwas ausrichten können, aber auch dessen bin ich nicht sicher. Nun, die Schuldigen mögen sich an die Brust schlagen, ich habe das Mögliche getan. Der König glaubte, es stehe seinen Interessen entgegen, wenn er die Bündner befriedige, und jetzt glauben die Bündner, daß es ihren Interessen entgegenstehe, die Wünsche der Allerchristlichsten Majestät zu befriedigen. Sie täuschen sich alle beide. Der erste Geprellte war ich, der zweite ist der König und die dritten werden die Bündner sein. Triumphieren werden Jenatsch und die Spanier.»

«Vor Jenatsch hätten Sie sich in acht nehmen sollen, Durchlaucht.»

«Oh, er ist nicht der einzige. Er wird seinen Vorteil finden bei diesem Geschäft, aber er allein hätte nichts vermocht gegen uns.»

«Vielleicht vermag er noch etwas *für* uns zu tun. Wir haben Geld.»

«Versuchen Sie's. Bieten Sie ihm fünfzigtausend Livres an. Sie werden dann sehen, was er antwortet.»

«Jedenfalls dürfen wir unsere Sache noch nicht verloren geben. Wir haben einen Monat Zeit. Herr d'Estampes und ich werden in die Gemeinden reisen, und wir werden den Offizieren eröffnen, daß sie ihr Guthaben nur dann ausbezahlt erhalten, wenn sie das Geschehene rückgängig machen.»

«Versuchen Sie's. Es wird vergeblich sein. Spanien zahlt ihnen den Sold schon seit dem ersten November letzten Jahres. Sie werden sich auch für ihre Guthaben bei den Spaniern schadlos halten.»

«Aber wir können doch nicht einfach die Hände in den Schoß

legen, Durchlaucht! Der König erwartet von uns, daß wir alle Mittel versuchen.»

«Was der König erwartet, weiß ich nicht. Ich habe ihn informiert und ihn gebeten, meine Handlungsweise zu billigen. Ich hoffe, er ist klug genug, es zu tun.»

«Sie haben also keine Hoffnung mehr?»

«Ich habe sehr viel Hoffnung. Wir müssen den Dingen den Lauf lassen. Alles, was wir tun können, ist, das Volk merken zu lassen, daß wir Geld haben und einen neuen Vertrag. Er ist günstig, sagen Sie?»

«Sehr günstig. Alle Forderungen sind erfüllt, bis auf den Religionspunkt. Aber diesen würde auch Spanien nicht erfüllen.»

«Das ist anzunehmen. Es ist sogar anzunehmen, daß Spanien am schlechteren Vertrag von Monsonio festhält. Ich rechne damit. Don Federigo Henriquez, mit dem Jenatsch in Innsbruck verhandelt hat, versprach bloß, die Bündner *zu befriedigen*. Das heißt alles und nichts. Die neuen Freunde werden sich über der richtigen Interpretation dieses Wortes bald in die Haare geraten, und die Bündner werden schließlich froh sein, wenn ich zurückkehre und dafür sorge, daß *unser* Vertrag erfüllt wird. Damit bleibt der französische Einfluß erhalten, und der König kann mit mir zufrieden sein. Darum darf jetzt nichts geschehen, was gegen das Kapitulat vor dem Fort de France verstößt. Vor allem muß Lecques dazu gebracht werden, das Veltlin zu räumen. Er hat sich bis jetzt geweigert, wie die Häupter mir mitteilen. Er werde sich nur einem Befehl des Königs fügen, hat er gedroht. Ich habe Paris um diesen Befehl gebeten. Ich werde auf dem Wege über die Venezianer – meine eigenen Kuriere werden kontrolliert – dem König meine Hoffnungen begründen, damit man meinen Plan nicht konterkariert, und ich werde morgen Saint-Simon ins Veltlin schicken, um Lecques einzuweihen. Setzen Sie Herrn d'Estampes ins Bild, damit er keine Dummheiten macht.»

Anfangs der zweiten Aprilwoche ritten Jenatsch und Rosenroll nach Splügen, um dort mit dem Oberbefehlshaber der spanischen Truppen in der Lombardei, Don Nicolao Cid Veador, zusammenzutreffen. Der Herr war ein Grande und schien daraus die Berechtigung abzuleiten, seiner Reizbarkeit und Kaltschnäuzigkeit keinen Zwang antun zu müssen. Er kanzelte die beiden Bündner wie Schulbuben ab und bezeichnete den Pakt mit dem Herzog Rohan als eine nicht überbietbare Stümperei. Man hätte die Franzosen ganz anders traktieren, allermindestens aber den Statthalter Leganez um Genehmigung des Abkommens bitten müssen. Daß Spanien sich diesem dilettantischen Machwerk unterordne, solle niemand glauben. Vor allem empörte sich der korpulente Generalissimus darüber, daß man den Franzosen viel zuviel Zeit eingeräumt habe. Er verlange unverzüglichen Abzug aus dem Veltlin, und wenn die Bündner sich dazu nicht verstehen sollten, werde Serbelloni auf eigene Faust die Räumung erzwingen.

Jenatsch trat dem aufgebrachten Befehlshaber mit kaltem Blute entgegen. Die Lage sei klar. Durch Allerhöchsten schriftlichen Erlaß unterständen ihm die Armeen Colonnas und Serbellonis bis zum Abzug der Franzosen. Auf welche Weise dieser Abzug bewirkt werde und wann er zum Vollzug komme, sei ausschließlich Sache der Bündner. Sollte Serbelloni eigenmächtig handeln oder Befehle ausführen, die den getroffenen Abmachungen zuwiderliefen, so könnte man ihm leicht einen französischen Feldherrn entgegensetzen, dem er sich bei Morbegno schon einmal habe beugen müssen. Serbelloni solle es sich auch nicht einfallen lassen, den abziehenden Franzosen nach ins Veltlin vorzustoßen, er habe sich im Gegenteil von Colico zurückzuziehen, sobald die Armee Lecques' sich in Marsch setze. Das von Spanien seit mehr als dreißig Jahren gewünschte Bündnis mit der Republik der Drei Bünde werde nur zustande kommen, wenn jeder einzelne Punkt der Vereinbarung strikte eingehalten werde. Es sei bekannt, daß der Herzog Rohan nicht nach Frankreich zurückzukehren gedenke, sondern sich gewissermaßen in Rufweite aufhalten werde. Die Herren Spanier könnten sich somit selber ausrechnen, wo ihr Vorteil läge.

Don Nicolao sperrte seine Nasenlöcher auf und witterte Verrat, drohte mit der Annullierung sämtlicher Traktate, setzte zuletzt aber doch seine Unterschrift auf das von Rosenroll vorbereitete Protokoll.

*

Prioleau und d'Estampes sprachen bei allen einflußreichen Männern vor, führten hohe Summen im Munde und wiesen auf die Schwierigkeiten hin, die Spanien schon jetzt in den Weg lege. Man hörte sie kühl und höflich an, ließ sich jedoch auf keinen Wortstreit ein. Jenatsch, dem Prioleau eine Anweisung auf fünfzigtausend Livres vorlegte, zerriß das Papier wortlos.

Am 19. April trafen zwei Abgesandte des Marschalls Lecques beim Herzog ein und verlangten das Schreiben des Königs zu sehen, das Rohan zum Abzug aus dem Veltlin und aus Bünden ermächtige. Der Wunsch konnte erfüllt werden. Der Herzog gab den Boten einen Befehl mit, der Lecques aufforderte, sich zu beeilen und sich auf keinen Fall später als am 27. April in Marsch zu setzen.

Kaum hatten die Boten Chur verlassen, traf ein Kurier ein, der unter andern Schriftstücken auch einen an Lecques adressierten Brief mit sich führte. Er hatte Ordre, ihn dem Marschall persönlich zu überbringen, und erkundigte sich bei Prioleau, wo Lecques zu finden sei.

Prioleau antwortete ausweichend, hieß den Kurier warten und besprach sich mit dem Herzog. Sie erwogen zuerst, den Boten zur Herausgabe des Briefes zu überreden oder, falls nötig, zu zwingen, denn die Vermutung lag nahe, daß der Brief eine Contreordre enthielt. Kam sie Lecques zu Gesicht, dann würde dieser das Veltlin nicht aufgeben, und das würde unabsehbare Folgen nach sich ziehen. Der Gedanke, sich des Briefes zu bemächtigen, wurde aber schließlich fallengelassen. Prioleau schlug statt dessen vor, den Boten ein paar Tage in Chur zurückzuhalten und ihn dann auf einem Umweg nach Sondrio zu schikken. Das Aprilwetter kam diesem Plan entgegen: es schneite zwei Tage lang sogar in Chur, und der Kurier ließ sich ohne weiteres bewegen, den Aufbruch zu verschieben. Als er sich am dritten Tage bereitmachte, stellte ihm Prioleau dar, wie hoch der Schnee auf den Pässen liege und wie lange die Ruttner benötigten, um den Pfad freizumachen. Er malte ihm aus, welchen schrecklichen Gefahren ein Wanderer zu dieser Jahreszeit im Hochgebirge sich aussetze, und erreichte auf diese Weise, daß der Mann, der kein

Berggänger war, noch drei Tage zulegte. Als er am sechsten Tag sich endlich auf den Weg machte, gab man ihm einen Sergeanten der Leibwache mit, der ihn über den Julier und den Bernina bis nach Tirano begleiten sollte. Der Sergeant hatte sich beim Kommandanten der Bündner in Tirano zu melden und ihm einen Brief Prioleaus zu übergeben. Darin wurde der Wunsch ausgesprochen, der Kommandant möge, falls er noch keine Kunde vom Abmarsch des Marschalls habe, den Boten so lange hinhalten, bis Lecques mit Sicherheit nach Chur unterwegs sei.

Am 27. April langte die Kavallerie in Chur an. Es wurde ihr erlaubt, durch die Stadt zu reiten, doch wurde ihr das Quartier in Zizers angewiesen. Die Infanteristen, die am nächsten Tag in Gruppen von vier- bis fünfhundert Mann eintrafen, ließ man ihres schlechten Gesundheitszustandes wegen nicht in die Stadt. Den Offizieren wurde dagegen gestattet, die Nacht in den Gasthäusern zu verbringen. Sie erhielten ihren Sold und überschwemmten darauf die Kaufläden und Schenken der Stadt.

Gegen Abend erschien Lecques, vom Obersten Ulysses von Salis begleitet, beim Herzog, der eben mit d'Estampes und Saint-Simon eine Besprechung abhielt.

«Warum zum Teufel bekomme ich diese Ordre zu spät?» brach er los, einen Brief durch die Luft schwenkend, «der Kurier läuft mir wie ein Maulesel nach von Sondrio nach Chiavenna und von Chiavenna nach Splügen und tritt mir endlich in Andeer vor die Augen. Wer ist für diese Schlamperei verantwortlich?»

Rohan zuckte die Achseln.

«Wer hat diesen Tölpel von Kurier über den Bernina geschickt statt auf meiner Marschroute mir entgegen?»

«Der Bernina ist die nächste Verbindung nach Sondrio», sagte Saint-Simon.

«Wer hat denn behauptet, daß ich noch in Sondrio sei, parbleu? Ich war seit Tagen in Chiavenna.»

«Mäßigen Sie sich, Baron de Lecques», sagte der Herzog. «Ich rechnete damit, daß Sie sich nicht beeilen würden, meinem Befehl zu gehorchen, und daher erst am 27. aufbrächen. Der Bote hätte also reichlich Zeit gehabt, Sie noch in Sondrio anzutreffen.

Auch konnte ich ja nicht wissen, was der Brief enthält. Ich weiß es noch jetzt nicht.»

«Sie haben es gewußt», schrie Lecques mit rotem Kopf, «selbstverständlich haben Sie es gewußt! Sie haben absichtlich hintertrieben, daß er rechtzeitig in meine Hände gelangte. Sie wußten wohl, warum.»

«Wollen Sie dem durchlauchtigsten Herrn Herzog nicht mitteilen, was drin steht?» sagte Salis.

«Eine Contreordre des Königs», sagte Lecques mit verbissenem Gesichtsausdruck, «der Befehl, das Veltlin um jeden Preis zu halten. Nun, die Chance ist verpaßt, ich kann das Risiko der Rückkehr nicht auf mich nehmen, denn meine Stellungen sind bereits von den Bündnern besetzt.»

«Danken Sie Gott, daß der Bote zu spät kam», sagte Rohan. «Wozu hätte es geführt, wenn Sie der Ordre gehorcht hätten?»

«Danach hat ein Offizier nicht zu fragen. Die Ordre hätte mir genügt.»

«Es ist leicht, in Paris Ordres und Contreordres zu schreiben», sagte der Herzog mit bitterem Lächeln.

«Die Ordre ist gegeben, das Gehorchen ist nun meine Sache. Hören Sie zu, Durchlaucht. Erstens: die Ehre der königlichen Waffen verträgt keinen schimpflichen Abzug. Daraus folgt zweitens: Wir müssen die Lage wiederherstellen, und zwar soweit, daß das Veltlin wieder in unsere Hände gelangt. Mit andern Worten: wir müssen den ganzen Umschwung rückgängig machen. Dieser Umschwung ist keine tiefgreifende Volksbewegung, sondern das Werk einer Handvoll von Offizieren, und ihr böser Geist ist der Judas Jenatsch. Die ganze Clique befindet sich in der Stadt. Sie verfügt über nicht mehr als dreihundert Mann, ich habe mich informiert. Gelingt es uns, den Klüngel unschädlich zu machen, dann haben wir beim Volk gewonnenes Spiel. Sollte sich noch Widerstand zeigen, so kann er mit Geld leicht gebrochen werden.»

«Wissen Sie, was Sie hier anzetteln, Baron de Lecques? Einen Bürgerkrieg und Schlimmeres.»

«Hören Sie mich bitte an, Durchlaucht! Mein Plan ist folgender: Das Regiment Montauzier verbringt die Nacht in Zizers, mein eigenes in Trimmis. Das Regiment Serres liegt in Ems. Alle Schützen sind reichlich mit Muniton versehen. Montauzier besetzt die Steig, und die in Trimmis und Ems lagernden Regimenter schleichen in der Nacht an die Tore heran. Diese werden mit Petarden gesprengt. Inzwischen habe ich mit den hundertfünfzig französischen Offizieren, die sich in der Stadt befinden, das Gasthaus ‚Zur Glocke' umzingelt und mit Jenatsch und seinen Trabanten abgerechnet. Die Stadt ist unser, das Haupt der Rebellion ist zerschmettert, und nach einiger Verwirrung wird sich das Volk, das den spanischen Kurs nur gezwungenermaßen mitgemacht hat, den neuen Regenten anschließen.»

«Was dünkt die andern Herren?» fragte Rohan.

«Der Plan ist gut», sagte Saint-Simon.

«Er kann nicht fehlschlagen», sagte d'Estampes.

«Herr von Salis, was sagen Sie als Bündner dazu?» fragte der Herzog.

Ulysses legte seine Stirn in Falten und zwirbelte seinen Schnurrbart, hob dann die Hände und sagte:

«Ich sehe *eine* Schwierigkeit. Die französischen Offiziere sind in der ganzen Stadt zerstreut. Ihr Zusammenzug wird nicht ohne Aufsehen möglich sein. Und sodann ist es ungewiß, ob nicht die kaiserlichen Truppen Colonnas und die spanischen Serbellonis uns in den Arm fallen werden. Verstehen Sie mich richtig, Durchlaucht: ich bin der erste, das französische Mißgeschick zu beklagen, und was meine Empfindungen Jenatsch gegenüber betrifft, so habe ich sie Ihnen nie verheimlicht. Ich würde mit Freuden jedem Projekt zustimmen, das geeignet wäre, die den königlichen Waffen zugefügte Schmach zu rächen und die Verräter zu bestrafen. Aber ich fürchte, Herr Baron, Ihr Plan ist nicht imstande, das Blatt zu wenden.»

«Sie fürchten natürlich für Ihr Schloß Marschlins, Herr von Salis. Sie haben sich unpopulär gemacht durch Ihre Weigerung, das Kastell von Cläfen aufzugeben», sagte Lecques.

«Das wäre noch die Frage», sagte Salis. «Ich glaube nicht, daß meine Standhaftigkeit mir geschadet hat. Wenigstens sollte sie beim König etwas gelten.»

«Wenn der Plan mißlingt, ersetze ich Ihnen Ihren Schaden bis zum Betrage von hunderttausend Livres», sagte Lecques.

«Meine Herren, es ist Zeit, diesen Diskurs abzubrechen», sagte Rohan. «Ich wäre keine Franzose, wenn ich nicht selber inbrünstig wünschen würde, die Ehre des Königs zu retten. Aber gerade die Rücksicht auf diese Ehre verbietet es mir, Ihrem Plane zuzustimmen, Baron de Lecques. Sie berufen sich auf Ihre Ordre, und ich berufe mich auf die mit den Bündnern getroffenen Abmachungen, die der König gebilligt hat. Urteilen Sie selbst: was ist ehrenhafter, ein gegebenes Wort zu brechen oder sich ihm zu unterziehen? Es geht um die Ehre des Königs, um die Ehre Frankreichs. *Mein* Plan wahrt sie, der Ihrige setzt sie aufs Spiel. Es geht aber auch um das unglückliche Volk dieses Landes. Ihr Plan führt zu unabsehbaren Folgen, die weder die Allerchristlichste Majestät noch der Baron de Lecques persönlich auszubaden haben werden, sondern die Bündner allein. Aber wenn wir abziehen, lassen wir zwei Dinge zurück: einen Rest von Vertrauen, nachdem wir jahrelang Mißtrauen gesät haben, und ein gutes Andenken. Damit legen wir den Grund für unsere zukünftige Politik. Spanien wird die Bündner enttäuschen, es wird seine Versprechungen nicht halten, und das Vertrauen zu ihm wird schwinden. Um so reumütiger wird man sich dann daran erinnern, daß wir wenigstens zuletzt ehrlich gespielt haben, und man wird daran die Hoffnung knüpfen, daß wir auch in Zukunft ehrlich spielen werden. Auf diese Weise glaube ich die Ehre des Königs besser zu verteidigen als durch ein Piratenstück mit ungewissem Ausgang.»

«Ihre Gründe überzeugen mich keineswegs, Durchlaucht», sagte Lecques. «Das mag Philosophie sein, Politik ist es nicht. Das Pferd gehorcht dem Reiter, die Masse dem Starken. Sind wir hier in Chur die Stärkern, so sind wir's im ganzen Land. Aber wie Sie wollen, Durchlaucht. Die Verantwortung wird auf Sie fallen, nicht auf mich. Ich rufe die Herren als Zeugen auf, daß ich mein Leben nicht schonen wollte. Der König mag dann selber urteilen, wer seine Ehre besser verteidigt hat.»

«Lassen wir das nun», sagte Rohan, «ich will von solchen Plänen nichts mehr hören.»

*

Die französischen Offiziere durchschwärmten in Gruppen die Stadt, vermieden es aber, sich allzusehr bemerkbar zu machen. Wohl umstanden sie da und dort eine Magd, die am Brunnen die Eimer vollaufen ließ, und forderten sie in einem Kauderwelsch aus Deutsch, Französisch und Italienisch zu spitzigen Antworten in eindeutigem Churerdeutsch oder Emserromanisch heraus, wohl konnten sie sich in den Gasthäusern nicht still verhalten und auf ihre Mahlzeit warten, sondern mußten in die Küche hinaus, um den Deckel von den Pfannen zu heben, aber sie unterließen es doch, auf den Straßen lärmend und singend aufzutreten, Serenaden zu veranstalten und würdige Bürger zu necken, wie es früher ihre Art gewesen war.

Ein halbes Dutzend, das im ‚Stern‘ und im ‚Staubigen Hütlein‘ bereits den Appetit geschärft hatte, schwenkte zur ‚Glocke‘ ein, fand aber den Eingang bewacht. Die Herren stutzten einen Augenblick, versuchten sich dann aber an den Posten vorbeizudrücken. Als sie abgewiesen wurden, wollten sie durch die Hintertüre eindringen, aber auch dort stießen sie auf Schildwachen. So kehrten sie zum Haupteingang zurück und begannen mit dem Posten zu parlamentieren. Nach einigem Hin und Her wurde die Diskussion hitzig und drohte in Tätlichkeiten auszumünden. Doch noch ehe der Siedepunkt erreicht war, trat ein beleibter Herr auf, der seinen Stock erhob und brummte: «Platz, per Bacco, fichez le camp, messieurs. Und ihr nichtsnutzigen... Wollt ihr mir wohl... ich muß zum Jenatsch... Was, ohne Passaport kommt man...? Das wäre mir denn doch... Avanti, ich habe Hunger.»

In diesem Augenblick ging die Tür auf, Jenatsch wurde sichtbar. «Giorgio», rief der Dicke aus, «die Lümmel verweigern mir...»

«Kommen Sie herein, Herr von Salis», sagte Jenatsch bestimmt, und zu den Franzosen, die ein paar Schritte zurückgewichen waren: «Ich bitte die Herren, sich zu entfernen. Das Gasthaus ist gesperrt.»

«Recht hast du, Giorgio, ganz recht, wir Bündner empfinden mitunter das lebhafte Bedürfnis... Wir sind doch unter uns, nicht wahr? Grüßen Sie mir...» wandte er sich an die Offiziere, «das waren noch Zeiten! Paris, o lala... Giorgio, hast du einen Augenblick... Ich hoffe, du hast noch nicht... Ein paar Forellen nur.»

«Ich bin beschäftigt», sagte Jenatsch, die Türe hinter Salis schließend.

«Kehr jetzt nicht den großen... Das ist nicht schön von dir. Erinnere dich, wer dich in Zürich... Das hörst du nicht mehr gern, großer Mann, eh? Doch wird es einem alten Freund wohl noch... Du erlaubst doch, daß ich...»

«Wir haben eine Besprechung, wir warten bloß noch auf Guler.»

«Ich suche dich in sämtlichen... Woraus du entnehmen kannst, wie ungeheuer wichtig... Ich muß mit dir reden, Besprechung hin oder her.»

Die Herren am runden Tisch hatten schon eine Weile zurückgeblickt, und nun sagte Travers: «Laß doch den Hanswurst stehen.»

«Was sagt er?» fragte Salis, die Hand an sein großes Greisenohr legend, «mein Gehör fängt an... Aber komm, Giorgio, wir müssen uns aussprechen.» Er zog ihn an einen Tisch.

«Macht weiter», rief Jenatsch seinen Kameraden zu, «es wird nicht lange dauern.»

«Schwarz», rief Salis dem Wirt zu, der sich in der Küchentür zeigte, «zwei Krüge Malanser, aber komm zuerst...»

«Für mich nichts», sagte Jenatsch.

«Giorgio, ein paar Forellen», sagte Salis, «du wirst doch nicht mich alten...»

«Ich bitte Sie, fassen Sie sich kurz, ich habe wenig Zeit.»

«Also Forellen», sagte Salis zum Wirt, der an den Tisch getreten war. «Blau, aber daß du mir genügend... Ich bin ein entschiedener... Und ja keinen Knoblauch, auch keine Zwiebeln. Sie blähen mich in letzter Zeit... Wohlan denn, fünf, sechs Forellen, der Giorgio wird am Ende... Aber auf den Malanser möchte ich nicht lange... Gut, benissimo!»

«Sie haben mir eine wichtige Mitteilung zu machen, Herr von Salis? Ich bitte Sie...»

«Im Gegenteil, ich will dir die Leviten... Denn das widerspricht nun doch... Prinzipien, mein Lieber, *Logik*. Ich frage, wo bleibt da die Logik? Kein Wort gegen die Idee, den Teufel mit Beelzebub... Aber doch nicht *so*. Das ist ja die Spanier geradezu...»

«Ich verstehe Sie nicht», sagte Jenatsch. «Wenn Sie mir etwas zu sagen haben, will ich Sie anhören, aber fassen Sie sich so kurz als möglich.»

«Du verstehst mich ganz gut, großer Mann», sagte Salis, die Ellbogen auf den Tisch stützend, «und was das Anhören betrifft, so laß dir sagen... Basta. Also, was ich zu rügen habe... Ah, die Jungfer! Beide, jawohl. Du kannst es bleiben lassen oder mithalten.»

Die Jungfer schenkte zwei Becher voll, wünschte Gesundheit und zog sich zurück.

«Viva», sagte Salis, den Becher hebend, «auf dein ganz spezielles...» Er nahm ein paar große Schlücke und stellte den Becher mit leicht zitternder Hand auf den Tisch. «Ich komme zur Sache, Giorgio. Man sagt mir, daß du ganz allein... Also trifft dich auch die volle Verantwortung, und so kann ich denn meine Bedenken...»

«Wieso ich allein?» sagte Jenatsch. «Ich bin zwar Oberbefehlshaber, eine Art Dreibündegeneral, wenn Sie so wollen, aber das heißt nicht, daß ich allein den Umschwung bewirkt habe. Ich war in allen Unternehmungen bloß ein Beauftragter. Stellen Sie das bitte richtig, wo immer Sie können. Ich bestreite zwar nicht, daß ich der erste war, der wusste, wie wir zum Ziel kommen werden, fragen Sie den Vulpius in Thusis, es mögen zehn Jahre her sein, daß ich ihm meinen Plan auseinandersetzte.»

«*Jenatsch*»! rief einer der Männer am runden Tisch.

«Ich komme», sagte er. «Damals mit Spanien zu verhandeln, war eine würdelose Stupidität. Zuerst das Veltlin in die Hände bekommen, habe ich dem Vulpius gesagt, und zwar mit französischer Hilfe, dann Verhandlungen mit Spanien, und dann – mit diesen Worten habe ich mich damals ausgedrückt – werden wir uns die Franzosen irgendwie vom Halse schaffen. Man weiß ja jetzt, wie.»

«Ingeniös», sagte Salis, «zweifellos ingeniös. Aber jetzt das

Veltlin, mein Lieber? Ich habe da schwere... schwerste Bedenken.»

«Keine Angst deswegen, Herr von Salis, lassen Sie das meine persönliche Sorge sein. Ich gehe als Gouverneur nach Chiavenna.»

«Per Bacco!» lachte Salis, «du hast es weit gebracht, Dreibündegeneral und Gouverneur von Cläfen... Rudolf und Ulysses in *einer* Person! Viva, großer Mann. Aber dennoch bist du dir untreu geworden... deinem Plan, meine ich. Dir selber auch, aber das geht mich... Basta. Denn logischerweise hätte man doch die Franzosen *erst dann* vertreiben dürfen, wenn man mit Spanien... Aber was ist das für ein Vertrag, den ihr da in Innsbruck...? Was steht dort drin über die Bedingungen, zu denen wir unser Veltlin zurückerhalten? Misericordia, gar nichts steht drin! Zuerst der Vertrag, dann die Vertreibung... nach deinen eigenen Worten. *Das* wäre ein guter Handel gewesen... jetzt diese Pfuscherei, zum Kuckuck, seid ihr denn ganz... Muß ich alter Mann euch die Augen öffnen?»

«Es war höchste Zeit, die Mißstimmung gegen Frankreich mußte ausgenutzt werden, wenn der Streich gelingen sollte. Hätten wir gewartet, bis Prioleau zurückkehrt mit dem neuen Vertrag und mit Kisten voll Geld, wer weiß, ob nicht ein Teil des Volkes seine Wut vergessen hätte. Die Spanier haben sich bisher loyal verhalten, sie werden uns das Veltlin zu guten Bedingungen zurückgeben. Frankreich hat diese Strafe verdient. Die Nachricht hat denn, scheint's, in Paris auch wie der Blitz eingeschlagen. Der Kardinal soll gesagt haben, sie sei ‚le plus grand chagrin que j'eusse éprouvé dans ma carrière'. Stellen Sie sich vor: das arme Engadiner Pfarrerbüblein übertölpelt den schlauen Kardinal! Da drauf trinken wir eins! Viva!»

«Bilde dir nichts ein darauf, Giorgio, denn erstens hast du mir vorhin gesagt, nicht du allein... und zweitens, was ist das für ein Triumph? Richelieu hat doch nicht mit einer solchen sträflichen Vertrauensseligkeit gerechnet, wie ihr sie den Spaniern gegenüber... Ohne jede feste Zusicherung im Detail! Hättet ihr euch an die diplomatischen Spielregeln gehalten, *dann* könntet ihr euren Kamm stellen, aber so war es ja bloß eine Pfuscherei, und wer wen übers Ohr gehauen hat, wird man ja... Aber noch ist es Zeit, Giorgio, die Franzosen sind noch da, laßt sie nicht abziehen, bevor Spanien sich gebunden hat.»

Jenatsch lächelte: «Es war interessant, Ihren Gedankengängen zu folgen, Herr von Salis. Sagen Sie Prioleau oder d'Estampes oder dem Herzog, oder wer sonst Sie zu mir geschickt hat, sie sollen endlich zugeben, daß sie zu spät aufgestanden sind. Zeit genug, es zu merken, hätten sie gehabt, und ich glaube nicht, daß wir uns undeutlich ausgedrückt haben. Man hat mir fünfzigtausend Livres, drei Kompanien und den Feldmarschall angeboten. Ich habe mit einem einzigen Wort geantwortet: Merda! Sparen Sie sich also alle weitere Mühe, Herr von Salis.»

«Oh, du verkennst mich, Giorgio, mit den Franzosen habe ich nichts... Bewahre nein, ein so alter Esel läßt sich keine Säcke mehr aufladen. Aber ich möchte in Frieden... Wenn man den Siebzig so nahe ist wie ich, denkt man ein bißchen anders als ihr jungen Hengste. Wundert es dich, daß ich begierig bin, *das Ende*... noch zu sehen? Getröstet dahingehen möchte ich, daher meine Sorge. Auch um dich, mein Lieber. Paß auf, verlaß dich nicht zu sehr... Fürsten lieben den Verrat, aber nicht den Verräter. Dabei fällt mir ein Witz ein, den ich vorhin im ‚Stern'... Also, bei uns in den Drei Bünden braucht es drei Dinge zu einem Galgen: einen Salis» – er stellte ihn durch eine senkrechte Handbewegung gleichsam vor sich hin – «einen Planta» – gleiche Bewegung mit der andern Hand – «und einen Travers» – waagrechte Bewegung. «Der Salis, nota bene, bin nicht etwa ich... im Gegenteil, es täte mir leid, den Giorgio Jenatsch... an der Traverse hangen zu sehen. Basta, ein blöder Witz. Aber das da ist keiner.» Er griff in die Tasche und zog ein zusammengefaltetes Blatt, oder eher ein dünnes Heftlein, heraus. «Ingeniös», fuhr er fort, «zwanzig Anagramme des Namens Jenatius als Anfang von zwanzig Gedichten, da schau: I tu Asine, geh du Esel... Jesuitan... vane siti... I te Janus... alles lateinisch.»

«Zeigen Sie her!» Jenatsch nahm das Papier in die Hände und begann es zu studieren.

«Zum Henker, Jenatsch, bist du angewachsen?» rief Travers vom runden Tisch herüber.

*

Als Jenatsch sich am nächsten Morgen etwas verspätet zum Frühstück an den Tisch setzte, lag ein handgeschriebenes Exemplar der Gedichte neben seinem Teller. «Wo kommt das Zeug her?» herrschte er die Jungfer an. Sie zuckte die Achseln. «Holen Sie den Wirt», befahl er. Sie nickte ihm zu, kaum merklich lächelnd, und ging hinaus.

Jenatsch nahm die Blätter in die Hand, wendete sie rasch und warf dann das Büchlein wieder auf den Tisch. «Merda!» knirschte er mit verkniffenem Mund und zusammengezogenen Brauen, aber im nächsten Augenblick griff er wieder nach dem Pamphlet, blätterte darin und erhaschte da und dort ein paar Zeilen: XIII I, te Janus
XIX Georgius Jenatius
Negator Jesu Jugis
...

«Erklären Sie mir das», sagte er, als er des Wirtes ansichtig wurde. «Wie kommt solcher Dreck auf Ihren Tisch?»

Der Wirt wendete die Blätter ein paarmal und schüttelte den Kopf. «Unerklärlich», sagte er. «Hat das etwas zu bedeuten?»

«Ehrabschneider, verfluchter!» brach Jenatsch los. «Wer im Hause hat hier seine schmutzige Hand im Spiel? So etwas fliegt nicht durch die Luft.»

«Aber ich begreife nicht...»

«Das Haus ist bewacht, wer anders geht hier ein und aus als meine Kameraden und Ihr Personal? Rufen Sie Ihre Leute zusammen. Ich will wissen, wer gegen mich konspiriert.»

«Aber was ist denn geschehen, um des Himmels willen?»

«Da, diese Blätter hat jemand hereingeschmuggelt, man verhöhnt mich, man beleidigt mich. *Mich!* Sie werden mich kennenlernen! Spielen Sie nicht den Unschuldigen.»

«Aber ich bitte Sie! Ich werde gleich eine Untersuchung anstellen, selbstverständlich.» Er ging schnell hinaus, und Jenatsch machte sich grimmig über das Frühstück her, zerriß das abgeschnittene Brot, als ob es halb gespaltenes Buchenholz wäre, säbelte mit dem Messer am Speck herum, goß sich den Wein übers Wams und stand schließlich auf, dem Tisch einen Stoß versetzend.

In der Küche sprach der Wirt auf die Köchin ein. Die Jungfer drückte sich mit einem halbleeren Tablett zur Tür hinaus, stieß mit Guler zusammen, Becher rollten am Boden, Geschirr klirrte, der Wirt schimpfte, Jenatsch fluchte, Guler versuchte zu beschwichtigen, doch Jenatsch erwischte die Jungfer am Arm und riß sie zu Boden. Rosenroll und Travers eilten herbei, die Köchin schrie um Hilfe, bis Jenatsch ihr einen rußigen Lappen in den Mund stopfte. Travers und Guler packten ihn schließlich an den Armen, und Rosenroll versuchte den Wirt zu besänftigen.

«Komm hinaus, Jörg», raunte Guler ihm zu. Jenatsch riß sich los und schleuderte mit dem Fuß einen Hocker in eine Ecke.

«Genug jetzt», sagte Travers, «nimm dich zusammen, man wartet auf uns.»

«Verfluchtes *Dreckweib!*» schrie Jenatsch, der Jungfer einen Tritt versetzend. Sie schoß auf und wollte ihm in die Haare fahren, aber Rosenroll warf sich seitwärts auf sie und hielt ihr den Mund zu.

«Schluß!» rief Travers, «wir machen uns ja zum Gespött. Komm hinaus und erkläre uns, was vorgefallen ist, man weiß ja gar nicht, wer Freund und wer Feind ist in diesem Salat.»

«Freund habe ich gerade noch gehört», knirschte Jenatsch. «Ihr steckt alle unter dem gleichen Hut. Aber nehmt euch in acht!»

«Mach mich nicht bös, Jörg. Sag endlich, was los ist.»

«Eine neidische Aristokratenbande seid ihr, darum habt ihr mir die Schandverse auf den Tisch legen lassen.»

«Was für Schandverse?» fragte Travers.

«Meinst du dieses Blättchen da?» fragte Guler, ein Heftchen aus der Tasche ziehend. «Ein solches habe allerdings ich dir neben das Gedeck gelegt. Ich glaubte, dir damit eine Freude zu machen, man hat mir gesagt, es sei eine Lobhymne auf deine Taten.»

«Hättest es gelesen, Tschappatalpas, dann hättest du gemerkt, was es ist.»

«Ich bin halt nicht so gebildet wie du, mein bißchen Latein habe ich längst verschwitzt.»

«Ein bedauerliches Mißverständnis», sagte Travers zum Wirt,

«der Herr Oberst wird sich noch persönlich entschuldigen. Richten Sie dies einstweilen den beiden als Schmerzensgeld aus.» Er wies mit dem Kopf auf die Köchin und die Jungfer, die in einer Ecke zusammen heulten, und übergab Schwarz zwei Geldstücke. «Nun komm aber, Jenatsch. Du mußt mit uns neidischen Aristokraten durch die Stadt reiten, der Fortunat von Sprecher platzt sonst, wenn er seinen Abschiedssermon an den Herzog nicht herauslassen kann.»

«Blöder Siech!» brummte Jenatsch, trat aber doch den Rückzug an.

«Fahr dir noch durch die Haare», sagte Rosenroll, «und einen neuen Kragen solltest du auch anlegen. Komm, ich helfe dir.» Er ging die Treppe hinauf, und Jenatsch folgte ihm.

«Sapperlot», sagte Travers halblaut zu Guler, als sie allein waren, «da hast du ihm aber eine scharfe Pille eingegeben. Steht es wirklich so schlecht mit deinem Latein?»

«Nicht ganz so schlecht», sagte Guler mit einer Grimasse. «Alles habe ich natürlich nicht verstanden, aber daß es keine Lobeshymne ist, habe ich immerhin gemerkt. Ich dachte, es könne nichts schaden, wenn man ihn ein wenig zurückbindet, er ist mir zu üppig ins Kraut geschossen in letzter Zeit.»

«Könntest nicht unrecht haben. Aber paß auf, er macht nicht lange Federlesens, wenn er in Harnisch geraten ist. Man wird ihm einmal gründlich die Krallen stutzen müssen.»

«Er geht uns schon einmal...»

«Bscht», sagte Travers, denn auf dem obern Gang erklangen Schritte. Laut sagte er: «Also, wir reiten mit bis zur Tardisbrücke, und du übernimmst dann gerade die Rheinschanze.»

Jenatsch machte immer noch ein finsteres Gesicht, während er die Treppe herunterkam, und auch später, als er zwei Pferdelängen vor den Kameraden die Stadt durchritt, heiterte sich seine Miene nicht auf. Er starrte vor sich hin auf die wippenden Ohren seines Hengstes, mit einem undurchdringlichen, beinahe steinernen Ausdruck. Die Schaulustigen, die dem Kornplatze zustrebten, beachtete er nicht, die versteckte Schadenfreude, die bei seinem Erscheinen auf manchen Gesichtern hervortrat, nahm er nicht wahr, und so hörte er auch nicht, wie Guler dem neben ihm reitenden Travers die Frage zuraunte, was ‚Vane siti' heisse und die Antwort erhielt: «Dürste umsonst.»

Auf dem Kornplatz warteten die Diener der Herren Obersten, um die Pferde in Empfang zu nehmen. Der Tag war grau und schwül, und es ging ein heftiger Wind, der manchmal einzelne Regentropfen vor sich hertrieb. Der Platz füllte sich langsam. Hinter dem Ehrenkordon staute sich das Volk, und davor stellten sich die Offiziere auf. Kurz nachdem die Häupter mit ihrem Geleite aufgetreten und ihre Plätze eingenommen hatten, erschien der Herzog mit Lecques, Saint-Simon, d'Estampes und Ulysses von Salis. Dieser wies den Franzosen mit Gebärden von ausgesuchter Höflichkeit den Ort an, wo sie sich aufstellen sollten, und trat dann ins Glied der Obersten ein.

Fortunat von Sprecher hielt in italienischer Sprache die Abschiedsrede. Er pries ausführlich die Verdienste des durchlauchtigsten Herrn Herzogs, versicherte ihn immer wieder der ewigen Dankbarkeit des Bündnervolkes und bat ihn zuletzt, auch in Zukunft sich der bündnerischen Angelegenheiten annehmen zu wollen. Der Herzog hatte die lange, sehr schmeichelhafte und mit rhetorischen Schnörkeln überreich verzierte Rede unbewegt wie ein Standbild angehört. Als Sprecher mit ausgebreiteten Armen geendet hatte, senkte er einen Augenblick den Kopf, und neben ihm stieß Saint-Simon den Intendanten d'Estampes an und sagte auf französisch eine Frechheit. Aber nun trat der Bürgermeister Meyer vor, um als wortführendes Staatsoberhaupt dem Herzog und seiner Begleitung den offiziellen Dank abzustatten. Daß man als Freunde auseinandergehen könne, sei vor allem der Klugheit des verehrten Feldherrn zu verdanken, der seine berühmte Standhaftigkeit einmal mehr bewiesen habe, indem er allen Einflüsterungen, das gegebene Wort zu brechen, hartnäckig das Gehör verweigert habe. So, wie das Bündnervolk keinen Groll hege gegen Frankreich und seine Repräsentanten, so möchte er auch bitten, daß die Gemeldeten keinen Groll gegen Bünden und seine Bewohner hegten. Zum Zeichen der Hochschätzung und Ehrerbietung werde es sich die Regierung nicht nehmen lassen, die französischen Freunde bis an die Landesgrenze zu begleiten.

«Une bonne consolation!» sagte Saint-Simon mit leisem Auflachen. Der Herzog warf ihm einen kühlen Blick zu und trat drei Schritte vor, um ein paar Abschiedsworte zu sprechen. Er dankte für die erwiesenen Freundlichkeiten, nahm das Ehrengeleite an und wünschte zum Schluß, die Bündner möchten endlich den gerechten Frieden erlangen, den ihnen zu verschaffen sein fester Wille gewesen sei. Doch Gott habe es anders gefügt, und so sei jetzt nur zu hoffen, daß die Wünsche der Herren Grisonen durch ihre neuen Freunde erfüllt würden. Er schien noch etwas beifügen zu wollen, kehrte aber um und nahm seinen früheren Platz wieder ein.

Es entstand eine kleine, verlegene Pause. Als niemand sich regen wollte, wandte sich der Oberst Jenatsch nach hinten um und befahl mit lauter, herrischer Stimme: *«Pferde vor!»* Aus den Reihen des Volkes kam die Antwort: «I tu asine!»

DER STRUDEL

Der Knecht und der Diener trugen die schwereren Möbelstücke aus dem Haus, die beiden Mägde Kleider und leichteren Hausrat. Anna und Georg durchmusterten alle Stuben. «Laß das doch hier», sagte Georg, als Anna ein kupfernes Gießfaß in den Gang hinausstellen wollte, «wir werden ja im Sommer oft in Davos sein, und ich mag dann nicht jedesmal die halbe Haushaltung mitschleppen wie die Zigeuner.»

«Aber wir brauchen doch eines in Chur», sagte Anna.

«Molina hat eines aus Zinn, es gehört eigentlich zum Haus.»

So stellte Anna das Gießfaß wieder auf das Waschschränkchen. In der Küche aber wollte sie sich durchaus nicht davon abhalten lassen, zwei Specksteintöpfe mitzunehmen.

«Wenn du in Chur deine Polenta so willst, wie du sie gern hast, dann brauche ich dieses Geschirr. Das sind Plurser Töpfe, die man nicht mehr kaufen kann.»

«Meinetwegen», sagte Jenatsch.

«Was kommt eigentlich noch von Katzensteig?»

«Nicht viel. Wir haben das Schloß mit den Möbeln übernommen, und ich habe es dem Zollikofer auch mit den Möbeln verkauft. Was wir selbst angeschafft haben, lassen wir natürlich nicht zurück.»

Die Magd Barbla kam, um einen Korb voll Wäsche hinauszutragen.

«Wo sind auch die Kinder?» fragte Anna.

«Sie spielen beim Brunnen.»

«Ich schaue nach ihnen», sagte Georg.

Auf dem Wasser im mehr als zur Hälfte leeren Trog schwamm ein großer Käfer und bemühte sich, den Rand zu erreichen. Aber jedesmal, wenn er mit verzweifeltem Rudern den grünen Algenschlamm beinahe erreicht hatte, der die Wände des Brunnenbeckens bedeckte, stieß ihn Paul wieder zur Mitte hin. Er benutzte dazu den hölzernen Stöpsel, den er aus dem Spundloch gezogen hatte.

«Jetzt kommt er zu mir», sagte Katharina, «gib mir das Holz.»

Aber der Käfer drehte sich und bewegte sich zappelnd wieder auf jene Stelle zu, wo er sich vorher beinahe gerettet hatte.

«Noch einmal», sagte Dorothea.

«Wart noch ein wenig, wart!» sagte Ursina.

Aber Paul schubste ihn wieder zurück. Der Wasserspiegel war noch weiter gesunken. Plötzlich entstand über dem Abzugsloch ein Wirbel, und die Kinder vergaßen den Käfer und blickten auf den leise schwankenden, glänzenden Trichter, aus dessen Tiefe gurgelnde Geräusche heraufdrangen.

«Der Käfer», rief Katharina. Sie streckte den Arm aus, aber Paul wehrte ab. «Wir wollen schauen, was er jetzt macht, laß ihn.»

Immer noch heftig strampelnd, glitt der Käfer langsam auf den Strudel zu, begann, immer noch langsam, um den Wirbel herumzukreisen, geriet in immer schnellere Fahrt, je enger die Windung seiner Bahn wurde, und plötzlich, wie ein grüngoldener Blitz, war er verschwunden.

Dorothea stieß einen kleinen Schrei aus und machte ein sehr verwundertes Gesicht. «Wo ist er jetzt?»

«Verschwunden», sagte Paul.

«Kommt er nie mehr aus dem Loch heraus?» wollte sie wissen.

«Nein, jetzt ist er tot», sagte Katharina. «Jetzt kommt er nie, nie mehr.»

«Was macht ihr da?» ertönte die Stimme des Vaters hinter den Kindern.

«Er ist tot», sagte Dorothea, halb triumphierend, halb mitleidig.

«Wer ist tot?»

«Der schöne Käfer, da in dem Loch ist er verschwunden.»

«Steck den Stöpsel ein, Paul», sagte der Vater, «wir brauchen am Abend Wasser für die Pferde.»

Am nächsten Morgen brach Jenatsch mit seiner Familie auf. Das Gepäck war auf drei Wagen verteilt, von denen zwei mit eigenen Pferden bespannt waren. Volkart und der Knecht führten die Zügel. Den dritten Wagen hatte Annas Bruder Johannes zur Verfügung gestellt, samt Roß und Knecht, und am vierten, auf dem die Familie Platz genommen hatte, war der Rappe angespannt. Jenatsch lenkte selbst. Neben ihm auf dem Bock hatte Anna Platz genommen, den etwas mehr als halbjährigen Georg im Arm, und auf dem holpernden Boden saßen auf Decken und Kissen die übrigen fünf Kinder, von Barbla im Zaum gehalten.

«Habt ihr das Haus noch einmal gut angeschaut?» fragte der Vater, zurückblickend. «Wir kommen lange nicht mehr nach Davos zurück.»

«Gelt, das neue Haus in Chur ist ein Schloß wie Katzensteig», sagte Katharina.

«Ungefähr», sagte der Vater, «bloß hat es keine Erkertürmchen.»

«Dann ist es ja gar kein Schloß», sagte Ursina enttäuscht, «Schlösser haben Türme.»

«Ein Schloß ist es nicht gerade, aber einen Turm hat es doch.»

«Dürfen wir Mädchen drin wohnen? Ich wäre schon lange gern ein Schloßfräulein gewesen», sagte Katharina.

«Das kommt alles noch», sagte der Vater. «Aber willst du auf einer Treppe schlafen, wie die Hühner auf der Leiter?»

«Warum?»

«Weil es im Turm keine Zimmer hat, nur Treppen.»

«Aber einen Stall hat es doch?» fragte Paul.

«Und einen Garten», sagte der Vater. «Topfeben wie die Hausmatte beim Onkel Johannes, und einen Weinberg und einen Baumgarten mit Nußbäumen und Apfelbäumen und Birnbäumen.»

«Das gibt Schnitze!» jubelte Katharina.

«Seid jetzt still», sagte die Mutter, «der Kleine erwacht sonst.»

Eben fuhr man am Rathaus vorüber, und dann senkte sich die Straße dem Unterschnitt zu. Der Herbstmorgen war kühl und trüb, in den Gehöften regte sich noch nichts, bloß ein Rauchfaden stieg da und dort aus einem geschwärzten Kamin, und aus einem Stall klang der vereinzelte Anschlag einer Kuhglocke herüber. Das Landwasser rauschte neben der Straße, und irgendwo in der Höhe krachte ein Schuß. Anna erschrak darüber und nahm den kleinen Georg fester in die Arme.

Eines Tages erklärte Georg, als er nach dem Essen noch allein mit Anna am Tische saß, es sei nun Zeit, an Pauls Ausbildung zu denken. Für die Churer Lateinschule sei er noch zu jung, und ihn selbst zu unterrichten sei ihm nicht möglich, er müsse bald einmal nach Cläfen, um den Nuttin abzulösen. Zwar habe er nicht im Sinne, länger als ein paar Monate im Jahr in Chiavenna zu residieren, aber er werde auch noch einige Reisen in Landesangelegenheiten unternehmen müssen, vielleicht schicke man ihn sogar nach Madrid. Der Bub solle aber die klassische Bildung erhalten, wie es sich für einen Sohn des Obersten Jenatsch gezieme, und darum müsse er fort.

«Aber er ist ja noch ein kleines Kind, kaum neunjährig», sagte Anna.

«Das ist eben das rechte Alter», sagte Georg.

«Und wohin willst du ihn bringen? Hast du das auch schon beschlossen?»

«Aus gewissen Gründen, die ich dir erklären werde und die du begreifen wirst, ist es nötig, daß ich ihn nach Innsbruck schicke. Zu den Jesuiten.»

Anna blickte auf und nickte ein paarmal. «Soso», sagte sie

leise, «er soll also katholisch werden, und in ein paar Jahren kommt der Georg dran, und den Mädchen suchst du einen katholischen Mann, und ich bin zuletzt die einzige Dumme in der Familie, wenn du mich nicht auf die alten Tage noch in ein Kloster steckst, aus gewissen Gründen, die du mir erklären wirst und die ich sicher begreifen werde. Jedenfalls würdest du, wie immer, deinen Vorteil dabei finden.»

«Du bist ungerecht, Anna. Ich habe nicht vergessen, was ich dir damals versprach, und ich denke auch nicht daran, von dem abzugehen, was ich versprochen habe. Paul wird einige Jahre bei den Jesuiten verbringen, aber die Entscheidung über seinen Glauben überlasse ich ihm, ich zwinge ihn zu nichts. Formell bleibt er protestantisch. Aber ich muß die persönlichen Beziehungen zu Innsbruck vertiefen. Man versucht immer wieder, mich an die Wand zu spielen. Wäre die Vertreibung der Franzosen mißglückt, sei sicher, *ich* hätte schuld daran sein müssen. Jetzt, wo's am Schnürchen gegangen ist, will man mir meinen Anteil abstreiten. Die Rhäzünser Planta, die in all diesen Jahren für Österreich keinen Finger gerührt haben, schreien in Innsbruck Zeter und Mordio, als sie hören, ich bewerbe mich um die Landvogtei, und die Erzherzogin – oder vielleicht war es auch bloß ihr Bettwärmer Montecuculi – setzt mir gegenüber sofort eine bedauernde Miene auf, obwohl sie genau weiß, was sie den Planta schuldig ist und was mir. Warum das? Weil die Planta vom Adel sind und ich nicht. Es ist immer dasselbe. Wir gewöhnlichen Leute können den Wingert umgraben und uns krumm und lahm schinden dabei, aber wenn's endlich ans Wimmeln geht, sind die andern zuerst da. Das hört jetzt endlich einmal auf. Ich habe die Erzherzogin um Vermehrung meines Wappens gebeten.»

«Was ist das?» fragte Anna.

«Die Erhebung in den Adelsstand, was natürlich eine Veränderung des Wappens nach sich zieht. Ich habe es mir ungefähr so gedacht.» Er zog ein Stück Papier und einen Rötel aus der Tasche und zeichnete einen Wappenschild, den er quer halbierte. In der oberen Hälfte brachte er mit ein paar Strichen einen Doppeladler an, in der untern das Januspaar der jenatschischen Halbmonde, vom Pfeil durchbohrt. Die Kreuze ließ er weg.

«Und was hat das alles mit Paul zu tun?» fragte Anna.

«Oh, sehr viel», sagte Georg. «Man wird sich kaum entschließen, mich zu adeln, wenn damit zu rechnen ist, daß mein Geschlecht nicht katholisch bleibt. Vergiß nicht, die Entscheidung liegt beim Kaiser, Innsbruck hat nur das Vorschlagsrecht. Man kann mir diese Gunst aber nicht gut abschlagen, sofern ich hinreichende Garantien liefere, und darum muß Paul eine katholische Erziehung bekommen. Man soll daraus schließen, daß er meinen Glauben annehmen wird.»

«Das ist gegen die Abmachung.»

«Dummes Zeug! Es handelt sich um ein paar Jahre. Später kann er immer noch machen, was er will. Ich zwinge ihn zu nichts.»

«Du vielleicht nicht, aber die Jesuiten.»

«Ich kann ihn ja aus der Schule nehmen, sobald ich das Adelspatent in der Tasche habe. Es dauert vielleicht nicht mehr lange, bis wir auf eine gute Art seßhaft werden. Rhäzüns hätte mir gepaßt, aber es gibt andere Möglichkeiten. Ich kann ihn dann selbst unterrichten, oder einen Hauslehrer anstellen.»

«Das könntest du jetzt schon.»

«Können, können, natürlich könnte ich.»

«Warum tust du's denn nicht?»

«Du hast nichts begriffen, Anna. Weil ich endlich an mich denken muß, an uns. Ist dieses kleine Opfer wirklich zuviel verlangt von dir und von Paul? Wird nicht *er* der erste sein, der davon profitiert? Ich darf den günstigen Moment nicht verpassen. Mein Name hat einen guten Klang, aber meine Gegner sind nicht untätig, und die Erzherzogin ist eine ziemlich schwache Frau, die den widersprechendsten Einflüssen unterliegt. Noch ist mein Eisen heiß, aber man muß es auch schmieden.»

«Du hast wacker geschmiedet in den letzten zwanzig Jahren. Und jedesmal, wenn ich dachte, nun sei es genug, hast du wieder den Hammer in die Hand genommen, noch einmal und noch einmal und noch einmal. Ich glaube dir kein Wort mehr, Georg. Du wirst nicht aufhören, bis du dir dein Grabkreuz geschmiedet hast.»

«Das ist nicht wahr! Du weißt genau, daß es nicht wahr ist. Für wen habe ich gerackert und gehundet in diesen zwanzig Jahren? Für das Land und für dich und die Kinder, für niemand sonst. Du bist undankbar, Anna, du hast kein Recht, dich zu beklagen.»

«O nein, ich bekomme ja regelmäßig das Geld, das ich brauche. Wir haben eine Sommerresidenz und eine Winterresidenz und ein Adelswappen in Aussicht, was braucht es mehr?»

«Höre, Anna, in diesem Ton reden wir nicht weiter miteinander. Wenn du mir etwas vorzuwerfen hast, dann tue es, aber mit Vernunft.»

Anna sah auf. «Mit *dem* Wort mußt du mir nicht kommen», sagte sie. «Hätte ich Vernunft gebraucht zur rechten Zeit, dann...»

«Was dann?»

«Dann hätte ich auf meinen Vater gehört. Der war vernünftig.»

«Dein Vater war ein neidischer Querulant. Er ist tot, und von Toten soll man nichts Schlechtes sagen, aber was wahr ist, ist wahr. Er hat mir nie verziehen, daß ich es ein bißchen weiter gebracht habe als er.»

«Du meinst, weil *du* nur an dich denkst, habe auch mein Vater nur an sich gedacht. Aber ich kannte ihn besser als du. Er war ein *Vater*. Er hat mit seinen Kindern nicht Politik getrieben.»

«Anna!» warnte Georg.

«Und er hat nicht hinter dem Rücken der Mutter mit Mägden und Jungfern angebändelt und geglaubt...»

«Jetzt ist's genug! Noch ein Wort in dem Ton, und...»

«Ich bin nämlich nicht ganz so dumm, wie du meinst.»

«Eine infame Verleumdung ist das, nichts anderes! Neidisch sind sie alle, diese Aristokraten, das Weiße im Auge mißgönnen sie mir. Aber wart nur, denen tränke ich's noch ein, die sollen ihren Jenatsch noch kennenlernen, die blaublütigen Halunken! Jetzt erst recht muß mir der Paul nach Innsbruck, ich habe keine Ruhe, bis ich nicht denen mein neues Wappen unter die Nase gerieben habe, die sollen noch schwarz werden und platzen vor Neid.»

«Reg dich nicht auf über diese Herren, Georg, ich habe nichts zu tun mit ihnen, und wenn sie versucht hätten, mir einen Floh hinters Ohr zu setzen, ich hätte ihnen nicht geglaubt. Aber ich kann dir ja das nächstemal sagen, wenn du bei einer andern gewesen bist. Man *riecht's* nämlich.»

Johann Jakob Rahn, auf Besuch in Chur bei seinem Schwager Johann Peter Guler, wünschte bald nach der Ankunft, ans Grab seines Schwiegervaters geführt zu werden. Guler schritt an seiner Seite zum Obern Tor hinein und die Untere Gasse hinab und bog auf dem Kornplatz in das Gäßchen ein, das zum Friedhof an der Mauer führte.

«Verdammt schöne Spitzen hast da», sagte er einmal zu Rahn.

«Brabanter», sagte Rahn, «das sind die besten.»

«Wirst ein Heidengeld dafür ausgeworfen haben. Jaja, ihr Zürcher habt es und vermögt es. In Bünden muß man froh sein, wenn man alle Tage zu essen hat. Für Luxus bleibt nicht viel übrig, außer bei einigen Neureichen wie dem Jenatsch, der natürlich immer piekfein daherkommen muß, damit man ihm seinen Reichtum glaubt. Keine noble Eigenschaft, das. Die wirklich vornehmen Leute halten sich besser ein wenig zurück, verstehe mich richtig, ich sage nichts gegen deine Spitzen, aber wenn ich zum Beispiel denke, wie einfach der Herzog Rohan immer gekleidet war und dann diesen Gockel Jenatsch mit ihm vergleiche...»

«Der Herzog ist tot, weißt du's schon?»

«Das wird nicht sein!»

Sie waren an der Friedhofspforte angelangt, Guler zog den Hut, und Rahn blieb stehen und sagte: «Der Unfall hat sich folgendermaßen...»

«Nachher», sagte Guler, den Friedhof betretend. Rahn entblößte ebenfalls sein Haupt und folgte dem Schwager durch die Grabreihen zur Mauer, wo eine frische Grabplatte eingelassen war. Sei zeigte unter dem Wappen mit den zwei aufrechten, schwerttragenden Löwen eine einfache lateinische Inschrift.

«Gediegen, nicht wahr», sagte Guler leise. Rahn nickte.

Als sie vom Grab weggetreten waren und an der Friedhofspforte ihre Hüte wieder aufgesetzt hatten, sagte Rahn: «Also, der Unfall hat sich folgendermaßen zugetragen. Wie du weißt, hat der Herzog sich lange in Genf aufgehalten. Er mag gehofft haben, man werde ihn nach Bünden zurückrufen, und das wäre auch das Gescheiteste gewesen, was ihr hättet tun können. Indessen hat es ihm zu lange gedauert, und so hat er sich entschlossen, neuerdings bei den Venezianern Dienst zu nehmen. Unter uns gesagt, glaube ich zwar nicht, daß es Rohans persönlicher Wunsch gewesen ist, er hatte nur einen einzigen Wunsch, nämlich seine Stellung in Frankreich zurückzugewinnen. Du weißt wohl, daß er auf eine Denunziation von d'Estampes hin hätte verhaftet werden sollen. Die Herzogin hat dann wie gewohnt das zerschlagene Porzellan bei Richelieu geflickt, wer weiß, mit welchen Mitteln, und der Herzog ist halbwegs wieder zu Gnaden gekommen. Ich vermute daher, die Reise nach Venedig sollte Rohan bloß einen Vorwand liefern, auf Bündnerboden wieder aufzutreten. Wie das Volk darauf reagieren würde, mußte Richelieu ja brennend interessieren. Nun, ohne Bewilligung eurer Häupter war das nicht möglich, und so nahm er einige Zeit in meinem Hause in Zürich Aufenthalt, um den Paß abzuwarten. Er hätte diesen wohl ohne weiteres erhalten, wenn nicht euer Bündner Richelieu, der Gockel Jenatsch, das Ganze hintertrieben hätte.»

«Richelieu ist gut», lachte Guler, «das muß ich dem Travers erzählen.»

«Er hat noch die Frechheit gehabt, dem Herzog persönlich die Bitte abzuschlagen, ich habe den Brief gesehen.»

«Unglaublich», sagte Guler, «er hat jeden Maßstab verloren. Was geht ihn das Privatleben des Herzogs an, und wie kommt er überhaupt dazu, an Stelle der Häupter etwas Schriftliches von sich zu geben?»

«Daran seid ihr selber schuld. Ihr habt dem Kerl so viel Macht in die Hand gegeben bei der Vertreibung der Franzosen, daß ihm der Kamm allzu hoch geschwollen ist.»

«Laß ihn noch ein bißchen höher schwellen, dann platzt er. Aber nicht nur der Kamm!»

«Wieso? Ist etwas in der Pfanne?»

«Nicht zu laut, wir werden nachher daheim darüber reden, er hat seine Ohren überall. Aber erzähl weiter vom Herzog.»

«Nun, der Brief Jenatschs war unmißverständlich, und darum

hat sich Rohan in die Armee des Herzogs Bernhard von Weimar einreihen lassen. Er nahm am Gefecht von Rheinfelden teil und wurde dort ziemlich übel verwundet. Man brachte ihn nach Königsfelden und pflegte ihn aufs beste. Er schien wieder zu Kräften zu kommen, aber sechs Wochen nach der Verwundung starb er ganz unerwartet. Wenige Tage zuvor war noch ein sehr gnädiges Schreiben des Königs eingetroffen, an dem er große Freude hatte. Es gab einen prächtigen Leichenkondukt nach Genf, auch wir Zürcher haben eine Abordnung geschickt.»

«Wo ist sein Grab?»

«In der Kathedrale, glaube ich.»

«Die Nachricht wird unsern Richelieu freuen; nicht, daß Rohan in der Kathedrale begraben ist, meine ich, das wird er ihm höchstens mißgönnen, sondern daß von dieser Seite her keine Gefahr mehr droht. Aber da könnte er sich schwer verrechnet haben. Es gibt nämlich wieder eine recht starke französische Partei. Jenatschs Geniestreich vor einem Jahr hat sich nämlich inzwischen als ausgemachte Eselei entpuppt. In Madrid wird immer noch verhandelt, seit fast einem Jahr. Jenatsch hat letzthin am Wirtstisch behauptet, wenn man *ihn* nach Spanien geschickt hätte, wäre der Vertrag längst unter Dach. Aber glücklicherweise haben wir seine Wahl verhindern können. Er wird die Suppe *hier* auslöffeln müssen.»

«Wer ist dieser Pietro Stampa?» fragte Jenatsch seinen Bruder Nuttin.

«Ein Kaufmann, vermutlich ursprünglich Bergeller.»

«Hat er sich schon früher verdächtig gemacht?»

«Natürlich, sonst hätte ich ihn nicht überwachen lassen. Da war doch die Schmuggelaffäre zugunsten des Herzogs Bernhard von Weimar, du hast sicher davon gehört. Stampa hat ein Schiff mit Munition und Lunten und Nahrungsmitteln rheinabwärts geschickt, das bei Schaffhausen konfisziert wurde. Die Eidgenossen haben den Fall ziemlich schwer genommen.»

«Ist das *der?* Ein sauberer Patriot also. Zuerst unterstützt er den Weimarer, der die Eidgenossenschaft fast in den Krieg hineingeritten hat, und dann schreibt er dem Ulysses einen solchen

Schandbrief nach Frankreich. Mit dem mache ich kurzen Prozeß. Weißt du, wo er wohnt?»

«Natürlich.»

«Nimm fünf Mann von der Wache und bringe ihn hieher.»

Eine halbe Stunde später wurde Stampa hereingeführt. Es war ein kleiner, untersetzter Mann zwischen vierzig und fünfzig; sein Äußeres war unscheinbar, und die Verhaftung schien ihm keinen großen Eindruck zu machen, denn er betrachtete den an seinem prächtigen Marmorschreibtisch sitzenden Obersten mit unverhohlener Neugierde.

«Haben Sie mich noch nie gesehen?» fuhr Jenatsch ihn an.

«Nur von weitem, ich bin aber kurzsichtig», sagte Stampa.

«Ich denke, wohl eher weitsichtig», sagte Jenatsch mit bösem Lächeln. «Ihr Blick geht von Chiavenna bis zur Festung Breisach, die ein gewisser deutscher Herzog belagert, und bis nach Frankreich, wo ein gewisser bündnerischer Schloßherr ein paar Männlein kommandiert. Diesen Brief an ihn zu schreiben war allerdings kurzsichtig, Stampa, da haben Sie recht.» Er schob ihm das Blatt über die spiegelnde Tischplatte hin.

«Oh», sagte Stampa, «Ulysses von Salis ist mein Freund.»

«Das merkt man. Aber *ich* bin offenbar nicht Ihr Freund, sonst hätten Sie mich nicht dermaßen in den Dreck gezogen.»

«Ich bitte um Vergebung», sagte Stampa leichthin. «Es war nicht meine Absicht, unsern Gubernatore zu beleidigen. Der Brief ist eine reine Privatsache, ich wollte dem Ulysses ein bißchen schmeicheln, darum habe ich seine Gouverneurszeit ein bißchen rosaroter dargestellt, als sie war, und die Ihre ein bißchen schwärzer, als sie ist. Verzeihen Sie mir, ich werde mich in Zukunft in acht nehmen.»

«Sie haben dem Ulysses ein bißchen zu sehr am Arsch geleckt und sind mir ein bißchen zu stark auf die Zehen getreten. Der Hinweis auf den Zürcher Mueshafen beispielsweise wäre nicht nötig gewesen. Und nebenbei haben Sie ein bißchen zu viel für Frankreich spioniert und ein bißchen zu unvorsichtig mit Munition gehandelt. Ich könnte Sie ein bißchen einsperren oder Sie sogar ein bißchen am Galgen baumeln lassen, ohne meine Kompetenzen auch nur ein bißchen zu überschreiten.»

«Ich bitte untertänigst um Vergebung», sagte Stampa.

«Sie haben einen Denkzettel verdient, aber ich will diesmal Gnade vor Recht ergehen lassen. Passen Sie besser auf in Zukunft, ich werde ein Auge auf Sie haben. Treten Sie ab.»

Stampa blinzelte ein wenig und wandte sich dann zum Gehen.

«Halt», sagte Jenatsch, «kommen Sie nochmals hieher.» Stampa kehrte um. «Handeln Sie auch mit Wein?»

«Selbstverständlich.»

«Wo bewahren Sie ihn auf?»

«Bei den Grotten.»

«Gut. Es ist mir in den Sinn gekommen, daß eine kleine Buße Ihnen nicht schaden könnte. Sie gehen jetzt nach Hause und holen den Schlüssel. Ich werde ein paar Mann mit Eimern zu den Grotten schicken. Zapfen Sie das beste Faß an, das Sie haben. Aber versuchen Sie nicht, mich zu betrügen, ich bin Kenner.»

«Sie werden zufrieden sein, Herr Gouverneur.»

«Gehen Sie jetzt voraus, meine Leute werden in einer Viertelstunde zur Stelle sein.»

Stampa verneigte sich und ging. Jenatsch trat an ein Fenster und sah zu, wie er den heißen, staubigen Platz vor dem Kastell überquerte und in eine schattige Gasse einbog.

«Die Wache bleibt da», sagte Jenatsch, sich umwendend. Die Soldaten, die sich zum Gehen angeschickt hatten, wandten sich dem Obersten zu.

«Dieser Mann ist ein Verräter, Aufwiegler und Spion», sagte Jenatsch. «Der Beweis liegt hier auf dem Tisch. Ihr geht jetzt in die Küche und laßt euch jeder einen Kessel geben. Die Waffen, außer dem Beimesser, braucht ihr nicht mitzunehmen. Und jetzt paßt gut auf: Mein Bruder hier und ich bilden in diesem Augenblick ein Standgericht. Das Standgericht verurteilt den Kaufmann Pietro Stampa von Chiavenna zum Tode. Das Standgericht überträgt euch fünfen die Exekution. Habt ihr das begriffen?»

Die Soldaten schauten einander an.

«Abstechen sollt ihr den Schweinehund, begreift ihr *das?»* brüllte Jenatsch. Die Soldaten nickten.

«Vorwärts jetzt», sagte Jenatsch mit grimmiger Grimasse.

«Seid nicht zimperlich mit ihm. Und laßt euch zuerst die Kessel füllen. Nuttin, du bleibst hier, ich will kein Aufsehen.» Er strich sich mit dem Handrücken den Schweiß von der Stirn und wischte die Hand an der Hose ab.

Eines Tages um die Mitte des Januar begegnete der Oberst Guler in der Stadt dem Freiherrn Julius Otto von Schauenstein, der wie gewohnt einen Schimmel ritt. Guler grüßte, und der Freiherr hielt sein Pferd an, stemmte die Fäuste in die Seite und sagte: «Du kommst mir wie gewünscht, Johann Peter, eben ist der Judas Jenatsch mir über den Weg gelaufen und hat in mir erbauliche Gedanken erweckt. Wenn du mir helfen könntest, ihn einmal nach Haldenstein hinüberzulocken, dann...»

Guler legte einen Finger auf den Mund und fragte etwas zu laut: «Gehst du heim? Ich hätte dich sonst zu einem Glas eingeladen, hier in einem Gasthaus oder bei mir daheim, was du lieber willst.»

Schauenstein lehnte ab: «Ich muß dringend nach Hause, aber komm doch in den nächsten Tagen einmal zu mir nach Haldenstein hinüber.»

«Spätestens morgen muß ich in die Rheinschanze, aber ich könnte heute nachmittag zu dir kommen und gegen Abend in die Schanze weiterreiten.»

Nach dem Mittagessen ließ Guler seinen braunen Hengst satteln und ritt ohne Begleitung weg. Dem Reitknecht hatte er befohlen, um halb vier Uhr bei der Haldensteiner Brücke auf ihn zu warten.

Der Freiherr empfing seinen Gast, den er hatte einreiten sehen, auf der Freitreppe vor dem Schloß und führte ihn in ein kleines, behaglich eingerichtetes und gut geheiztes Kabinett, von dessen einem Fenster aus man über den wenig Wasser führenden Rhein nach Masans hinübersah. Vom andern ging der Blick zum Winkel zwischen Mittenberg und Pizokel, wo die Mauern und Türme von Chur sich zusammendrängten.

«Ich habe mir deine Ideen durch den Kopf gehen lassen», sagte Guler. «Natürlich habe ich sofort gemerkt, was du sagen wolltest. Aber auf offener Straße behält man solche Intentionen vielleicht doch besser für sich.»

«Seit Jahren warte ich auf eine Gelegenheit, mit dem Erzhalunken abzurechnen», sagte Schauenstein. «Was mich gegen ihn aufgebracht hat, weißt du. Da kam mir nun gestern der Gedanke, ich könnte ihm jene Einquartierung auf *die* Art heimzahlen, indem ich ihm auf Haldensteiner Boden für immer Quartier gäbe.»

«Keine üble Idee», sagte Guler, «aber wie bringst du ihn dazu, nach Haldenstein zu kommen? Der Fuchs ist schlau genug, daß er den Braten sofort riecht. Aber ob in Haldenstein oder nicht: ich bin ganz deiner Meinung. Jenatsch muß weg. Und zwar je eher, desto besser. Er hat sich in letzter Zeit Sachen geleistet, die wir nicht mehr einstecken dürfen, ganz abgesehen vom verfrühten Losschlagen gegen Frankreich ohne den Trumpf eines abgeschlossenen Bündnisses mit Spanien, mit dem es jetzt so höllisch harzt. Das ist noch das mindeste, aber daß er im Namen des Staates ohne Auftrag Verhandlungen führt, zeigt deutlich genug, wie weit es herabgeschneit hat. Die Häupter haben ihn mehr als einmal in die Schranken gewiesen, aber was nützt das? Fast täglich treffen aus dem Ausland Briefe ein, die an ihn adressiert sind statt an die Häupter, als seien wir keine Republik mehr, sondern bereits ein jenatschisches Fürstentum. In alles und jedes steckt er seine Nase, nichts geschieht mehr, ohne daß er seine dreckigen Finger im Spiele hat. Legt man ihm nicht endlich das Handwerk, so zieht er uns allen eines Tages bei lebendigem Leib das Fell über die Ohren.»

«Aha, es fängt also auch an zu tagen in Chur drüben. Alles, was du mir jetzt erzählt hast, hätte ich dir schon vor fünf Jahren sagen können. Hätte ich nur eine Gelegenheit gefunden, ich hätte ihm längst gegeben, was er verdient.»

«Auf die Gelegenheit kannst du noch lange warten», sagte Guler. «Gelegenheiten *kommen* nicht, man muß sie *schaffen*. Ich habe einen Plan. In ein paar Tagen beginnt in Chur das Maskenlaufen. Man könnte nun dafür sorgen, daß Jenatsch an einem Abend eine etwas abgelegene Wirtschaft aufsucht. Er sitzt ja kaum einmal einen Abend daheim, und ich habe ihn schon oft eingeladen, mit mir in der ‚Glocke' oder im ‚Wilden Mann' eins zu trinken. Diese beiden Gasthäuser sind aber ungeeignet. Ich denke eher an das ‚Staubige Hütlein'. Der Wirt ist mir verpflichtet, nötigenfalls kann man ihn ins Vertrauen ziehen. Nehmen wir also an, ich sitze mit Jenatsch im ‚Staubigen Hütlein'. Ich gebe dir ein Zeichen, und du schickst uns ein gutes Dutzend maskierte Haldensteiner. Daß sie durchs Tor in die Stadt und nachher wieder hinaus kommen, läßt sich ohne Schwierigkeiten einrichten. Diese Masken treten nun in der Gaststube so auf, wie man es erwartet, fallen dann aber plötzlich über Jenatsch her und geben ihm den Rest. Was meinst du dazu?»

Schauenstein machte ein etwas bedenkliches Gesicht. Die Unterlippe vorschiebend, sagte er: «Gut und recht, was du sagst, Guler, aber falls nicht alles am Schnürchen läuft, und damit muß man rechnen, bekomme ich Schwierigkeiten mit den Häuptern. Hier auf Haldensteiner Boden wäre das alles ein Kinderspiel, aber meine Leute mit einem Mordauftrag ins Ausland schicken – ich weiß nicht. Ich will nicht rundweg nein sagen, aber lieber wäre mir schon, du fändest einen Bündner, der das Geschäft besorgt. Meine Leute könnten ihn dann bloß begleiten und brauchten nicht Hand anzulegen, oder nur im allerschlimmsten Fall.»

Während Jenatsch am Fenster seines Arbeitszimmers stand und sich vor einem kleinen, am Riegel aufgehängten Spiegel rasierte, traf ein Bote aus Innsbruck ein. Anna nahm ihn in Empfang, hieß ihn in der Küche warten und ging zu Georg hinein, um ihm die Ankunft des Läufers zu melden. Er wandte sich etwas unwillig um. Die eine Wange war noch eingeseift.

«Kann er nicht warten, bis ich fertig bin?»

«Er muß noch zum Bischof, hat er gesagt. Falls du Briefe für Innsbruck hast, kann er morgen nochmals vorbeikommen.»

«Bring mir seine Post gleich jetzt, dann sehe ich, was rasch beantwortet werden muß. Er kann ja etwas essen inzwischen.»

Einen Augenblick später brachte Anna zwei Briefe und legte sie auf den Fenstersims neben das Rasierbecken. Der eine trug das erzherzogliche Siegel.

Georg strich mit dem Handtuch den Schaum vom Messer

und brach dann das Siegel auf. Anna beobachtete ihn, während er den Brief überflog. Sein Gesicht, in dem sich anfangs nur die Augen bewegt hatten, ging immer mehr in die Breite, die braune, eben noch schlaff hängende Wange straffte sich, das Ende des emporgestrichenen Schnurrbarts zuckte einige Male, und die noch von Schaumrändern umzogenen Lippen öffneten sich. Einen Augenblick lang wurden die Zähne sichtbar. Auf der eingeseiften Gesichtshälfte wirkten sie gelblich im Weiß des Schaumes.

«Gute Nachrichten, Anna», sagte er, «sehr gute Nachrichten. Montecuculi – das ist der Obersthofmeister der Erzherzogin – hat Auftrag, den Adelsbrief auszufertigen. Ich werde ein Lehen im Hegau bekommen, nahe bei Schaffhausen. Nehme ich noch die Herrschaft Blumenegg im Vorarlberg dazu, die mir der Abt des Klosters Weingarten letzthin verpfändet hat, so ist das ein ganz anständiger Anfang. Ich kann also daran denken, mich langsam aus den Bündner Angelegenheiten zurückzuziehen. Das wirst du nicht ungern sehen, oder? Ich habe letzthin von befreundeter Seite einen Wink bekommen, es wäre gut, wenn ich in nächster Zeit vom Bündnerboden verschwände, mindestens für so lange, bis der Vertrag mit Spanien unter Dach sei. Vielleicht sollte ich diese Warnung wirklich befolgen. Es heißt jetzt überall, *ich* sei schuld an der Verzögerung in Madrid. Diese Dreckkerle sind zwar mit mir in der vordersten Reihe gestanden, als wir die Franzosen abhalfterten, aber jetzt braucht man einen Sündenbock, und wer eignet sich besser dafür als ich?»

«Wärst du nicht katholisch geworden, dann stünde es anders», sagte Anna.

«Das verstehst du nicht.»

«Mag sein. Aber daß du seitdem alte Freunde verloren und keine neuen gewonnen hast, sehe auch ich.»

«Sind *das* keine Freunde?» fragte er triumphierend, den Brief der Erzherzogin schwenkend.

«Es trifft sich ausgezeichnet», sagte der Oberst Guler zu Julius Otto von Schauenstein. «Weißt du, wer in Chur drüben ist? Der Kastellan Rudolf von Planta und der Hauptmann Prevost. Das gibt der Sache ein ganz neues Gesicht. Jedermann wird nämlich vermuten, der Sohn des Pompejus und der Sohn des alten Zambra seien zur Blutrache geschritten. Ihre Väter hat doch mehr oder weniger der Jenatsch auf dem Gewissen.»

«Blutrache nach fast zwanzig Jahren?» lachte Schauenstein. «So dumm ist der stärkste Bündner nicht. Hätten die zwei wakkern Söhne wirklich ihre Väter rächen wollen, so wäre dazu schon hundertmal Gelegenheit zu finden gewesen.»

«Wer wird das nachrechnen. Übrigens könnte man dem Glauben an die Blutrache noch ein bißchen nachhelfen. Pompejus ist doch, soviel man weiß, mit einer Axt erschlagen worden. Wir müssen also unbedingt auch eine Axt verwenden. Man braucht dann bloß noch zu behaupten, es sei die *gleiche* Axt, das Blut des Pompejus habe noch daran geklebt. Solche Sachen frißt das Volk wie Honig!»

«Hast du mit den beiden gesprochen?»

«Natürlich. Beide machen mit. Sie haben eine Mordswut auf den Jenatsch, weil er ihnen in die Teilung der Erbschaft des alten Ritters Rudolf Planta dreinregiert hat. Nun haben sie den Bischof beauftragt, den Streit zu schlichten, deswegen sind sie hier.»

«Wie kommt der Prevost dazu, den Rudolf Planta zu beerben?»

«Seine Mutter war eine Schwester des Ritters.»

«Ach so, das ist mir neu, dann sind die beiden also Vettern. Wer macht sonst noch mit?»

«Der Johann Tscharner will nach außen hin lieber nichts mit der Sache zu tun haben, begreiflich, als Bürgermeister und als ehemaliger Stellvertreter Jenatschs. Aber er ist auf unserer Seite. Meinen Schwager Ambrosius Planta dachte ich auch ins Vertrauen zu ziehen, aber er wohnt in Malans, und er ist ja wirklich auch überflüssig, je weniger Leute etwas davon wissen, desto besser. Darum habe ich auch dem Travers nichts gesagt, obwohl er als Schwiegersohn des Pompejus eigentlich auch zu den Bluträchern gehören würde.»

«Es geht auch ohne ihn, allzu dick dürfen wir nicht auftragen. Wann soll's losgehen?»

«Übermorgen, habe ich gedacht, morgen ist Sonntag. Planta

und Prevost kommen gegen Abend hieher nach Haldenstein, um sich zu verkleiden. Damit alles klappt, wäre es gut, du kämst zwischen sechs und sieben Uhr in mein Haus vor dem Obern Tor. Dort wirst du einen von uns treffen, wahrscheinlich den Tscharner, weil der ja nicht bis zuletzt dabei sein will. Er kann dir dann sagen, ob alles nach Wunsch geht. Darauf kehrst du hieher zurück und schickst deine Leute auf den Weg. Übrigens, das Bärenfell hier wäre passend für den Prevost. Er könnte auch die Axt darunter verstecken.»

«Das mit der Axt ist nicht gut. Es ist zu unsicher. Trifft der erste Streich nicht ganz, dann gibt's einen Mordsspektakel. Ein Pistol wäre besser. Die Axt kann man ja immer noch brauchen, wenn Jenatsch am Boden liegt. Gib sie dem Planta in die Hand, das wirkt natürlicher.»

«Einverstanden. Sag es den Herren selber, wie du dir's denkst.»

Einige Kinder mit geschwärzten Gesichtern trieben sich auf dem Martinsplatz herum, Rasseln schwingend, Pfannendeckel zusammenschlagend, mit Trichtern trompetend und auf Ziegenhörnern blasend. Sie stürzten sich auf Vorübergehende, umringten sie und führten mit hohen Stimmen freche Reden.

Jenatsch hatte ein paar Briefe geschrieben, einen davon an den Abt des Klosters Weingarten, in dem er ihm meldete, er gedenke in den nächsten Tagen Blumenegg zu besichtigen, da er dort für einige Zeit Wohnsitz nehmen möchte. Etwas nach drei Uhr stand er auf, zog die Stiefel an, hängte den Pelz über die Schultern und versah sich mit Hut und Handschuhen.

«Ich esse wahrscheinlich in der Stadt», sagte er, schnell zu Anna in die Stube hineinblickend, «wartet jedenfalls nicht auf mich.»

Nachdem er noch die Briefe zu sich gesteckt hatte, verließ er sein Haus und schritt der Plessur entlang der Stadt zu. Beim Bärenloch entdeckten ihn die Kinder. Sie umringten ihn mit ungeheurem Lärm, und er hielt sich die Ohren zu und griff schließlich zur Geldbörse und gab jedem ein kleines Geldstück. «Aber jetzt seid manierlich», sagte er. «Ihr zu zweien voraus, und ich hintendrein, und wenn ich sage: genug! dann hört ihr auch wirklich auf und geht weg. Macht jetzt eine Reihe.»

Die Kinder gehorchten. «Und jetzt Musik. Eins – zwei – drei!» Der Lärm setzte mit einem Schlage ein, und der Zug setzte sich in Bewegung. Die Kinder marschierten mit stolzen Hahnentritten einher und wandten sich zuweilen um zum lachenden Herrn Oberst.

Guler und Tscharner standen an einer Ecke des Martinsplatzes im Gespräch mit einem Prädikanten, als der Kinderzug auftauchte. «Jetzt schaut einmal unsern Dreibündegeneral!» rief Guler aus. Die Herren wandten sich um und lachten. Als Jenatsch sie bemerkte, blieb er stehen, während die Kinder noch eine kurze Strecke weiterstolzierten, bis sie merkten, daß ihr Gönner aus der Reihe getanzt war. Sofort stürzten sie zu ihm zurück, und er mußte beinahe grob werden, um sie von sich abzuschütteln. Endlich gaben sie Ruhe, und Jenatsch schickte sie auf den Kornplatz, er habe mit ein paar Herren zu reden und könne dazu keine Musikbegleitung brauchen. Sie trotteten schließlich davon.

«Das ist das erstemal, daß du ein Regiment von Schnudernasen kommandierst», sagte Guler. «Hast den Sold bezahlt?»

«Sogar zum voraus», lachte Jenatsch, «das ist sonst des Landes nicht der Brauch.»

«Du hast und vermagst es schließlich», sagte Tscharner, «aber was machen wir jetzt? Die Donners Buben werden uns nicht lange in Ruhe lassen. Auch stehen wir nicht in Rom auf dem Forum. Dort wär's nämlich ein bißchen wärmer. Ich schlage vor, wir sitzen möglichst nahe an einen Ofen, was meint ihr?»

«Ich muß nach Hause», sagte der Prädikant und verabschiedete sich.

«Ich habe auch noch eine kleine Besorgung», sagte Tscharner, «aber sagt mir, wo ihr zu finden seid, ich kann das Geschäft in einer Viertelstunde abtun».

»,Glocke' oder ,Wilder Mann' oder wo sonst?» fragte Guler.

«Wir haben lange nicht gefestet miteinander», sagte Jenatsch. «Ich lade euch ins ,Staubige Hütlein' ein, der Fausch kocht besser als der Schwarz und der Finer. Auch stört es dort weniger, wenn wir ein bißchen lärmen. Die Schnudernasen haben mich in Fastnachtsstimmung gebracht.»

«Ganz wie du willst», sagte Guler.

«Tu mir einen Gefallen, Tscharner», sagte Jenatsch. «Schick deinen Burschen zu mir nach Hause, der Volkart soll nach dem Nachtessen mit einer Laterne ins ‚Staubige Hütlein' kommen, ich denke, wir werden sie brauchen auf dem Heimweg.»

«Dann könntest auch gerade *meinen* Burschen aufbieten», sagte Guler.

«Ich will's besorgen», sagte Tscharner.

Nachdem Tscharner nach Hause gegangen war und seinem Diener den Auftrag gegeben hatte, zuerst die Bedienten der Obersten ins ‚Staubige Hütlein' zu bestellen und ihn selbst um sechs Uhr dort abzuholen, ging er zum Obern Tor und stieg in die Wohnung des Wächters hinauf. Es sei möglich, daß am Abend Maskierte von Ems oder sonstwoher in die Stadt zu kommen begehrten, sagte er. In diesem Falle möge man ihnen das Tor öffnen, sofern sie nicht schon betrunken seien.

Als Tscharner im ‚Staubigen Hütlein' anlangte, hatten die Herren bereits einen Krug Maienfelder ausgetrunken und verhandelten mit Lorenz Fausch wegen des Essens. «Kannst du auch Musik besorgen?» fragte Guler. «Die geht dann aber auf meine Rechnung.»

«Bravo! Musik, und Weiber», sagte Jenatsch. «Es ist nur einmal im Jahr Fastnacht. Gelebt muß man haben, man ist dann noch lange genug tot.»

«Musikanten kann ich auftreiben, und die Weiber kommen von selber, wie die Fliegen zum Apfelmus, ihr braucht nur ein wenig das Fenster aufzumachen. Also zuerst Rippli mit Sauerkraut. Dazu müßt ihr aber Weißen trinken.»

«Du hast da aus deinem italienischen Kloster ein Rezept heimgebracht», sagte Guler, «Eier und Wein, glaub' ich, nimmt man dazu. Danach gelüstet's mich gerade.»

«Zabaglione meint der Herr Oberst», sagte Fausch, «ja, das ist gut.»

«Er ist nämlich vierundzwanzig Jahre lang Kapuziner gewesen», erklärte Guler, «dabei ist er ein reformierter Bündner aus Jenins. Nun, er hat den Rank wieder gefunden, hat jetzt Frau und Kind und einen ehrbaren Beruf. Aber das Rezept, wie man diesen Rank findet, solltest du einmal dem Herrn Oberst Jenatsch ins Ohr flüstern.»

«In zwanzig Jahren, wenn wir dannzumal noch das Leben haben», lachte Jenatsch.

Um halb sechs Uhr erschien Ambrosius Planta. «Wo steckt ihr auch?» sagte er. «Ich habe euch in der ‚Glocke' und im ‚Wilden Mann' gesucht, aber niemand wollte etwas von euch wissen. Schließlich bin ich aufs Geratewohl hierhergekommen.»

«Sitz», sagte Jenatsch, das Fleisch von einer Rippe abnagend, «es hat genug auch für dich.»

Planta zog den Mantel aus und hängte ihn mit Hut und Degen an ein Hirschgeweih an der Wand. Als er am Tisch Platz genommen hatte, streckte der Wirt den Kopf herein. «Die Musikanten sind da», sagte er, «wenn es den Herren jetzt paßt.»

«Herauf mit ihnen, und dann ein Fenster auf, damit die Fliegen das Apfelmus riechen», sagte Jenatsch.

Die Musikanten hatten, auf einem an die Wand geschobenen Tische sitzend, schon eine halbe Stunde gespielt, und noch hatte keine Frauensperson den Weg ins ‚Staubige Hütlein' gefunden. Hingegen traten die Diener Jenatschs und Gulers mit ihren Laternen auf und bekamen in einem Nebenzimmer ihren Wein vorgesetzt.

Kurz darauf meldete der Bediente Tscharners, der Herr Bürgermeister werde zu Hause erwartet, ein Besuch sei gekommen.

«Ach was», sagte Jenatsch, «zu dritt ist es langweilig. Laß deine Frau den Besuch unterhalten. Oder schick mir wenigstens den Travers. Er wohnt in der ‚Glocke'.»

«Wer ist es?» frage Tscharner.

«Ich weiß es nicht», antwortete der Diener.

«Dann muß ich halt selber nachsehen», sagte Tscharner. «Ich hoffe, es wird nicht lange dauern. Geh in die ‚Glocke' und bitte den Herrn Oberst Travers, zu seinen Kameraden hieher zu kommen. Nimm die Laterne nur mit, ich brauche sie nicht.»

Durch dunkle, nur von einzelnen Fenstern schwach erhellte Straßen schritt Tscharner dem Obern Tore zu. Der Abend war bitterkalt. In einem Brunnenbecken schwankte das Spiegelbild der winterlichen Sterne. Ein paar Maskierte strichen umher und drückten sich in ein enges Gäßchen, wo von einem Wirtshaus her Gelächter und Gedudel erscholl.

Nach mehrmaligem Klopfen erschien der Torwart und zog das Fallgatter auf. «Du kannst warten, ich bin gleich wieder zurück», sagte Tscharner.

Im Hause des Obersten Guler saß der Freiherr Julius Otto von Schauenstein bei einem Becher Wein.

«Alles in Ordnung?» fragte er, als er Tscharner erkannte.

«Es könnte nicht besser stehen.»

Schauenstein trank aus. «Dann kann's also losgehen?»

«Es ist noch ein bißchen zu früh. Um elf Uhr herum wird die beste Zeit sein.»

«Gehst du wieder hin?»

«Nein, ich gehe jetzt heim.»

«Wer führt die Untersuchung, morgen?»

«Gregor Meyer und Finer und ich, wahrscheinlich.»

«In Haldenstein wird nichts untersucht, das weißt du.»

«Selbstverständlich nicht, wie kämen wir dazu?»

«Ich warte hier noch einen Augenblick. Es ist besser, man sieht uns nicht zusammen.»

«Gut denn, viel Glück!»

«Gebt nur acht, daß der Jenatsch nicht vor elf Uhr heimgeht.»

Jenatsch mußte noch seinen eigenen Diener in die ‚Glocke' senden, bis Travers sich entschloß, die Einladung anzunehmen. Volkart meldete die Zusage.

Als Travers die Treppe hinaufstieg, stieß er mit Jenatsch zusammen.

«Schön, daß du kommst, Bruder», sagte der mit ziemlich schwerer Zunge. «Geh nur hinauf, ich muß mich erleichtern, das

das verfluchte S-Sauerkraut hat meine Därme... Bestell einen Sch-Schnaps für mich.» Er tastete sich spreizbeinig die Treppe hinunter und suchte den Ausgang nach dem Hof. «Schick mir den Volkart», rief er Travers nach, «er muß mir die H-Hosen aufknöpfen.»

In der Gaststube war zwischen Guler und Planta eine Diskussion über die Glaubwürdigkeit von Horoskopen im Gange.

«Dreimal habe ich es mir stellen lassen», sagte Guler, «und jedes hat etwas anderes behauptet. Das ist doch alles Schwindel.»

«Nicht ganz», widersprach Planta, «ich halte es mit dem Jenatsch, es kommt auf den Glauben an.»

«Papperlapapp. Alles Schwindel. Gib mir recht, Travers.»

Jenatsch stützte sich auf seinen Diener, als er aus dem Hof zurückkehrte. In diesem Augenblick betraten vier vermummte Personen in Weiberröcken den Hausflur.

«Ei ei ei», rief Jenatsch, auf sie zustürzend. «Ihr habt uns gerade noch gefehlt. Hinauf mit euch, es ist M-Musik und gute Gesellschaft droben.» Die Masken kicherten und hängten sich an seine Arme. Zwei schoben ihn von hinten die Treppe hinauf.

«Wie die Engel», lachte Jenatsch, «wie die Engel in den Himmel. Au, wer k-kneift mich da in den Hintern? Herrgott, brecht mir nicht die Arme, ihr Donners Engel ihr! So, da wären wir! T-Türe auf! Zeig einmal, bist ein rechter Engel?» raunte er einer der Masken zu und drückte ihr die Brust. Sie fuhr herum und schlug ihm mit einem Fächer auf die Hand.

«Goldecht!» triumphierte Jenatsch. «Engelfleisch, keine Lumpen. Bist du so k-kitzlig? Komm nur, ich habe noch keine gefressen.»

Die Masken schlüpften an ihm vorbei in die Gaststube hinein und wirbelten mit gerafften Röcken kreischend zwischen Tischen und Stühlen herum.

«Platz gemacht!» brüllte Jenatsch unter der Türe. «Volkart, wir brauchen P-Platz, jetzt gibt's einen Tanz, einen *Tanz,* sage ich euch.»

Er versuchte eine der Masken zu erhaschen, aber sie entwischte ihm immer wieder, lachte ihm von hinten ins Ohr, und wenn er sich schwerfällig wie ein Bär umgedreht hatte, war sie verschwunden, und eine andere trieb ihren Schabernack mit ihm. Die Herren lachten dröhnend.

Inzwischen hatten die Diener die Tische an die Wände geschoben und die Stühle daraufgestellt. Die Musik begann zu fiedeln, und die Herren sprangen von ihren Stühlen auf. Jenatsch hatte endlich eine der Masken am Rock zu fassen bekommen und riß sie an seine gewaltige Brust. Sie leistete keinen Widerstand mehr, lag vielmehr wie eine leblose Puppe in den Armen des Obersten und ließ sich von ihm im Zimmer herumschieben. Die andern drei Paare hatten sich zusammengetan und tanzten etwas unbeholfen eine Courante.

«Noch einmal!» rief Jenatsch, als die Musik aufhörte. Er hatte ein rotes, aufgedunsenes Gesicht, und auf seiner Stirne stand der Schweiß in großen Tropfen.

In den Pausen mußten die Diener immer wieder die Becher füllen. Die Masken hatten sich den Herren auf den Schoß gesetzt und versuchten mit Strohhalmen, die der Wirt hatte holen müssen, ihren Teil aus den Bechern zu ergattern.

«Soviel Umstände», sagte Jenatsch, «schaut einmal, das macht man *so*.» Er ergriff einen Krug, legte den Kopf in den Nakken und goß sich den Wein in den offenen Mund. Er wollte ihn die Kehle hinabschicken, ohne zu schlucken, aber ein guter Teil des Strahles ging daneben, und dann verschluckte er sich und mußte lange husten. Sein weißer Spitzenkragen war mit Wein besudelt, und auch von der Bartspitze tropfte es rot auf seinen Bauch hinab.

«Ich bin ein Sch-Schwein!» sagte er, sich mit dem Ärmel das Gesicht abwischend, «entschuldige das, Bellissima, ich bin aus der Übung gekommen. Gib mir zum Trost einen K-Kuß.»

Als sie ihren Kopf abwandte, faßte er sie an den Ohren und drehte ihr Gesicht herum, packte sie mit der Linken am Schopf und küßte sie auf den kleinen Mundausschnitt des Tuches, das sie vorgebunden hatte.

«Pfui Teufel!» sagte er, ihren Kopf wegstoßend, «lieber keinen Trost als solchen. Komm, bind los.» Er versuchte den Knoten des Tuches zu lösen. Die Maske entwand sich seinem Griff, rutschte behend von seinen Schenkeln, streckte ihm, so gut es ging, die Zunge heraus, machte ihm eine lange Nase und flüchtete zur Türe. Die drei Genossinnen waren, wie auf Verabredung, ebenfalls aufgesprungen und waren der ersten gefolgt, und nach einem spitzen Gelächter und unverständlichem Geschnatter waren sie plötzlich verschwunden.

Jenatsch war aufgestanden und hatte ein paar schwankende Schritte nach der Tür hin gemacht.

«Laß sie laufen», sagte Guler, «es lohnt sich nicht.»

«Billige Ware», sagte Travers, «sei froh, daß sie von allein gegangen sind, wir hätten nur Scherereien gehabt mit ihnen.»

«Mit solchen begehre ich nicht im Geschrei zu sein», sagte Ambrosius Planta, «das hätte ein teures Vergnügen werden können. Nichts für ungut, ihr Herren, aber ich glaube, auch für mich ist es jetzt Zeit. Ich wollte eigentlich schon vor einer Weile...»

«Mach jetzt auch noch den Spielverderber, Planta», schnitt Jenatsch ihm das Wort ab. Er hatte sich wieder am Tisch niedergelassen. «Zum Teufel mit den Weibern, aber wir bleiben da. Jetzt wird einmal gesoffen. *Gesoffen*. Volkart!» Er hob eine leere Kanne vom Tisch, und Volkart nahm sie ihm aus der Hand und ging hinaus. Während des Augenblicks, da die Türe offenstand, hörte man, daß die Hausglocke stürmisch gezogen wurde. Planta hatte sich den Degen umgehängt.

«Du bleibst *da,* habe ich gesagt!» brüllte Jenatsch. «Hier befehle *ich!*»

«Wart, Planta, ich komme auch», sagte Travers, sich von seinem Stuhle erhebend.

«Allein bleibe ich auch nicht», sagte Guler. «Zünd die Laterne an, Jakob, wir gehen heim.»

Jenatsch machte ein dummes Gesicht. «Was ist in euch gefahren, Brüder?» sagte er mit weinerlicher Stimme. «Warum seid ihr so schlechte Hunde? Guler, Travers! Muß ich euch *befehlen,* dazubleiben?» Er stützte sich auf die Fäuste und stemmte sich langsam empor, bis er aufrecht stand. Volkart kam mit dem Wein und stellte die Kanne auf den Tisch. Als er Gulers Diener mit angezündeter Laterne und die Herren mit umgehängten Pelzen sah, machte er auch Licht. Jenatsch lag halb über dem Tisch und stierte vor sich hin.

In diesem Augenblick kam Fausch zur Türe herein. «Gestrenge Herren», sagte er eifrig, «es sind Masken drunten, die möchten gern herauf.»

Planta sah Travers an und Travers Guler.

«Hast gehört, Jenatsch?» sagte dieser.

«Herauf, ich z-zahle alles», lallte Jenatsch, und kaum war der Wirt verschwunden, so polterte es schon gewaltig auf der Treppe, die Tür flog auf, und eine Hünengestalt, in ein Bärenfell gehüllt, trat über die Schwelle. Hinter ihm drängte sich eine ganze Schar von abenteuerlich Maskierten.

«Musik!» rief Jenatsch mit großer, unsicherer Gebärde. Die Musikanten, die ihren Platz auf dem Tisch bereits verlassen hatten, kletterten wieder hinauf und stimmten eine Tanzweise an. Jenatsch machte ein paar halb wankende, halb hüpfende Schritte auf den Bären zu. «Ah, Signor Jenatsch!» rief dieser aus und hopste schwerfällig auf ihn zu. Jenatsch streckte ihm seine linke Hand entgegen, der Hüne ergriff sie mit der rechten. Plötzlich hob er die Linke, ein Feuerschein flammte auf, ein Schuß krachte, und Jenatsch taumelte rückwärts gegen einen Tisch, bekam mit der freien Hand einen Leuchter zu fassen und schmetterte ihn auf den Schädel des Bären nieder. Der Riese sank um, aber schon war eine zweite Maske zur Stelle mit geschwungener Keule, und dahinter blinkte ein Beil auf. Volkart stellte sich vor seinen Herrn, aber die abwehrend erhobene Laterne zersplitterte unter einem Keulenschlag, und gleich darauf krachte ein Beilhieb auf das Haupt Jenatschs nieder. Er stürzte schwer zusammen. Der Riese hatte sich wieder erhoben und taumelte zum Ausgang. Volkart war der niedersausenden Axt ausgewichen und im Gedränge zu Fall gekommen. Als er aufstand, flüchteten die letzten Maskierten aus der Stube, und der Oberst Guler, in Hut und Pelz, kam mit seinem Bedienten aus der Nebenkammer und schrie den schreckensbleichen Musikanten zu: «Weiterspielen!»

Sie wollten nicht gehorchen, doch Guler zog den Degen und ging auf sie los. Sie setzten mit einer kläglichen, schleppenden Padovana ein.

Ambrosius Planta stand wie erstarrt an der Wand. Travers war verschwunden.

Plötzlich drängten sich zwei Vermummte nochmals durch die Türe. Der eine brach die blaue Feder vom Hut des Überfallenen und riß den noch an der Wand hängenden Degen an sich. Der andere stellte sich über den in seinem Blute Liegenden, wälzte ihn dann auf den Rücken und schlug mit einem spitzen Fausthammer noch einige Male auf den Kopf ein.

«Das ist schändlich!» schrie Planta ihn an.

Der Vermummte richtete sich auf und erhob den blutigen Hammer gegen Planta. «Halt's Maul, sonst...!» bellte er und eilte zur Türe hinaus.

Guler zog die Börse und warf den Musikanten ein paar Geldstücke auf den Tisch.

Der Bürgermeister Johann von Tscharner schlug den gleichen Weg ein wie die schwarzgekleideten Männer. Als er jedoch das Metzgertor durchschritten hatte, blieb er stehen, zog die Handschuhe aus, holte umständlich das Taschentuch hervor, entfaltete es und schneuzte sich gründlich die Nase. Nachdem er das Taschentuch wieder versorgt hatte, waren die ihm vorausgehenden Männer zwischen den Mauern der Gärten verschwunden. Hinter sich hörte er Stimmen, aber es war noch niemand zu sehen, und so trat er rasch durch ein Gartenpförtchen und schlüpfte unter ein Bretterdach, das einen Haufen gespaltenes Holz vor Nässe schützte. Mit einiger Mühe riß er die Axt aus dem Hackstock und setzte sich. Hinter der Mauer näherte sich Gemurmel, entfernte sich, Schritte schmatzten auf dem nassen Schnee, entfernten sich. Von neuem Gemurmel und wieder Schritte, dann ein Augenblick Stille, und wieder Schritte und Stimmen. Nachdem sie verstummt waren, zog Tscharner die Handschuhe an, stand auf und ging zum Pförtchen, wurde aber durch neue Stimmen wieder vertrieben. Am Boden neben dem Hackstock lag die Axt. Er hob sie auf und prüfte ihre Schneide, fuhr mit den Fingern über den glatten, mit Harzflecken bedeckten Stiel, und setzte sich dann wieder auf den Hackstock, die Axt noch in der Hand. Die Plessur rauschte, vom Bretterdach tropfte das Schneewasser. Eine Weile saß er unbeweglich, die Axt quer über seinen Oberschenkeln. Auf der Straße draußen war es still. Er erhob sich, schlug die Axt in den Stock und ging der Stadtmauer entlang zum Obertor. Kurz darauf zog er die Glocke an der Haustür des Obersten Guler.

Eine Dienstmagd öffnete.

«Ist der Herr Oberst zu Hause?» fragte Tscharner.

Die Magd trat zur Seite. «Der Herr Oberst fühlt sich nicht wohl», sagte sie dann.

«Hat er befohlen, niemanden vorzulassen?»

«Nein», sagte die Magd nach kurzem Zögern, «das hat er nicht.»

«Dann melden Sie mich. Wissen Sie, wer ich bin?»

«Ich glaube, ja», sagte die Magd, die Türe hinter Tscharner schließend, und ging zur Treppe. «Sie können oben in der Halle warten, Herr Bürgermeister», fügte sie, sich umwendend, hinzu.

Tscharner stieg langsam die Treppe hinauf. Als er die Halle betrat, stand Guler in schwarzer Tracht unter einer Türe.

«Ich wollte zur Beerdigung», sagte er, «aber es ist mir nicht wohl.»

«Mir auch nicht», sagte Tscharner.

«Komm herein», sagte Guler, und als Tscharner ihm in dem kleinen, überheizten Kabinett gegenübersaß mit dem Hut auf den Knien, sagte er: «Was ist dir eingefallen, Johann? Das sieht verdammt schlecht aus, wenn du fehlst. Hast du dir den Anblick des Jammers ersparen wollen, he?»

«Genau wie du. Übrigens ist die Stadt bereits vertreten, ich bin also überflüssig.»

«Aber daß du ausgerechnet jetzt zu mir kommst, ist im höchsten Grade unvorsichtig.»

«Niemand hat mich gesehen, die ganze Stadt ist zum Metzgertor hinaus. Übrigens gehöre ich zum Untersuchungsausschuß und könnte das Bedürfnis haben, dich nochmals einzuvernehmen, ich meine nur, falls man dich oder mich fragt.»

«Wie kommst du darauf, mich zu besuchen? Hast du gewußt, daß ich nicht zur Beerdigung gehe?»

«Es hätte mich verwundert, wenn du gegangen wärst.»

«Ich war nahe daran, aber schließlich...»

«Der Travers ist nach Ortenstein verreist, sobald das Tor aufging, und der Ambrosius Planta ist auch fort. Dabei hatten beide doch nichts zu tun mit der Sache.»

«Beim Travers bin ich nicht sicher. Warum hat er sich aus dem Staub gemacht, als es losging?»

«Wir haben ihn nicht gefragt. Wir haben auch dich nicht gefragt, warum du dich in das Nebenzimmer zurückgezogen hast und warum du die Musikanten bedroht hast, als sie nicht weiterspielen wollten. Planta hat es mir erzählt.»

«Das ist doch alles klar.»

«Mir schon, aber den andern nicht.»

«Hat jemand Schwierigkeiten gemacht?»

«Die Witwe hat sich darüber aufgeregt, daß die Untersuchung ergebnislos verlaufen ist. Man könne doch eine ganze Mörderbande nicht einfach laufen lassen. Fortunat Sprecher hat sie zu beruhigen versucht, als er ihr heute mittag die Briefschaften und übrigen Besitztümer zurückgebracht hat, die wir dem Toten in der Nacht abnahmen.»

«Wie hat sie den Schlag überstanden?»

«Sprecher sagt, sie habe ihm einen gefaßten Eindruck gemacht. Jedenfalls hat sie nicht geheult und gejammert.»

«Das ist nicht Davoserart. Aber hartnäckig wird sie sein und eine neue Untersuchung verlangen. Nun, soll sie. Meine Aussagen sind protokolliert, ich denke nicht im Traum daran, darauf zurückzukommen. Auch die andern werden sich hüten.»

«Die Untersuchung ist abgeschlossen, niemand, außer der Witwe, hat ein Interesse daran, daß wir von vorn anfangen. Alle Aussagen stimmen mehr oder weniger überein, das muß uns genügen. Die Mörder waren vermummt und sind unerkannt entkommen.»

«Was hat der Torwart ausgesagt?»

«Wir haben es nicht für nötig gefunden, ihn vorzuladen.»

«Schon besser», lachte Guler, «das hätte nämlich auch dich hineingezogen. Aber warum Travers so plötzlich verschwunden ist, interessiert mich. Hat er am Ende etwas gemerkt, vielleicht aus Andeutungen seines Schwagers, und wollte er *darum* nicht bis zum Schluß dabei sein, weil sonst der stärkste Verdacht auf ihn gefallen wäre, als Schwiegersohn des Pompejus?»

«Jedenfalls hat er sich dem Finer gerade durch sein Verschwinden verdächtig gemacht, aber wir haben es ihm ausgeredet. Schließlich hat Jenatsch den Travers fast mit Gewalt ins ‚Staubige Hütlein' geholt. Das genügt, ihn zu entlasten.»

«Und der Ambrosius Planta, warum hat er einfach zugeschaut?»

«Die Masken waren in der Übermacht, er sei von ihnen umringt worden, hat er gesagt. Das hast du allerdings nicht gesehen.»

«Ich zog mich im Nebenzimmer an, wir wollten ja nach Hause gehen. Diese Erklärung ist doch plausibel, oder?»

«Aber das mit den Musikanten war überflüssig. Wäre der Gregor Meyer nicht dein Schwager, so hätte er sich nicht eine solche Mühe gegeben, den Finer von weiteren Nachforschungen nach den Gründen abzubringen.»

«Es war dumm, ich weiß es», sagte Guler mit einem Seufzer. «Ich wollte verhindern, daß Neugierige vorzeitig zur Stelle wären, es sollte einfach nach einem lärmigen Tanzvergnügen aussehen. Wir mußten Zeit haben, zu verschwinden. Jenatsch hat ja noch einigen Anhang gehabt in der Stadt, und wer weiß, was geschehen wäre, wenn die lätzen Leute zu früh im ‚Staubigen Hütlein' aufgetaucht wären.»

«Das ist jetzt ja gleich», sagte Tscharner, «die Untersuchung ist abgeschlossen. Aber zur Beerdigung hätten wir gehen sollen. Es sieht nicht gut aus, daß wir fehlen.»

Die Glocken der Kathedrale begannen zu läuten, und nach einer Weile fielen die Martinsglocken in das Geläute ein.

«Jetzt ist es zu spät», sagte Guler, «zu spät kommen sieht noch weniger gut aus.»

An einem warmen Maiabend fanden sich Daniel Pappa und Josef Hosang zu ihrem Nachtschoppen im ‚Sternen' ein. An einem der Tische saßen drei Herren und verzehrten ein reichliches Abendbrot.

«Wer ist das?» raunte Pappa dem Wirt zu, der eben eine leergegessene Platte forttrug. Gregor winkte ab und verschwand durch die Küchentüre.

«Hast auch schon mit Heuen angefangen?» fragte Hosang.

«Man muß wohl, wenn es allen so pressiert. Ich habe zwar meiner Lebtag noch nie schon im Mai die Sense heruntergeholt, und ich meine, man hätte auch noch ein paar Tage warten können. Aber meinetwegen, was unter Dach ist, ist unter Dach, und in der Werkstatt versäume ich gerade jetzt nicht viel.»

«Hast die Stiefel schon an den Mann gebracht, die der Jenatsch im Winter bei dir bestellt hat? Die werden nicht jedem passen. Ich kenne zwar einige, die sie gern hätten, aber Stiefel allein machen noch nicht den großen Mann.»

«Ich habe sie nicht mehr feil.»

«Wart ein paar Jahre, dann kannst sie der katholischen Kirche als Reliquie verkaufen. Mit dem Judas Makkabäus hat ein Kapuziner den Jenatsch schon verglichen in der Grabrede, und wer weiß, ob sie ihn nicht noch heiligsprechen mit der Zeit.»

«Das glaube ich nicht.»

«Zum mindesten hat er gute Aussichten, ein Bündner Nationalheld zu werden wie der Benedikt Fontana. Du bist nicht der einzige, der bereits angefangen hat mit der Heldenverehrung. Aber mir mußt du damit nicht kommen!»

«Wieso Heldenverehrung? Ich habe kein Wort gesagt.»

«Wieso verkaufst du seine Stiefel nicht?» fragte Hosang.

Pappa kratzte sich den Kopf in der Gegend seiner Hörner.

«Ich weiß es selber nicht. Es erbarmt mich halt, wie er hat von der Welt müssen.»

«Hat er's etwa anders verdient? Paß auf, daß du ihn nicht zu stark in Schutz nimmst, Daniel. Das könnte dich Kunden kosten. Wenn ich dir einen guten Rat geben kann, so nimmst du die Stiefel und wirfst sie in den Nolla. Übers Grab hinaus Unruhe stiften, das gleicht dem Jenatsch. Er hat ja immer dafür gesorgt, daß es etwas zu reden gab über ihn. Aber jetzt ist er begraben und soll uns in Ruhe lassen.»

«Studierst du ihm denn nicht auch nach, manchmal?»

«Ich habe an Gescheiteres zu denken.»

«Er hat mir immer gefallen, seit ich ihn kenne. Nicht, weil er ein guter Kunde war, ich habe auch andere gehabt, bessere sogar. Aber er war ein großer Mann, das hat man gemerkt. Der Herzog war auch ein großer Mann, aber er ist einem fremd geblieben. Jenatsch gehörte zu uns; wenn man ihn sah, war man stolz, ein Bündner zu sein, und ich habe manchmal gedacht, so etwas wie er hätte man auch werden können, wenn man beizeiten angefangen und das Glück gehabt hätte.»

«Du bist mir ein seltsamer Heiliger, Daniel! Ich wenigstens hätte nicht auf *die* Art berühmt werden mögen. Da bin ich schon lieber ein kleiner Krämer, und du kannst auch dem Herrgott danken, daß er dich bei deinem Leisten gelassen hat. Der Jenatsch wäre auch gescheiter Prädikant geblieben, dann wäre er jetzt noch am Leben, wahrscheinlich.»

Pappa schwieg eine Weile und trank dann seinen Becher aus.

Der Wirt kam herein und begann, am Schanktisch Gläser abzutrocknen.

«Jetzt ist es halt, wie es ist», sagte Pappa mit einem Seufzer. «Aber eins mußt du mir zugeben, Josepp: Keiner hat in diesen Jahren so viel für das Land getan wie er.»

Hosang lächelte spöttisch. «Für das Land? Für sich selber. Ich will dir einmal etwas sagen, Daniel. Sei froh, daß er nicht mehr da ist. Meinst du, er hätte sich stillgehalten, wenn er noch lebte? Den großen Mann kann man doch nur spielen, wenn alles drunter und drüber geht, und das ist es, was er wollte, den großen Mann spielen. Freiheit, Vaterland! Um Geld und Ehre ging es ihm, um nichts anderes. Er hat seinen Teil geleistet, mag sein, aber nur, weil dabei etwas zu verdienen war. Wie alt ist er geworden? Knapp dreiundvierzig. Was hätte der noch alles angestellt bis sechzig oder siebzig! Er hat seinen Teil geleistet, mag sein. Aber es war Zeit, daß man ihn zum Verschwinden brachte. Von allein wäre er nicht abgetreten.»

«Was hat sich geändert, seit er tot ist? Nicht soviel.»

«Doch, es hat sich etwas geändert», sagte einer der Herren am Nebentische. «Spanien gibt uns das Veltlin zurück zu annehmbaren Bedingungen.»

«Das wird nicht sein!» rief Pappa aus.

«Wir kommen von Madrid», sagte der zweite der Herren.

«Der Vertrag ist unterzeichnet. Der Bundestag wird in wenigen Wochen darüber abstimmen.»

«Aber was hat das mit Jenatsch zu tun?» fragte Hosang.

«Wir haben mehr als ein Jahr lang verhandelt, ohne vom Fleck zu kommen. Auf einmal hat es den Herren Spaniern pressiert. Das ist uns merkwürdig vorgekommen, und wir sind der Sache nachgegangen. Und was war die Ursache des Umschwungs? Die Ermordung Jenatschs. Die Spanier haben plötzlich Angst bekommen, wir könnten die Franzosen zurückrufen. Solange Jenatsch lebte, wäre das unmöglich gewesen, meinten sie. Sein Tod hat wie der Blitz eingeschlagen.»

«So hat also der tote Jenatsch zustande gebracht, was dem lebendigen in zwanzig Jahren nicht gelungen ist?» sagte Pappa.

«Das könnte man sagen. Eines ist jedenfalls sicher: Hätte man Jenatsch nicht geopfert, wir säßen noch heute im Vorzimmer des Ministers Olivarez. Dieser Mord war notwendig, aber die Mörder wird der Fluch ihrer Tat treffen.»

«Euch aber und uns», sagte der dritte der Herren, «hat diese Tat den Frieden gebracht, und so Gott will, werden wir alle in Ruhe und Freiheit leben wie in den alten Zeiten.»

In der Stille, die dem großen Wort folgte, näherte sich vom Schanktisch her der Wirt mit würdiger Miene. In respektvoller Entfernung vor den drei Herren blieb er stehen und machte eine leichte Verbeugung. Dann sagte er:

«Die Herren sind äußerst freundlich. Sie haben uns die große Ehre angetan, von ihrer diplomatischen Mission zu berichten. Wir wissen das zu schätzen, und wir werden dafür sorgen, daß die gute Nachricht rasch verbreitet wird. Außer, die Herren wünschen, daß wir schweigen.»

«Dann hätten wir nicht davon gesprochen», sagte der erste. «Laßt es ausrufen da draußen auf dem Platz, wenn es euch sonst nicht schnell genug geht. Man hat, weiß Gott, lange genug darauf gewartet.»

«Dann hat also», sagte der Wirt, plötzlich eine pfiffige Miene aufsetzend, «für uns Bündner in Madrid eine neue Zeit begonnen, ohne daß wir davon etwas gemerkt haben. Da geziemt es sich wohl, die alte nochmals kurz ins Auge zu fassen. Meine lieben Mitbürger hier», er deutete mit dem Kopf auf Pappa und Hosang, «wissen, daß ich gern in Gleichnissen rede. So habe ich hier einmal den Herzog Rohan mit einem Handschuh verglichen, in dem als Hand der Kardinal Richelieu steckt. Was wohl nicht ganz danebengegriffen war. Und so möchte ich, meine Herren, die letzten zwanzig Jahre mit einem Drachenkampf vergleichen, und den Jörg Jenatsch mit dem Drachentöter Sankt Georg. Viele Drachen hat er getötet, viele nachgewachsene Köpfe abgehauen...»

«Das war aber der Herkules, nicht der Sankt Georg», warf einer der Herren ein, doch der Wirt fuhr unbeirrt fort:

«... aber einen hat er vergessen, nämlich den Drachen in ihm selber. Ich habe mich manchmal über seinen Blick gewundert, er hatte einen merkwürdigen Blick in der letzten Zeit, nicht wahr, Daniel. Jetzt weiß ich, warum. Ein Drache ist in ihm großgeworden, und *diesen* Drachen konnte er nicht selber töten. – Nun, wir alle mästen in uns ein kleines Drächlein, Hand aufs Herz, ihr Herren und ihr zwei dort, aber eure Nachricht ist eine schlechte Nachricht für Drachen. Wenn sie bloß Ruhe und Ordnung zu fressen kriegen, bleiben sie schmächtig. Du entschuldigst, Daniel», sagte er, Pappas Becher ergreifend. Er hob ihn hoch und sprach augenzwinkernd:

«Vivan ils drags maghers! – Sie sollen leben, die schmächtigen Drachen!»

ENDE

ANHANG

I. KURZER ABRISS DER GESCHICHTE GRAUBÜNDENS

Der Nachweis erster Besiedelung ist erst für die *Jungsteinzeit* möglich. Zahlreicher sind die Belege für die *Bronzezeit* (1800–800 v. Chr.). Die *Römer* nennen die Bewohner des heutigen Graubünden *Räter*. Diese sind wahrscheinlich ein Mischvolk aus Einwanderern verschiedener Schübe. Die Sage spricht von eingewanderten Etruskern unter dem Stammesfürsten Rätus, der seinen Hauptsitz auf dem Hohenrätien bei Thusis gehabt haben soll.

15 v. Chr.	Tiberius und Drusus, Stiefsöhne des Kaisers Augustus, erobern das rätische Bergland. Es bildet mit dem Wallis, der östlichen Ostschweiz, dem Vorarlberg, dem Allgäu und Oberbayern zusammen die *Provinz Rätien*. Verwaltungssitz ist Augusta Vindelicorum (Augsburg). Unter Diokletian wird die Provinz geteilt: Graubünden wird Bestandteil der *Raetia Prima* (Verwaltungssitz Chur). Von den Römern benutzte Alpenpässe: Ofenberg, Julier, Septimer, Splügen, Bernhardin. Die Christianisierung Rätiens nimmt zu Beginn des 5. Jahrhunderts ihren Anfang.
489–536	Rätien im *Ostgotenreich*.
536–806	*Churrätien:* Halbsouveräner Kirchenstaat innerhalb des Frankenreiches. Klostergründungen: Disentis, Müstair, Cazis.
806	Einführung der fränkischen Grafschaftsverfassung durch Karl den Großen. Beginn der Germanisierung.
843	Teilungsvertrag von Verdun. Rätien gehört nun dem *ostfränkischen Reich* Ludwigs des Deutschen an.
917	Rätien Bestandteil des Herzogtums *Alemannien*. Beginn der Feudalisierung: Grafen von Montfort, Werdenberg, Sax-Misox, Freiherren von Vaz und Rhäzüns, bischöfliches Territorium. Burgenbau (abgeschlossen um 1200).
13. Jahrhundert	Erste Gemeinden von Freien (Schamserberg, Laax). Einwanderung der Freien Walser (Rheinwald, Davos, Obersaxen, später Safien, Vals, Avers, inneres Schanfigg, Prättigau). Die Walser stehen im Genuß der Gemeindeautonomie. Beschleunigte Germanisierung.
14. Jahrhundert	Ausbildung der Hochgerichte und Gerichtsgemeinden. Ritterfehden.
1363	Das Unterengadin und Münstertal werden österreichisch.

1367	Gründung des *Gotteshausbundes:* Schutzbündnis zwischen Herren und Bauern innerhalb des bischöflichen Territoriums, um den habsburgischen Expansionsbestrebungen zu begegnen. Auch das Unterengadin und Münstertal treten dem Bunde bei.
1395	Vereinigung von Ilanz: Selbsthilfeabkommen der Territorialherren im obern Oberland.
1424	Erweiterung und Erneuerung der Vereinigung von Ilanz: *Grauer Bund* (oder Oberer Bund), dem sich 1480 auch das Misox anschließt.
1436	Gründung des *Zehngerichtenbundes:* Vorsorgliche Maßnahme, um die Zerstückelung im Zusammenhang mit der Erbteilung des letzten Grafen von Toggenburg zu verhindern.
1471	*Vereinigung der drei Bünde* zum Freistaat Gemeiner Drei Bünde.
1486/1487	Erste Züge nach Chiavenna, Bormio und Sondrio. Der Herzog von Mailand, Gian Galeazzo Sforza, zahlt Kriegsentschädigung und behält das Gebiet.
1464	Österreich erwirbt Tarasp.
1470/1496	Österreich erwirbt von den Erben des Grafen von Toggenburg acht Gerichte des Zehngerichtenbundes (ohne Maienfeld und Malans). Das Verhältnis zu den beiden andern Bünden bleibt unangetastet.
1497	Österreich erwirbt die Herrschaft Rhäzüns.
1497/1498	Der Graue und der Gotteshausbund werden *Zugewandte Orte* der Eidgenossenschaft (ohne Bern).
1499	Die Bündner beteiligen sich an der Seite der Eidgenossen am *Schwabenkrieg*. Sieg an der *Calven* (Heldentod Benedikt Fontanas). Die acht Gerichte, das Unterengadin und Münstertal unterstehen weiterhin der österreichischen Oberhoheit.
1500	*Erbeinigung* mit Österreich.
1512	Beteiligung der Bündner am *Pavierzug. Eroberung des Veltlins* und der Grafschaften Chiavenna (Cläfen) und Bormio. Frankreich, 1515 Herr der Lombardei geworden, läßt den Bündnern die Wahl zwischen dem Besitz der eroberten Gebiete oder einer Abfindungssumme. Sie ziehen das Land vor. Oberster Beamter ist der Landeshauptmann. Ihm unterstehen die Podestaten von Bormio, Tirano, Teglio, Trahona, Morbegno und Chiavenna. Letzterer führt den Titel Commissari. Oberster Richter ist der Vicari mit

Sitz in Sondrio. Die Amtsdauer beträgt zwei Jahre. Die Veltliner behalten ihre bisherigen Rechte und Einrichtungen (Gemeindeautonomie, Talrat).

1524   Ein gemeinsamer *Bundesbrief* regelt die staatlichen Verhältnisse: Die höchste Gewalt liegt bei der Gesamtheit der Gerichtsgemeinden. Entscheidend ist die Mehrheit der Gemeindestimmen, nicht die der Bünde. 49 Gemeinden sind durch 65 Stimmen vertreten. Oberste Behörde ist der Bundestag, zusammengesetzt aus den Boten der Gerichtsgemeinden, die gemäß Instruktion handeln. Die drei Bundeshäupter (Landrichter des Obern Bundes, Bundespräsident des Gotteshausbundes, Landammann des Zehngerichtenbundes) bilden die geschäftsführende Behörde ohne Entscheidungsbefugnisse, den sogenannten Kongreß. Wichtige Angelegenheiten bespricht der Beitag oder große Kongreß, i. e. der Kongreß der Häupter mit Zuzug von 3–5 Boten aus jedem Bunde. Der Beitag tritt normalerweise einmal im Jahr zusammen. Beide Instanzen verfügen jedoch über keinerlei Exekutivgewalt; sie sind bloß Beauftragte des Bundestages.

Jeder Beschluß des Bundestages, der nicht durch Instruktionen gedeckt ist, unterliegt dem Referendum.

Die Außenpolitik fällt in die Kompetenz des Gesamtstaates. Gesandte im Auslande werden nur temporär unterhalten. Ihre Abmachungen bedürfen der Ratifizierung durch die Gemeinden, die auch für die Akkreditierung fremder Gesandter zuständig sind. Die Gesetzgebung wird von den Gemeinden meistens den einzelnen Bünden übertragen. Das Gerichtswesen ist Sache der Gemeinden.

1524   Die *ersten Ilanzer Artikel* räumen den Gemeinden weitgehende Befugnisse in bezug auf ihre kirchlichen Angelegenheiten ein.

1525/1526   *Erster Müsserkrieg:* Versuch des wieder in sein Herzogtum eingesetzten Herzogs von Mailand, den Bündnern Chiavenna zu entreißen.

1526   Die Disputation zu Ilanz bereitet die *Reformation* vor. Die *zweiten Ilanzer Artikel* bestimmen die Unterordnung der kirchlichen unter die staatliche Gewalt. Mit dem Grundsatz der freien Pfarrwahl erhalten die Kirchgemeinden das Recht, sich einzeln für die alte oder neue Lehre zu entscheiden. Der Staat bedingt sich ein Mitspracherecht bei der Wahl des Bischofs aus.

Rasche Ausbreitung der Reformation.

1531/1532   *Zweiter Müsserkrieg.* Der Herzog von Mailand anerkennt die Herrschaft der Bündner über das Veltlin, Bormio und Chiavenna.

DIE BÜNDNER WIRREN

1500	Der Pensionenbrief verbietet die Annahme von Pensionen.
1570	Der Kesselbrief verbietet Bestechungen bei der Bewerbung um öffentliche Ämter.
1602	Bündnis der Drei Bünde mit Bern und Frankreich.
1603	Der Versuch einer staatlichen Reform schlägt fehl. Graubünden ist durch seine geographische Lage und die Beherrschung wichtiger Alpenpässe zur diplomatischen Drehscheibe im Kampf um die europäische Vorherrschaft geworden. Frankreich-Venedig und Österreich-Spanien suchen die Gunst der Bündner zu gewinnen. Parteibildungen. Gegensatz zwischen den Familien Salis und Planta. Militärkapitulation und Defensivbündnis mit der Republik Venedig (Giambattista Padavino).
1603–1606	Bau der Festung Fuentes durch Spanien. Kornsperre gegen die Drei Bünde.
1607	Fähnlilupf der spanischen Partei. Verurteilung des Ritters Herkules von Salis und des Obersten Johannes Guler. Gegenerhebung der französischen Partei. Hinrichtung der spanischen Parteihäupter.
1610	Ermordung Heinrichs IV. von Frankreich. Annäherung Frankreichs an Spanien.
1612	Die Erneuerung des Bündnisses mit Venedig wird abgelehnt. Venedig bemüht sich um die Revision dieses Beschlusses, zunächst ohne Erfolg.
1616/1617	*Strafgericht in Chur*, gegen die Tätigkeit Padavinos gerichtet.
1617	Zustimmung zum Bündnis mit Venedig. Neues Strafgericht in Chur. Die Planta erzwingen die Annullierung des mit Venedig abgeschlossenen Bündnisses.
1618/1619	*Strafgericht zu Thusis.* Der Veltliner Erzpriester Rusca stirbt auf der Folter, Zambra wird hingerichtet, die Planta und Robustelli werden verbannt.
1619	Drittes Strafgericht zu Chur hebt Thusner Urteile auf.
1619/1620	Das Davoser Strafgericht bestätigt die Thusner Sentenzen.
1620 Juli	Veltliner Mord («Sacro Macello»). Das Veltlin fällt von den Drei Bünden ab, mit Ausnahme der Grafschaft Chiavenna. *Erster Versuch* zur Zurückeroberung des Veltlins durch die Bündner.

August	Niederlage bei Morbegno.
September	Der *zweite Versuch* (unter Mitwirkung der Zürcher und Berner) scheitert an der Niederlage vor Tirano.
November	Die von Spanien besoldeten Truppen des Obersten Beroldingen besetzen Teile des Obern Bundes.
1621 Februar	Der Obere Bund schließt mit Spanien das *Mailänder Kapitulat*, das den spanischen Einfluß im Veltlin sichern soll. Pompejus Planta auf Rietberg ermordet.
März	Vertreibung der Beroldinger. Der Obere Bund entsagt dem Mailänder Kapitulat.
Oktober	*Dritter Versuch,* das Veltlin zurückzuerobern. Er schlägt fehl. *Erste Invasion* der Österreicher. Spanien besetzt Chiavenna.
1622 Januar	Bünden muß die *Mailänder Artikel* annehmen. Das Bundesverhältnis zum Zehngerichtenbund wird aufgehoben. Ewiger Verzicht auf das Veltlin. Chiavenna bleibt den Bündnern erhalten. Spanische Vorherrschaft in der Benützung der Pässe, kaiserliche Besatzungen in Chur und Maienfeld.
April	*Aufstand der Prättigauer.*
August	*Zweite österreichische Invasion.*
September	Der Vertrag von Lindau wiederholt die Bestimmungen der Mailänder Artikel.
1623 Februar	Spanien übergibt das Veltlin bis zur endgültigen Lösung der Frage dem Papst.
1624 August	Richelieu übernimmt die Führung der französischen Staatsgeschäfte.
Oktober/ November	Ein schweizerisches Heer in französischem Solde besetzt unter dem Befehl des Marquis de Cœuvres die Drei Bünde. Erfolgreicher *vierter Versuch* zur Eroberung des Veltlins. Die Spanier räumen Chiavenna.
1626 März	*Vertrag von Monsonio* zwischen Frankreich und Spanien.
1627 Februar	Auf Grund dieses Vertrages wird das Veltlin kampflos den päpstlichen Truppen übergeben. Die Enttäuschung über Frankreich läßt die Bündner bei Habsburg Anlehnung suchen.
1629	Erneuerung der Erbeinigung mit Österreich. Der Streit um die Erbfolge im Herzogtum Mantua entzweit Frankreich und Spanien. Das kaiserliche Heer des Grafen Merode marschiert in Bünden ein. *Dritte österreichische Besetzung.* Das Heer verbreitet die Beulenpest, der in den folgenden zwei Jahren ungezählte Bündner zum Opfer fallen, in manchen Gegenden mehr als die Hälfte der Bewohner.

1631 April	Die schwedischen Siege in Deutschland zwingen den Kaiser Ferdinand II., Mantua den Franzosen zu überlassen. *Friede von Cherasco*, der die Kaiserlichen zur Räumung der Drei Bünde verpflichtet.
August	Du Landé überwacht die Räumung.
Dezember	Der *Herzog Heinrich Rohan* wird französischer Administrator in den Drei Bünden. Der Bundestag wählt ihn zum Oberkommandierenden.
1632	Pläne einer gemeinsamen Aktion mit den Schweden. Der Tod Gustav Adolfs vereitelt sie. Wachsende Unzufriedenheit in Bünden wegen der Untätigkeit Rohans.
1634 April	Rohan wird nach Paris abberufen. Verhandlungen mit den Veltlinern, die unter durchziehenden spanischen Truppen viel zu leiden haben. Pläne der Bündner, das Veltlin mit schwedischer Hilfe auf eigene Faust zu erobern.
September	Die Niederlage von *Nördlingen* (durch spanische Truppen, die durchs Veltlin nach Deutschland gelangt waren) führt den Zusammenbruch der schwedischen Vorherrschaft in Deutschland herbei. Frankreich wird dadurch zum Handeln gezwungen.
1635 März	Rohan kehrt mit einer Armee nach Bünden zurück. Rasche *Eroberung der Zugänge des Veltlins*. Siege über Fernamont: 27. Juni bei Livigno, 3. Juli bei Mazzo, 31. Oktober im Val di Fraele. 10. November: Sieg über Serbelloni bei Morbegno. *Fünfte und endgültige Besetzung des Veltlins.*
1636 Januar	Der *Vertrag von Cläfen* gibt den Bündnern nur einen Teil der Hoheitsrechte im Veltlin zurück.
April	Der in Thusis versammelte Bundestag stimmt dem Vertrag von Cläfen zu («Thusner Artikel»). Die verzögerte Ratifizierung durch Ludwig XIII. steigert jedoch die Mißstimmung gegen die Franzosen. Die Bündner verhandeln mit Österreich.
Mai	Rohan bereitet einen Feldzug auf mailändisches Gebiet vor. Er belagert Lecco, muß sich aber bald ins Veltlin zurückziehen.
Juni	Die Thusner Artikel werden von Richelieu abgeändert. Rohan wagt nicht, sie den Bündnern zur Kenntnis zu bringen.
Sommer	Schwere Erkrankung Rohans.

Oktober	Rohan trifft in Chur ein und findet dort die meuternden Bündnerregimenter. Ein Beitag in Ilanz beschließt, diese dem Befehl des Herzogs zu entziehen.
November	Jenatsch verhandelt in Innsbruck mit Vertretern der Erzherzogin Claudia wegen des Unterengadins und der acht Gerichte. Mit dem spanischen Gesandten Henriquez bereitet er die Erhebung Bündens gegen Frankreich vor.
1637 Februar	*«Kettenbund»* gegen Frankreich. Jenatsch wird zur Triebfeder der Opposition.
März	*Aufstand der Bündner.* Rohan kapituliert im Fort de France.
Mai	Rohan und die französische Armee verlassen Bünden. Die vorzeitige Vertreibung der Franzosen erlaubt Spanien, die Regelung der Veltliner Frage hinauszuzögern. Fruchtlose Verhandlungen in Mailand und Asti. Jenatsch hat sich eine führende Position im Staate geschaffen, obwohl er kein öffentliches Amt bekleidet. Die Opposition gegen ihn sammelt sich um den Obersten Johann Peter Guler.
1638/1639	Verhandlungen in Madrid.
1639, 24. Januar	Jenatsch wird in Chur ermordet.
Frühjahr	Spanien willigt in die formelle Zurückgabe des Veltlins ein.
September	*Ewiger Friede* zwischen den Drei Bünden, Österreich und Spanien.
1641	Vergleich mit Österreich in Feldkirch. Alle seit 1620 abgeschlossenen Verträge werden als ungültig erklärt.
1649/1652	Der Zehngerichtenbund kauft sich für 100000 Gulden von Österreich los.
1652	Loskauf des Unterengadins von Österreich (mit Ausnahme von Tarasp). Ende der Bündner Wirren.
Bis 1700	Überwiegender Einfluß Spaniens.
1713	Allianzvertrag mit Holland.
1726	Durch den Frieden von Utrecht geht Mailand an Österreich über. Die Bestimmungen des Vertrages von Madrid 1639 werden den neuen Verhältnissen angepaßt.
1762	Dritter Vertrag mit Mailand. Wirtschaftliche Begünstigung der Bündner.
1766	Venedig weist alle bündnerischen Kaufleute und Gewerbetreibenden aus, insgesamt nahezu 3000 Personen. Im 18. Jahrhundert Ausbildung einer einflußreichen Aristokratie, die das Staatsleben beherrscht. Familien- und Parteipolitik, Gegensatz Salis–Travers. Entartung der Demokratie.

1794	Aufstand der Lugnezer: Versuch der Wiederherstellung der Volksrechte.
1797	*Abfall des Veltlins.* General Bonaparte schlägt dieses zur Cisalpinischen Republik.
1798	*Die Helvetische Staatsverfassung* bezeichnet Rätien als 13. Kanton des Einheitsstaates. Die Mehrheit der Gerichtsgemeinden lehnt den Anschluß an Helvetien ab. Die Drei Bünde stellen sich unter den Schutz des Kaisers Franz II. Kaiserliche Truppen besetzen Bünden.
1799	Die Franzosen unter Masséna erobern Bünden. Provisorische Regierung in Chur, die den Anschluß an Helvetien vorbereitet. Dieser wird am 9. April vollzogen.
2. Mai	Aufstand im Bündner Oberland, durch General Menard unterdrückt. Brandschatzung von Dorf und Kloster Disentis.
19. Mai	Der österreichische General Hotze besetzt Graubünden. Abfall von Helvetien.
Oktober	Der russische General Suworow zieht über den Panixerpaß und durchs Rheintal ins Vorarlberg.
1800 Juli	Zweiter Einmarsch der Franzosen. Graubünden ist wieder Bestandteil der Helvetischen Republik. Das Land hat unter dem Kriegselend schwer gelitten.
1802	Nach dem Abzug der Franzosen wird die alte Verfassung wieder in Kraft gesetzt.
1803	Die *Mediationsverfassung* vom 19. Februar macht aus dem souveränen Freistaat der Drei Bünde einen Kanton der Schweizerischen Eidgenossenschaft. Die Herrschaften Haldenstein und Tarasp gehen in ihm auf.
1814 Januar	Wiederherstellung der alten Verfassung, somit Abfall von der Eidgenossenschaft.
Juli	Die Zugehörigkeit zur Eidgenossenschaft wird erneuert. Neue Kantonsverfassung.
1819	Österreich tritt die Herrschaft Rhäzüns an den Kanton Graubünden ab.
1848 1. August	*Übernahme der Bundesverfassung.* Die neue Kantonsverfassung von 1854 paßt sich der bundesstaatlichen Ordnung an. Der Kanton Graubünden, obwohl mit eigenen Problemen belastet, teilt fortan das Schicksal des Gesamtstaates.

II. VERZEICHNIS DER WICHTIGSTEN HISTORISCHEN PERSONEN

Alexander Blech, Blasius: 1590–1623. Prädikant in Trahona. Politiker und Volksführer. Im November 1621 auf dem Panixerpaß von Bauern aus Panix und Ruis gefangengenommen und den Österreichern ausgeliefert. In Innsbruck hingerichtet.

Alexius (Aliesch), Caspar: 1576–1626. Prädikant und Politiker, Rektor der evangelischen Schule von Sondrio. Flüchtet sich 1620 mit Jenatsch über den Murettopaß. 1620–1622 in Innsbruck gefangen. 1623–1626 Professor der Theologie in Genf.

à Porta, Johannes: Zirka 1570–1625. Prädikant. 1620–1622 in Innsbruck gefangen. Feldprediger im Veltlin unter Cœuvres.

Baldiron: Österreichischer General, Kommandant der Besatzungstruppen 1621/1622. Später Kommandant im Unterengadin.

Beroldingen, Johann Konrad: 1558–1638, Oberst in spanischen Diensten, kommandierte vom Herbst 1620 bis Frühling 1621 die innerschweizerischen Truppen im Obern Bund.

Besta, Azzo: Einer der Führer der Veltliner 1620, Schwager des Robustelli und Neffe der Brüder Planta.

Brügger, Andreas: 1588–1653. Oberst unter Rohan. Schwiegersohn des Johann Baptist von Salis-Soglio.

Buol, Florian (Fluri): Landeshauptmann im Veltlin 1617–1619.

Buol, Konrad: Gest. 1623. Prädikant in Davos.

Buol, Paul: 1568–1634. Offizier in französischen und venezianischen Diensten. Seine Tochter Anna (1598–1673) ist die Gattin Jenatschs.

Carl von Hohenbalken, Nikolaus: Aus dem Münstertal. An der Ermordung Pompejus Plantas beteiligt.

Casati, Alfonso: 1565–1621. Spanischer Gesandter bei der Eidgenossenschaft und den Drei Bünden. Nachfolger ist sein Sohn Carlo (1600–1645).

Casutt, Jakob Theodor (Joder): Offizier und Politiker. Präsident des Thusner Strafgerichtes.

Cœuvres, Hannibal d'Estrée, Marquis de C.: Oberkommandierender der französischen und bündnerischen Truppen in Bünden und im Veltlin 1624–1626.

Du Landé de Siqueville de Sablières, Gilbert Joab: Administrator und Offizier. Als Stellvertreter des Herzogs Rohan zeitweise Oberkommandierender in Bünden.

Feria, Herzog von: 1587–1634. Spanischer Statthalter in Mailand.

Fernamont, Johann Franz, Freiherr von F.: Gest. 1649. Österreichischer Feldherr im Veltlin. Von Rohan dreimal geschlagen.

Florin, Johann Simeon de: Gest. 1644. Unterführer unter Beroldingen, später Oberst in französischen Diensten.

Flugi, Johannes: Domprobst in Chur, später Bischof (1636), Verwandter Jenatschs.

Gabriel, Luzi: Zirka 1595–1663: Prädikant. Sohn des Nachstehenden.

Gabriel, Stefan: Zirka 1570–1638. Prädikant in Ilanz und Altstetten. Verfasser eines Katechismus und anderer religiöser Schriften in romanischer Sprache. Parteigänger Jenatschs bis zu dessen Konversion.

Gioiéri, Gian Antonio: Gest. 1624. Spanischer Parteigänger, Podestà in Morbegno 1617/1619.

Gueffier, Etienne: Französischer Gesandter in Bünden, später in Rom.

Guler, Johannes: 1562–1637. Politiker, Offizier und Chronist. Schwager des Herkules von Salis, Schwiegervater des Bürgermeisters Gregor Meyer in Chur. Nennt sich seit 1602 auch Guler von Wyneck, nach der von seinem Schwiegervater geerbten Burg Wyneck in der Herrschaft. Verheiratet: 1. mit Barbara von Perini. Aus dieser Ehe der Sohn *Johannes,* der die Stammburg bewohnt, 2. mit Elisabeth von Salis. Kinder: *Anna,* Gattin des Bürgermeisters Gregor Meyer von Chur (2. Ehe), die aus 1. Ehe die Tochter Elisabeth von Salis, verheiratete Luzi, hat. *Johann Peter* (siehe diesen), *Andreas,* geboren 1603, verheiratet mit Margreth von Salis, *Margreth,* verheiratet mit Hans Jakob Rahn, Sohn des Zürcher Bürgermeisters Rahn.
Guler ist 1587–1589 Landeshauptmann im Veltlin, 1592–1604 Landammann des Zehngerichtenbundes. 1603 Ritter von San Marco, 1618 von Ludwig XIII. ebenfalls zum Ritter geschlagen. 1620 Oberkommandierender der beiden ersten Veltlinerzüge. 1620–1627 in Zürich (Aufnahme ins Bürgerrecht). Dann in St. Margrethen bei Chur.
Historische Werke: 1616 Rätia, d. i. Beschreibung der dreyen Lobl. Grawen Bündten; 1622 Pündtnerischer Handlungen widerholte und vermehrte Deduction.

Guler, Johann Peter: 1594–1656. Politiker, Oberst in französischem Sold, nach dem Abzug der Franzosen Befehlshaber der Rheinschanze. Einer der intellektuellen Urheber der Ermordung Jenatschs. Verheiratet mit Margreth Hartmann von Hartmannis. 1656 erschlagen bei einem Überfall auf den bischöflichen Hof.

Janett, Johann Peter: Prädikant in Scharans und Zillis, geb. um 1575. Vorgänger Jenatschs in Scharans.

Jenatsch, Israel: Zirka 1560–1624. Prädikant in Silvaplana, Lohn und St. Moritz. Verheiratet mit Ursina Balsamin, gest. 1615. Kinder: *Susanna,* gest. 1641, verheiratet mit dem Prädikanten Jodocus von Pontresina, der sie nach seiner Konversion verläßt. *Georg* (siehe diesen). *Katharina,* gest. 1648, verheiratet mit Balthasar Bifrun, *Nuttin,* gest. 1645, verheiratet mit Elisabeth Travers. Offizier, zeitweise Stellvertreter seines Bruders.

Jenatsch, Georg (Jörg): 1596–1639. Verheiratet mit Anna Buol. Prädikant in Scharans und Berbenn, später Politiker und Offizier. Konvertit. Kinder: *Ursina* (1627–1693), verheiratet mit Landammann U. Margadant. *Katharina* (1629–1692), verheiratet mit Rittmeister Chr. Sprecher. *Paul* (1629–1676), Bundeslandammann, verheiratet mit 1. Elisabeth Valär, 2. Jakobea Buol (Parpan). *Dorothea* (1632–1692), verheiratet mit 1. Johannes Sprecher, 2. Jakob Buol. *Anna* (1635–1658). *Georg* (1637–1672), verheiratet mit Barbara von Sprecher.

Juvalta, Fortunat von: 1567–1649. Verfasser der «Denkwürdigkeiten».

Lasnier: Französischer Intendant unter Rohan. Sein Nachfolger ist d'Estampes.

Lecques: Französischer Feldmarschall. Unterführer Rohans.

Leopold V., Erzherzog von Österreich-Tirol: 1586–1632. Bruder des Kaisers Ferdinand II. Verheiratet mit Claudia von Medici. Landesherr der acht Gerichte, des Unterengadins und Münstertales.

Mansfeld, Peter Ernst, Graf von M.: 1580–1626. Söldnerführer im Dreißigjährigen Krieg, zeitweise in venezianischem Sold.

Meyer, Gregor: Bürgermeiser von Chur, Schwiegersohn des Ritters Johannes Guler.

Molina, Anton: Zirka 1580–1650. Politiker und Offizier. Gesandter in Frankreich und Mailand. Verkauft Jenatsch sein Haus auf dem «Sand» bei Chur.

Murer (Maurer), Kaspar: 1559–1633. Archidiakon und Chorherr am Großmünster zu Zürich. Jenatsch und die Salissöhne sind bei ihm einquartiert.

Olivarez, Gaspar de Guzman, Graf von O., Herzog von San Lucar: 1587–1645. Spanischer Staatsmann, Minister Philipps IV.

Padavino, Giovanni Battista (Giambattista): 1560–1637. Venezianischer Gesandter in den Drei Bünden (1603 und 1616/1617) und in Zürich (1607/1608). Später Großkanzler des Rates der Zehn in Venedig.

Planta von Wildenberg, Pompejus: 1569–1621. Politiker und Offizier. Konvertit. Verheiratet mit Catharina von Salis-Rietberg. Kinder: *Katharina,* verheiratet mit Rudolf Travers (Ortenstein). *Rudolf* (1603–1641), verheiratet mit Violanta von Planta-Rhäzüns. Kastellan auf Tarasp. Einer der Mörder Jenatschs. Wegen Ermordung eines Verwandten in Ardez inhaftiert und im Gefängnis von vier Unbekannten ermordet. *Anton.*

Planta von Wildenberg, Rudolf: 1570–1638. Bruder des Pompejus. Verheiratet mit Margaretha von Travers. Kinderlos. Politiker und Offizier. Konvertit.

Prevost, Johann Baptista: Hingerichtet 1618 in Thusis. Im Volksmund Zambra genannt. Seine Schwester Katharina ist die Mutter der Brüder Planta. Sein gleichnamiger Sohn («der junge Zambra») ist einer der Jenatschmörder. Er wird zusammen mit dem jüngern Rudolf Planta in Ardez eingekerkert und nimmt sich dort das Leben. Nach seinem Tode erscheint er den Bergellern als Wolf mit einem langen, hinten herabhängenden Ohr, der unverwundbar ist.

Priolo(Prioleau), *Benjamin:* 1601–1667. Sekretär des Herzogs Rohan, später Historiker. Konvertit.

Richelieu, Armand-Jean du Plessis, Herzog von R.: 1585–1642. Kardinal. Französischer Staatsmann. Seit 1624 allmächtiger Minister Ludwigs XIII. Seine Innen- und Außenpolitik legt den Grund zum bedeutenden Machtaufschwung Frankreichs unter Ludwig XIV.

Rieder, Gallus: Gefallen im Gefecht bei Wiesloch 1622, Fähnrich. Einer der Mörder des Pompejus Planta.

Robustelli, Giacomo: Anführer der Veltliner 1620, verheiratet mit einer Nichte des Rudolf Planta.

Rohan, Herzog Henri de, Pair von Frankreich: 1579–1638. Feldherr und Staatsmann, Hugenottenführer, Oberkommandierender in den Drei Bünden. Verheiratet mit Marguerite de Béthune, gestorben 1660, Tochter des Herzogs von Sully.

Rosenroll, Christoph: Offizier und Politiker. Verheiratet mit Perpetua von Ruinelli, der Schwester Jakob Ruinellis.

Rudolf von Mömpelgard: Kapuzinerpater.

Ruinelli, Jakob: Gefallen im Duell mit Jenatsch in Chur 1627. Offizier. Unverheiratet. Nach seinem Tod geht das Schloß Baldenstein an die Rosenroll über.

Rusca, Nicolo: Zirka 1563–1618. Dr. theol. Seit 1590 Erzpriester in Sondrio. Nennt sich «malleus hereticorum = Ketzerhammer». In Thusis vor Gericht gestellt. Stirbt auf der Folter.

Salis-Soglio, Johann Baptista von: 1570–1638. Verheiratet mit Barbara von Meiß (Zürich). Politiker und Offizier, Ritter von San Marco. Er hat 9 Kinder, darunter: *Baptista* (1601–1619), *Johann* (1603–1626), *Andreas* (1604–1619), *Friedrich* (Federico) (1606–1663), *Rudolf* (1608–1690), *Anton* (1609–1682). Die ältesten drei Söhne sind Zöglinge Jenatschs in Zürich und Basel. Die Tochter *Ursina* (1600–1663) ist verheiratet mit dem Obersten Andreas Brügger.

Salis, Herkules von: 1566–1620. Verheiratet mit Margaretha von Ott (Grüsch). Ritter von San Marco. Politiker. Kinder: *Anna* (gest. 1674), taubstumm. *Rudolf* (siehe diesen), *Abundius* (gest. 1661), verheiratet mit Cleophea Bärtschin. *Ulysses* (siehe diesen), *Hortensia*, gest. 1646, verheiratet mit Freiherr Rudolf Andreas v. Salis-Zizers. *Johann Casimir* (gest. 1622). *Claudia* (gest. 1668), verheiratet mit Johann Anton v. Pestalozza. *Carl* (1605–1671), verheiratet mit Hortensia Gugelberg von Moos. Macht als Schüler des Alexius 1620 die Flucht über den Murettopaß mit.

Salis, Rudolf von: 1589–1625. Verheiratet mit Anna Hartmann von Hartmannis, die später eine 2. Ehe mit Ambrosius Planta-Wildenberg eingeht. Nachfolger seines Vaters Herkules als Parteihaupt. «Dreibündegeneral». Er hat einen Sohn *Herkules* (1613–1674).

Salis, Ulysses von: 1594–1674. Verheiratet mit Violanta von Salis-Sondrio. Politiker und Offizier, französischer Feldmarschall. Begründer der

Linie Marschlins. Verfasser der «Memorie». Kinder: *Margaretha,* verheiratet mit Jakob von Molina. *Herkules* (1617–1686), verheiratet mit Barbara Dorothea von Salis. Adjutant beim Herzog Rohan. *Johann Baptista* (1620–1646).

Scaramelli: Langjähriger venezianischer Resident in Zürich.

Schauenstein, Julius Otto, Freiherr von S.: Herr von Haldenstein.

Schmid, Hans Caspar: 1587–1638. Oberst eines Zürcher Regimentes in französischen und venezianischen Diensten in den Drei Bünden.

Serbelloni: Feldherr in spanischen Diensten. Rohan schlägt ihn bei Morbegno 1635.

Sprecher von Berneck, Fortunat: 1585–1647. Chronist: Rhetische Cronica oder Beschreibung Rhetischer Kriegs- und Regiments-Sachen. Sowie: Geschichte der Kriege und Unruhen 1618–1645.

St-Simon, Graf von: Offizier unter Rohan, Befehlshaber der Rheinschanze (Fort de France).

Stampa, Pietro: Ermordet 1638. Kaufmann in Chiavenna. Als Freund des Ulysses von Salis wird er auf Jenatschs Geheiß beseitigt.

Toutsch, Bonaventura: Prädikant in Morbegno und Sils i. D. Erschlagen 1621 auf der Flucht über den Panixerpaß.

Travers, Johann Rudolf: 1594–1642. Oberst in französischen Diensten. Schwiegersohn des Pompejus Planta.

Tscharner, Johannes von: 1593–1669. Gesandter der Drei Bünde bei den Friedensverhandlungen von Cherasco 1631. Später Obristlieutenant Jenatschs. Bürgermeister von Chur.

Vulpius, Jakob Anton: Zirka 1565–1641. Prädikant in Splügen, Fetan, Wangen und Thusis. Kampfgenosse Jenatschs.

Anmerkung

Die Aufzeichnungen Padavinos und Johannes Gulers sind fingiert. Hingegen sind die Briefe des Stefan Gabriel und Jakob Anton Vulpius sowie Jenatschs Antwort (im Kapitel «Zwei Briefe») authentisch, abgesehen von einigen geringfügigen Änderungen.

INHALT

Der Gang nach Surlej	5
Disputation in Davos (I)	18
Limmatathen	28
Die Gesandtschaft Giambattista Padavinos	42
Das große Strafgericht	62
Anna	91
Auszug des verlorenen Sohnes	128
Rietberg	137
Aus den Aufzeichnungen eines Patrioten	164
Die Flüchtlinge	182
Am Lagerfeuer	202
Weitere Aufzeichnungen eines Patrioten	216
Die große Unruhe	236
San Marco und Sant'Agostino	286
Katzensteig	299
Der Handschuh	317
Versöhnungen	342
Disputation in Davos (II)	362
Tagebuch mit Bildern	380
Zwei Briefe	414
Zwei Bilder	446
Aufregungen und ein Begräbnis	467
Fort de France	483
Der Strudel	512

ANHANG

I. Kurzer Abriß der Geschichte Graubündens	546
II. Verzeichnis der wichtigsten historischen Personen	554